나의 눈

THE EYE OF THE I:
From Which Nothing Is Hidden
by David R. Hawkins, MD, Ph.D

THE EYE OF THE I :
FROM WHICH NOTHING IS HIDDEN

삶의 진실을 볼 수 있는
또 하나의 눈을 여는 법

나의 눈

데이비드 호킨스 지음 | 문진희 옮김

David R. Hawkins

길은 곧고 좁다.

시간을 낭비하지 마라.

오, 주여 모든 영광이 당신께 있습니다!

Gloria in Excelsis Deo!

저자 일러두기

전통적 종교인이나 영적으로 소심한 이들에게 경고합니다. 이 책에서 제시하는 내용은 불편하고 혼란스러운 것이 될
수 있으므로 피하는 것이 나을 것입니다. 이 책의 가르침들은 깨달음으로서의 신God as Enlightenment을 구하는 진정으
로 헌신적인 영적 제자들을 위한 것입니다. 근본적 진실을 통해 깨달음에 이르는 길은 힘들 뿐만 아니라 모든 신념체계
를 다 내려놓을 것을 요구합니다. 오직 그렇게 할 때에만 궁극의 실상은 그토록 찾아 헤매던 지고의 나I of the Supreme
로서 스스로를 드러냅니다. 여기서 제시하는 내용은 참나의 눈the Eye of the I에서 바라 본 것들입니다.

옮긴이 일러두기

1. 신성 또는 영성과 관련한 단어들을 원문에서는 모두 대문자로 표기했다. 이 책에서는 저자의 의도를 정확히 이해하
   는 데 반드시 필요한 경우가 아니라면 가급적 특별한 강조를 하지 않았다.

2. 이 책에서는 주어가 생략된 문장이 많이 나온다. 저자의 체험을 서술한 부분에서 특히 그러한데, 이는 '깨달음의 의
   식 상태에서 개인적인 '나'는 더 이상 의미가 없다.'라는 저자의 생각이 반영된 것이다.

3. 두 번째 조항과 같은 이유로 사물이나 사건, 존재나 개념이 주어가 되는 문장이 자주 등장하는데, 저자의 의도를 살
   리기 위해 수동태형의 문장을 그대로 두었다.

4. 저자를 가리키는 일인칭 주어가 생략된 문장 중, 번역상 불가피한 경우에는 문맥에 맞는 적절한 주어를 삽입했다.

5. 저자는, "영적인 정보는 논리적이거나 선형적인 방식으로는 이해되지 않으며, 거듭 접해 친숙해짐으로써 저절로 이
   해된다."라고 했다. 본문 내용 중 중복되는 듯 보이는 내용들은 저자의 이런 의도가 반영된 것이다.

헌사

어린 시절, 인류가 겪어온 엄청난 고통의 총체가
스스로 그 모습을 내게 드러냈다. 그로 인해
활용 가능한 모든 수단들, 곧 과학, 철학, 영성, 신경화학,
의학, 정신분석학, 유머, 정신치료, 가르침과 치유 등을 통해
인간의 고통을 덜어 주는 일에 헌신하게 되었다.
그러나 모든 것들 가운데 가장 위대한 수단이라 할 만한 것이
선물로 주어졌으니, 바로 진리에 대한 통찰이다. 인간이 겪는
고통의 근원을 치유해 줄 수 있는 것도 바로 그것이다.
진리에 대한 통찰은 은총의 덕에 의해 세상 사람들과
공유되고 있으며, 그 밑바탕에는 이러한 통찰이
인간의 고통과 괴로움의 원천을 용해시키는
촉매가 되리라는 소망이 깔려 있다.
이러한 노력은 신의 종이자 전 인류의 종이 되고자
하는 마음에서 이루어지고 있다. 감사하는 마음으로
주어진 선물을 많은 이들과 함께 나누고 있다.
이 책을 쓰게 된 동기는 영적인 이야기를 들은
사람들의 얼굴에 환하게 피어난 기쁨 때문이었다.
이 책의 내용으로 그들의 사랑에 보답하려 한다.

차 례

/ 4부 / 문답과 강의

/ 5부 / 부록

이 책의 범위는 한없이 넓다. 이 책은 깨달음이라는, 고도로 진화된 영적 의식 상태에 대한 상세하고도 주관적인 보고를 포함하고 있다. 뿐만 아니라 영적인 정보를 이성과 지성을 통해서도 이해할 수 있는 방식으로 상호 관련시키고 그것을 새로운 맥락으로 조망할 수 있게 하는 최초의 시도이기도 하다.

과학과 영성 간의 이런 상호관계는 선형적線形的인 차원과 비선형적非線形的인 차원 간의 응집력 있는 통합을 보여 주고 있다. 저자는 '양극을 초월함'으로써 과학과 종교 간, 물질주의와 영성 간, 에고와 영spirit 간의 오래되고도 해소하기 힘든 갈등과 교착 상태를 해결해 주고 있다. 그럼으로써 인류가 지난 역사 내내 줄곧 봉착해 온 미해결의 미스터리와 딜레마를 분명하게 설명해 준다. 이 책을 통해 의식이 확장되면서 의문에 대한 답이 저절로 나오고 진실 역시 자명해진다.

저자는 독자들을 선형적인 영역과 비선형적인 영역으로 번갈아 드나들게 한다. 이해할 수 없었던 내용들이 놀랍게도 이 과정에서 이해될 뿐만 아니라 명백하고 당연한 것으로 여겨지기까지 한다.

이 자료를 접한 사람들의 의식 수준을 측정해 본 결과 전보다 현저하게 상승하고 성장했음이 드러났다. 힘power은 위력force이 미칠 수 없는 영역에서 작용하므로 위력이 해낼 수 없는 것을 수월하게 이루어 낸다.

이 책은 독자들의 자아와 참나 모두를 위해서 쓴 것이다. '이원성과 비이원성 양극의 초월'이라는, 전통적으로 깨달음에 큰 장애였던 것에 관한 내용은 이해가 쉽지 않을 수도 있으나 이 책을 덮을 때쯤이면 그 의문이 절로 해소될 것이다.

이 책은 4부로 구성되어 있다.

1부 영적인 앎의 주관적인 상태들에 대한 서술
2부 영적인 길
3부 의식의 본성에 대한 이해를 통해서 깨달음으로 가는 길
4부 세계 각국의 다양한 영적 탐구자들 및 집단들과 함께 이루어진 강연, 대화, 인터뷰, 그룹 토의

이 책에는 많은 집단들과 만나서 나눈 문답이 수록되어 있기 때문에 처음에는 내용의 일부가 중복되는 듯 보일 것이다. 하지만 의도적으로 한 일이다. 저자가 그 내용을 매번 각기 다른 맥락 속에서, 그리고 질문과 응답의 다른 순차 속에서 제시하고 있기 때문이다. 그렇게 같은 주제가 되풀이해서 나타날 때마다 미묘한 내용들이 새롭게 더해져 드러난다. 1985년에는 세계 인구의 85퍼센트가 온전성의 수준(200) 이하의 의식을 가진 것으로 측정되었으나 현재(2001년)는 그 비율이 78퍼센트로 현저히 낮아졌다. 연구 결과 인류의 영적인 앎이 전반적으로 성장했기 때문이라는 사실이 드러났다.

저자가 성직자나 종교인, 신학자가 아니라 교육과 과학, 의학, 정신의학, 정신분석학, 임상적이고 과학적인 저술과 연구 등의 분야에서 폭넓은 체험을 쌓은 임상의라는 점에서 이 책은 매우 특이하다. 저자는 다양한 분야에서 재능을 발휘했고 성공을 거두었으며 많은 업적을 이루었다. 갑작스런 깨달음에 이를 즈음 그는 뉴욕에서 가장 큰 정신병원을 운영하고 있었다.

아주 어린 시절에 강렬한 영적 체험이 왔고, 사춘기 때 다시 그런 체험을 했으며, 중년에 완전히 터져 나왔다는 점 역시 특이하다. 중년 무렵의 체험으로 그는 여러 해 동안 은둔 생활을 하면서 의식의 본질에 관한 최종적인 연구에 몰입했고, 그 결과로 나온 것이 『의식 혁명』과 이 책이다.

또 다른 묘한 점은 그의 영적 체험이 더없이 강렬했음에도 불구하고 그가 『의식 혁명』이 발간될 때까지 30년 이상 그 체험에 대해 전혀 언급하지 않았다는 점이다. 함구한 이유를 묻자, 그는 그저 "그것에 대해 말할 게 없었다."라고만 했다.

『의식 혁명』에서 훨씬 더 나아간 이 책은 이해할 수 없는 것을 이해할 수 있는 것으로 만드는 어려운 작업을 이루어 냈다. 적절한 서술과 설명 덕에 모호한 것들이 선명하고 분명해졌다. 테레사 수녀가 찬탄한 것도 저술과 전달의 측면에서 보여 준 저자의 이런 재능이었다.

이 책의 실질적인 저자는 의식 자체다.

인류 역사를 통틀어, 깨달은 의식 상태에 대한 서술은 많은 사람들에게 큰 관심의 대상이었다. 이 상태에 대한 보고들은 개인과 사회에 깊은 영향을 미쳤다. 통계적으로 깨달음이 일어나는 경우가 극히 드물다는 점이 사람들의 호기심을 자극했고 그런 정보의 가치를 높여 주는 역할을 했다.

깨달음의 상태를 다양한 언어로 서술하거나 번역한 영적인 자료가 이미 존재하지만 그런 보고서들의 상당수는 개략적이거나 불완전하다. 일부 자료에는 해석상의 오류가 포함되어 있으며, 문자의 형태로 정착되기 전에 여러 세대에 걸쳐 구전되는 동안 많은 오류가 끼어들기도 했다. 그로 인해 일부 보고서에는 깨달은 스승이 말한 원래 내용이 지닌 진실성의 수준을 떨어뜨리는 오류가 포함되었다.

따라서 높은 수준으로 진화한 의식에 대해서 당대의 언어로 정확하게 다시 서술하는 일은 소중하고 의미 있는 일이라 할 수 있다. 게다가 많은 영적인 글에는 상당히 진화된 의식의 탐구자들에게 아주 중요한 의미를 지닌, 상세하고 세밀한 부분을 보고하거나 설명해 주는 내용이 결여되어 있다. 이 책을 쓴 목적은, 역사상 처음으로 확실성의 테스트를 무난히 통과할 수 있는 유용한 정보를 제공해 주기 위해, 진실성을 입증할 수 있으며 그 진실성의 수준을 상세히 측정할 수 있는 정보를 전달하려는 데 있다. 지금까지 영적 탐구자들은 믿음과 신념, 소문, 영적 스승의 명성이나 지위 등에 의존해 왔다.

영적인 가르침에 대해 회의적인 사람들은 그러한 가르침의 진실성을 검증할 방법이 없다는 점에 대해 불평해 왔다. 그런 큰 '의심의 장벽'은 마땅히 극복하고 넘어가야 한다. 『의식 혁명』에서처럼 이 책의 모든 페이지, 문단, 문장, 진술의 진실성 역시 일일이 측정해 보았으며, 또 누구나 그것을 검증해 볼 수 있다. 의심이 곧 배움이며, 체험된 내용을 모든 이들과 완전히 공유하려는 데 이 책의 목적이 있다.

『의식 혁명』은 '오 주여, 모든 영광이 당신께 있습니다.'라는 말로 끝을 맺었다. 이 책은 궁극적인 영적 체험을 언급하는 것으로 시작한다는 점에서 그 진술로부터 시작한다고 할 수 있다. 물론 그것은 체험이 아니라 하나의 영원한 상태다. 그 상태는 스스로 작용할 수 있는 권능을 지녔으며, 스스로 이야기하고, 실재로서 자신을 드러낸다. 말하는 자는 없다. 진리는 저절로 드러난다. 진리는 스스로 존재하고, 완전하고 전체적이며, 심원하게 명백하고, 그 자체의 본유적 웅대함으로 인해 압도적이다.

THE EYE OF THE I :
FROM WHICH NOTHING IS HIDDEN

/1부/ 신의 현존

근년에 일어난 깨달음의 갑작스런 내습來襲.
무한한 앎이 평상적인 의식을 대신해 들어서고
자아가 신성한 존재의 은총에 의해
참나로 변형된 일에 관한 보고서.

01

현존

몇 년 동안 이어져 온 내면적인 몸부림과 고통, 아무 도움도 되지 않는 듯 보이는 영적 분투가 극에 달해 마침내 완전한 절망 상태로 빠져들었다. 무신론적인 입장으로 물러서는 것조차도 끝없이 추구하려는 마음을 구해 주지 못했다. 궁극적인 진리의 발견이라는 엄청난 과업을 수행해 나가기에 이성과 지성은 힘이 너무나 약했다. 마음 그 자체가 고통스럽고 참담한, 최종적인 패배로 이끌려 들어갔다. 의지조차도 숨을 죽였다. 바로 그때 내면의 목소리가 절규했다. "신이 계신다면 저를 제발 좀 도와주십시오."

그러자 모든 것이 멈추고 망각 속으로 사라져 버렸다. 마음과 일체의 개인적인 자아 감각도 사라졌다. 뭐가 뭔지 알 수 없는 순간, 자아는 무한하고 모든 것을 두루 포괄하는 앎으로 대체되었다.

존재하는 모든 것의 약속된 본질로서 찬연하게 빛나는 동시에 완벽하고 전체적이며 고요한 앎이었다. 신성의 그 은혜로운 광휘와 아름다움, 평화가 빛을 발했다. 신성은 자족적이고 종국적이며, 영원하고 완벽하며, 드러난 것들과 드러나지 않은 것들의 참나요 지고의 신격Godhead이었다. 따라서 저절로 드러났다.

현존

숨죽인 침묵이 주위에 충만하고, 모든 움직임 자체가 느리고 고요하다. 모든 것이 생생한 빛을 발한다. 서로가 서로를 알아본다. 그 환한 빛은 압도적이라 할 만큼 신적인 속성으로 넘친다. 그 빛은 절대적인 하나임Oneness 속에 모든 것을 완벽하게 포괄하므로, 모든 것은 앎이라는 수단에 의해 그리고 존재 자체가 지닌 본질의 기본적인 속성을 공유함으로써 서로 연관되고 교류하며 조화를 이룬다.

현존은 과거의 통상적인 지각이 텅 빈 공간으로 인식했던 것을 완벽하게 채우고 있는 하나의 연속체다. 그 내적인 앎Awareness은 참나와 다르지 않다. 그것은 모든 것의 본질에 두루 깃들어 있다. 앎은 자신의 깨어 있음과 편재함을 스스로 알고 있다. 존재와, 존재가 형상 및 형상 없음으로 표현된 것은 그대로 신이며, 모든 대상과 사람, 식물, 동물 속에 널리 퍼져 있다. 모든 것은 존재의 신성에 의해 하나로 통합되어 있다.

도처에 두루 존재하는 본질Essence은 모든 것을 예외 없이 포괄한다. 방 안의 세간은 그 중요성이나 의미심장함에서 바위 혹은 식물과 평등하다. 그 보편성은 어떤 것도 배제하지 않는다. 그것은 모든 것을 포괄하는 절대적이고 완벽한 것이며, 부족한 것은 하나도 없다. 존재의 신성만이 참으로 가치 있는 유일한 것이므로 모든 것은 동등한 가치를 지닌다.

참나인 그것은 전체적이고 완전하다. 그것은 모든 곳에 평등하게 존재한다. 거기에는 욕구도 없고 바람도 없으며 결핍도 없다. 불완전함과 불일치도 있을 수 없다. 모든 사물은 완벽하게 아름답고 조화로운 조각 작품과 같이 하나의 예술 작품으로서 나타난다. 모든 창조의 성스러움은 모든 것이 다른 모든 것에게 품고 있는 경외심에 다름 아니다. 모든 것에는 엄청난 광휘가 깃들어 있고, 모든 것은 존경과 경외의 마음으로 침묵하고 있다. 이러한 신성의 드러남이 모든 것에 무한한 평화와 고요함을 깃들인다.

몸을 잠깐만 훑어보기만 해도 몸이 다른 모든 것과 같다는 사실을 금방 알 수 있다. 그것은 가구나 그 밖의 모든 사물들과 마찬가지로 한 개인의 소유물이 아니며 그저 존재하는 모든 것의 한 부분에 불과하다. 몸에 개인적인 요소는 전혀 없으며, 몸끼리의 동일성은 존재하지 않는다. 몸은 저절로 작동하면서 그 신체적인 기능들을 정확하게 수행한다. 힘들이지 않은 채 숨 쉬고 걷는다. 자체의 동력에 따라 움직이며, 그 활동은 현존에 의해 결정되고 실행된다. 몸은 그저 방 안에 있는 다른 모든 '것thing'과 동등한 '그것it'에 지나지 않는다.

다른 사람들이 말을 걸면 몸의 소리는 적절하게 응답한다. 그러나 그런 대화의 과정에서 들리는 몸의 소리는 더 높은 수준의 의미로 공명한다. 한마디 한마디마다 좀 더 깊고 심오한 의미가 드러난다. 이제 모든 의사 전달은, 마치 단순하게 들리는 각각의 물음이 인류 그 자체에 관한 참으로 실존적인 질문과 진술이기라도 한 듯 좀 더 깊은 수준에서 이해된다. 그 말들은 얼핏 가볍게 들리지만 좀 더 깊은 수준에서는 심오한 영적 함축성이 담겨 있다.

적절한 대답은 모든 사람들이 '나'라고 가정하고서 대화하는 몸이 제공해 준다. 이 몸과 결부된 사실상의 '나'라는 것은 존재하지 않으므로 그것은 매우 이상한 일이다. 참나는 보이지 않으며 어떤 위치도 점하고 있지 않다. 몸은 두 수준에서 동시에 병행적인 방식으로 말하거나 물음에 답한다.

현존의 고요함에 의해서 차분히 가라앉은 마음은 침묵한다. 어떤 영상이나 개념, 생각도 떠오르지 않는다. 그런 것들을 생각하는 자가 없다. 존재하는 개인이 없으므로 생각하는 자도, 행동하는 자도 없다. 모든 것은 현존의 한 측면으로서 저절로 일어난다.

평상적인 의식 상태에서 소리는 침묵의 배경을 압도하고 그것을 대신한다. 반면에 현존에서는 그와 정반대의 일이 일어난다. 소리가 들리기는 하지만 그 소리는 침묵의 배경 속에 존재한다. 여기서는 침묵이 우세하므로 소리가 침묵을 대신하거나 가로막지 않는다. 어떤 것도 고요한 상태를 어지럽히지 않고 평화를 깨뜨리지 않는다. 움직임이 일어나기는 해도 그 움직임은, 움직임 너머에 있지만 움직임마저 포괄하는 움직임 없는 고요함을 흐트러뜨리지 않는다. 시간이 부재하기 때문에 모든 것이 마치 슬로우 모션처럼 움직이는 듯하다. 오로지 지금이 지속되는 상태만 존재한다. 모든 출발과 멈춤, 모든 시작과 끝은 오직 관찰자의 이원적인 의식 속에서만 일어나므로 그 어떤 사건이나 일도 존재하지 않는다. 사건이 부재하므로 설명하거나 서술할 만한 사건들의 연속 같은 것도 없다.

거기에는 완전한 이해를 제공해 주고 스스로 비추는 본질에 의해 자명한 앎, 스스로 드러나는 앎이 생각 대신 존재한다. 그것은 마치 모든 것이 침묵으로 이야기하고, 완벽함의 절대적인 아름다움 속에서 스스로를 고스란히 드러내는 것과도 같다. 그렇게 함으로써 모든 것은 그 자체의 영광과 본래 내재해 있는 신성을 드러낸다.

존재하는 모든 것의 전체와 본질에 두루 깃든 현존의 충만함은 더할 나위 없이 부드러우며, 그것과의 접촉은 마치 녹는 듯 부드럽다. 그 핵심을 이루는 것이 내적인 참나다. 평상적인 세계에서는 사물의 표면끼리 접촉하는 것만 가능하지만, 현존 속에서는 모든 것의 가장 깊은 본질이 서로 녹아 들어가 있다. 부드럽고 온화한 신의 손길인 그 터치는 무한한 힘의 표현이자 거처다. 모든 것의 내적인 본질과 접할 때 사람은 다른 모든 사물, 대상, 사람들이 현존을 감지하고 있다는 것을 깨닫는다.

이런 부드러움의 힘은 무한하다. 그것은 총체적이고 모든 곳에 두루 존재하기 때문에 그와 상반되는 것은 존재할 수가 없다. 그 힘은 존재하는 모든 것에 두루 퍼져 있는데 바로 그 힘으로부터 존재 자체가 발생한다. 그 힘은 존재를 창조하는 동시에 모든 존재를 하나로 융합시켜 준다. 그 힘은 현존의 고유한 속성이자 존재 자체의 본질이다. 그 힘은 모든 사물들 속에 평등하게 내재되어 있다. 현존이 모든 공간을, 그리고 그 공간에 있는 모든 사물을 채우고 있으므로 그 어디도 빈 데는 없다. 모든 나뭇잎이 신성한 현존의 기쁨을 함께 나눈다.

모든 사물은 자신의 의식이 신성의 체험임을 알고 내밀한 기쁨에 젖어 있다. 모든 사물은 하나같이 자신이 신의 현존을 체험할 수 있는 능력을 부여받은 것에 항상 감사하는 마음을 조용히 품고 있다. 감사하는 마음은 예배의 형식으로 표현된다. 창조되고 존재를 부여받은 모든 것은 하나 같이 신의 영광을 반영하고 있다.

사람들의 모습에 완전히 새로운 아우라가 깃들었다. 유일한 참나는 모든 사람들의 눈을 통해 빛을 발한다. 모든 사람들의 얼굴에는 환한 빛이 감돌며 모두가 다 동등하게 아름답다.

가장 설명하기 어려운 것은 사람들 사이의 상호 작용이 커뮤니케이션의 다른 수준으로 이동했다는 사실이다. 모든 사람들 사이에는 원래부터 사랑이 존재한다. 그러나 이제 그들의 말이 모든 대화가 사랑스럽고 평화로운 것이 될 수 있게끔 변화된다. 귀에 들리는 말의 의미는 다른 사람들이 듣는 것과 같지 않다. 그것은 마치 같은 형식과 구조로 이루어진 줄거리에서 나온 두 수준의 의식이 존재하는 것과 같다. 서로 다른 두 가지 대본이 같은 언어를 통해 말해지고 있는 것이다. 말 자체의 의미는 대화에 참여한 사람들의 더 높은 자아에 의해 다른 차원으로 변형되었으며, 이해의 전달 역시 더 높은 차원에서 이루어진다. 그와 동시에 사람들의 낮은 자아는 높은 자아들 사이에서 동시에 진행되는 의미의 교류를 알아채지 못하는 것이 분명하다. 사람들은 시나리오나 역할을 무의식적으로 연기하는 영화 속 주인공처럼, 자신들의 평상시 자아의 실상을 믿게끔 최면에 걸린 듯하다.

높은 자아들은 낮은 자아들을 무시하고 자신들끼리 직접 의사소통을 하며, 사람들의 평상시 자아는 높은 수준에서 오가는 대화를 알아채지 못하는 듯 보인다. 동시에 사람들은 평소와는 다른 어떤 일이 일어나고 있다는 것을 직관적으로 감지한다. 참나의 의식하는 현존은 사람들을 아주 즐겁게 해 주는 에너지 장을 조성한다. 기적을 불러일으키고 모든 것을 조화롭게 해 주는 것이 바로 이 에너지 장이며, 이 에너지 장은 그것을 체험하는 모든 이들에게 평화를 느끼게 한다.

질문을 하기 위해 먼 길을 찾아온 사람들은 앞서 얘기한 아우라에 휩싸이면서 원래의 의문을 별 의미 없는 것이 되게 하는 내적인 이해를 통해 불쑥 떠오르는 해답을 갑자기 얻곤 했다. 그러한 일은 현존이 '문제'라고 하는 환상을 재맥락화해 그 문제가 사라지도록 했기 때문에 일어났다.

몸은 의식을 통해 전해진 의도들을 반영하면서 계속 움직였다. 몸의 지속적인 움직임은 큰 관심을 가질 만한 일은 아니었다. 몸이 실제로는 우주의 소유물이라는 것은 분명했다. 몸과 이 세상의 사물들은 끝없는 변화를 반영하며 결함 없이 완벽하다. 다른 것들보다 더 낮거나 못한 것은 없으며, 그들 상호 간에 가치와 중요도의 차이는 없다. 완전한 자기 동일성self-identity이라는 그 속성은 타고난 신성의 동등한 표현으로서 존재하는 모든 사물의 본원적인 가치를 규정해 준다. '관계'라는 것은 이원적인 마음의 관찰을 통해서 나온 개념이므로 실상에서는 존재하지 않는다. 모든 것은 그저 '있을is' 뿐이며 존재의 존재성the beingness of existence을 나타내고 있을 뿐이다.

이와 마찬가지로 관찰자가 애초에 모든 것을 갈래짓는 속성을 지닌 생각을 갖고서 개입하지 않는 이상 설명하거나 서술할 만한 변화나 움직임 같은 것은 존재하지 않는다. 개개의 '사물'은 그저 신적인 본질의 표현으로서 진화해 가고 있을 뿐이다. 그러므로 진화는 의식의 나타남으로서 일어나며, 무형의 높은 에너지 수준으로부터 좀 더 작은, 그러나 좀 더 특정한 형상들로, 그리고 결국 물리적인 유형물로 전개되는 형태를 취한다. 따라서 창조의 과정은 형상 없는 추상적인 것으로부터 점진적인 형상을 거쳐 최종적인 에너지 패턴으로, 이어서 구체적인 유형물로 진화하는 형태로 나타난다. 이렇게 형상으로 나타나는 힘은 끊임없는 창조에 다름 아닌 신적인 전능함의 표현이다.

창조는 현재the Present와 지금the Now으로 이루어진다. 이 지금은 계속되므로 시작도 끝도 없다. 가시성可視性 혹은 물질성은 그저 감각적인 현상에 지나지 않으며 존재의 필연적인 조건이 아니다. 존재 그 자체는 본질적으로는 형상이 없으나 모든 형상에 내재적이다.

모든 것은 항시 창조의 과정 속에 있으며 그것은 모든 것이 신성의 표현임을 뜻한다. 그렇지 않다면 모든 것은 존재할 수 있는 능력을 전혀 갖추지 못했을 것이다. 존재하는 모든 것이 창조의 신성Divinity of Creation의 반영이라는 사실을 깨닫고 나면 모든 것이

어째서 존중하고 경외할 만한 가치가 있는지는 저절로 자명해진다. 이것이 모든 생명체와 자연에 깃든 영혼에 대한 경외심이라는 수많은 문화들의 공통된 특징을 설명해 준다.

지각 능력이 있는 모든 존재는 평등하다. 오로지 물질적인 나타남만을 그치거나 멈출 수 있을 뿐 본질은 물질적인 형상으로 다시 나타날 잠재적 가능성을 갖춘 채 어떤 영향을 받지 않는다. 본질은 오로지 진화 그 자체의 위력에 의해서만 영향을 받는다. 본질로부터 나타나는 물질적인 형상은 그 속에 이미 존재하고 있는 것에 의해 영향을 받는다. 따라서 물질적으로 드러난 것들은 본질이 형상으로 나타나는 과정을 용이하게 해 줄 수도 있다. 또한 제반 상황에 따라서 그런 과정이 순조롭지 않을 수도 있다. 우리는 창조가 그 자체의 내적이고 신적인 지시나 의도들을 이행한다고도 말할 수 있다. 전통적으로 사람들은 이런 의도를 운명이라 말해 왔는데 운명은 곧 창조가 지닌 잠재력의 드러남이요, 사전에 존재하는 조건들(전통적인 산스크리스트 어로 '구나스gunas'라고 하는 세 가지 덕. 곧 행위, 앎, 저항을 뜻하는 *라자스rajas, 사트라sattva, 타마스tamas*의 삼덕)의 반영이다. 그러므로 인간은 바라는 일들이 일어날 가능성을 높이기 위해 여러 조건이나 상태들에 영향을 미칠 수 있다. 인간의 의식은 선택을 통해 결과에 영향을 미칠 수 있지만, 창조의 힘은 신의 영역이다.

시간과 공간, 인과율 너머에 있는 창조의 본성은 스스로를 드러내는 성질을 지니고 있으며, 앎의 의식the consciousness of Awareness에게 현존의 선물로서 그 모습을 보인다. 모든 것은 그들의 창조의 신성 속에서 본래 성스럽다. 이원적 지각의 비판적이고 차별적인 측면이 사라지면 모든 것의 절대적인 완전함과 아름다움이 고스란히 드러난다.

사진이나 조각 작품을 통해 시간상의 어느 한순간을 포착해 동결시키려 할 때 이런 앎의 핵심을 요약하기 위해 시도하는 것이 예술이다. 정지된 하나하나의 프레임은 완전함을 표현하며, 어느 한 장면이 중첩된 스토리의 왜곡으로부터 분리될 때라야만 그 완전함을 제대로 음미할 수 있다. 존재의 매순간의 드라마는 예술이 이른바 역사라고 하는 물질적인 형태로의 변형의 소멸로부터 그것을 구해내 줄 때 제대로 보존된다. 주어진 어느 한순간에 내재된 순수함은 그 순간이, 선택된 순간들을 연속시켜 결국 하나로 만들어진 '이야기'에 투영되어 있는 맥락에서 벗어날 때 비로소 드러난다. 그런 순간들이 이원적인 마음에 의해 이야기로 바뀌고 나면 '좋다'거나 '나쁘다'는 말들이 따라붙는다. 우리는 좋다거나 나쁘다는 용어들조차도 인간의 욕망에 불과한 것에서 유래되었다는 것을 쉽게 알 수 있다. 어떤 것이 바람직한 것이라면 그것은 '좋은' 것이 되고, 바람직하지 않다면 '나쁜' 것이 된다. 관찰 행위에서 인간적인 판단이 제거된다면 끊임없는 진화 과정 속에서 '변화하는' 형상들만 보일 것이며, 이때 '변화'는 본원적으로 바람직한 것도, 바람직하지 않은 것도 아니다.

모든 것은 그들의 본질과 그들을 지배하는 제반 조건들에 의해 결정되는 본래의 잠재성을 드러내고 있다. 모든 것이 아름답고 찬연한 것은 그것들이 존재하는 것 그 자체로서 신의 창조의 영광을 드러내기 때문이다. 존재하는 모든 유정有情, 무정無情물들은 그저 '있음'으로 신의 뜻을 이행하고 있다. 드러나지 않은 것이 드러난 것이 되는 이유는 신이 그렇게 하고자 했기 때문이다. 우리가 목도하는 그 과정의 이름이 바로 창조다.

　보통의 의식은 창조의 본성이 확연하지 않기에 어떤 해답도 없는 어려운 물음들, 이를테면 '선한' 신이 어떻게 그토록 많은 '악한' 것을 허용해 줄 수 있는가 하는 식의 물음을 지어낸다. 이원적인 지각과 제멋대로 지어낸 현상의 범주들을 넘어선 곳에는 설명할 만한 선도, 악도 없으며 우주 그 자체는 무해無害한 것으로 볼 수 있다. 인간의 마음은 갖가지 목표와 욕망의 시나리오들을 지어내며, 사건들은 그런 시나리오들과 일치할 때도 있고 일치하지 않을 때도 있다. 비극과 승리는 오직 이원적인 마음의 한계 내에서만 일어날 뿐이며 그 어떤 독자적인 실체도 갖고 있지 못하다. 이 세상의 모든 것은 지각의 한계 내에서 생겼다가 사라지는 듯하다. 실상은 시공간과 형상 너머에 있으므로 하나의 '사물'이나 '사람'이 한순간만 존재하든 1000년 동안 존재하든 전혀 중요하지 않다. 이렇듯 존재는 시간 속에서 경험되는 것이 아니므로 몇 년, 아니 불과 며칠 더 살기 위한 몸부림은 한낱 공허한 환상에 지나지 않는 듯하다. 오로지 지금 이 순간만이 우리가 경험하는 유일한 현실이다. 다른 모든 것은 마음이 지어낸 추상적 개념이다. 그러므로 우리는 끊임없이 흐르는 지금 이 한순간만을 살 수 있을 뿐 결코 70년을 사는 것이 아니다.

　비非이원적인 실상에서 모든 것은 완전하고 욕망은 감사한 마음으로 대치된다. 생명이 진화해 가는 데 있어 개개의 생명체들은 주어진 순간이 지닌 잠재력의 총체적 표현이다. 행위 동기 같은 것은 사라지고, 행위는 잠재적인 것이 현실화되는 과정의 한 국면으로 일어난다. 그러므로 행위의 배후에 행위자는 없다. 대신 매 순간 완전하다는 느낌과 아울러 깊은 성취감만 있을 뿐이다. 육체적인 욕구로부터 비롯된 즐거움은 행위 그 자체의 소산이다. 예를 들어 식욕은 먹고자 하는 욕망이 없는 이전 상태에서 먹는 행위로부터 일어난다. 무슨 일이 있어 먹는 일이 중단된다 해도 상실감 같은 것은 없다. 삶의 즐거움은 주어진 순간에 자신이 존재한다는 사실로부터 비롯되며, 매순간마다 성취가 끊임없이 이루어지고 있다는 사실을 아는 것이 존재의 즐거움의 한 측면이다.

모든 것의 하나임the Oneness of the All의 전체성은 '체험'이 불가능하다. 그 전체성은 그것이 됨으로써 알려진다. 참나의 '나'는 창조의 전개를 지금으로서 목도하는 신의 눈이다. 순차적 연쇄는 에고의 '나'의 지각이 빚어낸 환상이며, 이 지각은 비논리적인 것을 논리적인 것으로, 비선형적인 것을 선형적인 것으로, 전부임을 '이것임this-ness'으로 빚어내는 관찰점이다. 지각은 에고의 눈이며, 그 눈은 체험할 수 없는 무한한 것을 체험할 수 있는 유한한 것으로 바꿈으로써 시간과 공간, 지속, 차원, 위치, 형태, 한계, 특이성 등의 지각을 낳는다.

세속적인 삶의 재개再開

지각에 의한 세계는 대체되었다. 정체성은 제한된 주체(개인적인 '나')로부터 무제한적인 맥락으로 전환되었다. 모든 것은 변형되었으며 아름다움과 완벽함, 사랑, 순수함을 드러냈다. 모든 사람의 얼굴은 내적인 아름다움의 빛으로 환하게 피어났다. 모든 식물은 예술 작품처럼 스스로를 드러냈다. 사물들 하나하나가 완벽한 조각품이었다.

모든 것이 제자리에 편안하게 존재하면서 동시적으로 이어진다. 기적과 같은 일들이 계속해서 일어났다. 삶의 세목들이 신비롭게도 저절로 알아서 굴러갔다. 현존의 에너지는 불가능해 보이던 일들을 수월하게 이루어 냈고 평범한 사람들이 기적으로 여길 만한 현상들을 일으켰다. 몇 년간, 사람들이 영적인 현상(고전적 용어로 *싯디*(siddhis)이라 부르는 일들이 저절로, 그리고 자주 일어났다. 다른 곳에서 일어나는 일을 훤히 알고 앞으로 일어날 일을 미리 내다볼 수 있는 능력, 텔레파시, 사이코메트리(어떤 물체에 가까이 가거나 물체를 만짐으로써 그 물체나 물체와 연관된 사람에 대한 사실을 꿰뚫어 본다는 초자연적인 능력 — 옮긴이) 같은 현상이 빈번하게 일어났다. 사람들이 말하기도 전에 그들이 무슨 생각을 하고 어떤 기분 상태에 놓여 있는지 자동적으로 알 수 있었다. 유기적인 구조를 부여해 주는 힘이자 모든 현상들이 일어나는, 어디에나 존재하는 무대인 신적인 사랑이 충만했다.

물리적인 몸

더없이 강력한 에너지가 척추와 등을 타고 올라가 뇌로 흘러들어 갔다. 그 에너지는 뇌 중에서도 주시의 초점을 맞추는 곳에 집중되곤 했다. 이어서 그것은 얼굴로 내려갔다가 심장 부위로 들어갔다. 매우 강렬한 이 에너지는 사람들이 고통스러워하는 곳으로 이따금 흘러가기도 했다.

언젠가 외진 곳에 있는 고속도로를 달리는데 그 에너지가 심장에서 쏟아져 나와 크게 휘어 돌아간 저 앞쪽 길로 흘러갔다. 에너지는 그곳에서 방금 전에 일어난 자동차 사고 현장으로 밀려들어 갔다. 그 에너지는 그것이 에워싼 모든 사람을 치료하는 효과를 지니고 있었다. 잠시 후 에너지는 목적을 이룬 듯했고 갑자기 흐름을 멈췄다. 그 장소에서 몇 마일쯤 더 나아가자 같은 현상이 재발하기 시작했다. 또 다시 몹시 강렬하고 상쾌한 에너지가 심장

부위에서 쏟아져 나와 1마일쯤 떨어진 곡선 부위를 향해 흘러갔다. 그곳도 막 교통사고가 일어난 상황이었다. 사고 차량의 바퀴가 그때까지 돌고 있었다. 에너지는 차에 탄 사람들에게로 밀려들어 갔다. 마치 천사의 에너지를 전해 주는 보이지 않는 흐름이 고통과 두려움 속에서 기도하는 사람들에게 이어져 있는 것 같았다.

시카고 거리를 걸어가는 동안 치유의 힘이 있는 영적인 에너지가 일어난 적도 있다. 이번에는 그 에너지가 한바탕 맞붙어 싸울 듯한 자세를 취하고 있는 한 무리의 청년들에게로 흘러들어 갔다. 에너지가 그들을 에워싸자 그들은 뒤로 서서히 물러서더니 긴장을 풀고 웃기 시작했다. 그들은 곧 흩어지기 시작했고 그 순간 에너시의 흐름은 멈췄다.

현존에서 발산하는 에너지의 신령스런 기운은 무한한 능력을 지녔다. 사람들은 그 에너지 장 안에서 지복의 상태 혹은 더 높은 의식 상태로 저절로 들어가 성스러운 사랑과 기쁨, 치유되는 느낌을 체험했기 때문에 그 에너지 가까이 앉고 싶어 했다. 불안하고 혼란스러운 사람들은 에너지 장 안에서 차분해지면서 불안한 상태에서 저절로 벗어났다.

과거에 내가 '내 것'이라고 여겼던 몸은 이제 여러 가지 질병들을 스스로 치료했다. 놀랍게도 안경을 쓰지 않았는데도 시력이 제 기능을 발휘했다. 시력 손상으로 인해 열두 살 이래로 삼초점 안경을 늘 끼고 다녀야만 했다. 그런데 아무 예고도 없이 갑자기 눈이 좋아져 안경 없이 보는 것은 물론 먼 데까지도 잘 볼 수 있어 기쁘기도 하고 놀라기도 했다. 이런 일이 일어나자 감각 기능들은 몸의 기능이 아니라 의식 그 자체의 기능이라는 깨달음이 왔다. 뒤이어 '몸으로부터 벗어났던' 체험에 관한 기억이 되살아났다. 당시 보고 듣는 능력은 멀리 떨어진 다른 곳에 있는 물리적인 몸과는 전혀 상관없이 '에테르 체'(에너지 체, 영기체라고도 한다― 옮긴이)와 조화를 이루면서 작동했다.

물리적인 병은 실은 부정적인 신념체계의 결과요, 몸은 신념 패턴이 바뀌면서 문자 그대로 크게 변화할 수 있는 듯했다. 인간은 오로지 자신이 마음으로 믿고 있는 것에 지배받는다. (영적인 길을 따르는 사람들이 인류에게 알려진 거의 모든 병으로부터 벗어나는 것은 흔히 볼 수 있는 일이다.)

신성의 에너지가 지닌 기적적인 능력과 속성, 그것이 일으키는 현상들은 에너지 장의 고유한 것일 뿐 개인과는 전혀 무관했다. 그런 현상들은 저절로 일어났으며, 이 세상 어딘가에서 필요로 하기에 일어나는 듯 보였다.

에너지가 일으키는 현상들을 목격한 평범한 사람들 중 상당수가 그 체험을 부정하는 식으로 처리했다는 것 역시 흥미로운 일이었다. 그들은 그러한 체험이 에고의 지각 체계와 가능하다고 믿을 수 있는 일들의 범주로부터 완전히 벗어난 데서 일어난 일인 양 목격한 것을 기억에서 완전히 지워 버렸다. 누군가가 그런 현상에 관해 물으면 그 사람들은 최면 치료를 받은 환자들이 최면 후의 행동에 관해 설명해 달라는 요구를 받을 때 그럴싸한 이야기를 꾸며 내는 것과 마찬가지로 합리적인 설명을 재빨리 지어냈다. 이에 반해 영적으로 매우 진화한 사람들은 기적적인 현상이 삶의 자연스런 일부라도 되는 것처럼 그러한 일이 일어났다는 사실을 군말 없이 받아들였다.

의식이 크게 변한 후에는 현존이 모든 행동과 사건들을 결정했다. 몸은 이 세상에서 말하고 행동하는 역할을 담당했지만, 영원히 달라진 의식은 제자리를 확고히 잡고서 차분하고 고요한 상태 속에 계속 머물렀다. 그 당시 세상에서는 여전히 제 역할을 다해야 했기에 시간을 두고 노력해 다양한 의식 수준들에 초점을 맞추는 능력을 발달시켰다. 사정이 허락할 경우에는 잔잔한 평화가 내면을 완전히 지배했고 한량없는 내밀한 기쁨이 깃들었다. 외적인 세계와 지각의 평상적인 기능들에 대한 관심을 거두어들이자 무한한 지복의 상태가 내면을 가득 채웠고, 오직 평상적인 세계에 강렬하게 집중하면 지복의 상태를 중단할 수 있었다. 참나는 시간과 형상을 넘어선 것이지만, 그 속에서 평상적인 의식이 세속적인 방식으로도 동시에 작용하는 잠재적인 능력을 갖고 있다.

평상적인 지각의 세계를 참된 것으로 여기고 그것을 진지하게 받아들이기는 어려웠다. 그로 인해 세상을 유머러스한 관점으로 바라볼 수 있는 일종의 항구적인 능력이 계발되었다. 평상적인 삶은 끝없는 코미디처럼 보였고 따라서 진지하다는 것 자체가 우스꽝스러웠다. 하지만 부정적인 인식의 세계 속에 너무나 깊숙이 빠져 있는 일부 사람들이 그런 유머감각을 받아들이지 못했기 때문에 그것을 표현하는 일은 자제해야 할 필요가 있었다.

대부분의 사람들은 자신들의 부정적인 인식 세계에 일종의 기득권 같은 것을 갖고 있어서 더 높은 수준의 앎을 얻기 위해 그것을 버리려 하지 않는 듯했다. 사람들은 자신들의 끝없는 분노와 분개, 자책, 자기 연민으로부터 충분한 만족감을 얻고 있어서 이해와 용서, 연민과 같은 수준으로 옮겨 가기를 사실상 거부하는 듯했다. 그들은 비논리적이고 이기적인 사고방식을 영속시키기에 족할 만한 이득을 부정적인 태도를 통해 얻고 있는 듯했다. 그것은 마치 정치가들이 표를 얻기 위해 진실을 멋대로 왜곡하고, 형사 사건을 맡은 검사들이 유죄 판결을 얻어 내기 위해 피고에게 죄가 없다는 사실을 입증해 줄 증거를 숨기는 것과 같았다.

이런 부정적인 '이득들'을 버릴 때 이 세계는 빛나는 아름다움과 완벽함으로 넘치는 무한한 실재實在가 되고, 사랑이 모든 생명을 지배하게 된다. 모든 것은 스스로 빛나고, 신성한 본질의 기쁨은 지각된 세계에서 형상으로 표현되는 모든 곳에 두루 존재하는 형상 없음을 통해 찬연한 빛을 발한다. 진실로 자신이 존재하는 모든 것일 때 더 이상 알아야 할 것이 없으므로 그 어떤 것에 대해서도 '알아야' 할 필요가 없다. 보통의 상태일 때 마음은 단지 무엇 무엇에 '관해서' 아는 것에 지나지 않는다. 자신이 존재할 수 있는 모든 것일 때 그런 식의 지식은 더 이상 필요치 않다. '나'라는 과거의 느낌을 대신하는 정체성은 그 어떤 부분이나 구획도 갖고 있지 않다. 전체성과 전부임에서는 어떤 것도 배제되지 않는다. 참나가 모든 것의 본질과 다르지 않은 본질이 된다. 비이원적인 세계에서는 아는 자도 존재하지 않고 아는 바도 존재하지 않는데 그것은 그 둘이 하나가 되었기 때문이다. 어떤 것도 불완전하지 않다. 전지全知함은 곧 자기완전성이다. 거기에는 평상적인 마음을 분주하게 몰아대는, 다음 순간을 체험하고자 하는 욕구가 없다. 평상적인 마음은 삶의 매순간마다 항상 불완전함을 느끼기 때문에 그런 강박감에 쫓기게 마련이다.

완전한 느낌은 신체적인 감각들을 압도한다. 욕망과 기대는 사라지고 행위 그 자체로부터 즐거움이 우러난다. 시간에 대한 체험이 멈췄기 때문에 기대하거나 아쉬워할 만한 사건의 연속에 대한 체험이 없다. 매순간은 그 자체 내에서 완전하고 완벽하다. 그저 존재하는 상태가 과거와 현재와 미래의 모든 감각을 대신하기에 기대할 만한 것도, 통제하고 조절하려 애써야 할 만한 것도 없다. 이것은 더없이 평화롭고 고요하며 심원한 상태의 본질적 부분이다. 시간 감각이 사라지면 모든 욕구와 결핍도 사라진다. 무한한 고요함을 동반한 현존이 정신적이고 감정적인 모든 활동을 대신한다. 몸은 스스로 증식하는 것이 되고, 여러 조건들의 흐름에 반응하면서 작용하는 자연의 또 다른 소유물에 불과한 것이 된다. 온 우주로부터 홀로 동떨어진 채 독자적으로 움직이고 활동하는 것은 아무것도 없다. 모든 것은 절대적인 조화 속에서 살고 움직이며, 있는 모든 것의 절대적인 완전함과 아름다움, 조화 속에서 존재한다.

행위의 토대로서의 동기는 사라졌다. 삶의 현상들은 이제 다른 차원에 속한 것이 되었고 마치 다른 영역에 와 있기라도 한 것처럼 과거와 다르게 보였다. 모든 일은 내적인 고요함과 침묵의 상태 속에서 저절로 일어나고, 우주와 그 안에 있는 모든 것으로서 스스로를 표현하는 사랑에 의해서 생동한다. 생명의 아름다움은 감정을 초월해 무한히 평화롭고 무한한 기쁨과 행복으로 빛난다. 신의 평화가 너무도 완전하고 절대적이어서 욕망하거나 원하고자 하는 그 어떤 것도 남아 있지 않다. '경험하는 일'조차 멈췄다. 이원적인 세계에서는 경험하는 자가 있고 그것과 분리된, 경험되는 것이 있다. 비이원적인 세계에서는 그런 분리 현상이 '존재하는 모든 것이 되는 것'으로 대치된다. 따라서 경험자와 경험되는 것 사이의 그 어떤 시간적, 공간적 괴리도 없으며 또한 주관적인 체험도 없다.

앎의 비이원적인 세계에서는 사건의 연쇄조차도 더 이상 일어나지 않으며, 앎이 경험을 대신한다. 지속되는 지금만이 있으므로 거기에는 '여러 순간들'에 대한 경험 같은 것은 더 이상 존재하지 않는다. 움직임은 마치 일시 정지되어 있는 것처럼 시간을 넘어 슬로 모션으로 일어난다. 어떤 것도 불완전하지 않다. 실제로 움직이거나 변화하는 것은 아무것도 없다. 어떤 사건도 일어나지 않는다. 거기에는 사건의 연쇄 대신에, 모든 사물은 스스로를 드러내는 단계에 와 있고 모든 형상은 정신의 관찰 습관이나 지각이 빚어낸 과도기적인 부수 현상에 지나지 않는다는 통찰이 존재한다. 실상에서 모든 것은 우주의 무한한 잠재성의 표현으로 존재한다. 진화의 상태는 여러 조건들의 결과이기는 하지만 그 조건들이 그런 상태의 원인이 된 것은 아니다. 조건들은 드러난 여러 현상들을 설명해 준다. 그리고 변화로서 비치는 현상들은 사실상 자의적인 관찰점point of observation의 소산에 지나지 않는다.

단일성이라는 관점에서 보면 다양성이 존재하는 듯하다. 하지만 다양성이 동시에 모든 곳에 존재할 때는 하나임의 단일성만이 존재한다. 편재는 지각이 만들어 낸 유일성이니 다양성이니 하는 허구를 소멸시킨다. 실상에서는 그런 상태 중 어느 것도 존재하지 않는다. 거기에는 '여기'도, '저기'도 없다. '지금'도 '그때'도 없다. '과거'도 '미래'도 없다. '완전함'도 '불완전함'도 없으며, 모든 것이 이미 그리고 완전히 스스로 존재하므로 그 어떤 '되어짐 becoming'도 없다. 시간 그 자체는 빛의 속도와 마찬가지로 일종의 자의적인 관찰점이다. 우주를 설명하고자 하는 우리의 습관적인 시도는 사실 우주에 대한 설명이 아니라 자의적인 관찰점들에 대한 설명 내지는 평상적인 마음이 작동하는 방식에 관한 도면 같은 것으로 볼 수 있다.

실제로 설명되고 있는 것은 객관적이고 독립적으로 존재하는 우주가 아니라 정신 기능의 여러 범주들 내지는 마음의 연속적인 진행 과정의 구조나 형태들에 불과하다. 그렇다면 과학의 한계는 지각에 의한 이원적인 세계가 부과한 한계들에 의해 미리 결정된 셈이다. 지각 그 자체는 그것을 그냥 아는 것이 아니라 무엇 무엇에 '관해서'만 알 수 있으므로 자기 제약적인 측면을 내포하고 있다. 우리는 과학이 지각의 한계를 넘어설 것이라 기대하지 않는다. 그리고 그렇게 하지 못했다고 해서 비난을 할 필요도 없다. 과학은 단지 우리를 앎의 문턱까지만 인도해 줄 수 있을 뿐이며, 앎은 지각에 전혀 의존하지 않는다. 사실, 과학은 과학적 직관에 의해서 발전하며 논리와 증거는 그 뒤에 따라 나온다. 우리는 전통적으로 이런 직관적인 도약을 창조라 부르는데, 그러한 도약은 논리를 대신하며 진보를 촉진한다. 그러므로 발견이야말로 사회 발전의 진정한 원동력이 된다.

앎의 상태에서 마음은 고요해진다. 논리적인 생각이나 연속되는 생각이 움직임을 그치는 대신 침묵과 고요함이 자리 잡으며, 아무 힘을 들이지 않고도 계시와 같은 펼쳐짐과 드러남이 지속적으로 이어진다. 앎이 저절로 펼쳐지고, 있는 모든 것의 신성이 고요한 가운데 저절로 환하게 빛난다. 모든 것은 완전하고 지속적으로 드러난다. 이미 모든 것이 전체적이고 완벽한 상태 속에 있으므로 추구해야 할 것도 없고 얻어야 할 것도 없다. 행위로 보이는 모든 현상은 저절로 일어난다.

또한 우리가 항상 경험의 원천이라 가정하는 허구적인 실체, 즉 행위자가 사라져 우주의 절대적인 하나임 속에 녹아들었으므로 행위의 배후에 행위자가 없다. 전체적이고 완전한 참나는 모든 세계와 우주, 시간을 초월한 곳에 그리고 그것들이 있기 이전에 존재하며 어떤 것에도 의존하지 않고 어떤 것에 힘입어 존재하지도 않는다. 참나는 존재를 넘어선 것이고 존재나 비존재, 시작이나 끝, 시간이나 공간에도 속하지 않는다. 그것은 심지어 '있다is'나 '없다is not'와 같은 개념에도 속하지 않는다. 참나는 드러난 것도 드러나지 않은 것도 아니며, 그런 개념들의 범주화에 내포된 그 어떤 차원에도 속하지 않는다.

평상적인 경험의 세계 속에서 적절하게 활동할 수 있으려면 어느 정도의 큰 조정을 거칠 필요가 있다. 이원성과 비이원성의 '영역들' 간에는 연속성과 하나임이 존재하며, 모든 이원성은 비이원성으로 충만해 있다. 이원성 내에서의 한계는 사실상 앎의 한계다. 앎의 이런 한계는 초점에서 비롯된 것으로 보인다.

사람들은 자신의 진실에 대해 전혀 알지 못하거나 의식하지 못하고 있으므로 그들에게는 아무 잘못이 없어 보인다. 그런 상태에서 그들은 프로그램화된 허구적인 신념체계에 따라 움직인다. 그동안에도 그들 영혼의 순수함은 본래적인 아름다움으로 빛난다.

현대적인 용어를 빌려 말하자면 사람들은 자신들이 의식하지 못하고 있는 '소프트웨어 프로그램들'에 따라서 움직인다고 할 수 있다. 각 개인은 의식의 진화 과정 속에 있고 그중 일부 사람들은 나머지 사람들보다 좀 더 진화해 있다. 각 개인은 서로 다른 조건들 하에서 의식의 전개상을 보여 주며 따라서 밖으로 드러난 모습의 수준도 각기 다르다. 각 개인은 마치 일정한 어떤 수준에 붙잡혀 있고 의지의 동의, 결정, 혹은 승인 없이는 다른 수준으로 발전해 나갈 수 없는 듯하다. 비유컨대 사람은 하드웨어와 같고 그들의 행위나 믿음은 소프트웨어와 같기 때문에 그들은 본래 순진무구하다. 그 하드웨어는 그들이 자신들의 행위의 의미나 중요성을 알지 못한 채 맹목적으로 따르고 있는 소프트웨어 프로그램들에 의해 아무 영향도 받지 않는다. 고전적으로, 그 무의식적인 소프트웨어 프로그램은 '카르마'라 불린다.

보통 사람들이 움직이고 활동하는 상태는 어떤 도덕적인 허물이나 결함도 내포하고 있지 않다. 단지 의식의 장에 내포된 여러 가능성들을 드러낼 뿐이다. 그런 가능성들은 개개의 생명체들을 통해 스스로를 표현하곤 하기 때문이다. 실상에는 '좋고 나쁜 것'

이 없지만 모든 행위에는 분명 그에 상응하는 결과가 따른다. 그 표면적인 차이의 이면에는 사실상, 살아 있는 모든 것에 깃든 생명의 원천으로서 빛나는 참나의 실상만이 존재할 뿐이다. 개개의 실체들은 지금 이 순간이라는 정지된 프레임 속에서 살고 있고, 그들의 앎의 차원을 넘어서는 찰나적인 순간이 실재하는 전부다.

비이원적인 세계에서는 어느 한순간에도 '문제'와 '다툼', '고통' 같은 것들은 일어날 수가 없다. 이 모든 것은 다음 순간에 대한 기대나 과거에 대한 기억 속에서 일어난다. 두려움의 소산인 듯한 에고가 지향하는 목표는 경험의 다음 순간을 통제해서 자신의 생존을 확보하려는 데 있다. 에고는 미래에 대한 두려움과 과거에 대한 후회 사이에서 요동하는 듯 보인다. 행동하는 것을 주저하게 만드는 시간관념과 욕망은 결핍이라는 환상으로부터 비롯된다. 완전하다는 느낌이 들 때 욕망은 사라진다. 에고는 인과율의 환상들과 시간에 종속되기 때문에 자신이 유한하다고 믿음으로써 생존하지 못하게 될까 봐 두려워한다.

삶을 영위하게 하는 통상적인 동기들이 사라지면서 삶은 편하고 수월한 것이 되었다. 과거에는 성격에 해당했던 것이 이제는 애매모호한 하나의 성향에 불과한 것이 되었으며, 그 성향은 평상적인 행위 패턴들에 대한 기억을 되살려 그때그때 적당한 행위를 흉내 내는 법을 아는 듯했으나 그 성향의 흐름 자체는 다른 근원에서 나왔다. 과거에는 개인적인 것으로 여겼던 것이 이제는 아주 비인격적인 것이 되었다. 참나는 우선 사람들에게 스스로를 제대로 설명할 수가 없었다. 참나에게는 바위처럼 아주 견실한 실상인 것을, 개념과 인과적인 사고 패턴에 따라 움직이는 다른 사람들에게 말로 표현하면 추상적이거나 철학적인 얘기로만 들렸다. 구체적이고 주관적인 실상에 지나지 않는 것이 일반적인 사람들에게는 신비롭게만 여겨지는 듯했다. 그들과 쉽게 대화하기 위해 평상적인 사고 패턴을 재가동하는 것은 여간 힘든 일이 아니었다. 참된 '나'는 의식 자체를 넘어서 있지만 지복으로부터 벗어나 세속의 활동 영역으로 들어갈 수 있는 능력을 지녔다. 육신으로서의 존재를 지속하게 할 만한 동기를 부여해 주는 것은 오직 사랑뿐이다.

그 과도기 동안 몸은 마치 신경계가 본래 감당할 수 있는 용량보다 훨씬 더 많은 에너지를 처리해야 하는 것처럼 과도한 부담을 느꼈다. 몸의 신경들은 종종 고압 에너지와 전류가 흐르는 전선들처럼 팽팽하게 긴장하곤 했다. 그래서 결국 대도시와 도시 환경에 수반되는 생활에서 벗어나 서부에 있는 한 작은 도시(세도나 — 옮긴이)로 거처를 옮겨야만 했다. 세도나는 전부터 이미 비물질적이고 영적인 삶에 헌신하는 사람들을 끌어들이던 곳이었다. 거처를 옮기고 나자 명상이 일상 활동을 대신할 수 있었고 지복의 상태가 다시 돌아오면서 금욕적인 생활 방식 같은 것이 자리 잡았는데, 오로지 아무 욕구도 바람도 없었기 때문에 가능한 일이었다. 몸이 아주 사소한 것이거나 심지어 존재하지도 않는 것인 양 종종 먹는 일조차도 잊을 때가 있었다. 거울 앞을 무심히 지나가다가 거울에 몸의 모습이 떠오른 것을 보고 놀라기도 했다. 세상사에는 아무 관심도 없었으며, 과거의 의식을 대신하게 된 영적인 상태에 적응하기 위해 일상적인 역할과 직분에서 벗어난 상태가 근 10년간 계속되었다.

이런 앎의 상태의 한 측면은 종래에는 심상하게 봐 넘기던 현상들 속에서 대단히 중요한 의미를 지닌 것들을 식별할 수 있는 능력으로 발전했다. 그리하여 운동역학kinesiology이라고 하는 흥미로운 임상 기법이 마음과 몸, 드러난 것과 드러나지 않은 것 사이의 잃어버린 고리 내지는 다리橋를 드러내 주었다. 보이지 않는 것이 이제는 쉽사리 보이는 것이 될 수 있었다. 이런 임상적 현상은 정신과 육체의 연결 고리에 대한 설명에 해당하는 자율신경계나 침술의 경락 체계를 훨씬 뛰어넘는 것이었다. 운동역학적인 반응이 의식의 비국지성nonlocality에서 비롯되었다는 점, 국부적인 현상들에 대한 과거 연구의 한계가 임상의들이나 실험자들의 지각이 가진 한계의 표현이라는 점은 분명했다.

이원성은 오로지 비이원성 때문에 존재한다고 말할 수 있기는 하지만 운동역학은 의식의 비국지적 실상을 가장 손쉽고 가장 실제적으로 이용할 수 있는 현상이었다. 의식 내의 상이한 에너지 장들을 계량해서 층층이 배열할 수 있으며, 에너지 장들을 수치적으로 계량하면 태초 이래 이야기되어 온 고전적이고 전형적인 의식 수준들을 문자 그대로 입증할 수 있으리라는 것이 명백해졌다.

이 현상의 가장 놀라운 측면은 참과 거짓의 차이를 즉각 가려낼 수 있는 능력이었다. 시간과 공간을 넘어서 있었던 그 특성은 인간의 정신 전반, 그리고 그와 관련된 개인들의 마음을 뛰어넘는 것이었다. 그것은 원형질이 자극에 대해 반응하는 보편적인 특성들을 지닌 것과 마찬가지로 의식의 보편적인 특성이었다. 원형질은 해롭거나 이로운 자극들에 무의식적으로 반응하며, 그 둘에 상이한 반응 양상을 보인다. 생명에 해로운 것으로부터는 물러나고 이로운 것에는 끌려간다. 몸의 근육들은 진실이 부재한 곳에서는 찰나에 약해지고 진실 혹은 생명에 이로운 것이 존재할 때는 즉시 강해진다.

생각과 개념, 물질, 이미지를 포함한 세상의 모든 것은 긍정적이거나 부정적인 것으로 입증될 수 있는 반응을 불러일으킨다. 그 반응은 시간과 공간, 거리, 개인적인 의견의 제약을 받지 않는다.

이런 간단한 도구로 언제든지 우주 안에 있는 모든 것의 본성을 설명할 수 있고 서술할 수 있다. 존재하거나 존재했던 모든 것은 하나같이 일정한 파동이나 진동을 방출하며, 파동이나 진동은 의식의 비인격적인 장에 각인되어 있고 의식 자체를 통한 이런 테스트에 의해 다시금 상기될 수 있는 영구적인 흔적이다.

우주가 모습을 드러냈으며 이제 거기에는 어떤 비밀도 존재할 수 없었다. '머리에 있는 한 올의 머리카락'도 세지 않고 넘어가는 일이 없고 참새 한 마리가 떨어지는 것도 그냥 넘어갈 수 없음은 분명했다. "모든 진실이 드러나리라."라는 것은 이제 명백한 사실이 되었다.

힘power과 위력force

문자 그대로 수천에 이르는 개인과 집단을 상대로 테스트를 해보는 절차를 거쳤다. 그리고 시험 주체들의 나이나 마음 상태와는 무관하게 테스트의 정확도가 한결같이 입증되었다는 결과가 나왔다. 테스트를 통해 발견한 사실들은 임상 활동이나 연구, 영적인 교육의 장에서 활용할 수 있음이 분명했다.

그렇게 발견한 사실들은 「인간의 의식 수준들에 대한 질량 분석과 측정 Qualitative and Quantitative Analysis and Calibration of the Levels of Human Consciousness」이란 제목으로 발간된 박사학위 논문과 『의식 혁명』이란 책에 기록되었다. 학위 논문을 쓴 목적은 평상적인 인간의 뉴턴 식 인과율의 논리와 한계들로는 도저히 설명할 수 없는 발견들에 신뢰성을 더해 주고 과학적인 증거를 제공해 주기 위해서였다.

의식의 수치적 척도를 로그 logarithm나 수치로 제시할 수 있기는 하지만 앞의 논문이나 책에 제시된 의식의 장들은 비선형적이고, 실상에 대한 뉴턴 식 패러다임을 넘어서는 것이다. 그 척도는 알려진 것과 알려지지 않은 것, 드러난 것과 드러나지 않은 것, 이원성과 비이원성 간의 연결 고리를 제공해 준다. 그런 도구의 가치는 너무나 커서 그것을 처음 접했을 때 많은 사람들이 패러다임 충격에 빠졌다. 누가 어디서든 어떤 사람이나 어떤 사물에 관해, 시간과 공간의 차이를 불문하고 그 어떤 것에 관한 진실이라도 즉각 말할 수 있다는 것은 실로 엄청난 도약이어서 처음에는 실상에 대한 사람들의 감각을 뒤흔들 수도 있었다. 모든 사람이 자신들이야말로 타인들과 완전히 분리된 존재고 자신들의 생각은 사적이고 은밀한 것이라 생각한다.

운동역학이라는 연구 도구가 지닌 가치 중 하나는 그것 자체를 연구하고 실험하는 작업의 진실성과 정당성 여부를 검증하는 데도 사용할 수 있다는 점이었다. 그리하여 이 책과 더불어 『의식 혁명』의 각 장들의 수준을 측정했다. 『의식 혁명』의 전체를 측정해 보기도 했는데 그 결과는 800대의 수준으로 나타났고 따라서 그 책 자체가 알아서 그것을 널리 퍼트리고 세인들의 입에 오르내리게 하리라는 결론이 났다. 광고나 홍보를 하지 않았는데도 예상한 결과가 나타났다. 그 책은 다른 나라들과 대륙에 퍼져나가 다양한 언어로 번역되고 있다. 많은 사람들의 관심을 불러일으켜 널리 확산되었으며 수많은 대학과 연구 부서들에 있는 스터디 그룹에서 그것을 활용하고 있다.

의식 지도(부록 B 참조)에서 600 수준은 이원성의 지각 세계로부터 비이원성의 비지각적인 세계로 넘어가는 단계를 가리킨다. 흥미로운 것은 운동역학 테스트와 반응 자체의 수치가 600 수준으로 나온다는 점이다. 그것은 모든 사람들이 테스트를 실제 생활에서 적절히 이용하는 법을 배울 수 있으나 사람들 대부분이 그것의 진정한 본질을 제대로 이해할 수는 없음을 뜻한다.

치유와 의식 그 자체에 대한 연구에 관심을 가진 사람들을 포함해서 영적인 데 관심이 있는 사람들과 집단들이 가장 먼저 『의식 혁명』에 관심을 보였다. 그 책이 인간의 평상적인 삶의 많은 영역들에 그 기법을 적용함으로써 대단히 유익한 결과를 얻을 수 있다는 점을 분명히 밝히고 있음에도, 그 기법을 사용해 당장 큰 이익을 얻을 수 있는 사회 영역에 속한 사람들은 지금까지 거의 아무 관심도 보이지 않았다. 사회는 아직 그 엄청난 이익들을 알지 못한다.

THE EYE OF THE I :
FROM WHICH NOTHING IS HIDDEN

/ 2부 / 영적인 과정

03

영적 탐구의 본질

비선형적인 학습은 논리적인 방식으로 배열되고 처리되는 사유에 의해 일어나기보다는 자주 접해서 친숙해지는 결과로서 일어나는 경우가 더 많다. 의식은 새로운 정보를 얻음으로써 자동적으로 성장하는 경향이 있다. 그 후, 배운 것을 깊이 성찰할 경우 의식은 잘 이해하지 못했거나 간과하고 넘어간 정보를 통합할 수 있다. 그런 과정을 거칠 때마다 정보의 통합은 깊어지고 따라서 새로운 통찰들을 얻게 된다.

운동역학이라고 하는, 임상적으로 유용한 근육 테스트는 과거에 알고 있었던 것보다 훨씬 더 높은 잠재력을 지녔다는 사실이 드러났다. 망원경이 숲속이나 이웃집 뒷마당에서 일어나는 은밀한 사건들뿐만 아니라 우주의 행성들도 보여 줄 수 있다는 점이 밝혀진 것과 마찬가지로 운동역학 테스트는 피험자彼驗者의 개성이나 특성들을 초월하는 비인격적인 의식의 비국지적이고 보편적인 속성을 토대로 하고 있다는 사실이 밝혀졌다.

시험적인 자극에 대한 몸 근육들의 반응은 의식 그 자체의 본질적인 특성에 의해 결정된다는 사실이 드러났다. 의식은 진실을 제시할 때 팔 근육을 즉시 강하게 함으로써 긍정적인 답을 할 수 있으며 진실하지 않은 것에는 팔 근육을 약하게 만듦으로써 부정적인 답을 할 수 있다. 재현이 가능한 이러한 현상에 대한 조사 및 연구는 지난 20년 동안 사회의 온갖 계층에 속한 수많은 피험자들을 상대로 이뤄졌으며 많은 연구팀이 시험의 정확성을 확인했다.

연구는 수많은 임상적인 시행착오를 거쳐 유익한 것과 해로운 것에 대한 운동역학적인 반응이 현저히 다르다는 사실을 분명히 입증했다. 이러한 사실은 몸의 병을 알아내고 그에 상응하는 적절한 치료법을 찾아내는 진단 의학적인 가치를 지녔다. 1970년대에 일어난 이런 사건들은 상당한 양의 임상 정보를 산출했고, 임상의들은 운동역학 대학을 세워 그곳에서 운동역학을 적절히 활용했다. 주로 일반개업의들과 전인치료사들이 운동역학의 발전에 관심을 가졌다. 정신과 의사인 닥터 존 다이아먼드 역시 운동역학에 관심을 가져 그것을 새로운 단계로 끌어올렸고, 태도와 감정, 신념 체계, 음악, 소리, 상징들을 연구하는 데 운동역학적인 반응을 이용하기 시작했다. 그의 작업은 훨씬 더 폭넓게 적용될 수 있는 '행동 운동역학Behavioral Kinesiology'의 출현을 예고했다.

다음은 의식 수준들을 분류해서 수치적으로 측정하는 데 운동역학적인 반응을 활용하는 단계였다. 이런 의식 수준들은 모든 문화에서 널리 인정받아 온 영적 진보의 수준을 뜻하는 것으로 옛 시대의 많은 철학적·영적 전통들 속에서 적절하게 계층화되었다. 계층화된 수준들은 로그적對數的으로 측정될 수 있음이 밝혀졌다. 그 과정에서 등장한 한 가지 유용한 의식 척도는 인류의 전 역사와 일치했고, 사실상 인류의 전 역사를 한눈에 조감할 수 있게 해 주었다. 1에서 1000까지 이르는 임의적인 척도를 근거 삼아 볼 때 200 수준 이하로 측정되는 것들은 부정적이고 반反 생명적이고 거짓되며 어디서나 해로운 것으로 체험되는 것임이 밝혀졌다. 의식은 이제 진실과 거짓을 가려낼 수 있었고 그것은 큰 발견이었다.

앎의 다음 도약은 200 수준의 의식이 힘power과 위력force을 가려낸다는 사실을 발견함으로써 이루어졌다. 이 발견은 두 상반되는 영역의 서로 다른 속성들을 탐구할 수 있게 해 주었다. 위력은 일시적이고 에너지를 소모시키며 한곳에서 다른 곳으로 이동한다. 반면 힘은 자족적이고 항구적이고 불변하며 무적無敵이다. 탐구의 결과로 '의식 측정 척도Calibrated Scale of Consciousness'가 나왔고 『의식 혁명』이 출간되었다. 그 상이한 수준들은 사회적 현상들은 물론 인간의 의식을 지배한다고 밝혀진 사회의 일반적인 의식 수준들과도 서로 맞물려 있다.

이러한 수준 측정은 누구나 쉽게 인정하고 이해할 수 있도록 수치로 표시할 수 있기는 하지만, 전통적인 학문들의 탐구 범위를 넘어서는 영역을 다룬다고 알려졌다. 그동안 이것은 '카오스 이론' 혹은 '비선형적 역학nonlinear dynamics'이라는 이름을 얻었다. 비이원성의 영역은 미분학과 같은 전통적인 수학 용어들로서는 설명할 수 없다. 비이원적, 비선형적 실상의 영역은 전통적으로 영적인 영역이라고 지칭해 온 영역에 속한다는 사실이 판명되었다. 인간사의 배후에 있는 힘은 인간의 행위 동기와 의미, 의의를 구성하는, 정의할 수 없고 설명할 수 없고 측량할 수 없는 실상들로부터 유래되었다.

생명은 비선형적이고 역동적이므로 과학적인 탐구 영역 너머에 존재했다. 따라서 선형적인 뉴턴 물리학의 서술적인 용어들과 개념화, 실상에 대한 패러다임은 마땅히 초월되어야 할 것들이었다.

측량할 수 있고 관찰할 수 있는 물리적인 세계는 그 어떤 내재적인 힘도 갖지 못한 인과의 세계임이 밝혀졌다. 참된 힘은 실로 무한히 강력한, 비선형적이고 보이지 않는 영역에 내재되어 있다. 실상은 시간과 차원, 위치, 측량의 용어로는 설명할 수 없지만 시공을 넘어선, 전통적으로 '진리'라고 부른 무한한 잠재성 속에 독자적으로 존재했다. 이런 것들은 깨달은 이들로 여겨진, 특별한 자질을 타고난 개인들의 경우를 제외하고는 결코 그 누구도 서술하지 못했던 무한한 '영역들'이다.

좀 더 높게 측정된 의식 수준들에 대한 연구는 인류 역사의 위대한 영적 스승들의 깨달음의 정도와 정확히 일치했다. 이제까지 이 세상에 살았던 사람들 중에서 1000 수준을 넘어서는 의식 수준에 도달한 이는 아무도 없었으며, 1000 수준 정도의 높은 수치에 도달한 이들은 신의 창문들이자 성스러운 스승들, 크리슈나이자 아바타이자 구세주 혹은 예수나 붓다 같은 위대한 스승들로서 인정받았음이 밝혀졌다. 수천 년 동안 그들의 가르침은 실상에 대한 인류의 맥락의 틀을 잡아 줬고 인류의 경험 전체를 맥락 속에 자리 잡게 했다.

우주의 모든 것, 심지어 가장 사소한 생각조차도 측정 가능한 에너지나 진동을 방출하므로, 진동하는 사건들이 시간과 공간을 넘어선 의식의 에너지 장 속에 영구히 기록되었다는 사실을 발견한 것은 대단히 중요한 의미를 지닌 사건이었다.

시간과 공간을 넘어선 곳에는 '그때'니 '지금'이니 하는 것이나 '여기'니 '저기'니 하는 것이 없다. 이제껏 일어난 모든 것은, 추적할 수 있고 측정할 수 있는 영구적인 기록을 남겼다. 우주에 '존재했던 모든 것'은 아직도 존재하며, 누구든지 언제 어디서나 그것들을 추적하고 식별해서 정체를 밝혀낼 수 있다.

'기록되지 않은 역사'로 보였던 모든 역사는 사실상 확인이 가능하도록 아주 세세하고 정확하게 영구히 보존되어 왔다. 이런 사실이 드러나면서 이제는 경전의 내용들도 실제로 입증할 수 있게 되었다. 진실과 거짓을 식별하고 판별할 수 있는 능력이 인류 역사상 처음으로 나타났으며 이로 인해 실로 엄청난 양의 연구가 행해졌다. 뒤이은 관찰들의 정확도는 학문적 연구 기준을 적용해 검증했고, 그렇게 정확하게 관찰한 결과는 「인간의 의식 수준들에 대한 질량 분석과 측정」이라는 박사학위 논문으로 출간되었다.

1965년에 나타난, 변형되고 깨달은 의식 상태는 인간의 의식에 대한 점진적인 이해의 발전에 필요한 전제 조건들과 배경, 혹은 토대가 되어 줬다. 신성한 현존의 찬연한 빛과 평화, 사랑, 신원한 연민, 이해는 앎이자 참나요, 모든 시간과 형상과 조건들과 설명을 넘어선 모든 존재의 근원인 실상의 무한한 본성을 드러내 주었다.

현존은 모든 상반된 것들과 인과율 너머에 있는, 모든 가능성들을 환하게 드러내 주는 초超시간적이고 무한한 앎을 본래부터 갖추고 있었다. 드러남Revelation이 모든 진실의 자명하고 명백한 본질로서 나타났다. 앎의 전체성과 완전함은 시간의 범주를 넘어서 있으므로 항시 존재하고 있다. 그런 앎이 존재하고 있다는 사실을 반영해 주는 것 중 하나는 자체의 본질을 스스로 드러냄으로써 이해할 수 없는 것을 이해할 수 있게 해 주는 능력이다. 그러므로 모든 것은 드러나 있다. 드러나지 않은 것과 드러난 것은 하나다.

진실의 본질은 주관성이며, 주관성은 이원성을 넘어선 것이면서도 이원성과 그 너머의 것 사이에 다리를 놓아 주는 역할을 한다. 말로 표현할 수 없는 것을 형상의 세계에 전달할 수 있게 해 주는 다리를 완성하는 데는 오랜 세월이 걸렸다. 『의식 혁명』이라는 책이 바로 그 결과였다.

이제까지 서술한 발견들은 심원한 의미가 내포된 것들이었고 오랜 기간에 걸쳐 동료들, 그 다음에는 공동 연구자들로 구성된 여러 팀의 연구에 의해 발전했으며, 그들 덕분에 인간 삶의 모든 측면, 역사적인 사건들과 인물들에 관한 수십만 건의 측정이 이루어졌다. 측정의 대상에는 영적인 가르침들과 그런 내용을 담은 저서들, 영적 스승들도 포함되어 있었다.

모든 작업을 통해 인간의 태도와 사상, 개념, 신념체계들에 관한 무수한 측정치들이 쏟아져 나왔다. 그 엄청난 양의 자료들을 이해할 만한 정보로 만들기 위해 본질적인 요소들을 추출해 내고 상호 연관시키는 데도 많은 시간이 걸렸다. 그 자료들은 그때까지 접근하기 어려웠던 지식을 얻기 위한 연구 기법으로서 인류에게 많은 이익을 안겨 줄 수 있는 가능성을 내포하고 있었다.

선형적인 인과율, 지각, 이원성으로 이루어진 뉴턴 식 패러다임으로부터 지각을 초월하는 비선형적인 실상으로 도약하는 과정은 우리 사회에서 쉽게 이루어지지 않는다. 그러나 그 과정은 영적 진화를 지향하거나 또는 생명의 본질 자체를 이해하기 위한 과학의 발전을 지향하는 사람들에게는 대단히 중요한 의미를 지녔다.

사회 전체의 의식 수준의 분포도를 발견한 일 역시 매우 중요했는데, 분포도는 역사 속에서 이루어진 인간 행위의 상당 부분을 설명해 줬다. 모든 세대, 모든 문화, 심지어 모든 대륙에 속한 무수한 사람들이 어떻게 그처럼 간단히 자기 파멸의 과정으로 이끌려 들어갈 수 있었는가 하는 의문은, 전 세계 인구의 78퍼센트가 온전성의 수준인 200 수준 이하의 의식 수준을 보이고 있다는 사실을 발견함으로써 해소되었다. 게다가 전체로서의 인류의 의식 수준은 190에 불과하고 그런 현실은 몇 백 년간 변함없이 지속되었다. 그러다가 1986년에 이르자 그 수치가 임계점을 갑자기 뛰어넘어 거짓으로부터 200의 온전성과 진실에 도달해 현재 207의 수준에 이르렀다. 이러한 사실은 인류가 진실과 온전성을 향해 점차 나아가고 있음을 보여 준다. 따라서 '의식 지도'와 운동역학적인 평가 능력은 자신들의 의식 수준을 높이거나 영적으로 진화하고자 하는 사람들에게 그들이 의지할 수 있는 지도와 나침반을 제공해 주었다.

　인류의 의식이 강력한 부정적 성향에 의해 프로그램화되었다는 사실은 인류의 78퍼센트가 200 이하의 의식 수준을 보일 뿐만 아니라 전 세계 인구의 불과 4퍼센트만이 500에 해당하는 사랑의 수준에 도달하고 단 2퍼센트만이 540에 해당하는 무조건적인 사랑의 수준에 도달한다는 것을 보면 알 수 있다. 이원성과 비이원성을 가르는 분수령을 넘어선 600에 해당하는 깨달음의 의식 수준에 도달한 이들은 대략 1000만 명 중 한 명(0.000001퍼센트)에 불과하다. 또한 각 측정 수준들 사이에도 실로 엄청난 힘의 수준 차가 존재한다는 사실을 깨닫는 것이 중요하다. 의식 수준은 로그로 표현되므로 불과 몇 점의 차이도 대단히 큰 것이다. 지각과 위치성positionaltity을 통해서 발생하는 이원성의 엄청난 장애가 우리의 의식 속에 뿌리박고 있다는 사실을 운동역학적인 방법과 '의식 지도'를 이용해서 밝혀낼 경우 진실의 빛을 가리는 베일은 걷힐 것이다. 신성은 모든 곳에 두루 존재하지만 그것을 마음 및 몸과 동일시하는 것에 의해 가려진다.

　나의 눈The Eye of the I은 앎으로서 표현된 신성의 참나다. 알라, 신, 브라흐만, 크리슈나의 드러나지 않은 초월적인 신성은 참나, 아트만이라는 내재적인 신성으로서 드러난다.

　영적인 진화는 새로운 어떤 것을 획득함으로써가 아니라 기존의 장애들을 제거함으로써 일어난다. 헌신은 마음이 점차 자유로워지고 진실의 빛에 좀 더 활짝 개방될 수 있게끔 마음의 허영들과 이제까지 소중히 여겨 왔던 환상들을 버릴 수 있게 해 준다.

빛비춤illumination이라고 하는 것은 많은 장애들을 의도적으로 무너뜨리거나 혹은 그것들이 저절로 무너짐으로써 좀 더 큰 맥락이 갑자기 드러나 내적인 빛으로 증험되는 확장된 의식의 장을 환하게 밝히고 드러나게 하는 영적인 상태를 뜻한다. 이것은 앎의 빛, 참나의 빛이며 그 빛은 심원한 사랑profound lovingness을 방출한다. 많은 사람들의 경우 그런 체험이 (임사체험의 경우처럼) 오래 지속되지 않을 수도 있지만 그 여파는 영속적이며 변형을 불러일으킨다. 적당한 때가 되면 그 빛은 다시 돌아와 무한히 행복하고 평화롭고 고요한 상태를 지속하게 하고, 그 축복에 대한 심원한 감사를 뒤따르게 만든다.

잊을 수 없는 그런 사건은 그 상태로 돌아가고 싶은 열망을 불러일으키는 경향이 있으며 그런 열망은 이 세상의 모든 것을 기꺼이 포기하고 싶어 하는 마음을 낳을 수도 있다. 전념과 내맡김, 헌신이 호기심을 대신한다. 영적인 감응의 도는 강해지고 삶을 인도하는 빛이 된다. 최종적으로 일어날 수 있는 상태로서 드러난 그때 모든 인간적인 욕망은 빛을 잃는다. 신에게 진실로 헌신하고 복종하는 사람이 되며, 신을 위해서 세속의 삶이 제공해 주는 모든 것을 기꺼이 내맡기고자 하는 마음이 된다.

그 다음에 흔히 일어나는 장애는 초조감으로, 그것은 때로 절망에 이르기까지 한다. 일단 샹그릴라(지상낙원 — 옮긴이)를 체험해 본 탐구자는 목숨 그 자체를 걸려고 할 것이고 영적인 상태로 돌아가기 위해 어떤 희생도 감수하려 들 것이다. 그렇게 탐구하는 일과 그 여정은 심한 강박 관념 같은 것이 될 수도 있다. 따라서 그런 상태가 사라지면 때로 엄청난 비탄에 빠지거나 자기가 그런 상태와 분리될 만한 무슨 짓을 했으리라는 죄의식에 빠진다. 그때 하늘에 계신 신에게 도움을 간구한다.

낙담하고 자책하는 시기와 아울러 깊은 절망에 빠진 시기가 올 수도 있다. 그러나 그 후에는 탐구의 여정에 훨씬 더 강력하게 헌신하고 전념하는 단계가 이어진다. 영혼은 이제 신의 현존보다 못한 것에 만족하려 하지도 않고 만족할 수도 없게 된다. 모든 것을 신에게 내맡기는 일이 점점 더 심도 있게 일어나고 그러다 마침내 '나'라고 하는 자아까지도 기꺼이 사라지게 하려는 마음이 일어난다. '자아'는 종전에 생각했던 것보다 훨씬 더 깊어지고 강해진다. 그것은 참으로 완강하고 사나운 듯하다.

그러다 인간의 의지가 아니라 신의 은총에 의해서 성취되는 최후의 내맡김에 의해 에고ego · 자아self의 죽음과 같은 고통이 일어나고 그 고통은 견딜 수 없는 지경에 이르게 된다. 그 후 에고는 영원히 사라지고, 그 진공 속에서 모든 것을 아우르는 현존이 눈부신 영광과 찬연한 빛을 발하면서 차오른다. 스스로를 그 현존과 동일시하지 않거나 그것으로부터 분리된 것으로 여긴 적이 있었다는 것 자체를 생각할 수도 없고 이해할 수도 없게 된다. 그것은 설명할 길이 없다.

이어서 자신이 스스로를 전부One로서 알고 체험할 수 있는 잠재성이 일어난다. 그것은 그 둘 모두인 동시에 그 어느 쪽도 아니다. 모든 잠재성, 모든 가능성, 모든 상태가 현재 상태이자 조건이며 이 모든 것이자 그 어느 것도 아니다. 말로는 설명할 길이 없다.

영적인 저서들이 내포하고 있는 한 가지 난점은 탐구자들이 편안하게 주제에 접근할 수 있을 만큼 친근한 맥락을 제시하지 못할 때가 종종 있다는 점이다. 예컨대 그런 저서들에는 저자나 화자의 개인적인 삶은 전혀 중요하지 않다는 말이 간혹 나오는데, 그런 얘기는 절대적인 의미에서는 진실이지만 정보를 제시하는 방식에 관해 자연스런 호기심이나 기대감을 품고 있는 대다수 사람들의 의식 수준을 무시해 버린다. 한 사람의 개인적인 삶은 전혀 중요하지 않다는 말은 대부분의 사람들에게는 도무지 알 수 없는 얘기다.

사람들에게는 어떤 부류의 사람이 특이한 영적 계시를 체험하는지에 대해 호기심을 품는 자연스러운 경향이 있으며, 동시에 사람들은 그 사람의 인간적 특징이나 생활 방식에 관해서도 궁금해한다. 사람들은 자신들이 그런 것을 파악하면서 그런 특징이나 특성이 결국 영적인 앎을 낳는 경향이 있다는 사실을 발견하게 되리라는 것을 직관적으로 알고 있다. 물론 영적인 발견에 헌신하거나 일정한 어떤 의식 상태를 구현하는 사람들에게는 공통된 성격적 특성이나 특징들이 있을 것이다.

영적인 길은 수행과 경험, 성취로 보강하고 강화할 수 있는 어떤 특징들로 인해 좀 더 수월해진다. 이런 특징들에는 목표에 확고하게 초점을 모으고, 하나의 테크닉이나 영적인 수행에 적극적이고 헌신적으로 몰입하고 집중할 수 있는 능력도 포함된다. 그렇게 해서 목표에 대한 확고한 결단이 서게 되며, 영적인 가르침이나 진실에 대한 깊은 믿음을 토대로 모든 것을 기꺼이 놓아 버리고자 하는 자발성이 자리하게 된다. 이때는 대체로 미워하고 비난하기보다는 용서하고 사랑하려는 자발성이 앞선다. 더 큰 것을 위해 작은 것은 버리려 하고 판단하기보다는 이해하고 싶어 한다. 영적인 관심을 지닌 사람들이 그들끼리 한데 모이는 경향을 보이는 것은 그들이 자극과 흥분보다 고요하고 평화로운 것을 더 좋아하기 때문이다. 아마도 가장 유용한 도구는 겸손할 수 있는 능력과 더불어 평상적인 의식의 한계 및 그 결과들을 명확히 깨닫는 것이다. 자기가 노력하는 방향의 타당성을 확인해 보기 위해서 모든 가르침, 스승, 구루, 영적인 집단의 진실 수준을 측정해 보는 것은 매우 중요한 일이다.

이제까지 인류는 나침반이나 지도도 갖추지 않고서 아무 표시 없는 대양을 항해하는 배처럼 그저 맹목적으로 헤매 왔다고 할 수 있다. 오랜 세월에 걸쳐 문자 그대로 수억의 사람들이 양과 양의 탈을 쓴 늑대를 식별할 수 있는 능력의 부재를 극복할 만한 간단한 기법이 없어서 파멸의 운명을 겪어 왔다. 운동역학을 해 보면, 민족 전체나 문명 전체가 사람을 약하게 만드는 것으로 나타나는 선전이나 구호, 신념체계들을 따르다가 파멸 당하거나 멸망하곤 했다는 사실을 알 수 있다. 운동역학적인 기법은 단순하고 허술하게 여겨질 수도 있다. 그렇지만 자석을 나침반으로 사용하는 방법의 발견 역시 그렇게 간주되었다.

오늘날 이 행성에 사는 대부분의 사람들은 한때 비과학적이고 조야한 것으로 여겼던 것들, 예를 들어 박테리아를 죽일 능력이 있다는 사실이 발견된, 배양접시에 담긴 지저분해 보이는 곰팡이 같은 것들 덕분에 무사히 살아남았다. 그런 사소한 발견 덕에 항생 물질이 출현했으며 그로 인해 인류의 건강의 질이 높아지고 수명도 늘어났다.

순진한 탐구자는 다수의 영향력과 설득력, 카리스마를 빌려 다양한 이데올로기들을 내세우는 온갖 사이비들의 좋은 먹잇감이다. 쉽게 속아 넘어가는 그런 사람에 대한 동료집단의 압력 역시 너무도 강하므로 그가 지나치게 종교적이고 사이비적인 영적 가르침들의 덤불을 헤쳐 나가는 일은 위험하고 힘겨운 모험과 마찬가지다. 군중 본능이란 것이 워낙 강한 힘을 지녔으므로 숭배자들의 무리에 휩쓸리지 않으려면 내적인 확신과 바른 길을 안내해 줄 수단이 필요하다. 숭배자들의 무리에 둘러싸이면 우리의 마음은 이렇게 속삭인다. "저 수백만의 사람들이 모두 잘못 판단하거나 기만을 당할 수는 없는 일이야." 이런 역설에 대한 해답을 찾아내려면 그 열광적인 신자들 무리의 구성을 검증해 봐야 한다. 그렇게 많은 사람들도 판단 착오를 일으킬 수 있을 뿐 아니라 실제로 그런 일이 다반사로 일어난다는 사실은 전 세계 인구의 78퍼센트가 진실과 온전성의 수준인 200 이하에 해당한다는 점을 통해 저절로 자명해질 것이다.

운동역학적인 반응은 오로지 진실과 거짓에 대한 보편적인 의식의 반응에 의해서만 결정된다. 하나의 임의적인 척도(부록 B 참조)를 기준으로 삼았을 때 사람을 강하게 해 주는 것은 200 수준으로 측정된다. 거짓되거나 해로운 것은 200 수준 이하로 나온다.

(0에서 200 사이에서 우리는 수치심, 죄의식, 자책, 두려움, 증오, 욕심, 자부심, 탐욕, 분노 등의 수준들을 보게 된다.)

　진실과 온전성의 수준에서 몸은 강해지고, 의식 수준은 용기, 중립, 자발성, 능력, 사랑, 기쁨, 평화의 수준들을 거치며 상승한다. 이러한 긍정적인 수준들의 수치는 200부터 1000까지에 이른다. 사랑은 500이고 지성은 400대 안에 포함되어 있으며 능력과 자발성은 300대 안에 포함되어 있다. 인류의 78퍼센트가 200 이하로 측정된다는 사실은 대부분의 사회가 거짓을 진실로 여기고 있다는 것을 뜻한다. 전 세계 인구의 22퍼센트만이 진실이 무엇인지 이해할 능력을 갖고 있고 전 세계 인구의 단 4퍼센트만이 사랑의 수준인 500이나 그 이상의 수치에 도달해 있다. 척도를 더 거슬러 올라가 인류의 의식 수준 피라미드의 최 상층부에 이르면 숫자는 급속히 줄어든다. 깨달음의 수치는 600에 해당하며 그 단계에서 이원성은 비이원성으로 용해된다. 700대는 널리 인정받는 위대한 영적 스승들이나 구루들, 성인들의 영역이다. 800대나 900대에 해당하는 이들은 극히 드물다. 1000 수준의 에너지 장은 인간의 몸과 신경계가 감내할 수 있는 최대치며, 인류 역사에 출현한 위대한 화신들 가운데서도 극소수만이 도달한 수치다. 일찍이 지상에 존재했던 이들 가운데서 1000을 넘어선 이는 아무도 없었다.

　이런 식으로 의식 수준을 가르고 등급을 매긴 것은 인간의 의식이 진실과 거짓을 가려낼 수 있는 본래의 능력을 결여하고 있기 때문에 그것을 식별하는 한 방법을 제시하기 위해서다. 따라서 어떤 가르침이나 스승의 진실을 측정한 수준을 아는 것이 꼭 필요하다.

이러한 사실들을 파악하면서 우리는 고전적인 이야기 속에서 온갖 어려운 과제와 유혹, 덫과 함정, 속임수, 야수들에 의해 괴롭힘을 당하는 탐구자나 구도자의 파란만장한 역정이 반드시 들어가는 인류의 위대한 신화들을 이해하기 시작한다. 신화에는 용과 불, 늪지대, 강이나 호수나 바다, 극복해야 할 그 밖의 여러 위험한 요소들이 항상 등장한다. 그러한 이야기에서 주인공의 성공은 발전과 향상의 열쇠가 되는 하나의 비밀 혹은 신비로운 정보의 단편을 알아내느냐의 여부에 달려 있다. 하늘이나 '고귀한 조력자들'로부터 도움을 받지 못할 경우 영웅은 길을 잃고 헤매고, 그러다가 마침내 새나 여타의 모습을 하고 나타난 선한 신이 길을 알려줌으로써 구원을 받는다. 운동역학 테스트는 바로 그 새와 같은 역할을 하며, 피하기 어렵거나 피하는 것이 불가능한 궁지 속으로 빠져들어 고통스럽게 헤매는 것을 예방해 준다.

영적인 탐구는 전통적으로 길이나 여행 혹은 모험에 비유되어 왔다. 불행하게도 순진한 탐구자들은 종종 여행하는 데 필요한 장비나 도구들을 갖추지도 못한 채 그런 어려운 길에 나서곤 한다. 우리는 일상적인 삶에서 많은 안전 조치들에 의존하고 있다. 안전벨트를 매고 전염병 예방주사를 맞으면서, 방어하고 극복해야 할 어떤 위험요소들이 있다는 것을 받아들인다. 그러므로 조심스러운 태도는 두려움이 아니라 지혜로부터 나오는 것이다. 분별 있는 마음가짐은 피해야 할 함정들이 어디 있는지 잘 알아 둘 것을 요구한다. 깨달음이 얻기 쉬운 것이었다면 그것은 일반적인 현상이 되었으리라. 하지만 통계적으로 봤을 때 그런 상태에 이를 가능성은 1000만 명에 한 명 꼴도 되지 않는다.

구도자들은 흔히 에고에 갇혀서 고통스럽게 발버둥치는 것과 깨달음이라는 단 두 가지 길만이 있다는 생각을 갖기도 한다. 하지만 의식이 한 단계씩 상승할 때마다 새로운 기쁨이 찾아들고 의식의 도약이 이루어진다. 그런 도약은 의식 척도 상으로 볼 때 불과 몇 점의 상승에 지나지 않는다. 그래도 그것은 로그_{logarithm} 상으로 큰 비약에 해당하므로 훨씬 더 큰 행복감과 조화로운 기분을 가져다줄 수 있다. 의식이 향상됨에 따라 자신감이 두려움을 대신하고 정서적인 만족감이 고통을 대신하며, 삶의 질이 높아지고 안정감이 더해진다.

깨닫고자 하는 갈망

라마나 마하리시 같은 성인들처럼 젊은 시절에 아무 노력도 하지 않았는데 저절로 깨달은 의식 상태로 들어서는 일을 경험하지 못했다면, 가장 일반적인 길은 깨달은 상태에 도달하고자 하는 갈망을 갖기 시작하는 것이다. 붓다는 깨달음에 관해 듣거나 배운 사람은 그 밖의 것으로는 결코 만족하지 못하고 따라서 그 사람이 갈 길은 정해졌다고 말했다.

구도자들이 인내심을 갖고 엄청난 노력을 해도 결국은 낙담을 하고 마는 경우가 종종 있다. 이런 단계에서 에고는 '그 어떤 것'(깨달음의 상태)을 추구하는 '나'라고 하는 것이 있다고 가정하며, 따라서 그 노력을 배가하려 든다.

전통적으로 신에게로의 길은 가슴(사랑, 헌신, 사심 없는 섬김,

내맡김, 예배, 경배)을 통한 길과 마음(아드바이타不二一元論 혹은 비이원성의 길)을 통한 길이 있어 왔다. 수행의 어느 단계에서는 전자가, 또 어느 단계에서는 후자가 좀 더 편한 길로 보일 수 있다. 단계별로 어느 한쪽이 더 중요시될 수도 있다. 어느 쪽 길을 가든 깨달음을 추구하고 노력하는, 혹은 장차 깨닫게 될 개인적인 자아나 '나', 에고가 있다고 여기는 것은 장애가 된다. 깨달음을 추구하는 에고 혹은 '나'라고 하는 정체성 없이 추구하고 탐구하는 것은 의식의 비인격적인 측면임을 깨닫는 것이 수행하는 과정을 훨씬 더 수월하게 해 준다.

한 가지 유용한 방법은 신에 대한 사랑이 탐구의 추진력이 되어 주는 아집我執을 대신하게 하는 것이다. 그럴 때 우리는 신 외에 다른 어떤 것이 있다고 여기는 생각이 아무 근거 없는 덧없는 생각임을 깨닫고 무언가를 추구하고자 하는 모든 욕망을 놓아 버릴 수 있다. 자신이 스스로의 체험과 생각, 행위의 주인공임을 주장하는 것 역시 덧없는 생각이다. 깊이 성찰해 보면 몸과 마음은 우주의 무수한 조건들의 소산이고 자신은 기껏해야 그런 조화를 목격하는 자에 지나지 않는다는 사실을 알 수 있다. 신에게 내맡기는 것을 제외한 모든 동기를 버리고자 하는 자발성은 신에 대한 무한한 사랑으로부터 일어난다. 깨달음이 아니라 신의 종이 되는 것을 목표로 삼는다. 신의 사랑의 완벽한 통로가 되려면 완벽하게 내맡겨야 하고 영적인 자아의 목표 추구를 제거해야 한다. 그러고 나면 기쁨 그 자체가 영적인 노력의 기폭제가 된다.

기쁨과 겸손을 통해 과정의 나머지는 저절로 이루어진다. 구도

자들은 영적인 추구 과정 전체가 일정한 한계를 지닌 에고에 의해서 이루어지는 게 아니라 참나를 실현하고자 하는 궁극적인 운명의 이끌림에 의해서 이루어진다는 사실을 깨닫게 된다. 구도자들이 과거에 의해서가 아니라 미래에 의해서 이끌림을 받는다는 사실은 보통의 언어로도 이야기할 수 있다. 장차 깨달을 운명을 지닌 사람이 아니라면 그런 주제에 관심조차 갖지 않을 것이 자명하다. 그런 상태를 열망하는 것조차도 사실상 아주 드문 일이다. 평균적인 사람들은 깨달음에 도달하는 데 깊은 관심을 가진 사람을 일평생 단 한 번도 만나지 못한다. 그 길은 아주 힘겹고 어려운 것이 될 수 있다.

서구 세계에서는 영적 탐구자를 제대로 받아들이지 않으며, 또 그들이 맡을 만한 전통적인 역할도 없다. 서구 사회의 사람들은 세속적인 일을 마무리 짓고 나서 은퇴한 후에 남은 생애를 다른 모든 일들은 배제한 채 오로지 진리를 추구하는 일로만 보내기를 바라지 않는다. 하지만 인도 같은 몇몇 나라들에서는 그런 식의 수행 과정을 정상적인 발전 과정으로 보는 전통이 있다. 서구에서 진지한 영적 탐구자들은 자신들과 비슷한 생각을 지닌 헌신적인 사람들끼리 어울리는 경우가 매우 많다. 그 사회에서는 그런 사람들이 수도원이나 신학교에 들어가지 않을 경우 마치 사회의 낙오자를 대하기라도 하듯 다소 수상쩍어 하는 눈길로 그들을 바라보곤 한다.

영적인 집단들은 그들 나름의 할 일을 지닌 단체들인 경우가 많다. 그런데 여기에도 다시 부주의한 사람들을 기다리는 함정이 있다. 여느 세계와 마찬가지로 영적인 세계에도 '많은 추종자들'은 물론 통제하고 지배할 수 있는 권력과 돈, 명성을 얻기 위해 순진한 신참자들을 자기 하수인으로 만들려 하는 사기꾼들이 있다.

참된 스승들은 명성이나 평판, 겉치레, 추종자를 갖는 일 따위에는 아무 관심도 없다. 그들의 의식을 측정하면 수치는 대체로 500대 중간 이상이고 드물게는 700대에 이른 경우도 있다. 중요한 것은 가르침이지 스승이 아니다. 그 가르침이 스승 개인에게서 나오는 게 아니므로 개인을 우상시하거나 숭배하는 것은 무의미하다. 그런 정보는 스승이 그것을 선물로 받았으므로 선물로서 전해진다. 그런 정보는 신이 아무 대가도 요구하지 않으면서 내려 준 선물이므로 팔거나 강요하거나 통제하거나 대가를 요구할 여지가 전혀 없다. 반듯한 영적인 단체들은 일상적인 운영 비용을 마련하기 위해 회원 전체가 공동선을 위해 기부하는 형태로 약간의 회비를 받기도 한다.

영적인 스승은 말 자체뿐만 아니라 그 말에 동반된 의식의 높은 에너지로 인한 이로움도 전해 준다. 스승의 의식 수준은 말과 함께 따라가면서 그 말에 힘을 부여해 주는, 반송파搬送波(신호를 전파로 해서 보내기 위해 변조되는 고주파 — 옮긴이)에 비유할 수 있는 것을 창조해 낸다.

『의식 혁명』에 인용된 연구 결과에 나와 있다시피 1000 수준의 의식 수준에 이른 한 사람의 화신은 전 인류의 부정적인 에너지를 완전히 상쇄한다. 700 수준에 이른 한 사람은 200 수준 이하의 사람 7000만 명의 부정적 에너지를 상쇄한다. 600 수준의 한 사람은 200 수준 이하 사람 1000만 명과 맞먹는다. 500 수준의 한 사람은 200 수준 이하 사람 75만 명과 맞먹는다. 300 수준의 한 사람은 200 수준 이하 사람 9만 명과 맞먹는다.

현재 이 행성에는 700이나 그 이상으로 측정되는 현자賢者들이 22명가량 있다. 그 가운데 800이나 그 이상인 이들이 20명이고, 그중 900이 넘는 이들이 10명이며, 그중 한 현자의 수치는 990 이상이다. 『의식 혁명』이 발간되었을 당시인 1995년에는 700이 넘는 이들이 불과 10명뿐이었는데 그 후 이처럼 달라졌다. 이렇게 높은 에너지 장들의 상쇄 효과가 작용하지 않았다면 전 세계 인구 전체의 부정적 에너지는 스스로를 파멸시켰으리라.

그렇다면 신의 무한한 힘이 마치 여러 대의 강압 변압기들을 통해 전류를 보내듯이 지상에 있는 존재들에게 그 힘을 전해 주고 있다는 말이 어느 정도 사실인 듯하다. 이 행성에 사는 사람들 중에서 부정적으로 측정된 사람들의 숫자가 긍정적으로 측정된 사람들의 숫자보다 훨씬 더 많지만 부정적인 사람들의 개별적인 힘은 극히 미약해서 1980년 이래 전체로서 측정된 인류의 에너지는 긍정적인 쪽으로 기울어 있다. 앞에서 언급한 대로 1986년 이전의 몇 백 년 동안 인류의 의식 수준은 190 정도에 머물렀으나 그해에 갑자기 207의 수준으로 도약했다.

전통적 화신들의 가르침의 힘은 그 후 몇 백 년, 아니 몇 천 년에 걸쳐 인류의 삶의 의미에 영향을 미치고 맥락을 잡아 주고 있다. 그러나 한 위대한 스승의 의식 수준을 측정해 본 뒤 다시 오랜 세월 동안 이어져 내려와 제도화된 그 가르침들의 수준을 측정해 보는 것은 여러 모로 아주 유익하다. 어떤 가르침들은 거의 훼손되지 않은 채 고스란히 살아남은 반면 또 다른 가르침들은 크게 퇴보했다. 어떤 가르침은 대단히 낮은 수준으로 떨어져 진실의 수준인 임계 수준 아래로 측정됨으로써 부정적인 신앙을 낳고 세상에서 다툼과 부정적 에너지를 조장하는 원천이 되고 있다. 인기 있다는 것이 진실의 증거가 되지 못한다는 것을 기억해 두는 것이 좋다. 따라서 전 세계 인구 대다수의 의식이 200 수준 이하로 떨어지고 몇 천만의 인구가 본질적으로 부정적인 '종교들'을 따르고 있다는 것은 그리 놀라운 일이 아니다.

영적인 것이란 무엇인가

사람들은 흔히 '영적인 것'과 '종교적인 것'을 혼동하곤 하며 심지어 초자연적인 것이나 '아스트랄' 영역과도 혼동한다. 사실상 그것들은 서로 전혀 다르며, 이런 식의 혼동은 가끔 사회적 갈등과 불확실성을 낳는다.

예를 들어 미국 헌법의 경우 그것을 만든 이들은 인간의 권리가 인간을 창조해 낸 신성으로부터 비롯된다는 점을 분명히 밝혔고, 따라서 영성의 원리가 뚜렷하게 확립되었다. 그러나 그들은 시민들이 그 어떤 종교로부터도 자유로워야 한다고 말함으로써 영성의 원리를 종교와 구별했다. 그들은 종교는 세속 권력에 기반을 두고 있고 사람들을 분열시키는 반면 영성은 사람들을 통합시키고 그 어떤 세속적인 조직도 갖고 있지 않다는 것을 알고 있었다. 미국 헌법(그 측정치는 700이다.)은 미국이 하나의 나라고, 정부는 창조주의 영적인 원리로부터 통치할 수 있는 권한을 부여받았으며, 그 나라는 모두에게 공평하게 적용되는 정의 및 자유와 더불어 모든 사람들을 동등하게 보는 영적인 원리들에 의해 통치되어야 한다는 점을 분명하게 밝히고 있다. 이런 명백한 입장은 큰 힘을 갖고 있어서 더 이상의 수사가 필요치 않다.

하지만 종교는 지난 역사가 보여 주듯이 당파적이고, 갈등하는 집단으로 사람들을 분열시켜 종종 문명과 생명 그 자체에 참혹한 결과를 안겨 줄 수 있다. 참된 영적 집단들이 갖고 있는 유일한 힘은 오로지 그들의 가르침의 진실성에서만 우러나오며, 그 어떤 세속적인 권력이나 조직, 부, 사람들을 통제하고 다스리는 성직자들을 거느리고 있지 않다. 영적인 집단은 그 집단을 결속시키는 중심 이념들이 사랑과 용서, 평화, 만족, 감사함, 비물질주의적인 태도, 심판하지 않는 태도 등으로 이루어져 있는 것이 보통이다. 대체로 종교는 애초에는 영성의 핵심을 갖춘 상태에서 출발하지만 시간이 흐르면서 그 영성은 빛을 잃거나 때론 완전히 사라져 버린다. 그렇지 않았다면 전쟁 같은 것은 일어날 일이 없었을 것이다. 그러므로 영적인 진실은 시공간을 따라 변하지 않고 보편적으로 진실하다. 그것은 항시 평화와 조화, 일치감, 사랑, 연민, 자비를 가져다준다. 우리는 이런 특성들에 의해 진실을 식별할 수 있다. 그 밖의 모든 것은 에고가 빚어낸 것이다.

04

기본적인 원칙들

영적인 오류의 근원인 종교

전통적인 '참된' 종교들에서 비롯된 오류의 근원으로 다음 두 가지를 들 수 있다. 첫째는 위대한 스승의 애초 가르침들을 잘못 이해하거나 잘못 해석하는 것이다. 그 스승의 제자들이나 그 가르침을 직접 들은 사람들은 깨달은 사람들이 아니었으므로 원래의 가르침은 그들의 에고에 의해 물들었다. 그렇게 오염된 내용은 뒤이어 여러 세대에 걸쳐 번역되고 베껴지는 과정에서 더욱더 오염되었다. 그런 왜곡의 과정은 에고가 가르침의 참뜻이나 핵심이 아니라 귀에 들리는 말 자체에만 매달리는 경향을 갖고 있다는 사실에서 비롯되는 경우가 많다. 평화와 사랑 이외의 것을 가르치는 번역본은 무엇이든 다 잘못된 것이다. 이것은 기본적인 원칙이요 오류를 쉽게 식별해 낼 수 있게 해 주는 원칙이다.

두 번째이자 한층 더 광범위하고 심한 왜곡은 통상적으로 '교리'라 부르는 것에서 유래한 종교적 가르침들이다. 흔히 죄의식을 불러일으키는 금제(禁制)의 형태로 이루어진 이런 규정들은, 그 당시 교회 단체의 조직 속에서 정치적인 권력을 획득했을 뿐 실제로 그 어떤 권위도 내세울 권리가 없는 교회 간부들과 교회의 권위자들로 보이는 사람들이 모두 만들어 낸 것이다.

위대한 스승의 정확한 가르침을 표면적인 이익을 얻기 위해 함부로 변경하는 것에 그 어떤 정당하고 그럴싸한 이유도 있을 수 없다. 예를 들어 기독교인이 된다는 것이 그저 그리스도의 가르침을 정확히 따르는 것임을 뜻하는 자명한 사실은 몇 백 년 동안 그리 선명하게 부각되지 않았다.

모든 위대한 스승들은 비폭력과 비난하지 않는 자세, 무조건적인 사랑을 가르친다. 교계의 권위자라고 하는 사람들이 어떻게 '신앙을 위해서'나 '교회를 위해서' 혹은 '이교도들을 몰아내기 위해서'나 '정의로운' 전쟁을 수행하기 위해서라는 명분으로 이런 기본적인 진리들을 훼손할 수 있었는지 이해가 되지 않는다.

원래의 영적인 가르침에는 들어 있지 않은 꽤 많은 주제들은 거짓된 종교적 창작품들이 등장할 기회를 제공한다. 과거 오랜 세월에 걸쳐 온갖 종류의 '죄들'이 창안되어 왔고, 이에 곁들여 임상적으로 볼 때 자연스러운 인간사에 대한 병적인 조작이라고 말할 수밖에 없는 정교한 설명들과 합리화도 창안되었다. 그로 인한 폐해는 영적인 오류를 저지르는 정도에 그치지 않고, 심리적인 잔혹성을 조장하고 인류 전체의 내면에 죄의식을 심어 주는 데까지 이르렀다. 이렇게 죄와 죄의식에 초점을 맞추는 것은 상반되는 것들의 딜레마와 지각의 이원성을 강화함으로써 인간의 의식을 한층 더 옥죄었다. 인간의 의식에 미치는 지각의 이원성이 지닌 파괴적인 영향은 인간을 신으로부터 더욱더 멀어지게 하고, 정교한 오류의 강압적인 덫을 피할 수 있는 극소수의 영적인 천재들만이 돌파해 나갈 수 있는 장애를 만들어 낸다.

종교적 교리의 확산은 격렬한 전쟁과 박해의 토대를 만들어 내 인류에게 한층 더 해로운 영향을 미친다. 전쟁과 박해는 항시 종교적인 차이에 근거를 두고 있으며, 사람들은 종교적으로 승인된 파괴 행위를 정당화하기 위해 종교적 차이의 중요성을 과장하곤 한다. 이런 식의 잘못된 해석과 탈선은 종교가 성, 출산, 자녀 양육, 식생활, 일상생활의 온갖 측면들, 관습, 의복, 정치권력 등에 까닭 없이 관여하는 관례들에서 특히 더 두드러진 양상을 보인다.

자신들과 다른 옷을 입고 다른 모자를 쓰고 다른 식의 머리 모양을 하고 있다는 것까지도 종교적인 박해를 가하거나 전쟁을 일으킬 만한 충분한 이유가 된다. 할례를 하고, 금요일에 고기를 먹지 않고, 식사하기 전에 감사기도를 드리는 등의 관행들, 종교적 휴일에 해당하는 날이 언제인지와 그에 관련한 모든 자잘한 일들이 모조리 화약과 총탄이 된다. 안식일이 토요일이냐 일요일이냐 하는 것이 진실보다 더 중요한 것이 된다. 신에게 경의를 표할 때 모자를 써야 하느냐 말아야 하느냐 하는 것이 성스럽고 엄숙한 논쟁거리가 된다.

종교들은 지극히 하찮은 것들을 이용해 이익을 추구하느라 영적인 진실이라는 주된 주제를 무시하는 대가를 치름으로써 종교 자체의 몰락뿐만 아니라 인류 전체가 몰락하는 데 원인을 제공하고 있다. 사람들이 교리로서 떠받드는 많은 것들이 사실은 에고의 산물이다. 예수가 말한 대로 악이 보는 이의 눈 속에 있는 것이라면, 문제는 도처에서 죄와 악을 보는 사람들 자체에 있다. 빅토리아 시대에는 식탁 다리조차도 유혹의 마수로 간주되어 식탁보로 일일이 덮어 줘야 했다.

전통적으로 죄라고 했던 많은 것들이 사실은 정서적으로 불안한 교회 당국자들의 마음이 지어낸, 죄의식에 물든 과장된 표현에 지나지 않는다. "죄 없는 사람이 먼저 돌을 던져라"라는 충고를 충실히 따를 때 이렇듯 영적인 진실을 함부로 악용하거나 남용하는 짓들은 저절로 멈출 것이다.

이처럼 영적인 진실을 집단적으로 왜곡하는 행위들은 역설적이게도 '신성'의 이름으로 신과 인간의 본성을 비난해 왔다. 신성의 권한을 강탈하고 신의 이름으로 자신들의 주장을 공표하는 짓들은 과대 망상적으로 보인다. 일찍이 신의 현존이라는 절대적 실상을 체험한 그 어떤 사람도 그런 식의 왜곡된 발언을 할 수 없을 것이다.

인류의 해방

새로운 방향을 찾기에 앞서 과거의 오류를 식별해 내고 그 오류를 넘어서고자 하는 갈망을 일깨우는 일이 우선 필요하다. 그러려면 용기와 두려움 없는 정직성을 가져야 한다. 앞으로 죽음을 초래할 가능성이 있는 치유 불가능하고 위중한 병들에서 회복되려면 진실과 과감히 직면하고 다른 길을 선택하고자 하는 자발성과 능력을 가져야만 한다. 부정하는 마음을 버리고 진실을 받아들일 때 온전성이라는 임계점(200 수준)을 넘어설 수 있다.

영적인 각성의 불사조는 절망의 재로부터 태어난다. 테레사 수녀가 말한 대로 아름다운 연꽃은 연못 밑바닥의 진창에 박혀 있는 뿌리로부터 피어난다.

전 인류가 겪는 고통의 총체가 이 글을 쓴 사람의 인생 초반에 드러났다. 그것은 놀랍고도 압도적이라 할 만큼 실로 엄청난 양에 달했다. 다른 데서 이미 말했던 바와 같이 유감스럽게도 그런 계시는 인류의 모든 고통을 '그 모든 것이 일어나도록 허용한' 종교의 신 탓으로 돌리는 잘못된 판단으로 이어졌다. 하지만 그 계시는 인류의 고통을 덜어 주고 싶은 충동과 갈망을 강화시켰다.

이런 결과로 인해 많은 세월이 흐른 후 무신론자가 된 그 사람은 깊은 절망 상태에서 느닷없이 신에게 모든 것을 내맡겼고 신, 진실, 실상에 대한 모든 이해를 변형시킨 깊은 영적 각성의 순간을 체험했다. 그러나 그로부터 몇 년 후 인간의 모든 고통의 근거이자 근원임이 드러난 뿌리 깊은 무지와 인간이 지닌 의식의 한계에 대한 이해와 통찰이 찾아왔다. 그 사람은 무지가 얼마나 완강하며 그것이 인류에게 얼마나 혹심한 대가를 치르게 했는지를 통렬하게 깨달았고, 그로 인해 육체적, 정신적인 병과 고통을 구제하는 것에서 그 모든 것의 원인이 되는 영적인 오류 쪽으로 탐구의 방향을 바꿨다.

사회에 의해 표현되는 인류의 집단적 에고는 고통의 밑바탕을 이루는 그 자체의 근본적인 문제를 깨닫지 못한다. 이른바 문제들이라고 하는 것이 '저 밖에' 있으며, 따라서 전쟁을 포함한 모든 사회적인 프로그램들은 '그것들' 혹은 '저 밖에 있는 것들'을 뜯어고치는 데 온 에너지를 집중해야 한다는 믿음이야말로 에고의 전형적인 특징이다.

인류의 근본적인 문제는 인간의 마음이 진실과 거짓을 식별할 수 없다는 데 있다. 인간의 마음은 '선'과 '악'을 가려낼 수 없다. 사람들은 스스로를 방어할 수 있는 수단을 갖고 있지 못해 애국심, 종교, 사회적 선, 해롭지 않은 도락 등과 같은 온갖 기만적인 탈을 쓰고 나타나는 거짓의 처분에 자신을 맡긴다.

역사상 나타난 모든 독재자들과 황제들, 선동가들에게 진실과 거짓 테스트라고 하는, 쉽게 행할 수 있는 간단한 테스트를 적용했다면 진면목이 드러났을 것이다. 히틀러의 사진 한 장을 서류 봉투 속에 집어넣고는 어린이에게 한 손으로 그것을 들어 명치에 갖다 대게 하면 그 어린이의 다른 쪽 팔 근육은 약해진다. 그와 똑같은 진실을 보여 주는 반응은 스탈린과 레닌, 아랍의 광적인 지도자들, 공산주의, 캄보디아와 아프리카 국가들의 흉포한 지도자들, 알라신의 이름 뒤에 숨은 독재자들의 진면목 역시 여실히 드러내 준다.

지난 수백, 수천 년 동안 많은 사람들을 학살한 사건들은 모두가 위력force이 만들었으며 그것을 막을 수 있는 유일한 해독제는 힘Power이다. 위력은 거짓을 바탕으로 하고 힘은 오로지 진실만을 바탕으로 한다. '악'은 그것의 정체가 드러날 때 위력을 상실한다. 모든 사람들에게 노출되는 것이야말로 악의 치명적인 약점이요 아킬레스건이다.

거짓은 그 정체가 드러날 때 무너져 내린다. 명백한 진실을 식별하는 데는 미국 정부나 CIA, FBI, 스파이 위성들, 컴퓨터들도 필요치 않다. 천진한 다섯 살짜리 아이의 팔이 지상에서 유일하게 진정한 힘을 갖고 있다. 진실 그 자체는 무적이며 그 어떤 제물도 요구하지 않는다.

세상에 존재하는 어둠의 군단들이 그 무엇보다 두려워하는 것은 천진한 아이의 팔이다. 그 이유는 그 팔이 전 세계 인구의 78퍼센트에 해당하는 사람들을 지배하는 속임수의 가면을 벗겨 내 버리기 때문이다.

우리가 진실을 부정하는 마음가짐을 버릴 때 우리는 거짓과 속임수, 진실의 왜곡이 인간의 가장 낮은 성향들을 크게 만족시켜 주고 또 그것들이 사회 전체에 널리 퍼져 있다는 사실을 알게 된다. 인기 있는 컴퓨터 게임들은 순수하지도 않고 무해無害하지도 않다. 그것들은 함부로 중상을 입히거나 죽이는 일에 사람의 마음을 길들임으로써 영적인 민감성을 죽이는 기능을 하는 살인 훈련 장치들이다. 초원의 다람쥐를 일부러 죽이는 짓은 '스포츠'가 아니라 냉혹한 살육이다. 마약은 '멋진' 게 아니라 예속시키는 것이다. 헤비메탈 록과 랩 음악은 해방감을 주지도 않고 즐겁지도 않다. 그것들은 젊은이들의 의식을 들뜨게 하려는 의도로 만들어진 음악이다. 대중매체들은 인간의 가장 저열하고 나약한 부분을 만족시켜 주고 엄청난 돈을 긁어모으면서도 자신들은 아무 짓도 하지 않았다는 듯 시치미를 뗀다.

천진한 아이의 팔은 사람들의 무지함 덕에 좋은 세월을 구가하는 수많은 조직과 집단들을 두렵게 하고 있다. 기만적인 '마약과의 전쟁'은 그것이 바로 마약 문제를 일으킨 주범이요 마약 업계 전체를 지켜 주는 보루임이 드러나고 있다. 마약 업계는 그것에 의해 태동하고 힘을 얻고 부유해졌다. 공산주의는 전쟁에 의해서가 아니라 고르바초프의 비폭력주의에 의해 패배했다.

영적인 관점에서 볼 때 그리스도의 부활, 그리스도의 예고된 위대한 재림은 진실이 거짓을, 빛이 어둠을, 앎이 무지를 대신한다는 것을 뜻한다.

크리슈나와 붓다, 그리스도, 알라의 중요성은 이들이 한때 이 행성에 존재했다는 데 있는 것이 아니라 그들이 드러내고 옹호한 진실들과 그 가르침들에 동반된, 측정 가능한 높은 에너지에 있다. 깨달은 이들은 사람들에게 자신들의 인격이나 인품이 아니라 자신들의 가르침에 초점을 맞추라고 한결같이 말하고 있다. 그런데 인류는 그것과는 정반대되는 짓을 하고 있다. 이런 경향의 전형적인 예는 종교계에서 횡행하고 있는 잘못된 이해와 왜곡이다. 인류는 깨달은 이들의 가르침은 무시하고 그들 개인을, 기념일들을, 그들이 방문한 날과 장소들을 숭배하고 있다.

최근(1986년부터 2001년 사이 — 옮긴이) 들어 인류의 의식 수준이 부정적인 영역에 속하는 190에서 진실과 온전성의 수준인 200이라는 임계점을 넘어 207에 이를 정도로 급격하게 변화했다는 것은 그리스도, 붓다, 크리슈나, 화신의 가르침들이 널리 확산되고 있음을 알려 주는 것으로 보인다. 인류 역사상 처음으로 일어난 이 사건은 대단히 중요한 의미를 지녔다. 이와 비견되는 것으로, 우리는 지구의 평균 온도가 불과 몇 도쯤 올라가는 문제가 물리적인 측면으로만 봐도 지구 전체와 지구에 살고 있는 모든 생명체에 엄청난 영향을 미치리라는 사실을 잘 알고 있다. 그리고 인류의 의식이 190에서 207로 변화했다는 것은 전체적인 영향의 면에서 지구상의 온도 변화를 훨씬 뛰어넘는 중요성과 의미심장함을 지녔다.

그리스도의 재림이 하나의 징후에 의해서 드러난다고 한다면 그 징후는 극히 최근에 이미 일어났다. 인류의 의식이 스스로를 왜곡시키는 거짓들로부터 진실 쪽으로 크게 변화했다는 사실은 전 인류에 대한 긍정적인 약속이요 암시임이 분명하다.

아이의 팔은 문명의 새로운 새벽의 첫 빛일 수 있다. 우리가 아이의 순수함에 의해 신과 하늘나라로 인도되리라는 얘기는 성인들에 의해 이미 설파되었다. 진실에 이르는 문은 실로 내면의 아이의 순수함과 천진함을 통해서만 열릴 수 있다.

모든 사람의 의식 속에서 아이의 순수함은 더러움에 물들지 않고 교란되지 않은 채 고스란히 남아 있다. 그것은 의식 자체의 본원적인 '구조'다. 실생활에 비추어 얘기하자면, 하드웨어는 컴퓨터를 통해 가동되는 소프트웨어에 물들지 않으며 카메라는 렌즈를 통해서 들어오는 영상에 영향 받지 않는다.

본래 상태의 재발견

우리는 인류의 의식이 지닌 낙후성에 대해서 여러 가지 우려를 하지만, 사실 눈에 잘 드러나지 않고 또 의외라고 할 만한 방식으로 사회를 변형시키는 것은 개인이다. 위력은 무한한 숫자에 달하는 각종 저항에 취약하지만 힘은 그것과 맞설 만한 것들이나 적들이 전혀 없다. 힘은 허공 그 자체처럼 어떤 공격도 받지 않으므로 영원히 무적이다. 사람들은 자신들이 제멋대로인 자기 마음에 지배받고 있고 주위 상황에 피해를 보고 있다고 생각한다. 이것은 사람들이 매순간을 어떻게 느끼고 있는가를 단적으로 요약해 주는 말이다. 사람들은 자신들이 의식의 흐름이나 감정 상태, 무시로 변하는 상황의 희생자라고 생각한다. 자기 마음의 현 상태와 감정의 톤, 정서들에 대해서는 선택의 여지가 없다고 하는 것이 일반적인 관점이다.

이렇듯 '그것'(마음)과 '저 밖의 것들'(세상)에 의해 휘둘리는 것은 자연스럽고 정상적인 일로 여겨진다. 정말로 다른 선택지들이 있으리라 생각하는 사람들은 거의 없다. 하지만 우리는 자기 성찰과 내적인 관조에 힘입어 의식의 모든 상태가 선택권을 행사한 결과라는 사실을 발견할 수 있다. 의식 상태는 전혀 제어할 수 없는 요소들에 의해 결정되는 변할 수 없는 고정된 것이 아니다. 마음이 어떻게 작용하는가를 면밀히 살펴보면 그런 사실을 쉽게 발견할 수 있다.

우리는 사실 마음에 지배받고 있지 않다. 마음이 드러내는 것은 기억, 망상, 두려움, 개념 등으로 위장한 무한한 선택지들의 흐름이다. 마음의 지배로부터 자유로워지기 위해서는 그저 그런 주제들의 흐름이 마음의 스크린을 가로지르는, 마음대로 골라먹을 수 있는 셀프서비스 식당의 음식들 같은 것에 불과하다는 사실을 깨닫기만 하면 된다.

우리에게 부정적인 기억에 의지해 화를 내라고 '강요하는' 것은 어디에도 없으며, 미래에 대한 두려운 생각에 빠져들라고 강요하는 것도 없다. 그런 것들은 단지 선택 사항이다. 마음은 선택할 수 있는 나양한 채널들을 갖추고 있는 텔레비전과도 같으므로 어떤 생각이 우리를 유혹한다고 해서 그것을 쫓아갈 필요가 없다. 우리는 스스로에 대한 연민에 빠지거나 화를 내거나 근심하고 싶은 유혹에 빠질 수 있다. 이런 모든 선택지들이 우리 마음을 은근히 잡아끄는 것은 그것들이 마음의 생각들을 유혹하는 원천인 내적인 보상이나 은밀한 만족감을 제공해 주기 때문이다.

이런 보상들을 거부할 때 생각의 스크린 배후에 생각과는 무관한 고요하고 기쁜 공간이 항시 숨어 있음을 발견하게 될 것이다. 그 공간은 늘 접할 수 있지만 그것을 체험하려면 마음을 유혹하는 다른 선택지 전부를 넘어서서 선택해야 한다. 기쁨의 원천은 항시 존재하고 항시 접할 수 있으며 상황에 의존하지 않는다. 그것과 접하는 데는 단 두 가지 장애가 있을 뿐이다. 첫째, 그것이 항상 접할 수 있고 항상 존재하는 것임을 알지 못하는 것과 둘째, 보상의 은밀한 즐거움 때문에 다른 어떤 것을 평화와 기쁨보다 더 중하게 여기는 것이다.

신의 현존을 체험하는 일은 언제든지 가능하지만 선택을 해야 한다. 그런 선택은 평화와 사랑 이외의 다른 모든 것은 신에게 내 맡김으로써만 이루어진다. 모든 것을 내맡기면 그에 대한 보상으로, 우리가 외면했거나 잊었거나 다른 것을 선택했기 때문에 이제껏 경험하지 못했을 뿐 참나의 신성은 항시 존재해 왔다는 것이 저절로 드러난다.

미래란 언제인가

신의 현존을 체험하기 위해 선택하는 일은 시간 밖에서 일어난다. 그러므로 그것은 미래의 어느 시점이 아니다. 그것은 항시 현재에서만 일어날 수 있다. 현재의 순간은 영원하므로 다른 어떤 조건도 필요치 않으며, 또 그런 게 있을 수도 없다. 현재는 결코 변하지 않는다. 그것은 어제나 내일로 사라지지 않는다. 사실상 현재는 피할 수 없다. 지금 이 순간이면 족하다.

주시해 보면 변하는 듯 보이는 것은 외양뿐이라는 사실이 명백해질 것이다. 현재는 고요히 머물러 있다. 영화 스크린은 영원불변하다. 영화 대본은 변하고 스토리는 전개되지만 그것조차도 바로 지금 이 순간에서만 이루어질 수 있다.

'현재성now-ness'은 원초적이고 모든 곳에 두루 존재하며, 전능하고 불변이며, 경험의 절대적인 필요조건이다. 그것은 있음과 존재being and existence에 대한 앎의 본질이다. 지금이라는 강렬하고 근원적인 실상을 벗어나 다른 어떤 시점에 존재한다는 것은 불가능하다. 지금 이 순간이야말로 존재하는 것의 전부다. 참나로서의 우리 자신의 의식은 무엇인가를 경험하고 아는 것을 가능하게 해 주는 유일한 눈Eye이다. 실상에 대한 우리의 내적이고 주관적인 느낌은 참나에 의해 '외부' 환경에서 주어진 것이며 이것은 그런 외부 환경을 사실인 것처럼 보이게 한다. 그러므로 실재 같다는 느낌은 참나로부터 비롯된, 자아에 의한 의식의 투영이다. 따라서 우리는 '실재' 세계를 보고 있는 것이 아니다. 실재처럼 보이는 것들의 근원은 사실상 우리 자신이다. 사실 세상은 오락에 지나지 않는다. 세상은 장난감처럼 가볍게 쓰고 버리게끔 되어 있는 것이다. 천국은 우리 안에 있고 앎에 의해서 드러난다. 세상은 단지 외양에 지나지 않는다. 그것의 멜로드라마는 지각의 뒤틀린 감각이 빚어낸 것이다. 지각의 뒤틀린 감각은 세상이란 크고 막강하고 영원하며 참나는 작고 약하고 덧없는 것이라는 생각을 낳지만 진실은 정반대다.

지각이 그려 내는 세상의 모습을 믿지 않을 때 우리가 실재라고 생각했던 세상은 사라진다. 우리가 기쁨과 평화의 내재적인, 항상 존재하는 잠재성과 더불어 하나가 되는 편을 선택할 때 세상은 유머러스한 놀이공원으로 바뀌고 모든 드라마는 그저 드라마에 지나지 않는 것으로 보이게 된다.

습관적으로 다른 선택지들을 고르는 것에서 비롯되는 무지와 무자각의 배후에 매몰되어 있는 듯 보이지만 진실과 평화와 기쁨의 선택지는 항상 존재한다. 신에게 내맡김으로써 다른 모든 선택지들을 거부할 때 내적인 진실은 저절로 드러난다.

'변성의식 상태'로서의 인간 조건

역사가 분명히 입증해 주고 있는 바와 같이 다수가 인정한다고 해서 그것이 그대로 자명한 사실이나 진실이 되는 것은 아니다. 거짓은 사람들이 어디서나 쉽게 체험하는, 가장 보편화되고 일반화된 현상이다. 의식을 연구하는 과정에서 드러난 가장 의미심장한 발견 중 하나는, 웬만한 사람이면 대부분 사고와 행위와 느낌의 '정상적인 체험'으로 이해하고 받아들이는 것들이 전문가적인 입장에서 볼 때는 일정한 기간 동안 일정한 사회 계층 내에서만 통용되는 변성의식 상태에 불과하다는 점이다. 그것은 사실상 인간의 참된 상태가 아니다.

인간은 근심하고 두려워하고 불안해하고 자책하고 죄의식에 사로잡히고 싸우고 고통스러워하는 데 너무나 익숙해 있어서 여타의 부정적인 정서와 태도, 감정들을 살아가는 과정에서 으레 따르게 마련인 정상적인 것들로 받아들인다. 인류(환자)는 '자신들의 그런 느낌들을 직시하게 해 줄' 치료자를 찾아가 보라는 충고를 받곤 한다. 하지만 망상이 부채질하고 조장해 낸 그런 감정들을 '직시하기'보다는 그것들의 근원이 바로 지각임을 밝혀 그것들을 모조리 뿌리 뽑아 버리는 편이 훨씬 더 유익할 것이다.

참된 의식의 '정상적인' 상태는 모든 부정적인 요소들로부터 벗어난, 그 자리에 기쁨과 사랑이 충만한 상태다. 그 밖의 모든 것들은 지각의 왜곡 현상들과 망상에 기반을 두고 있다. 한 사회에 전염병이 돌고 있다고 해서 전염병이 정상적인 상태를 가리키는 것은 아니다. 인류 역사 속에서는 항시 돌고 있었던 그런 병들이 한 사회에 속한 인구의 상당수를 몰살시키곤 했지만 그렇다고 해서 그런 것들을 자연스런 조건이라 할 수는 없다. 그 무서운 흑사병 조차도 결국은 사라졌다.

전 세계 인구의 78퍼센트가 사실상 신경증적인 상태에 놓여 있다는 사실은 아주 간단한 방법을 사용해서 이내 밝혀낼 수 있다. 그것은 의식 측정 척도 상으로 200 이하의 수준에 해당하는 극도로 위험한 지대를 벗어난 사람들이 전 세계 인구의 22퍼센트밖에 되지 않는다는 것을 뜻한다.

우리는 변성의식 상태를 인위적으로 조성된 초자연적인 상태 혹은 최면 상태나 망아忘我 상태 비슷한 어떤 것, 또는 프로그램화되거나 세뇌된 상태로 생각하곤 한다. 사람들의 의식 수준들이·한 곳으로 휩쓸려 가는 결과를 낳곤 하는, 강력한 확산 효과를 지닌 영향력들에 대한 연구를 통해서, 우리는 인류의 마음이 과학적 연구에서 행해지는 조직적이고 지속적인 방식으로 통제되고 영향받고 세뇌되어 왔다는 사실을 확연히 알 수 있다.

아이는 프로그램화되지 않은 의식의 순수성을 갖고 태어나지만 컴퓨터의 하드웨어와 마찬가지로 사회가 집어넣어 주는 소프트웨어에 의해 조직적으로 프로그램화된다. 하지만 이런 체제는 한 가지 치명적인 결함을 안고 있다. 새로운 소프트웨어 프로그램들의 진위를 가리는 데 이용할 수 있는 프로그램이 없다는 것이다! (그것은 컴퓨터 바이러스의 문제와 아주 흡사하다.) 아이는 무슨 말이든 곧이곧대로 믿을 것이다. 그렇게 해서 보호받지 못하는 그 아이의 의식은 지난 1000년 동안 행복에 이를 수 있는 인류의 능력을 시들게 한 집단적인 무지와 그릇된 정보, 잘못된 신념체계들의 먹이가 되어 버린다.

지속적으로 반복되는 그런 식의 프로그래밍은 아이의 마음을 프로그래밍하는 자료의 진실성을 테스트할 수 있는 메커니즘이 없으므로 바로잡는 것이 사실상 불가능하다. 대충 따져 봐도, 입력되는 데이터의 78퍼센트는 잘못되었을 뿐만 아니라 파괴적이고 해로울 것이다. 그리고 그런 잘못된 자료들이 유전적으로 이미 결함이 있는 뇌에 겹쳐진다. 인류의 삼분의 일 이상은 우울증과 과식, 약물 중독, 자기 행동을 억제하지 못하는 상태 등에 빠지는 것을 막아 주는 신경전달 물질인 세로토닌을 충분히 공급해 주지 못하는 뇌를 갖고 있다. 그런 사람들의 경우 이성 그 자체의 능력이 통제할 수 없는 격정의 폭발로 인해 순식간에 완전히 파괴될 수 있다.

합리적으로 판단할 수 있는 인간의 능력은 해묵은 파충류적, 동물적인 뇌가 아직도 해부학적으로 존재하고 있고 또 제 기능을 발휘하고 있다는 생물학적인 사실에 의해 한층 더 약화된다. 격세유전적인 그 활동은 포식자적인 경향과 공격성을 강화시키는 강렬한 동물적 본능을 여전히 발휘하고 있다. 뇌의 이러한 모든 동물적 본능들은 꾸준히 지속되면서 인간의 행동과 감정 상태의 상당 부분에 영향을 미치고 심지어 지배하기까지 한다. 동물적 정서들은 항시 존재하고 또 언제든 표면화될 태세를 갖추고 있다. 이런 경향들은 사회적 프로그래밍이나 선전에 의해 쉽게 훈련되고 조작될 수 있다.

그러므로 인간은 애초부터 생물학적으로 결함 있는 뇌와 동물적 본능을 갖춘 상태에서 출발한다. 이어서 인간의 지적 능력과 정보는 적어도 78퍼센트 정도 부정확하고 기만적이며 파괴적이고 부정적인 데이터들에 의해 조직적으로 프로그램화되고 저하된다. 이것은 단순히 인류 전체가 직면하고 있는 통계적인 가능성을 밝힌 데 불과할 뿐 사회 내에는 100퍼센트 가까이 잘못된 자료들에 의해 프로그램화되는 집단들, 곧 거리의 범죄자 집단이나 하위 문화 집단 같은 것들이 존재한다. 대단히 중요한 의미를 지닌 행동 요소들과 관련된 잘못된 프로그래밍은 가장 해로운 것이 되곤 한다. 한 국가나 문화 전체의 총체적인 생산력이 파괴적인 목적에 종속될 수 있다. 2차세계대전 때의 독일이나 일본에서는 그 나라의 경제 전체가 죄 없는 희생자들뿐만 아니라 그들의 문화 자체를 파멸시키는 것으로 전락했다. 나라 전체를 폐허로 만든 선전이 너무나 무지하고 논리에 맞지 않는 오류투성이라는 점을 볼 때, 그런 선전을 믿고 그것을 위해 목숨까지 바칠 만큼 국민 다수가 어리석을 수 있었다는 사실이 믿기지 않는다.

간단한 운동역학 테스트는 진실을 즉각 밝혀 준다. 예컨대 일본왕 히로히토는 신성한 존재가 아니며, 시저 역시 신이 아니다. 독재자들은 모든 사람들을 약하게 만든다.

사회는 그 어떤 사람도 언제 어디서나 간단하게 시행할 수 있는 진실 테스트를 사람들에게 가르쳐 주는 것 외의 다른 안전장치들을 갖고 있지 못하다. 이 간단한 테스트가 널리 알려질 경우 인류의 의식이 전체적으로 크게 상승하는 효과가 있을 것이다.

이 테스트는 광범위한 효용성과 유용성을 지니고 있을 뿐만 아니라 지극히 간단하게 시행할 수 있다는 점에서 바퀴나 수준기水準器, 전기, 컴퓨터 칩 등의 발명품들과 같은 반열에 든다. 인류는 아무 수고도 하지 않고서 많은 이득을 무한히 얻을 수 있다. 사람들이 이 테스트를 이용해서 엄청난 돈을 벌 수 있다는 사실을 깨닫는다면 그것에 깊은 관심과 흥미를 보일 것이다.

이 테스트를 상업과 연구, 제품 생산 분야 등에 적용할 경우 문자 그대로 수조 달러의 돈을 절약해 주는 효과를 만들 만한 잠재성이 드러날 것이다. 그러나 사회의 주류 계층은 기득권을 누리고 있으므로 가급적 현재 상태를 유지하려 한다. 놀랍게도 우리는 검사들이 어떻게 해서든 유죄 판결을 얻어 내기 위해 피고에게 죄가 없다는 사실을 뒷받침해 주는 증거를 고의적으로 묵살하는 사회에서 살고 있다. 그런 사람들은 재판에서 이길 수만 있다면 피고가 사형을 당하든 말든 개의치 않는다. 이러한 일들은 인류의 의식에 깃든 병이 중증에 이르렀음을 알려 주는 징후에 불과하다.

운동역학 테스트는 DNA 테스트와 같은 정확성을 갖고서 피고의 유죄와 무죄 여부를 즉각 드러내 준다. 그것은 그 어떤 증인이나 증언의 진위도 즉각 판별해 준다. 그것은 반역자, 변절자, 외국의 첩자, 밀고자, 사기꾼, 거짓말쟁이, 온갖 종류의 배신자 들의 정체를 즉각 밝혀 준다.

그 테스트는 산업 스파이나 정치적 스파이, 부정직한 피고용인,

마약 밀매자, 위험인물 등의 정체나 범죄자의 소재지를 불과 몇 초 내지는 몇 분 만에 드러내 준다. 범죄 수사관들은 연쇄 살인범의 신원이나 그의 소재지를 밝혀내기 위해 수백, 수천 시간을 소비하지 않아도 된다. 모든 범죄는 쉽게 해결될 수 있다. 범죄와 관련된 모든 것, 또는 과거에 일어난 범죄나 사건들을 정확하게 추적할 수 있다. 범죄가 일어난 날짜와 시간, 동기, 증거의 소재지, 범죄자의 신원 등을 전부 알아낼 수 있다. 이 테스트를 통해 범인이 어디 있고 무기가 어디 있으며 동기가 무엇인지와 같은 질문들에 대한 답을 얻을 수 있다.

나침반이 항해를 할 수 있게 해 주고, 망원경이 천문학을 연구할 수 있게 해 주며, 현미경이 세균학을 연구할 수 있게 해 주는 것과 마찬가지로 운동역학 테스트는 역사상의 어느 시점, 공간상의 어느 곳에 있는 그 어떤 주제에 관한 그 어떤 사실도 짧은 시간 내에 다 밝혀낼 수 있게 해 준다. 운동역학 테스트는 우리가 아직까지 그 진정한 가치를 발견하지 못한 다재다능한 도구다.

역사적 조망

유사 이래 영적인 가르침들과 신에게 이르는, 오랜 영적 전통 속에서 정립된 길들은 대단히 많았다. '요가 수행들'이나 전통적으로 서술되어 온 그 밖의 방식들이 바로 여기에 속한다. 이러한 가르침들이나 길들은 각각의 학파나 종교, 영적인 문헌, 경전 등을 만들어 내고 수많은 성인들과 스승들, 역사적인 인물들을 배출했다. 이러한 가르침들은 또한 민족적 특성과 그것들을 배출한 문화의 나머지 부분들을 많건 적건 간에 흡수해 왔다. 그리하여 이 세상의 위대한 영적 전통들의 대부분은 종종 그 가르침 자체의 내적인 순수성에서 이탈하거나 그 순수성을 해치곤 하는 민족적 영향력 내지는 민족적 관습들과 동일시되어 왔다.

이런 경향은 이 세상의 위대한 종교들 간에 불화를 조장해 왔고 더 나아가 참혹한 종교전쟁들을 불러일으키는 중요한 요인이 되었다. 아마도 영적인 진실에 대한 새로운 연구는 이런 피상적인 차이를 넘어선 훌륭한 영적 가르침일 경우 그것이 어느 민족 어느 문화권에서 나왔든 그 이름과 무관하게 가르침의 중요한 본질들을 골라 모을 것이다.

순수한 영적인 길이란 무엇인가

오늘날에 이르기까지 영적인 가르침들이나 영적인 스승들의 진실됨과 거짓됨을 확인할 수 있는 방법은 사실상 거의 없다시피 했다. 그러므로 영적인 길을 추구하는 사람들은 주로 스승의 명성이나 평판에 의지해서 스승의 영적인 온전성을 믿을 수밖에 없었다. 이럴 때 그들이 의지할 수 있는 유일한 지침은 자신이 내적인 은총과 카르마에 의해 온전하고 올바른 영적 수행을 하게 되리라는 바람 정도에 불과했다.

몇 천 년 전에 시작된 위대한 길들은 애초의 가르침들이 부족한 데다 그나마 말을 통해 기록된 내용들도 세월이 흐르면서 점차 망실되어 갔다는 제약을 안고 있었다. 게다가 깨닫지 못한 제자들이 자신들이 들은 내용을 잘못 해석했으며, 다른 언어로 옮기는 과정에서 잘못 번역하는 일도 많았다.

우리가 운동역학적인 시험 방법을 이용해서 이 세상의 위대한 종교들의 진실 수준을 측정할 경우, 『의식 혁명』이란 책에서 상세히 서술한 바와 같이 우리는 일부 종교들의 진실 수준이 세월이 흐르면서 전반적으로 크게 저하됐다는 사실을 발견할 것이다. 아마도 불교는 원래의 수준을 비교적 잘 유지해 온 종교일 것이다. 하지만 그 밖의 종교들은 그 수준이 놀랍도록 저하되었다. 우리는 각 종교의 의식 수준을 100년 단위로 측정하고 당대의 다양한 해석자들의 수준을 측정하는 방식으로 매우 유익한 연구를 쉽게 할 수 있다. 그럼으로써 심지어 어느 해에 누구의 지시로 저하 현상이 일어났는지도 정확하게 짚어 낼 수도 있다. 이런 저하 현상을 권위 있는 성직자들이 내린 종교적인 결정으로 인해 아주 심각하고 끔찍한 결과가 빚어진 사건들과 결부시켜서 생각해 볼 수 있는 경우가 왕왕 있다. 그리고 그런 잘못의 정확한 성격 역시 당대의 문화적, 정치적 영향력들을 명확히 밝힘으로써 이해하고 정의할 수 있다. 당대에는 나름대로 정당화되기도 했고 생존을 위해 그 효력을 잠시만 발휘하리라 여겨진 타협들이 이루어지기도 했지만 불행하게도 그런 타협들이 훗날 다시 바로잡아지지 않아 오랜 세월에 걸쳐 큰 영향을 미쳤다.

그런 타협들 가운데 가장 심각하고 개탄할 만한 예는 니케아 종교회의의 결과로 일어난 기독교의 진실 수준의 현저한 저하 현상이었다. 기독교는 애초에는 900대 수준이었으나 구약을 신약과 더불어 '성경'에 포함시킨 데다 (아스트랄계로부터 비롯된) 요한계시록까지 포함시킴으로써 400포인트 이상 떨어지는 결과를 빚었다. 창세기를 제외한 구약의 모든 내용들이 운동역학 테스트에서 피험자를 약하게 만들었고 그 내용들의 진실 수준이 200 이하였으므로 성경에 구약과 계시록을 포함시킨 것은 매우 치명적인 잘못이었다. 이러한 부정적인 측면은 신을 의인화된 존재로, 즉 앙갚음과 증오, 치우침, 거래, 상처 받기 쉬운 특성, 분노, 파괴, 교만함, 허영심 등과 같은 인간의 부정적인 감정들에 종속된 오류 많은 존재로 서술한 탓에서 비롯된 것이다. 사람들은 앙갚음하려는 마음으로 가득한 성난 신이 파괴적인 난동을 계속 일으키지 않고 홍수와 화재와 역병을 일으키지 않도록 하기 위해 그를 진정시키고 아첨하고 달랬으며 또한 그와 거래도 해야 했다. 이런 모습은 그리스도가 대신해서 표현한 진실과 자비, 용서의 신과는 정반대되는 것이었다. 그리스도는 이러한 복수의 신이 자비와 용서의 신으로 대치되어야 한다고 말했다. 그리스도에게 적들이란 그들의 무지로 인해 기도하고 용서해 줘야 할 사람들이었다. 이런 가르침은 정의로움과 앙갚음, 편애의 신이라는 고대 히브리 전통에 의해 거부되었다. (이 장의 끝에 나오는 메모를 참조)

고대의 원시적 문화권의 신들은 인간적인 열정, 동기, 위치성, 증오심, 제물에 대한 요구, 질시와 분노 어린 파괴 등의 적나라한 한계를 지닌 스칸디나비아의 게르만, 그리스, 헤브라이, 로마, 이집트, 바빌로니아, 잉카와 마야 '신들'의 기원이 되는 '아스트랄' 수준의 의식에서 유래된 존재들이다. 참된 신은 무한하고 높은 힘을 지녔으므로 보잘 것 없는 낮은 힘을 조작할 필요가 없다. 참된 신성은 그 어떤 취약성이나 욕구, 기득권도 갖고 있지 않다. 원시적인 문화권의 신들이 드러내는 격정적인 특성이나 편향성, 한계들은 사랑과 평화에 의해서 그 현존이 드러나는 신의 속성들이 아니다. 그런 부정적인 속성들은 예배와 제물을 한결같이 요구하는 수없이 많은 거짓된 신들을 만들어 내는 인간의 마음에서 나온다. 실상의 신은 그 어떤 '욕구'도 갖고 있지 않고 만족스러워 하거나 불만스러워 하는 존재가 아니며 달래 줘야 하는 존재는 더더욱 아니다.

신에 대한 이해도가 얼마나 낮아졌는가 하는 것은 수치로 측정된 그 값들이 로그적 값이라는 점에서 그 심각성을 제대로 인식할 수 있다. 100 포인트의 저하는 진실과 힘이 실로 엄청나게 낮아졌음을 뜻한다. 일부 종교들에서는 그런 잘못의 정도가 너무나 심했으므로 그런 종교들의 근본주의 계통의 분파들은 임계점인 200 수준 이하로 떨어졌고 그로 인해 진실이라고 잘못 전해진 거짓들은 인류의 집단적인 고통과 파괴라는 심각한 결과들을 이끌어 냈다. 200 이하의 수준들은 온갖 형태의 고통을 뜻한다.

세상을 부정적인 방향으로 기울게 한 주요한 지렛대들 중 하나는 정의로움righteousness이라고 하는 자멸적인 개념의 형태를 띤 무기였으며, 그것은 190 수준에 해당하는 자부심Pride으로 측정된다. 정의로움은 지난 몇 천 년간 인류 역사에서 으뜸가는 파괴적 힘이자 아킬레스건으로 작용해 왔다. 정의로움은 인류가 상상할 수 있는 모든 형태의 잔인성과 야만성을 가장 그럴싸하게 포장하고 둘러댈 수 있는 수단이었다.

참으로 위대한 역사적 길들은 우리가 이 세상의 영역에서 도달할 수 있는 최대치인 1000 수준으로 측정되는 존재들이라 여기는 화신들, 혹은 위대한 스승들에게서 나왔다. 서구 사회에서 가장 잘 알려진 위대한 스승들로는 그리스도, 붓다, 크리슈나, 조로아스터가 있다. 1000 수준의 의식은 전 인류의 구원에 관심을 갖는다. 그러므로 전 인류에게 이야기하는 영적인 스승은 화신의 수준에서 이야기하고 있는 것이다.

　위대한 화신들은 인쇄술이 사용되기 전에 살았기 때문에 그들이 정확히 무엇을 가르쳤고 그 가르침이 어떻게 해석되었는가에 관한 믿을 만한 자료들이 상당히 부족하다. 그들이 진정으로 말하고자 했던 참뜻과 관련된 내용이 너무나 적으므로 원래의 가르침이 후세에 전해지는 과정에서 잘못 해석되는 일이 빈번하게 일어났다. 우리는 오류가 개재되어 원래의 순수성을 훼손한 부분을 쉽게 식별해 낼 수 있다. 원래의 가르침에서 이탈한 내용의 상당수는 그 왜곡이 너무나 노골적이어서 영적인 직관이나 기본적인 윤리 감각을 가진 사람이면 확연하게 식별할 수 있다. 그런 왜곡은 종교 단체들이 자행한 듯하다. 권위 있는 종교 집단들이 추종자들과 세속적인 이익을 그러모으고 신도들을 마음대로 통제할 수 있게 해 주는 힘과 권위를 스스로에게 부여하기 위해 창시자의 이름을 함부로 도용해 간판처럼 내 걸 때 발생한 듯하다.

　영성 그 자체는 그 누구와도 갈등을 일으키지 않으며, 잘못된 해석들은 독단적인 종교 단체들이 스스로에게 권한을 부여하기 위해서 엉뚱한 해석을 내림으로써 파생되었다. 그들은 세속적인 이익을 얻기 위해서 잘못된 해석들을 영적인 진실로 이용해 먹었다. 그럼으로써 그들은 낮은 힘을 얻기 위해 높은 힘을 버렸고 애초의 창시자들이 설파한 진실을 훼손했으며 그로 인해 그 창시자들은 역사적으로 이름뿐인 창시자들이 되어 버렸다.

그 후 화신의 지위와 명성은 위대한 제국을 건설하는 일에 도용되고 거래되었다. 우리는 이렇게 짧은 역사적 조망을 해 보는 것만으로도 원래의 진실이 지금 이 순간까지 오염되지 않은 채 남아 있고 재발견될 수 있다는 사실을 알 수 있다.

'영적spiritual'이란 말은 '종교'와 '신'이란 말들과 마찬가지로 오해를 불러일으킬 만큼 지나치게 자주 사용되어 왔다. 역사적인 왜곡을 피하면서 인간과 신에 관한 모든 유용한 정보를 포괄하는 좀 더 폭넓은 용어는 '의식consciousness'이다. 영성은 의식의 측면들 중 진실과 신성에 대한 앎과 관련된 측면들을 지칭하는 용어로, 존재Existence 그 자체로서 존재하는 모든 것의 근원이요 무한한 영역인 절대이자 항상 현존하는 실상과 관련된 모든 측면들을 포괄한다.

이러한 정의 속에서 의식은 모든 가능성들과 실상들을 총체적으로 포괄하며, 앎은 그 궁극적인 잠재성을 향해 나아가는 공간이자 모체다. 우리는 분리된 존재로서의 구도자가 이미 하나의 환상으로서 용해되어 버릴 1000의 의식 수준까지 이르는 이 길을 안전하고 정확하게 검증해 볼 수 있다.

일찍이 살았던 모든 위대한 영적 스승의 가르침들을 지금 검증할 수 있을 뿐만 아니라 그 내용을 낱낱이 수치화해서 확인해 볼 수 있다. 600 수준은 이원성이 비이원성으로 사라지는 수준을 나타낸다. 보이는 것과 보이지 않는 것, 알려진 것과 알려지지 않은 것, 평상적인 것과 가능한 것 사이에 놓인 다리에 다가갈 수 있는 것은 바로 이 수준에서다. 600 수준에서 영spirit과 인간이 만난다. 보이는 것과 보이지 않는 것이 서로 뒤섞인다. 그것은 하나의 기준이 되는 참조점이다. 그것이 깨달음의 수준이다.

매우 흥미로운 것은 운동역학적인 진실 테스트 자체가 600 수준으로 측정되고, 따라서 그것이 이원성과 비이원성의 영역들의 만남을 물리적으로 표현하고 있다는 점이다. 의식의 본질에 대한 연구는 그것이 스스로를 바로잡고 스스로의 힘에 의해 나아가는 것이 된다는 점에서 모든 영적인 길들 중 아마도 가장 강력하고 가장 순수한 것일 터다.

의식과 영성에 관한 문헌들은 구도자를 오류에 빠지게 하기 쉽다. 따라서 오늘날 진지하게 깨달음을 추구하는 이들은 객관적으로 입증될 수 없는 진실을 설파하는 모든 가르침들을 배제한다. 500부터 1000에 이르는 의식 수준들은 다른 영역이나 차원이라 묘사될 수 있는 것들을 나타낸다.

500대 중간 이상에 이른 영적 스승들은 많은 숫자의 사람들과 가장 널리 접하는 사람들이다. 영적으로 진화한 그들의 의식이 700에 이르면 그들은 접하기 어려운 전설적인 존재가 되며, 그들의 유산은 그들의 기록된 가르침들로 이루어진다.

우리는 인간의 삶을, 인간 의식의 다양한 장들과 수준들이 서로서로 이야기하고 사람들을 다양한 수준들의 비인격적인impersonal 대변자들로 보는 것으로 전형화할 수 있다. 그러므로 유물론을 완강하게 신봉하는 과학자가 종교나 영성을 깔보는 것은 사실 개인적인 견해가 아니라 400대 에너지 장의 표현이며 아울러 자신들의 능력과 고유한 한계들의 표현에 불과하다. 특히 400대 중간 이하에서는 지성과 이성, 합리적 사고에 대한 자만自慢이 존재한다. 그러므로 400대에서는 모든 지식과 미래에 대한 희망의 원천인 과학이 신을 대신한다.

300대에서는 정치가 인류를 구원하는 희망이 되고 정치적 이데올로기, 표어, 구호들을 둘러싸고 전쟁이 벌어지며 인간의 생명에 대한 가치가 저하된다. '나쁜' 사람들은 단두대와 전기의자에 의해 제거되거나 감옥에 갇힌다. 이 수준에서는 마음이 '옳음' 대 '그름'이라는 제한된 영역에 대한 이원적인 집착 상태에 빠지고, 그런 이분법을 낳는 위치성에 대해 전혀 자각하지 못한다.

그보다 더 낮은 수준의 의식들은, 옳고 그른 것에 대한 규정이 매순간마다 변하고 각 문화마다 다르며 한 문화 내에서도 교육이나 아이큐, 사회적 풍습, 지리에 따라 차이를 보이는 혼란스런 세계 속에서 살고 있다. 이 수준은 뉴스 미디어에 매우 취약하며, 뉴스 미디어는 그 점을 최대한 이용해 감정적이고 감상적인 호소력을 지닌 것들로 대중을 착취한다.

이런 양자택일적인 성향은 400대에서도 '과학' 대 '비과학'으로서 지속된다. 따라서 과학 그 자체는 중세시대 교회의 도그마에 버금가는 유력한 도그마로 무장한 기계론적 환원주의(생명현상을 물리·화학적으로 충분히 설명할 수 있다고 하는 관점 — 옮긴이)와 결정론의 진원지다.

500대의 의식 수준에 이르면 양극의 본원적인 한계와 무지 속에 갇혀 있는 경향이 줄어들고 그런 오류들이 마음에 대해 갖고 있던 지배력도 약화된다. 500대에서는 사랑의 형태로서의 영이 경화된 양극을 용해시키기 시작하고, 사안의 맥락을 고려하는 상황 윤리와 휴머니즘이 극단론을 중화시키는 좀 더 폭넓은 균형감각과 윤리관을 가져다준다.

가슴heart의 수준(500)은 현세주의와 완강한 정의, 징벌적인 도덕주의로부터 벗어나는 다리가 되며, 서로의 견해에 대한 고려와 자비, 연민, 이해와 비非 판단을 통한 용서 등으로 들어가는 문을 열어 준다. 500대가 지닌 큰 힘은 이해의 능력을 사용한다는 데 있으며, 이해야말로 무조건적인 사랑의 수준인 540으로 나아가도록 해 주는 요소다.

이런 수준들에서는 행위와 행위자를 구분할 수 있는 능력이 있다. 이를테면 어머니는 아들이 끔찍한 범행을 저질렀어도 감옥에 갇힌 아들을 찾아가고 그를 변함없이 사랑한다. 500대에는 인간이 지닌 한계들과 그 한계들을 벗어날 능력이 없는 것을 이해해 주는 능력 역시 존재한다. '그들이 자신들이 뭘 하는지 알지 못하기 때문에' 그들을 용서하려는 마음과 실제로 그럴 수 있는 능력은 자비심이 징벌과 앙갚음, 역공逆攻을 대신하므로 실현 가능한 목표가 된다. 그러므로 용서가 근본 원리가 된다.

500대에서는 선택할 수 있는 능력의 한계를 이해한다. 모든 사람의 내면에 자리 잡은 아이가 모습을 드러내고 가장 깊은 곳에 내재된 원초적인 순수함이 좀 더 뚜렷해지며 우리가 응징하려 하는 사회적 범죄의 잔혹함에 버금가거나 혹은 그것보다 한층 더 잔혹한 형태를 취하곤 하는 보복과 응징이 가능하지 않게 되는 경향이 있다.

500대에서는 모든 행위를 다양한 요인들의 결과로 볼 수 있는 능력도 존재하므로 이제는 사안의 맥락과 상황들에 따라서 책임의 유무와 경중을 보게 된다. 행위는 짙고 옅은 다양한 의미의 명암을 지닌 것이 되며, 조건 반사적인 지나친 단순화는 더 이상 받아들일 수 없게 된다. 즉각적인 판단은 그치고 다양한 역설들을 가늠하고 고려한다. 사건들이 자신이 뜻하지 않았는데 일어나는 것이 아니라 자신이 이제껏 내린 선택들에 대한 자신의 현재 혹은 그 이전의 영적 입장이 일치할 때만 일어난다고 하는 것을 이해할 수 있게 된다. 생명의 모든 표현들은 이 생生이 그에 참여한 존재에게 참으로 적절한 영적 성장의 기회임을 알고 있다.

우리가 평상시 체험하는 삶이란 600 이하의 모든 가능성들의 극화劇化요 서사시며, 600 수준에서 그 맥락은 극적으로 변화하고 외관상 장애처럼 보이는, 그러나 종래와는 완연히 다른 것들이 이제 앎의 원리이자 과제로서 스스로를 드러낸다. 600 수준에서는 지각의 자리에 통찰력이 들어선다. 지각의 세계에서는 불행과 재난으로 보였던 것들이 이제는 좀 더 향상된 통찰력의 앎을 통해서 선물로 보인다.

또한 600 수준에서는 물리적인 몸과의 동일시가 끝나고, 따라서 그 어떤 두려움보다도 큰 두려움이자 가능한 '사실'처럼 보이는 죽음 자체가 사라져 버린다. 참나는 전혀 보이지 않으므로 고치에서 빠져 나온 애벌레처럼 새로이 해방된 영은 그 비물질적 속성을 마음껏 향유한다.

600을 넘어선 의식은 주체도 없고 객체도 없기에 모든 곳에 두루 존재하는 자명한 상태나 조건이라 서술하는 것이 가장 정확한 표현이 될 수 있다. 아는 자와 알려진 바는 나누어지지 않는 하나라서 동일하며 자명한 것이다. 거기에는 안팎이 없고 신 대 개인의 구분도 없으며 전체를 벗어난 부분도 없고 설명할 만한 독립적인 실체도 없다. 모든 이원성은 초월되었다. 그때의 앎은 스스로 존재하므로 앎이 일어나는 개인은 존재하지 않는다.

한순간에 자아가 참나로 해소되어 버림으로써 한동안 경이로움과 아울러 깊디깊은 외경심이 자리 잡는다. 자아의 죽음을 체험하고 난 후에는 고요와 평화만이 존재한다. 과거에 몸을 참나로 여겼다는 것이 이해할 수 없는 일로 여겨지며, 그런 식으로 생각해 왔던 것은 일시적인 착오나 망각에서 비롯된 것임이 절로 자명해진다. 그것은 마치 자신이 진실로 어떤 존재였는지를 불가사의하게도 까맣게 잊어버리고 있다가 본래의 기억이 되살아나면서 환희에 젖는 것과 흡사하다. 모든 두려움들, 삶의 온갖 변화와 부침浮沈들이 사라지고 죽음 그 자체로부터도 해방된 자리에는, 자신이 항상 존재해 왔고 앞으로도 항상 존재할 것이며 생존 따위는 전혀 문제된 적이 없었다는 기억이 자리 잡는다. 자신의 본래적인 안전은, 항상 현존하고 시공을 넘어서 있는 참나의 실상에 의해 줄곧 보장되어 왔다. 참나의 실상에는 시작도 끝도 없으며 그것은 온 세상과 우주보다 먼저 존재했다. 모든 것이 동일한 가운데서는 어떤 이분법도 존재하지 않으므로 거기에는 물음도 답도 없다.

자신은 하나도 아니고 여럿도 아니며 공간적인 위치성과 정신
작용을 넘어서 있다. 자신의 참나는 '하나'와 '여럿'이 생겨나는
실상이라 말하는 것이 좀 더 정확할 것이다. 모든 것은 스스로 완
전하고 자족적이며 '그 자체의 바깥'이라는 것이 성립할 수 없으
므로 그 자체의 바깥에 있는 그 어떤 것을 필요로 하지 않는다. 따
라서 '자아'가 내용인데 반해 '참나'는 맥락이다.

거기에는 창조자와 창조되는 것 사이의 구분이 없다. 모든 것은
신의 마음이 행하는 표현으로서 스스로 창조되고 있다. 이런 위대
한 앎은 참나가 있는 모든 것인 700대 의식 수준의 특징이다. 우
주는 스스로 진화하고 스스로 실현해 나가므로 어떤 관여도 필요
치 않다. 모든 것은 완벽한 균형과 조화를 이루고 있다.

800대와 900대의 의식 수준들은 전 인류의 잠재적 의식의 가장
높은 수준들을 대표한다. 현자가 이따금 세상으로 돌아오기도 하
지만 세상은 이제 달라졌다. '구원'을 필요로 하는 개인들로 이루
어진 세상이 아니다. 개인들은 자신들을 고양시키고 강화시켜 주
는 에너지 장만을 필요로 할 뿐이다. 온전성의 수준을 넘어선 것
으로 측정되는 의식들은 200 수준 이하에 해당하는 인류 가운데
78퍼센트의 사람들이 가진 부정적 에너지를 상쇄해 준다.

1000 수준에 이르는 의식 수준의 힘은 인류의 부정적 에너지
전체를 상쇄해 주며, 전 인류의 구원의 잠재성을 창조할 뿐만 아
니라 그것의 확실성을 보장한다. 시간의 세계에서는 전 인류의 구
원이 서서히 진행되는 듯하지만 시간을 넘어선 절대성의 실상 속

에서는 이미 존재한다.

영적인 성장은 그것을 자유의지와 선택의 문제로 받아들이는 것을 토대로 삼고 있으므로 모든 이들은 스스로가 선택하는 세계만을 체험한다. 우주에 희생자란 절대 있을 수 없으며 모든 사건들의 결과는 내적인 선택과 결정의 표현이다.

필연적인 운명이 지체되는 것은 무엇 때문인가? 그것은 우리가 '낮은 힘' 혹은 환상과 거짓으로 표현해 온 에너지 장들이 끌어당기는 탓인 듯하다. 이런 끌어당김의 핵심을 이루는 것은 자아를 몸과 동일시하는 것과 그로 인해 일어나는 생존의 두려움이다. 따라서 죽음은 삶의 종말을 뜻하는 무서운 것이 되는 동시에 두려움을 안겨 주는 가공적인 존재성을 가진 독립적이고 가능한 실체로 인식된다.

더 높은 자아의 관점에서 볼 때 죽음이 실제로 가능한 일이 아니라는 것은 모두 무의식적으로 알고 있다. 인간의 삶은 게임들과 익살극으로 이루어진 것이다. 죽지 않는다는 것을 무의식적으로 알고 있지 않다면 어째서 사람들이 정치적인 이익이나 돈과 같은 하찮은 것에 자신들의 '목숨 life'을 걸려 하겠는가? 난도질당한 시신들의 역사는 전쟁의 영광이 완전히 부조리한 것임을 영웅 지망생들에게 순간적으로나마 확신시켜 준다. 7000만 명이 '죽은' 전쟁 후에도 그 나라의 국경선은 전과 다름없고 모두가 각자의 일상으로 돌아가며 그 모든 익살극은 서글픈 농담 같은 것이 되어 버린다. 과거의 적들이 이제는 악수를 나누고 서로의 전몰장병 기념일을 축하해 주며 서로의 전쟁 기념관들을 방문한다.

체스나 체커 게임에서 말들은 이튿날 다시 사용하기 위해 판에서 치워지기만 할 뿐 실제로 파괴되진 않는다. 에고는 경기 참가자들과 관전자들에게 아주 실감나는 것으로 보이는 전투에 몰입한다. 그런데 어떤 수준에서는 경기 참가자들이 꼭 배워 둘 필요가 있는, 모두에게 유익한 교훈을 실연해 보임으로써 다른 사람들에게 영적인 도움을 준다. 용기에서 나온 행동들은 궁극적인 앎에 이르는 데 꼭 필요한, 영혼이 지닌 내재적인 힘을 일깨워 준다.

600대를 넘어설 경우 선택을 하는 개인적인 자아 같은 건 없다. 진화나 성장은 의식 그 자체의 본성의 표현이다. 따라서 영적인 어떤 과제를 열심히 수행해 나간다고 하는 것은 그저 과제가 완료될 때까지 물질세계 속에서 몸을 계속 내달리게 하는 것에 지나지 않는다. 사실 실상에는 연속적인 장章들로 보이는 하나의 생生이 있을 뿐이다.

기독교의 흠정역欽定譯 성서에 대한 메모

구약은 190으로 측정된다. 그러나 창세기의 수준은 660이고 시편은 650이며 잠언은 350이다. 이것들을 제외하면 구약은 전체적으로 불과 125로 측정된다.

신약은 640으로 측정된다. 하지만 (70으로 측정되는) 요한계시록을 제거하면 신약은 790으로 측정된다.

현재의 성서는 475로 측정된다. 성경을 그 이름이 암시하듯이 참으로 '성스럽게' 만들려면 창세기와 시편, 잠언을 제외한 구약 전체와 요한계시록을 제외시켜야 한다. 이렇게 되면 성서는 진정으로 성스러울 것이며 740으로 측정될 것이다.

중요한 것은, 람사 판 성서(아람어 판 성서를 번역한)는 킹 제임스 판 성서(그리스어 판 성서에서 번역한)보다 20포인트 더 높게 측정된다. 킹 제임스 판 성서는 중대한 오류를 내포하고 있다. 예컨대 예수가 십자가 위에서, "나의 하나님, 어찌하여 나를 버리시나이까?"라고 말한 것으로 잘못 인용되어 있다. 이 부분이 아람어 번역본에서는, "나의 하나님, 이것을 위해 저를 예비하셨나이다."로 말한 것으로 인용되어 있다(람사 판 성서 서론 p. 11 참조).

람사 성서에서 창세기와 시편, 잠언을 남기고 구약 전체와 요한계시록을 제외시킨다면 람사 성서는 810으로 측정될 것이다. 신약의 람사 번역본에서 요한계시록을 제외시키면 람사 성서의 신약은 880으로 측정될 것이다.

05

에고를 앞지르기

간단한 가르침들

모든 위대한 영적 가르침들과 스승들의 핵심은 몇몇 간단한 절을 통해 짐작해 볼 수 있다. (그 모든 것은, 운동역학적으로 사람을 약하게 하는 것은 피하고 강하게 해 주는 것은 좇으라는 충고로 집약된다!)

자기 자신을 포함해, 생명 그 자체의 표현인 모든 생명체에게 예외 없이 부드럽고 온화하고 따듯하고 너그럽게, 무조건적으로 사랑하는 자세로 대하는 편을 택하라. 모든 생명체에게 사심 없이 봉사하고 사랑하고 존중하고 존경하는 일에 집중하라.

부정적인 마음가짐과 세속적인 것들에 대한 욕망, 쾌락과 소유물에 대한 집착을 피하도록 하라. 자기주장을 내세우며 옳고 그름을 판별하고 자기는 '옳다'라고 자만하는 짓을 삼가고 정의의 덫에 빠지지 않도록 하라.

부정성을 피하고 쾌락과 소유에 대한 세속적 탐욕을 멀리하라. 의견을 내세우거나 옳고 그름을 따지지 말 것이며 옳고자 하는 허영과 정의로움의 덫에 빠지지 말라.

비난하지 말고 이해하려고 애쓰도록 하라. 스승들이 가르치는 이런 근본적인 원리들을 깊이 새기고 그 밖의 다른 모든 사람들이 하는 말은 그냥 흘려버리도록 하라. 이런 원리들을 스스로에 대한 관점과 타인들에 대한 관점에 적용하도록 하라. 인간적인 모든 과오와 한계, 연약함을 꿰뚫어 보는 신성의 사랑과 자비, 무한한 지혜, 연민을 신뢰하도록 하라. 모든 것을 용서하시는 신의 사랑을 믿고, 심판과 단죄에 대한 두려움은 에고로부터 비롯된 것임을 이해하도록 하라. 신의 사랑의 빛은 태양과 마찬가지로 모두를 평등하게 비춘다. 질투하고 성내고 파괴하고 편애하고 앙갚음하고 불안정하고 쉽게 상처받고 거래하는 등등의 인간적인 과오를 저지르는 부정적인 존재로 신을 묘사하는 짓을 삼가도록 하라.

내맡김과 희생

내맡김과 희생은 우리가 에고가 지닌 기득권의 관점과 부정적 특성을 정당화하는 관점에서 영적인 원리들을 바라보고 있다는 것을 전제로 하는 임의적인 용어들이다. 에고의 관점에서 볼 때 영적인 원리들은 위치성의 상실을 뜻하지만 영혼의 관점에서 볼 때 그런 원리들은 획득을 뜻하는 것이 된다.

으뜸가는 포기와 희생은 자만심을 겸허한 마음가짐으로 대치하는 것이다. 그것을 실제로 실천할 때는 그저 자기 의견을 내세우려 들거나 남을 판단하려 드는 교만한 태도를 버리기만 하면 된다. 온갖 위치성들을 버리면 지각의 이원성에서 비롯된 '양극의 오류'의 한계에서 벗어나게 된다. 무슨 생각을 하든 으레 '나'라는 용어를 앞세워서 생각하곤 하는 습관을 버릴 때 에고의 나르시스적인 핵심에 대한 집착은 줄어든다. 생각을 표현할 때 '나'라는 1인칭 주어로 표현하던 습관을 3인칭 주어를 사용해서 표현하는 습관으로 바꿔 보도록 하라. 자신의 생각을 표현할 때 비인격적인 진술 방법을 사용할 경우 쟁점들 속에 개인적으로 휘말려들어 가는 것을 피할 수 있다. 감정에 치우치지 않은 냉정한 진술은 일방적이고 편향적인 견해가 아니라 논점의 다양한 측면들을 포괄하므로 좀 더 균형 잡히고 객관적인 경향이 있다.

인간사의 세계에서 자신이 목격하는 것은, 시간과 공간의 특정한 조건들하에서 특정한 개인들을 통해 표현하고 작용하는 의식의 에너지 장들의 실연實演이므로 옳은 것도 그른 것도 아니다. 우리가 사람들이 지금과는 다른 사람들이 '될 수도 있었다'라는 식의 가설적 위치성에서 벗어난다면, 우리는 그들이 실제로 자신 아닌 다른 사람이 결코 될 수 없다는 것을 이해하게 된다. 그들이 다르게 행동할 수 있었다면 기꺼이 그렇게 했을 것이다. 여러 가지 제약들은 가능성의 범위를 한정하며 따라서 그런 가설은 존재하지 않는다. 그런 것은 실상이 아니라 상상이다. 인간의 행위를 가설적인 이상과 견주어서 비판하는 것은 비이성적인 일이다.

분노는 이해를 통해서 연민으로 바뀌고, "저들은 자기네가 무엇을 하는지 알지 못하나이다(그리스도 예수)."나 "유일한 죄는 무지다(부처)."라는 위대한 역사적 진술들의 진실성을 드러내 준다.

부정적인 요소들 넘어서기

'죄와 싸우고', '의지의 힘'을 사용해서 결함들을 극복하기 위해 투쟁하는 것은 효과가 거의 없으며 득이 되지 않는다. 이런 행위들은 이미 마음을 '양극'의 이원적인 오류 속에 가둬 버리는 덫이요 고정된 위치성들이다.

그런 싸움에서 벗어나려면 부정적인 요소를 배제하려고 애쓰지 말고 긍정적인 요소를 선택하고 받아들이기만 하면 된다. 자신이 이 생生에서 할 일은 판단하는 것이 아니라 이해하는 것이라는 관점을 지닐 때 도덕적인 딜레마들은 저절로 해소된다. 전문적인 직업인들은 늘 그렇게 하고 있다. 의사들과 변호사들은 실제로 환자들이나 고객들에게 자신들이 하는 일은 판단하고 심판하는 것이 아니라 치료하고 변호하는 것이라고 말해 주기도 할 것이다. 외과의사들은 성인聖人이건 범죄자건 가리지 않고 그들의 부러진 뼈를 똑같이 치료해 준다. 그들의 공통된 진술을 요약하면 "그런 문제들에 대해 판단을 내리는 것은 내가 할 일이 아니고 또 나는 그렇게 할 수 있는 입장에 있지도 않다."라는 것이다.

우리가 영적인 삶을 택함으로써 정당한 비난과 그에 따른 증오는 타인들의 몫으로 남겨질 수 있다는 것을 깨달을 때 큰 안도감이 찾아온다. 이렇게 영적인 '선'을 추구하는 것은 전 인류에게 이익이 되므로 모든 소명들 중에서 가장 가치 있는 일이라 말할 수 있다.

따라서 영적인 삶을 사는 사람들이 해야 하는 역할은 여느 사람들의 역할과는 크게 다르다. 그것은 여느 사람들과는 다른 표준을 가져야 한다는 것을 뜻하고 에고의 허영심들이 추구하는 바나 세속적인 성취 같은 데로부터 에너지나 관심의 초점을 돌려야 한다는 것을 뜻한다. 영적으로 진보하기 위해서는 물질적이거나 자기 본위적인 이익을 버려야 하며 그럼으로써 덧없는 것들은 영원한 것들에 종속되고, 한낱 환상에 불과한 것들이 아니라 참으로 가치 있는 것들을 선택하게 된다. 결정을 내리는 데 도움이 되는 한 가지 방법은 자신이 임종의 자리에 누워 있는 모습을 그리면서 그 순간에 내가 어떤 결정을 내리고 싶어 할지 물어보는 것이다.

우리는 영적인 연구를 통해 의식이 삶의 어떤 작은 부분도 놓치지 않는다는 것(이 점은 누구나 증명할 수 있다.)을 확실히 알고 있다. 모든 것은 반드시 셈에 들어가므로 책임을 져야 한다. 간과되거나 기록되지 않고 넘어가는 것은 아무것도 없다. 사람들은 시대나 문화의 차이에도 불구하고 경험과 지혜의 전체성을 공유하고 있으므로 누구나 이런 점에 동의하며 이것은 모든 종교와 영적인 가르침들의 공통 주제이기도 하다.

실제로 우리는 그저 긍정적인 요소들을 선택하는 것만으로도 부정적인 요소들을 넘어선다. 영적인 삶을 열심히 좇는 데서 비롯한 내적인 수행을 계속 해 나가다 보면 부정적인 선택지들은 눈에 더 이상 들어오지 않는다. 그런 것들에 선을 긋고 경계를 설정할 때 우리 모두는 진지한 반대자들이 된다. 이런 일은 우리가 세속적인 목표들보다 훨씬 더 소중히 여기는 영적인 목표들을 선택한 결과로서 저절로 일어난다.

자기 의견을 밝히지 않기

영적인 견해들은 대체로 사회에서 별로 인기가 없으므로 자기 의견을 타인들에게 강요할 필요가 없다. 사람들의 마음을 가장 강하게 움직이는 것은 강압적인 방식이나 멱살잡이가 아니라 훌륭한 모범이다. 우리는 말이나 자기가 가진 것에 의해서가 아니라 우리 자신의 존재로서 타인들에게 영향을 준다. 대중들의 의견과 상반되는 견해를 피력하는 것은 사회학적으로는 칭찬할 만한 일이 될지 몰라도 이 세상에서 의견 충돌과 갈등, 불화를 조성하는 일을 피할 수 없게 한다. '대의'를 좇는 것은 사회적 · 정치적 개혁가들이 할 일이며 깨달음을 추구하는 사람의 역할과는 다른 활동이다. 훌륭한 시도들은 심정적인 지지를 보낼 만한 일로 보일 수 있다. 하지만 그런 것들은 지각에 의해 한정된, 그리고 그 자체의 문제점과 한계를 지닌 위치성들이기도 하다. 그런 사회적인 쟁점들에 말려드는 것은 영적인 깨달음을 추구하는 이라면 응당 삼가야 할 사치다.

사람들은 각자 자신의 카르마나 이행해야 할 소명을 갖고 있는데, 그 소명을 혼동하지 않는 것이 좋다. 영적인 동기에서 활동한 역사상의 성인들은 진실로 인류의 의식을 고양시켰으며 바로 그것이 그들이 가진 소명의 본질이었다. 그들은 소명을 이행하는 과정에서 종종 자신들의 물리적인 생명을 희생하는 것까지를 포함한 영적인 용기의 미덕을 발휘했다. 이런 사회적 성인들은 하나같이 모든 민족과 문화에 영감을 불어넣어 주었으며 그들 자신의 공적인 삶에 의해 전 인류에게 대대로 말없이 기여하고 있다.

영적인 성숙을 이루고자 하는 이들의 사적私的인 삶의 소명은 사회적으로는 하찮을지 몰라도 전 인류에게 미치는 중요도나 기여하는 면에서는 성인들 못지않다. 사회적인 성인들은 외적인 행위나 모범에 의해서 인류의 의식을 높여주는 반면, 영적인 성숙을 지향하는 이들은 내적인 성장에 의해서 인류의 의식을 높인다. 개개인의 의식 수준의 성장은 대중들의 찬미를 받지는 못하지만 전 인류의 의식에 영향을 미친다는 점에서는 성인들과 다를 바 없다. 그런 영향은 영적인 연구에 의해 식별될 수 있고 입증될 수 있다. 인류의 의식 수준의 측정치는 모든 이들의 진화 단계의 총합이며, 높게 측정된 의식 수준들은 부정적인 의식 수준들보다 훨씬 더 막강한 힘을 갖고 있다.

인류의 한 부분에 불과한 이들의 의식이 방출하는 사랑의 힘은 사실상 전 인류의 부정적 에너지를 모조리 상쇄해 버린다. 전 세계 인구의 78퍼센트는 아직도 200 수준 이하의 부정적인 영역 속에 머물러 있으며 불과 0.4퍼센트만이 540으로 측정되는 무조건적인 사랑의 수준에 이르렀다. 따라서 사랑과 연민을 담은 모든 생각들은 수천 명의 사람들이 갖고 있는 부정적인 생각들을 덮고도 남는다. 우리는 말하고 행동하는 것에 의해서가 아니라 영적인 성숙도에 의해서 세상을 변화시킨다. 그러므로 영적인 세계를 추구하는 모든 이들은 세상에 기여하고 있다.

보통의 삶

의미는 동기를 결정하는 맥락에 의해 정의된다. 영적인 가치를 확립해 주는 것은 동기다. 자신의 행위를 생명에 대한 사랑의 봉사로 바치는 것은 그 행위를 성스럽게 해 주고 그것을 이기적인 동기로부터 사심 없는 선물로 변형시킨다. 우리는 탁월함excellence 이라는 것을 최상의 표준들에 대한 헌신으로 정의한다. 그 때 모든 행위는 그 노력의 순수함에 의해 신의 영광을 찬미하는 기회 같은 것이 될 수 있다. 모든 물리적인 직무와 노동은 세상에 나름대로 기여하는 요소들이 될 수 있다. 가장 하찮은 일도 공동선에 기여하는 것으로 볼 수 있으며, 그런 관점에서 볼 때 노동은 고귀한 것이 된다.

삶을 어떤 맥락 속에 놓느냐 하는 것에 따라 기쁨이 일기도 하고 분노가 일기도 한다. 시기하고 아까워하는 마음은 너그러운 마음으로 바뀐다. 자신의 노력에 의해 다른 사람들이 이익을 보면 볼수록 더 좋게 느낀다. 모든 사람은 타인들을 따뜻하게 대함으로써 조화와 아름다움에 기여할 기회를 갖으며 그로 인해 인류의 영혼을 고양시킨다. 아무 대가도 바라지 않고 생명에 제공하는 것은 우리가 그 생명의 동등한 일부이기 때문에 우리에게로 되돌아온다. 수면에 이는 파문과 마찬가지로 모든 선물은 주는 이에게 되돌아간다. 우리가 타인들에게서 긍정하는 것들을 우리는 실제로 우리 내면에서 긍정한다.

현실적으로 말해서 우리 사회에서 깨달음에 도달하는 일에 자신의 삶을 바치기를 선택하는 것은 일반적이지 않고 비교적 극히 드문 일이라는 점을 고려해야 한다. 일반적으로 세상 사람들의 목표는 이 세상에서 성공하는 것인 데 반해 깨달음의 목표는 세상을 넘어서는 것이다. 이 세상이 '실재적인 것'에 대한 나름의 주된 지각들을 갖추고 있는, 선형적 인과율이 지배하는 제한된 뉴턴식 패러다임 안에서 작동하는 곳이라는 점을 기억하는 것이 중요하다. 반면에 영성은 보이지 않는 비이원성의 실상들과 영역들에 기반을 두고 있고 따라서 일반적인 사람들에게는 비현실적이거나 기껏해야 기이한 것 정도로 비칠 수 있다.

물질적 환원주의나 측정할 수 있는 구체적인 '결과들'을 근거로 해서 작업하는 완강한 현실주의자들에게 영적으로 헌신하는 사람들이 추구하는 가치는 공허하고 덧없고 의심스럽게 보일 것이다. 그러므로 400대로 측정되는 과학과 논리학의 수준에 속해 우리 사회를 지배하고 있는 사람들은 500대의 수준에 이른 사람들의 동기와 가치관을 회의적으로 바라보며 600 수준이 넘는 것들에는 어떤 현실성도 부여하지 않으려 든다.

사람들은 대부분 영성이나 종교(그들 대부분은 이 둘을 혼동한다.)를 흔히 '옳고 그른 것'을 다루는 분야로 이해한다. 사회는 대체로 선과 악의 도덕적인 양극들에 의해 지배되며, 선악은 법률과 교도소, 행정 규칙, 세금, 부기, 법원, 경찰, 군대, 정책, 전쟁 등과 같은 문화적 제도들의 총체적인 파노라마로 귀착된다.

이와 반대로 아주 영적인 단체들은 권위주의적인 기구나 조직, 건물, 관리자들, 기금, 재산, 돈 등을 갖고 있지 않으며 어떤 견해도 표명하지 않으려 하고 세속적인 쟁점들에 말려들지 않는다. 본질적으로 영적인 단체들은 그 어떤 공적인 진술도 하지 않으며 오로지 영적인 원리들을 자발적으로 따르는 구조를 통해서만 움직여 나간다. 그들은 다른 사람들을 개종시키려 들지도 않는다. 그 단체들은 피고용인들이 없어도 회원들의 자발적인 봉사에 의해서 유지된다. 그들은 빚도, 의무도, 투자자본도 갖고 있지 않으며, 따라서 참으로 영적인 이들은 '세상 안에 있되 세상에 속하지 않는다'라고 말할 수 있다. 영성은 공로를 구하지 않고 비난을 받아들이지도 않는다.

오늘날 우리 사회에서 그런 단체의 가장 좋은 예는 이른바 '12단계' 그룹들인데, 그들이 지닌 유일한 힘은 그들의 영적인 순수성에서 나오며 그 힘은 인간의 수많은 고통들을 다루고 처리하는 정도로까지 진화했다. 그 그룹들은 무조건적인 사랑의 수준인 540으로 측정된다.

'예외적인 삶'은 맥락과 의미에 의해 남다른 것이 되며, 바로 그 맥락과 의미에 따른 선택을 통해 모든 행위들을 불러일으키는 가치들의 위계가 정해진다. 보통의 삶과 예외적인 삶의 차이는 주로 맥락의 차이다. 이익보다 사랑을 더 소중히 여기는 것은 그 자체로 이미 하나의 매우 핵심적인 태도의 변화이기에 삶을 변형시킨다.

사람들이 영적으로 고무되고 그런 쪽에 전념하게 되면 그들의 삶 전체가 완전히 해체되는 상황을 겪을 수도 있다. 그리고 그런 이들 중 상당수는 갑자기 직업과 성공, 가족, 친구, 지위 등을 모조리 버리고 멀리 떨어진 외딴곳으로 떠나기도 한다. 그런 이들의 가족과 친지들은 그 엄청난 변화에 몹시 놀라며 그러한 변화에 대한 납득할 만한 심리적인 설명을 찾으려 든다. 보통의 세계에서 정상적인 사람들은 신을 찾기 위해 그렇게 갑자기 모든 것을 박차 버리고 떠나지 않는다. 영적인 갈망에 사로잡힌 사람들은 보이지 않는 내적인 소명을 따르기 위해 모든 것을 기꺼이 포기해 버림으로써 세상 사람들을 몹시 당혹하게 한다. 영적인 성향을 지닌 사람들이 추구하는 목표는 보이지 않는 것이기 때문에 보통 사람들의 눈에는 그 사람들이 제정신이 아니거나 미친 것으로, 혹은 '현실에서 도피'하려는 것으로 보이는 모양이다.

그런 이들의 가족이나 친구들은 세상 사람들이 열렬히 추구하는 목표들을 버리거나 거부하는 듯한 그들의 태도에 화를 내기도 하고 분개하기도 한다. 특권과 돈, 권력, 지위를 버리는 것이 터무니없거나 심지어 무례한 짓처럼 보인다. 많은 영적 탐구자들이 추구하는 단순하고 비물질적인 생활 방식 역시 그들의 지인들에게는 '책임을 저버리는 태도'로 보인다.

영적인 그룹들

영적인 그룹이나 단체에 가입하는 것은 과거와 현재의 많은 요소들에 의해 결정되는 개인적인 선택이다. 이때 고려해야 할 가장 중요한 요소는 그 그룹이나 단체, 지도자들의 실제로 측정된 의식 수준이다. 전통적으로 '구루의 은총'은 특정한 영적 가르침이 지닌 힘의 내적인 원천이며 그 힘은 측정된 의식 수준과 일치한다. 따라서 한 가르침의 창시자와 그 가르침들의 실제로 측정된 수준들은 대단히 중요한 의미를 지닌 것이다. 이런 점은 아무리 강조해도 지나치지 않다.

광적인 열정이 진실을 대신해 주지는 않는다. 또한 수십만이나 수백만 추종자들의 믿음에 기인한 믿음도 진실을 대신해 주지 않는다. 대단히 드문 재능인 영적인 간파 능력은 역사적으로 보면 영적인 통찰력을 지닌 '제3의 눈'이 열릴 때라야만 비로소 생긴다. 그런 능력이 생기기 전까지는 아무리 열성적인 영적 추구자도 쉽사리 기만을 당할 수 있다. 영적인 사기꾼들이 인상적이지도 않고 카리스마도 없으며 믿을 만하지도 않고 설득력도 없었다면 그 어떤 추종자들도 얻지 못했을 것이다. 참된 스승과 가짜 스승을 식별해 내려면 사실상 대단히 높은 수준의 의식을 지닌 사람이나 전문가가 필요하다. 영적인 추구자들이 가짜 구루에게 속는 이유는 맥락의 오류에서 기인한 구루의 잘못에서 그 맥락이 신참자의 제한된 지각의 범위를 넘어선 것이기 때문이다.

박학다식함 역시 진실을 보증해 주지는 못한다. 대단히 명민한 스승들도 자세히 조사해 보면 가슴 차크라가 불균형하다는 사실이 드러난다. 반면에 '더없이 다정다감한' 사랑이 충만한 스승들의 경우 제3의 눈, 혹은 정수리 차크라가 '불균형'해 추종자들을 잘못된 길로 이끌기도 하는데 이때 추종자들은 영적인 환멸감으로 인해 우울증에 빠지거나 심지어 자살까지 하는 등의 더없이 고통스런 체험을 겪게 된다.

전통적인 주요 종교들

구매자 위험부담 caveat emptor (사전에 보증을 하지 않은 이상 판매자가 상품의 품질에 대한 책임을 지지 않는다는 원칙 — 옮긴이)이란 주의사항은 어디에나 예외 없이 적용된다. 이 세상의 위대한 종교들의 상당수는 원시적 유목 부족이나 문화에서 나왔다. 그 당시에는 무지한 정도가 대단히 심했다. 무지한 사람들은 특히 두려움과 미신을 통해 쉽사리 동요하거나 깊은 인상을 받는 경향이 있으며 신인동형설神人同形說적인 관점으로 사고하는 경향이 있다. 그런 시절에는 숭배가 만연했다. 과학이 존재하지 않았으므로 그들은 자연계에서 일어나는 수많은 사건들을 초자연적인 힘의 탓으로 돌렸다. 이런 초자연적인 힘에 영향을 미치기 위해 부적, 동물의 일부, 뼈, 돌, 조각된 형상, 마법적인 소리, 상징 등이 발달했다. 숭배의 대상에는 지상의 여러 장소와 자연 현상들, 산과 화산, 성스러운 땅이나 성스러운 장소와 유적들도 포함되었다.

지상에서 주요한 재앙들과 특이한 현상들을 불러일으키는 주범은 '신들'이었다. 사람들은 기근, 홍수, 지진, 일식, 별자리들 모두가 초자연적인 의미 및 마법적인 힘들과 연관되어 있다고 보았다. 동물들과 동물들의 혼령을 숭배하는 애니미즘이 만연했다. 이 모든 것과 연관된 것은 '혼령'이었다. 그러므로 혼령을 다루는 방법이 널리 퍼졌다. 성스러운 약, 부적, 주문, 몽환경, 마법, 제물 등은 크게 중요한 것들로 여겨졌다. 성난 신들은 단식, 채찍질, 동물 희생제물 바치기, 신체 절단, 위험한 야수와 코브라를 통한 오락 행위, 못들이 박힌 침대에 눕기, 육체적인 고행, 병마를 동반한 '성스러운' 가난, 제례의식을 통한 형벌, 동물들과 가금들과 처녀들을 죽이는 일 등을 통해 달래 주어야 했다.

종교가 발생한 문화는 흔히 이런 식의 야만적인 행위들과 무지가 횡행하던 문화였다. 동물의 피를 흘리고 처녀를 죽여야만 신이 기뻐한다는 발상이 어떻게 나올 수 있었는지에 관해서는 이런 문화들이 신과 정반대되는 것들을 신격화하고 그와 관련된 신앙을 빚어냈다는 사실을 깨닫지 못하는 한 이해를 할 수 없다. 진리에 대한 이런 엄청난 왜곡들은 에고의 어두운 부분으로부터의 투영으로서 일어났으며, 이런 부정적인 '신들'은 앙갚음, 시샘, 원한, 복수, 비난, 격노, 파괴, 징벌, 영혼들을 지옥에 던지기, 역병과 기근과 홍수와 불과 폭풍으로 모든 문명들을 파괴하는 짓 등을 자행하는, 아주 고약한 성정을 지녔다.

종교라는 것이 이런 부정적인 에너지의 수렁으로부터 일어났으므로 죄와 지옥, 징벌, 의로움 같은 부정적인 요소들에 초점을 맞추거나 그런 요소들을 강조하는 경향이 있었으며, 부정적인 요소들을 명분으로 내세워 전쟁, 불구로 만들기, 박해, 유죄 판결, 화형, 추방, 투옥, 손목 절단 등과 같은 온갖 형태의 잔혹한 짓들을 자행했다.

모든 형태의 고통이 신격화되었으므로 그들은 모든 것을 성스러운 일들로 여겼다. 따라서 이교도들을 죽이는 것을 찬양했고 투쟁을 정당하다고 봤다. 그런 짓들은 오랜 세월 동안 대대로 이루어진 처벌과 보복을 정당화해 주는 듯한 과거의 문화적 불의와 비행에 의해 항시 합리화될 수 있었다.

이런 부정적인 요소들의 지배하에서 종교는 사회에서 가장 고약한 박해자요 도처에 만연한 불의와 잔혹함을 영속화시키는 존재가 되었다. 그렇게 원한과 악의에 의해서 명맥을 유지하는 문화는 위협적이고 잔혹하며 폭력적인 신을 기대하고 투영하게 마련이다. '지옥의 신들'을 천국의 신으로 잘못 보는 것은 실로 엄청난 영적 오류이므로 인류에게 미친 어마어마한 폐해는 상상하기 어려울 정도다.

이번 생의 어느 시기에 인간 고통의 총체와 범위가 나 자신의 의식에 드러났으며, 그것은 큰 충격을 안겨 주었다. 그 순간 즉시 무신론이 종교를 대신하게 되었다. 그렇게 엄청난 공포와 고통을 창조한 주체로서의 신에 대한 믿음이 도무지 이해가 되지 않았다. 여러 해가 지난 후, 에고의 특성들을 신에게 돌린 탓에서 오류가 비롯된 것이라는 깨달음이 찾아왔다. 돌이켜보면 무신론은, 참된 신은 종교가 설파했던 신과는 정반대되는 존재일 것이라고 보는 영적인 직관이 널리 퍼진 덕에 인류의 거짓 신들을 거부한 것에 지나지 않았음이 분명하다. 그런 직관은 훗날 나 자신의 의식 내에서 신성의 드러남과 광휘가 부조리한 모든 믿음의 남은 자취를 쓸어버렸을 때 확증되었다.

의식 척도라는 간단한 검증 방법은 과거의 성난 '신들'이 200수준을 훨씬 밑도는 수준으로 측정되며 따라서 온전하지 못한 존재들이라는 점을 알려 준다. 그런 신들은 진실이 아니라 거짓 쪽에 있다. 의식 척도상에서, 부정적인 에너지 장들에 의해 비춰진 '신'은 무관심하고 복수심 강하고 벌주기 좋아하고 비난하기 좋아하고 집요하고 멸시하기 좋아하는(신은 모든 죄인들을 멸시한다.) 존재로 묘사된다. 이런 신들은 증오의 신들이며 인류는 유사 이래 지금까지 이런 신들을 앞세워 자신들의 잔혹성과 야만성을 정당화해 왔다.

적어도 지난 5000년간의 문명사는, 지난 세기에 수백만 명을 학살한 참혹한 사건에서 극에 달한 반복적인 공포의 역사임이 분명하다. 악마를 신으로 잘못 본 것은 인류에게 실로 가공할 만한 결과를 미쳤다.

이러한 역사적인 흐름 속에서도 파괴적인 방식들에 이의를 제기한, 영적으로 앞선 이들이 없지 않았으나 사회에서는 곧 그런 이들을 침묵시켜야만 할 적으로 낙인찍었다. 암흑사회에서는 남들과는 달리 여전히 빛을 볼 수 있는 그런 이들을 비애국자나 성상파괴자, 정신병자, 겁쟁이, 기존 질서에 명백한 위협을 가하는 이들로 봤다. 당대의 망상을 함께 따르지 않는다는 것은 위험하고 체제 전복적인 것으로 규정되었다.

역사상, 높은 의식 상태를 체험하고 심지어 깨달음에 이르기까지 한 드문 영적인 헌신자들을 사람들은 신비가라 불렀으며 그런 이들은 흔히 이단자들로 낙인찍혀 박해받거나 파문당하거나 화형당했다. 그들의 가르침은 영적인 오류에 기반을 둔 권력 구조를 위협했다. 무한한 자비와 연민, 무조건적인 사랑의 신은 죄의식과 죄, 두려움에 근거한 통치에 확실히 심각한 위협이 되었다.

오늘날까지 사람들은 거짓이 두려움을 안겨 주는 반면 진실은 평화를 가져다준다는 사실을 제대로 통찰하지 못해 왔다. 이 차이를 통해 이제는 진실과 거짓을 구별하는 것이 가능하다.

1980년대 말에 이르러 인류의 의식 수준은 지난 몇 백 년 동안 머물러 왔던 190이란 수치에서 마침내 도약했고 임계점이자 아주 중요한 의미를 지니는 수준인 200이라는 온전성의 수준을 돌파해 오늘날에는 207에 이르렀다. 전보다 더 높아진 의식 수준은 이제 야만성이나 증오에 대해 더 이상 호의적이지 않으며, 교회를 포함한 대부분의 집단이나 사람들은 더 이상 죄나 두려움을 강조하지 않는다. 그들은 이제 사랑의 신에 대해 이야기한다. 현재의 교황은 살인과 사형 집행, 종교 재판에 반대하고, 교회가 아무 죄 없이 박해받았던 사람들을 지켜 주지 못했음을 시인하고 있다.

마치 봄이 찾아오기라도 한 듯이 신에 대한 인간의 이해의 신기원이 도래하고 있다. 이제 인류의 의식 수준은 죄의식과 증오의 신을 경배하지 않고 사랑의 신의 진실성을 인지할 수 있을 만큼 성숙했다.

이제 인류는 성서에서 예언한 그리스도의 재림의 진정한 본질일 수 있는 참된 자각의 문턱에 서 있다. 문명은 한때 핵무기에 의해 거의 자멸할 위기에 처하기도 했지만 이제는 '바닥을 치고' 다시 빛을 향해 돌아섰다. 영적인 진실이 그와 상반되는 것으로 전락하는 일은 인류의 의식 수준이 200 이하로 떨어질 때만 일어날 수 있다. 하지만 지배적인 의식 수준이 진실과 온전성의 상태인 200 수준을 넘어설 때는 스스로를 교정하기 시작한다.

인류가 진실과 오류를 식별할 수 있는 은총을 받아들인 것은 최근의 일이다. 단두대는 더 이상 자유와 평등과 박애의 상징이 아니다. 인류는 이제 그것을 있는 그대로의 모습으로 볼 수 있다. 낡은 신의 찌꺼기들과 실상의 새로운 패러다임이 만나면서 인류는 새로운 도덕적 딜레마들과 직면하고 있다. 이제 우리는 무신론자들이 헌법과 권리장전이 약속한, 신이 부여해 준 자유권을 확립하기 위해 법정으로 달려가는 역설들을 목도한 이것은 그런 자유와 권리들이 신이 모든 인간을 평등하게 창조한 데서 비롯되었다고 역설하고 있기 때문이다.

200을 갓 넘은 의식 수준에서는 신을 공명정대함과 평등과 자유의 전형으로 본다. 마침내 신은 인자하고 친절한 존재가 되었다. 수많은 세대에 걸쳐 암담한 절망에 사로잡혔던 인류에게서 새로운 희망이 싹터 나왔으므로 천국에 실제로 도달할 수 있다는 것이 이제 사실처럼 여겨지는 듯하다. 인류는 다시 태어나는 과정 속에 있으며 기쁨의 신이 공포와 두려움의 신의 자리에 대신 들어서고 있다.

실상에 대한 새로운 패러다임의 출현

인류의 의식 수준이 높아지면서 사람들의 일반적인 마음가짐과 사회적 행동 양식의 면에서 주요한 변화들이 저절로 일어나고 있다. 부정적인 요소는 점차 매력적이지 않고 받아들일 만하지 않으며 설득력도 없는 것이 되어가고 있다. 증오와 복수심, 교만함, 독선에 사로잡힌 사람들의 숫자는 갈수록 줄어들고 있다. 이제는 처벌하고 응징하는 형태의 조처들이 지극히 바람직하지 못한 결과들을 가져온다고 보고 있다. 불평등과 불의를 합리화하기도 한결

어렵게 되었다. 과거의 부정적인 신들을 상기시키는 것은 한물갔거나 설득력을 잃었으며, 그런 극단론들은 사회적으로 받아들여질 만한 정당성을 상실했다.

책임이 죄를 대신하고 윤리가 복수심 어린 도덕 논리를 대신하며 이해가 비난을 대신하고 있다. '선'과 '악'이라는 용어들은 상대적인 용어가 되었고 사건을 평가할 때 정황이나 맥락을 주요 요소로 보고 존중하는 경향이 점차 일반화되고 있다. 사회적인 온건함이 병적 흥분을 대신하기 시작하고 증오의 선전은 대중들에게 그리 쉽게 먹혀들지 않는다.

서구 세계의 상당 부분에서는 이러한 의식의 발전이 일반화되고 있는 추세지만 이는 옛 신들이 활개 치는 지구상의 다른 지역들에 의해 여전히 저항을 받고 있다. 그런 곳들에서는 종교전쟁과 그러한 전쟁의 정치적 지지자들이 영적인 진리를 계속 왜곡하고 소요와 전쟁을 확산시키고 있다.

가장 흥미로운 것은 그런 문화들을 뒤덮고 있는 무지의 베일이 전자통신 매체들에 의해 관통당하고 있다는 점이다. 그런 매체들은 이제 정치적 경계선들을 무의미한 것으로 만들어 버리고 있다. 악이 트렌지스터 칩에 의해 통제력을 잃게 될지 누가 상상이나 했겠는가?

진실과 자유의 메시지는 이제 거의 모든 사람들이 자유로이 접하고 있다. 폭정은 인터넷의 맹공을 받고 있다. 이제 정보는 구텐베르크가 인쇄기를 발명한 이래 나온 가장 막강한 도구다.

자유로운 커뮤니케이션을 통해 전 인류는 새로이 출현하는 자유와 박애의 정신 속에서 마침내 하나로 통합되고 융화되고 있다. 인류를 상쟁하는 분파들로 나눠 왔던 서로 다른 '언어들'은 이제 아이들까지도 쉽게 이해하는 하나의 공통 언어 속에서 통합되고 있다.

실상에 대한 새로운 패러다임의 출현은 구 소비에트 연방과 동유럽의 전체주의적이고 무신론적인 공산주의가 저절로 몰락한 사태 속에도 반영되었다. 세계의 나머지 지역들에서도 공산주의의 몰락은 경제적 필연성과 자유로운 커뮤니케이션에 의해 피할 수 없는 일이 되었다. 소비에트 연방의 공산주의는 총 한 방 쏘지 않고 무너졌다. 그것은 '악에 대한 전쟁'에 의해서 '패배한' 것이 아니라 그와 정반대되는 것의 출현으로 저절로 그렇게 되었다. 진화는 부정적인 것을 정복하는 것에 의해서가 아니라 긍정적인 것을 선택하고 수호하는 것을 통해서 이루어진다. 이런 점은 남한과 북한이 다시금 평화로운 제휴 관계에 들어간 일에 의해서도 입증되었다.

과학계 역시 지난 세기 후반기 동안 큰 변화가 이루어졌다. 그 이전의 과학의 맹목성은 실상에 대한 뉴턴 식 선형 패러다임의 결정론적 유물론의 한계에 다름 아니었다. 이것은 과학적인 앎을 제한했고 499 수준으로 측정되는 의식 수준에서 머물게 했다. 뉴턴과 아인슈타인, 프로이트, 그 밖의 모든 위대한 사상가들과 과학자들의 의식 수준은 499 수준이다. 적분학에 의해 설명할 수 없는 정보는 '무질서한 것'이자 과학적인 탐구의 영역 밖에 있는 것이라 하여 무시되었다.

모든 생명과 그 고유한 과정들은 비선형적인 것이므로 그와 관련된 모든 지식과 실상은 고전적인 과학의 관점 속에서 가능한 것들의 패러다임과는 거리가 아득히 멀었다. 하지만 이 모든 것은 *카오스 이론* 혹은 *비선형 역학*의 발견으로 인해 근본적으로 변했으며, 이런 이론들은 모든 생명을 탐구할 수 있는 길을 열어 주었다. 의식 측정 척도에 의해서 가능해진 명증함을 통해 과학과 영성 간의 이해를 가능하게 하는 하나의 교량이 나타났다.

과학은, 정의할 수 없고 측정할 수 없는 어떤 것이라면 실재적이지 않은 것이고 가공적인 것이라고 결정했다. ('측정된 것이 바로 실상이다.') 따라서 과학은 사랑과 연민, 아름다움, 용서, 영감, 믿음, 우정, 성실, 감사, 희망, 행복, 달리 말해 인간의 존재와 행위 동기의 실질적인 핵심이자 실체를 이루는 모든 것의 가치에 대한 그 어떤 진지한 연구나 조사도 무가치한 것으로 만들어 버렸다.

또한 과학은 형상이 없고 파악하기 어려운 것들의 중요성을 포착할 수 없다. 그러나 과학은 이제까지 인간이 물리적인 세계를 평가하고 다루기 위한 목적으로 갖고 있었던 도구들 가운데서 가장 뛰어나다. 과학이 한계를 갖고 있다는 것은 약점이 아니라 유용성의 범위를 제한하는 정도에 지나지 않는다. 사실 스스로의 한계를 알고 있다는 것은 약점이 아니라 강점이다.

카오스 이론의 한 가지 중요한 요소는 이른바 '끌개장들attractor fields'의 발견이다. 끌개장들은 설명할 수 없고 무질서하고 무작위적인 사건들로 보이는 것들의 이면에 드러나지 않은 에너지 장이 존재하고, 그 에너지 장의 패턴은 '확률적'이거나 무작위적인 정보의 출현에 영향을 미친다는 사실을 밝혀 준다. 그런 패턴들은 이해할 수 없고 아무 의미가 담기지 않은 자연 현상처럼 보이는 것들의 이면에서 식별할 수 있으며, 전 세계적인 변화나 환경 변화들, 기후 패턴, 인간의 심장 박동 등에 대한 설명을 제공해 준다.

설명할 수 없는 것은 예측할 수 없는 것이라는 사실은 예나 지금이나 다름없지만 이제 설명할 수 없는 것을 이해할 수는 있게 되었다. 과거에 사람들이 중요성을 미처 깨닫지 못했던 보이지 않는 영역들인 영적인 실상의 계층적 수준들은 이제 증명할 수 있고 접근할 수 있는 것들이다. 하지만 인간의 모든 행위와 믿음들이 각각의 수준에 따라 점차 증가하는 힘을 지닌 의식 수준들과 그 자체의 숨은 끌개장들에 의해 지배되고 있다는 사실이 우리의 이해 영역 속에 들어왔다. 이러한 이해는 유사 이래 이루어진 인류의 모든 행위의 토대를 밝혀 주고 있다.

어떤 문화나 민족, 그룹, 개인, 제도의 의식 수준의 측정치를 알게 되면 그들이 보일 태도, 생각, 감정, 정신적인 내용의 예측 가능한 범위는 저절로 드러난다. 보이지 않는 하나의 패턴을 따르는 새 떼와 마찬가지로 사회의 모든 부분의 행위 패턴은 연구를 통해서 알 수 있다. 사회 내의 한 집단은 고유한 의식의 장의 수치에 따라 표시되는 매개 변수 내에 있거나 거기에서 크게 벗어나지 않는 실상의 패러다임을 받아들일 수밖에 없다.

보이지 않는 에너지 장들은 시공을 넘어서 있고 역사 전체를 통틀어 때와 장소를 불문하고 누구에게나 존재한다. 라디오 수신기처럼 각 개인은 자신의 의식 수준의 사고장思考場에 주파를 맞추고 있다. 예를 들어 300대에 속한 사람들은 400대에 속한 사람들과는 아주 다르게 반응한다. 각 수준은 다른 수준들의 실상을 무시하는 경향이 있다. 예컨대 190 수준에서 자부심은 히틀러가 지배했던 독일에서처럼 가장 강력한 동기 부여 요소가 된다. 이럴 때 자부심은 자기 충족의 수단이자 목적임과 동시에 자기 정당화의 근거가 된다.

반면에 400대에서는 이성, 논리, 과학적 지식이 우세한 위치를 점한다. 사랑과 연민이 행위들의 참된 의미나 실체, 토대가 되어 주는 것은 의식이 500대에 도달한 후에야 비로소 가능하다.

다른 수준의 에너지 장들 간의 충돌은 그로 인한 계급 갈등과 다양한 정치적 입장들이 존재하는 사회 내의 충돌에 영향을 미친다. 여론의 추는 한 극단과 다른 한 극단 사이를 왔다 갔다 하는 경향을 보이며, 그 와중에 지배 집단은 그들의 주된 사고방식 및 신념과는 다른 견해들을 근절하려 든다. 높은 수준에서 갈등은 이해와 연민, 공감에 의해서 해소되는 반면 낮은 수준에서 갈등은 다툼과 박해, 전쟁에 의해 해소된다.

사람들은 인류가 과거의 어둠과 무지 상태에서 벗어나 빛의 희망과 약속의 상태로 접어들었으며 그것이 실로 엄청난 전환을 뜻한다는 점을 이제까지 제대로 인식하지 못했다. 의식 수준이 190에서 207로 크게 상승했다는 사실은 *인류의 전 역사에서 가장 중요하고 의미심장한 사건이다.* 이러한 사건이 대체로 그러하듯이 이 사건은 침묵 속에서 조용히 의식하지 못하는 사이에 일어났다. 인류가 이런 결과에 도달할 운명이라는 사실은 인류 중에 위대한 화신들이 출현했다는 사실로 이미 예견되었다.

신성의 무한한 힘은 숲을 뚫고 들어온 햇빛처럼 의식의 각 수준들에 빛을 골고루 뿌려 준다. 그것은 모든 생명을 떠받쳐 준다. 빛의 그 힘을 받지 못할 때 의식은 위력이라고 하는, 일시적이고 가공적인 대체물 쪽으로 되돌아선다. 힘은 무한한 데 반해 위력은 제한되어 있다. 위력이 힘과 맞설 수는 없으므로 그 결말은 자명하다. 힘을 얻지 못하는 위력은 그 속성상 모조리 소모되어 저절로 소멸되어 버리고 만다.

실상의 비선형적 비이원성을 포괄하는 지식의 확장과 더불어 *"지고의 당신께 모든 영광이 있나이다."*라는 진술이, 우리가 표현할 수 있는 가장 심원하고 가장 근본적으로 과학적인 진술이라는 사실이 놀랍도록 자명해질 것이다.

06

에고의 해체

앞을 가로막는 장애들이 제거될 때 실상이 드러난다. 장애들은 그 기반이 되는 것들이 사라지면 절로 사라진다. 그런 기반의 하나가 '원인'이라는 개념이다. 이 개념을 깨닫는 것이 왜 중요한지는 원인에 대한 믿음이, 독립적으로 존재하는 자아나 에고라는 망상의 주요한 버팀목이 된다는 사실을 자각할 때 제대로 포착할 수 있다.

'원인'은 '저것'의 원인이 되는 '이것'이 있다는 이원적인 속성을 내포하고 있다. 그러므로 '저런' 행동들의 원인이자 설명이 되어 주는 '나'라는 존재가 논리적으로 반드시 필요하다. 그리고 생각의 배후에는 가공적인 '생각하는 자'가, 행위의 배후에는 '행위자'가, 느낌의 배후에는 '느끼는 자'가, 창안의 배후에는 '창안자'

가 따라붙게 된다.

자신을 활동이나 행위, 역할, 명칭 들 따위와 동일시하는 혼동 역시 흔히 볼 수 있다. 이런 혼동은 자아를 별도로 분리된 행위자로 잘못 동일시함으로써 일어날 뿐만 아니라, 자기의 행위와 느낌과 생각이 바로 자기라고 하는 이미지 속으로 자아를 계속 녹아들어가게 한다. 자신의 선하거나 악한 어떤 특성들 혹은 직업이 바로 자기라고 하는 신념은 행위의 배후에 존재하는 별도의 행위자라는 환상에 무수히 많은 서술형용사들을 수놓는 경향이 있다.

'나'는 원래의 모습을 알아볼 수 없을 정도로 무수히 많은 자기규정의 늪 속으로 빠져든다. 그리고 그런 규정들이 '좋은' 규정들이라면 행복해한다. '나쁜' 규정들이라면 우울해하거나 죄의식을 느낀다. 실상에서 그런 모든 자기규정들은 잘못되고 그릇된 것들이다.

독립된 자아나 실체의 환상이 거짓된 정체성을 이끌어 낸다고 하는 것과 그런 거짓된 정체성에 대한 집착은 여러 이유들로 인해서 극복하기가 아주 어렵다는 것을 분명히 아는 것이 좋다. 우리는 소중한 '자아'에 매혹되므로 그것은 좀처럼 떨어지지 않는 망상 같은 것이 되고 말과 생각의 주관적인 중심점이 된다. 자아는 자신의 인생역정 드라마의 남자 주인공이나 여자 주인공으로 윤색된다. 여기서 '나'라고 하는 자아는 가해자나 피해자, 원인, 온갖 형태의 칭찬과 비난을 받아 마땅한 자가 되고 삶의 멜로드라마의 주연배우가 된다. 이런 상황에서는 그 자아를 지켜 줘야 할 필요성이 생기고 생존이 더없이 중요한 일이 되어 버린다. 무슨 일이 있어도 자아는 '옳아야만' 한다. 자아가 실체라고 하는 믿음은 존재 그 자체의 생존 및 지속과 같은 의미를 지닌 것이 된다.

그러므로 자아와의 동일시를 넘어서려면 앞서 말한 모든 정신적인 성향들을 놓아 버려야 한다. 이것은 그러한 모든 특성들과 정신적인 습관들을 신에게 '기쁘게 바치고자 하는 희사喜捨' 즉 사랑과 겸손에서 비롯된 자발성을 요구한다. 생각이나 의견들을 정당성과 타당성을 분명히 입증할 수 있는 것들로 한정할 때라야만 철저하게 겸손한 자세에 이를 수 있다. 이것은 생각이 빚어낸 모든 가정과 추정들을 버리고자 하는 자발성을 가졌음을 뜻한다. 지속적으로 그렇게 할 때 진실이라 여겼던 망상들이 사라지고 그것들이야말로 오류의 근원이라는 사실을 알게 된다. 그리고 빛나는 최후의 몰락 과정 속에서 마음은 사실 그 어떤 것도 '알지' 못한다는 것을 깨닫는다. 마음이 무엇을 알고 있다면 그것은 무엇에 '관해' 아는 것에 지나지 않는다. 참으로 안다는 것은 아는 것이 된다는 것을 뜻하므로 마음은 참으로 알 수가 없다. 즉 중국에 관해 모든 것을 안다고 해서 중국인이 되는 것은 아니다.

마음을 그것이 실증적으로 알고 있는 것으로 한정 짓는 것은 마음의 크기와 영향력을 축소시켜 마음을 자신의 주인이 아니라 하인이 되게 한다. 마음이 실제로 다루고 있는 것은, 마음이 실상으로 오인하는 가정假定, 외양, 지각된 사건, 증명할 수 없는 결론, 그리고 정신작용 등이라는 것은 명백하다. 마음이 그려 낸 그와 같은 실체는 사실상 존재하지 않는다.

넓게 확장해 나가려고 하는 경향이 있는 마음은 자신이 '가치 있는' 생각이나 의견들을 갖고 있다고 믿곤 한다. 하지만 주의 깊게 조사해 보면 모든 의견이란 무가치한 것임을 알 수 있다. 의견들은 모두가 헛된 것이며 중요하지도 않고 고유한 가치를 갖고 있지도 않다. 모든 이들의 마음은 무수히 많은 의견들로 가득 차 있으며, 의견이란 본질적으로 그저 정신작용에 지나지 않는다. 그러나 무엇보다 중요한 것은 의견이 어떤 위치성들에서 비롯되며 그 후에 그러한 위치성들을 다시 강화시켜 준다는 점이다. 수많은 고통을 일으키는 것은 바로 이런 위치성이다. 위치성을 놓아 버린다는 것은 곧 의견을 침묵시키는 일이며, 의견을 침묵시킨다는 것은 곧 위치성을 놓아 버리는 것에 다름 아니다.

마음이 현재에서만 잘못 인지하는 것이 아니라 과거에도 습관적으로 그렇게 해 왔으며 자신이 기억하고 있는 것은 과거의 환상들을 기록한 것에 지나지 않는다는 사실을 깨달음으로써 기억의 가치 역시 축소된다. 과거의 모든 행위는 자신이 당시 이렇게 저렇게 했다고 생각한 것들로 이루어진 환상에 근거하고 있다. "음, 그건 그 당시에는 좋은 생각인 것 같았는데."라고 후회하는 말에는 심오한 지혜가 깃들어 있다.

가공적인 '나'를 참된 자아로 믿는 태도는, 관상과 명상을 통해 모든 현상들이 의지를 지닌 내적인 '나'가 만들어 낸 것이 아니라 저절로 일어나는 것임을 깨달을 때 약화된다.

삶의 현상들은 그 어떤 것이나 어떤 사람이 만들어 내는 것이 아니다. 삶의 모든 사건들이 자연과 우주의 모든 유효한 조건들의 비인격적이고 자율적인 상호 작용(불가에서는 이를 '인연 화합'이라 한다. — 옮긴이)이라는 것을 깨닫기가 처음에는 다소 혼란스럽다. 그런 사건들의 범주에는 몸의 기능, 정신작용, 마음이 생각과 사건들에 부여하는 가치와 의미 등이 모두 포함된다. 이런 자동적인 반응들은 그 전의 프로그래밍의 비인격적인 결과들이다. 자신의 생각들에 가만히 귀 기울여 보면 자신이 그런 모든 프로그래밍을 들을 뿐이라는 사실을 깨닫게 된다. 의식의 그런 흐름을 일으키는 내적인 '나'라는 것은 진정 존재하지 않는다. 우리는 마음으로 하여금 생각하는 것을 멈추도록 요구하는 간단한 연습을 통해 그런 사실을 발견할 수 있다. 이때 마음이 자신의 바람을 완전히 무시하고 이제까지 해 온 대로 계속한다는 것이 분명해지는데, 이는 마음이 의지적인 선택에 의해서 작동하는 것이 아니기 때문이다. 사실 마음은 자신이 바람과는 정반대로 움직이는 경우가 아주 많다.

에고의 존속과 지배할 수 있는 능력의 근본을 이루는 것은 에고가 모든 주관적인 체험의 작자作者라고 하는 주장이다. '내가 생각했다.'라는 생각은 그것이 그 사람의 삶에서 볼 수 있는 모든 측면들의 원인이라고 주장하면서 실로 번개같이 마음속에 끼어든다. 이것은 명상을 하는 동안 생각의 흐름의 출처를 깊이 주시하지 않고서는 간파해 내기 어렵다.

생각이 일어나는 것을 내적으로 감지하는 것과 에고가 그 작자라고 주장하는 것 사이의 시간 간격은 만 분의 일 초가량 된다. 일단 이 간격이 발견되고 나면 에고는 지배권을 상실하고 만다. 자신은 현상의 목격자지 현상의 원인이나 현상을 일으킨 주체가 아니라는 점이 명백해진다. 이때 자아는 스스로를 목격자나 경험자와 동일시하지 않고 그저 목격되고 있는 것이 된다.

마음에 자취를 남길 수 있는 에고의 능력과 기능은 흥미롭다. 에고는 사실상 실상과 마음 사이에 끼어든다. 그 기능은 하이파이 세트의 테이프 모니터의 기능과 흡사하다. 테이프 모니터는 한 찰나 전에 녹화된 프로그램을 재생한다. 따라서 그 사람이 평소의 삶에서 경험하는 것은 에고가 바로 직전에 녹화해 놓은 재생 화면들이다. 찰나의 순간에 갓 들어온 자료는 이전의 프로그래밍에 따라서 에고에 의해 즉각적으로 편집된다. 그렇게 해서 자동적으로 왜곡이 이루어진다.

이와 같은 가리개는 실상을 흐리게 하고 앎으로부터 차단시킨다. 에고가 초월되었을 때 맨 먼저 인지되는 것들 중 하나는 모든 생명이 더없이 생생하게 변형된다는 점이다. 에고를 초월한 사람은 추정推定에 의해 왜곡되고 흐려지고 편집되기 전의 실상을 체험한다. 있는 그대로 드러나는 생명을 생전 처음 체험할 때의 충격은 매우 압도적이다. 거짓된 자아의 환상이 사라지기 직전 그 자아는 자신에게 남은 몇 초 동안 그때까지 상상조차 할 수 없었던 실상이 드러나는 것을 얼핏 목도한다. 에고의 지각 장치가 소멸되는 순간 찬연한 빛이 드러난다. 그 찰나의 순간, 에고의 구조에서 남은 자취들이 오로지 에고만이 진짜라는 신념과 함께 소멸될 때 진정한 죽음이 느껴진다.

요컨대 에고는 자만심과 두려움에 의해 지탱되는 위치성들이 모여 엮인 것이라 말할 수 있다. 에고는 에고의 증식을 가로막는,

철저한 겸손에 의해 소멸된다.

에고의 또 다른 토대는 에고가 우리의 이해 능력과 생존의 근원이라고 하는 신념이며, 우리는 에고를 우리 자신과 세계에 관한 정보의 샘으로 여긴다. 우리는 에고를 텔레비전 화면처럼 우리에게 세상과 그 의미를 전해 주는, 우리와 세상 사이의 접점으로 본다. 그리고 우리는 에고가 없으면 길을 잃을까 봐 두려워한다.

사람의 일생에서 에고 즉 자아는 그 사람의 모든 노력과 시도들의 중심이 되기 때문에 그것에 대한 정서적인 투자는 실로 엄청나다. 에고는 노력의 원천이자 대상이요 실패와 이득, 상실, 승리와 비극 등과 같은 온갖 형태의 감정들과 정서들로 짙게 착색되어 있다. 우리는 에고라는 실체와 그것의 역할, 그것의 부침에 사로잡히고 열중한다. 그것에 너무나 많은 것을 투자한 탓에 버리기에는 몹시 아까운 것으로 보인다. 오랜 세월 동안의 우리의 모든 희망과 기대와 꿈을 포함하고 있는 에고의 더없는 친밀함으로 인해 우리는 에고에게 단단히 붙들려 있다. 우리는 삶 그 자체의 체험에서 중심이 되는 것으로 여겨지는 '나'에 집착하게 된다.

우리가 우리의 자아라 믿는 것에 대한 평생에 걸친 엄청난 투자 외에도 미래의 지평선에는 죽음의 망령이 나타난다. 이런 '나'가 정말로 종말에 이를 운명이라고 하는 무서운 정보는 좀처럼 믿기 힘든 얘기처럼 들린다. '나'의 종말인 죽음이 닥쳐 온다는 것은 부당하고 황당하며 비현실적이고 비극적인 일처럼 여겨진다. 그 사실은 사람을 화나게 하고 두렵게 한다. 살아 있음으로 인해서 이제까지 겪은 전체 감정들이 이번에는 죽음 그 자체에 대해 재생되어야 한다.

자신의 중심점으로서의 에고이자 자아를 버리려면 겹겹이 쌓인 이런 모든 집착과 망상들을 놓아야 하며, 그럴 때 우리는 결국 지속성과 생존을 확보하려는 에고의 으뜸가는 제어 기능과 정면으로 맞닥뜨린다. 에고는 자체의 모든 기능에 집착하는데 이는 이익과 획득, 학습, 연합, 소유물의 축적, 정보, 기술 등에 대한 에고의 강박적인 집착의 배후에 자체의 생존을 확보하자는 기본적인 목적이 '깔려 있기' 때문이다. 에고는 생존 가능성을 높이고자 하는, 아주 노골적이고 분명히 드러나는 계획들이나 좀처럼 드러나지 않는 교묘한 계획들에 이르는 무수히 많은 계획들을 갖고 있다.

평균적인 사람들에게는 앞서 말한 모든 내용이 두렵고 고약한 소식으로 들릴 것이다. 하지만 성숙한 형태의 영적인 노력에 참여하는 이들에게는 명백히 좋은 소식이다. 사실상 에고, 즉 자아는 죽을 필요가 전혀 없다. 삶은 종말에 이르지 않으며 존재는 끝나지 않는다. 삶을 끝장내려는 무섭고 비극적인 운명 같은 것이 기다리고 있지도 않다. 모든 이야기는 에고 그 자체처럼 허구다. 우리는 에고를 부술 필요도 없고 설득하거나 그것에 영향을 미치려고 할 필요도 없다. 우리가 해야 할 단 한 가지 일은 *에고를 자신의 참 자아와 동일시하는 것을 놓아 버리는 것뿐이다!*

이러한 동일시를 버린다 해도 에고는 사실상 전과 다름없이 걷고 말하고 먹고 웃는다. 단 한 가지 차이점은 그것이 몸과 마찬가지로 '나$_{me}$'나 '이것$_{this}$'이 아니라 '저것$_{that}$'이 된다는 것뿐이다.

그러고 나서 필요한 것은 소유권자나 지은이라는 관념, 혹은 자신이 자아를 창안했다거나 창조했다는 망상을 놓아 버리고 그것이 잘못된 생각이었음을 아는 것뿐이다. 그러한 잘못된 생각이 지극히 자연스럽고 불가피한 오류라는 점은 분명하다. 모든 사람이 그런 잘못을 저지르는데, 소수만이 그것이 잘못임을 깨닫고 바로잡으려 하거나 실제로 그렇게 할 수 있다.

이런 잘못된 동일시의 오류를 바로잡는 것은 하나의 크나큰 전환이며 이러한 전환은 신의 도움이 없이는 이루어질 수 없다. 자기 존재의 핵심이나 다름없는 것을 놓아 버리려면 엄청난 용기와 결단이 필요한 셈이다. 처음에는 에고를 잃는다는 것이 무서운 일로 여겨지며 상실의 두려움을 동반한다. '내가 나일 수 없을 것'이라는 두려움이 인다. 안전하고 친숙한 것을 잃는다는 두려움이 자리한다. 친숙함은 편안함을 뜻하며 그 저변에는 "이 '나'가 사실상 내가 가진 것의 전부다."라는 생각이 깔려 있다. 친숙한 '나'를 버리려 할 경우 텅 빈 상태와 비존재 혹은 '무(無)'에 대한 두려움이 일어난다.

동일시의 대상을 자아에서 참나로 바꾸면 보다 작은 것이 보다 큰 것에 의해서 대치되므로 그 어떤 상실도 경험되지 않는다는 사실을 아는 것은 그 과정을 용이하게 하는 데 도움이 된다. 작은 자아와의 동일시에 집착하는 태도를 통해 얻은 소득인 편안하고 안전한 기분은 참나의 발견에 비하면 지극히 하찮은 것이다. 참나 쪽이 '나$_{me}$'의 느낌에 훨씬 더 가깝다. 참나는 단순한 '작은 나$_{me}$'가 아니라 '큰 나$_{Me}$'와 같다. 작은 나$_{me}$는 온갖 종류의 실패와 두려움, 고통을 겪었지만 참된 큰 나$_{Me}$는 그런 모든 가능성들을 넘어서 있다. 작은 나는 죽음에 대한 두려움의 부담을 짊어져야 했던 반면 참된 큰 나는 영원하며 시공을 넘어서 있다. 그런 전환에 따르는 만족감과 희열은 완전하고 전체적이다. 자신이 평생 두려워해 왔던 모든 것들이 근거 없고 허구적인 것들에 불과했음을 자각하는 것으로부터 비롯되는 안도감은 대단히 커서 한동안 세상에서 생활하기조차 어려울 정도다. 사형 선고에서 벗어날 때의 생명이라는 그 놀라운 선물은 이제 근심 걱정과 시간의 압력에 의해 가려지지 않은 찬연한 빛을 발한다.

시간의 흐름이 멈추면서 영원한 기쁨의 문이 활짝 열리고 신의 사랑이 현존의 실상the Reality of the Presence이 된다. 모든 생명과 존재의 진실에 대한 앎이 놀라운 계시처럼 저절로 드러난다. 신의 경이로운 속성은 모든 곳에 두루 존재하고 너무나 엄청나 모든 상상을 초월한다. 드디어 참으로, 그리고 최종적으로 제 집에 돌아왔다는 것이 완전한 전체성 속에서 매우 깊게 체감된다.

그러고 나면 인간이 신을 두려워한다는 생각은 비극적인 광기를 방불케 할 만큼 너무나 터무니없는 것으로 보인다. 실로 사랑의 본질인 신은 모든 두려움을 영원히 용해시킨다. 인류의 무지가 지닌 그 부조리함에는 신성한 코미디divine comedy(단테가 쓴 「신곡」의 제목이기도 하다. ─ 옮긴이) 같은 요소가 내포되어 있다. 그와 동시에 그 맹목적인 몸부림과 고통들은 무의미하고 불필요해 보인다. 신성의 사랑은 무한한 연민이다. 사람들이 자신들의 부족한 점들 때문에 기분 나빠하고 성을 내는 신을 믿는다는 것은 참으로 믿기 어려운 일이다. 에고의 맹목적인 세계는 끝없는 악몽이다. 에고가 제공해 주는 그럴싸한 선물들조차도 덧없고 공허하기만 하다. 인간의 참된 소명은 자신의 근원이자 창조자인 신성의 진실을 깨닫는 데 있다. 그 신성은 창조된 것이자 창조자인 참나의 내면에 항상 존재하고 있다.

에고의 한계에 갇혀 살아가는 것으로 만족해야 한다는 것은 에고가 자기에게 굴종하고 아첨한 데 대해 보답해 주는 하찮은 빵 부스러기를 얻기 위해 치러야 하는 서글픈 대가다. 그 이득과 즐거움들은 참으로 보잘것없으며, 일시적이고 덧없는 것에 불과하다.

에고가 완강하고 집요한 또 다른 이유는 신에 대한 두려움 때문이다. 신의 본질에 대해 널리 알려진 잘못된 정보가 이런 두려움을 부추기거나 더하고 있다. 신이 인격화되는 과정에서 온갖 종류의 인간적인 결함들이 신에게 투영되고 그것은 신성 그 자체의 본질에 관한 인간의 상상력을 왜곡시키고 있다. 프로이트가 정확하게 지적한대로 인간들이 신에 대해 품고 있는 환상들은, 마치 거대한 로르샤흐 카드 Rorschach card(무늬를 자유롭게 해석하는 것을 진단하는 성격 검사에 쓰이는 카드 — 옮긴이)와 같이 모든 인간의 두려움과 망상들의 최종적인 저장고다. 그런 거짓된 신은 존재하지 않는다고 지적한 점에서 그는 옳았다. 반면에 그는 참된 신이 존재한다는 사실은 알지 못했고 그것이 바로 그의 한계였다(프로이트의 지적 수준이 499로 측정되는 것은 바로 이 때문이다). 프로이트 당대의 정신분석학자들 중 한 사람이었던 칼 융은 프로이트를 넘어 인간의 영혼에 대한 진실과 영적 가치들의 정당성을 공표했다. (따라서 융은 540으로 측정된다.) 이러한 관찰들을 통해 우리는 이성과 지성, 합리성의 경계와 한계를 분명히 본다.

신의 본질을 이해하려면 사랑 그 자체의 본질을 알기만 하면 된다. 진정으로 사랑을 아는 것은 신을 알고 이해하는 것이 되며, 신을 아는 것은 사랑을 이해하는 것이 된다.

신의 현존 속에서의 궁극적인 자각과 앎은 평화다. 평화는 무한한 안전과 무한한 보호를 보장해 준다. 거기서는 그 어떤 고통도 일어날 수가 없다. 후회할 과거도 두려워할 미래도 없다. 모든 것이 다 알려져 있고 항시 존재하므로 불확실성이나 미지의 것에 대한 두려움들은 영원히 용해된다. 생존은 절대적으로 보장되어 있다. 지평선에는 어떤 구름도 걸려 있지 않으며 곧 다가올 불행을 기다리며 숨어 있을 수 있는 미래나 다음 순간 같은 것도 없다. 삶은 영원한 '오늘'이다.

그런 실상은 그 어떤 원인도 배제하며, 그런 실상에서는 주체와 객체의 관계도 성립될 수 없다. 따라서 거기에는 명사도 대명사도 형용사도 동사도 없고 '다른 것'도 없다. 실상에서는 관계 자체가 성립될 수 없다. 얻고 잃는 일도 일어날 수 없다. 참나는 이미 '존재하는 모든 것'이며 불완전한 것은 없다. 알려질 필요가 있는 것도 없고 의문도 남아 있지 않다. 모든 목적은 완전히 성취되었고 모든 갈망 역시 충족되었다. 참나는 바라는 바가 없고 결핍과 갈망으로부터 자유롭다. 참나는 그것이 모든 것이라는 사실로 인해 모든 것을 이미 갖추고 있다. 존재하는 모든 것일 때 어떤 결핍도 가능하지 않으며 어떤 할 일도 남아 있지 않게 된다. 생각할 만한 생각도 없다. 써야 할 마음도 없다. 그 참나, 신, 아트만은 그 어떤 것도 필요로 하지 않는다. 기뻐하지도 않고 실망하지도 않는다. 느낌도 정서도 갖고 있지 않다. 그 어떤 신념이나 태도도 갖고 있지 않다. 참나는 수고롭지 않게 존재한다. 존재의 근원인 그것은 영원히 자유롭고 한량없다. 신의 무한한 힘은 몸과 물성과 형상을 필요로 하지 않는, 의식 그 자체의 빛 속에서 스스로 찬연하게 빛난다. 형상 없는 것이 바로 형상의 토대다. 참나는 비판적이지 않으며 편파적이지 않고 항시 존재하고 작용하며 수용적이다.

자아를 참나에게 내맡긴다 해도 전혀 탈이 없다. 자아에 대한 참나의 무조건적인 사랑은 자비의 보증이다. 참나의 빛이 자아에 흐르는 것은 성령의 영역에 속하며 성령은 영혼과 에고의 연결 고리다. 우리는 기도를 통해 청하고 받아들이며, 자유의지를 통해서 성령을 우리의 안내자로 받아들이는 편을 선택한다. 신의 은총에 의해 깨달음으로의 변형이 가능해진다.

에고의 해소는 저항하면 어려워진다고 한다. 고통과 두려움, 비탄에도 불구하고 에고는 변화하는 것도 원치 않고 변화되는 것도 원치 않는다. 에고는 어떤 대가를 치르고서라도 자신이 '옳다'라는 것에 집착하고 자신의 소중한 신념들을 지키려고 필사적으로 애쓴다. 사실상 에고는 무찔러야 할 적이 아니라 치유해야 할 환자다. 에고는 확실히 병들어 있고 구조 자체에 내재되어 있는 망상들로부터 괴롭힘을 당하고 있다. 정상 상태로 돌아가려면 오로지 겸손해지려는 자발성만 가지면 된다. 진실은 저절로 드러난다. 진실은 얻거나 획득할 대상이 아니므로 저절로 빛을 발한다. 신의 평화는 심원하고 절대적이다. 그 평화는 더없이 부드럽고 완전하다. 버림받거나 치유되지 않은 채 방치된 건 하나도 없다. 그런 것이 바로 사랑의 본질이요 속성이다. 참나는 존재 그 자체인 창조주가 그 드러냄을 완전히 성취한 상태다. 신의 사랑 밖에서 존재하는 것은 아무것도 없다.

진실에 관한 이야기는 오랜 세월을 두고 거듭 되풀이되어 왔지만 다시 되풀이해도 좋은 이야기다. 사실상 자신이 아무것도 알지 못한다는 에고의 깨달음에 의해 생겨난, 마치 공空과 같은 빈 공간으로 댐이 열리듯이 신의 사랑이 갑자기 흘러들어 간다. 그것은 마치 신성이 바로 그 마지막 순간을 위해 몇 천 년을 기다려 왔던 것과도 같다. 고요한 황홀경의 한순간에 마침내 제 집에 이른다. 그 실상은 너무나 생생하고 완벽하게 존재해서 '실상'에 대한 다른 그 어떤 종류의 신념이 가능하다는 것이 도저히 있을 수 없는 일로 여겨지까지 한다. 실상에 대한 다른 신념을 갖는 것은 마치 스스로 소가 되기를 원했다가 자신이 그렇게 했다는 것을 까맣게 잊어버린 뒤 다른 신에 의해 구원받아야 하는 처지가 되었던 힌두 신의 이야기처럼 기묘한 망각 상태와 흡사하다.

에고는 가끔 스스로를 좀 더 구체적으로 어떤 개성personality으로 잘못 알곤 한다. 그것은 "나는 이러저러한 사람이야."라 생각한다. 그리고 그것은 "그래, 그것이 바로 나야."라고 말한다. 이러한 망상으로부터, 에고를 버릴 경우 자신의 개성을 상실할 것이라는 두려움이 일어난다. 이런 두려움은 바로 '나라고 하는 정체성'의 죽음에 대한 두려움에 다름 아니다.

내적인 성찰을 통해 우리는 개성이라는 것이 학습된 반응들의 체계요 그런 인물은 참다운 '나'가 아니라는 것을 식별할 수 있다. 참다운 '나'는 그러한 인격체의 배후, 그리고 그 너머에 존재한다. 자신은 그 개성에 대한 목격자이므로 자신을 그것과 동일시해야 할 이유는 전혀 없다. 진정한 '나'로서의 참나가 드러나면서 그 인격체는 조정 과정을 거치느라 얼마간 지체한 후 전과 다름없이 세상과의 상호 작용을 계속하기 때문에 세상 사람들은 그가 달라졌다는 것을 눈치 채지 못하는 듯하다. 그 인격체는 유쾌한 부류에 속하는 사람의 모습을 유지하고 가끔 익살스러운 모습도 보이며, 몸과 마찬가지로 새롭고 신기한 것이 된다. 그 인물은 말하자면 '나me'가 아니라 자체의 발전기에 의해 작동하는 하나의 '그것it'이 된다. 그것it은 자체의 습관과 스타일들, 좋고 싫은 것들을 갖고 있으나 그런 것들은 더 이상 참다운 의미에서의 중요성이나 가치를 가진 것들이 아니며 행복하거나 불행한 결과들을 낳지 못한다. 보통의 인간적인 감정들과 비슷한 것들도 역시 오가는 듯하나 그것들을 더 이상 나와 동일시하지 않고 그것에 '내 것'이라는 식의 소유권을 주장하지도 않으므로 그 어떤 영향력이나 힘도 갖지 못한다.

세상 사람들은 특정 반응을 기대하고 그런 반응들이 일어나지 않으면 불편해하는 듯하므로 사랑의 발로로 인해 그런 것들이 일어나는 듯이 보이게끔 하기도 한다. 하지만 그런 반응들은 사실 아주 하찮으며 그 어떤 참된 중요성이나 의미도 없다. 참나를 에고와 동일시하는 태도를 버리면 선형적인 처리 방식들을 요구하는 세상사에 빠져들기 어렵고 자연스럽지도 않다. 이제는 적절히 처리하고 다루기 위해 별도의 에너지를 동원해야 할 필요가 있는 세세한 형식이 아니라 본질에 초점이 맞춰져 있는 듯하다. 이것은 부분적으로, 앞선 의식 상태나 깨달음에 동반되는 뇌의 EEG(뇌전기도 혹은 뇌파도 — 옮긴이) 주파수가 느린 세타 파(초당 4-7 사이클)라는 사실에서 기인한다. 세타파는 명상할 때 일어나는 알파파(초당 8-13 사이클)보다 더 느리다. 반면에 에고의 체험에 해당되는 평상적인 마음은 베타파(초당 13 사이클 이상)가 주조를 이룬다.

세상은 무의미한 일들에 끝없이 마음을 쏟는 듯 보이며, 그런 일들을 중요하고 의미 있고 때로 목숨까지 걸 정도로 여긴다는 사실을 기억해 둘 필요가 있다. 사람들의 감정을 존중하려는 뜻에서 통상적인 사회적 반응들과 비슷한 반응들을 보이면 사람들은 마음 편해하며 그렇게 하지 않으면 거부당하거나 사랑받지 못한 것처럼 느낀다. 예컨대 사람들은 자신들이 얻고 잃는 것으로 지각한 것들에 대해 행복감이나 슬픔으로 반응한다. 실은 어떤 잃음이나 얻음도 일어나고 있지 않지만 각 개인은 분명 그런 것들을 실제로 일어난 일들로 체험한다. 한편 가벼운 동정심은 감정적인 일치가 아닌 깊은 연민과 앎에 의해 대치된다.

세상 사람들이 진실로 원하는 것은 가장 높은 수준에서의 그들의 참 모습을 인정해 주는 것이다. 동일한 참나가 모든 이의 내면에서 빛나고 있음을 알아주는 것은 사람들의 분리된 느낌을 치유해 주고 평화로운 느낌을 불러일으킨다. 다른 사람들에게 평화와 기쁨을 안겨 주는 것은 현존의 자비로운 선물이다.

THE EYE OF THE I :
FROM WHICH NOTHING IS HIDDEN

/ 3부 / 의식의 길

07

마음

서론

신에게 이르는 전통적인 길들은 대체로 위대한 요가들, 특히 라자 요가, 카르마 요가, 아드바이타와 같은 요가들로 묘사되어 왔다. 라자 요가나 카르마 요가는 가슴heart, 포기, 사랑, 봉사, 예배, 헌신을 통한 길들이며, *아드바이타*는 마음mind을 통한 길이다. 그런데 마음을 통한 길은, 마음을 빼앗는 수많은 세속적인 유혹이 존재하는 현재의 칼리 유가Kali Yuga(말세 혹은 황도대를 한 바퀴 완전히 도는 데 걸리는 5만 8000년이라는 긴 세월)에는 적합하지 않다고 여겨져 왔다. 마음을 통한 길은 마음을 한곳에 집중할 수 있는 능력을 요구한다. 그 길은 느낌feel보다는 생각이나 사고를 통해서 자신의 에너지를 흐르게 하는 사람에게는 아주 좋은 방법일 수도 있다.

이제부터 제시될 내용은 그 길에 대한 접근과 시작을 돕기 위한 일반적인 예비 교육이다. 대부분의 탐구자들은 동시에 가슴의 길을 따라 나아가기도 한다. 그것은 단지 어느 한쪽을 강조하는 정도의 차이만 있을 뿐이다. 물론 그 길들은 서로 배타적이지 않으며 결국에는 같은 것이 된다. 이 문제는 그에 수반되는 명상 방식에 대한 논의로 이어질 것이다.

관 찰

마음을 살펴보면 처음에는 생각, 관념, 개념, 의미, 기억, 계획, 걱정, 의심, 반복, 엉뚱한 말이 멈추지 않고 끝없이 이어지는 이야기 기계처럼 보인다. 이어서 음악이나 노랫가락, 과거의 사건, 이야기, 문장文章, 각종 사건이나 이야기의 줄거리, 의견, 추측, 대상들에 대한 이미지, 과거와 현재의 사람들에 대한 단편들이 일어난다. 그 다음으로는 상상, 환상, 몽상, 두려움, 억측, 수많은 망상이 이어진다. 이 모든 끝없는 지껄임들에 뉴스, 미디어 이벤트, 영화 장면, 텔레비전 쇼, 인터넷 대화의 단편들이 끼어든다. 이 모든 것들의 맨 꼭대기에는 돈이나 일과 관련된 걱정거리, 지불해야 할 청구서, 계획, 가족, 문화, 정치, 개인적인 관심사 등을 비롯하여 무수히 많은 것들이 자리 잡고 있다.

처음에는, 자신이 도저히 어떻게 해 볼 여지가 없는 엄청난 늪 같은 것이 존재하는 것처럼 보인다. 그러다 마음에 초점을 맞추고 집중하다 보면 일련의 논리적인 생각들이 가능한 듯도 하지만 곧 이어 마음은 재빨리 생각과 이미지와 판타지가 끊임없이 일렁이는 어지러운 바다로 빠져든다. 과연 이 모든 것으로부터 어떤 의미를 찾는 것이 가능한가? 이런 아수라장을 바로 잡아보려는 시도를 할 만한 어떤 거점이 있기는 한가?

붓다가 말하길, 참나는 생각들 사이의 빈틈에서 얼핏얼핏 보인다고 한다. 하지만 마음의 무한한 작용에는 끝이 없는 듯하다. 설사 끝이 있다 하더라도 마음은 마치 침묵의 순간을 그 무엇보다 두려워하기라도 하듯 움직이는 일에 미친 듯 몰입하곤 한다. 침묵이 온다면 최후를 맞을지도 모른다는 두려움이라도 갖고 있는 것일까? 마음은 끝없는 수다에 생존의 희망을 걸고 있는 것처럼 보인다. 어쩌면 마음은 침묵이 찾아올라 치면 엉뚱한 가락이나 무의미한 소리로 재빨리 진공을 채워 버리는 것인지 모른다. 마음은 "차, 차, 차"나 "이티, 비티, 부"나 "비, 버파, 부"라고 흥얼거리기 시작할 것이다. 도대체 마음에서는 어떤 일이 일어나고 있는 것인가?

동기

우리는 이미지와 말 자체의 저변에는 일종의 추진 에너지, 즉 생각하고 궁리하는 등 마음이 진공 상태를 채우기 위해 찾아낼 수 있는 온갖 종류의 입력물을 통해 바쁘게 움직이고자 하는 욕구가 자리 잡고 있다는 것을 관찰을 통해서 알 수 있다. 비인격적 속성을 지닌 '생각하고자' 하는 충동을 발견할 수 있는 것이다. 우리는 생각하는 '나'가 존재하지 않는다는 사실을 관찰을 통해서 간파해 낼 수 있다. 사실상 '나'는 거의 관여하지 않는다. 진짜 '나'는 뜻이 통하는 몇 마디 말이나 생각을 떠올리는데도 어려움을 겪곤 한다.

진짜 '나'가 그런 일을 할 수 있을 때 우리는 그런 관여를 '집중'이라 부른다. 하지만 일련의 논리적 생각들을 엮어 내기 위해 마음의 수다와 혼란스러운 상태를 한쪽으로 밀어내려면 많은 노력과 에너지를 들여야 한다.

이런 과정의 처음 단계는 원하는 주제에 집중하고, 마음의 흐름을 명상의 주제로 선택했다는 한계를 벗어나지 않도록 제한하는 것이다. 이와 관련해 심리학자들은, 생각의 흐름은 본능적인 충동에 의해 결정되고 생각의 내용은 연상associations과 조건화conditioning에 따라 이루어진다고 추정한다. 생각의 본질에 관한 모든 이론은 우리 내부에, 많은 요소들로 이루어진 지적 활동을 관장하는 보이지 않는 작은 사람 같은 '생각하는 자'가 있다고 가정하고 있다.

우리는 컴퓨터를 통해 이런 현상들을 연구하며, 언젠가는 인공지능 프로그램 같은 것이 만들어지길 기대하고 있다. 그러나 이런 것들은 기껏해야 어떤 제한된 논리적 과정들을 모방하는 것에 지나지 않는다. 마음 전체의 다면적이고 복잡한 과정들은 비선형적이며 이러한 것을 컴퓨터로 처리하기에 적합해지도록 뉴턴 식 패러다임 안에서 포괄할 수 없는 것이다. 그런 과정들의 주요 내용은 논리와 이성, 지성의 흐름들이 간간이 끼어드는 무작위적random이거나 무질서한chaotic 것들로 표현하는 것이 가장 적절할 것이다. 논리와 이성과 지성 같은 요소들은 마음의 흐름에 잠깐 나타났다가는 이내 다시 그 끝없는 지껄임의 소음 속으로 사라져 버릴 뿐이다.

지적이고 논리적인 흐름은 무질서한 형태로 나타나는 듯 보인다. 마음은 망상과 환상과 몽상들이 나타날 때와 마찬가지로 현실에 초점을 맞춘 논리 정연한 흐름의 짧은 주기를 제멋대로 선택하는 듯하다. 마음속에서는 아무 예고도 없이 직관적인 도약이 이루어지기도 한다. 생각의 흐름이 막히거나 사라져 버리거나 잊히는 경우들, 그리고 단편적인 생각들이 끝없는 미로 속에서 헤매는 경우도 역시 마찬가지다.

여기서 마음은 전혀 믿을 수 없는 것이라는 사실 한 가지는 분명하다. 마음은 전혀 의지할 만한 것이 못된다. 마음은 일관성을 유지하지 못하며 그 작용은 변덕스럽고 우발적이다. 마음은 사무실 열쇠를 챙기는 것을 잊어버리고 전화번호나 주소를 잊어버리곤 하며, 짜증스럽고 속상한 기분을 불러일으키는 원천이 되기도 한다. 마음은 정서와 감정, 편견, 맹점, 부정, 투사, 편집증, 공포증, 두려움, 후회, 죄책감, 근심, 걱정 등에 의해 오염되어 있고, 가난과 노령, 질병, 죽음, 실패, 거부, 상실, 재난과 같은 무서운 망령들에 물들어 더럽혀져 있다. 그런 모든 것들 외에도 마음은 어리석게도 자기도 모르는 상태에서 날조된 사실, 오류, 잘못된 판단, 잘못된 정보 등에 의해서는 물론이거니와 끝없는 선전, 정치적 슬로건, 종교·사회적 도그마, 사실들에 대한 지속적인 왜곡 등에 의해서도 프로그래밍된다.

법률 및 법적 절차, 재판 및 사법적 처리 등과 같이 조심스럽게 편성되고 훈련된 전통적인 사회 제도들조차도 (DNA 테스트에 의해 적나라하게 드러나고 있듯이) 숱한 오류와 실수를 저지르고 있

다. 현장을 직접 목격한 사람들조차도 번번이 중대한 착오를 일으
킨다. 무엇보다도 마음이 안고 있는 근본적인 결함은 흔히 엉뚱하
거나 잘못된 형태를 띠곤 하는 내용뿐만 아니라 그것이 진실과 거
짓을 가려낼 수단을 갖고 있지 못하다는 점이다. 마음은 단지 하
나의 게임 판에 불과하다.

어떻게 나아갈 것인가

앞의 내용을 통해서 우리는 마음을 통해 진실을 찾으려 하는 것
이 쓸데없는 짓임을 알 수 있다. (가슴의 길 혹은 무조건적인 사랑
의 길이 가진 이점은 그것이 이른바 마음이라고 하는 것의 수많은 덫
이나 늪을 우회한다는 점이다.) 설사 마음이 논리적이고 확고한 결
과를 낳으리라 믿을 수 있다 해도 마음은 맥락의 중요성을 놓치기
쉽다. 예컨대 뜻하지 않은 결과를 전혀 예상치 못하는 듯 보이는
현재의 '정치적으로 올바른' 게임처럼 그 결과를 그릇되게 해석하
거나 오용하곤 한다.

마음을 통한 길은, 그 길에서 구사하는 기법들이 마음과 생각을
모두 우회하도록 고안되었다는 점에서 사실 '마음 없음no mind'의
길이다. 우리는 마음을 금붕어가 들어 있는 어항에 비유할 수 있
다. 어항에 들어 있는 물은 의식 자체다. 금붕어는 생각이나 개념
들이다. 마음의 내용물 너머는 생각이 일어나는 맥락이나 공간이
다. 물은 항시 그대로 머물러 있으며 생각에 의해 영향 받지 않는
다. 에고가 허영심으로 생각을 '내 것'으로 분류하기 때문에 우리
는 생각에 집착하는 경향이 있다. 이것은, '내 것'이라는 생각이 달

라붙자마자 어떤 대상(소유물, 나라, 친척, 의견 등)에 자동적으로 가치나 중요성을 보태곤 하는 소유의 망상이다. 일단 '내 것mine'이라는 접두사에 의해 한 생각의 가치가 높아질 경우 그것은 이제 독재자와 같은 역할을 맡고 사고 패턴들을 지배하는 경향이 있으며, 그런 패턴들을 자동적으로 왜곡한다. 사실 사람들은 대부분 자신의 마음을 두려워하고 그에 대한 두려움 속에서 산다. 마음은 예고도 없이 아무 때나 갑작스러운 두려움, 후회, 죄의식, 자책, 기억들로 내면의 평화를 깨트릴 수 있다.

마음의 내용물들의 지배에서 벗어나려면 생각들이 사적인 것이자 소중한 것이고, 자아에 속한 것이거나 자아로부터 비롯되었다는 망상에서 벗어나야 한다. 마음과 그 내용물들은 몸과 마찬가지로 이 세상의 소산이다. 사람은 뇌라고 하는 기관을 갖고 태어나며, 뇌는 염색체들과 유전자 결합들, DNA 시퀀스들에 따라 좌우되는 유전적 특징에 의해 특정한 구조와 능력, 한계들을 갖게끔 미리 결정된다.

이 모든 유전적 배열로부터 뇌의 뉴런들과 시냅스들의 가녀리고 복잡한 성장 패턴이 발생하며, 이제 그 성장 패턴은 자궁 속에서의 영향들과, 영양분의 섭취와 양육과 정서적·지적 환경 같은 출생 후의 운명에 따라 좌우된다. 이와 더불어 신경전달물질, 신경호르몬, 환경적인 위험요소, 우연한 프로그래밍 등과 같은 무수히 많은 것들이 그 성장 패턴에 영향을 미친다. 아이큐는 이미 정해졌다. 뇌의 주름들은 이미 형성되었다. 이제 여러 가지 오류들을 내포하고 있는 더없이 복잡한 사회가 그 사람을, 정확성과 유용성과 진실성이 의심스러운 소프트웨어로 그 불완전한 기관을 조직적으로 프로그램하기 시작한다. 그러므로 부족하나마 그것을 최대한 이용하면서 살아갈 수밖에 없다.

마음은 몸과 마찬가지로 자신의 참된 자아가 아니며 본질적으로 비인격적인 것이다. 마음은 생각을 갖고 있으나 이 생각들은 자아의 소산이 아니다. 설사 그 사람이 마음을 갖고 싶어 하지 않는다 해도 그것은 이미 자리 잡고 있다. 여기에는 선택의 여지가 없다. 청하지 않아도 마음은 강제로 부과되어 자리 잡는다. 마음이 나도 모르게 부과된다는 사실은 그것이 개인적인 선택 사양이나 결정 사항이 아니라는 것을 깨닫는 데 도움이 된다.

심화된 관찰

마음의 전반적인 장場을 관찰하고 나면 흘러가는 생각의 특정한 내용물 자체에 매달려 봤자 별로 얻을 것이 없다는 점이 분명해진다. 우리는 거기서 물러나 의식의 다음 수준으로 좀 더 깊숙이 파고 들어가 생각들의 흐름을 지켜보고 관찰하고 자각하고 그것을 의식에 등록하는 것이 무엇인가 물어보아야 한다. 눈이 관찰되는 것에 의해 영향 받지 않고 귀가 들리는 것에 의해 영향 받지 않듯이 보이는 것에 의해 영향 받지 않는, 지속되는 목격witnessing 과정이 존재한다.

여기서 또한, 생각하는 실체는 없다. 목격의 배후에 목격자가 없다. 목격은 의식 자체의 비인격적인, 타고난 측면이자 특성이다. 우리는 생각의 내용물에 휘말려드는 것으로부터 벗어나 관찰자와 목격자의 관점을 채택할 수 있다. 그렇게 보는 데 숙달하기 위해서는 어느 정도 연습을 해야 한다. 그 관점에 대한 감을 잡기 위해 우리는 차창의 어느 한 점에 시선을 고정시키고 그 점을 통해 차창 밖을 내다보는 훈련을 해 볼 수 있다. 그러면 그 초점을 개개의 대상들이 아니라 그 대상들이 언뜻언뜻 흘러가는 모습이 보이는 가상적인 틈새에 맞출 수 있다. 그 결과 우리는 개개의 대상들에 초점을 맞추고 있지 않으므로 대상들 하나하나를 분명하게 식별할 수 없다.

목격하고 관찰하는 것은 어떤 관념이나 이미지에 초점을 맞추는 것이 아니라 그런 것들에 휘말려들지 않은 채 그것들이 저절로 흘러가도록 가만히 내버려 두는 것이다. 그럴 때 우리는 생각의 이미지들이 저절로 일어나고 그 생각들은 우리의 개인적인 결정에 의해 이루어진 선택물이 아니며, 생각의 흐름은 비인격적인 것이라는 점을 깨닫는다. 생각과 연루된 '나'라는 것이 존재하지 않으므로 생각들은 '내 것'이 아니다. 몸의 눈은 이미지들을 볼 때 그 이미지들의 저작권을 주장하지 않으며 귀 역시 소리의 저작권을 주장하지 않는다. 따라서 목격과 순수한 관찰의 경험을 통해 생각들이 '나'라고 하는 고유한 인격체의 것이 아니라는 점 역시 분명해진다. 생각들은 게임 판에서 실행되는 관념적이고 정서적인 프로그램들이 순열조합된 결과다. 마음이 '나'나 '나me'와 같은 것이 아니라는 것을 자각할 때 자아와 마음을 동일시하는 태도는 끝이 난다.

이러한 자각은 자신이 지각과 감각의 목격자나 경험자, 관찰자에 지나지 않는다는 것을 자각함에 따라 몸에도 적용된다. 우리는 사실 몸을 체험하는 것이 아니라 몸의 감각들만을 체험할 따름이다.

목격이나 관찰과 가장 가까운 것이 체험이다. 보는 것과 관찰이 있고 나서 경험 혹은 목격되고 관찰되는 것이 존재한다. 관찰점을 목격하는 것으로부터 목격 그 자체로 이동시키고 나면 의식의 장에 대한 연구의 다음 단계에 해당하는 것은 경험에 대한 앎이 된다. 경험은 그 '누구'에 의해서 아니면 그 '무엇'에 의해서 이루어지는 것인가?

우리는 관찰에 의해서 '어떤 사람'이라기보다는 '어떤 것'인가가 비인격적인 경험자이자 관찰자로서 작용하고 있다는 사실을 발견할 수 있다. 그 '어떤 것'은 경험되고 관찰되고 목격되는 것의 내용에 따라 변하지 않고 영향 받지 않는다.

그 다음에 유의해야 할 것은 마음의 내용물이 형상이라는 점이다. 형상이 관찰될 수 있는 것이 되려면 형상 아닌 것을 배경으로 해서 나타나야만 한다. 이것에 비견할 수 있는 예로 대상들은 공간이 비고 형상 없는 것이기 때문에 공간 속에서만 보인다는 점을 들 수 있다. 이와 마찬가지로 우리는 침묵의 배경에 의지해야만 소리를 들을 수 있다. 말을 들리지 않게 할 때 백색 소음white sound 을 사용하는 것이 하나의 명백한 예다. 의식은 형상 없고 내용이 빈 것이기 때문에 형상을 인식할 수 있다. 생각들은 오로지 그것들이 생각이 아닌 것의 장 속에서 움직이기 때문에 식별할 수 있다. 그러므로 마음의 배경이 되는 것은 의식의 장 자체의 침묵이다. 이어서 잠재적인 에너지 장인 의식은 그것이 참나인 앎의 빛에 의해 비춰지기 때문에 식별할 수 있다.

명상: 마음에서의 의식의 흐름에 대한 관찰

의도적인 부분들

생각의 흐름은 다음과 같은 여러 층의 동기나 의도에 의해 증식하고 힘을 얻는다.

1. 정서를 언어로 전달하고 싶어 하는 욕구: 이것은 정서와 연관된 사건들이나 관념들에 대한 회상, 시연, 반복적인 처리의 형태를 취한다. 이런 과정은 가끔 실패한 경우들을 통해서 작용하는 마음으로 언급되곤 한다.
2. 예상: 예상되는 혹은 일어날 수 있는 미래의 사건들이나 일어날 수 있는 대화나 만남에 대한 계획을 세우는 것
3. 과거를 개작 하기
4. 실제적이거나 가상적인 시나리오들을 고쳐 쓰기
5. 가상적인 시나리오를 새로 만들어 내기—몽상들
6. 기억하기—재상영과 회상
7. 문제 해결하기

무의식적인 부분들

1. 위에 열거한 부분들이 원하지 않았는데도 저절로 되풀이되

는 것

2. 의미 없는 지껄임, 뜻 없는 말, 사고思考의 단편들, 배경이 되는 목소리나 음악

3. 논평

4. 떠올리기 싫은 기억들, 고통스런 순간들, 불유쾌한 사건들과 느낌들

마음을 침묵시키기: 마음을 넘어서기

동기들

우리는 마음이 심사숙고와 생각의 가공처리 과정을 통해 만족을 얻는다는 것을 관찰할 수 있다. 생각을 하고, "나 건드리지 마, 지금 생각을 하고 있어."라는 식으로 '뭔가를 하는' 그 기능을 통해서 즐거움을 얻는다. 뭔가를 하는 그 즐거움의 일부에 해당하는 것은 자기가 특정 목표를 성취하고 있고 마음속의 리허설과 계획 세우기에 의해 해결책을 강구해 내고 있으며 가상적인 잘못을 바로잡고 있고 다른 사람들에게 자기 마음의 일부를 주고 있다는 환상이다. 그러므로 자신의 삶과 역사가 좀 더 좋은 평판을 얻게끔 그것을 더 순조롭고 만족스러운 그림으로 손질하거나 재가공하고자 하는 동기가 존재한다. 또한 자존심을 회복하고 자신의 생존 능력을 높이려는 시도가 존재한다. 보통 정신활동의 기본적인 의도를 이루는 것들은 (1) 기분이 더 나아지게 하고 (2) 생존하기 위한 것이다.

생각의 형성

우리는 마음이 그런 의도 내지는 목표를 이루기 위해서 우선 자신의 작용에 매순간마다 관여해 그 다음 순간을 제어하고 통제한다는 것을 관찰할 수 있다. 마음은 끊임없이 그 다음 찰나를 기대하며 지배하려는 태세를 갖추고 있으며, 연속되는 경험의 매순간을 감시하고 감독하려 한다. 이런 핵심적인 의도는 정신적인 처리 과정이 취할 수 있는 모든 형태의 저변에 깔려 있고 항상 존재하고 있다. 그런 의도는 생각 그 자체의 내용의 표면 바로 밑에 잠복해 있다. 그 동기는 자체의 생존과 그 기능의 영속화다. 마음은 그것이 잠시라도 침묵할 경우에는 사라질지 모른다는 두려움을 갖고 있는 듯하다. (대부분의 사람들은 배경 음악이나 대화로 침묵을 몰아낸다.)

마음을 침묵하게 하기 위해서는 다음과 같은 몇 가지 동기들을 신에게 내맡기거나 양도해야 한다.

1. 생각하고 싶은 욕구
2. 생각하는 즐거움에 탐닉하고 싶은 욕구
3. 자기 존재의 지속을 보장하는 데서 오는 위안

의지의 힘에 의해서 생각을 그만두게 하는 방법은 마음으로 하여금 스스로의 작용을 멈추게 하려는 의지를 행사하게 함으로써 오히려 마음을 계속 움직이게 하기 때문에 권할 만한 일이 못 된다. 좀 더 효과적인 방법은 생각하고 싶어 하는 마음을 버리고, 생각하는 것이 안겨 주리라 믿는 허구적인 보상이나 이익을 버리는 것이다. 생각의 배후에는 그 어떤 개인적인 실체도 없다. 생각은 습관들을 통해서 저절로 일어난다. 마음이 침묵할 때 삶은 즐거운 상태로 지속되기 때문에 생각은 사실 편의를 제공해 주는 것에 불과할 뿐 생존과는 무관하다.

마음을 놓아 버리는 방향으로 나아갈 때 우리는 마음이 이야기들과 장황한 줄거리들을 지어내고 있다는 사실을 가장 먼저 간파하게 된다. 이러한 것을 하고 싶어 하는 마음의 욕망은 내맡겨질 수 있다. 그러면 마음은 좀 더 짧은 문단으로 이야기하고 나서 다시 좀 더 짧은 문장이나 구, 단어들의 모음들로 이야기한다. 생각의 내용물이나 이미지들이 어떠하든 상관없이 생각들이 취하는 모든 형태의 저변에는 스스로를 증식시키고자 하는, 다음 순간의 체험을 미리 예상하고 적절히 통제하기 위한 생각을 하고자 하는 동기가 깔려 있다.

생각들이, 그것들을 떠받쳐 주고 증식시키는 에너지 장에서 발생하는 좀 더 산만한 원기로부터 일어날 때는 더 다양하고 다채로운 형상을 취한다. 우리가 생각의 배후 동기들을 놓아 버리는 데 초점을 맞추면 형성되는 과정 속에 있는 생각들을 포착할 수 있다. 이런 사념의 모체는 특정한 한 생각이 형성되기 바로 직전의 찰나에서 포착할 수 있다. 이 모체는 생각을 생산하는 배후에서 미묘한 압력을 가하는 자리에 있다. 그런 의도를 버리면 생각은 멈춘다. 뒤 이은 침묵에는 '존재하는 모든 것'으로서의 현존의 고요함이 가득하다. 그것의 본질이 지닌 신성은 모든 시공을 넘어서서 더할 나위 없이 완벽한, 모든 형상의 배후에 있는 형상 없음으로서 찬연하게 빛난다.

모든 생각들이 그 어떤 본질적 실상이나 가치도 갖고 있지 않은 허망한 것들에 지나지 않는다는 영적인 관점에서 나온 앎은 생각하는 행위를 놓는 일을 용이하게 해 준다. 생각의 매력은 그것들을 '내 것'으로 여기고, 따라서 존중하고 찬탄하고 잘 보존할 만한 가치가 있는 특별한 것으로 여기는 데서 비롯한 과장된 평가에서 나온다. 그런 마음이 지배하는 상태에서 벗어나려면 근본적 겸손과, 그런 마음의 배후에 깔린 동기 부여 요소들을 내맡기고자 하는 강력한 자발성을 가져야만 한다. 이런 자발성은 신에 대한 사랑에서, 그리고 신에 대한 사랑을 위해 생각에 대한 사랑을 버리고자 하는 열정에서 비롯되는 자발성으로부터 에너지와 힘을 얻는다.

생각을 놓아 버리는 것을 꺼리게 만드는 한 가지 요인은 생각들을 '내 것'이자 '나'로 동일시하는 미혹된 상태에서 비롯한다. 마음은 마치 굉장한 보물을 갖고 있기라도 한 것처럼 자신의 생각들을 자랑스럽게 여기는 경향이 있다. 찰나가 컴퓨터의 하드웨어나 메인 프레임(단말기의 중추 역할을 하는 대형 컴퓨터 — 옮긴이)에 해당하며, 생각들은 외부에서 들어온, 얼마든지 대체할 수 있는 프로그램인 소프트웨어에 지나지 않는다는 것을 알 필요가 있다.

그런 모든 프로그램들 중에서도 의견은 비판적인 눈으로 따져 보면 본질적으로 무가치한 것에 불과하지만 종종 높은 평가를 받곤 한다. 마음은 해당하는 주제에 대해 아무것도 모를 때조차도 모든 것에 대해 무수히 많은 의견들을 갖고 있다. 모든 의견은 어떤 본질적 가치도 갖고 있지 않은 허망한 것들이며 사실상 무지에서 비롯된 것들이다. 의견이란 자기 위치성의 고수, 의견 차이, 싸움, 논쟁 등을 촉발시키는 지극히 감정적인 기폭제이기 때문에 그것을 지닌 사람들에게 위험하다. 하나의 의견을 고수하면서 동시에 그와 상반되는 의견들을 초월할 수는 없다. 겸손은 의견에서 벗어나는 것을 용이하게 해 준다. 마음이 스스로 자기 탐닉을 꿰뚫어 볼 때 그것은 자신이 안다는 것의 참다운 의미에서 그 어떤 것도 참으로 알 수 없다는 사실을 통찰한다. 마음은 단지 그 어떤 것에 관한 정보와 생각만을 가질 뿐이다. 안다는 것은 알려지는 것이 되므로 마음은 사실 '알' 수가 없다. 참다운 앎 이외의 모든 것은 단지 추측과 가정에 불과하다. 마음이 초월할 때는 사실상 참나가 '존재하는 모든 것'이기 때문에 알래야 알 것이 없다. 거기에는 물어볼 만한 것도 남아 있지 않다. 완전한 것은 아무것도 결여하고 있지 않으며 그 완전함은 그 전부임 속에서 자명해진다.

지식에 대한 모든 주장, 무엇에 관해 알고 있다는 모든 허세를 놓아 버리는 것은 크나큰 해방이고, 전에 두려워했던 것과는 달리 상실이 아닌 엄청난 이득으로서 체험할 수 있다. 우리는 자신도 미처 알지 못하는 사이에 마음의 내용물들에 속박당해 왔으므로 마음으로부터 해방될 때는 더없이 평화로운 느낌과 절대적으로 안전한 느낌이 일어난다. 이런 일이 일어날 때 우리는 마침내 그 어떤 의심도 남아 있지 않은 상태에서 깊은 안식安息을 얻는다. 거기에는 더 이상 얻을 것도 없고 성취해야 할 것도 없으며 생각해야 할 것도 없다. 그 최종적인 상태는 절대적이고 심원하며 움직임 없고 고요하다. 온갖 욕구와 결핍, 시간의 압력 등 무수한 방해물들은 종말을 고하고 그것들의 공허함은 백일하에 드러난다.

위치성 positionality

위치성이 사라질 때 우리는 그것이 그 전의 모든 고통과 두려움과 불행의 원천이었다는 사실과 모든 위치성은 근본적으로 잘못된 것이라는 점을 알게 된다. 우리가 과거에 취했던 모든 입장과 태도들은 용서받을 수 있다. 우리에게 주어진 프로그래밍과 맥락으로 인해 그 당시 그것들은 좋은 생각처럼 보였다. 그런 모든 생각늘은 그것들이 분리되고 독립적인 에고 ego · 자아 self 정체성의 생존 가능성을 높여 주는 데 기여한다는 잘못된 관념에 토대를 두고 있었다. 사실상 에고가 사라진다 해도 그 어떤 것도 상실하지 않으며 그 어떤 것도 얻을 필요가 없다. 에고는 망상 그 자체였고 그것은 끝없는 괴로움과 고통의 실질적인 원인이었다.

거짓된 에고 ego · 자아 self 는 그 본성과 구조와 특성상 평화와 참된 행복을 실현시켜 줄 능력이 없다. 그것은 기껏해야 조건들에 기반을 둔 즐거움을 맛보게 하는 정도며, 그 조건들을 상실하고 나면 다시 비탄과 불행을 맛보게 한다. 결국 우리는 마음을 놓아 버리는 희생을 치르는 것이야말로 우리가 받을 수 있는 최대의 선물임을 깨닫게 될 것이다. 그때의 보상은 그 어떤 예상도 모두 초월할 만큼 크기 때문에 말로 설명할 수 없다. 에고가 용해되고 우리의 아이덴티티 감각을 끊임없이 지배하고 있던 마음이 힘을 잃어 감에 따라 새로운 두려움이 몇 가지 일어난다. 생존을 확보해 주는 마음 없이 '내'가 어떻게 생존하고 삶을 영위할 것인가? 내가 계획을 세우지 않는다면 식사를 어떻게 준비할 것인가? 삶의 온갖 필요 요건들을 어떻게 충족할 것인가? 에고ego · 자아self는 생존을 위해 필요한 것이 아닌가?

이 모든 의문들은 에고ego · 마음mind의 인과율 개념들이 안고 있는 한계에 근거하고 있다. 또한 그것들은 생각하고 욕구함으로써 행동을 통해 사건들을 일어나게 하는 원인이 되는, 생각thought 및 자아self와 그로 인해 초래되는 사건들이 존재한다는 가상적인 이원론에 토대를 두고 있다. 사람들은 '저것'은 '이것'의 결과로서 일어난다고 말한다.

그러므로 원인과 결과 간의, 홀로 독립된 '나'와 이 '나'의 계획과 착상에 의해 이 세상에서 일어나는 사건 간의 가공적인 분리가 존재한다. 그렇다면 사건이나 일들이 일어나는 원인이 되게 하는 에고ego · 마음mind의 생각들이 존재하지 않는다는 것을 믿는다면 생존을 어떻게 유지할 것인가? 바로 이런 생각이 계획을 방해하는 일이 일어나 가공적인 생존 메커니즘을 위협할 때 치솟는 수많은 두려움과 불안정, 분노의 원천이다.

진지한 영적인 노력을 행하는 과정에서는 기본적이고 간단한 도구 몇 가지를 갖는 것이 필요하다. 이 도구들은 절대적으로 의지할 수 있고, 두려움과 불확실성을 헤치고 나갈 때 신뢰해도 좋은 것들이다. 더할 나위 없이 소중하고 유용한 한 가지 기본적인 진실은, 모든 두려움은 잘못된 것이고 진실에 근거한 것이 아니라는 금언이다. 두려움은 그 두려움이 가로막고 있는 기쁨 속으로 뚫고 들어갈 때까지 직접 그것을 헤치고 나감으로써 극복할 수 있다. 어떤 영적인 두려움과 직면하고 난 후 찾아오는 기쁨은 그 두려움이 근거도 실체도 없는 한갓 망상에 지나지 않는다는 사실을 발견함으로써 찾아온다.

에고ego · 마음mind은 실상에 대한 뉴턴 식 패러다임의 제한을 받으며, 생명 그 자체의 본질을 제대로 이해할 능력이 없다. 사실상 모든 것은 그 어떤 외적인 원인도 없이 저절로 일어나거나 발생한다. 모든 것과 모든 사건은 주어진 어느 순간의 그 모습 그대로 존재하는 모든 것의 전체성이 나타남이다. 모든 것은 그 전체성 속에서 볼 때 언제나 완전하고, 어떤 것도 그 어떤 방식으로든 변하기 위해 외적인 원인을 필요로 하지 않는다. 에고의 위치성과 제한된 범위의 관점에서 볼 때 세상은 무수한 것을 개선하고 바로잡아야 할 필요가 있는 곳인 듯하다. 이런 환상은 한갓 망상에 지나지 않는다.

실상에서 모든 것은 그 본질의 고유한 운명을 자연적으로 드러내고 있으며 그렇게 하는 데 어떤 외적인 도움도 필요로 하지 않는다. 우리는 겸손한 자세를 가질 때 세상의 구원자로 자처하는 에고의 역할을 버리고 그것을 곧장 신에게 양도할 수 있다. 에고가 그리는 세상은 자신의 환상들과 자의적인 위치성들의 투사다. 그런 세계는 존재하지 않는다.

영적인 노력을 행할 때, 습관화된 사회적 태도와 영적으로 진화하려는 노력 간에 일시적인 마찰이 일어나므로 영적 노력을 계속하는 것을 주저하는 마음이 들 수 있다. 종래의 습관으로 인해 관습적인 가치들과 기대치, 프로그래밍에서 비롯되는 신념과 가치관들을 고수하려는 마음이 존재한다. 이런 것들은 자신과 사회 모두에 소중한 것으로 여겨지므로 그것들을 버리기가 왠지 꺼려질 수도 있다. 예컨대 우리는 우리가 이제까지 소중히 여기고 기계적으로 받아들인 신념들과 종교적인 신념들 혹은 이상으로 삼아온 좋은 사람 프로그래밍을 버리는 것에 대해 죄책감을 느낄 수도 있다. 이런 마찰과 갈등의 원천을 돌파해 나가기 위해서, 영적인 여행을 떠날 때는 '실상이 빛을 발할' 공간을 마련해 주기 위해 기존의 모든 신념과 태도를 버려야 할 필요가 있다는 점을 기억해 두는 것이 좋다.

이제는 자신의 노력의 강조점과 기대치가, 사회가 바라는 바와 세속적인 것 대신 처음에는 다소 예외적이고 색다르게 보이는 것으로 전환한다. 아무 근거도 없이 그저 사회에서 가치 있는 것이라 가정해 온 것들을 잠시 폐기해 버린다. 더없이 중요한 관점들이라 생각되었던 것이 이제는 근거 없는 억측이나 공허한 수사로 보인다. 좋아했던 슬로건들을 버릴 경우 그것들이 기본적으로 타인들을 통제하고 그들의 마음에 영향을 미치고자 하는 숨은 동기들을 지닌 전술적 선전 형태들임이 드러난다.

겸손한 자세를 지니면 '타인들의 이익을 위해서'라는 표면적인 명분을 내걸고 타인들이나 삶의 여러 상황들, 사건들을 통제하고 변화시키려는 일을 그만두려는 자발성이 일어난다. 영적인 탐구에 모든 것을 다 바치는 사람이 되려면 '옳고자' 하는 욕망과 더불어 사회에 가상적인 이익을 주겠다는 욕망도 버려야 한다. 사실, 그 어떤 사람의 에고나 신념체계도 사회에 아무 이익을 주지 못한다. 세상은 좋은 것도 나쁜 것도 불완전한 것도 아니고 도움이나 교정을 필요로 하지도 않는데 세상이 그렇게 보인다면 세상의 모습이 자기 마음의 투사에 불과하기 때문이다. 그런 세계는 존재하지 않는다.

일시적인 장애들을 빚어내는 마음의 또 다른 습관은 논쟁과 의심의 원천이 되는 가설을 빈번히 사용하는 것이다. 지성이 무엇인가를 반박하기 위한 한 방법으로 가공적인 개념들을 만들어 내는 것은 언제든 가능하다. 그 가설적인 주장에 내재된 무의식적인 목표는 언제나, '옳은' 입장에 서서 다른 관점들을 논박하겠다는 허영심 어린 것이다. 실상에서 그런 가설은 그 어떤 타당성도 없고 존재하지도 않는다. '이러저러하다면 어떻게 될까'라는 식의 가정은 위치성의 자기 정당화라는 동기를 내포한 상상과 말장난이 빚어낸 허구이므로 영적인 작업에서는 결코 다룰 것이 못된다.

지적인 추구의 의식 수준은 400대로 측정되며, 그것은 물리적인 세계를 탐구하는 면에서는 꽤 유용하지만 깨달음에는 한계이자 큰 장애로 작용한다. 지성 그 자체는 엄청난 제약 요소가 되며 가장 위대한 과학적 천재들이나 학문적 천재들은 모두가 대략 499로 측정된다. 지성이 설정해 놓은 실상에 대한 맥락의 한계로 인해 지성이 갈 수 있는 선은 거기까지다. 그 한계를 돌파해 나가려면 더 큰 맥락이 필요하며, 비인과율, 비이원성, 사고와 이해의 비선형적이고 비 뉴턴 식 차원으로 들어가야 한다.

전 우주가 모든 시간을 아우르는 전체성 속에 지금과 같이 존재함으로 인해 모든 것이 지금과 같이 존재함을 알아야 한다. 우리가 보고 있다고 생각하는 모든 '것'은 그 자체로 완벽하고 전체적이며 전 우주의 표현이다. 지성은 그것의 실질적인 진실을 체험하지 못하고 그저 하나의 관념으로 포착할 수 있을 뿐이다. 에고가 설령 전체성을 이해할 수 있다 해도 에고는 하나의 사건을 그 자체의 존재로서 이해하는 게 아니라 여전히 그것에 대한 지각에 관해 이야기하는 정도에 그칠 것이다. 우리가 무엇에 대해 서술하거나 체험할 수 있으려면 그것의 밖에 있어야 한다는 사실을 자각하는 것이 도움이 된다. 모든 설명이나 서술은 그것이 아무리 정교하다 하더라도 자체의 존재성을 갖지 못한, 우리가 부과한 특성들에 대한 정의나 지각에 의한 측정에 지나지 않는다.

있는 그대로의 것은 서술이 불가능하다. 따라서 모든 서술이나 설명은 그 서술 대상이 아닌 것에 관한 것이다. 절대적인 실상과 진실에 대한 깨달음은 온 세상과 전 인류에게 주어질 수 있는 최대의 선물이다. 그러므로 영적인 노력은 그 본질상 신의 뜻에 대한 사심 없는 봉사이자 내맡김이다. 앎이 높아질수록 의식의 장이 가진 힘은 로그 식의 지수처럼 증가하고, 그 자체가 세상 사람들의 고통을 덜어 주려는 모든 노력과 시도를 합친 것보다도 더 많은 것을 저절로 성취한다. 세상 사람들의 고통을 덜어 주려는 모든 노력은 그것이 필연코 에고 그 자체의 지각적 기능의 왜곡과 환상에 의해 오도되기 때문에 소용없는 일이다.

에고의 비인격성

이 세상에서 단 하나뿐인 '나me'나 '내 것my'에 대한 신념이 존재하는 한 우리는 에고ego · 마음mind을 놓아 버린다는 것을 큰 희생을 치르는 것처럼 여길 것이다. 왜냐하면 에고가 자기 개인의 것이고 따라서 에고를 유일무이하고 소중한 것으로 여기기 때문이다. 그러므로 에고가 비인격적인 것임을 깨닫는 것이 좋을 것이다. 에고는 전혀 유일무이한 것이 아니다. 모든 사람의 타고난 에고는 다른 사람의 그것과 똑같은 방식으로 작용한다. 영적인 진화에 의해서 변형되거나 완화되지 않을 경우 모든 에고ego · 자아self는 이기적이고 자기중심적이고 허영심으로 가득한 것이 되며, 도덕적인 우월성과 소유물, 명성, 부, 아첨과 통제 같은 관례적인 형태의 이익들을 끝없이 추구하게 된다.

모든 사람의 에고는 위치성으로 말미암아 죄의식과 수치심, 탐욕, 자부심, 분노, 분개, 시기심, 질투심, 증오 등을 낳는다. 에고는 위치성들로 이루어지기 때문에 있는 그대로의 상태 이외의 다른 것이 될 수 있는 선택권을 갖고 있지 못하다. 그러므로 에고는 끝없는 고통과 상실의 피할 수 없는 원천이 된다. 다른 것들은 차치하고 우선 에고는 미래와 죽음의 망령을 두려워하는데 이런 두려움은 에고의 구조상 필연코 따라붙을 수밖에 없다. 에고는 자신이 독립적인 실체라고 하는 확신에 가장 크게 집착한다. 일시적이나마 에고는 영원한 생존을 확보하기 위한 은밀한 수단으로서 깨달음을 추구하는 일에 매달리기도 한다. 이런 값싼 미봉책에 의해 영적인 에고가 생존의 필사적인, 그러나 좀 더 세련된 형태로 나타난다. 우리의 실체성에 대한 환상들은 아주 소중한 것이어서 우리는 그것들을 버리기를 꺼린다. 그 과정은 용기와 믿음을 필요로 한다. 미지의 것을 위해 아는 것을 버리려면 대단한 노력과 자발성, 신에게 자신의 기존 신념들을 기꺼이 내맡길 수 있을 만큼의 헌신이 필요하다.

인과관계

어떤 통찰들은 의식의 큰 도약을 가져다주며 따라서 거듭 반복할 만한 가치가 있다. 그런 통찰들은 종종 일련의 선형적 논리에 의해서가 아니라 자주 접함으로써 친숙해지는 과정을 통해서 이해되는 것이기 때문이다. 그 자체가 위치성들이며, 우리의 마음을 제한하는데도 우리가 강하게 집착하고 있는 신념체계들을 버리는 것은 의식의 진화를 용이하게 해 준다.

실상에서는 그 어떤 것도 다른 것들을 '초래하지' 않는다. 모든 것은 자체가 지닌 본질의 표현이며 스스로 존재한다. 그것의 외양은 우주에 있는 다른 모든 것들과 그것이 관찰되는 관점에 의해 좌우된다. 모든 것은 존재하는 모든 것의 일부이므로 사실상 스스로, 그리고 참으로 존재하며 그 어떤 개별적인 부분들이나 개체성, 독립적인 존재성을 갖고 있지 않다.

그것은 다른 모든 것으로부터 분리된 것이 아니므로 있는 그대로의 그 존재는 어떤 외적인 원인도 필요로 하지 않는다. 현상으로서 나타나는 것은 창조의 과정에 의해 비현상적인 것에서 직접 나타난다. 그것은 다른 어떤 것의 결과로서 나타나는 것이 아니다.

'다른 것'이라는 것은 존재하지 않는다. 단지 이원적인 세계에서만 분리된 사건들로 보이는 것들을 설명하기 위해 인과율 같은 설명을 필요로 하는 듯이 보일 뿐이다. 사실상, 설명되어야 할 그 어떤 분리된 사건들, 분리된 개체들, 일어나는 일들 같은 것은 존재하지 않는다.

400대의 측정 수준에 갇혀 있는, 뉴턴 식 인과율의 패러다임은 '인과관계'라고 하는 신비로운 프로세스를 전제로 하고 있다. 연쇄적인 사건들을 주의 깊게 살펴보고 면밀히 조사할 경우 우리는 그 사건들이 사실상 표면적 현상들의 연쇄라는 것을 발견한다. 그러한 표면적 현상들의 연쇄는 시간과 공간 내에서 한 시작점과 한 끝점을 임의로 선택한 탓에 만들어진다. 인과관계는 추상적인 개념이며, 모든 추상적 개념이 다 그렇듯이 그 어떤 본질적 실체도 갖고 있지 않다. 인과관계는 평상적인 활동과 작용으로 이루어지는 물리적인 세계에서 유용한 언어적 개념이다. 우리는 단지 조건들만을 알 수 있을 뿐이다. 하나의 분명한 예는 우리는 다만 '우리가 있는 자리에서 출발할' 수 있을 뿐이라는 점이다. 우리는 '사건들'의 선행 조건이 원인이 아니라 특정한 필요조건이라 말할 수 있다. 지적으로 겸손한 자세를 갖추기만 해도 언어적인 설명으로서 새로운 발견을 하는 데 도움이 되는 가치만을 지녔을 뿐인 가설적인 구조물들을 버릴 것을 요구받는다. 그것은 아이의 다음과 같은 질문을 통해 분명해진다. "저 꽃은 왜 해를 향하고 있어?" 이러한 질문에 '향일성'이라는 설명이 주어지는데, 그것은 그 질문을 충족시켜 주기는 하나 실은 그 어떤 답도 아니다. 수사학적인 질문은 단지 수사학적인 답을 낳을 뿐이다.

  과학적인 마음을 가진 이들은 뉴턴 식 인과율의 패러다임을 통해 작용하는 마음이 진실과 거짓을 식별할 수 있는 수단을 갖고 있지 못하기 때문에 자신들이 오도되는 것을 막기 위해 심지어 회의주의나 냉소주의를 택한다. 이러한 한계를 극복하기 위해 '과학적인 방법'이라는 미명하에 정교한 통계를 포함한 온갖 장치가 동원된다. 그 결과로 나온 것이 더블 블라인드 실험double-blind experiment(실험 대상이 특정 치료를 받는지에 대한 여부를 실험 대상과 실험자가 모르게 함으로써 약의 효과를 연구하는 방법 — 옮긴이)이나 결과의 반복 가능성에 의존하는 경향이다. 이런 실험이나 경향은 인과율이라는 실행 메커니즘을 통해 스스로를 실증하는 통계학적·수학적 판단 기준을 내포하고 있다. 그러나 우리는 비선형적인 역학을 통해 같음에서 다름이 비롯되며, 그렇지 않을 경우에는 모든 창조의 과정이 멈출 것이라는 것을 깨닫는다. 검은 딱정벌레의 1억 세대로부터 하얀 딱정벌레 한 마리가 갑자기 출현한다.

  가설적인 논의 속에 포함된 회의주의라는 장애물들은 영적인 진화를 크게 지체시킨다. 반면 믿음은 불신하는 마음을 자진해서 정지시키려는 태도를 내포하고 있으며 이런 태도는 모든 영적인 발전의 밑바탕에 깔린 겸손을 뒷받침해 준다. 진실은 저절로 드러나고 자명하며 아무 힘들이지 않고 자기 시현을 이루므로 시간이 지나면 확신이 들어서게 된다.

  인과관계가 존재하지 않고 그 어떤 것도 다른 것의 원인이 되어주지 못한다면, 우리는 자신이 바라는 목표나 변화를 어떻게 이룰 것인가? 실상에서는 필요한 조건들이 형성되며, 그런 조건들은 역사적으로 언제나 존재해 왔다. 우리는 하나의 연쇄 과정을 보고 싶어 하고, 그런 것이 보일 때 인과관계가 그 연쇄 과정을 통해 작용하는 것으로 가정한다.

그러나 면밀히 살펴보면 연쇄 과정 자체가 향일성과 마찬가지로 지적인 구조물에 불과한 것임을 깨닫게 될 것이다. 연속 과정도 없고 사건도 존재하지 않으며, 가상적인 시간 척도상의 연속적인 관찰점들만 존재한다. 우리는 그런 관찰점들이 기껏해야 외관상으로 변화하는 듯한 것들을 가리는 역할만 할뿐이라는 것을 알 수 있다.

자의적이고 인위적인 관찰점을 가정하는 태도를 버릴 때 변화의 환상은 사라진다. '저것'과 비교되는 것으로서의 '이것'의 가정은 이원성과 자의적인 관찰점이 빚어낸 가공품이다.

실상에서는 '이것'도 '저것'도 없고, '여기'도 '저기'도 없고, '지금'도 '그때'도 없다. 이것들은 장소가 기본적인 참조점 없이는 서술될 수 없는 것과 마찬가지로 정신 작용의 메커니즘에 불과하다. 실상에서는 '이것'이 '저것'이 되는 일이 없고 시간이나 거리도 존재하지 않는다. 존재하는 것은 참조점의 자의적인 선택에 의해 생겨나는 환상이다. 자의적으로 선택된 참조점의 위치성은 성립하지 않고 설명할 수도 없다. 그러므로 실상은 시공을 넘어선, 그 어떤 위치성도 갖지 않는 것으로서 이야기할 수 있다. 그것은 추론적 방식에서 나온 추상적 개념들과 생각의 범주들에 불과한 용어들로는 설명할 수 없다. 그러나 그런 용어들도 주로 400대로 측정되는 의식 수준에서는 쓸모가 있다. 500대에서는 패러다임의 크나큰 도약이 이루어지며, 그로 인해 실재적인 것이 비실재적인 것이 되고 비실재적인 것이 '실재'가 된다. 매 수준의 얇은 진실을 각자 자기 나름대로 이해하며, 의식 수준들의 이런 특성을 이해하는 것으로부터 명증한 통찰이 일어난다.

인과관계가 실상에 기반을 두지 않은 것이고 기계론적인 해답이 우리가 관찰한 것을 제대로 설명해 주지 못한다면 좀 더 큰 앎이 드러날 때까지의 과도기에는 그것을 대신해 줄 다른 설명이 있을 수 있는가? 마음은 삶의 아이러니한 수수께끼와 같기 때문에 우리는 창조에 관한 잠정적인, 그러나 아주 만족스러운 설명이 되는 것으로 그런 질문들에 답해 줄 수 있다.

나타나지 않은 것이 지속적인 창조를 통해 나타난 것이 된다면, 그런 명백한 사실을 설명하기 위해 다른 그 어떤 지적인 장치나 전제들을 끌어들일 필요가 없을 것이다. 우리는 모든 것이 스스로 진화하는 것으로서 창조되며, 그렇게 스스로 진화하는 것이 그 존재의 본래 갖춰진 속성이요 창조 그 자체의 본성이라고 말할 수 있다. 그런데 이런 설명은 '창조된 것' 대 '창조자'라고 하는 또 다른 이원성을 낳는다. 그렇지만 이러한 이원성은 창조와 창조자는 같은 것이라는 분명한 사실을 통찰함으로써 쉽게 넘어설 수 있다. 비이원적인 세계에서는 창조자와 창조되는 것이 나뉘지 않는다. 우리가 여러 가지 한계들에서 놓여날 때 우주는 신성과 다르지 않은 것으로 스스로를 드러낸다. 찰나가 드러남으로써 모든 창조의 신성은 그 표현 하나하나마다 은혜로운 힘과 절대성을 드러낸다.

그것은 스스로 빛나고 스스로 드러나고 스스로 알아보며, 전체적인 통일성unity과 하나임oneness 속에서 완전하다.

이것이 바로 절대Absolute다. 존재하는 모든 것들에 내재하는 무한한 현존은 모든 시공을 넘어서 있고 영원히 완전하며 완벽하고 전체적이다. 모든 관찰점들은 사라지고 스스로가 모든 것이기에 모든 것을 아는 그것이 모든 곳에 두루 존재한다.

실상이 경이로운 자명함과 무한한 평화 속에서 드러날 때 깨달음에 방해가 되는 것은 마음 그 자체라는 사실이 밝혀진다. 마음은 에고와 다르지 않으며 그 둘은 하나이자 같은 것이다.

앎의 상태는 '마음이 없는' 수준이며, '공void'이나 '무nothingness'와 같지 않다. '공空'이나 '무無'라는 용어들은 형상을 지칭할 때 쓰는 용어다. 궁극은 형상이 없고 한계가 없으며 위치성도 없는 영역이며 따라서 모든 것의 전체성이 항상 현존하는 영역이다.

거기에는 오로지 존재Existence만이 있을 뿐이다. 존재는 그 어떤 원인도 필요로 하지 않으며 존재의 원인을 생각하는 것은 논리의 오류를 만들어 내는 것이다. 세상에서 존재라고 할 때 그것은 관찰을 통해 식별할 수 있는 것을 뜻하는데, 존재하지 않는 것에서 존재하는 것으로의 변화와 같은 가설적인 조건들의 변화를 전제로 한다. 그러나 지금 존재하는 것은 모든 시간을 넘어서 항상 완벽하게 존재해 왔다. 제1원인을 찾는 것은 시공의 개념들과 더불어 일어나는 정신 작용이 지어낸 것이다. 시공을 넘어선 세계에는 그 어떤 사건도 없고 시작도 없으며 끝도 없다. 그런 세계는 인간의 생각과 이성의 범주를 넘어서 있다.

08

인과율을 넘어서

마음이 작용하는 현상을 주의 깊게 관찰하면 그 메커니즘들이 분명해지면서 용해되는 경향이 있다. 마음은 그것이 독립적으로 존재한다고, 가정하며, 시간이 흐르고 그 시작과 끝이 있다고 믿는다. 또한 마음은 자신의 생존을 구성하고 보장해 주는 생각의 범주들을 가정하고 있다. 에고는 살아남기 위해 자신이 참된 것이며 홀로 동떨어진 독립적인 존재성을 갖고 있다고 믿어야 한다. 에고의 지속을 뒷받침해 주는 또 다른 동기는 에고와 그것의 향상 또는 발전을 통해 마침내 행복을 얻을 수 있고 행복을 위한 완벽한 조건들이 확보된다는 믿음이다. 그러므로 에고ego · 마음mind은 다양한 형태의 통제와 이익을 끊임없이 추구한다. 그것은 성공을 추구하며, 자기 나름의 척도에 의해서 가공적인 목표의 달성 여부를 측정한다. 행복은 항시 다음 모퉁이 어딘가에 있으므로 마음은 그 목표를 이루기 위해서 더욱 노력한다.

그러다 어느 시점에서 환상은 깨지고 영적인 탐구를 시작할 만한 계기가 이루어진다. 밖을 향했던 탐구가 안을 지향하게 되면서 해답들을 찾으려는 노력이 시작된다. 운이 좋으면 그 사람은 참된 깨달음의 가르침들과 만나고 그 가르침들의 핵심에서 벗어나지 않는다. 세월이 흐르면서 원래의 가르침들과 함께 제시된 많은 설명들과 이해들은 망실되어 간다. 그리고 그 자리에 수많은 오해와 틀린 해석들이 자리 잡는다. 몇 백, 몇 천 년이 흐르면서 그 위대한 가르침들 중 일부는 심하게 왜곡되어 놀랍게도 원래의 뜻과는 정반대되는 것이 되어 버리기도 한다. 이렇게 해서 그것들은 진실을 가로막고 싸움을 불러일으키는 불씨가 된다.

자신이 나아가는 방향과 자신이 따르고 있는 지침들을 재검증할 수 있는 믿을 만한 가르침을 갖는 것은 살면서 유용할 뿐만 아니라 더없이 중요한 일이기도 하다. 어떤 스승이나 가르침을 따르는 열성적인 제자나 수행자가 되기에 앞서서 그들의 진실성이 측정된 수준을 확인해 봐야 한다는 점은 아무리 강조해도 지나치지 않다. 우리는 오로지 신과 진실에게만 헌신해야 한다. 스승들을 존경하기는 해야 하겠지만 헌신하는 대상은 오로지 진실만으로 국한되어야 한다. "그 누구도 섬기지 말라."라는 붓다의 말은 자신의 유일한 참된 구루는 참나(불성佛性)라는 것을 뜻하는 말이다.

스승의 참나와 자신의 참나는 하나다. 스승은 영감과 정보의 원천이다. 영적 탐구를 뒷받침해 주는 것은 바로 이러한 영감이다.

영적인 헌신을 하려면 반드시 세상을 포기해야 하는 것인가? 물론 그렇지 않다. 영적인 헌신은 단지 세속적인 삶을 새로운 맥락 하에 놓아야 하고 새롭게 재건해야 하며 종래와는 다르게 그려야 한다는 것을 뜻할 뿐이다. 덫이 되는 것은 세상이 아니라 세상에 대한 자신의 집착이나 진리에 대한 참구參究를 가리는 자신의 관찰들이다. 우리를 유혹하는 어떤 것들은 단지 시간만 낭비하게 하는 것에 지나지 않으나 어떤 것들은 자각하지 못할 경우 우리를 매몰시키는 무서운 결과를 초래하는 심각한 덫이다. 하지만 한편으로 맨 밑바닥까지 전락하여 모든 것을 포기하고 더 나은 선택지들을 받아들이는 과정이 길을 잘못 들어 혹독한 고뇌를 겪고 나서야 비로소 일어나기도 한다. 그러므로 어떤 사람이 어떤 특정한 길을 따르는 것을 잘못이라고 결코 말할 수 없다. 그 특정한 길이 고통스러운 길이 되는 동시에 궁극적인 구원의 수단이 되어 줄 수도 있기 때문이다. 우리가 자신 있게 말할 수 있는 것은 운동역학 테스트에서 사람을 강하게 해 주지 못하는 것은 깨달음을 추구하는 영적인 탐구자가 따라야 할 바람직한 길이 아니라는 점이다.

그리 해로워 보이지 않는 호기심이 잘못의 원천이 되는 수가 종종 있다. 재앙을 부르는 그런 유혹은 얼핏 부정적으로 보이지 않으나 사실은 양가죽을 뒤집어쓴 늑대를 감추고 있는 좀 더 세련된 형태의 미끼다. 그러므로 운동역학적으로 사람을 강하게 해 주지 않는 것은 피할 필요가 있다. 사람을 강하게 해 주는 것은 삶을 떠받쳐 주고 진리로 인도해 준다.

우리가 진실로부터 멀어지게 하는 영역을 답사해 본 후에 상처

받지 않고 무사히 돌아올 수 있을까? 적어도 지금으로서는 힘들 다는 것이 그 대답이다. 전 세계 인류의 78퍼센트가 온전성의 수 준(200) 이하로 측정된다는 사실을 염두에 두는 것이 좋다. 게다 가 '게 현상'이라고도 할 수 있는 집단적인 반작용을 적절히 처리 해야 한다는 문제가 따른다. 게들이 들어있는 양동이 속에서 한두 마리가 빠져나가려고 양동이 벽을 타고 기어 올라갈 경우 다른 게 들이 달려들어 그들을 끌어내린다. 일부 사람들에게도 빛을 추구 하는 사람들을 정반대되는 방향으로 끌어내리려 하는 요소가 내 재되어 있다. 실제로, 부정적으로 측정되는 어떤 종파에 속한 사람 들이 그 종교의 거룩한 외관의 배후에 존재하는 부정적인 요소들 을 간파하기 시작하면서 집단을 떠나려할 때 그 집단 사람들이 그 들을 심하게 매도하거나 심지어 폭력을 쓰는 일도 종종 있다. 그 러므로 가장 전통적인 길들은 비슷한 영적 헌신을 가진 바친 사람 들끼리 함께 모여 지내기를 권한다. 또한 인류의 의식 수준이 지 난 몇 백 년 동안 190 정도에서 머무르다가 최근 들어 207로 도약 했다는 것은 의미심장한 사건이다. 따라서 이제 인류 전체의 의식 의 바다는 부정적인 것이 아니라 긍정적인 것을 지지한다.

영적인 방향

진실이나 깨달음은 발견하고 추구하고 얻고 획득하고 소유할 수 있는 것이 아니라는 점을 기억해 두는 것이 좋다. 무한한 현존 인 그것은 항상 존재하고, 그것의 드러남은 드러남에 방해가 되는 요소들이 제거되면 저절로 일어난다. 그러므로 진실은 연구할 필요가 없다. 그저 거짓된 것을 놓아 버리기만 하면 된다. 구름을 몰아내는 것은 해를 빛나게 하는 원인이 아니라 단지 이제까지 감춰져 있던 것을 드러나게 하는 것에 지나지 않는다. 그러므로 영적인 노력은 기본적으로 그런 노력이 결국에는 크나큰 보상을 받으리라는, 이미 그런 노력을 행한 다른 이들의 약속을 믿으면서, 미지의 것을 위해 알려진 것이라 가정해 온 것들을 놓아 버리는 것이다. 세속적인 비유를 들자면 금은 창조되는 것이 아니라 그것을 가리는 것들을 떼어 내 줌으로써 드러날 뿐이다.

의도는 주요한 영적 도구들 중 하나다. 의도는 자신의 노력에 힘을 불어넣어 주는 가치들의 우선순위와 위계를 정해 준다. 영적인 노력은 헌신이자 탐험이다. 그 길은 과거에 그 길을 지나면서 뒤따르는 다른 사람들을 위해 의식이 지닌 가능성을 밝혀 놓은 사람들에 의해 열렸다. 로저 배니스터가 1마일의 마의 장벽이라 불리는 4분 벽인 'M필드'를 돌파한 것과 마찬가지로 진화된 의식을 지닌 이들도 뒤따르는 이들을 위해 이정표들을 남겨놓았다. 우리가 자신의 앎에서 이루는 모든 진화 역시 보이지 않는 많은 이들에게 이익을 주고 뒤따르는 다른 이들이 밟을 다음 단계에 힘을 불어넣어 준다. 모든 친절한 행위는 우주가 알아차림으로써 영원히 보존된다. 그런 사실을 깨달을 때 영적인 야심은 사라지고 감사한 마음이 자리한다. 전통 불교의 수행자들은 전 인류의 이익을 위해서 깨달음을 추구한다. 모든 선물은 준 사람에게로 돌아간다.

적당한 때가 오면 자신의 영적인 의도와 초점이 세속적인 야심들과 욕망들을 대신하게 된다. 그것은 마치 끌어당기는 작용을 하는 영적인 중력 같은 것이 존재하기라도 하는 것처럼 자신이 점차 참나로 끌려 들어가는 것과도 같다. 앎의 한 양식이 이성과 논리를 대신하고, 직관적인 앎이 목표들이나 다양한 형상들이 아니라 생명의 본질과 그 작용에 초점을 맞춘다.

지각은 변하기 시작하고 창조의 아름다움이 모든 사람들과 대상들로부터 문자 그대로 빛을 발한다. 평범한 광경이 마치 3차원의 선명한 컬러로 드러나기라도 한 것처럼 더없이 아름다운 것이 된다. 갑자기 모든 것이 고요해지는 순간이 오고 모든 것을 감싸는 현존 안에서 존재하는 모든 것의 속성에 대한 체험이 일어난다. 실상에 대한 감각을 생생하게 살아나게 하는 것이 이 '참나'의 눈이다. 그것은 우리가 개인적인 '나'로 생각하는 것이 사실은 무한한 '나'라는 것을 체험할 수 있게 해 준다.

신의 그 빛은 존재하는 모든 것의 신성을 드러내 주는 앎의 빛이다. 무한한 현존의 고요함 속에서는 말할 수 있는 것이 아무것도 없으므로 마음은 침묵한다. 모든 것은 완전하고 정확하게 스스로를 표현한다. 이러한 깨달음과 함께 존재 대 비존재의 마지막 이원성마저 넘어선다. 이는 오직 존재만이 기능하기 때문이다. 실상은 실상이 아닌 것을 포함하고 있지 않으므로 진실과 반대되는 것은 존재하지 않는다. 이 깨달음 속에 신의 평화가 있다.

진화 대 창조

진화 대 창조는 정치가들과 교육위원회 위원들, 법조인들 사이에서 수많은 논쟁을 불러일으키곤 했던 주제다. 실상에서 그 둘은 상충되지 않는다. 진화와 창조는 하나이자 같은 것이다. 창조는 진화의 근원이자 본질이다. 진화는 창조가 나타나는 과정이다. 물리적인 세계는 결과들의 세계요, 그 안에 원인이 되어 줄 만한 힘을 갖고 있지 못한 세계다.

우리는 고생물학을 통해 종들과 생명 형상들이 수백만 년에 걸쳐 변화해 왔다는 것을 알 수 있다. 이와 마찬가지로 오늘날의 학자들이 쉽게 연구할 수 있는 원시 인류들과 그들의 모습은 형상이 변화하고 있다는 사실을 입증해 준다.

진화는 환경에 대한 더 높은 적응을 통해 형상을 이루는 의식 그 자체 내의 진행으로 일어난다. 이러한 진화는 의식의 장에서 일어나며, 그 의식의 장에는 지성과 의도, 심미적인 앎이 포함된다. 그러므로 진화는 무한한 잠재성의 보이지 않는 영역 내에서 일어나며, 그 다음 창조의 결과로서 나타난다. 창조는 우주 그 자체의 본질에 내재한 것이고 지속적이며 현재진행형이다.

만약 창조가 아득한 과거의 어느 한 시점에서 신이 단 한 차례로 해낸 일이었다고 한다면 살아 존재하는 모든 것들은 수백만 년 전의 모습 그대로 있어야 할 것이다. 신이나 진리도 그 어떤 시작과 끝을 갖고 있지 않고 시간의 밖에 존재하기 때문에 시공 속에서의 신의 일회적인 활동이란 성립될 수 없는 이야기다. 항상 존재하고 항상 현재진행형인 신이 지속적으로 창조하고 있다는 것이 명백한 현실과 부합된다. 근본적으로 진화와 창조 간에는 그 어떤 충돌도 없으며 진화는 가시적인 영역 내에서의 창조의 표현에 불과하다. 진화는 신을 부정하지 않고 존재하는 모든 것 속에 항상 내재해 있는 신의 본성을 반영하고 있다. 창조로 인해 존재하는 모든 것은 신의 의식에 다름 아닌 자체의 본원적인 신성 덕에 존재하게 된 것을 크게 기뻐한다.

의식: 신에게 이르는 길

지성

영적인 길에 관한 정보를 제공해 줄 때는 듣는 이의 에고가 지성을 통해 그 정보를 데이터로서 이해하려 할지 모른다는 위험부담이 따르며, 그렇게 이해할 경우 그 정보의 효용성은 거기서 끝난다. 문자 그대로 수백 회의 강연과 연수회에 참석하고 영적인 책들이 가득 들어 차 있는 방을 갖고 있기는 하나 앎의 측면에서는 앞으로 조금도 나가지 못하는 영적 탐구자들이 있다. 그들은 제자리에 멈춰 있다. 그들은 연수회가 하나 끝나면 다음 연수회에 참석하고 끊임없이 책을 읽고 이 스승에게서 저 스승에게로 옮겨 다닌다.

영적인 탐구는 지성(그것은 비교종교학이나 신학 박사 학위들을 따게 해 주기는 한다.)에 의한 탐구가 아니다. 진정한 의미의 형이상학은 사실상 말로 전달될 수 없는 것들을 전달하기 위한 언어화 작업을 용이하게 해 주는 일종의 추상화抽象化 작업이다. 실현해야 할 것은 그러한 말들이 아니다. 배움을 통해 얻은 진실들은 매일같이 연습해야만 효력을 발휘하며 그런 진실들은 말을 넘어선 곳에 존재한다. 연습하면 변화가 일어난다. 정보란 친숙해지는 과정을 통해 흡수되고 이어서 내면에서 성숙하여 깊은 이해가 이루어지는 것을 목적으로 한다.

이 해

영적인 작업에서는 이해하는 것 그 자체가 변화를 불러일으킬 수 있는 능력을 갖고 있다. 이해는 촉매로서 작용하며 사물을 새로운 방식으로 바라볼 수 있게 해 준다. 이해는 내적인 성숙과 영적인 발전을 가져다준다. 영적인 성숙이 지속되면 낡은 사고방식과 종래의 맥락을 설정하는 방식을 버리고 새로운 것들을 발견하는 기쁨이 일어난다. 삶이 부조리하다는 생각으로부터 일어나는 분노는 웃음으로 바뀌며, 많은 사람들이 슬퍼해 마지않고 소중한 멜로드라마로 여기는 것들이 우스꽝스럽게 보인다. 영적인 가르침들을 내면화하려면 그것들을 받아들여야 한다. 겸손이 결여된 에고는 수용에 저항하고, 자존심으로 인해 자신이 '그르다는 것'에 분개한다. 영적인 가르침을 받아들이는 것은 그릇된 관점들을 버리는 게 아니라 더 나은 관점들을 채택하는 것이라는 점을 깨닫는 것이 좋다. 평화가 전쟁보다 더 나은 것이고 사랑이 미움보다 더 나은 것이라는 점은 지성에게는 설득력을 갖는다. 하지만 에고는 자기가 좋아하는 증오와 정당화된 분노를 포기하는 데 반기를 들 수도 있다.

이 행성에서는 무수히 많은 사람들이 생존의 유일한 주제와 이유가 증오심인 문화와 사회 속에서 살고 있다. 사회 전체가 희생자와 가해자라는 이원론과 앙갚음을 토대로 삼아 존립한다. 이 세계의 전 지역이 아득한 과거로부터 내려온 폐단을 되풀이함으로써 늘 새롭게 정당화되는 증오심의 표현들에 모든 것을 바치고 있다. 사회에서 증오심을 정당화해 주는 요소들이 바닥나는 경우는 결코 없다. 사람들은 늘 죽은 지 오래된 선조들을 들먹이면서 해묵은 적들에 대한 증오심을 정당화한다. 그런 태도들은 심지어 영웅적이고 애국적이며 찬양할 만한 것이고 정치적으로 올바른 것으로 간주되기까지 한다.

자발성

자발성과 용기, 믿음은 낡은 것들을 놔 버리는 일을 용이하게 해 준다. 영적인 발전은 인류의 의식 수준을 전반적으로 높여 줌으로 문자 그대로 전 인류에게 이익이 된다. 아주 작은 발전조차도 모두에게 영향을 미친다.

영적인 성장에 장애가 되는 또 다른 요소는 조급증이다. 이것은 오로지 내맡김을 통해서만 극복될 수 있다.

명 상

명상이 지향하는 바와 그 기법에 대해서는 앞에서 이미 서술했다. 우리는 생각들이 연상 작용이나 심리학적으로 그럴싸하게 설명할 수 있을 듯한 그 밖의 다른 요소들에 의해 서로 연결된다고 생각할 수도 있다. 그러나 관찰을 통해 그와는 정반대로 생각들이 엉뚱하고 마구잡이인 방식으로 일어나고 있다는 사실을 알아차리게 될 것이다. 생각은 한 주제에서 다른 주제로 건너뛰며 그 주제들 사이에는 그 어떤 참된 관련성도 없다. 우리는 흔히 생각의 흐름을 실제로는 존재하지도 않는 인과관계를 전제로 하는, 많은 한계를 안고 있는 뉴턴 식 선형 패러다임을 통해 서술하곤 한다. 생각은 임의적이고 비선형적이며 무질서하고 측정할 수 있는 그 어떤 예측 가능성도 갖고 있지 못한 것으로 보인다. 생각은 우연한 것인 듯하다. 많은 사람들의 찬양할 만한 노력에도 불구하고 사실상 생각과 이미지, 개념, 기억, 환상, 감정, 희망, 두려움 등에 대한 입증할 수 있는 그 어떤 설명도 존재하지 않는다. 마음의 내용물들은 통제되기를 거부한다. 사고 작용의 모태라 할 마음의 총체적인 지층은 바로 끊임없는 생각을 촉발시키는 지속적인 사고 작용의 소산이다. 생각들은 침묵의 모든 가능성들을 사전에 봉쇄하기 위해 의도적으로 개입해 들어오곤 한다. 생각은 통제하려 하면 할수록 더욱더 농간을 부리고 더 심하게 반기를 들고 통제되는 것을 심하게 거부해 도저히 길들일 수 없는 것처럼 보인다.

명상을 할 때 우리는 목격자나 관찰자의 관점을 통해, 의식 그 자체의 장이 마음을 지켜보고 있으며 마음과 싸우는 것은 쓸데없는 짓이라는 사실을 통찰할 수 있다. 마음은 '나'가 아니라는 것을 깨닫는 것이 좋다. 마음은 오만하며 유혹하고 부추기는 존재다. 그것은 우리가 바로 그것이라고 우리를 확신시키려 든다. 몸과 자기를 동일시하는 태도는 몸을 망가뜨린다고 해서 극복되지 않는다. 마음과 자기를 동일시하는 태도 역시 마음을 없애 버림으로써 초월되지 않는다. 몸도 마음도 참나가 아니라면 몸과 마음을 망가뜨리고 정복하고 싸울 필요도 없다. 생각은 그 어떤 사람이나 그 어떤 것이 일으키는 것이 아니며 저절로 일어난다.

마음의 본질은 생각하는 데 있다. 우리는 의도적인 집중을 통해서 생각을 강제함으로써 잠시나마 마음을 상호 연관되는 논리적인 것으로 만들 수가 있다. 이런 식으로 해서 생각은 '문제들'을 해결할 수 있다. 마음은 아주 재빠르고 영리하다. 그것은 그런 생각들(즉 좋은 생각들)을 한 주체가 자기라 주장한다. 마음이 생각에 대한 저작권을 주장하는 것이 생각이 일어난 다음 찰나의 순간에 일어난다는 것을 간파하기 위해서는 면도날 같이 예리한 주의력을 가져야만 한다. '내가 생각했다'라는 환상은 마음이 그렇게 생각하는 그 찰나의 순간이 포착될 때 사라진다.

붓다도 같은 말을 했다. 붓다는 마음이 생각과 생각 사이에서 발견된다고 말했다. 생각들은 사실상 그 어떤 것도 뜻하지 않으며 생존을 위해 필요한 것도 아니다. 자기가 생각했다고 하는 에고의 주장은 만 분의 일 초 동안에 일어난다. 실상에서는 모든 것이 저절로 일어난다. 우리의 생명은 계속 주어지는 선물이며 그것의 매 순간의 지속은 에고가 아니라 신이 떠받쳐 준다. 생각들이 일어나지 못하게 막으려 하는 것은 무의미한 일이다. 그래 봤자 생각들은 다시 돌아온다. 사람들은 자신들의 마음과 사고 작용을 놔 버릴 경우, 그리고 그것을 잘 감시하고 통제하지 않을 경우 자신들이 죽거나 미칠까 봐 두려워한다.

에고 ego · 마음 mind 이 목표하는 바는 결코 성취될 수 없다. 에고의 노력은 시끄럽고 혼란스럽기만 하다. 사실상 우리는 에고가 없으면 훨씬 더 잘 지낸다.

일단 에고가 가망 없는 것이라는 것을 깨닫고 나면 우리는 그것으로부터 관심을 거둬들임으로써 그것을 버리기 시작할 수 있다. 우리는 그것의 최면적인 매력을 뿌리치고 주시하는 자에서 관찰자로, 목격자로, 의식 그 자체로, 최종적으로 의식을 비춰 주고 앎을 알 수 있게 해 주는 앎으로 점차 물러나기 시작할 수 있다. 참나는 본질적으로 내용물이 빈 공간으로서 그려 볼 수 있다.

마음은 경험의 찰나적인 다음 순간을 통제하기 위해 끊임없이 앞일을 예상해야 한다는 압력을 받는다. 우리는 생각하려는 의지의 원천에 초점을 맞출 수 있고, 앞일을 예상해야 한다는 강박감의 밑바탕을 이루고 다음 순간의 체험을 통제하려드는 뿌리 깊은 아집이 작동하기 전에 그것을 놓아 버릴 수 있다.

그러므로 영적인 노력이란 끝없이 내맡기고 놓아 버리고 돌아서고 물러나는 것을, 그리고 핵심에서 빗나가고 본질적으로 아무 득도 없는 것을 무시하는 것 등을 뜻한다. 그럴 때 그 노력의 초점이 향하는 방향은 생각의 내용물들에서 생각을 관찰하고 체험하는 것 쪽이고, 거기서 다시 앎은 허구적인 독립된 자아가 벌이는 의지적인 활동이 아니라 본원적인 속성의 결과로서 안다는 사실을 깨닫는 쪽으로 나아간다.

앎은 위치, 몸, 공간, 시간, 마음, 생각, 느낌을 넘어선 것이다. 그것은 하늘처럼 구름들이 떠도는 배경이 되어 준다. 결국에 가서 앎의 목격 작용은 그 어떤 내용물에 의해서도 방해받지 않으며, 그것의 존재는 내용물에 의존하지 않는다.

이미 알려진 것들을 넘어서려면 용기와 믿음과 확신이 필요하다. 또한 그것은 더 높은 에너지 장들, 위대한 스승들과 그들의 가르침들에 근원적으로 내재하는 영적인 힘과 에너지가 필요하다. 깨달음 자체는 신의 은총에 힘입는 것이지만 그와 동시에 오로지 자기 자신의 내적인 동의와 선택에 의해서만 일어나는 것이기도 하다.

용서와 의식의 순진함

용서한다는 것은 평균적인 마음을 지닌 사람들이 옳고 그름, 정당함 대 부당함, 공정함 대 불공정함 등의 서로 상충되는 이원성을 빚어내는 자의적인 위치성으로 인해 선뜻 취하기 어려운 것 중 하나다. 이것은 '양극의 문제'다. 양극을 해소하려면 의식의 본성을 어느 정도 이해해야 할 필요가 있다.

인간의 나약함에 대한 연민은 심판하려는 경향을 완화시킨다. 인간의 마음은 인간의 행위에 대해 교훈적인 성향을 지닌 가설적 기준들을 설정하곤 한다. 예를 들어 미국에서 도덕이라 부르는 것은 사실은 청교도주의의 표현에 지나지 않는다. 도덕이라고 하는 것과 청교도주의는 같은 것이 아니다. 청교도주의는 심판주의judgmentalism로서 연민과 사랑, 용서가 부족하다. 심판주의 태도는 가혹하고 무자비하고 인과응보적이다. 청교도주의는 자기는 올바르고 고결하고 정당하다고 하는 자기중심주의에 호소력을 지닌다. 그것은 비난과 수치심, 죄의식, 두려움에 의지해서 작동하며 보복과 징벌을 추구한다.

반면에 의식 그 자체는 본래 순수하다. 하지만 그것은 점차 프로그램화되는데, 자신이 우연히 속하게 된 사회나 집단의 영향이 원인이 되는 경우도 적지 않다. 의식은 특정한 하위문화 속에서 태어난다. 가장 낮은 수준의 문화에서 의식은 충성심, 상징, 비밀, 입회식, 집단과 그 지도자들에 대한 복종 등을 특징으로 하는 어떤 세속적인 교파 사람들이나 이웃에 사는 갱들 속에 둘러싸인다. 이런 수준의 사회에서 집단의 규약을 어길 경우에는 죽임을 당할 수도 있다. 거기에는 그 집단 특유의 옷 입는 방식, 상징적인 제스처, 말투, 집단적인 엄격한 통제 등이 존재한다. 구성원들은 세뇌되고 협박을 받는다. 벗어날 수 있는 가망성은 거의 없다. 다른 관점에서 볼 때 그런 행태들은 반사회적이다. 또 다른 관점에서 볼 때 그런 행태들은 그저 비사회적인 것으로서 그 집단에 적응하기 위한 것에 불과하다. 이런 태도들이 전체로서의 사회와는 조화되지 않지만 그 집단 내에서는 나름대로의 일관성을 갖고 있다.

하위문화들의 핵심은 프로그래밍이다. 그 내용은 하위문화의 음악 가사에 정확하게 표현되어 있다. 그런 집단 내에서는 사회의 규범들을 조롱하고 전혀 중요시하지 않는다.

그보다 좀 더 높은 사회적 수준들로 거슬러 올라가도 같은 유형의 프로그래밍이 일어난다. 그래도 하위문화의 경우보다는 노골적인 면이 덜하다. 그러나 여기서도 사회적 프로그램들에 대한 집단적인 충성심을 기대한다. 이탈할 경우에는 교묘한 수단들을 통해서나 거부당함으로써 처벌받는다.

사회의 각 수준에 속한 사람들의 의식은 숨은 '끌개장attractor field'으로서의 지배력을 갖고 있는, 측정될 수 있는 의식 수준에 의해 끌려간다. 끌개장은 비선형적 역학에서 유래한 용어로 무작위적이고 서로 무관한 사건들로 보이는 것들 내부에 의식의 각 수준 내에서 발생하는 현상들에 영향을 미치는, 조직화된 패턴을 지닌 보이지 않는 영향력의 장이 존재한다는 것을 뜻한다. 끌개장은 또 이해와 앎을 제한하는 매개 변수들을 확정한다. 만일 어떤 개념이 의식의 어느 한 수준의 이해 범위 너머에 있다면 해당 수준에 속한 사람들은 "난 이해가 안 가."라고 말한다.

의식의 본성을 살펴보고는 마음은 프로그램화되는 것을 방지할 그 어떤 수단도 갖추고 있지 못하므로 본래 순진하다고 말할 수도 있다. 마음은 무의식중에 그 어떤 '소프트웨어'로부터도 물들 수 있는 도구다. 아무 도움도 받지 못한 상태에서 인간의 의식은 진실과 거짓을 식별할 능력이 없다. 마음은 스스로를 보호하는 메커니즘을 결여하고 있으므로 손상을 받기 쉽다. 그리고 감정들은 성숙되고 균형 잡힌 지각 능력을 저하시키는 작용을 한다. 게다가 마음은 실상을 자동적으로 이원화시키고 양극으로 보이는 것들로 이루어진 가짜의 실상을 만들어 내는 지각 그 자체를 통해 작용하는 태생적인 결함을 안고 있다.

의식은 컴퓨터의 하드웨어와 비슷하고 사회적 프로그래밍은 소프트웨어와 비슷하다. 소프트웨어의 내용이 어떠하든 간에 하드웨어는 여전히 물들지 않은 채 남아 있고 본래 순수하다.

과거에는 영적인 발전이 종교적 권위와 도그마의 지배에 의해 제한되었으며 두려움과 박해의 위협에 에워싸였다. 신비가들처럼 일반적으로 통용되는 신념체계를 초월한 사람들은 이단이라는 의심을 받았으며 마치 성직 단체와 그것이 지닌 권위에 위협이 되기라도 하는 듯한 취급을 받았다(몇몇 나라들에서는 오늘날까지도 이런 경향이 지배하고 있다).

서구 세계의 이런 풍조는 변했으며, 좋은 방향으로 계속 변해가고 있다. 잔혹 행위는 받아들여지지 않고 용납되지 않는다. 가톨릭교회의 교황청은 사형 제도에 반대하며, 겸손과 영적인 온전성을 입증함으로써 잃어버렸던 영적인 권위와 힘의 일부를 되찾았다. 잘못은 종교 그 자체에 있지 않고 그것의 본질을 제대로 이해하지 못한 사람들이 잘못 해석한 데 있었다.

일반적인 인간의 의식은 지각의 본성에 의해 장님이 되어 있으므로 진실과 거짓을 전혀 식별할 수가 없다. 타고난 순진함으로 말미암아 의식은 오도될 수 있으며, 모든 잘못은 순전히 무지에서 나온 것이다. 지난 몇 백 년 동안 인류를 지배했던 의식 수준은 영적인 진실에 대해 냉담하게 대했다. 하지만 이제 그 수준이 207에 도달했으므로 진실은 환영받으면서 크게 성장할 수 있는 비옥한 토양을 만났다.

의지: 이해와 납득

의지는 이해understanding와 납득comprehension에 의해 결정되고, 이해와 납득은 의미에 영향 받으며, 의미는 다시 맥락에 의해 결정된다. 의미와 맥락으로부터 가치가 생겨나고 그에 따라 선택이 이루어진다. 그것이 갖는 의미로 인해 가치로서 인정되는 것들을 성취하려는 노력에 힘을 불어넣어 주는 것이 의지다. 세속에서의 동기 부여는 욕구와 욕망, 유혹 등에 근거하고 있다. 이런 욕구와 욕망들이 의지와 결정에 압도당하면 동기를 부여해 주는 힘을 상실한다. 따라서 의지는 영적인 성장과 의식 진화의 토대가 된다. 우리는 거짓으로 물리침을 당하는 게 아니라 진실로 인해 끌리게 된다. 영적인 진화는 지구의 중력에서 벗어나는 우주선과 거의 비슷하다. 처음에는 중력을 떨쳐버리기 어렵지만 결국에는 중력장을 벗어난다. 많은 에너지가 드는 의도는 결국 수월한 양도로 용해되고, 우리는 활짝 펼쳐지는 앎의 수혜자가 된다. 계시가 발견을 대신한다. 아무 힘들이지 않고도 은총에 의해 모든 것이 저절로 이해된다.

영적인 앎을 성취하고자 하는 내적인 압력은 진리 추구자가 아니라 진리의 목격자가 되는 것으로 대치된다. 노력은 아무 힘도 들이지 않는 상태에서 저절로 이루어지는 발견에 의해 대치된다. 모든 것의 본질은 윤곽을 상실한 형상들을 통해 점차 빛을 발한다. 이어서 본질조차도 존재 그 자체에 대한 앎과 스스로를 드러내는 신성의 영역 속으로 사라진다.

평화의 본질에 관해

침묵 속에 더없이 깊은 평화가 두루 존재하며 더불어 시간에 대한 체험은 종말을 고한다. 시간에 대한 환상은 상실감이나 기대감 같은 것을 불러일으키므로 평화를 깨뜨리는 기능을 한다. 보통의 의식 수준들에서 시간의 압력과 그에 수반되는 근심과 불안은 자각의 범주 밖에 있다. 따라서 마치 전철 선로 곁에 살고 있는 사람들이 결국에는 그 소음을 잊어버리게 되는 것처럼 의식되지 못한 채 지속된다. 하지만 전동차가 멈출 경우 그들은 느닷없이 닥쳐온 강력한 침묵에 압도된다. 소음과 소란한 상태에 익숙해진 일부 사람들은 침묵과 평화에 불안을 느끼고 친숙한 소음과 인파의 북적임으로 돌아가려고 한다. 많은 사람들이 시골이나 빈방의 조용함을 견뎌 내지 못한다. 반면에 신성의 침묵은 더없이 평안하고 충만하다.

09

향상된 앎

이 길의 본질

의식을 통해서 향상된 앎awareness으로 나아가는 곧은길은 형상과 이원성, 지각을 뛰어넘는다. 상충과 오류는 형상으로부터 일어나며, 형상은 또한 위력의 본향이기도 하다. 형상 없는 것의 '영역'에는 힘이 존재한다. 형상 없음은 500 수준으로 측정되는 의식 수준에서 현저하게 나타나고 600 수준에 이르면 형상은 형상 없는 것 속으로 사라진다고 말할 수 있다. 결국 형상은 형상 없는 것에 의해 이루어지고 그 둘은 같은 것임을 통찰하게 된다. 하지만 그런 깨달음이 오기 전까지는 형상 그 자체는 피하는 게 제일 좋은 일종의 혼란이요 유예形象다.

형상으로 표현된 많은 '영적' 가르침들은 흔히 의식의 '아스트랄계'라는 용어라는 표현이 가장 적당한 것으로 이어진다. 그런 영역들은 무한히 넓고 유혹적이며 즐거울 수는 있으나 깨달음으로 이어지지는 못한다.

형상은 탐구자가 올라가는 발판들과 이정표, 심지어 길 곳곳에 '영적 안내자들'까지 배치되어 있는 길에 서 있다는 환상을 강화시킨다. 하지만 깨달음의 봉우리를 향해 올라가는 영적인 등정에는 길 중간에서 만날 수 있는 그 어떤 실체들도 없다.

아스트랄적 '차원들'도 가르침들과 마찬가지로 측정될 수 있다. 거기에는 낮은 차원들(지옥), 중간 차원들(연옥), 좀 더 높은 차원들(천국)이 있다. 영혼이나 영적인 몸 혹은 의식의 초점이 갈 수 있는 곳은 그것이 전부다. 그 각각의 차원들은 그 자체의 계급 조직, '신들', 거기에 거주하는 이들에게 '실재'로 비치는 신앙과 신화와 습속 등을 갖추고 있다. 그런 것들은 만족스러운 기분을 안겨 줄 뿐만 아니라 즐겁고 감동적이기까지 하지만 깨달음과는 거리가 멀다.

실상은 모든 형상을 넘어섬과 동시에 형상 속에 본래부터 내재되어 있다. 형상으로 하여금 스스로의 본성을 드러내게 하라. 그 본성을 찾으려 들 필요는 없다. 그리고 우리는 형상 대 형상 없음, 전부임Allness 대 공空, 충만함 대 텅 빔의 양극이나 양자택일의 구도 속에 갇히지 않도록 주의해야 한다. 이런 것들은 고유한 실재를 갖고 있지 못한 서술적인 언어들에 불과하다. 실상 아닌 것은 존재하지 않는 것이므로 우리는 실상과 실상 아닌 것을 선택하려고 고심할 필요가 없다.

탐구의 방향

그 길에 대한 탐구는 '나'라는 감각에 대한 앎knowingness의 근원을 발견하기 위해 점차 '내면'으로 들어간다. 사람들은 "나는 나 자신을 알고 있어."라고 말하곤 한다. 하지만 이 말은 무엇을 뜻하는가? 일상적인 어법에서 이 말은 에고의 성질을 알고 있다는 것을 뜻하며 따라서 자신의 심리, 에고, 그것의 형상들에 대한 자각을 의미한다.

참나에 대한 앎은 '나me'나 '나I'의 느낌이 일어나는 자리로서의 에고를 대신하는 하나의 실재다. 영적인 발견의 과정에서 우리는 '나I'로서 한정되는 특정한 '나me'가 아니라 '나임I-ness'의 존재나 특성을 자각하고 있고 이러한 것을 감지할 수 있는 권위를 갖고 있는 그 무엇을 발견하려는 쪽으로 관심을 돌린다.

신성을 가리키는 모든 용어들과 신은 대문자로 표기되지만 대명사들 중에서는 오로지 '나I'만이 대문자로 표기된다는 점에 유의하도록 하라. 개인적인 '나I'는 오로지 더 큰 앎에 의지해서만 그 자체나 존재를 알 수 있다. 더 큰 앎은 그것의 근원이 되고 영적인 탐구의 초점이 되는 신적인 '나I'의 고유한 속성이다. 그러므로 더 큰 앎은 비언어적인 것이며 경험과 목격과 관찰의 근원이다. 비유해서 말하자면 우리는 자신이 금붕어가 헤엄치며 노니는 물이지 금붕어가 아니라는 사실을 깨닫게 된다.

　내면을 응시하는 것은 테크닉이나 영적인 연습이라기보다는 하나의 태도다. 그것은 마음의 내용물들과 마음이 반영하는 세계에 대한 미혹을 버리는 것을 뜻한다. 이런 초연한 자세는 처음에는 마치 자신이 세상의 죽음과 세상이 약속하는 모든 것의 종말을 체험하기라도 한 듯한 상실감을 안겨 줄 수도 있다. 그리고 아무 의욕도 기력도 없는 상태가 올 수도 있다. 하지만 그런 죽음은 단지 환상의 죽음에 불과하다. 기쁨의 원천은 결코 밖에 있지 않다. 그것은 언제나 안에 있다. 기쁨은 세상이 안겨 주는 것이 아니라 자신이 세상을 즐기는 데서 우러나오는 것이다.

　사실 사람들이 두려워하는 것은 세상 그 자체의 상실이 아니라 권태다. 지루한 기분이 과거나 미래에 대한 어떤 열망에 집착하기 때문에 일어나는 것에 불과하다는 사실을 깨달을 때 지루함은 소멸한다. 오로지 에고만이 지루해하고 따분해할 수 있다. 에고는 새로운 것들을 먹고 자라며 '다음에' 일어나는 것들에 전적으로 의존하고 있다. 따라서 에고는 오로지 지금 안에서만 접할 수 있는 절대적인 완전함을 체험하는 게 아니라 미래의 만족에 대한 기대를 먹고 산다.

　권태에 대한 두려움에 가까운 것은 권태의 밑바탕을 이루는, 권태가 무nothingness, 無에 의해 이루어진다는 망상이다. 무에 대한 환상은 일종의 위협으로 비친다. 이때 영적인 탐구의 길은 마음mind·세계world의 다채로운 것들의 영역에 대한 망상을 놔 버리고 공void·무nothingness의 환상을 거쳐 앞의 두 가공적인 상태를 대신하는 전부임에 대한 앎이라는 목표를 향해 나아가는 것이다. 모든 상태들은 환상이며, 영적인 의지와 점차 진화해 가는 앎이 그 환상들을 뛰어넘을 수 있다는 사실을 기억해 두는 것이 좋다.

그렇게 추구하는 자는 누구인가

모든 행위로부터 '나'라고 하는 접두사가 제거될 때 에고의 환상은 소멸한다. 에고가 자신의 행위라 주장하는 것들은 사실 스스로 존재하는 특성일 뿐이며, 자동적이고 국소적인 조건들에 의해 결정되는 그 특성들의 기능에는 그 기능들을 가동시키는 가공적인 '내'가 따라붙지 않는다. 우리는 내면의 보이지 않는 '나'의 작용이나 결정에 따라서 생각하고 느끼고 존재하지 않는다. 생각이나 느낌은 요청하지 않아도 일어난다. 더 높은 진실을 추구하는 것은 개인적인 '내'가 아니라 의식 그 자체의 한 측면이다. 이런 측면은 영감과 헌신, 인내심 등으로 나타나는데 이 모든 것들은 영적인 의지의 측면들이다. 그러므로 참나를 추구하는 원천은 참나 그 자체다. 참나는 은총이 뒷받침해 주는 자체의 특성들에 의해 필요한 작용들을 일으킨다.

또 다른 예로서, 호기심은 그것을 일으키는 개인적인 자아나 결정이 없이 존재하는 한 특성이다. 우리는 호기심이 의식의 독자적이고 비인격적인 특성이며, 동물의 왕국 전체에 걸쳐 두루 존재하는 보편적인 특성이라 말할 수 있다. 호기심을 갖는 데는 '내'가 필요치 않다. 결정을 내리는 내적인 '나', 독립된 개인적인 '나' 같은 건 없다. 모든 생각과 행위와 느낌에 '나'라는 대명사를 붙이는 건 단지 말하는 데 편리하기 때문이다. 내적이고 개인적인 자아를 그저 '그것'으로 지칭할 수도 있다. 영적인 진화 과정에서 마음과 몸이 한동안 '그것들'이 되는 듯한 단계들이 있다. 몸은 마치 사전에 예행연습을 하기라도 한 듯이 자신이 할 일을 부지런히 해 나가고, 마음은 할 말을 지시해 주는 내면의 개인적인 자아가 없는데도 다른 사람들에게 적절한 말을 한다. 생각의 배후에 '생각하는 자'가 없고 행위의 배후에 '행위하는 자'가 없으며 깨달음을 '추구하는 자'도 없다. 추구하는 일은 적당한 때가 되면 저절로 일어나고, 주의注意의 한 초점으로서 나타난다. 의식의 모든 측면과 특성은 저절로 가동되며 의지의 전반적인 지시에 따라 서로서로 힘을 불어넣어 준다.

도구로서의 의지

마음의 활동이 보이는 특성은 변덕스럽고 시끌벅적해서 영적인 진화의 효율적인 초점이 될 수 없다. 우리는 마음에게 이런저런 일을 하라고 지시할 수 있지만 마음은 그것을 거부할 것이다. 마음을 통제하려 애쓰는 것은 고양이가 자신의 꼬리를 잡으려고 들뛰는 것과도 같다. 마음을 통제하려 하는 것은 이미 '통제하는 자'와 '통제 받는 자', 통제되는 내용과 통제하는 '방식' 등의 이원성을 낳는다.

마음을 다룰 수 있는 유일한 공간은 의지라고 하는 특성으로부터 주어진다. 우리는 그 영역을 별 어려움 없이 찾아낼 수 있다. 마음속에서는 생각과 느낌, 이미지들이 계속 지나가는 반면 의지는 비교적 움직임 없이 고정되어 있는 편이다. 의지는 좀 더 안정된 형태로, 접근할 수 있는 형태로 지속되는 경향이 있다. 의지는 안달하는 나비처럼 이리저리 날아다니는 마음과는 달리 단단히 고정될 수 있고 한 가지 일에 전념할 수 있고 확고하게 한 곳만을 지향하는 것이 될 수 있다. 그러므로 우리는 마음에게 접근할 수 있는 가장 유리한 관점을 의지로부터 발산되는 찰나에 대한 느낌에 초점을 맞추는 것을 통해서 얻는다. 의지는 버릴 수 있지만, 그렇게 하려 할 때는 깊은 성찰에 의해 서서히 그리고 신중하게 해야 한다. 의지는 앞으로 나아가고 탐구할 수 있는 '거점'이다. 의지는 생각과 신념, 개념, 관념, 요동하는 감정들을 거느린 평상적인 마음보다 찰나에 훨씬 더 가까이 있다.

관상contemplation

이것은 영적인 노력 중 가장 결실 있고 의미 있는 활동이다. 우리는 실행적인 요소가 거의 없는 약간의 성찰을 하거나 관상을 하는 것만으로도 세상에서 제 역할을 할 수 있는 능력을 얻을 수 있다. 그러나 실행되는 것인 명상은 시간과 공간의 제약을 받으며, 이에 전념하기 위해서는 종종 사회 활동을 접고 은둔해야 할 필요가 있다. 관상과 성찰은 강도가 약해 보이기는 하지만 사실상 그것들의 끊임없는 영향에 의해 장애들을 점차 사라지게 한다. 그러므로 명상의 한 방식인 묵상은 가부좌 자세의 명상보다 질이 낮거나 열등하지 않다.

의지는 헌신에 의해서 활성화되고 힘이 주어지며 은총에 의한 빛비춤illumination으로 인도되는 영감과 상응한다. 개인적인 의지는 신의 의지로 용해될 것이며, 영적인 추구와 탐구로 이어지는 발심 spark, 發心은 신의 선물이다.

그 여행을 떠날 마음의 자세를 갖는 것은 강제할 수 없고 아직 준비가 되어 있지 않은 사람들을 나무랄 일도 아니다. 그런 여행을 떠나려면 그렇게 하는 것이 의미 있고 매혹적인 것으로 여겨지는 단계까지 의식 수준이 향상되어야 한다. 일단 영감의 이끌림을 받은 탐구자들은 흔히 습관화된 모든 편의와 생활 방식을 등지고 그 길에 장애가 되는 것은 뭐든지 다 버리곤 한다.

에고의 환상들은 끈질기지만 영적인 의지에 종속되면 비교적 힘없는 것이 되어 버린다. 에고ego · 마음mind은 습관에 의해 강화되지만 습관도 그 기반이 제거되면 맥없이 와해되어 버린다. 에고는 정복되어야 할 적이 아니라 지각의 검증되지 않은 습관들의 편집물編輯物에 지나지 않는다.

영적인 의지를 활성화시켜 주는 참나는 에고의 사상누각이 버텨 낼 수 없는 무한한 힘의 본향이다. 참나는 무한히 강력한 자석과도 같아서 영적인 의지가 동의할 경우에는 에고의 구조를 용해시킬 수 있는 능력을 지니고 있다. 영적인 앎의 진화가 이루어질 때 그 공을 치하 받을 자도 없고 그런 일이 일어나지 않는 듯하다고 해서 비난받을 자도 없다.

영적인 노력을 행할 때 '이렇다, 저렇다'라는 식의 단정적인 용어들은 점차 '…한 듯하다'라는 용어로 대치되는데 그것은 지각이 진실을 방해하고 가리는 정도를 점차 깨달아 가기 때문이다. 절대적인 실상이 스스로를 드러내기 전까지는 모든 그럴싸한 지식이나 정보들을 가설에 불과한 것들로 보는 것이 실상에 더 가깝다. 요즘 들어 사회에서도 이런 점에 대한 이해도가 높아지고 있으며, 그것은 예컨대 그 사람은 '인지된' 위협에 대해 반발했다는 식으로 사람들이 '인지된'이란 용어를 빈번하게 사용한다는 점이 입증해 주고 있다.

이러한 통찰이 나타난 것은 매우 중요하고 의미심장한 발전이다. 그것은 에고의 한계와 지각의 오류 가능성에 대한 자각이 나타나기 시작했다는 최초의 참된 징후다. 이렇게 에고의 한계에 대한 사회적 자각이 증대하는 경향은 최근 들어 DNA 테스트 기법을 사용한 결과 사법적 판결이 잘못되었다는 사실들이 드러난 것에 의해, 그리고 증인들의 증언이 신뢰하기가 아주 어렵고 중대한 오류를 저지르는 빈도가 대단히 높다는 사실들을 보여 주는 연구에 의해 힘을 얻고 있다. 심리학자들 역시 기억이 퇴행적 왜곡을 일으키고 사건과 관련된 시간이나 장소를 바꾸곤 하는 현상을 발견했다. 그리하여 사회는 진실과 거짓을 식별하려 애쓰고 있기는 하지만 아직까지는 그렇게 할 수 있는 믿을 만한 방법을 알지 못한다.

영적인 의지는 사랑과 헌신, 내맡기려는 자발성에 의해 힘을 얻고 활성화된다. 사랑은 형상 없는 것이며, 우리로 하여금 (사랑의 발로로) 우리의 위치성을 신께 기꺼이 내맡기도록 하는 능력이다. 위대한 종교적 성인들이 썼던 고전적인 방법은, 위대하고 거룩한 스승들의 모습으로 나타나기도 하고 나타나지 않은 채로 존재하는 신을 숭배하고 사랑하고 예배하는 것이었다. 깊은 헌신과 전념은 모든 저항을 극복해 낼 수 있고, 따라서 가슴의 길과 마음 혹은 의식의 길은 결국에 가서 하나로 융합된다.

명상

'나$_I$' 혹은 '나$_{me}$'가 영적인 의지 안에 자리 잡고 있다는 관점으로부터 명상의 과정을 시작하는 것이 좋다. 의지는 비교적 견실하고 변하지 않으므로 의식을 통해서 자아의 초월적인 앎으로 나아가는 자리가 되어 준다. 자아의 초월적인 앎은 절대적인 '나'로서의 신의 표현이자 실상의 눈이다.

운명 혹은 카르마를 결정하는 것은 바로 영적인 의지다. 의지는 성령과 직접적으로 접하는 영역이며 마음에까지 이르므로 자아의 내재적인 힘이 작용하는 자리다. 의지의 수준에서 형상과 형상 없음은 '만난다'. 사랑과 헌신, 감사, 겸손, 영감, 믿음 같은 형상 없는 것들과 관념, 생각, 기억, 갈등, 이미지의 형상들 같은 마음의 세목들은 의지의 수준에서 만난다. 영적인 의지 속에서, 우리가 소중히 여기거나 이루기를 바라는 목표들은 사랑과 용서와 헌신이라는 형상 없는 영적인 특성들과 접한다. 우리는 사랑에서 비롯되는 평화의 선택과 겸손을 통해 우리가 가장 애착해 마지않았던 앙갚음과 원한, 증오 같은 부정적인 특성들마저 버릴 수 있다.

작은 자아는 참나에 의해서 용해된다. 자아에 대한 참나의 치유적인 태도는 연민이다. 우리는 용서함을 통해서 용서받는다. 신의 은총에 의해서 일어나는, 기꺼이 내맡기려는 자발성은 성령으로 표현된 신의 힘에 의해 이해의 맥락을 새로이 설정한다. 그럼으로써 지각의 지배와 그것에 수반되는, 모든 고통의 원천이 되는 이원성을 해소해 준다. 이원성의 해체는, 그것이 고통의 근원과 고통받을 수 있는 능력을 용해시켜 버리기에 신의 궁극의 선물이다. 비이원성에서는 고통이 가능하지 않다.

도그마

의식의 비이원성을 통해 신에게 이르는 길에는 도그마나 신념 체계 같은 것들은 수반되지 않는다. 그 길에서 우리는 충분하고 유용한 정보를 접할 수 있고, 그 정보의 진실성은 자신의 내적 탐구에 의해 입증될 수 있다. 이러한 내적인 탐구는 영적 진보에 중요하며 이번 생에서 깨달음에 헌신하고자 하는 사람의 경우에는 특히나 더 중요하다. 어떤 정보든 간에 그것의 가치는 쉽게 측정할 수 있다. 이 시험 방법을 적용할 때마다 원래 질문의 일부가 아니었던 것들까지 알게 된다는 사실도 발견할 것이다.

단식, 의식儀式, 수련, 호흡법, 만트라, 상징

비록 이 중의 어느 것도 필요치 않으나 어떤 탐구자들에게는 이러한 것들이 도움이 될 수 있다. 종교들이 각기 그들 나름의 과제와 한계를 안고 있다는 사실을 알고 있는 것이 좋다. 깨달음에 이르는 영적인 길은 이러한 것들과 그 차원을 달리 한다. 그것은 '종교 생활'과 같지 않다. 종교들은 역사적인 사건들, 그들의 지리적인 위치, 과거의 문화, 정치적인 동맹관계 등을 강조하는 경향이 있다.

깨달음은 현재의 순간에 일어나고 시간과 역사, 장소를 넘어서 있으므로 그런 것들은 깨달음과는 무관하다. 신학은 400대의 의식 수준과 관련된 것이고 깨달음은 600대나 그 이상의 수준들과 관련된 것이다.

음악, 향기, 건축학적인 아름다움은?

이런 것들은 영감을 주고, 영적이고 외경스런 기분과 자세를 뒷받침해 주며, 주의의 초점을 생각의 내용물에서 벗어나게 해 준다. 아름다움은 의식을 고양시켜 주고 500대 후반 이상으로 측정되며 완벽함에 가깝다.

영적인 실천의 본질은 무엇인가

그것은 영감과 헌신과 의지의 결정에 의해 스스로를 실현하는 의식의 여러 측면들을 점차 활성화하는 것을 뜻한다. 의식의 여러 측면들은 연민과 헌신, 겸손, 절대적인 사랑에 모든 것을 내맡기고자 하는 자발성에 의해 힘을 얻으며, 이때 지각은 영적인 비전으로 변형된다. 이런 식의 진화는 세속적인 삶과 지각의 습관들이 지닌 '중력'을 극복하게 해 줄 만한 큰 힘을 필요로 하기 때문에 의식의 가장 높은 수준들로부터 그것에 힘을 불어넣어 주는 형태의 반응을 불러일으킨다. 예배를 드리는 행위는 더 높은 에너지들에게 자신의 영적인 노력을 도와달라는 간청이자 초대다.

나날의 삶은 어떻게 되는가

세속적인 성취로부터, 모든 행위에 영향을 미치는 영적인 성취로의 가치 전환이 일어난다. 그러한 변화는 모든 행위를 다른 맥락 속에 자리 잡게 한다. 무리한 삶의 목표들은 바뀌고, 나날의 삶에서 일어나는 사건들은 마치 새로운 차원에 놓이기라도 한 것처럼 다른 의미와 중요성을 갖게 된다. 결국 그 초점은 덧없는 내용물들이 아니라 내적이고 움직임 없고 고요한 앎 그 자체의 현존에 맞춰진다. 갑자기 '나'라는 감각이 그 내용물에서 맥락으로 바뀐다. 그 맥락은 참나의 보편적인 '나'다.

영적인 길에서 '작업하는 일'이 왜 필요한가

에고는 인간의 의식이 그것을 지배하는 보이지 않은 에너지 장들에 의해 실려 가는 것에서 비롯된, 철벽같이 굳어진 생각의 습성들로 볼 수 있다. 그런 생각의 습성들은 반복과 사회적 의견 일치에 의해 강화된다. 언어 역시 그런 습관을 더욱더 강화시킨다. 언어로 생각하는 것은 자기 프로그래밍의 한 형태다. '나'라는 접두사를 주어로 사용하고 그에 따라 '내'가 모든 행위의 원인임을 암시하는 것은 가장 심각한 오류며 주체와 객체라는 이원성을 저절로 빚어낸다.

세속적인 생각과 신념들의 중력을 떨쳐 버리려면 의식을 자기 프로그래밍으로부터 벗어나도록 하겠다는 영적인 의지의 결정을 실행하는 작업이 필요하다. 이런 작업에는 에고 ego · 마음 mind 이 만들어 낸 억측들과 에고가 마치 실상인 것처럼 이야기하는 진술들을 받아들이기를 거부하는 것이 포함된다. 더 높은 이해를 고수하려는 노력도 수반된다.

생명에 대한 연민 어린 관점들과 친숙해질수록 그런 관점들은 점점 더 힘을 얻는 경향이 있다. 그래서 '성스러운 친구들과 어울리고' 좋지 않은 친구들은 피하도록 하라는, 오랜 역사를 지닌 영적인 충고가 나왔다. 그래야만 좀 더 적절한 마음가짐과 생각의 습성들을 가려내는 힘이 점차 강해진다.

기도하는 것은 어떤 효용성이 있는가

기도 혹은 기원은 겸손에서 나온 행위다. 의식의 낮은 수준에서의 기도는 자신이나 타인들을 위해 새 차나 직장, 병고에서의 회복 혹은 특별한 호의 같은 무엇인가를 '얻고자' 하는 시도다. 의식이 진화하면 신을 통제하려는 이런 의도를 포기하게 되고 기도는 요청이 아닌 헌신이 된다. 전쟁이 벌어질 때 양측은 서로 자신의 진영이 이기게 해 달라고 기도한다. 의식이 이기심에서 사심 없는 자세로 진화하면 기도의 특성은 그 기도를 통해 무엇이 어떤 식으로 이루어질지를 구체적으로 말하려 하지 않으면서 그저 주의 종이나 주의 뜻의 통로가 되고자 하는 의지로 전환한다.

이때 기도는 간청이 아닌 내맡김이 된다. 많은 아이들이 간청하는 형태의 기도를 한 뒤 자신들이 부탁한 일이 이루어지지 않을 때 실망함으로써 신에 대한 믿음을 잃곤 한다.

기도의 치유하는 힘이란 무엇인가

모든 사랑은 신에게서 나온다. 의식 척도에서 사랑은 500으로 측정되고, 완성되면 540 수준인 무조건적인 사랑에 이르는데, 이때 사랑은 치유의 수준이다. 따라서 치유하는 힘이 있는 기도를 할 때는 부정적인 에너지를 540 수준이나 그 이상의 수준에 속하는 에너지 장으로 대치하려는 노력이 행해진다. 어떤 영적인 단체들은 540이나 그 이상의 수준으로 측정되며, 따라서 '기적들'을 성취할 능력이 있는 치유의 에너지 장을 제공해 준다.

기적이란 무엇인가

어떤 사건이 설명이나 선형적인 인과관계의 영역과 뉴턴 식 패러다임을 넘어설 때 우리는 그것을 기적이라 부른다. 그것은 부정적인 요소들의 장애를 제거함으로써 현실화되는 사건이다. 부정적인 요소들을 제거하는 것에는 범위를 한정하는 신념체계들, 즉 "그건 불가능해."나 "그런 일이 일어나서는 안 돼."와 같은 생각이나 에고에서 나온 그 밖의 관점들을 버리는 일도 포함된다. 더 높은 의식의 수준에 이른 사람들에게 기적적인 현상은 평범한 일일뿐만 아니라 사건들의 자연스런 흐름이며 자주 일어나는 일이다. 기적은 인과관계가 아닌 창조로부터 나온다.

태도

의식을 통해서 영적인 진화를 이루는 '길'은 사실상 간단하고 단순하다. 그런 길을 갈 수 있는 으뜸가는 자질은 삶을 이익을 얻는 장이 아니라 배움의 기회를 제공해 주는 장으로 보는 마음자세다. 그런 기회는 삶의 아주 작은 부분들에도 얼마든지 널려 있다. 영적인 태도는 사람을 우호적이고 친절하게 만들고 모든 생명체를 선의로서 대하게 한다. 그런 사람들은 개미 위를 지나갈 때도 강요된 의무감이나 종교적인 규칙을 지키려는 마음에서가 아니라 모든 생명체를 소중히 여기는 더 큰 앎으로 인해 그것을 짓밟지 않으려고 발을 조심스럽게 디딘다. 우리는 실제로 모든 동물이 존중하고 배려해 주는 데 대해 반응을 보일 줄 아는 개체들이라는 사실을 발견하게 될 것이다. 식물들조차도 사랑하고 좋아해 주는 것을 안다.

겸손

겸손 역시 하나의 태도요 마음과 현상이 안고 있는 한계들에 대한 앎이다. 이러한 자세를 지닌 이들의 내면에서는 삶이 지각을 통해 여과되어 나오며 움직이고 작용하는 것은 독립적으로 존재하는 외적인 실체들이 아니라 태도와 지각들이라는 사실에 대한 자각도가 점차 높아진다.

영적으로 진지한 학생이라면 심판하고 바로잡고 통제하고 지시하고 세상을 변화시키고 모든 것에 대한 의견을 표현하는 사람이 되어야 한다는, 자기가 좋아서 떠안은 모든 의무들로부터 물러서야 한다. 그 사람은 이제 그런 골치 아픈 일들을 계속해야 할 하등의 이유가 없다. 그런 일들은 신의 정의에 맡겨야 한다. 마음은 실상이 무엇인지조차 알지 못하므로 그런 과거의 의무들을 놔 버리는 것은 일종의 구원이 될 것이고 많은 죄의식으로부터 놓여나게 해 줄 것이다. 그러므로 억압받고 짓밟히는 다른 희생자들을 구해 내겠다는 '대의大義'와 운동, 감상주의感傷主義 들은 깨끗이 버리는 게 좋다. 모든 사람은 각자의 운명을 이행하는 것에 지나지 않으니 다른 이들을 가만히 내버려 두도록 하라. 초연한 자세로 바라보는 이들은 대부분의 사람들이 자신들의 삶의 멜로드라마를 즐기고 있다는 사실을 통찰하게 될 것이다.

사람들에 대한 관찰

사람들의 신체적인 겉모습은 엄청난 눈속임이다. 대부분의 사람들은 어른으로 보이지만 사실 어른과는 아주 거리가 멀다. 정서적인 면에서 볼 때 대부분의 사람들은 아직 어린애들이다. 유치원과 놀이터를 지배하는 감정과 태도들은 어른의 삶에서도 그대로 지속되지만 좀 더 그럴싸하게 들리는 용어들로 은폐되어 있을 뿐이다. 거의 모든 사람들의 내면에는 아이가 도사리고 있으며 그 아이는 사실 어른의 모습을 흉내 내고 있는 데 지나지 않는다. 우리가 자주 얘기 들어 온 '내면의 아이'는 사실 내면적인 존재가 아니라 아주 '외면적'인 존재다.

사람들은 성장하면서 어른의 행동과 스타일이라 여기는 것들과 자신을 여러 모로 동일시하고 모방하지만, 이렇게 하고 있는 것은 어른이 아닌 어린아이다. 그러므로 우리가 일상의 삶에서 목격하는 것은 사람들이 아이의 눈으로 자기와 동일시하고 있는 프로그램들과 대본들을 연기하는 모습들이다. 아이들은 어릴 때부터 이미 대부분의 동물들과 마찬가지로 호기심과 자기 연민, 시기심, 부러워하는 마음, 경쟁심, 성마름, 감정적인 폭발, 원망, 미움, 적대적인 태도, 스포트라이트와 찬양을 받고 싶어 하는 마음, 외고집, 짜증, 타인들에 대한 비난, 책임 회피, 남에게 잘못 전가하기, 남에게 잘 보이기, '물건들' 그러모으기, 과시하기 등과 같은 특성들을 드러낸다. 이 모든 것들은 어린아이의 속성이다.

대부분의 어른들이 보내는 일상의 행동을 주의 깊게 살펴보면 우리는 진정으로 변화한 것이 아무것도 없다는 사실을 깨닫게 된다. 이러한 깨달음은 그들을 비난하기보다는 이해하는 데 도움이 된다. 두 살배기 어린아이의 특징인 외고집과 저항은 그의 인성을 늙을 때까지 지배한다. 이따금 사람들은 인성의 측면에서 어린아이로부터 사춘기 청소년으로 이행해 가기도 하며 그럼으로써 끝없이 스릴을 추구하고 운명에 도전하곤 한다. 그런 이들은 몸과 근육, 이성과의 사랑 놀음, 인기, 로맨틱하고 성적인 형태의 정복에 마음을 온통 빼앗긴다. 그들은 재치 있고 수줍어하고 사람들의 시선을 끌고 매혹적이며 영웅적이고 비극적이며 연극적이며 극적이고 신파적인 사람들이 되는 경향이 있다. 이런 것들 역시 그 마음 속의 아이가 사춘기 청소년의 특징적인 행동 방식이라 여기는 것을 밖으로 표현하는 것이다. 내면의 아이는 순진하고 영향 받기 쉽고 손쉽게 프로그램되며 유혹에 쉽게 빠지고 쉽게 속아 넘어간다.

의식의 본성에 관한 궁금증

의식의 본성에 대해 잘 알게 되면 사람들에게 내적으로나 외적으로 반응하는 것을 멈추기가 좀 더 쉬워진다. 모든 조건이 최적인 상태에서조차도 인간의 삶은 아주 어려운 것이다. 욕구 불만, 바라는 일들이 좀처럼 이루어지지 않는 것, 기억의 착오, 여러 가지 충동, 온갖 형태의 스트레스가 모든 사람을 짓누른다. 우리의 능력을 넘어서는 요구들이 제시되는 경우가 많고, 생활은 늘 시간의 압력에 쫓긴다. 우리는 모든 사람의 에고가 거의 다 비슷하다는 사실을 깨닫게 될 것이다.

마음은 타고나는 것이며, 인간은 유전자들과 염색체들과 유전적으로 결정되는 인성의 '틀'에 의해 작용하는 뇌를 갖고 있다. 인성의 주요한 특징들의 상당수는 태어날 때 이미 존재한다는 사실이 연구에 의해 밝혀졌다. 이미 주어진 틀과는 다른 형태의 사람이 될 수 있는 이들은 극히 드물다. 스스로를 발전시키거나 영적인 발전을 추구하는 이들은 소수에 불과하다. 사람들은 겉으로는 자신을 비판하는 듯해도 사실 내면으로는 자기가 살아가는 방식에 아무 하자가 없으며 아마도 이 세상에서 유일하게 올바른 방식이라고 믿는다. 그들은 자신들이 하는 것이 옳으며 모든 문제들은 외부 세계 탓이요 다른 사람들의 이기심과 부당함 때문이라고 믿는다.

사랑을 받으려 하기보다 주려고 애쓰라

대부분의 사람들은 사랑이 얻는 것이자 하나의 감정이고 얻을 만한 가치가 있는 것이며 남에게 주면 줄수록 줄어드는 것이라 믿고 있다. 하지만 진실은 그와 정반대다. 사랑은 일종의 태도로서 그런 태도는 세상에 대한 자신의 체험을 변형시켜 준다. 우리는 우리가 가진 것에 자부심을 느끼기보다 그것에 감사하는 태도를 갖게 된다. 우리는 우리가 다른 사람들을 인정할 때, 그리고 그들이 생명과 우리의 편의에 기여한 것을 인정할 때 우리의 사랑을 표현하게 된다. 사랑은 감정이 아니라 존재의 한 방식인 동시에 세상과 교류하는 방식 중 하나다.

'적들을' 만들어 내는 일을 피하도록 하라

사람들은 앙갚음하는 함정이나 남을 끊임없이 비평하는 함정에 빠진다. 그런 것들은 적들과 적개심을 만들어 낸다. 그런 것들은 평화롭게 사는 것을 방해한다. 적들을 필요로 하는 사람은 아무도 없다. 적들은 보이지 않는 방식으로 보복을 할 수 있으므로 불행한 결과들을 초래한다. 싸움에서 이긴다는 일 같은 것은 있을 수 없다. 싸움은 진 사람의 증오심을 불러일으킨다.

가정 폭력의 대다수는 상대방이 말로 도발한 것에 대한 물리적인 반응이다. 그러나 우리 사회에서 폭력의 희생자들이 자기가 도

발하고 부추기고 모욕을 가한 것에 대해 책임을 지는 일은 거의 없다.

자기에게 일어난 모든 일에 대해 항상 책임을 지고 희생자가 되는 덫을 피하는 것은 영적인 성장에 도움이 된다. 더 높은 관점에서 볼 때 희생자란 없다. 현상계에서는 그 어떤 것도 어떤 일을 일으킬 만한 힘을 갖고 있지 못하다.

따뜻한 역할과 인생관을 선택하도록 하라

냉혹한 관점들은 영적인 성장에 하등 도움이 되지 않는다. 설사 그런 관점들이 '옳거나 정당하다' 하더라도 영적인 탐구자는 그런 관점이나 견해를 가져서는 안 된다. 우리는 살인범으로 여겨지는 사람이 처형당하는 것을 보고 '정의가 구현되었다.'라고 기꺼워하거나 남에게 앙갚음을 하고 즐거워하는 태도를 버려야 한다. 우리가 기본적인 영적인 원리들을 훼손할 경우 우리는 반드시 그 대가를 치러야 한다. 영적인 탐구자는 사람들이 지닌 그런 환상을 꿰뚫어 보고 재판관이나 배심원의 역할을 포기한다. 사람들은 때로 분개하며 아우성치지만 그 누구도 대가를 치르지 않고 '무죄로 석방'되는 일은 없다.

우리는 운동역학적인 실험을 통해서 우주가 어떤 사소한 일도 간과하고 넘어가지 않는다는 사실을 이내 입증할 수 있다. 문자 그대로 머리카락 한 올이라도 다 헤아리며 하늘에서 떨어지는 참새 한 마리도 보지 못하고 넘어가는 일이 없다. 따뜻한 말 한마디도 그냥 넘기지 않는다. 모든 것은 의식의 장에 영원히 기록된다.

죄의식을 포기하라

죄의식은 구원을 매수하고 신을 속이고 고통에 의해 용서를 매수하려는 시도다. 이런 태도는 신을 거대한 징벌자로 잘못 해석하는 데서 비롯된다. 우리는 우리의 괴로움과 고통, 고행에 의해 신의 정당한 분노를 달랠 수 있다고 생각한다. 나쁜 짓을 '참회하는' 방법으로 딱 하나 적절한 것이 있으니 그것은 변화다. 부정적인 요소들을 나무라는 대신에 긍정적인 요소들을 선택하면 된다.

영적으로 진보하고 변화하기 위해서는 죄의식을 느끼는 것보다 훨씬 더 많은 노력을 기울여야 하지만 그것이 좀 더 적절한 응답이다. 우리는 의식 척도를 통해, 신은 의식 척도의 최상부에 존재하는 데 비해 죄의식은 맨 밑바닥에 존재한다는 것을 안다. 그러므로 의식의 장 밑바닥에서 죄의식에 빠져 허우적거리는 것은 결코 우리를 꼭대기로 데려다 주지 않는다.

겸손은 우리가 자신의 삶을 영적인 의식의 진화 과정으로 본다는 것을 뜻한다. 우리는 실수를 통해서 배운다. 과거의 그 어떤 행위일지라도 그것들을 바로잡는 데 가장 도움이 되는 금언은 '그것이 그 당시에는 좋은 생각 같았어.'라는 것이다. 물론 나중에 돌이켜볼 때 그 행위는 새로운 맥락하에 놓이게 되면서 오류인 것으로 보인다. 하지만 의식의 본성이 무구한 것이기에 사람들이 본질적으로 무구하다면 영적 탐구자의 자아도 무구하다.

죄의식을 버리는 것과 아울러 죄를 실체로서 보는 태도를 버리는 것 역시 큰 도움이 된다. 잘못은 바로잡을 수 있다. 죄는 일종의 실수이므로 용서할 수 있다. 사람들이 죄라고 부르는 것의 대부분은 내면의 아이로부터 비롯되는 감정의 일종인 집착이다. 거짓말하고 훔치고 속이고 남의 험담을 하고 다른 사람들에게 폭력을 가하는 자는 사실상 내면의 아이다. 그러므로 죄는 실상의 참된 본성과 의식의 본질에 대한 무지와 미성숙에 다름 아니다.

영적인 가치들이 세속적인 가치들을 대신할 때 유혹은 줄어들고 오류도 덜 발생한다.

자발성

자발성은 세속에서의 성공과 아울러 모든 영적인 성장에서 핵심적인 요소가 된다. 그것은 저항하는 태도를 버리고 최선 이상을 행동하는 기쁨을 발견한다는 것을 뜻한다. 불쾌감은 저항하는 것에서 비롯되며, 저항감을 놔 버릴 때 힘과 확신과 기쁨의 감정들이 그 자리에 들어선다.

어떤 시도나 노력에서든 장애가 되는 저항점이 존재한다. 그것을 극복할 때 그 시도는 수월해진다. 운동선수들은 이런 사실을 자주 깨닫곤 하며, 육체노동자들도 마찬가지다. 모든 것이 저절로 일어나는, 거의 깨달은 상태 비슷한 것이 나타나면서 갑자기 엄청난 에너지가 솟아나는 상태가 존재한다. 거기에는 평화와 평온함, 고요함이 존재한다. 탈진한 발레리나나 육체노동자는 그들이 생각하는 것보다 신을 발견하는 일에 훨씬 더 가까이 있다. 내맡김이 있은 후에 신의 현존에 대한 앎이 뒤따른다.

선(禪)에서 천국과 지옥의 간격은 극히 미세하다고 한다. 절망의 구렁텅이에 빠진 에고가 모든 것을 내맡김으로써 절박한 위기가 영적인 발견의 기회로 곧바로 변하는 경우가 종종 있다.

'진실'은 맥락에 따라 좌우되는 것임을 깨닫도록 하라

진실은 절대적인 것이 아니고 상대적인 것에 불과하다. 모든 진실은 일정한 의식 수준 내에서만 진실일 뿐이다. 예를 들어 용서하는 것은 훌륭한 일이지만 좀 더 나중 단계에서 우리는 사실 용서해야 할 그 어떤 것도 존재하지 않는다는 사실을 깨닫는다. 용서받을 '다른 누구'도 존재하지 않는다. 자신의 에고를 포함한 모든 사람의 에고는 하나같이 실재하는 것이 아니다. 지각은 실상이 아니다.

무집착

이것은 세상사에서의 감정적인 뒤얽힘으로부터 벗어나려는 태도다. 무집착은 마음의 평온함과 평화로 이어진다. 이것은 다른 이들의 어려운 처지와 문제에 마음을 빼앗기는 것을 거부하는 자세에 의해 뒷받침된다. 또한 무집착에는 세상과 세상사로 하여금 스스로의 문제들을 해결하고 주어진 운명을 감당하도록 놓아두는 자발성도 포함된다. 세상사에 반사적으로 휩쓸리거나 관여하는 일은 자신과는 다른 소명을 가진 사람들에게 맡겨 두는 것이 좋다.

'좋은 사람'이 되는 것과 깨달음은 같지 않다. 우리에게는 노력할 책임만 있을 뿐 그 결과는 우리의 소관이 아니다. 결과는 신과 우주에게 달려 있다.

무집착은 무관심과 은둔, 초연함과 같은 것이 아니다. 초연한 자세를 가질 필요가 있다는 잘못된 이해는 종종 무미건조하거나 냉담한 자세를 낳는 것으로 끝나기도 한다. 그 반대로 무집착은 결과들을 통제하려고 애쓰는 일 없이 삶에 전적으로 참여하게 한다.

수용

수용은 다툼과 갈등, 혼란을 치유해 주는 대단한 능력을 지녔다. 또한 그것은 지각의 주요한 불균형을 바로잡아 주고 부정적인 감정들의 지배를 막아 준다. 모든 것은 다 나름의 목적에 기여한다. 겸손은 우리가 모든 사건들과 일들을 모조리 다 이해하지는 못하리라는 것을 인정하는 것을 뜻한다. 수용은 수동적인 태도가 아니라 위치성이 없는 것이다. 우리는 영적인 진보가 자신의 개인적인 노력의 결과가 아니라 신이 내린 은총의 결과라는 것을 깨달음으로써 영적인 에고spiritual ego가 자라날 위험성에서 벗어날 수 있다.

거짓 구루들을 피하도록 하라

이 점은 아무리 강조해도 지나치지 않다. 순진한 영적 입문자들은 영적인 인물들의 화려한 장신구와 명성에, 혹은 많은 추종자들을 거느린 영적 지도자들의 카리스마에 지배당하기 쉽다. 이런 영적 탐구자들은 앞선 의식 상태에서 나오는 영적인 앎을 갖추고 있지 못한 상태에서는 적절한 길잡이가 되어 줄 만한 수단이 없어서 거짓 스승들의 인기에 넘어가고 만다.

인류 역사의 현재 시점에서 스승이나 단체 혹은 가르침의 의식 수준을 제대로 측정해 주는 운동역학 테스트 말고 우리가 의존할 만한 다른 지침은 전혀 없는 것이나 마찬가지다. 순진한 입문자들은 가짜 구루들이 과시하는 초자연적인 힘이나 특이한 재주, 색다른 칭호나 복장에 혹하곤 한다.

참된 스승들의 전형적인 특징으로는 겸손과 소박함, 사랑과 연민, 평온함 등이 있다. 그들은 돈과 개인적인 권력, 이익에는 아무 관심이 없으므로 진리를 전달할 때 금전적인 대가를 요구하지 않는다.

참된 스승은 다른 사람들이 자신의 제자가 되든 말든, 혹은 자신의 영적인 그룹이나 단체에 가입하든 말든 전혀 개의치 않는다. 그런 일들은 스승과는 무관한 일이다. 그 영적인 단체를 떠나고 싶은 사람들은 언제든지 자유롭게 떠날 수 있다. 참된 스승은 개인숭배의 대상이 되는 것을 피한다. 그에게는 다른 사람들을 자기 뜻대로 휘두르고 싶은 욕구가 없으므로 강요하거나 설득하는 일에 아무 관심도 없다. 그는 본인 자신이 깨달음에 관한 지식을 대가 없이 자유롭게 받았기 때문에 그것을 자기의 사유물로 만들려고 하지도 않고 또 남들에게 강요하지도 않는다. 그러므로 참된 스승은 태도나 기질 면에서 온화하고 너그럽다. 참된 스승에게는 인류 전체가 그 제자다.

거짓된 가르침들을 피하도록 하라

영적인 책들을 분류할 때 운동역학적 시험 방법을 사용하는 것은 아주 권할 만한 일이다. 사람을 약하게 만드는 책들을 한쪽에

다 모아 놓고 강하게 만드는 책들은 다른 쪽에 모아 놓도록 하라. 그렇게 하면 많은 것을 배우게 될 것이다.

탐구자의 의식이 순진해서 진실과 거짓을 가려낼 방법이 없다는 것은 그 당사자와는 무관한 비인격적인 사실이라는 점을 기억하는 것이 대단히 중요하다. 사람의 마음을 강하게 끌기는 하나 영적인 길과 무관한 가르침들은 피하도록 하라. 세상에는 무수히 많은 아스트랄적 영역들과 우주들, 그리고 그 각 영역에 관한 가르침을 주는 스승들과 지도자들, 성직자 조직과 신앙 체계들이 있다. 개중에는 우리의 강한 흥미를 불러일으킬 만한 것들이 많다. 부주의한 이들은 그런 매혹적이고 비밀스런 교리의 덫에 걸리기 쉽다. 깨달음을 추구하는 이들은 궁극적인 깨달음의 상태는 형상의 수준들을 통해서 접근할 수 있는 게 아니라는 점을 명심해야 할 것이다.

많은 사람들이 영적인 탐구를 해야 한다고 생각하면서도 복잡한 절차와 의식儀式, 여러 가지 요구사항, 희생, 서약, 난해한 책들, 돈, 독단으로 보이는 것들에 대한 두려움 때문에 선뜻 그 길로 나서지 못하고 있다. 어떤 영적인 집단들은, 새 회원은 이상한 의식들과 서약과 계약을 통해서 '입문하는 과정'을 거쳐야 한다고 주장하기까지 한다. 일부 사설 단체들은 훈련 과정을 강제로 이수하게 하고 많은 수수료를 받는다. 실상에는 우리가 가입하고 행하고 연구해야 할 그런 것들은 존재하지 않는다. 규칙도, 규제도, 요구사항도 없다. 의식儀式이나 이상한 복장, 괴상한 호흡 수련이나 자세 같은 것도 필요치 않다.

뉴에이지 그룹의 경우에는 요구하는 것은 그리 많지 않으나 잘못된 정보의 원천에 의존하는 듯한 그룹들이 많다. 그들은 이상한 복장, 이상한 식사법, 기묘한 머리장식, 온갖 종류의 목걸이, 상징, 카드 점, 무당, 신내림, 영매, 염송, 만트라 등을 강조한다. 에너지와 빛의 장, 신비로운 시각적 영상, 색깔, 신비로운 숫자, 암호, '유서 깊은 비밀스런 가르침들'을 비롯한 온갖 것들을 다루고 조작하는 집단은 경계심을 갖고 피하는 것이 제일 좋다. 사람들을 잘못된 길로 인도하는 일부 사람들은 자신이 신으로부터 은밀히 특별한 가르침을 받았다고 주장하면서 예언자나 깨달은 이로 자처하고 나선다. 우리는 운동역학 테스트로 이 모든 사람들이나 가르침들의 정체를 간단히 꿰뚫어 볼 수 있다.

진실에서 벗어난 이 모든 것들은 하나 같이 형상이나 특별한 것들에 의존하고 있다. 그 모두가 우주선, UFO, 외계인, 심판의 날 예언 들을 언급하면서 카니발과 같은 시끌벅적한 분위기를 띠고 있다. 그들은 그런 모든 측면들에 영적이라는 이름을 잘못 갖다 붙이곤 하는데, 그런 그룹에 속한 사람들은 그런 말을 액면 그대로 받아들이는 경향이 있다. 사람들은 아스트랄적인 서커스를 '영적인 것'으로 생각하고 쉽사리 휘말려 든다. 모든 뉴에이지 집단은 수없이 많은 '바바baba(힌두교의 교부敎父 — 옮긴이)'나 '마스터' 혹은 전설적인 인물들에 매혹되곤 하는데 그들 모두는 운동역학 테스트에서 사람을 약하게 만든다. 이런 인물들에 대한 연구는 그들이 사람들에게 자신이 위대한 인물이라는 환상을 심어 주고 타인을 지배하기 위해 영성을 팔아먹어 왔다는 사실을 드러내 준다.

신의 본성

서론

본말을 전도하는 것처럼 보일지도 모르지만, 오류에 의해 올바른 길에서 벗어나는 것을 피하기 위해 그 목적지와 관련된 것들을 아는 것은 영적 탐구자에게 도움이 될 것이다. 그릇되고 오도된 개념들을 추종하고 전파하는 수많은 사람들에 의해 오류가 활개를 치고 널리 퍼지곤 한다.

직접적인 체험에 의해 신을 아는 것은 극히 드문 일이다. 깨달음을 얻는 사람은 1000만 명 이상 중 한 명도 채 되지 않는다. 참된 스승들은 매우 드물고 사기꾼들은 너무나 많다. 대중들이 올바른 방향으로 인도되기만 했다면 오늘날 우리는 성인들과 그들의 깨달음을 어디서나 쉽게 목도할 수 있었을 것이다. 하지만 성인들과 깨달음은 흔치 않다. 붓다는 "그 누구도 섬기지 말라. 오로지 참된 가르침들만을 따르도록 하라."라고 했다. 참된 길은 단순하고 직접적이다.

신성의 특성들

신이 *아닌 것*을 이내 가려낼 수 있으려면 신성의 특성들에 관해 잘 알아 둘 필요가 있다. 많은 종교들은, 에고에 의한 신인동형론적인 지각들의 투사와 잘못된 해석으로 인해 일어나는 진실의 왜곡과 오해의 형태로 신이 *아닌 것*을 가르치고 있다. 신이 어떤 존재인지 알고 있고 진실의 수준을 측정해 줄 수 있는 도구를 갖고 있다면 어려운 여정이나 과정을 지나는 이들에게 참으로 큰 도움이 될 것이다.

신은 지금 이곳을 포함한 모든 곳에 존재한다. 신은 아득히 먼 천국이나, 우리가 천국에 이를 때에만 접할 수 있는 미래의 시점에 머무르고 있지 않다. 따라서 누구나 어느 때든 신의 현존과 접할 수 있다. 우리는 앎에 이름으로써 그런 사실을 깨닫는다. 대부분의 사람들의 경우 구루나 구세주, 화신의 도움 없이는 그런 앎이 생전에 일어나지 않는다고 하는데 이것은 사실일 수도 있다.

신은 지각과 이원성, 위치성, 부분성을 넘어서 있다. 신은 선과 악, 옳고 그름, 얻고 잃음과 같은 모든 양극을 넘어서 있다. 신은 태양처럼 모두에게 평등하게 빛을 뿌려 준다. 신의 사랑은 총애하는 극소수만을 위한 것이 아니다. 신의 사랑을 직접 체험하는 이들은 극소수에 불과하다. 하지만 다른 사람들뿐만 아니라 애완동물이나 자연과 더불어 있으면서 체험하는 사랑을 통해서 우리는 신의 사랑을 체험한다. 우리가 신의 사랑의 현존을 체험하는 정도는 각자의 의식 수준에 따라서 현저히 다르다.

신의 현존은 깊은 평화와 고요함의 정수이자 사랑의 정수다. 그것은 그 심원함에 있어서 압도적이다. 신의 현존은 모든 것을 두루 감싸고 있으며, 그 사랑은 너무나 강력해서 남아 있는 에고가 여전히 붙잡고 있는 '사랑이 아닌' 모든 것들을 용해시킨다.

허공이 그 내용물에 의해 더럽혀지지 않고 물이 그 속에서 헤엄치는 물고기에 의해서 영향 받지 않듯이 신의 실상은 모든 형상을 넘어서 있으며 또한 모든 형상 속에 내재한다. 그것은 공간과 마찬가지로 그 안에 있는 사물들 속에 평등하게 존재한다.

전능하고 전지하고 어디에나 존재하는 것은 위협이나 감정의 격발에 취약하지 않다. 그러므로 신은 앙갚음하고 시샘하고 미워하고 폭력을 가하고 자만하는 일이 없으며, 이기적이지 않고 아첨하거나 아부할 필요도 없는 존재다. 예배 행위의 수혜자는 예배를 드리는 사람 자신이다. 신은 전체적이고 절대적으로 완벽하므로 그 어떤 욕구나 욕망도 갖고 있지 않다. 신은 우리가 그의 말을 전혀 듣지 않거나 그를 믿지 않는다 해도 불행해하거나 성내지 않는다.

이전 시대 사람들이 신에 대해 서술한 내용들 중에는 터무니없는 것들이 꽤 많으며 그것들은 인간의 죄의식에서 나온 두려움이 투영된 허구에 지나지 않는다. 원시시대 사람들은 모든 폭풍은 신이 성났다는 것을 뜻하며 그를 달래려면 제물을 바쳐야 한다고 생각했다. 화산 폭발 역시 신이 성났다는 것을 의미했다. 에고는 설명을 요구하고 '원인들'을 찾는다. 그러므로 신은 지진, 기근, 홍수, 역병, 폭풍, 한발, 불임不妊, 질병처럼 두려움을 유발하는 사건들의 '원인'이 되는 존재로 설정되었다. 신은 보상을 주는 존재이자 징벌을 가하는 존재로 간주되었다. 그리하여 이러한 신화들을 낳은 문화 전통들 속에서 다양하게 묘사되는 수많은 신들이 출현했다. (인류가 지구상에 존재하기 이전부터 자연재해가 존재했다는 사실을 주지할 필요가 있다.)

그런 옛 신들은 전통적으로 비장脾臟의 차크라와 결부된 에고 에너지들의 투영이다. 비장의 신들은 아주 잘못된 생각들의 소산이며, 그것은 많은 옛 종교들과 경전들이 운동역학 테스트에서 사람을 약하게 만든다는 사실을 제대로 설명해 준다. 이런 신들은 두려움과 증오, 시기심, 질투, 앙갚음 등으로 가득한 악마적인 신들이다. 오늘날까지도 신의 '정의로운 분노'에 대한 두려움은 널리 퍼져 있다.

우리는 의로움이 자의적인 위치성의 망상에 지나지 않고, 노여움 같은 감정이 어디에나 항상 존재하는 전능한 신을 제약하는 요소가 되지 못하리라는 것을 금방 알 수 있다.

신은 그 누구의 악행에 의해서도 훼손당하지 않으며 따라서 앙갚음해야 할 만한 정신적 상처가 전혀 없다. 우리의 뇌리에서 복수심 강한 잔인한 징벌자로서의 신의 이미지를 씻어 내기란 여간 힘들지 않다. 신은 사실상 에고 그 자체가 빚어낸 온갖 것들에 대해서 비난을 받고 있다. 죄의식과 죄, 고통, 비난의 원천이자 모든 형태의 지옥을 만들어 낸 것은 에고다. 에고는 그 모든 것을 신의 탓으로 돌림으로써 구원받으려 한다. 에고는 그렇게 하기 위해 신을 정반대되는 존재로 뒤집어 놓는다. 더 낮은 영역의 신은 실제로 악마들이다. 사실상 신은 교묘하게 조종하거나 감언에 의해서 속이거나 흥정을 하거나 농간을 부려서 가해자나 희생자가 되는 위치로 전락시킬 수 없는 존재다. 신은 상호의존적이거나 신경증적인 존재가 아니며, 웅대한 것에 집착하는 편집증으로 고통을 받는 존재도 아니다.

모든 것을 다 알고 어디에나 있는 존재는 모든 것을 다 기록한다. 의식은 모든 사건, 생각, 느낌을 포착하는 즉시 기록하며 따라서 언제나 모든 것을 완벽하게 알고 있다. 우리는 간단한 운동역학 테스트에 의해 무한한 의식이 모든 머리의 모든 머리칼을 샅샅이 세고 살펴본 뒤 자체의 앎 속에 철해 뒀다는 사실을 입증할 수 있다. 이런 일은 비인격적이고 자동적인 것이며 의식의 본원적 특성들로 인해서 일어난다. 신은 이 모든 일들에 그 어떤 개인적인 이해관계도 갖고 있지 않으며, 그것들에 대해 반응하지도 않는다. 신은 건방지거나 무례한 그 어떤 것에 대해서도 동요하거나 공격받거나 성내지 않는다.

신의 무한한 자비와 용서는 모든 개념을 넘어서 있고, 세상사의 온갖 잡다한 측면들에 전혀 개의치 않는다. 신은 이원성의 반쪽이 아니다. 무한함 속에는 반작용을 일으킬 만한 (나쁜) '이것'도 '저것'도 없다. 신은 가학적이지도 않고 잔혹하지도 않다. 신은 상처받을 수 없고 따라서 앙갚음하려는 욕구도 없다.

에고로서는 신을 체험하는 일이 불가능하다. 에고는 지각의 한계에 의해 갇혀 있으며 개념과 느낌과 형상을 다룬다. 신은 물질적인 존재가 아니므로 '영spirit'을 찾는 유별난 연구자들이 좋아하는 도구인 엑스레이, 분광계, 사진 필름, 방사능 측정기, 금속 탐지기, 자외선 탐지기, 적외선 탐지기 등이 포착할 수 없다.

신의 사랑은 무조건적이다. 그 사랑은 변덕스럽거나 덧없지 않으며, 받을 자격이 있는 대상들에게만 따로 주어지지도 않는다. 신이 사랑이라는 것을 이해하면 그런 모든 개념들은 저절로 배제된다. 신은 어떤 결정도 내리지 않고 어떤 정보도 필요로 하지 않으며, 작용하는 데 도움이 될 만한 그 어떤 보고報告도 필요로 하지 않는다. 완전하고 온전한 사랑의 총체인 신은 있는 그대로의 상태를 멈출 길이 없다.

이와 비견되는 것으로 우리는 공간이 갑자기 비공간이 되기로 결정할 수 없다는 사실을 들 수 있다. 모든 것은 그 존재의 본질과 완전히 일치한다. 기린이 기린 아닌 것으로 변할 수 없다면 사랑이 사랑 아닌 것으로 변할 수 없고 신이 신 아닌 것으로 변할 수 없다는 점은 더 말할 나위도 없다.

신은 정서적으로 불안한 아이나 부모 같은 존재가 아니다. 신은 신문을 읽지도 않고 사악한 자를 벌하지도 않는다. 본래부터 공정하고 균형이 저절로 잡히는 우주에서는 그 어떤 자의적 판단도 필요치 않다. 각 실체는 자신의 행위와 선택, 자신의 바람과 신념체계들의 결과를 체험할 뿐이다. 완전한 고요함과 평화와 사랑인 것은 사랑할 줄 모르고 고요하지 않고 평화롭지 않은 모든 것을 그 자체에게 돌려준다. 에고는 바로 그런 것들을 지옥으로서 체험하며 따라서 지옥은 에고가 스스로 빚어낸 것이다.

모든 행위와 사건, 생각, 관념, 개념, 결정에는 측정될 수 있는 각각의 에너지 장이 따라붙는다. 그러므로 에고는 자체의 작용에 의해 의식의 바다 속 자신의 수준으로 스스로를 데려간다. 의식의 바다가 지닌 비인격적인 특성은 마치 부력처럼 그 당사자가 올라가거나 내려간 수준을 자동적으로 결정한다. 이것은 그저 우주의 본질이 본래 그러한 것일 뿐이다. 에고와 지각이 그런 자동적인 작용의 결과를 설명하는 것을 우리는 '판단'이라 부르며, 그것은 물질계에서 일어나는 사건들을 '인과관계'에 비추어 설명하는 것과 마찬가지로 일종의 환상에 지나지 않는다.

신은 개념과 관념, 생각, 언어에 의해 제한받지 않는다. 편재하는 신의 그 특성 때문에 신의 현존은 인간의 생각을 포함해 존재하는 모든 것을 포괄한다. 하지만 신은 그 자체로서는 인간의 생각에 관여하지 않는다. 신은 그 누구에게도 말하지 않는다. 하늘에서 울려 나오는 목소리는 기껏해야 물리적인 세계에 투사된 내적 체험의 해석에 지나지 않는다. 소리는 물리적인 진동이다. 신은 그 물리적인 세계 안에 편재한다. 형상 없는 그것은 음파를 조절하지 않는다.

깨달은 존재들은 신의 말을 듣거나 신에게 말로써 부름 받은 체험에 대해 이야기하지 않는다. 그것은 신 대신 말을 건 사람의 이원성을 전제로 하고 있다. 실상에서는 참나와 신과 전부임은 하나다. 실상에서는 말하는 자와 말을 듣는 자가 분리되는 일이 없다. 신비가들은 비언어적 앎에 의해 신과 조율한다. 신의 메시지는

'다른' 실체로 투사되고 분리된 영적인 에고에게서 나온 것이다. '신의 목소리'라고 하는 것들은 대체로 환각에 지나지 않는다. 이 따금 그런 목소리들은 아스트랄적인 실체들에서 비롯되며 그것들 중 일부는 자신이 '신'이라 주장한다.

의도라는 것은 의도하는 자와 의도되는 바, 그리고 의도가 겨냥 하는 대상 등의 이원성을 전제로 하기 때문에 무한한 현존은 그 어떤 의도도 갖고 있지 않다. 이러한 것들은 지각의 이원성에 토 대를 둔 개념화들이다.

신은 비이원적이고 총체적이고 완전한 전부임이자 하나임이다. 신에 대한 잘못된 해석은 에고가 지각과 형상을 다루기 때문에 일 어난다. 또한 에고는 위력을 힘으로 오인한다.

힘은 중력장이나 자기장에 비견할 수 있다. 그런 장에서 발생하 는 모든 것들은 완전히 그리고 자동적으로 그 장이 지닌 본질의 소산일 수밖에 없다. 그런 장은 어떤 것을 끌어들일까를 '선택하 지' 않으며, 대상에 따라서 달리 적용할 수 있는 다양한 규칙들을 갖고 있지도 않다. 그 장은 완전한 평등성을 표현한다. 이와 마찬 가지로 힘의 영적인 장에서도 모든 사람과 모든 것은 그 자체의 구 조 또는 영적인 '무게', 진동, 끌개장에 의해 끌리고 영향 받는다.

어떤 실체들이나 개인적인 에고들은 긍정적인 장을 만나면 반 발한다. 많은 사람들이 영적이고 자비롭고 애정 어린 것을 '질색 한다.' 침묵이나 평화를 진심으로 싫어하는 사람들도 굉장히 많다. 그런 것들은 그들을 견딜 수 없게 만든다. 아무 소리도 들리지 않 는 독방에 가두는 것이 가장 혹심한 형벌이지 않은가?

200 수준의 의식 수준에서는 극성(極性)의 전환이 일어나는 듯하다. 그것은 마치 200 수준 이상에서는 그 실체가 양전하를 띠고 그 이하에서는 음전하를 띠는 것처럼 보인다. 이를테면 사회에서 범죄 성향이 있는 사람들은 범죄에 끌리고 같은 성향을 지닌 부류들에게 끌리는 반면 평화와 사랑을 선택하는 사람들은 자신들과 비슷한 성향을 지닌 사람들에게 끌리는 현상이 뚜렷하다.

200 수준 이상에서는 자명하고 매력적으로 비치는 원칙들이 200 수준 이하에서는 불유쾌하고 모순된 것들이 되어 종종 비웃음의 대상이 되기도 한다. 근래의 캄보디아 사회처럼 사람들의 의식 수준을 극도로 낮게 유지하는 것을 통해서 권력을 행사하는 사회들은 사랑이나 사랑의 표현들에 반대하는 것을 공식적인 정치적 입장으로 내세우기까지 한다.

반면 영적인 길을 가려는 사람에게 사랑과 평화는 최대의 기회로 보인다. 신이 의식 척도의 밑바닥이 아니라 맨 꼭대기에 위치해 있다는 것은 너무나 단순하고 자명한 사실로 비칠 수도 있겠지만 불행히도 인류의 대부분에게는 그런 사실이 생경하게 보인다. 창조와 힘이 꼭대기에서 아래로 미치는 것이지 그 반대가 아니라는 점 역시 영적으로 성숙한 사람들에게는 자명한 사실이나 일반 대중들에게는 그렇지 않다. 창조의 힘은 오직 신만이 갖고 있다. 물리적인 세계는 창조하고 원인이 될 수 있는 힘을 갖고 있지 않다. 따라서 창조가 형상과 물성으로부터 생명으로, 더 나아가 비형상으로 진행된다는 것은 불가능하다. 사람들은 신과 함께 일하는 '공동 창조자들'이 아니다. 신은 도움을 필요로 하지 않는다. 인간들이 도대체 무엇을 공동 창조할 수 있겠는가? 신은 모든 형상을 넘어서 있다.

보통 사람들은 형상의 범주 내에서만 생각한다. 전능하고 편재하며 형상 없는 것이 무엇 때문에 세속적인 게임들에 관심을 가지려 들겠는가? 창조되어야 할 '필요가 있는' 것은 아무것도 없다.

신의 현존의 영향들은 신성의 본질 그 자체로부터 발산되는 것이지 신에 의한 선택적 작용이 아니다. 실상에서는 사건들이나 일들이 존재하지 않으며 따라서 관여해서 바로잡아야 할 하등의 '필요'가 없다.

신과 인간 사이에는 영적인 에너지 수준들과 점진적으로 올라가는 힘의 장들의 위계가 존재한다. 이런 수준들이나 장場들은 직관적으로 통찰되며 성령, 더 높은 자아, 신의 은총, 천사들, 대천사들, 천국 등으로 표현된다. 그 영적인 위계에서 1000을 넘어서는 의식 수준은 인간의 상상력을 넘어서는 힘을 나타낸다.

대천사와 접할 때의 충격은 너무나 크고 압도적이어서 에고는 마치 마비되거나 넋이 나간듯 침묵하고 만다. 그 힘은 절대적이고 완벽하다. (대천사의 힘은 5만과 그 이상으로 측정된다.) 대천사와 접한 후에 생명이 물리적인 몸의 형태로 지속될 경우, 그 사람이 다시 세속에서 제 역할을 할 수 있기까지는 몇 년의 세월이 걸릴 수도 있다.

깨달은 각각의 존재는 현존의 결과이며 그 존재에게는 각자 자신의 소명을 이행할 능력이 주어진다. 깨달음의 경험 자체를 유지해 주고 계속 살아남게 해 주는 힘은 운명 지어진 삶의 남은 부분을 뒷받침해 주는 강력한 에너지인 성령이 제공해 준다. 세속에서 활동하는 데 필요한 능력들이 성령이라는 수단을 통해서 다시 살아나지만 이제 그 능력들은 영원히 변형되었다. 몇 년 동안은 깨달음의 '경험' 그 자체에 대해서 말을 할 수조차 없다. 말할 사람도 없고 보고할 만한 것도 없다. 말하는 자가 없고 말하기로 결정하는 자도 없다. 삶은 현존에 의해 인도되고 추진된다. 홀로 독립된 개인적인 의지나 결정을 내리는 자의 환상은 영원히 사라진다. 아마도 그 뒤에 이루어지는 작용들은 과거에 약속했거나 계약한 일들로 인해서 진행되는 것일 터이다. 모든 일은 저절로 일어난다. 지속되는 삶은 스스로 굴러가고 실현되어 나간다. 어떤 일을 하는 개인적인 자아 같은 것은 존재하지 않는다. 생각할 때 생각하는 자가 없고, 행위할 때 행위하는 자도 없으며, 일할 때 일하는 자도, 결정할 때 결정하는 자도 없다. 모든 동사, 형용사, 대명사는 무의미한 것들이 된다.

신의 실상

신은 홍수나 큰불, 지진, 화산폭발, 폭풍, 번개, 비 등을 관장하지 않는다. 그런 것들은 물리적인 세계와 우주 내의 여러 조건들의 비인격적인 결과들이다. 신은 성이 나서 도시와 문명과 마을과 민족들을 '쓸어버리지' 않는다. 이 모든 일들은 이 행성에 그 어떤 사회가 존재하기 이전부터 일어났다. 신은 인간들의 불화, 정치적·종교적 갈등이나 다툼에 관여하지 않는다. 신은 전쟁터에 아무 관심도 없다. 그에게는 살해해야 할 필요가 있는 적들이 없다.

성전Holy Wars, 聖戰이란 것은 존재하지 않는다. 이 용어 자체가 자기 부정적이고 어불성설이다.

신앙심 없는 이교도들, 신앙심 있는 자들도 모두가 다 인간 에고의 위치성들이다. 어느 정도의 분별력을 지닌 사람들조차도 인간들이 묘사하는 신의 좁은 마음과 심판주의를 넘어선다. 신은 사람들이 '그'를 믿건 말건 '개의치' 않는다. 하지만 신을 믿는 것과 믿지 않는 것에 따르는 결과는 매우 다르게 나타날 것이다.

사랑은 천국을 향해 나아가고 미움은 지옥으로 가라앉는다. 선善은 그 누구도 거부하지 않는다. 모든 것은 끼리끼리 모인다. 사랑은 사랑에 끌린다. 신은 그 어떤 것, 그 누구에 대해서도 거스르는 작용을 하지 않는다. 어떤 영혼은 빛에 끌리고 또 어떤 영혼은 어둠에 끌린다. 그 선택은 에고 안에서 나오는 것이지 에고의 밖에서 부과되거나 강요되는 것이 아니다.

신은 형상을 넘어서 있다

형상을 넘어선 것은 형상을 통해서 혹은 형상의 조작에 의해서 도달되는 것이 아님을 깨닫는 것이 중요하다. 그러므로 비밀스럽고 광신적인 수련에 빠지는 것은 일종의 덫이요 지체遲滯다. 그런 수련들은 결국 이 세상에 무수히 많은 아스트랄적인 영역들로 사람들을 인도하고 그들을 광신자들 내지는 엉뚱한 것을 신봉하는 자들로 만드는 돌아가는 길들이다. 기하학적인 도형, 만다라, 성상聖像, 그림, 조각상, 염송 등에는 그 어떤 힘도 내재되어 있지 않다. 그런 것들이 나름대로 가치 있는 것이라면 그것은 바로 믿는 사람의 의지, 헌신, 노력, 믿음에서 나온다. 세상에는 선의로 넘치기는 하나 순진하고 고지식한 만트라 염송자들, 성상과 부적과 도표와 성소들과 드루이드 유적과 신비로운 마법과 순례지들을 숭배하는 이들로 가득하다. 순례지를 숭배하는 그런 이들은 마추피추, 스톤헨지, 피라밋, 갠지스 강, 고대 신전, 에너지가 소용돌이치는 곳 등을 찾아다닌다. 우리는 이런 것을 '멀리 돌아가기'라 부를 수 있다. 하지만 결국 우리는 내면으로 들어가야 한다. 주 예수 그리스도는 "천국은 그대들 안에 있다."라고 말했다.

신은 저절로 드러나며, 모든 형상에 본래부터 내재해 있으면서 모든 형상을 넘어선 존재다. 신은 침묵하고 고요하고 맑고 평화롭고 움직이지 않고 모든 것을 포괄하고 어디에나 두루 존재하며 존재하는 모든 것이므로 모든 것을 다 알고 있다. 신은 전체적이고 완전하고 너그럽고 다정하고 시공을 넘어서 있고 부분이나 구획이 없고 비이원적이고 존재하는 모든 것 속에 평등하게 존재하고 참나와 다르지 않다. 오로지 존재existence만이 가능하다. 번역상의 오류나 잘못된 해석이 오해를 불러일으켜서 그렇지 사실 신은 무無도 아니고 공空도 아니다. 비존재nonexistence는 우리가 그것 자체의 자기 정의에 의해서 알 수 있듯이 가능하지 않다.

현존은 모든 생각과 지적 활동뿐만 아니라 관찰조차도 넘어서 있다. 현존의 앎은 스스로가 존재하는 모든 것이라는 사실에서 비롯되는 것이기에 참나에 대한 자기 앎Self-awareness이며 따라서 '무엇 무엇에 관해서' 알 것이 없다. 아는 자도 없고 알려지는 바도 없다. 그것들은 하나다. 하나임의 상태에서는 주체가 객체 속으로,

객체가 주체 속으로 해소되어 버린다.

현존은 참으로 유연하고 부드럽고 자비롭고 온화하며, 역설적이게도 그와 동시에 바위처럼 견실하고 변함없고 더없이 강력하다. 또한 '모든 실상'을 영속적으로 창조되는 우주로 결속시키는 무한한 응집력이다. 신의 현존 속에서 원인과 결과의 환상은 사라진다. 그 현존은 그 어떤 일도 일어나게 하지 않는다. 그것은 일어나는 듯이 보이는 모든 것이다.

현존 속에서 모든 시간관념은 사라지며, 그것이 사라지는 것이야말로 평화의 핵심적인 측면이다. 일단 시간의 압력이 사라지고 나면 시간이야말로 인간 조건에 따라붙는 괴로움의 첫째가는 근원 중 하나였다는 것을 깨닫게 된다. 시간관념은 스트레스와 압박감과 근심과 두려움을 빚어내고 다양한 형태의 무수한 불만과 불쾌감을 자아낸다. '시간의 압력'은 모든 활동과 일에 따라붙으면서 연속성과 원인이라는 환상을 만들어 낸다. 인간의 모든 활동은 시간이라는 압력밥솥 속에서 펼쳐지며 마음은 무슨 활동이든 그것을 하는 데 '시간'을 얼마만큼 쓸 수 있는가를 끊임없이 계산한다. 그런 관행은 공포와 두려움, 근심, 죄책감, 수치심, 분노를 불러일으킨다. 우리는 늘 이렇게 말한다. "이 일에는 너무 많은 시간을 허비했고 저 일에는 충분한 시간을 할애하지 못했다. 하고 싶은 일들은 많은 데 시간은 얼마 없다. 시간은 곧 바닥날 것이다." 시간 감각이 사라지기 전까지는 참된 자유와 평화가 어떤 기분인지를 체감할 가능성은 전혀 없다.

신의 현존 속에서 모든 고통은 끝이 난다. 우리는 자신의 근원으로 돌아가고 그 근원은 자신의 참나와 다르지 않다. 그것은 마치 우리가 깊은 망각 상태에 잠겨 있다가 이제야 꿈에서 깨어난 것과도 같다. 모든 두려움은 근거 없는 것이라는 사실이 드러난다. 모든 근심은 어리석은 상상의 소산들이다. 신의 현존 속에는 두려운 미래도, 후회할 만한 과거도 없다. 에고 · 자아가 훈계하거나 바로잡아야 할 잘못도 없다. 변화시키거나 개선해야 할 만한 것도 없다. 수치심이나 죄책감을 느낄 만한 것도 없다. 자신과 분리된 것이 될 수 있을 만한 '다른 것'도 없다. 잃는다는 일이 일어날 수가 없다. 행해야 할 것도 없고 애쓸 필요도 없다. 욕망과 바람의 끝없는 요구로부터도 자유롭다.

신은 온전히 자비롭다

절대적으로 완전한 것은 용서해 줄 만한 그 어떤 것도 알지 못한다. '일어났다고 하는' 모든 것은 사실은 에고의 지각에 불과하므로 그것들은 참된 실체를 갖고 있지 못하다. 거기에는 설명하고 이유를 밝힐 만한, 혹은 벌을 받을 만한 '사건들'이 존재하지 않는다. 자비는 무조건적인 사랑의 속성이다. 완전함은 불완전함이나 결핍을 알지 못한다.

신은 갑작스럽거나 뜻하지 않은 현존으로서 드러나기도 한다

의식의 평상적인 상태와 갑작스러운 깨달음의 차이는 더없이 커서 그것에 대비할 길이 전혀 없다. 깨달음은 어떤 사전 예고도 없이 신속하게 스스로를 드러낸다. 낡은 에고의 남은 껍질은 '죽은'듯 느껴진다. 그는 이제 찬연한 빛으로 가득한 새로운 영역에 서 있다. 거기에는 다른 차원, 즉 다른 상태와 조건의 현존이 존재한다. 그 어떤 영적인 안내자나 성스러운 인물들, 천사의 형상들도 나타나지 않는다. 만나거나 영접해야 할 그 어떤 높은 존재들도 없다. 모든 고려, 기대감, 정신적·감정적인 작용은 움직임을 그치고, 형상이나 내용이 없는 고요한 앎에 의해 대치된다. 존재하는 모든 것이 되면 미해결된 것이나 미지의 것은 하나도 남지 않는다. 과거에 스스로를 '나I'나 '나me'로 여겼던 존재는 사라졌다. 그러한 존재는 이제 보이지 않는다.

그것은 마치 산길을 오래도록 오르다가 눈 덮인 봉우리들만 무한히 펼쳐진 광경뿐인 킬리만자로 산 정상에 홀로 서 있는 자신을 갑자기 발견하는 것과도 같다. 그 정상에서 그는 어떤 신비로운 경로를 통해 자신이 바로 그 산이요 하늘이요 끝없이 펼쳐진 눈밭이라는 것을 통찰한다. 거기에는 아무도 없다. 몸조차도 마치 눈썰매처럼 그리 중요하지 않은 양 서 있을 뿐이다. 그것은 신기한 어떤 풍경이나 비본질적인 것처럼 보인다. 그는 문득 눈썰매를 내려다보고는 자신이 잠시 스스로를 엉뚱하게도 눈썰매라고 생각했던 것에 놀란다.

참나는 감각이나 지각을 넘어선 자각이다. 신성이 엄청난 드러남으로서 빛을 발한다. 신성의 현존은 너무나 명백하고, 찬란한 빛만큼이나 강렬하다. 확실함, 궁극성, 전체성, 완벽함이 그 본질이다. 그와 더불어 모든 탐구는 끝났다.

앎의 한 측면에 해당하는 것은 존재하는 모든 것이 되는 속성이다. 평상적인 의식은 그와는 대조적으로 사물들의 겉모습만을 지각하고 겉모습들의 세계에서 살고 있는 듯하다. 현존의 통찰은 모든 것에 대한 내재적인 앎이다. 참나는 눈썰매이자 눈이자 산이자 하늘이자 구름이자 바람이다. 참나는 모든 것이면서 동시에 그 어떤 것도 아니다. 세상은 흑백 영화 같은 것에서 3차원의 선명한 색채 같은 것으로 변한 듯하다. 이제 모든 것은 엄청난 깊이와 질감을 갖고 있다.

모든 것은 하나같이 현존을 알고 의식하고 있으며 영원성의 실현과 그로 인한 기쁨을 공유하고 있다. 삶이 지속될 운명이라면 삶은 스스로 알아서 나아가고 저절로 지속된다. 물리적인 몸도 스스로 알아서 움직이며 남은 일을 부지런히 해 나간다. 몸은 부추김을 받을 경우에는 스스로를 돌보기까지 한다. 하지만 부추김이 없을 경우에는 그렇게 하지 않는다. 그 사람은 이제 눈썰매를 필요로 하지 않고 또 눈썰매가 될 필요도 없으므로 무슨 일이든 그냥 할 뿐이다. 그것은 때로 놀랍고 재미있게 보인다. 몸은 새로 나타난 애완동물 같다. 그것은 사랑스러운 동물이다.

THE EYE OF THE I : FROM WHICH NOTHING IS HIDDEN

/4부/ 문답과 강의

많은 나라에서 다양한 배경을 지닌
영적 탐구자들과 만나서
나눈 이야기의 기록.

11

깨달음의 길을 따라서

방문객들은 특별히 참나 혹은 진리에 관해서는 아니지만 영적인 탐구를 하는 과정에서 일어나는 여러 가지 질문거리들을 갖고 있다.

문 저는 텔레비전에서 임사체험과 유체이탈 체험을 다룬 프로그램을 봤습니다. 사람들은 그 둘을 같은 것으로 여기는 듯했습니다. 그 두 체험은 아주 다르지 않나요?

답 그것들은 단연코 다릅니다. 하나는 초월적인 것이고 다른 하나는 특이한 것이라 말할 수 있습니다. 유체이탈 체험은 어느 때나, 잠자고 있는 동안이나 꿈꾸고 있는 동안에도 일어날 수 있습니다. 그런 체험은 흔히 사고를 당하거나 수술을 받는 것과 같은 육체적인 재난이나 병에 의해 촉발됩니다. 유체이탈 체험에는 위치와 자세, 기간 같은 것들이 존재합니다. 거의 보이지 않는 에너지 체가 물리적인 몸을 떠나 방 안에 있는 다른 위치로 이동하거나 심지어 멀리까지 여행하기도 합니다. 지각적인 앎이 그 에너지 체를 따라가면서 물리적인 몸과의 결합을 멈추고, 그때 지각적인 앎은 몸과 분리된 상태를 체험합니다.

'나'라는 느낌 역시 물리적인 몸이 아니라 그 에너지 체와 결합되어 있습니다. 그러다 그 에너지 체가 물리적인 몸으로 돌아오면 삶은 전과 다름없이 이어집니다. 그 모험은 기억될 수 있는 것이어서 당사자는 종종 다른 사람들에게 이야기를 하기도 합니다. 그 사람의 측정된 의식 수준은 그다지 변하지 않습니다. 그의 인성 역시 변하지 않습니다. 하지만 '내'가 물리적인 몸이 아니라는 것을 통찰하는 일은 일어날 수 있습니다.

반면 임사체험은 그것이 이루어지는 무대가 국소적인 데서 그치지 않습니다. 그 사람은 훨씬 더 광대하고 눈부신 영역으로 들어갑니다. 거기에는 환희 어린 무한한 사랑이 항상 존재하며, 계시의 상태가 일어나고 있다는 것에 대한 분명한 앎이 존재합니다. 의식 수준을 측정해 보면 종전보다 크게 올라갔다는 사실이 드러납니다. 그런 체험의 한 가지 증거가 되는 것은 당사자의 인성이 크게 변한다는 점입니다. 눈에 띌 정도로 두드러진 변화가 일어나는 경우가 적지 않습니다. 그리고 마음가짐과 태도가 크게 달라지고 세속에 대한 관심이 줄어들기도 합니다. 죽음에 대한 두려움도 사라집니다. 심지어 직업을 바꾸는 일이 일어나기도 합니다. 대체로 그런 이들은 영적인 주제에 끌리며, 지니고 있던 두려움이 전반적으로 크게 줄어든 사실을 알게 됩니다. 그런 점은 전보다 훨씬 더 평화롭고 너그러운 태도, 그리고 부정적인 태도들이 긍정적인 태도들로 바뀐 점 등에 반영되어 있습니다.

어떤 경우에는 인성의 변형이 대단히 깊은 정도에 이릅니다. 또 어떤 경우에는 성인聖人이라고 밖에 표현할 수 없을 정도로 엄청나게 변하기도 하죠. 이런 체험을 한 일부 사람들은 다른 이들이 지닌 마음의 상처나 병을 치유해 주는 사람이 되며, 따라서 그런 방면의 직업이나 목회 일 등에 끌리기도 합니다.

문 이 바쁜 세상에서 어떤 영적인 수행을 하는 것이 실제적인 수행 방법이 될까요? 대부분의 사람들은 직업과 가족, 그 밖의 일거리들을 갖고 있습니다.

답 영적인 목표에 대한 의식적인 추구는 선택과 결정에서 나옵니다. 그렇게 하는 데 필요한 것은 오로지 철저히 실천하고자 하는 자발성과 능력뿐입니다. 어떤 영적인 개념이든 간에 간단한 것 하나일지라도 믿을 수 없을 만큼 강력한 도구가 됩니다. 자기 자신을 포함한 모든 생명체에게 친절하고 너그럽고 따뜻하게 대하겠다는 간단한 결정은 영적인 성장에 큰 방해가 되는 것들을 제거해 주는 해부용 메스 역할을 합니다.

겸손한 자세를 가질 때 우리는 마음이 제한된 것이고 어떤 사건이든 그것을 둘러싸고 있는 모든 정황을 다 파악할 능력이 없다는 것을 알 수 있습니다. 비난하고 심판하는 태도를 버리고자 하는 자발성이 그런 통찰로부터 일어납니다. 그리고 그런 과정에서 이 세상에 대한 자신의 체험을 기꺼이 신에게 내맡기고자 하는 자발성이 일어납니다. 자신이 그 어떤 것들에 관한 그 어떤 개인적인 견해들을 가졌더라도 이 세상이 그런 것들을 필요로 하지 않는다는 것이 분명해집니다. 인생사에 대해 너그러운 관점을 갖기로 결정하면 상황이나 정황들을 해석하는 다른 방식들, 다른 선택지들이 열립니다.

문 붓다는 욕망이 에고의 근원이라고 말했습니다. 이런 집착은 어떻게 극복해야 합니까?

답 "왜?"라 부를 수 있는 명상법이 있습니다. 욕망이 일어나는 것을 보고 우리는 "왜?"라고 물어볼 수 있습니다. 그 대답은 언제나, "…그러면 내가 더 행복해질 테니까"가 됩니다. 따라서 행복의 거처는 항상 자신의 밖이나 미래에 있는 것이 됩니다. 그것은 스스로를 외적인 정황들의 희생자로 만드는 결과를 초래합니다. 그것은 또 자신의 힘의 투사이기도 합니다. 실질적인 행복의 원천은 사실상 내면에서 나옵니다. 지금 이 순간 외에 행복의 다른 순간, 다른 거처는 존재하지 않습니다. 기쁨과 행복의 진정한 원천은 바로 지금 이 순간 자신의 존재에 대한 각성입니다. 어떤 외적인 사건이나 뭔가를 얻은 것이 기쁨을 낳는 계기가 되어 주기는 하지만 기쁨의 원천은 언제나 내면에서 나옵니다.

어느 순간에도 문제라고 하는 것은 존재할 수가 없습니다. 불행은 지금이라는 실상을 넘어 과거나 미래로부터 어떤 이야기를 지어내는 것에서 일어납니다. 과거나 미래는 존재하지 않는 것이기 때문에 실체성을 갖고 있지 않습니다.

문 다른 유용한 도구들에는 어떤 것들이 있습니까?

답 "만일 이렇게 한다면 어떻게 될까?"라고 부를 수 있는 또 다른 명상법이 있습니다. 이런 연습은 신의 실상에 에고의 환상들을 기꺼이 내맡기고자 하는 자발성에 기반을 두고 있습니다. 우리는 "우리가 바라거나 소중히 여기는 어떤 것을 놔 버린다면?"으로 시작해서 "그러면 어떻게 될까?"라고 묻습니다. 이렇게 질문하면 그다음 장애가 나타납니다. 이제 그 장애를 신에게 내맡길 수 있는지를 물으면 그것은 그 다음 장애를 떠오르게 합니다. 결국 행복이 '저 밖에' 있다는 모든 환상을 기꺼이 버리려는 자발성은 자신이 매순간 존재하는 것이 오로지 신의 은총에 의해서라는 통찰을 가져다줍니다. 우리의 삶은 신의 현존의 한 기능으로서 유지되는 것이며, 삶을 유지해 줬다고 생각했던 물성은 본질적으로 우리를 위한 신의 의지의 표현입니다. 삶을 유지하려 애쓰는 자신의 노력은 개인에게서 나온 게 아니라 '주어진' 것입니다. 에고는 우리가 생존하는 것이 신의 의지 덕분이라고 생각하지 않고 신의 의지에도 불구하고 우리가 생존하고 있다고 생각합니다.

문 영적인 성장은 갑작스럽게 일어납니까, 점진적으로 일어납니까?

답 이것 아니면 저것이라는 이원성의 상태를 내포한 질문인데 사실상 그 둘은 서로 상충하지 않습니다. 그 두 상태는 동시에 존재합니다. 영적인 진화 과정에서 작은 듯이 보이는 진전 상태는 거의 눈에 띄지 않게 일어나는 경우가 많지만, 눈사태를 일으키는 것은 눈 더미 밑의 보이지 않는 곳에서 일어나는 작은 변화들입니다. 의식의 갑작스러운 도약은 아무 예고도 없이 일어날 수가 있습니다. 그러므로 그런 뜻밖의 일이 일어날 가능성에 대비하고 있는 게 좋습니다.

문 지성이라는 큰 장애를 넘어서는 문제에 대해서는 어떻게 생각하시나요?

답 그런 도약 역시 자발성과 영감의 결과로서 일어나지요. 전세계 인구의 불과 4퍼센트만이 사랑의 수준인 500 수준의 의식을 넘어설 수 있습니다. 사랑은 540 수준이자 치유의 수준인 무조건적인 사랑으로 다가갑니다.

500대로 측정된 수준에서 영적인 성장은 뚜렷하고 분명해집니다. 그 수준의 목표는 모든 생명체에 대한 애정과, 그것들을 떠받쳐 주고 북돋아 주는 일에 대한 헌신으로 가장 잘 설명할 수 있습니다. 그러므로 500대에서는 사람이 너그럽고 자비롭고 온화하고 온유하고 느긋해집니다. 그 사람의 행복은 외적인 정황들이나 사건들과는 무관합니다. 판단하려는 태도는 사라지고 이해하고 감싸려는 마음이 자리 잡습니다. 모든 것의 본원적인 아름다움과 완전함이 드러나기 시작합니다.

존재하는 모든 것에 뚜렷이 드러나 있는 경이로운 아름다움에 눈물을 흘리는 일이 잦습니다. 사랑보다 못한 어떤 생각이나 감정이 일어날 때 그것은 고통스럽고 불쾌한 것으로 경험됩니다.

문 정당화된 분노에 대해서 어떻게 생각하시나요?

답 분노를 놓아 버리려는 자발성은 이른바 모든 정당화라는 것이 합리화요 핑계라는 것을 드러내 줍니다. 그것들은 비난의 투사요 나르시스적인 위치성을 뜻합니다. 분노는 사실 유치한 것이고 정당성에 대한 유아적인 개념들에 근거하고 있습니다. 우주에 있는 것들치고 정당성과 관련된 것은 아무것도 없습니다. 모든 것은 현재의 시간과 위치성 밖에 있는 우주적인 정의正義를 상징합니다. 모든 분노는 비난을 정당화하고 책임을 투사投射하며 스스로를 희생자로 보는 것을 뜻합니다. 설혹 다른 사람들이 '나쁘다'라고 하더라도 영적인 탐구자는 여전히 그들을 용서해 줘야 합니다. 모든 분노는 200 수준 이하로 측정되므로 온전한 것이 못됩니다. 분노를 품어서 이익이 될 건 아무것도 없습니다.

'정치적인 올바름'을 지향하는 오늘날의 추세는 갈등과 다툼, 고통의 큰 원천입니다. 그것은 가상의 '권리'에 근거를 두고 있습니다. 실상에는 권리 같은 것이 존재하지 않습니다. 그런 것들은 모두가 사회적인 상상입니다. 우주에 존재하는 그 어떤 것도 '권리'를 가지고 있지 않습니다. '권리'의 모든 영역은 '시비를 걸려는' 편집광적 태도, 맞서려는 태도, 갈등, 가해자와 희생자의 개념, 인과관계의 환상, 앙갚음 등으로 이어집니다. 이 모든 것은 자신의 삶의 체험에 대해 스스로 책임을 지는 것을 가로막습니다. 그것은 온전한 상태에 이르러야 할 필요가 있는 수준입니다.

문 겸손은 어떤 식으로 지성의 지배에서 벗어나게 해 주는지요?

답 논리와 이성을 두려움 없이 철저하게 탐구함으로써 과학은 그 자체의 한계와 고유한 영역을 깨닫게 되었습니다. 이성과 논리는 종국에 가서는 순환논리에 지나지 않기 때문에 우리가 얻게 되는 것은 결국 정의에 대한 정의들, 생각의 범주들, 미리 정한 관찰점을 통해 행해지는 서술 방식들에 지나지 않습니다. 논리는 이롭고 유익한 일상적인 물질계에서 실제적이고 유용한 쓰임새를 갖고 있기는 하지만 깨달음으로 인도해 주지는 못합니다. 깨달음은 그것과는 완전히 다른 방식의 노력입니다.

문 그렇다면 도덕률에 대해서는 어떻게 생각하시나요? 옳고 그른 것과 타인들에 대한 판단을 놔 버리는 것은 부도덕을 초래하는 것이 아닐까요?

답 옳고 그른 것을 규정해 주는 것은 아직 영적으로 성숙하지 못한 사람들에게 실용적인 행동 지침이 되어 줍니다. 그것들은 좀 더 큰 앎에 대한 일시적인 대체물입니다. 그러므로 우리는 아이들에게 찻길을 혼자 건너는 것은 '나쁘다'고 가르칩니다. 아이들은 아직 위험에 대한 자각이 부족하니까요. 하지만 그 아이들이 어른이 되면 찻길을 건너는 것에 관한 옳고 그름의 맥락화는 이제 의미도 없고 중요하지도 않습니다. 우리가 찻길을 건너기 전에 좌우를 살펴보는 것은 찻길을 건너는 것이 나쁘거나 옳지 않은 짓이기 때문이 아니라 차에 치이지 않기 위해서입니다.

영적으로 성장하게 되면 윤리적인 가치들이 도덕적인 언명들을 대신하게 되고 영적인 진실에 대한 앎이 도그마나 강제적인 신념 체계들을 대신하게 됩니다. 일반 대중들 속에서는 사건의 발생을 억제하기 위해 금지해야 하는 행위들이 영적으로 훨씬 더 성숙한 사람들에게는 그 모든 의미를 상실하고 맙니다.

문 '객관적인' 옳고 그름이 없다면 무엇이 행위의 지침이 되어 줄까요?

답 실상에 대한 앎은 모든 의미와 의의, 정황에 새로운 맥락을 부여해 줍니다. 획득하고 싶은 것도, 보복해야 할 악행도, 승자나 패자도, 자신을 바쳐야 할 만한 대의도 없습니다. 무조건적인 사랑, 친절함, 자비가 모든 행위의 지침이 됩니다. 모든 선택은 그에 상응하는 결과를 낳습니다. 그리고 자신의 통찰력이 시간과 공간, 지각에 의해 제한받지 않으면 이 세상 어디에도 불의로 볼 만한 것이 존재하지 않습니다.

문 카르마에 대해서는 어떻게 생각하십니까?

답 우리 서구 세계에서는 동방의 종교들이나 영적 전통들과 결부된 용어를 사용하지 않음으로써 논쟁이나 논란을 피할 수 있습니다. 그 대신 우리는 정신적이거나 육체적인 선택 및 행위와 결과가 서로 긴밀하게 맞물려 있는 것을 관찰할 수 있습니다. 사실상 그것들은 순차적인 것들이 아니라 지각에 의해서 분리된 것들로 보일 뿐 실제로는 하나입니다. 지각의 이원성에서 벗어났을 때 하나의 '사건'과 그 '결과들'은 하나이자 똑같은 것입니다. 지각 그 자체의 관점을 제외하고는 사실상 움직이는 것은 아무것도 없습니다.

모든 종교는 예외 없이 결정과 선택, 행위가 '시간'상 나중에 나타나거나 일어나는 결과들과 연관되어 있다고 가르칩니다. 생명을 한 영역에서 다음 영역에 이르는 하나의 연속체로 본다 할 때 모든 종교는 하나같이, 한 영역에서의 행위가 다른 영역이나 이전 생에 뒤이은 생의 틀 속에서 일정한 결과를 낳는다고 가르칩니다.

그런 모든 종교는 물리적인 생을 대신하는 비물리적인 생이 존재할 것이라고 가르치고 있습니다. 이런 혼란은 이번 생을 물리적인 것으로, 저승에서의 생을 비물리적인 것으로 오인하거나 또는 물리적인 생이 되풀이 되는 것으로 잘못 생각하는 것으로부터 비롯된 것입니다. 여기서 가장 먼저 지적해야 할 점은, 지금의 생이라고 하는 것은 물리적인 몸을 포함하기는 하나 물리적인 몸과는 독립된 내적이고 주관적인 체험이라는 점입니다. 따라서 지금 이 순간의 존재 역시 사실은 물리적인 것이 아닙니다.

지금의 생은 '나'라고 하는 신비로운 실체의 주관적인 모험입니다. 지금 이루어지는 '나'의 체험은 스스로를 물리적인 것으로 여길 수도 있지만 본질적으로 하나의 환상에 불과합니다. 연속되는 생들의 체험에 물리적인 연속성을 지닌 '나'라고 하는 환상이 포함되어 있느냐의 여부는 연속되는 생의 상태들의 진행의 의미나

의의와는 사실상 무관합니다. 모든 '생애들'은 주관적이고 비물리적이며 상호 연관되어 있고 사실상 연속됩니다. 각각의 생애는 선택과 위치성, 그 결과들에 의해 결정되고 조건화됩니다. 의식의 진화 속에는 모든 가능성들이 내포되어 있습니다. 일단 의식이 형상과의 동일시를 그칠 때 그것은 카르마를 넘어섭니다.

　신생아들이 태어날 때 이미 측정할 수 있는 일정한 의식 수준을 지니고 있고, 대부분의 사람들이 그 수준이 평생토록 지속되는 경향을 갖고 있다는 점은 아주 흥미로운 사실입니다. 평균적인 사람들의 의식은 평생의 진보를 통해 5 포인트 정도 향상됩니다. 그러나 역설적이게도 인류 전체의 의식 수준은 지난 몇 백 년 동안 190 수준에서 머무르다가 아주 최근에 이르러 200이라는 임계점을 넘어 현재는 207 수준에 이르렀습니다. 의식의 전반적인 수준의 상승률은 부정적인 결정이나 선택을 계속하는 사람들의 엄청난 숫자에 의해 억제되고 있습니다.

문 따라서 카르마는 형상과 관련된 것인가요?

답 의식의 선행조건들은 그 의식을 지배하는 상대적인 힘의 에너지 장으로 표현되는 패턴들로 이루어져 있습니다. 의식의 각 수준에는 그 수준을 특징짓고 그로 인해 개인이 직면해야 하는, 해소되지 않은 문제들과 한계들이 내포되어 있습니다. 예컨대 어떤 사람이 태어났을 때 그의 에너지 장이 150 수준으로 측정되었다고 가정해 봅시다. 그러면 그 사람이 직면해야 할 주요한 문제는 분노가 될 것입니다. 그 사람은 자주 분노에 휩싸인 상태에서 한 평생 혹은 여러 생을 보낼 것입니다. 50대로 측정되는 에너지 장 속에 있는 사람들은 질병과 전쟁으로 인해 황폐해진 나라의 굶주리는 사람들 속에서 태어나는 등 궁핍하고 빈곤한 삶과 직면하게 될 겁니다.

문 태어날 때의 조건들은 유전자들과 염색체들, 지리적·시대적 상황 등에 좌우되는 순전한 우연이 아닌가요?

답 우주에서 일어나는 일치고 우연이나 우발적인 사건에 의해 일어나는 건 하나도 없어요. 우주는 일종의 통일성 있는 연합 작용, 무한히 많은 에너지 패턴들에 따라붙는 수많은 조건들의 상호 작용입니다.

앎의 상태에서는 이런 모든 것이 분명해지므로 명확하게 보고 알 수 있습니다. 이 수준의 앎에 미치지 못하는 이들을 위해 우주를 무수히 많은, 보이지 않는 자기장에 비유할 수 있습니다. 자신의 위치와 자동적으로 결합하거나 반발하는, 그리고 위치와 상대적인 힘과 극성極性에 따라서 상호 작용하는 자기장에 비유할 수도 있습니다. 모든 것은 다른 모든 것에게 영향을 미치면서 완벽한 균형을 이루고 있습니다.

우주의 불가사의한 내적 작용들은 앎 속에서 믿을 수 없을 만치 복잡한 설계와 실행의 장엄한 춤으로서 스스로를 드러냅니다. 세상 사람들이 기적이라 부르는 것은 사랑이나 기도에 의해 창조되는 일종의 에너지 전환의 결과로서 일어난다는 것이 분명해집니다.

인간의 활동과 상호 작용들의 아무 측면이나 골라서 거기에 포함된 에너지들의 힘을 측정하는 것도 가능합니다. 존재하는 모든 것과 결부된 고유한 에너지는 우주 전체에서 작용하는 모든 조건에 따라서 자신들의 운명을 결정합니다. 그 고유한 에너지는 영향력 있는 조건들로서 전 우주 속에서 국소적으로 표현됩니다. 그 어떤 우연한 일도 불공정한 일도 일어날 수가 없습니다. 모든 행위, 결정, 생각, 선택은 상호 작용하는 균형 상태를 변화시키고 그에 상응하는 결과들을 낳습니다.

문 그렇다면 카르마는 일종의 총체적인 조건인가요?

답 우주에 있는 모든 것이 진화하는 과정에서의 전체적인 전개와 상호 작용은 완전히 운명적karmic입니다. 인간의 삶도 예외가 아닙니다. 또한 모든 가능성들은 우주의 전체적인 세트와 그 안에 있는 모든 것에 의해서 결정됩니다. 고양이가 갑자기 개로 변하는 일은 일어나지 않습니다. 생명체가 탄생할 때의 유전자와 염색체의 선택, 그리고 장소와 위치와 그것이 처한 조건들의 선택을 낳는 것이 바로 '카르마'입니다.

잠재적인 고양이의 에너지 장은 개의 몸에 들어가게끔 끌려가지 않습니다. 우리는 운동역학 테스트로 모든 실체의 '카르마'를 추적해 볼 수 있습니다. 개개의 실체들 속에서 카르마는 과거 선택지들의 결과의 장이자 성립 가능한 선택지들의 장입니다. 일반적으로 이런 지배적인 조건들의 세트를 운명, 숙명, 혹은 운이라 지칭합니다.

문 보이는 영역과 보이지 않는 영역 간의 상호 작용이란 무엇을 뜻하는 것입니까?

답 그 둘의 그 어떤 분리도 임의적이며 오로지 지각에 의한 분리에 지나지 않습니다. 드러난 것과 드러나지 않은 것 양자는 하나의 통합된 전체입니다. 지각의 물리적인 세계는 결과들의 세계입니다. 평상적인 세계인 그것은 무엇인가를 발생시킬 수 있는 힘을 갖고 있지 않습니다. 무엇인가의 원인이 되어 줄 수 있는 힘은 오로지 보이지 않는 영역 내에만 존재합니다. 엠파이어스테이트 빌딩은 먼저 그것을 지은 사람의 마음속에서 하나의 생각과 설계로 생겨난 겁니다. 그리고 나서 그 사람은 그것을 보이는 세계 속에 하나의 결과로서 드러나게 하자는 결정에 힘입어 건물을 지을 수 있었습니다. 그것은 하나의 물리적인 건물로서, 무엇인가를 일어나게 하는 원인이 될 만한 힘을 갖고 있지 못합니다. 그것의 존재는 바람의 흐름이나 그림자들 같은 결과들을 동반하는 하나의 국부적인 조건을 뜻하긴 하지만, 그 구조 등 어느 부분에도 그 무엇의 원인이 되어 줄 만한 힘은 내재되어 있지 않습니다.

문 모든 것이 존재하게 되는 원인이 되어 주는 것은 무엇인지요?

답 신성의 은총이 온갖 형태와 측면에서의 모든 창조를 결정합니다. 우리는 나타나지 않은 것들은 신의 의지가 내린 명령에 의해 나타난 것으로서 표현된다고 말합니다. 그런 과정은 현존에 의해서 가능해지고 활성화되며, 현존은 가능성이 현실로 발전해 나가는 과정에 힘을 불어넣어 주는 속성을 갖고 있습니다. 예를 들어 우리는, 하나의 씨앗은 마치 잠든 것처럼 아무 활동도 하지 않고 있지만 신성의 현존 속에서 그것이 자라나기 시작한다고 말할 수 있습니다. 물질로서 출현할 수 있는 잠재적인 패턴들은 보이지 않는 영역 속에 에너지 패턴들로서 내재해 있습니다.

'실재성realness'이란 특성은 참나의 빛에 다름 아닙니다. 우리가 실재성이라 부르는 특성에는 그 빛이 깃들어 있습니다. 평상적인 마음은 그런 실재성의 특성을 물질적인 어떤 것들에 귀속시키고는 참다움이 물질 그 자체에서 나오는 것이라 상상합니다. 유일한 실재는 참나이고, 참나는 그 신성의 본질에 의해 생명과 실상, 존재 같은 특성들을 발합니다. 생명은 현존하거나 그렇지 않거나 둘 중 하나입니다. 죽음이라고 하는 독립적인 실상은 없습니다. 그것은 전류가 흐르지 않는 전선 속에 '꺼짐off-ness' 같은 것이 존재하지 않는 것과 마찬가지입니다. 신성은 국소적인 조건들과 잠재성에 따라서 스스로를 형상과 생명으로 표현하기도 합니다. 생명을 낳을 수 있는 그 이전의 잠재성('카르마')이 없으면 그 누구도 태어날 수 없습니다. 전 우주와 그 안에 있는 모든 것은 사실상 동시적인 카르마의 표현이자 단일한 사건입니다.

문 그 말씀은 모든 생명이 사전에 확실히 결정되어 있다는 말씀처럼 들립니다. 그것은 예정론이 아닌가요?

답 아뇨, 예정론은 아주 다른 것입니다. 용어상으로 볼 때 운명은 한계와 결과를 함축하는 말인데 반해 카르마는 기회와 선택을

할 수 있는 자유의 영역을 제공해 주는 말입니다. 그 선택의 영역
은 당사자의 카르마에 따라 패턴화된 에너지 장에 의해 끌리거나
설정되는 지배적인 조건들에 의해 그 범위가 정해집니다. 의지의
작용에 의해 선택이 카르마를 대신하며 또한 선택이 카르마를 좌
우하거나 변화시킬 수 있습니다.

문 자유의지는요?

답 우리가 태어날 때 상속받는 에너지 패턴의 일부로서 선택
하고 결정할 수 있는 본원적인 능력이 존재합니다. 이런 능력은
당사자의 에너지 장에 의해서 질적으로나 양적으로 정해져 있습
니다. 개인적인 에너지 패턴들을 상속받고 그에 따라 이 세계에
서 진화해 나가는 과정에서 우리는 자신이 용서하거나 미워하거
나 비난할 수 있는 기회를 갖고 있음을 체험합니다. 자신의 영적
인 부력은 용서를 선택할 때 올라가고 미움을 선택할 때 내려간다
고 말할 수 있습니다. 그런 각각의 선택은 그 사람을 인류의 삶의
총체적인 에너지 장 속의 다른 '위치'로 옮아가게 합니다. 우리는
"깃털이 같은 새는 끼리끼리 모인다.", "유유상종類類相從", "자업자
득自業自得", "사필귀정事必歸正", "뿌린 대로 거둔다."라는 말들을 합
니다. 붓다는 적들이 자신들의 본성의 결과로서 필연코 쓰러지므
로 굳이 그들을 공격하거나 벌할 필요가 없다고 말했습니다.

모든 종교는 지금의 생이 다음 생에 영향을 미친다고 가르칩니
다. 그러므로 다음 생이 물리적인 것이냐 아니냐의 여부는 핵심에
서 벗어난 문제입니다. 생명은 생명 아닌 것이 될 수 없습니다. 생

명은 형상과 표현만을 바꿀 수 있을 뿐입니다.

문 더 높게 측정되는 에너지 장은 낮은 것보다 더 '나은' 것인가요?

답 그것은 '더 낫지' 않습니다. 오로지 다를 뿐입니다. 각각의 실체들은 전체에 기여하는 각각의 할 일들을 갖고 있습니다. 한 벽돌이 다른 벽돌들보다 더 크고, 건물 속에서 더 높은 곳에 위치해 있다고 해서 다른 벽돌보다 더 낫지는 않습니다. '더 크다', '더 작다', '더 낫다'라고 하는 것들은 위치성에서 비롯된 평가적인 용어입니다. 살아 있는 모든 실체들은 존재에 대한 자각에서 비롯되는 기쁨을 평등하게 누리고 있습니다. 존재하는 모든 것에 내재하는 신의 현존은 창조의 당연한 귀결로 모든 것에 깃들어 있는 것입니다. 동물, 식물, 인간은 존재의 기쁨을 향유한다는 면에서 평등합니다. 인간의 마음은 생각하고 심사숙고할 수 있습니다. 그런데 식물은 그것이 마음을 갖고 있다고 한다면, 아마 생각하는 것을 불필요한 짓이나 어리석은 짓이라 여길 것입니다. 모든 생명체는 그것들이 정서적인 특성들을 갖고 있어서가 아니라 생명과 모든 존재가 앎에서 비롯되는 기쁨을 본래부터 타고났기 때문에 자신이 존재하고 있다는 것을 사랑합니다.

앎은 존재가 자체 내에 신성의 앎의 특성을 함유하고 있기 때문에 생각이나 느낌을 필요로 하지 않습니다. 생명 그 자체는 그것이 존재하고 있다는 것을 알고 있기는 합니다만 스스로를 지금 이 순간의 형상과 동일시하는 태도 속에 갇히곤 합니다. 진실과 현존의 앎의 수준에서 볼 때, 죽음은 부재가 마음으로 지어낸 개념일 뿐 실제로 존재하는 상태가 아닌 것과 마찬가지로 그 어떤 실체성도 갖고 있지 못하므로 가능하지 않습니다. 죽음이 일어나려면 그것은 우주의 카르마적인 잠재성의 일부에 해당하는 것이어야 할 것입니다. 그런데 죽음은 실현될 수 있는 잠재성이 아니며, 거기에 일어나는 것은 아무것도 없습니다. 무無는 일어날 수 있는 그 어떤 것이 아닙니다.

생명은 존재와 마찬가지로 그와 정반대인 것을 갖고 있지 않습니다. 진실이 그와 정반대의 거짓이라는 독립된 가짜 실상을 갖고 있지 않은 것과 마찬가지입니다. 진실은 현존하거나 그렇지 않거나 둘 중 하나입니다. 신성, 신, 전부임, 하나임, 절대가 존재하는 것의 전부입니다. 신과 반대되는 것은 존재할 수가 없습니다. 오로지 진실만이 진실입니다. 그 밖의 그 어떤 것도 존재하지 않습니다. 모든 두려움은 형상이 존재의 필요조건이라는 환상으로 인해 형상에 집착하는 태도로부터 비롯되는 것입니다.

12

진리 탐구

문 깨달음이라고 하는 영적인 진리의 자기실현에 대한 탐구는 어디서부터 시작해야 할까요?

답 그건 간단합니다. 자신이 누구이고 어떤 존재인지로부터 출발하세요. 모든 진리는 자신의 내면에서 발견됩니다. 검증된 가르침들을 지침으로 사용하세요.

문 영원한 진리라는 그 실상은 어디서 찾아야 할까요?

답 *모든 진리는 주관적인 것*이라는 아주 중요한 진술을 받아들이는 것으로부터 시작하십시오. 객관적인 진리라는 것은 존재하지 않으므로 그러한 것을 찾는 일로 인생을 허비하지 마십시오. 설혹 그런 것이 존재한다 해도 그것은 그에 대한 완전히 주관적인 체험에 의한 경우를 제외하고는 결코 발견될 수 없습니다. 모든 지식과 지혜는 주관적인 것입니다. 그 어떤 것도 그것이 주관적으로 체험되지 않는다면 존재한다고 할 수 없습니다. 설사 완전히 객관적인 물질계라는 것이 존재한다고 해도 그것조차도 우리의 주관적이고 감각적인 체험으로 인해서만 존재한다고 말할 수 있습니다. 가장 광신적인 유물론자조차도 종국에는 유물론에 신뢰할 만한 권위를 부여해 주는 것은 자신의 주관적인 앎일 뿐이라는 사실에 봉착하고 맙니다.

문 객관적인 실상과 주관적인 실상 사이에 차이점이 존재하지 않습니까?

답 모든 실상은 주관적인 것입니다. 그 밖의 다른 모든 주장들은 이원성에 기반을 둔 환상들입니다. 주관적인 것과 객관적인 것은 지각의 다른 관점에서 비롯된 다른 설명에 불과할 뿐 실제로는 같은 것입니다. 실상은 지각과 지속 기간, 서술, 형상, 측정에 기반을 둔 것이 아닙니다. 그런 모든 속성들은 본질적으로 일시적이고 임의적이고 제한되어 있고 가공적이고 이원적인 지각 그 자체의 속성들입니다.

문 위대한 스승들과 그 가르침들은 어떤 점에서 소중한가요?

답 위대한 스승들과 그 가르침들이 제공하는 선물은 정보와 사실, 지혜에 국한된 것이 아닙니다. 그러한 것들이 비롯되어 나오는 의식의 수준이나 힘이 진정한 선물입니다. 위대한 힘은 맥락의 순수함에 의해 지탱됩니다. 그런데 많은 가르침의 유용한 측면들이 후세 사람들이 잘못된 맥락 속에서 가르치는 바람에 크게 훼손되었고 그로 인해 원래의 의미들이 가려지거나 왜곡되었습니다. 그렇지 않고서야 어찌 인류가 어떤 종교나 신학적인 도그마, 위치성의 이름으로 자행된 무섭고 끔찍한 행위 패턴을 역사적으로 거듭 반복 수 있겠습니까? 인류가 저지른 모든 범죄는 권력과 명성, 부와 타인들에 대한 지배권을 추구하는 사람들이 '경전에 나오는 말'이니 당연히 진리일 수밖에 없다는 식의 왜곡된 주장을 펴는 바람에 용서되고 합리화되었습니다. 도그마가 진리로 위장하고서 수많은 슬로건들을 제공하고 있고 그런 슬로건들은 신성함과 경건함으로 위장하고서 오만한 자세로 모든 문명을 섬뜩하고 끔찍한 죽음으로 몰아갑니다. 그런 제국은 필연코 모두 소멸하고야 맙니다.

문 신, 있음is-ness, 불성, 그리스도, 화신, 진리, 깨달음, 참나, 크리슈나, 실상, 앎, 하나임, 절대, 전부임, 총체, 신성 등의 의미들 사이의 차이점은 무엇인가요?

답 차이점은 없습니다. 서로 다른 언어 형태들은 그 가르침들을 낳은 문화를 반영합니다.

문 하지만 그런 가르침들에 내포된 진리는 서로 다르지 않나요?

답 실제로는 다른 점이 있을 수 없습니다. 다르게 여겨지는 것들은 단지 잘못된 이해 탓이고, 맥락의 한계를 반영하는 것일 뿐이지요. 종교들 간에는 차이점이 있을 수 있지만 참으로 영적인 가르침들 간에는 차이가 있을 수 없습니다. 영성은 통합하고 종교는 가릅니다.

문 어떻게 그런 일이 있을 수 있을까요?

답 모든 진리는 스스로 존재하고 전체적이고 완전하고 모든 것을 두루 포괄하며, 거처居處와 지속과 부분들이 없습니다. 진리는 그 전체성 속에서 그것 자체로서 스스로 존재하므로 자명하고 주관적인 '나'의 상태인 것이 존재하는 모든 것을 아우릅니다. 전부임은 어떤 나뉨도 허락하지 않습니다.

문 '나'란 무엇인가요?

답 '무한한 나 Infinite I'는 개인적인 '나'의 근원이 되고 존재 상태로서의 '나임I-ness'의 체험을 허용해 주는 주관적 실상입니다. "나는 존재한다 I AM."란 진술을 성립할 수 있게 해 주는 것은 절대적인 '나'입니다. 데카르트는 말을 거꾸로 했다고 할 수 있습니다. 진실은 "나는 생각한다, 고로 나는 존재한다."가 아니고 당연히 "나는 존재한다, 고로 나는 생각한다."입니다.

의식이나 앎의 능력은 형상이 없으며 형상을 식별할 수 있는 배경이 되어 줍니다. 형상이 지각될 수 있는 것은 빈 것처럼 보이는 공간의 형상 없음 덕입니다. '무엇인가'가 식별될 수 있는 것은 그것이 다른 사물들을 배경으로 하고 있지 않기 때문입니다. 우리가 구름을 볼 수 있는 것은 하늘이 맑기 때문입니다.

문 깨달음에 이르는 지름길이 있습니까?

답 네, 있습니다. 우리는 이 세상의 모든 영적 · 철학적 가르침들을 연구하면서 무수한 생을 보내고도 결국 혼란과 낙담 상태에 빠지는 것으로 끝날 수도 있습니다. '무엇 무엇에 관해 알려고' 하지 말고 '앎'을 구하십시오. '앎'은 주관적인 체험을 뜻하고, '무엇 무엇에 관해 아는 것'은 사실들을 그러모으는 것을 뜻합니다. 결국에 모든 사실들은 사라지고 알려지는 것은 아무것도 없습니다. 자신의 참나가 지금 존재하는, 과거부터 존재해 온, 혹은 앞으로 존재할 수 있는 모든 것, 전체라는 것을 깨닫는다면 우리가 알 필요가 있는 그 어떤 것이 남아 있겠습니까? 완전함은 그 자체의 본성에 의해 전체적이고 완전합니다.

문 어떻게 그렇게 될 수가 있나요?

답 일단 당신이 무엇인가가 되면 그것에 관해 더 이상 알 것이 없기 때문이지요. 알려고 한다는 것은 불완전하다는 것을 뜻합니다. 나인 그것이 곧 전부임입니다. 자신이 이미, 존재하는 모든 것이고 항상 그래 왔다는 것을 깨달으면 보탤 게 아무것도 남지 않게 됩니다.

문 뭐가 뭔지 모르겠습니다.

답 그건 오로지 거짓된 자아self · 에고ego 가 스스로를 한계와 형상과 동일시하기 때문입니다.

문 그럼 '배움'에 대해서는 어떻게 생각하시는지요?

답 실상을 깨달을 때 모든 배움은 그칩니다. 마음은 침묵하게 됩니다. 고요하고 평화로운 가운데 존재하는 모든 것이 그 자체의 의미와 진실을 드러내고, 존재의 본성이 경외로울 만큼 신성한 것이라는 사실을 보여 줍니다. 모든 것은 존재 그 자체로서 신성한 본질을 드러냅니다. '있는' 그것과 '신성한' 그것은 하나이자 같은 것입니다. 나타나지 않은 것으로부터 나타난 것이 나타나며, 나타난 것 역시 그 본질에 있어서는 나타나지 않은 것입니다. 나타난 것 대 나타나지 않은 것의 이원성은 존재하지 않습니다. 임의적이고 제한된 관점인 지각을 초월할 때 차이점으로 보이는 듯한 모든 것은 사라집니다. 이원성을 빚어내는 것은 지각입니다. 이것은 철학적인 결론이 아니라 경험적인 사실입니다. 철학은 유용한 것이 될 수 있긴 하지만 그것은 그 어떤 철학도 성립될 수 없는 실상에 대한 지적인 등가물에 불과합니다.

문 그럼 우리는 무엇에 대해 논의하고 있는 것인가요?

답 묘사들입니다. 하지만 그러한 묘사의 배후에는 주관적이고 경험적인 실상이 자리 잡고 있습니다.

문 가르침들과 발견들은 어떤 가치를 갖고 있나요?

답 그런 것들과 관련된 정보들은 직관적인 이해와 인식에 기여합니다. 진리가 인식되어집니다. 진리는 그것의 드러남이 허락될수 있게 준비해 온 하나의 앎의 장에 스스로를 드러냅니다. 진리와 깨달음은 얻거나 획득하는 것이 아닙니다. 그것은 조건들이 성숙되면 스스로를 드러내는 하나의 상태 또는 조건입니다.

문 깨달음이 일어나는 데 도움이 되는 것에는 어떤 것들이 있을까요?

답 겸손은 이 세상의 모든 사실들을 그러모으는 것보다 훨씬 더 가치가 있습니다. 신의 현존을 그 대경실색할 절대적 전부임 속에서 완전하고도 전체적으로 체험하지 못했다면, 자신은 사실 아무것도 알지 못하며 그때까지 축적해 온 모든 지식이라는 것이 무지와 교만에 불과하다고 생각하는 것이 좋습니다. 우리의 내면에서 '나는 안다'라고 주장하는 것이 무엇이든 간에 그것은 바로 그 진술에 의해 그것이 거짓임을 입증합니다. 그 주장이 진실이라면 그런 주장을 하지 않았을 겁니다.

문 어째서 지식은 깨달음에 장애가 되는 걸까요?

답 '나는 안다 I know.'라는 생각은 참다운 '존재 I am'의 궁극적인 앎을 방해합니다. '안다'라는 말은 이원적인 것이고, 별도의 주체인 '아는 자'와 알려지는 외적인 것의 이분법을 전제로 하는 말입니다.

문 따라서 아는 자와 알려지는 바의 구분이나 주체와 객체 간의 차이 같은 것은 존재하지 않는다는 말씀인가요?

답 그런 것이야말로 지각에 의한 관찰점을 전제로 하는 이원성의 본질적인 오류입니다. 사실 주체와 객체는 하나입니다. 이와 다르게 말하는 것은 단지 자의적인 말에 불과합니다.

문 우리는 에고가 깨달음에 장애가 된다고 들었습니다. 그에 대해 설명해 주시겠습니까?

답 에고 같은 것은 사실 존재하지 않습니다. 그것은 단지 가공적인 것에 불과합니다. 에고는 사고 작용이 제공해 주고 감정과 정서들이 힘을 불어넣어 주는 자의적인 관찰점들의 편집編輯으로 이루어진 겁니다. 생각과 감정과 정서로 대변되는 그런 욕구들은 붓다가 고통의 굴레라 말한 집착들을 뜻합니다. 절대적으로 겸손을 지닐 때 에고는 용해됩니다. 그것은 오로지 허영과 습관에 의해서만 힘을 얻는 자의적인 사고 작용들의 집적集積입니다. 우리가 생각이라는 망상을 놔 버릴 경우 에고는 용해됩니다. 모든 생각은 허영입니다. 모든 의견은 허영입니다. 그러므로 허영의 쾌락이 에고의 근본입니다. 허영으로부터 에고의 플러그를 뽑아 버리면 에고는 붕괴되고 맙니다. 더 높은 의식 상태에 이를 경우 에고는 현존 속에서 침묵하게 됩니다. 신의 현존의 현존 속에서는 단 하나의 생각을 갖는 것조차도 가능성의 영역 밖의 것이고 그런 기이하고 오만한 짓을 할 가능성조차도 존재하지 않을 겁니다.

문 에고의 지배를 약화시키는 데 도움이 되는 도구들이 분명 있을 것 같은데요.

답 생각과 관념이 계속 형성되는 것은 우리가 그것을 소중히 여기기 때문입니다. 모든 사람이 모든 것에 대해 자기 나름의 견해를 갖고 있다는 사실과 모든 생각이 오만에 지나지 않는 것이라는 점에 유의하십시오. 모든 사람은 자신의 생각과 관념들이 무가치한 것이라 할지라도 그것들에 매혹되어 있습니다.

문 그렇다면 교육의 가치에 대해서는 어떻게 생각하시는지요?

답 교육은 생각의 흐름에 신뢰할 만한 요소를 부여해 주고 따라서 행동의 흐름에도 신뢰성을 부여해 줍니다. 이런 것은 이 세상에서는 나름대로 쓸모가 있기는 하나 깨달음으로 인도해 주지는 못합니다. 교육을 받는 것과 깨달음을 얻는 것은 그 목적이 다릅니다. 이 세상에 교육을 받은 이들은 많지만 깨달음에 이르는 이들은 극소수에 지나지 않습니다.

문 하지만 나 자신이라는 것에 대한 체험이 실재적이지 않습니까?

답 분리로 보이는 모든 것은 생각이 지어낸 것들입니다. 마음이 언제나 하나의 관점을 체험하고 있다는 사실을 아는 것이 중요합니다.

문 그렇다면 우리가 너무나 자주 듣고 있는 환상이라는 것은 어떤 것입니까?

답 에고가 실상이라고 주장하는 모든 지각적 환상은 완전히 그리고 전적으로 위치성의 소산입니다. 자신의 경험적인 앎 속에서 이 점을 명확히 규명하고 이해하는 것은 아주 중요합니다. 조심스럽게 관찰해 보면 마음이 어떤 입장을 취할 때 그 입장은 선택과 훈련, 욕망, 정서, 정치적·종교적 관점에서 비롯된다는 사실을 깨닫게 될 겁니다. 교화하는 이들이 제멋대로 정한 위치성들에 근거해서 모든 행위와 사건들은 옳고 그른 것으로 분류될 수 있습니다. 그러한 위치성들로부터 모든 무의미한 희생과 고통이 일어납니다.

문 그러한 오류의 원인이 되는 것은 무엇인가요?

답 심판하려는 태도입니다. 이것은 모든 에고들 중에서 가장 오만한 것입니다. 성경에는 "비판을 받지 않으려거든 비판하지 말라."라는 대목이 나옵니다. "주께서는, '심판하는 일은 나의 몫이다.'라고 말씀하셨다."라는 대목도 나오지요. 그리스도는 용서하라고 말했습니다. 붓다는, 지각은 망상만을 볼 수 있으므로 판단할 게 아무것도 없다고 말했습니다. 지각은 항시 부분적이고, 자의적인 맥락에 의해 제한을 받습니다. 그 어떤 판단도 성립될 수 없습니다.

문 판단이 정당화될 수 있는 경우가 있나요?

답 그것은 언제나 합리화될 수 있습니다. 우리는 윤리학으로부터 목적이 수단을 정당화하지는 못한다는 기본적인 공리를 배움니다. 그런데 이런 기본적인 공리를 이해하지 못할 때 그것은 전체주의적인 태도를 낳고 중대한 영적 오류를 저지르게 됩니다. 어떤 야만적인 행위를 호도하기 위해 '좋은' 결과를 끌어다 댈 수 있기 때문에 우리 사회에서는 영적인 전제들에 어긋나는, 사회적으로 승인된 행위들을 정당화하는 짓이 광범위하게 행해지고 있습니다. 이런 침해는 사회 구조 자체를 무너뜨리고, 불의와 범죄와 모든 형태의 고통이 만연하는 결과를 초래합니다.

문 인류가 그런 비탄의 구렁텅이에서 벗어날 수 있을까요?

답 무지와 여러 가지 문제점들에서 벗어날 수 있는 가장 빠른 길은 의식 그 자체의 본질을 파악하고 이해하는 것입니다. 의식의 본질에 대한 앎은 모든 문제점과 한계와 인간적 노력을 넘어서게 해 줍니다. 의식은 인간의 모든 경험과 기획의 밑바탕을 이루는 것이므로 의식이야말로 우리가 배워야 할 주제들 중에서 가장 중요한 주제입니다. 과학이 많이 발전했다고는 하지만 그것은 이제 의식의 본질을 이해하지 않고서는 더 이상 앞으로 나갈 수 없는 지점에 이른 것에 불과합니다. 그렇기 때문에 과학과 의식에 관한 국제회의가 자주 열리며 많은 이들이 그런 회의에 관심을 갖고 또 참석하곤 합니다. 하지만 이제까지 그런 노력들은 인간 지성의 주요한 한계들을 답사하기에 적합한 도구들이 부족하다는 점 때문에 큰 지장을 받아 왔습니다.

문 앎에 이르는 길을 가로막는 것이 이원성 그 자체라 들었는데 그 문제는 어떻게 해결할 수 있을까요?

답 이원성은 분리의 환상에 인위적이고 자의적인 토대가 되어 주는 것입니다. 그것은 사고 작용과 수많은 판단, 가치관, 선택, 편견, 의견들의 총합에서 비롯된 하나의 위치성에서 나옵니다.

생각과 판단, 가치관 등은 다시 기호체계와 제한된 패러다임들, 맥락의 한계들로부터 비롯됩니다. 우리는 맥락을 우리 마음대로 제한해야만 어떤 것에 대한 판단이나 평가를 내릴 수 있습니다. 대단히 많은 사람들이 어떤 의견을 공유하고 있다는 사실은 최면 효과가 있습니다. 다수의 동의라는 권위의 매력에서 벗어날 수 있는 사람들은 극소수에 불과합니다. 사람들은 삶의 지침을 자기 내면이 아니라 밖에서 구합니다. 프로이트가 말했듯이 개인의 의식은 집단 무의식과 집단 행위 속에 용해되어 버립니다. 도덕은 집단 히스테리에 의해 묵살되고 맙니다.

뉴스 미디어의 선전에 저항할 수 있는 사람들은 극소수에 불과합니다. 결국 진실은 드러나고야 말지만 대체로 너무 늦게 나타나곤 합니다. 인간의 오류가 얼마나 많은 비극을 초래하는가는 과거에 유죄 판결을 받고 처형되었던 수많은 죄수들이 DNA 테스트를 통해 무죄임이 밝혀진 사건들에 의해 여실히 드러납니다. 사법적 증거는 지각에 해당되고 지각은 오류의 원천이므로 이른바 재판 제도라고 하는 것은 얼마든지 잘못을 저지를 수가 있습니다. 진실은 투표를 통해 밝혀질 수가 없는 것입니다. 배심원들의 결정은 사실이 아니라 의견에 불과합니다. 감정 상태가 지각을 가리는 작용을 하므로 오류가 일어날 가능성은 보장된 것이나 다름없습니다. 따라서 이원성은 진실과 오류의 분리에 다름 아니며 이러한 분리의 원천이 되는 것은 지각과 에고의 망상입니다.

문 지각은 어떻게 해서 이원성을 만들어 내나요?

답 자의적인 선택은 하나의 위치성을 낳으며, 그 위치성은 실상의 하나임을 나뉜 것들처럼 보이는 부분들로 인위적으로 분리시키는 하나의 관점입니다. 이런 부분들은 외관상으로만 분리된 것처럼 보일 뿐 실상에서는 분리되어 있지 않습니다. 이러한 분리는 실상에서가 아니라 마음속에서만 일어날 뿐입니다. 그렇게 해서 우리는 결국 '여기'와 '저기', '지금' 대 '그때'를 이야기하고, 삶의 전체적인 흐름에서 우리가 '사건들' 내지는 '일어난 일들'이라 부르곤 하는 부분들을 자의적으로 골라냅니다. 이런 사고 과정은 인과율에 대한 잘못된 이해를 낳는 심각한 결과를 초래합니다. 그리고 이런 잘못된 이해는 무수한 문제들과 비극으로 이어집니다.

문 박사님께서 인과관계의 본질을 명확히 밝히는 것을 크게 강조하신다고 알고 있습니다.

답 마음속 생각들의 작용에 의해 개념적으로 분리된 것들을 다시 연결시키려 할 때 우리는 '관계'로 보이는 것을 설명하기 위해 인과관계를 창안해 냅니다. 실상에서는 오로지 동일성만이 존재합니다. 실상에서는 어떤 것의 원인이 되는 것은 존재하지 않으며 그런 것을 필요로 하지도 않습니다. 뉴턴의 선형적 인과율의 패러다임에는 '이것'이 '저것'을 초래합니다. 실상에서는 모든 것이 이미 완전하고, 그 전체적인 하나임은 시간과 공간, 분리와 정의를 넘어서 있습니다. 그 어떤 것도 다른 것의 원인이 되지 않는다는 것은 분명합니다. 어떤 것이 다른 것의 원인이 되려면 반드시 시간과 공간상의 이원적인 분리가 따라야 하는데 그런 일은 일어날 수가 없습니다.

나타나는 것은 창조에 의해 나타납니다. 모든 것들은 존재로서 표현되는 그것들의 본질 때문에 존재합니다. 우리는 고작 조건들만을 관찰할 수 있을 뿐입니다.

어떤 것의 '원인'이 태초로부터 지금에 이르는 전 우주의 총체, 존재로서 표현된 있는 그대로의 모든 것이라는 것을 깨닫기는 비교적 쉽습니다. 모든 것은 동일성의 한 표현으로서 존재하며 모든 것의 본질은 그 현존에 의해서 드러납니다. 모든 것은 신성한 표현에 의해 존재로서 저절로 창조됩니다. 그러므로 개개의 '사물들'은 전 우주의 총체로 인해 오직 있는 그대로일 수밖에 없습니다. 먼지 한 알갱이도 공기의 흐름, 공기가 있는 방, 그 방이 위치한 건물, 그 건물이 위치한 지역, 하나의 대륙, 하나의 행성, 태양계, 은하계, 우주 등등이 없이는 지금 있는 그 자리에 놓일 수 없습니다.

마음이 만들어 내는 모든 진술은 주관적입니다. 사건들의 선형적인 진행, 순서, 인과관계 같은 것들은 존재하지 않습니다. 모든 것은 그저 존재의 표현으로서 있는 그대로 일어납니다. 모든 것은 스스로 존재하므로 외부의 그 어떤 것에도 의존하지 않습니다.

문 에고는 '나쁜 것'인가요?

답 에고의 문제점은 그것이 나쁘다는 데 있지 않습니다. 에고의 문제점은 그것이 제한되고 왜곡된 것이라는 점입니다. 에고를 적으로 여기면 양극화되고, 갈등과 죄의식, 분노, 수치심을 불러일으키게 됩니다. 위치성들은 에고에 힘을 불어넣어 줍니다. 하지만 맥락을 확장시키면 양극은 초월되고 문제점들은 용해됩니다. 겸손은 에고의 기반이 되는 심판하려는 태도, 위치성, 도덕적 판단 등을 제거해 줍니다. 실상에서는 승자나 패자가 없는 것은 더 말할 나위도 없이 그 어떤 양극도 더 이상 존재할 수가 없습니다.

예컨대 환상의 세계에서 통계는 한계나 범위를 어떻게 설정하고 규정하느냐에 좌우됩니다. 분류 방식을 바꾸면 통계는 변합니다. 따라서 미국에서의 범죄율은 정치적 압력 여하에 따라서 높아지는 것처럼 보이게 할 수도 있고 낮아지는 것처럼 보이게 할 수도 있습니다. 그 결과는 통계를 편집하는 과정에서 어떤 요소들을 넣고 빼느냐에 달려 있습니다. 표준을 높이거나 낮춤으로써 어떤 사회 현상을 증가하는 것처럼 보이게 할 수도 있고 감소하는 것처럼 보이게도 할 수 있습니다. 그러므로 지각에 의해 서술되는 세계는 자의적인 것이며 사회적 '현실'은 우리가 그것을 어떤 식으로 부르기로 결정하느냐에 따라 그 모양대로 나타납니다. 정의定義는 지각을 규정합니다. 그 반대도 똑같이 사실입니다.

문 생각은 지각에 어떤 영향을 미치는지요?

답 생각은 대체로 언어의 형태를 취합니다. 언어는 이름 붙이기를 근거로 하고 있습니다. 이름 붙이기는 당연히 그 이전에 이루어진 전체의 분리와 분열들의 결과입니다. 생각과 사고 작용은 일종의 대화요 이원성의 표현입니다. 우리는 누가 혹은 무엇이 생각을 하고, 누구의 이익을 위해서 생각을 하는지 물을 수 있습니다. 말하는 자는 누구고 듣는 자는 누구인가요?

문 에고와 마음의 차이는 무엇입니까?

답 그것들은 사실상 하나입니다. 일반적으로 마음의 어떤 측면들을 서술하기 위해 '에고'란 용어를 사용하지만, 우리는 에고를 생각의 근원이자 과정으로 좀 더 폭넓게 정의해 볼 수 있습니다.

문 마음과 명상은 어떤 관계입니까?

답 명상의 목적은 마음과 그것의 작용, 제한된 지각들을 넘어서고 그로 인해 이원성을 넘어서 점차 하나임oneness을 자각하고자 하는 데 있습니다.

생각은 결핍으로부터 일어나고, 생각의 목적은 얻는 데 있습니다. 전체성 속에는 부족한 게 아무것도 없습니다. 모든 게 다 완전하고 완벽합니다. 거기에는 무엇에 관해 생각할 게 없고 생각을 일으킬 만한 동기도 없습니다. 어떤 의문도 일어나지 않고, 구해야 하거나 필요로 하는 해답도 없습니다. 전체성은 완전하고 모든 게 완벽하게 구비되어 처리해야 할 불완전함이 전혀 없습니다.

문 생각이 이원성이 빚어낸 분열이요 가공적인 것이라면 영적인 가르침들이 어떻게 오도(誤導)되지 않은 채 언어로 전달될 수가 있나요?

답 개념들은 측정할 수 있는 힘의 수준들을 갖고 있습니다. 진실성의 수준이 더 높을수록 그 힘도 더 강해집니다. 개념의 에너지는 진술의 진실성과 말하는 이의 의식 수준으로부터 비롯됩니다. 에고(ego)·마음(mind)은 더 높은 에너지(위대한 스승으로부터 나오는)의 뒷받침을 받지 못할 경우 스스로를 넘어설 수 없습니다.

문 모호하거나 혼란스러운 가르침들이 꽤 많은 듯합니다.

답 모호하다는 것 자체가 허구적인 것입니다. 이해가 자리할 때, 모호한 듯한 모든 것들이 용해됩니다. 진리 안에서는 그 어떤 논쟁도 일어날 수가 없습니다.

문 어떻게 그럴 수 있지요?

답 참으로 존재하는 것만이 실상을 갖고 있기 때문입니다. '진실 대 거짓' 같은 건 존재하지 않습니다. '거짓'이라 하는 것은 존재성이나 실상을 갖고 있지 못하며, 오로지 진실된 것만이 존재성을 갖고 있습니다. 참된 것이 아니라 여겨지는 모든 것은 환상이므로 결국 사라지고 맙니다.

문 또 다른 예를 들거나 좀 더 자세히 설명해 주실 수 있겠습니까?

답 실상에는 양극이 존재하지 않습니다. 양극은 언어나 사고의 개념들에 불과합니다. 양극으로 보이는 것들 가운데서 빛과 어둠을 예로 들어 봅시다. 사실상 어둠 같은 것은 없습니다. 오로지 빛만 있을 뿐입니다. 그렇다면 그 상태들은 빛이 현존한다거나 하지 않는다거나 아니면 빛이 다양한 강도로 존재한다는 식으로 서술하는 것이 정확할 것입니다. 따라서 모든 빛이나 그것의 결여 상태는 단지 빛의 용어로만, 즉 빛의 존재 유무 혹은 정도로서만 규정할 수 있습니다. 그러므로 거기에는 빛의 현존 혹은 부재라는 단 하나의 변수만이 존재합니다.

당신은 어떤 공간 속으로 어둠을 비추려야 비출 수가 없습니다. 물론 언어상으로는 빛의 부재를 어둠이라 부를 수 있기는 하지만 실상에서 어둠은 그 어떤 존재성도 갖지 못합니다.

또 다른 예로 돈을 갖고 있는 것과 갖고 있지 못한 경우를 들어 봅시다. 이 경우에 유일한 변수는 돈의 존재입니다. 그렇다면 '가난'이란 용어는 돈의 부재를 의미합니다. 하지만 돈의 부재는 그 자체로 사물이 아닙니다. 우리는 가난을 가질 수가 없습니다.

실상에는 위나 아래가 없습니다. 위와 아래는 자의적인 위치성에서 비롯되는 명칭들입니다. '위'도 '아래'도 실체로서 존재하지 않습니다. 에고라는 완전히 허구적인 세계도 바로 이렇게 해서 하나의 위치성으로서 형성된 것입니다. 양극이 독자적인 존재성을 갖고 있다고 가정하는 에고의 순진한 태도도 역시 이렇게 해서 형성되었습니다. 그러므로 눈에 보이는 세계는 단지 관찰자의 마음 속에서만 존재합니다. 그것은 그 어떤 독자적인 존재성도 갖고 있지 못합니다. 실상에서는 '있는 것'과 '없는 것'을 구별할 필요가 없습니다. 그저 있는 것을 있다고 긍정하기만 하면 될 뿐입니다. 따라서 거짓은 부정할 필요가 없고 그저 진실을 긍정하기만 하면 됩니다.

문 지각과 이원성을 넘어 실상으로 나아가는 것은 참으로 어려운 일인 듯하고 그런 일을 성취하려면 마음 전체를 새롭게 프로그래밍하는 것이 필요할 것 같습니다. 과연 가능할까요?

답 의식의 진화 과정에서 하나의 주요한 진전에 해당하는 것을 예로부터 '양극의 초월'이라 부르곤 했으며, 양극을 초월할 경우 앎의 급속한 도약이 이루어집니다. 여기서 알기 쉬운 다른 예를 살펴보기로 합니다. 상반되는 것으로 보이는 열과 냉기의 양극은 열이 존재하느냐 존재하지 않느냐를 가려내는 간단한 식별법을 통해 해소되어 버립니다. 우리는 '냉기'가 강해졌다고 말하지 않고 그저 열이 사라졌다고만 말합니다. 만일 열이 존재한다면 우리는 그런 상태를 따뜻하다거나 덥다고 할 것입니다. 냉기는 그저 열의 부재를 뜻할 뿐입니다. 냉기는 스스로 존재하지 못합니다. 방 안에 '열이 아닌 것'이 존재한다고 말할 수는 없습니다. '부재'가 존재한다거나 '무'가 존재한다고 말할 수는 없습니다.

분명한 또 다른 예를 들어 보도록 합시다. 양극인 것들로 여겨지는 보이는 것 대 보이지 않는 것을 살펴보지요. 보이지 않음이 독립적으로 존재하는 사물이 아니라는 것은 분명하므로 무엇인가가 보일 때 그것은 무엇을 통해 보이게 되는가라는 의문이 일어납니다.

또 다른 예는 역시 양극으로 여겨지는 존재 대 부재입니다. 존재는 입증할 수 있는 실체입니다. 그러나 부재는 고유하고 본원적인 어떤 상태나 조건이 아닙니다. 우리는 부재가 존재한다고 말할 수 없습니다.

문 이런 예들은 여전히 추상적인 것들로 여겨집니다. 좀 더 구체적인 예를 들어 주실 수 있겠습니까?

답 전기는 들어오거나 들어오지 않거나 둘 중 하나입니다. '꺼짐off-ness'이라는 것은 존재하지 않습니다. 꺼짐은 전선을 타고 흐를 수가 없습니다. 그런 말은 단지 언어상의 편의성 때문에 생겨난 것에 지나지 않습니다. 전신電信은 오로지 신호들만을 보낼 수 있습니다. 빈 것을 전송할 수는 없습니다. 이와 마찬가지로 삶은 존재하거나 존재하지 않거나 둘 중의 하나입니다. 죽음은 독립적인 존재성을 갖고 있지 못합니다.

문 비언어적인 경험을 예로 들어 주실 수 있겠습니까?

답 이런 원리를 입증할 수 있는 아주 간단하고 흥미로운 증거가 있습니다. 대부분의 사람들은 기본적인 운동역학에 어느 정도 친숙해 있는 편입니다. 우리는 간단한 테스트를 통해 긍정적이거나 진실인 것은 피험자의 근육을 강하게 해 주고, 진실이 아니며 부정적이고 거짓되고 해로운 것들은 그의 근육을 약하게 한다는 점을 알 수 있습니다. 운동역학에 대해 알지 못하는 사람들에게는 그런 운동역학적인 반응이 어떤 진술이나 질문을 긍정하거나 부정하고, 그것이 진실이거나 거짓이라는 식으로 말하는 것처럼 보입니다. 하지만 실은, 존재하거나 진실인 것은 전기와 마찬가지로 힘을 갖고 있어서 운동역학적인 반응이 긍정적으로 나타나는 반면 존재성을 갖고 있지 못하거나 가짜인 것은 에너지나 힘을 갖고 있지 않으므로 피험자의 팔은 그것을 강하게 해 줄 만한 힘과 전기가 없으므로 약해지는 것일 뿐입니다. 달리 말해 그 팔을 약하게 하는 거짓된 것은 존재하지 않는다는 뜻입니다. 거짓된 것들은 그저 언어적인 표현에 불과합니다.

비슷한 예로, 전기로 모터를 돌리는데 전기가 끊어지면 모터가 멈추는 경우를 들 수 있습니다. 여기서 모터를 멎게 하는 '비전기성' 같은 것은 존재하지 않습니다. 실상에서 존재성을 갖지 못한 것은 사고 작용이 빚어낸 가공적인 것입니다. 생각이 빚어낸 그런 것은 독립적이고 참된 존재성을 갖고 있지 못합니다. 그러므로 객관적이고 독자적인 우주를 찾는 것은 소용없는 짓입니다. 그런 것은 존재할 수가 없으니까요. 존재하는 모든 것은 단지 주관적인 체험으로서만 존재할 뿐입니다. 독립된 객관적인 실체는 긍정할 수도 부정할 수도 없는 것입니다. 긍정이나 부정이라는 진술들은 그저 하나의 위치성에 불과합니다. 그 누구도 자신이 한 체험의 순수한 주관성으로부터 벗어날 수가 없습니다.

문 에고의 목적은 무엇인가요?
답 그 목적이 무엇인지 우리는 말할 수 없습니다. 그것은 목적론적인 추론이 될 것입니다. 하지만 에고의 주된 기능은 독립된

'나'의 환상을 유지하고, '나'의 존재 및 독자성의 생존을 확보하기 위해 자신의 영속화를 꾀하는 것입니다. 그 결과 에고는 괴로움과 고통, 죽음의 지배를 받습니다. 따라서 에고는 획득, 상실에 대한 두려움, 궁극적인 운명에 대한 불안 등과 같은 다양한 표현 방식을 통해 생존 전략을 구사합니다.

문 에고의 기능이 야기하는 가장 중요하고 핵심적인 결과는 무엇입니까?

답 행위의 배후에 '행위자'가, 생각의 배후에 '생각하는 자'가, 느낌의 배후에 '느끼는 자'가 있다고 하는 믿음입니다. 이런 것들은 자신이 탄생과 죽음, 카르마에 종속되는 별개의 독립된 실체라는 믿음을 강화시키는 환상들입니다. 자신이 별개의 실체라고 하는 믿음은 두려움을 낳으며, 그 두려움은 생존을 지향하는 온갖 충동들은 물론 욕망과 탐욕과 시기심과 자부심과 증오와 죄의식과 같은 에고의 기본적인 메카니즘들을 강화시킵니다. 스스로를 별개의 유한한 실체로 보는 것은 자동적으로 '나' 대 '나 아닌 것', '여기' 대 '저기', '지금' 대 '그때' 등에 근거를 둔 이원성을 만들어냅니다.

문 그렇다면, 에고가 자기 증식을 꾀하려 드는 주된 요인은 무엇인가요?

답 에고는 자신이 독립된 실체라 믿으면서, 자신이 존재하지 않는 것이 될까 봐 두려워하는 마음과 싸웁니다. 에고는 종말이 올까 봐, 적당한 때가 되면 더 이상 생존할 수 없게 될까 봐 두려워합니다. 그것이 실체에 대해 갖고 있는 개념은 매우 제한되어 있고 자신을 넘어선 곳에 무엇이 있는지 알지 못합니다. 에고는 무한을 체험할 수 없으며, 자신을 대신해서 들어설 심원한 현존에 대해 알지 못합니다. 에고는 자신이 자각하게 되고 자신을 대신해서 들어설 위대한 '나'의 무한한 평화와 기쁨을 알지도 못하고 분명하게 체험하지도 못하기 때문에 작은 '나', 개인적인 '나'에 집착합니다.

에고가 무지하다고 해서 나무랄 수는 없는 일입니다. 에고는 자체의 제한된 매개 변수들 너머에 그 어떤 것이 존재한다는 사실을 전혀 알지 못합니다. 스스로가 부과한 한계와 범위를 넘어서려는 목표는 에고 자신으로부터 비롯될 수 있는 목표가 아닙니다. 외적인 도움을 받지 못할 경우 에고는 스스로를 초월할 수가 없고 자신의 한계와 장애물들을 없앨 수도 없습니다. 그것은 자신의 부족 거주지 너머에 온 세상이 있다는 사실을 알지 못하는 고립된 부족과도 같습니다. 원시적인 사회의 구성원들은 대체로 자신들을 '온 세상 사람들'이라 지칭하곤 합니다. 에고는 나쁜 것도 아니고 적도 아닙니다. 그것은 단지 그보다 훨씬 더 나은 것이 그것을 대신할 수 있게끔 놓아 버려야 할 하나의 환상에 불과합니다.

문 에고가 앞에서 말씀하신 것과 같다면 깨달음은 어떻게 일어날 수가 있나요?

답 깨달음을 가능하게 하는 것이 영성의 작용이며, 영성은 에고

의 경험에 존재하는 제약들을 넘어서서 알려 주고 가르쳐 주고 영
감을 불어넣어 주며 의식의 탐구를 인도해 주고 뒷받침해 줍니다.
더 큰 앎의 길을 따라 멀리 나아간 이들은 자신들이 발견한 것들
을 세상에 알려 주고, 그들의 가르침을 따르고 싶어 하는 이들을
이끌어 줍니다.

깨달음은 통계적으로 드문 일이긴 하나 전체적으로 보아 대단
한 양에 이르는 가르침들이 전 인류에게 깊은 영향을 미칠 정도만
큼은 일어납니다. 깨달은 이들 각자는 자신의 에너지를 방출함으
로써 인류 의식의 패러다임을 드러나지 않는 가운데 새롭게 재구
성해 주고 확장해 줍니다. 더 높은 의식의 수준이 가능하다는 사
실은 모든 지식에 영감을 불어넣어 주고 인류 경험의 배경이 되어
주는 총체적인 맥락을 창조합니다. 성장하려는 충동은 모든 사회
와 문화 속에 집단적인 형태로나 개인적인 형태로 본래부터 내재
되어 있습니다. 인류는 스스로를 향상시키려고 애쓰는 가운데 문
명의 역사를 창조해 냅니다. 인류는 간혹 잘못된 노력을 행하기도
하지만 자신을 향상시키려는 노력 자체는 언제나 존재합니다.

문 우리가 보고 경험하는 세상은 독립된 존재성을 갖고 있지 못
한 마음의 투사라고 합니다. 세상은 단지 지각으로서만 존재한다
는 것이지요. 이런 일을 어떻게 설명할 수가 있나요?

답 간단한 예 하나를 드는 것으로 시작할 수 있습니다. 우리는
세상에 '문제'가 있다거나 혹은 세상을 관찰하는 이에게 '문제'가
있다는 식의 얘기를 듣곤 합니다. 이러한 모든 '문제들'이 자의적

인 관찰점을 취한 결과로 인해 관찰자의 마음속에서만 존재한다고 하는 것은 비교적 쉽게 알 수 있는 일입니다. 모든 '문제들'은 오로지 사고 작용의 소산일 뿐 이 세상에 그런 것들은 존재하지 않습니다.

욕망과 세속적인 열정과 신념체계들은 결국 지각의 선택적인 성향을 이끌어 냅니다. 하늘에 존재하고 있다고 여겨지는 '별자리들' 이른바 '황도 십이궁'을 보십시오. 만일 밤에 별들이 총총히 뜬 하늘을 사진으로 찍어서 아무 선입관 없이 들여다본다면 밝게 빛나는 별들 사이에 마음대로 선을 그어서 친숙한 어떤 형상이나 기하학적인 형상의 윤곽을 그려 낼 수 있는 사실은 금방 드러납니다. 우리는 별들의 지도 위에 개나 고양이, 사각형 등을 그릴 수 있습니다. 이런 것들은 허공에 실재하지 않습니다. 별자리 같은 것은 존재하지 않으며 그것은 오로지 관찰자의 상상 속에만 존재합니다. 만일 우리가 공간상의 위치를 달리해서 바라본다면 독특한 이름을 지닌 유명한 별자리들 중 그 어느 것도 우리의 눈에 포착되지 않을 것입니다.

문 그렇다면 이 세상에는 어째서 그렇게 많은 잘못된 관찰이나 신념체계들이 존재하는 것일까요?

답 언어는 생각의 패턴들과 형상들을 만들어 내고 정의하며, 그런 패턴들과 형상들은 세상에 그대로 투사됩니다. 그것은 일종의 의인화(擬人化)하는 습성이라 할 수 있죠. 우리는 작은 나무 곁에 큰 나무가 서 있는 것을 보고 큰 나무가 작은 나무를 '억누르고' 있고 '햇빛을 빼앗아 간다.'라고 말합니다. 또한 우리는 그것은 잔인하고 성난 폭풍이었다고 말하고, 이것은 아름다운 나무인 데 반해그 곁에 있는 나무는 흉하고 볼품없는 나무라고 말합니다.

세상에는 무지하다고 할 만큼 순진하고 의인화된 진술들이 일상화되어 있습니다. 우리가 무언가를 좋다고 말할 때 그 말은 우리가 그것을 원하고 있다는 것을 뜻합니다. 우리가 무언가를 나쁘다고 말할 때 그 말은 사실 우리가 그것을 좋아하지 않는다는 것을 뜻합니다.

본래 이 세상에는 그 어떤 목적어도, 부사도, 전치사도 존재하지않습니다. 인과적 연쇄도, 사건도 존재하지 않습니다. 모든 동사들조차도 진실과 부합하지 않습니다. 무엇인가를 '하는' 것은 아무것도 없습니다. 명사들조차도 지각적 환상의 근원이 됩니다. 명사란 오로지 관찰자의 마음속에만 존재하는 경계境界들과 특성들 가운데서 관찰자가 제멋대로 선택한 것들을 표상하는 것에 지나지않으니까요. 참으로 알기 어려운 것은 모든 것이 그 자체로 완전하고 전체적이며 스스로의 자기 동일성으로서 존재한다는 점입니다. 이 세상에는 그 어떤 개별적인 '사물'도 존재하지 않으며, 설혹그것이 존재할 수 있다 해도 그것에 부여된 이름은 그것이 아닙니다. '이것은 의자다.'라는 말은 존재하는 모든 것의 절대적인 자기동일성, 그 완전함과 전체성을 부정하는 것이 됩니다. '이것은 의자다.'는 말은, A는 사실 B라는 말입니다. 의자라는 말, 그것의 이미지나 개념은 의자가 아닌 다른 어떤 것입니다. 마음은 이름 짓는 것과 언어적 편의성에 의해 잘 속습니다. 추상화하는 것은 언어적인 편의성에서 비롯된 것입니다. 추상적인 개념들은 그 어떤 독립적인 존재성도 갖고 있지 못합니다. 언어는 은유입니다.

우리는 영상들을 감추고 있는, 교묘하게 짜인 그림에 대해 잘 알고 있습니다. 아이들은 그런 그림 속에서 '고양이를 찾아내는 것'을 좋아하죠. 마음은 습관적으로 끊임없이 그런 짓을 거듭합니다. 지각에 의한 세계는 신념체계들에 의해 모이고 정서들에 의해 힘을 얻는 친숙한 영상과 이미지들을 통해 형성됩니다. 어떤 대상이나 상태가 미우냐 고우냐, 두려운 것이냐 마음에 드는 것이냐, 추하게 보이느냐 아름답게 보이느냐 하는 것은 전적으로 관찰자에게 달려 있습니다. 그런 특성들은 이 세상에 존재하지 않습니다. 형용사들은 그 어떤 실체성이나 존재성도 갖고 있지 못합니다.

의식이 더 높은 수준으로 진화하면 세상의 모습이나 움직임은 변합니다. 의식이 500대 중반 이상으로 측정되는 수준에 이르면 세상의 아름다움과 완벽함은 그 존재의 핵심인 신성한 광휘와 더불어 눈부시게 드러납니다. 형상과 분리로 보이던 모든 것들은 사라지기 시작하고 모든 것은 다른 모든 것과 면밀히 연결되고 이어지는 것으로 보입니다. 이때 우리는 영원한 창조의 끝없는 기적을 목도하게 됩니다. 모든 것이 완전하고 완벽한 전체로 보입니다. 자기 동일성이 실현되면서 모든 것은 그 신적인 본질의 표현 속에서 절대적으로 완벽하게 보입니다. 있는 그대로의 세계 속에서는 그 어떤 불완전함도 존재하지 않습니다.

의식의 수준이 600을 지나 700이나 그 이상으로 측정되는 수준에 이르면 세상 그 자체도 사라집니다. 거기에는 오로지 나타나지

않은 것the unmanifest과 지각으로서만 존재하는 나타난 것the manifest
이 있습니다. 그 절대적인 실상은 아무 형상이 없으며 따라서 모
든 형상 속에 존재합니다.

문 우리가 그런 앎의 수준에 이르도록 훈련될 수 있을까요?

답 그런 앎은 스스로 드러나는 것이지 획득되는 것이 아닙니다.
영적인 배움은 논리학과 같은 선형적인 진행 과정 속에서는 일어
나지 않습니다. 영적인 원리와 훈련에 친숙해지는 것이 앎과 자각
을 열어 줍니다. 그 어떤 '새로운 것'도 배우지 않습니다. 그저 이
미 존재하는 것이 완벽하게 자명한 것으로서 스스로를 드러낼 뿐
입니다.

13

설명

문 영적인 수행을 하는 데 가장 좋은 태도는 무엇인가요?

답 지속적이고 확고한 '음 적' 유형의 태도입니다. 그런 수행은 이해와 통찰, 대체로 얻으려 하기보다 받아들이려는 태도로 이루어집니다. 자신이 찾고 있는 것이 항상 존재하고 '존재하는 모든 것' 속에 본래부터 내재되어 있고, 보이지 않으며, 침묵하고 있다는 사실을 알아야 합니다. 그것이야말로 존재 그 자체를 위해 꼭 필요한 조건입니다. 그것은 가장 중요한 특성인 동시에 무엇인가가 '존재'하기 위한 절대적이고 더 이상 약분 할 수 없는 모체가 되는 특성입니다.

우리는 그것을 너무나 당연한 것으로 여겨 대체로 그 중요성을 간과하는 경향이 있습니다. 존재 자체의 그런 상태를 감지하기 위해서는 앎이 꼭 필요합니다. 필요 불가결한 그런 앎·존재의 본원적이고 고유한 특성이자 본질은 바로 신성입니다. 신성이 드러날 때는 너무나 확연해서 의심할 여지가 없습니다. 앎은 말없이 침묵하고 있고 계시로서 나타납니다. 그것은 완전하고 전체적이며 궁극적인 상태로서 스스로를 드러냅니다. 그것은 모호하거나 희미하지 않습니다. 그것은 강력하고 압도적입니다.

그 현존은 모든 분리 상태를 용해시켜 버립니다. 그때의 기분은 마치 자신이 시간 밖으로 나간 것 같은 기분입니다. 마치 모든 시간과 창조가 '지금' 속에서 평등하게, 그리고 완전하게 존재하기라도 하듯이 모든 순차적인 진행이 딱 멈춥니다. 일찍이 존재했고 앞으로 존재할 수 있는 모든 것은 이미 완전하게 존재합니다. 알 가능성이 있는 모든 것은 이미 알려져 있습니다. 잠재성은 이미 존재하고 있습니다. 모든 생각이 멈추면 시간과 공간과 거리와 지속 같은 생각의 모든 범주들도 그 타당성을 상실하면서 작용을 멈춥니다.

세상은 문자 그대로 전혀 달라 보입니다. 모든 것이 훨씬 더 깊이 있어 보입니다. 모든 것은 생생하게 살아 숨 쉬며 자각의 빛을 발합니다. 모든 것은 스스로가 존재함을 알고 있고, 모든 것은 다른 모든 것들 역시 스스로의 존재를 자각하고 있음을 알고 있습니다. 본래부터 활력 없고 무기력한 것은 아무것도 없습니다.

문 자기 탐구를 하기에 가장 좋은 영적인 방법에는 어떤 것이 있습니까?

답 '무드라'와 거의 비슷한 마음가짐이 바로 그런 것입니다. '무드라' 속에서 그런 마음가짐은 앎과 관찰의 자리가 됩니다. 그것은 음陰적이자 수용적인 태도가 확고하게 지속되는, 적극성을 내포한 수동적인 마음가짐입니다. 우리는 분명한 것을 보려고 '애쓸' 필요가 전혀 없습니다. 그저 의견과 믿음, 정신적인 범주들, 해설, 조바심, 마음이 다음 순간을 예상하거나 통제하려는 시도들과 같은 모든 장애들을 치워 버리기만 하면 됩니다.

우리는 아이들처럼 그림 형상 속에서 '숨은 그림을 보려고' 줄곧 애써 왔습니다. 그런데 우리가 숨은 그림을 보려고 애쓰는 걸 그만두는 순간 숨은 그림은 저절로 나타납니다. 예컨대 숲으로 보였던 것이 갑자기 미소 짓는 사자의 뚜렷한 형상으로 변하는 것처럼 말입니다. '애쓰는' 것은 결국 지각을 강화시키고 시야를 협소하게 만들어 더 큰 제약을 낳습니다.

보이지 않는 걸 찾는다는 것은 일종의 역설입니다. 보이지 않는 것을 보게 되는 것은 존재하는 모든 것 그리고 존재의 근저이자 토대와의 동일시가 일어나는 것이라고 볼 수 있습니다. 정서적·정신적·개념적인 모든 현상들이 저절로 자연스럽게 일어나며 그런 현상들을 일으키는 개인이 따로 존재하지 않는다는 것은 관찰을 통해서 자명해집니다.

참나는 전체적인 장場이자 그 장의 모든 내용물입니다. 참나는 의식을 통해 알려지고 알 수 있는 것이 되고 표현됩니다. 신은 어느 하나의 예외도 없이 존재하는 모든 것입니다. 신은 눈앞의 풍경, 소리, 공간, 대상, 형상, 형상 없음, 보이는 것, 보이지 않는 것,

고체, 액체, 차원이나 위치가 없는 것 등을 총망라한 모든 것이요 모든 곳에 두루 존재합니다. 신에게는 상반되는 것이 없습니다. 신은 모든 것이자 빈 것이며 형상이자 비형상입니다.

문 상반되는 것들은 어떻게 넘어설 수 있는지요?

답 빈번히 제기되는 질문입니다. 모든 양극이 단지 편의성에서 비롯된 설명들에 지나지 않으며 그 어떤 독립적인 실체성도 갖고 있지 않다는 점을 깨닫도록 하십시오. 양극은 임의적인 출발점 내지는 관찰의 자리를 받아들이거나 선택한 것으로 인해 만들어진 환상입니다. 양극이 지닌 가치라는 것은 기껏해야 의도나 행위의 목적 혹은 말하고자 하는 바의 참조점으로 쓰이는 것뿐입니다. 그런데 양극이 사용상의 편의성을 갖고 있다는 것은 그것이 단순히 하나의 서술적인 관점에 지나지 않는 것이 아니라 독립적인 실체라는 거짓된 가정을 낳곤 합니다.

모든 위치성들은 정의正義에 의지하며, 모든 정의는 오랜 세월에 걸친 합의에 의해 이루어진 관례들입니다. 모든 다툼과 갈등은 위치성들로부터 비롯됩니다. 더 높은 관점에서 볼 때 양자택일적인 모든 위치성의 쌍雙들은 진실과는 무관합니다. 그 모든 것은 앞으로 하려고 의도하고 있는 행위, 혹은 이론적으로 성립 가능한 미래의 행위라는 전제를 근거로 하고 있습니다. 선택의 가능성이라는 것은 이것을 명확하게 보여 줍니다. 만일 그 어떤 잠재적인 가치, 행위, 제한, 선택이 바람직한 것이거나 적절한 것이 되지 못한다면 양극은 무의미한 것들이 되어 사라지고 말 겁니다.

구별 discrimination 이란 분리된 입장들이나 분리된 실체들 간의 정보 교류라는 목적을 지향하는 개념적 정의입니다. 하지만 그 어떤 것도 다른 모든 것과 분리되지 않은 실상에서는 필요한 정보도 없고, 그런 정보가 전달되는 그 어떤 공간이나 간격도 존재하지 않습니다. 거기에는 송신자도 없고 수신자도 없으며 전달될 수 있는 그 어떤 개별적인, 혹은 한정된 정보의 꾸러미들도 존재하지 않습니다.

교류나 전달은 모든 것이 다른 모든 것과 분리된 듯이 보이는 지각의 세계에서만 가치가 있습니다. 실상에서는 모든 것이 존재성을 지닌 모든 것에 의해 이미 알려져 있습니다. 큰 바다가 그 자체가 되기 위해 '물기 wetness'란 개념을 필요로 하지 않는 것과 마찬가지로 그 어떤 메시지도 필요치 않습니다.

문 언어화는 오류를 만들어 내는 것인가요?

답 그것은 정확하게만 이루어진다면 탐구의 성격과 방향을 자리매김하는 하나의 출발점으로서 매우 유용한 것이 될 수 있습니다. 언어화는 맥락을 설정하는 데 도움이 되고 그 맥락은 점차 비언어적이고 포괄적인 것이 되어 갑니다. 정확한 정보는 어떤 길들이 핵심에서 벗어난 것이고 쓸데없이 시간만 낭비하게 하는지 알려 줌으로써 시간을 절약하게 해 주고 유익한 탐구에 추진력을 더해 줍니다. 자기가 찾는 구두가 어느 선반에 있는지를 알면 집 안의 모든 선반을 들여다보는 수고를 덜 수 있습니다. 좋은 나침반은 한참 동안 길을 헤매지 않게 해 주고, 정확한 지도는 추측을 하느라 많은 시간과 정력을 소비하지 않게 해 줍니다.

문 어떻게 하면 이원성의 양극을 넘어설 수가 있을까요?

답 신의 전체성과 편재성偏在性이 존재할 수 있는 모든 것이며, 그것은 모든 양자택일적인 것들을 배제합니다. '공空'으로서의 신은, 표현되지 않고 형상 없고 보이지 않고 접촉할 수 없는 무한한 잠재성인 나타나지 않은 신성입니다. 그것은 존재와 현존을 넘어서는 무한한 브라만이요 초월적인 크리슈나입니다. 그것은 태어나지 않고 표현되지 않은 근원입니다. 나타나지 않은 그것으로부터 창조 또는 전부임으로 표현되는 신인 전체성이 비롯됩니다.

신은 나타나지 않은 것임과 동시에 나타난 것, 공과 동시에 전부임, 보이지 않는 것임과 동시에 보이는 것, 잠재적인 것임과 동시에 현실화된 것, 표현되지 않은 것임과 동시에 표현된 것인 모든 현존입니다.

시바의 춤은 오직 관점의 차이에 지나지 않는 양극들로 보이는 것들의 나타남과 사라짐입니다. 그런 나타남과 사라짐은, 홀로그램이 홀로그램 자체의 움직임이나 변화에 의해서가 아니라 관찰자의 위치에 의해 나타나는 것과 똑같은 방식으로 일어납니다. 온도의 개념을 예로 들어 보기로 합시다. 온도는 모든 가능성을 내포하고 있는 것으로 거기에는 자의적인 서술의 기준이나 정의에 의한 경우를 제외하고는 더위도 추위도 존재하지 않습니다.

이러한 통찰을 통해 우리는 양자택일적인 선택으로 보이는 모든 것이 단지 관점이나 정의의 선택에 불과하다는 사실을 알 수 있습니다. 모든 정의는 순전히 주관적입니다. 따라서 무엇인가로 인해 비난받을 만한 그 어떤 '저 밖의' 독립된 실체도 없습니다. 우리는 폭풍이나 눈사태의 희생자가 될 수 없습니다. 우리는 단지 실질적인 현상에 참여하면서 그것을 관찰하는 자에 불과합니다. 그러므로 우리는 삶의 희생자가 될 수 없습니다. 우리는 그저 어떤 상태나 조건이 유리한 것이 될 수도 있고 불리한 것이 될 수도 있으며, 바람직한 것이 될 수도 있고 바람직하지 않은 것이 될 수도 있는 하나의 입장만을 취할 수 있을 따름입니다. 그러므로 모든 증오와 앙갚음, 악의, 원한, 분노는 사실상 그 어떤 근거도 갖지 못한 것들입니다. 그것들은 모두 허구적입니다.

모든 사람은 자연과 인간의 상호 작용, 곧 사회라고 하는 것으로서 표현되는 삶의 속성에 영향을 받습니다. 이러한 상호 작용은 비인격적인 것이며, 삶에 온갖 부침浮沈이 따라붙는 것은 누구나 피할 수 없는 일입니다. 삶의 이런 부침은 당사자의 관점에 따라서 흥미로운 것이 될 수도 있고 우울한 것이 될 수도 있습니다. 그 어떤 위치성도 없으면 삶을 평화롭고 흥미로운 것으로 체험할 수 있습니다. 이때 삶은 자기 연민이나 괴로움이 아니라 지혜와 성장을 촉진시켜 주는 것이 됩니다. 어떤 선택을 할 것인지는 각자에게 달려 있습니다. 비雨는 사람의 행불행을 결정하지 않습니다. 집착과 위치성을 버리면 어떠한 상황에서도 내면은 고요하고 평화롭습니다.

문 하지만 현실적인 것에 기반을 둔 합리적인 의견이나 위치성도 있지 않을까요?

답 그것들은 기본적으로 편의적인 것들입니다. 사실상 자기 도취적인 것들입니다. 모든 분노는 감상주의적인 성향과 격정과 멜로드라마에 대한 성마른 형태의 자기 탐닉입니다. 우리는 순교자나 가련한 희생자가 되기도 하고 스스로를 비극적이거나 영웅적인 인물로 꾸며 내기도 합니다. 어떤 인간적인 행위나 반응을 합리화하고 설명하고 완벽하게 정당화하기 위해 무수히 많은 그럴싸한 설명이나 변명이 동원되곤 합니다. 반응은 조건의 지배를 받는 것이지만 또한 선택적인 것이기도 합니다. 진지한 영적인 탐구자는 이렇게 어린애처럼 굴고 싶은 유혹을 넘어서야 합니다. 그런 유혹을 있는 그대로 보며 그러한 감정 표현 게임의 유혹을 거부해야 합니다. 의식의 어떤 수준에 이르면 그런 게임들은 완전히 거짓된 것으로 보일 수 있습니다. 우리가 그러한 것들이 자신의 '연기나 꾸밈'이라는 것을 자각하지 못한다 하더라도 실제로 그런 게임들은 '연기나 거짓 꾸밈'에 지나지 않습니다.

미국 사회에서 평화에 대한 온갖 현란한 수사가 난무하고 있는데도 평화는 그다지 인기가 없습니다만 그것은 문자 그대로 하나의 선택이자 결정입니다. 삶의 불평등함으로 보이는 것들에 일일이 반응하기보다 그것들을 그냥 무시하고 넘어가자고 결심하는 것은 하나의 선택입니다.

문 그렇다면 사회적인 문제들은 어떻게 하죠?

답 사회 개혁자가 되는 것은 깨달음을 추구하는 것과는 완전히 다른 길입니다. 영적인 성장은 다른 사람들의 내면에 영향을 미치지만 물리적인 힘은 오로지 외적인 것들만을 변화시키려 한다는 점을 염두에 두는 것이 좋습니다. 개인적인 불만과 원한을 버리는 것이 도발적인 구호나 팻말을 들고 거리를 행진하는 것보다 사회 전체를 위해 훨씬 더 가치 있는 일이 됩니다. 영적으로 성숙한 사람들은 이제 자신의 외부에서 인정이나 동의를 구할 필요가 없으므로 다른 사람들이 자신에게 동의하느냐 하지 않느냐 하는 것이 그들에게는 별 문제거리가 되지 않습니다.

문 지복至福의 상태로 들어간다는 것은 뭘 뜻하는 것인가요? 그런 사람은 무엇을 하지요? 어떤 일이 일어나나요?

답 강렬하고 무한한 사랑 속에 녹아들어 가는 상태는 실로 압도적이고 그 무엇으로도 형용하기 힘듭니다. 그 상태에서 나오고 싶은 마음도 없고, 다른 이의 도움을 받지 않고서는 그 상태에서 나올 수 있는 힘도 없습니다. 모든 신체 기능들이 정지합니다. 숨 쉬는 일조차도 멈출 수 있으며 아주 가까운 다른 사람이 간청을 할 때야 비로소 숨 쉬는 일을 재개합니다. 그러나 굳이 그렇게 할 필요는 없습니다. 그 사람은 앎에 의해, 스스로 원하면 몸을 떠나도 좋다는 허락을 받은 상태입니다.

이 사람(저자를 가리킨다 — 옮긴이)의 경우에는 사랑에 감사하기 위해 숨 쉬는 일을 재개했습니다. 아마도 그것은 카르마에 의해 결정된 일이었을 겁니다. 그러나 몸으로 돌아가는 것이 단지 일시적인 일에 그치고 끝내 무한한 사랑 속에 용해되는 것이 필연적이고 확실한 일임을 그 순간 이미 알고 있었기 때문에 그런 선택을 한 것이기도 합니다. 그 무한한 상태의 영원함과 비교할 때 육체의 영역으로의 짧은 귀환은 사소한 일처럼 여겨졌습니다.

문 세속의 삶으로 돌아와 달라고 간청할 만한 사람이 곁에 없었다면 어떻게 되었을까요?

답 그런 조건들이 마련되느냐 아니냐의 여부는 아마도 카르마와 주위 상황, 조건, 신의 뜻, 그리고 전체성으로서의 우주의 상호작용 등에 달려 있을 겁니다. 주위에 간청하는 사람들이 없었다면 그 몸은 작용하기를 그쳤을 것이고 그 당시 그것은 아주 기꺼운 일이었을 겁니다.

라마나 마하리시가 자기도 모르게 그런 지복 상태에 들어갔을 때 그는 상당히 긴 시간 동안 아무에게도 발견되지 않았습니다. 며칠 동안인지 알 수 없는 그 기간 동안 음식을 먹지 못하고 물도 마시지 못한 것은 물론이요 많은 곤충들에게 심하게 물어뜯기기까지 했습니다. 그를 발견한 사람들은 그에게 물을 마시고 음식을 들라고 사정했습니다. 그는 서서히 그런 요청에 응했고 마침내 몸을 움직이고 다시 기능하기 시작했습니다. 그러나 그는 2년 동안 말을 하지 않고 지냈습니다.

문 깨달은 상태에도 정도의 차이가 있나요?

답 예부터 산스크리트어 식 명칭들을 사용해서 서술되어 온, *사마디(삼매 혹은 선정 ─ 옮긴이)*의 각기 다른 수준들이 있습니다.

우선 초월적인 상태이긴 하나 눈을 감고 명상에 들어가 있는 동안만 지속되는 사마디가 있습니다. 그리고 눈을 뜬 후에도 명상의 상태가 지속되는 좀 더 강력한 사마디가 있습니다. 마지막으로, 자리에서 일어나 주위를 돌아다니고 간단한 일을 하는 동안에도 지속되는, 훨씬 더 진전된 상태의 사마디가 있습니다. 이런 상태들은 뇌파도가 보통의 의식 상태를 나타내는 베타 파보다 훨씬 더 느린 '알파' 파로 기록됩니다. 그렇게 훨씬 더 진전된 상태는 지속적으로 이어지는 영원한 앎이며 그로 인해 세속으로 돌아와서 카르마나 그 이전의 결정, 선택, 동의에 의해 결정된 대로 제 기능을 하는 것이 가능합니다. 물론 그렇게 하는 것은 그렇게 세속으로 돌아온 이에게는 '현자'라는 이름이 붙으며 그는 치료자이자 스승이자 깨달음에 관한 정보의 원천으로서의 역할을 할 수 있습니다. 깨달은 현자의 뇌파도는 평상시 세계에서 활동하는 것을 아주 어렵게 만드는 느린 세타 파에 의해 지배됩니다.

그런 상태에서는 어느 때고 세상을 떠날 수 있는 선택의 자유가 지속됩니다. 마치 말없는 동의나 앎의 일부이기라도 한 것처럼 그런 선택의 가능성은 항시 열려 있습니다. 그에게는 삶을 지속해 나가야 할 하등의 의무가 없습니다.

문 그렇다면 세속적인 삶은 어떻게 재개되나요?

답 몇 년의 세월이 흐른 뒤 세상에서 충분히 활동할 수 있을 정도로 사람들의 교류 방식들을 다시 익히고 인간사에 다시 친숙해지면서 적절한 조정이 이루어집니다. 그리고 최근의 역사를 따라

잡아야 했습니다. 그런 일은 텔레비전에서 뉴스를 보고 신문 기사의 제목들을 읽는 것으로 이루어질 수 있습니다. 인류의 의식의 전체적인 장 속에는 마치 자체의 본질에 의해서 투명하게 드러나는 듯한 지속적인 대화가 존재합니다. 그 대화를 인지할 경우 그것은 자신이 적절히 반응할 수 있는 선택지들을 동반한 여러 가지 측면들을 제공해 줍니다.

문 그런 상태에서 지속되는 것은 무엇인가요?

답 참나의 앎과 현존이 항상 존재합니다. 남아 있는 인성은 사람들이 평범하지 않은 어떤 면모에 주목하거나 그것에 대해 이야기하는 상황을 피하고 온전해 뵈는 모습을 유지하기 위해 세상 사람들이 기대하는 바에 적절히 부응해 줍니다. 이런 평범함은 스스로의 뜻으로 익히는 것이긴 하나 에너지의 소모와 형상에 대한 주의를 요구합니다. 사람들의 삶의 방식과 상호 작용하는 일은 하루 중에서 일정한 시간 동안만 이루어질 수 있으며 그것이 자신의 자연스러운 상태가 아니므로 아주 피곤한 일처럼 여겨질 수가 있습니다. 세상 사람들의 모든 요구와 바람에 일일이 다 응해 줄 수가 없으므로 웬만한 바람 정도가 아니라 '절실한 요구들'에 부응하기 위해서 에너지를 아끼려는 경향이 있습니다.

그 현자는 일종의 매개체로서의 역할만 지속하며, 그 매개체가 지향하는 목적이 무엇인지는 참나를 통해서 표현되는 신의 뜻에 의해 드러납니다. 그는 무의식중에 자연스럽게 이루어지는 행위에 대한 목격자에 지나지 않습니다. 그 몸은 살아 있는 인형처럼 계속 작용하며 사람처럼 행동합니다. 그 몸이 요구하는 바는 우주와의 상호 작용에 의해 자동적으로 충족됩니다.

문 '아쉽거나 유감스러운 점' 같은 것은 없나요?

답 그런 건 없습니다만, 세상 사람들의 기대와 바람을 충족시켜 줄 수 없을 때가 종종 있다는 자각이 존재합니다.

문 박사님께서 '박사님의' 역할이라 말씀하실 만한 것은 무엇인 가요?

답 영적인 앎을 촉진함으로써 인류의 고통을 구하는 데 기여하기 위해 세상에 대해 그저 참나로서 존재하고, 그것을 가급적 명확히 설명하는 것입니다. 그런 역할과 함께 따라붙는 에너지 장은 자동적으로 그리고 조용히 인류의 삶의 행복에 기여하고 인류의 고통을 줄여 줍니다. 그리고 그렇게 하는 것 자체가 만족이요 완성입니다.

문 어떤 기도를 하는 것이 도움이 되는지요?

답 주의 종, 신성한 사랑의 매개체, 신의 뜻의 통로가 되게 해 달라고 간구하십시오. 앞으로 나아갈 길이 무엇인지 묻고 신의 도움을 청하고 헌신을 통해 개인적인 모든 의지를 내맡기십시오. 자신의 생명을 신에 대한 봉사에 헌신하십시오. 모든 선택 가능성 중에서 사랑과 평화를 맨 먼저 선택하세요. 모습을 드러낸 모든 생명체에 대해 무조건적인 사랑과 연민을 베푼다는 목표에 전념하고 모든 판단과 심판은 신에게 맡기십시오.

문 용서해 줄 만한 가치가 없는 듯한 사람들을 어떻게 용서할수가 있습니까? 그건 불가능한 일처럼 여겨지는데요.

답 다른 사람들의 참조 틀들과 인간적인 한계 및 조건, 유전자적·사회적 프로그래밍을 이해하면 인간적인 한계를 인정하고 수용하게 됨으로써 대부분의 해악과 증오와 적의를 피할 수 있습니다. 인간성에 대한 비현실적인 기대가 널리 퍼져 있고, 그런 기대들은 가설적인 논점들을 남용하고 부정(否定)적인 태도를 보이는 것 등에 의해 증식되고 후세에까지 유전됩니다. 정치학적·사회학적 가설은 세월이 흐르면서 대체로 인간의 욕망과 조건과 한계에 관한 거짓된 전제들에 근거를 둔 부정확한 것임이 입증되었습니다. 그런 가설들은 또한 너무나 단순해서 거의 항상 맥락을 완전히 무시해 버리며 정황을 고려하지 않은, 인간 행동에 관한 그릇된 전제를 만들어 내곤 합니다.

예를 들어 정직하게 행동한다는 것은 일정한 어떤 조건이 갖춰졌을 때만 실현 가능한 일입니다. 만일 결핍과 궁핍, 굶주림이 일정한 상태에 이르게 되면 정직함이라는 '사치'는 희생시킬 수밖에 없습니다. 가난은 그 자체의 생존의 규칙들을 갖고 있습니다.

충족되지 못한 생물학적인 충동들이 행위에 대한 가설적인 이상을 지배할 수도 있습니다. 예를 들어 전두엽 앞에 있는 피질의 합리적인 특성이 뇌 깊은 곳에 자리 잡은 유서 깊은 동물적인 뇌의 강력한 반응에 압도당할 수도 있습니다. 페로몬의 효과를 포함한 종족의 생존 법칙들이나 수백만 년에 걸쳐 진화해 온 생물학적인 특성을 무시하는 것은 인위적이고 부자연스러운 것입니다.

사람들의 이상적 기대치가 간과해 온 또 다른 요소는 개인적인 제어 능력의 결함, 비정상적인 훈련이나 상태, 뇌화학적인 결함과 같은 개인적인 편차나 비정상적인 특성입니다. 이런 사람들은 종종 환경에 의해서나 약물 중독 등에 의해서 자신들에게 주어진 한계를 넘어섭니다. 이런 모든 사실들을 인식하는 것은 한계가 있는 세상에서 완전함을 바라는 우리의 기대치를 완화시켜 주는 경향이 있습니다.

이 사회의 사람들은 인간적인 한계나 편차 같은 것이 있다는 사실을 배우지 못하고 있습니다. 청교도적인 미국 사회는 오만하게 행동하고, '의지의 힘'이라는 존재하지도 않는 허구적인 능력을 크게 강조하는 경향이 있습니다. '의지의 힘'은 도덕론자들이 보복을 정당화하기 위한 명분으로 남용하고 있습니다. 인간의 행위에 대해 연구하는 사람들은 인간이 믿고 신뢰할 수 있는 의지의 힘 같은 능력이 존재하지 않는다는 것을 자명한 사실로 받아들입니다. 그런 연구자들은 의지의 힘이라는 것이 유리한 상황에 처한 소수의 사람들의 경우에만 제한적으로 작용할 뿐 대부분의 시대의 대부분의 사람들에게는 그런 것이 완전히 결여되어 있었다는 사실을 발견하곤 합니다. 인류 사회의 해결되지 못한 많은 문제들의 밑바탕에는 의지의 힘이라는 허구가 깔려 있습니다.

만일 우리가 평균적인 사람들을 결함 있고 한계 있는 사람으로 보고, 또 주어진 어떤 순간이나 어떤 상황에서의 모습 이상의 다른 어떤 것이 될 수 없다는 사실을 받아들인다면 대부분의 부정적인 감정이나 판단은 피할 수 있습니다. 이때 우리는 사람들을 '나쁘고', '이기적이고', '악한' 사람이 아니라 한계가 있는 사람으로 보게 됩니다. 그렇다면 삶은 훨씬 더 수월하고 평화로운 것이 됩니다.

이에 더해, 삶에 대한 우리의 개인적인 체험들은 사회의 전반적인 의식 수준과 아울러 우리 자신의 개인적인 의식 수준에 의해 조정되고 재단되고 결정됩니다. 과학이 발전함에 따라 성격적인 특성들과 함께 행위, 그중에서도 특히 비정상적이고 특이한 행위가 유전된다는 사실이 속속 드러나고 있습니다. 지배적인 특성들의 상당수가 유아기 초기에 이미 형성되고 작용합니다. 예컨대 '기분 변조dysthymia'라고 하는 우울증은 아이 때 시작되어 평생 동안 지속됩니다. 그런 증세에는 꼭 있어야 하는 특정한 어떤 뇌 신경전달물질의 결핍 현상이 동반됩니다. 다른 이의 도움을 받지 못할 경우 그런 기분 상태나 행동 양태는 개선될 수 없는 경우가 대부분이며, 전문가의 도움을 받더라도 상황이 해소되지 못하는 경우도 적지 않습니다.

문 그렇다면 대부분의 다툼과 갈등은 교육에 의해서 해소될 수 있을까요?

답 그렇습니다. 연민과 지혜는 나란히 가는 법입니다. 다른 이들의 한계와 결함에 대해 불평하는 것은 비현실적이고 소용없는 일입니다.

문 이상理想에 대해서는 어떻게 생각하시나요?

답 우리는 그것들을 소망하기는 하지만 실현되리라 기대할 수는 없습니다. 목표란 가설적이고 지적인 구조물이며 영감의 원천이 될 수 있긴 합니다만 이상화理想化는 종종 자부심 가득한 오만을 지칭하는 말로 쓰이곤 합니다. 관례적인 면에서 볼 때 이상은 우리가 타인들에게만 기대하는 것이고 자기 자신에게는 여러 가지 편리한 변명을 대며 그다지 기대하지 않는 것입니다.

타인들이 자신의 기준이나 이상에 맞춰 살아 주기를 기대하는 것은 매우 미성숙한 태도입니다. 대다수 사람들이 '자신들이 얻을 수 있는 것을 취하는 것' 이상의 그 어떤 도리나 이치도 갖고 있지 않다는 점을 간과하지 마십시오. 이 행성에 사는 사람들의 78퍼센트는 온전성의 수준인 200 수준 이하로 측정됩니다. 그들은 영적인 진실에는 관심이 없습니다. 그들에게 그것은 허구이거나 이상주의적인 난센스에 지나지 않습니다. 200 수준 이하의 의식 수준에서는 공정함, 고려나 배려, 정직함, 윤리 등은 거의 존재하지 않습니다. 설사 그런 것이 작용한다 해도 그것은 표준이 아니라 예외적인 현상에 지나지 않습니다.

그리고 합리성과 지성은 의식 수준이 400대에 도달하기 전까지는 행동을 하거나 결정을 내릴 때 지배적인 기준으로 작용하지 않는다는 점을 알아 두도록 하십시오. 대다수 사람들은 논리가 아니라 결핍과 감상성, 욕망, 무지, 교만함, '정당한' 입장이 되려는 마음 등에 의해 속박당합니다. 200 수준 이하에서 사회는 힘이 아니라 위력에 의존합니다.

문 영적인 탐구자는 사회에 어떤 도움을 주는 존재가 될 수 있나요?

답 영적으로 성장하기 위해 노력하는 것은 자신이 줄 수 있는 최대의 선물이 됩니다. 그것은 사실상 힘 그 자체의 본성으로 인해 내면으로부터 전 인류를 향상시켜 줍니다. 힘은 사방으로 퍼져 나가 모두에 의해 공유되는 것인 반면 위력은 일정한 한계가 있어서 언젠가는 소멸되는 덧없는 것입니다. 모든 사회는 친절하고 사랑 어린 모든 생각과 말과 행위에 의해 잠재의식적이고 내밀하게 영향을 받습니다. 용서하는 모든 행위는 모두에게 이익이 됩니다. 우주는 모든 행위를 알아차리고 기록하며 똑같이 되돌려 줍니다. 카르마는 우주 그 자체의 구조와 기능이 본래 그렇게 되어 있기 때문에 사실상 우주의 본성입니다. 우주에서 시간은 영원이라는 단위로 측정됩니다. 그런 단위를 넘어설 때 시간은 존재하지도 않습니다. 그러므로 모든 친절함은 영원히 존재합니다.

14

몸과 사회

문 자신을 마음이나 몸하고 동일시하는 태도를 멈추면 우리는 어떻게 생존할 수 있을까요?

답 몸을 완전히 버리는 것이 '허용'되고 또 그렇게 하는 것이 가능한 순간들이 있습니다. 운명, 카르마, 의도, 헌신, 혹은 우리가 그것을 무어라고 부르는 편을 선택하든 간에 그런 것도 역시 작용합니다. 만일 그 이전의 선택에 의해 운명이 결정되었다면 이 몸과 결부된 삶은 지속될 수도 있습니다. 그것은 저절로 그렇게 됩니다. 몸이 생존하는 데는 사고 작용이 필요 없습니다. 우주가 그것을 제공해 줍니다.

지금 이 순간에도 모든 사람의 몸은 그 어떤 의식적인 생각이 없이도 삶을 이어 주는 수많은 생리적인 작용을 하고 있습니다.

몸은 심장이 한 번씩 고동칠 때마다, 소화효소를 낼 때마다 그렇게 할까 말까 결정할 필요가 없습니다. 각각의 기능들은 그것들이 더 큰 전체의 통합된 한 부분들이기 때문에 행해지기로 되어 있는 일들을 합니다. 몸 역시 전체로부터 분리된 게 아닙니다. 몸은 우주의 일부고 그것의 생존은 전체의 한 기능입니다.

정보가 필요할 때는 그런 것이 몸에 제공되는데, 반드시 마음에서 나오는 것이어야 할 필요가 없습니다. 그 신경계와 감각들은 자동적이고 습관화된 반응 양식을 갖고 있습니다.

보통의 몸 · 마음은 끝없는 결핍과 욕구와 근심 걱정에 의해 움직여 나가지만 이런 것들이 그 밑바탕이 되어 주는 동기 부여적인 요소를 상실할 때 몸은 거의 그 어떤 요구사항도 갖고 있지 않다는 사실이 드러납니다. 몸 그 자체는 더 이상 만족의 근원으로서 필요한 것도 구할 만한 것이 되지 못합니다. 만족의 근원은 항상 존재하는 앎과 매 순간 존재하는 기쁨 속에 있기 때문입니다.

그리하여 몸의 지속성 여부는 지엽적인 상황들, 예컨대 몸의 유지와 생존을 보살펴 주는 다른 사람들이 있느냐 없느냐에 따라서 좌우됩니다. 만일 몸의 생존에 대한 다른 사람들의 관심과 같은 지엽적인 조건들이 존재하지 않을 경우 몸은 생존하기를 그칠 수도 있습니다. 몸이 생존하느냐 생존하지 못하느냐 하는 문제는 사실상 그리 중요한 문제가 아닙니다.

문 몸의 일부 작용들은 '꼭 필요한 것'이 아니겠습니까?

답 그런 작용들은 꼭 '필요'해서가 아니라 몸의 특성이 그러하기 때문에 일어납니다. 그런 작용들은 한 가지 기능을 갖고 있습니다. 예컨대 반복되는 감각 체험들은 위치와 방향 감각을 유지하는 데 도움이 됩니다. 하지만 참나는 보이지 않고 무게도 없으며 어디에나 존재하므로 소리조차도 위치를 정확히 알려 주는 것이 되지 못합니다. 몸은 목격되는 것일 뿐 특별한 것이 아닙니다. 만일 그 반복되는 감각 체험이 중단될 경우에는 시간, 위치, 물질성은 사라지고, 방향 감각을 잃는 일마저도 일어납니다. '이 세계 내'에 머무르거나 '이 세계의 일부'로서 작용하는 것은 의도적인 집중의 결과이며 에너지를 필요로 합니다.

문 마음이 깨달음의 주요한 장애라는 말씀을 들으니 혼란스럽습니다.

답 이해를 돕기 위해 좀 더 자세히 설명하자면, 마음은 '생각하는 마음'과 '아는 마음'으로 '나눠 볼' 수 있습니다.

'아는 마음'은 알고 인지認知하고 많은 것들을 의식하며, 생각과 언어와 개념들에 의존하지 않는 여러 가지 능력을 갖고 있습니다. 그 마음은 전체와 본질적인 요소들과 패턴들을 인지합니다. 만일 마음이 생각을 언어화하거나 순차적으로 배열하는 일을 멈춘다면 마음은 여전히 비언어적인 차원에서 빠르게 이해할 수 있습니다. 개조차도 그 어떤 언어도 필요로 하지 않는 상태에서 아주 많은 것을 알거나 인지합니다.

이 '아는 마음'은 항상 존재하나 마음이 이성·논리·생각·언어에 초점을 맞출 경우에는 잊히곤 합니다. 우리는 아는 마음을 중심적인 시야와 대비되는 주변적인 시야로 비유해서 생각해 볼 수 있습니다. 예를 들어 눈은 시계 같은 개별적인 대상에 초점을 맞추기도 하지만 그와 동시에 방 안 전체를 받아들이고 기록하고 인지합니다.

영적인 수행을 하는 과정에서는 중심적인 초점으로부터 모든 것을 포괄하는 훨씬 더 폭넓은 응시 쪽으로 주의를 돌릴 필요가 있습니다. *중심적인 초점은 언제나 에고의 관심사로 향합니다. 그러므로 그것은 욕망과 한계의 초점입니다.* 어떤 이들은 우리가 세상에서 제 역할을 다하기 위해서는 초점을 맞춰야 한다고 말할 수도 있습니다. 그러나 초점을 맞추는 것은 전체를 배제함으로써 이루어집니다. '아는 마음'처럼 주변적이고 초점을 맞추지 않는 시각은 배제하는 게 아니라 포괄합니다. 그런 시각은 세부가 아니라 본질에 관심을 가지며 언제나 힘들이지 않고 편안하게 작용합니다. 그런 시각은 항상 존재합니다.

우리는 '아는 마음'에 의해서 생존하고 '초점을 맞춘 생각하는 마음'에 의해서 목적을 성취합니다. 여기서 우리는 기억력을 높여 주는 문장 하나를 활용할 수 있습니다. 초점은 기능하기 위한 것이고 주변 시야는 평화를 위한 것(Focus is to function and peripheral is for peace. focus의 f와 function의 f가 서로 대응하고 peripheral 의 p와 peace의 p가 서로 대응함으로써 쉽게 잊히지 않는 문장이 된다—옮긴이)이라는 문장이 바로 그것입니다. 깨달은 상태에서는 들뜨고 불안한 '초점을 맞춘 생각하는 마음'의 에너지가 편안하고 생각 없는 '아는 마음'으로 흡수되며, 허락을 받을 경우 '아는 마

음'은 그것의 배후에 있고 그것을 비춰 주는 앎 그 자체가 됩니다.

그리고 의도는 대상의 중심부에 초점을 맞추는 명확한 응시를 낳는 반면 사랑은 동공의 확장을 낳고 따라서 그 눈은 대상을 전체적으로 포괄하기 위해 대상의 주변부에 초점을 맞춥니다. 사람들이 자주 하는 농담 중에, 대부분의 남자들은 자기 아내의 눈동자의 빛깔을 금방 말하지 못한다는 말이 있습니다.

초점을 맞춘 선형적이고 언어적인 마음은 신에 '관해서' 배울 수는 있습니다. 하지만 진리는 전체적이고 모든 것을 포괄하는 것이므로 그런 마음은 신을 직접적으로나 경험적으로 알 수 있도록 준비되어 있지 않습니다.

우리는 황반(망막의 가장 밝은 부분 — 옮긴이)의 시각 혹은 중심적인 시각은 '양'이고 이에 반해 주변적인 시각은 '음'이라고 말할 수도 있습니다. 지성은 양입니다. 참나는 음에 좀 더 가까운 것입니다. (참나는 양을 포함하기는 하나 음적인 방식으로 양을 포함합니다.)

깨달음 혹은 각성의 순간은 바로 이런 궁극적인 음양의 '체험'과 비슷합니다. 깨달음은 본래 주어진 것을 받아들이는 것입니다. 그 궁극적인 내맡김은 받아들여지기를 기다리고 있는 실상의 드러남을 위한 문을 활짝 열어 줍니다. 이것이 바로 음의 궁극적인 힘입니다. 현존은 참으로 엄청난 힘과 함께 나타나므로 양의 궁극적인 존재처럼 느껴지기도 합니다. 깨달음은 그러한 결합의 소산으로, 절대적으로 완전하고 궁극적인 것입니다. 깨달음이 일어나는 것은 새로운 별 혹은 새로운 성운이 탄생하는 것과도 같습니다. 이런 얘기는 깨닫게 되는 존재가 한정되고 국소적인 '당신' 이 아니라는 사실을 알지 못하면 과장된 얘기처럼 들릴 수도 있습니다. 참나는 온 우주의 모든 것이며, 따라서 그런 상태에 이른 다른 이들은 그 '사건'의 거대함과 엄청남으로 인해 그것을 '우주 의식'이라 표현했습니다. 이런 사건이 인류의 의식 전체에 깊은 충격을 주고, 이러한 충격파는 몇 천 년, 아니 무한한 시간 동안 영향을 미친다는 사실을 결코 잊지 마십시오.

이 행성에 나타난 화신의 의식이 없었다면 인류는 몇 천 년 전에 이미 자멸하고 말았을 것입니다. 그러므로 붓다가 자신의 '가르침'의 미덕과 훌륭함을 찬양할 때 그것은 그저 겸손한 자세로 사실을 말하는 것에 불과합니다. 그것은 자화자찬과는 무관합니다. 모든 생명체를 떠받쳐 주는 그것의 실현은 결코 작은 발견이 아닙니다. 모든 현자들은 같은 진실을 알고 있지만 그것을 다르게 혹은 다른 언어 스타일로 표현합니다.

문 물질적인 문제들을 다루는 데는 아주 유용한 지성이 어째서 깨달음에 이르는 면에서는 그토록 쓸모없는 것이 되고 장애가 되는 것일까요?

답 에고ego · 마음mind은 말과 개념과 상징의 사용, 지각이 빚어낸 선형적이고 연쇄적인 논리와 추상적인 개념들에 갇혀 있습니다. 사고思考가 제공해 주는 지식의 모체인 그것은 주로 정의定義에 의존하는 일종의 인식론적인 자리입니다. 따라서 깨달음에 이르는 길에 핵심적인 장애가 되는 것은 정의 그 자체입니다. 정의는 그것이 전달될 수 있는 개별적이고 제한된 의미를 갖게끔 언어적 · 청각적인 구문syntax으로서 표현되는 일종의 합의된 기호체계이자 가공품입니다. 언어는 정확하면 할수록 유용합니다.

정의를 하기 위해서는 생각의 추상적인 범주를 다뤄야 합니다. 우리는 강綱, 속屬, 종種들을 일일이 명기합니다. 따라서 언어화는 강에서 속으로, 속에서 종으로, 그리고 다시 종에서 개별적인 대상으로 조심스럽게 그리고 점진적으로 제한하는 결과를 만들어 냅니다.

의식의 이 수준이 완벽함에 가까워지면 그것은 400대로 측정이 되며 499 수준은 지적인 천재의 수준입니다. 이 수준은 매우 강력한 힘을 갖고 있습니다. 이 수준은 모든 현대 과학과 산업과 경제, 우주 탐사, 생물학적인 연구 등을 낳고 그런 것들을 떠받쳐 줍니다. 400대의 수준은 네안데르탈인의 사고에서 까마득하게 먼 거리에 와 있습니다. 현대사회는 대학과 인터넷, 신문, 전자 커뮤니케이션의 시대인 400대의 수준에서 살고 있습니다. 그러나 자각은 그와는 아주 다른 차원의 상태입니다. 그것은 아무 제한도 받지 않고 형상을 넘어서 있으며 모든 것을 포괄하는 상태입니다. 언어와 개념들은 대단히 제한된 명료한 형상들로 이루어진 것들입니다. 이러한 일반론은 쉽게 이해가 되는 만큼 그 설명이 간단한 데 비해 그것이 미치는 효과는 대단히 크고 미묘한 것이 될 수 있습니다. 사고 작용 · 마음 · 논리의 밑바탕에는 코르지프스키가 지적한대로 기호나 말은 그것이 가리키는 것과 같은 것이 아니라는, 예컨대 지도는 영토가 아니라는 사실이 깔려 있습니다.

실상에서 모든 것은 완전하고도 완벽하게 일체를 이루고 스스로 존재합니다. 모든 것은 모든 형용사와 부사, 동사, 대명사, 그리고 더 나아가 명사들까지도 배제하는 아주 근본적인 자기 동일성 속에서 존재할 따름입니다. 근본적인 진리의 관점에서 볼 때 우리가 하나의 사물에 대해서 말하려면 오로지 그것 자체가 되어야만 합니다. 따라서 모든 언어는 지각적인 편향성들과 한계들에 토대를 두고 있습니다. 예를 들어 우리가 오늘은 최고로 근사한 날이라고 말할 때 근본적인 진실은 그와는 아주 정반대입니다. 결국 하루라는 것은 한정된 시간의 지속이며 그것은 그 어떤 색채나 명암도 가질 수가 없는 것입니다. 사실상 '근사한 날' 같은 것은 존재하지 않습니다. 자세히 검증해 보면 모든 정의와 진술은 하나의 예외도 없이 잘못된 것이며 따라서 끝내 그러한 정의나 진술 그 자체로만 그치는 것임을 발견하게 될 것입니다.

하나의 개별적인 존재는 강도, 속도, 종도 아닙니다. 이런 것들은 모두 생각의 범주들입니다. 실상에서 개개의 사물들은 그 자체의 존재의 권위와 자명성에 의해 스스로를 규정하고 표현하는 완벽한 것들입니다. 그러므로 모든 이름표들은 잘못된 것들입니다. 사물은 말도 개념도 아닙니다. 이해의 깊은 수준에서 볼 때 모든 언어와 기호들은 잘못된 것들입니다. 예를 들어 사람들은 화씨 영하 20도를 가리키는 온도계로 인해 동사하는 것이 아닙니다. 그들은 우리가 '추위'라고 (그릇되게) 이름 붙인 열의 부재로 인해 동사합니다. 어떤 사람이 '동사했다'라고 말하는 것도 역시 오류입니다. 사실상 그 사람은 심장박동이 멈췄기 때문에 사망했습니다. 하지만 그것 역시 진실이 아닙니다. 그 사람은 심장박동이 멈추면서 뇌에 공급되는 산소가 부족해지고 호흡이 멈췄기 때문에 사망한 것입니다. 하지만 이런 말조차도 잘못된 것입니다. 그 사람은 산소의 공급이 끊기면서 몸의 화학적 반응에서 비롯되는 에너지 생산(지질대사 등)이 멈췄기 때문에 사망한 것이니까요. 그런데 그런 말조차도 잘못된 것입니다. 그 사람이 사망한 것은 효소의 작용이 그치면서 그것들이 촉매 작용을 하는 화학적인 처리 과정이 멈췄기 때문이니까요. 하지만 그것조차도 잘못된 말입니다. 이하 등등. 결국 우리는 그 사람의 몸은 그 몸에 머물렀던 에테르 체·생명·에너지·영기체靈氣體가 떠났기 때문에 사망했다는 사실을 발견합니다.

그 어떤 사물이나 사람도 형용사가 될 수 없습니다. 그것은 명사조차도 될 수가 없습니다. 사실상 그것은 그 어떤 행위조차도 할 수가 없습니다. 근본적 실상의 한계는 그것이 오로지 '있을' 수만 있다는 점입니다. 뿐만 아니라 그것은 그 어떤 서술적인 명칭도 따라붙지 않는, 정확히 있는 그대로의 것만이 될 수 있습니다.

추상적인 개념들은 어떤 존재성이나 실체성도 갖고 있지 않습니다. 그것들은 '있을' 능력이 없습니다. 모든 한정사나 수식 어구는 지각이 빚어낸 가공품들입니다. 그런 것들은 실재하지 않습니다. 모든 신념체계들을 포함해 지각이나 사고의 장애가 제거되고 나면 실상은 저절로 자명해집니다.

문 믿음들도 역시 장애가 됩니까?

답 그렇기도 하고 그렇지 않기도 합니다. 믿음은 오로지 체험에 의해서만 얻을 수 있는 지식의 기능적인 대체물입니다. 예를 들어 여행자는 신념과 정보를 근거로 해서 이 세상에 중국이라고 하는 나라가 존재한다고 믿습니다. 그런 믿음은 행위를 할 만한 충분한 근거를 제공해 줍니다. 그 여행자는 우선은 중국에 관해 듣고 그 다음에는 그에 관한 정보를 읽습니다. 그 시점에서 그 사람은 중국에 '관해서 알게' 됩니다. 그리고 그 여행자가 중국에 발을 들여놓고 거기서 지내면서 많은 사람들을 만나 본 뒤에는 중국에 '관해서' 아는 게 아니라 중국을 실제로 '알게' 됩니다. 일단 이런 일이 일어나고 난 뒤 그 여행자는 중국이 정말로 존재한다는 더 이상의 믿음이나 신념을 필요로 하지 않습니다. 그러므로 좋은 결과를 낳는 행위는 그럴듯한 믿음과 함께 시작됩니다. 그러나 그 믿음이 실제적인 체험을 대신할 수는 없습니다.

대부분의 사람들은 인생의 길잡이 역할을 하는 수많은 종교적인 신앙을 갖고 있으며 또 그것들을 믿습니다. 그러나 우리는 그런 신앙들이 내포한 진실성의 실제 수준을 조심스럽게 측정해 봐야 합니다. 그것들은 사실 거짓된 것이거나 절반의 진실성을 내포한 것에 지나지 않는 것일 수도 있으니까요. 대부분의 영적인 오류에도 일말의 진실이 내포되어 있기는 하나 나중에 가서는 그나마도 잘못된 이해나 고의적인 왜곡에 의해서 상실되고 맙니다. "그리스도를 위해 공산주의자를 죽여라."나 "알라를 위해 이교도를 죽여라."와 같은 구호들은 영적인 진실과는 거리가 아주 먼 것이지만 대체로 수많은 세대에 이르는 수많은 사람들이 이런 유형의 진술을 거듭 받아들이는 경향이 있습니다.

감상주의나 감정적인 태도들이 잘못된 신앙들에 덧씌워지면서 사람들을 잡아끄는 매력이 더해지고 나아가서 사람들의 생각을 온통 지배하게 됩니다. 종교적인 모순과 불합리는 그것들이 단지 '종교적인 것'이라는 이유만으로 해서 추진력을 얻기도 합니다. 예를 들어 1212년에 유럽의 한 소년은 하느님으로부터 소년 십자군을 이끌고 가서 이슬람 이교도들로부터 성지를 해방시키라는 지시를 받는 환상을 봤습니다. (그런데 신은 자신이 이 행성에 있는 어떤 영토를 누가 지배하는지에 관심을 갖는가에 대해서는 결코 말하지 않았습니다.) '순진한 소년'과 '종교적인 환상', '성지를 구한다'는 영웅시가 결합된, 강력한 호소력을 지닌 그 얘기는 대중들 사이에서 열광적인 호응을 불러일으켰습니다. 하지만 그 소년 십자군 원정의 말로는 참으로 끔찍했습니다. 아이들은 일사병과 피로, 질병, 영양실조와 그 밖의 재난들로 인해 떼죽음을 당했습니다. 살아남은 몇 천 명의 아이들 중에서 실제로 성지에 도착한 아이들은 아무도 없었으며, 결국 모두 포로가 되어 노예로 팔렸습니다. 그런 재난의 밑바탕에는 신념과 믿음, 광적인 신앙 등이 깔려 있었습니다. 그러나 그것은 모든 대륙과 인구, 문명, 인간들 삶의 대부분이 거짓된 종교적인 열정에 의해 휩쓸려 나간 인류사의 대 재난과 비교하면 하찮은 것에 지나지 않습니다.

따라서 신념과 믿음은 여행을 시작하는 데 필요한 것이지만 그 여정을 무사히 끝마치기 위해서는 진실성이 입증될 수 있는 지식이 필요합니다. 나침반이나 육분의도 없이 바다로 나가는 선원이 결국 도착하는 곳은 바다 밑바닥입니다.

붓다가 말한 대로 "이 여행길에 나서려는 사람들도 드물지만 성공하는 이들은 더더욱 드물고 희유합니다." (크리슈나도 『바가바드 기타』에서 같은 말을 했습니다.) 붓다가 이런 말을 통해 진심으로 마음을 쓰는 것은 극히 최근에 이르기까지 비극적인 역사를 밟아 왔던 전 인류의 성공과 행복입니다.

문 박사님께서는 종종 인류야말로 박사님의 진정한 정체성이요 관심사인 것처럼 말씀하시곤 합니다. 왜 그렇게 말씀하시는 거죠?

답 스스로를 완전히 밝히는 것은 전 인류가 누구인지를 밝히는 일이기도 합니다. 모든 존재 안의 참나는 같은 참나이며, 사회는 집단적인 에고를 뜻하는 것입니다. 전 인류를 역사 전체에 걸친 총체적인 시각으로 바라볼 때 우리는 자연히 의식 척도를 살펴보게 됩니다. 우리가 인간을 바라볼 때는 우선 비탄과 슬픔, 절망, 우울함, 죄의식, 자책, 후회 같은 것들을 떠올립니다. 우리는 인간을 비참하고 악하고 가망 없고 비극적이고 두려운 존재로 봅니다. 우리는 과거에 일어난 일들에 분노를 느낍니다.

용기에 이르러 우리는 더 나은 상태로 변할 수 있는 가능성을 봅니다. 우리는 비난하고 미워하고 두려워하는 것을 그치고 희생자로 전락한 상태, 나약함, 냉담함에서 벗어나 더 나은 세계를 이룩하려고 노력합니다. 우리는 자책하거나 자기 연민에 빠지곤 하는 태도를 털어 버리고 우리 내부에 있는 힘을 긍정합니다. 진리에 이르기 위해 우리는 인류가 많은 오류를 저질러 왔고, 그것이 무지 때문이었다는 사실을 받아들여야 합니다. 우리는 이해하는 것을 통해서 연민을 배울 수 있고 우리와 전체와의 관계를 새로운 맥락에서 바라보려고 노력할 수 있습니다.

과거를 돌아볼 때 우리는 인류가 너무나 오랜 세월 동안 불과 190 수준으로 측정되는 의식 수준을 지배하는 무지에 의해 속박 당하고 학대받아 왔다는 사실을 알 수 있습니다. 그러나 현재 인류의 의식이 207 수준에 이르렀다는 사실은 인류의 미래가 과거와는 매우 다를 것이라는 사실을 약속해 줍니다. 우리 각자는 자신의 의식 수준을 생명과 사랑을 떠받쳐 주는 수준으로 발전시킬 수 있습니다. 그런 것이야말로 과거의 모든 위대한 영적인 지도자들과 성인들이 우리에게 요청하고 당부한 내용의 전부라고도 할 수 있습니다. 프로이트조차도 인간에게 주어진 소명은 일하고 사랑할 수 있게끔 되는 것이라고 말했습니다. 칼 융은 거기에다 "자신의 실체에 관한 영적인 진실을 밝히는 것"이라는 말을 덧붙였습니다.

인류는 지각의 한계로 인해 1986년까지는 암흑시대가 끝나지 않았다는 사실을 알지 못하고 있습니다. 그해에 이르러 인류의 의식 수준은 역사상 처음으로 부정적이고 부정직한 상태로부터 200으로 측정되는 수준이 뜻하는 임계점을 돌파한 뒤 온전성과 정직과 진실의 수준으로 들어서고 있습니다.

문 그렇다면 종교와 영성은 사회에 별다른 영향을 미치지 못했다는 말씀인가요?

답 사람들이 안고 있는 문제는 영적인 진리에 관한 이야기를 듣지 못한 데 있는 게 아니라 그것을 이해하지 못하는 데 있습니다. 설명하고 자세히 밝혀 주는 것은 바로 그런 이유에서입니다. 말할 수 없는 것을 자세히 설명하기 위해서는 실로 엄청난 말들이 필요합니다.

수치적으로 측정되고 서술적인 용어들이 따라붙는 의식 지도의 가치는, 어쩌면 철학적이거나 사회학적인 일반론들처럼 여겨질 수 있는 것을 증명할 수 있을 만큼 구체적이고 확고한 것으로 만들어 준다는 것입니다. 단순한 숫자들은 누구나 쉽게 이해할 수 있지만, 긍정적인 것 대 부정적인 것, '옳음' 대 '그름', 건설적인 것 대 파괴적인 것의 차이와 같은 가장 간단한 것조차도 제대로 이해하는 사람이 드뭅니다. 대부분 다 외관상으로는 경건하고 신앙심이 깊어 보이지만 말입니다.

온전하지 못한 상태는 사회의 거의 모든 측면에 너무나 깊숙이 침투해 있어서 평균적인 사람들의 눈에는 보이지 않게 되어 버렸습니다. 늑대는 애국심과 정당성, 다음과 같은 다양한 신조들이라는 양의 탈을 쓰고 숨어 있습니다. 곧 "이건 단지 사업일 뿐이야.", "목적은 수단을 정당화해 줘.", "사회는 앙갚음을 할 권리가 있어.", "사람들은 위협과 두려움으로 가장 잘 조종할 수 있어.", "마약과의 전쟁", "사업을 하는 데 있어서 욕심을 갖는 건 당연해.", "나라를 다스리거나 사업을 할 때는 거짓말하는 게 당연해.", "자부심을 갖는 것은 좋은 거야.", "물질주의와 이익은 모든 행동을 정당화해 주지.", "유죄 판결을 얻어 낼 수만 있다면 진실을 왜곡하거나 은폐해도 아무 상관없어.", "선거에서 당선되기 위해서라면 무슨 속임수를 써도 상관없어.", "신문을 파는 데 도움이 된다면 뭐든지 다 보도해도 돼.", "진실한 것보다는 정당한 입장이 되는 게 훨씬 더 중요해.", "이익은 그 어떤 행동도 정당화해 줘." 등등. 심지어 법의 정신마저도 상대방에게 이기기 위해 법조문을 교묘하게 이용하는 관행에 의해 훼손되고 있습니다.

문 어째서 이런 모든 부정적인 태도들이 만연하는 것일까요?

답 여기서 이렇게 낱낱이 열거하는 것은 만연한 부정성에 대한 부정을 극복하기 위해서입니다. 우리의 현 사회에서 특정한 유형의 사업체들과 더불어 대중매체는 부정적인 태도를 조장하고 뒷받침하며 주로 청소년층을 주요 표적으로 삼는 경향이 있습니다. 그로 인해 청소년들은 마약 사용, 무책임하고 폭력적인 행동, 자살, 권위에 대한 경멸, 희생자인 척하기, 비난하기, 도덕적인 타락의 용인 등과 같은 관행에 빠져들라는 부추김을 받고 있습니다. 대중매체는 자신들에게 책임이 없다고 주장하지만 그것은 정직하지 못한 태도입니다. 그들은 또 자신이 사회에 그 어떤 부정적인 영향도 준 바가 없다고 부인합니다. 만일 대중매체에 아무 영향력이 없다고 한다면 어째서 광고주들이 해마다 수십억 달러를 투자해 가면서 그런 프로그램들을 대중에게 보여 주려 들겠습니까? 이와 같은 상황은 마음을 최면 상태에 빠지게 하는 섬뜩한 살인자 비디오게임들을 즐기는 관행으로부터도 일어나고 있는데 이런 최면 상태는 무의식적으로 프로그램화됩니다. 이런 상황은 '이유 없이 행동하는' 십대 살인자 로봇들을 양산해 내고 있습니다. 미국의 몇몇 주에서는 청소년들이 망원렌즈가 장착된 고성능 총으로 사냥을 하거나 프레리도그와 비둘기, 다람쥐들을 '재미 삼아' 죽이는 것을 특별히 허용해 주는 시즌이 있습니다.

이런 상황에서는 그 누구도 인간적인 사람이 되기가 어렵습니다. 그리고 대부분의 사람들은 명백한 현실과 직면하는 것을 회피하기 위해 눈가리개를 쓰고 지냅니다. 온전성을 회복하는 것은 부정성에서 진실로 이어지는 문턱을 넘어서는 첫걸음입니다. 진실에 이르는 여정을 무사히 지나기 위해서는 늑대가 쓰고 있는 양의 탈을 벗겨 내야 하고, 우리가 '오락과 재미'나 '그저 사업에 지나지 않는 것'이나 '사람들이 원하는 것'에 관해 이야기하는 게 아니라는 점을 깨달아야 합니다. 이 모든 것에서 사회는 가해자이자 희생자입니다.

문 박사님께서는 이런 문제들에 많은 주의를 기울여 오셨습니다.

답 이런 문제들은 '임계요소 분석'이라는 별칭을 지닌 『의식 혁명』에서 다루고 있는 하나의 중요한 주제이기 때문입니다. 상당히 복잡한 시스템 속에는 약간의 에너지를 가하는 것만으로도 큰 변화를 불러일으키는 아주 정밀하고 까다로운 부분이 있습니다. 거대한 시계 장치들은 약간의 압력만 가해도 전체의 작동이 멈추는 하나의 취약한 부분을 갖고 있습니다. 이와 마찬가지로 인간 사회라는 거대한 시계 장치도 약간의 압력을 가할 때 엄청난 변화들이 일어날 수 있는 부분을 갖고 있습니다.

언론의 영향력이 얼마나 큰지 알고 있습니까? 만일 제2차세계 대전이 정점에 다다랐을 때 언론이 프랭클린 델라노 루즈벨트의 불구가 된 다리나, 해리 트루먼과 윈스턴 처칠이 앓고 있던 병에 초점을 맞췄다면 어떤 일이 일어났을지 한번 상상해 보십시오. 그 시점에서 세계적인 지도자들의 위상은 자유세계를 구해 내는 결정적인 구심점이 되어 줬습니다. 히틀러에게는 단 몇 개월 이내에 전쟁에서 승리할 수 있는 시점들이 수차례 있었습니다.

문 어째서 사회적인 이슈들에 그렇게 깊은 관심을 갖고 계시는 지요?

답 온전성은 힘입니다. 부정성을 거부하려면 먼저 부정성을 백일하에 드러내야 합니다. 예를 들어 언론이 원래는 온전성을 가지고 있었다면 스스로를 돌이켜 온전성을 회복할 수 있습니다. 현재의 교황(요한 바오로 2세)은 전 세계 사람들에게 강렬한 영감을 불러일으킨 하나의 놀라운 예입니다. 그는 과거의 잘못을 인정하고, 그 잘못을 더 높은 영적인 수준들에 도달하고 진정한 힘을 되찾으려는 영감 속에 용해시킴으로써 영적인 온전성을 재확립하고 있습니다. 이로써 교황은 상징적인 의미에서뿐만 아니라 문자 그대로 암흑시대는 드디어 끝났다는 사실을 인류에게 알려 줬습니다.

문 어째서 사람들은 변화하는 것을 그렇게 어렵게 여길까요?

답 그들은 스스로를 자신의 인성과 동일시하며 그런 태도는 일종의 중독 증세 같은 것이 될 수 있습니다. 스타일은 유행하는 것이 되고 인기 있는 것이 되고 멋있는 것이 됩니다. 그런 개개의 스타일은 타인에게 깊은 인상을 심어 주고 그들을 조종할 수 있다는 이점을 갖고 있습니다. 희생자나 순교자나 패배자가 되는 것에도 나름대로 은밀한 이익과 만족이 따르는 법입니다. 각각의 인물형은 특정한 사회적 반응들을 조종하는 하나의 방식입니다. 그런 사회적 이미지는 다른 사람들의 의견에 영향을 미치는 하나의 방법이고 그 사람의 위치성을 반영해 주는 것입니다. 또한 그런 자기 이미지는 자아를 주조해 내고 각색해 내는 강력한 카르마적 성향을 갖고 있기도 합니다.

이런 인물형의 스타일은 대중매체에 의해 영향을 받으며, 개개의 스타일은 그에 상응하는 대가를 치름과 동시에 그에 상응하는 이익을 얻습니다. 이런 스타일은 주어진 한 문화에 각인된 상투적인 정형들입니다. 이런 스타일들은 시대의 흐름과 함께 변합니다. '터프가이' 타입, 세련된 타입, 매혹적인 타입, '상식적이고 현실적인' 타입 등은 모두 사회가 주조해 낸 이미지들입니다. 더들리 두라이트Dudley-Do-Right(1960년대 미국에서 인기를 끌었던 만화 캐릭터—옮긴이), 반항자, 무법자, 갱 등도 역시 집단적인 동일시를 반영합니다. 사람들은 심지어 죽을 때까지도 스타일에 대한 중독 상태에서 헤어나지 못합니다. 모험을 좋아하는 '마초' 이미지는 종종 폭력적인 최후를 낳곤 합니다. 극단적인 스포츠 광은 점점 더 빨리 내달리다가 결국은 절벽에 부딪치는 것으로 생을 끝내고 맙니다. 이런 이미지들에는 영웅이 되고 싶은 욕망이 내재해 있습니다. 사람들은 자신들의 이미지를 소중히 여기고, 그것과의 동일시 속에서 길을 잃고 맙니다. 이런 영향들은 변화에 저항하는 무의식적이고 경직된 자기규정입니다.

15

명확하게 밝히기

문 영성과 의식은 어떤 관계를 갖고 있습니까?

답 영성의 영역은 바로 의식의 영역이기도 합니다. 따라서 의식 그 자체의 본질을 이해하는 것은 영적인 성장과 진화를 촉진시켜 줍니다.

영적인 성장은 의식의 여러 측면들에 의해 이루어지는데, 의식의 여러 측면들은 그것들이 개인적인 속성들, 혹은 '나$_{me}$'나 '내 것'이나 일반화된 '자아로서의 나$_{I\text{-}self}$'의 측면들이 아니라 바로 의식의 본질과 관련된 독특한 속성들이라는 것을 깨달을 때 좀 더 강력해집니다. 연민에서 비롯되는 영감, 이해, 앎은 개인적인 특성들이 아니라 그것들의 본질이 본래부터 갖추고 있는 특성에 의해 일종의 촉매로서 작용하는 것들입니다. 그것들은 영적인 동기 부여와 의도에 의해서 활성화됩니다. 그것들은 사실상 탐구자의 의지가 동의해 줄 때 작용하는 신의 은총의 여러 측면들입니다. 그것들은 에고ego · 마음mind이 지배하는 상태와 자만심, 자기가 '알고 있다'는 믿음 등을 내맡기고 겸손한 자세를 지닐 때 큰 힘을 발휘합니다.

에고ego · 마음mind은 '무엇 무엇에 관해서'만 알 수 있을 따름입니다. 사실상 그것은 그 무엇에 대해서도 안다는 말의 진정한 의미와 부합되게 알 수가 없습니다. 참으로 '알기' 위해서는 외견상 알려지는 것으로 보이는 바로 그것'이어야be'만 합니다.

문 '신비로운mystical'이라는 용어는 무엇을 뜻하는 것인지요?

답 모든 영적인 앎의 상태들은 그것들이 주관적으로 대단히 심오하고 큰 변화를 불러일으킬 수 있는 힘을 지니고 있다는 점에서 신비로운 것들입니다. 하지만 그것들은 객관적이고 합리적이고 (회의적인 사람들에게) 납득이 가는 방식으로 타인들에게 전달될 수가 없습니다. 모든 심오하고 불가사의하고 의미심장한 앎은 실상에 대한 뉴턴의 선형적 인과율에 의해 제한된 패러다임(이것은 기껏해야 499 수준으로 측정되는 의식 수준에 이르는 것이 고작입니다.) 내에서는 서술될 수가 없는 의식의 비선형적인 수준들 내에서 일어납니다. 인습적인 세계는 언어와 기계론적 측정 속에 반영된 제한된 수준의 틀에 갇혀 있습니다. 영적인 체험의 세계는 논리의 제한된 패러다임을 벗어나 있고 따라서 보통의 에고는 그런 세계를 의미 있고 합당한 것으로 여길 수가 없습니다.

사실상 인생에서 가장 심오하고 의미심장한 체험들은 비선형적인 영역 내에서 일어납니다. 위력은 선형적인 것이고 힘은 비선형적인 것입니다. 사람들의 삶을 변형시키고 힘을 불어넣어 주는 것은 의미입니다. 그리고 사실들이 지닌 유일한 중요성은 그것들이 사람들에게 갖는 실제적인 의미입니다. 행복은 사실들과는 무관하며 사실들이 아니라 태도로부터 비롯됩니다.

문 영적인 탐구의 본질은 무엇입니까?

답 영적인 탐구는 무제한적이고 비선형적이고 따라서 비이원적인 실상을 드러내기 위해서, 지각이 만들어 낸 선형적이고 연속적인 이원성의 한계들을 초월하는 작업으로 단순화할 수 있습니다.

우리는 의식 측정 척도 상으로 200 수준 이하에 해당되는 가장 약한 수준들은 힘의 대체물인 위력에 의존할 수밖에 없다는 사실을 알 수 있습니다. 우리가 실상에 좀 더 가까이 다가가면 다가갈수록 힘은 대수對數적인 비율로 무섭게 증가합니다. 400대는 뉴턴식 패러다임이 최고조로 발전한 영역을 뜻하며 그것은 물리적인 영역을 통달했다는 것을 가리킵니다. 과학의 세계는 물질의 세계를 이해하고 통제하는 능력에 있어서 타의 추종을 불허합니다. 과학은 우리를 달에 보내 주지만, 오로지 인간의 의식만이 그런 위업에 의미와 중요성을 부여해 줍니다. 이와 마찬가지로 기쁨은 숫자와 통계가 아니라 그것들이 의미하는 바에서 우러나옵니다.

문 실상은 어디에서 찾아야 하나요?

답 삶은 오로지 경험의 장에서만 영위됩니다. 모든 경험은 주관적이고 비선형적이므로 '실상'에 대한 선형적이고 지각적이고 연속적인 서술조차도 주관적으로 체험될 수밖에 없습니다. 모든 진리는 주관적인 결론입니다.

일단 선형적이고 지각적인 세계의 유일한 의미와 중요성이 그것이 주관적으로 어떻게 체험되느냐 하는 것이라는 점을 이해하고 난 뒤 진리에 대한 탐구의 방향은 '저 밖'으로부터 내면으로 전환됩니다. 세상 사람들에게 성공은 '얻고' 획득할 만한 '저 밖에 있는' 무엇인가입니다.

좀 더 경험 많고 통찰력 있는 사람에게는 행복의 근원이 경험의 주관적이고 내적인 세계 안에 있으며, 경험은 내면적인 특성들과 의미와 맥락의 결과라는 것이 지혜를 통해 분명해집니다.

문 우리는 어떻게 의미에 이르게 됩니까?

답 삶에 그 가치를 부여해 주는 것이 의미입니다. 그리고 삶이 의미를 상실할 때 당사자는 자살을 합니다. 의미는 가치로부터 생겨납니다. 행복을 결정해 주는 것이 삶에 관한 사실이나 사건들이 아니라 그것의 의미라는 것을 통찰할 때 그것은 철학이라는 주제에 대한 관심으로 이어집니다. 철학은 지성이 추구할 수 있는 가장 높은 영역입니다. 철학은 의미와, 의미가 내포하고 있는 정교한 내용을 고찰하는 영역입니다. 철학은 의미의 구성 요소들과, 인간이 어떻게 해서 의미를 이해하게 되는가를 정의하려 애씁니다. 이러한 탐구는 인식론, 혹은 인간이 어떻게 해서 무엇인가를 알게 되는가에 관한 학문으로 이어지고 인식론은 다시 우주론을 낳는데, 우주론은 알 수 있는 가능성이 있는 것은 무엇인가를 정의하려 애씁니다. 신학은 인식론과 우주론을 넘어선 단계에서 생겨나는 것으로 선형적인 지성을 최대한 구사하여 비선형적인 신성의 실상 그 자체를 이해하려 애씁니다.

추상화 작업에서 그 다음으로 높은 단계는 형이상학으로 이동합니다. 형이상학은 비이원적인 실상에 관해서 말하고 주관을 영적인 진리의 영역으로서 다시 강조합니다. '형이상학metaphysics'이라는 말은 그저 '물리적인 세계를 넘어서'를 뜻하는 말에 불과합니다. 형이상학이 말하는 실체들 너머에는 전통적으로 신비로운 것으로 서술된 경험 수준들이 있습니다. 신비로운 상태들 너머에는 전통적으로 깨달음이라 부른 앎의 상태가 있습니다. 깨달은 상태는 신의 존재에 대한 앎을 통해 신과 분리된 자아의 모든 이원성을 버리면서 영적인 진화의 궁극적인 완성에 이릅니다. 그 최종적인 깨달음은 오로지 전체적인 하나임만이 존재하고 참나와 참나의 근원 또한 하나라는 것입니다.

무한하고 궁극적인 잠재성은 존재의 실재Actuality of Existence입니다. 그러므로 '존재하는 모든 것'은 본래 신성하며 그렇지 않았다면 그것들은 결코 존재할 수 없었을 것입니다. 신성의 절대적인 표현은 주관성Subjectivity입니다. 따라서 만일 내가 존재한다면I exist, 신은 있습니다God Is.

깨달음은 모든 존재가 창조의 결과일 뿐만 아니라 존재 자체가 창조자와 다르지 않다는 사실을 입증해 주는 증거입니다. 창조된 것과 창조자는 하나입니다. 일단 지각이 만들어 낸 거짓된 이분법이 타파되고 나면 실상의 본질은 절로 명백하고 자명해집니다. 거기에는 사고 작용이 지어낸 거짓된 주객 같은 가공품이 남아서 실상 창조자 대 창조된 것으로 분리시키는 일 같은 것은 없습니다. 완전한 주관성의 비이원적인 실상에서 모든 환상은 사라집니다.

　모든 존재와 창조의 근본은 주관성의 상태입니다. 신은 주관성의 본질입니다. 존재를 자각하는 주체가 바로 우리 내면의, 신의 현존에 대한 앎입니다. 이러한 깨달음과 함께 우리는 추구하고 있는 것이 바로 추구되는 것이라는 영적인 수수께끼를 해결합니다. 본질적으로 주체가 찾는 것은 바로 주체입니다. 주체 대 객체라는 이원적인 양극이 존재한다는 환상은 용해되어 버립니다. 인간이 지각에 의존하는 것이 자신의 정체성을 알 수 있는 가능성을 차단시켜 버린다는 것이야말로 인간이 안고 있는 궁극적인 역설입니다.

　깨달음의 상태가 드러날 때는 마치 아주 친숙한 곳으로 다시 들어가는 것을 체험하는 것과 같은 환희의 순간이 존재합니다. 자기가 누구인지를 그동안 까맣게 잊고 있었다는 순간적인 생각이 스치고 지나갑니다. 이런 망각은 지각 그 자체의 작용으로 인한 결과였습니다. 성경의 창세기는 이런 망각 상태를 선악이라는 양극의 지각적인 영역의 사과를 따먹는 것으로서 우화적으로 언급하고 있습니다. 그로 인해 주관성의 순수함은 하나의 위치성에 의해 오염되었고, 그 위치성은 인류를 과오로 인한 끝없는 고통의 나락에 빠트렸습니다. 신이 개입하지 않을 경우 실상으로 돌아가는 일은 일어날 수 없으며 따라서 인류는 오로지 신의 은총에 의해서만 그 해법을 찾을 수 있습니다.

문 신의 존재를 깨닫는 일은 '개인적인' 현상입니까, 아니면 '비개인적인' 현상입니까?

답 신의 현존에 대한 자각과 깨달음으로 나가는 길을 이제까지 의식의 수준들을 통한 앎의 진화의 측면으로 설명해 오긴 했지만 그것은 단지 그런 전환을 알기 쉬운 것으로 만들기 위해 선택한 언어들 때문에 그렇게 된 것입니다. 의식의 그런 수준들은 가로질러 가야 할 영역을 서술해 주는 것들이긴 합니다만 그것들에는 그 여정을 활기 있는 것으로 만들어 주고 그런 노력에 힘을 불어넣어 주는 사랑과 헌신이라는 필수적인 요소들이 빠져 있습니다. 사랑과 헌신은 그런 노력을 끈기 있게 행할 수 있도록 뒷받침해 주는 데 없어서는 안 될 에너지의 원천들입니다. 이와 비견되는 예로 우리가 자동차와 지도를 갖고 있다고 해도 에너지와 힘의 원천이 되는 휘발유가 없을 때 차가 움직이지 못하는 경우를 들 수 있습니다. 우리는 그런 목적지에 마음이 끌리고 그것을 향해 나아가도록 떠밀리기 때문에 그것을 찾게 됩니다. 성령인 신의 은총은 그 길을 환하게 밝혀 주고 길잡이이자 후원자가 되어 줍니다.

결국 초월성으로서의 신과 신성한 사랑으로서의 신은 지고의 존재the Supreme 속에서 하나로 융합됩니다. 사랑의 대상이 되는 존재의 그러한 융합은 신성한 운명의 실현이자 구원의 핵심입니다. 그러므로 사랑은 수단이자 목적입니다.

영적인 탐구에 필수적인 원동력이 영적인 야심(어딘가에 이르고

자 하는)이 아니라 사랑에 장애가 되는 것들을 차례차례 놓아 버리는 것이라면 훗날 '영적인 에고'라고 하는 것이 장애로서 나타나는 일은 없을 것입니다. 각각의 의식 수준들은 다른 것들보다 더 나은 것이 아니라 단지 그때그때 작용하고 있는 수준을 뜻하는 것에 지나지 않습니다. 하나의 건물이 세워지도록 만드는 것은 기반이 되는 돌들이며 성당의 완성을 보장해 주는 것은 헌신입니다.

문 그런 장애들은 어떻게 타파해 나가야 하나요?

답 헌신의 길을 향해 가고 있다는 가장 뚜렷한 징후가 되는 영적인 수행은 사랑에 장애가 되는 것들을 타파해 나가는 것입니다. 이런 모든 장애들은 위치성에서 생겨나는 지각의 오류들에서 비롯됩니다. 위치성이야말로 '양극의 환상'을 만드는 원천이자 주범입니다. 양극의 환상은 의견을 고집하는 데서 생겨나고 그런 고집은 에고의 망상들로부터 생겨납니다. '내 것'이라고 여기는 것을 지나치게 높이 평가하고 소중하게 여기는 에고의 성향이 이런 망상들을 떠받쳐 주고 부채질합니다. 일단 어떤 것에 '내 것'이라는 딱지가 붙고 나면 그것은 소중한 관점이 되어 마치 프리즘이 빛을 가로채어 산란시키듯 차이나 구획, 상반되는 견해들로 실상이 분리됩니다. 그럼으로써 그런 견해들은 일반 대중들의 환상이 됩니다. 이제 '나'의 느낌은 이런 관점들과 스스로를 동일시해 나가고 이런 것들을 '나'의 실상으로 보고 그것들에 의존합니다. 양극의 이원성에 사로잡힌 에고 ego · 마음 mind은 덫에 걸리고 자신의 견해들을 투사하며 그것들을 객관적인 실체로 보고 거기에 집착합니다.

에고ego · 마음mind은 이제 자기가 그렇게 투사했다는 것을 부인함으로써 그런 투사의 희생자가 됩니다. 에고ego · 마음mind은 존재에 대한 각성에 수반되는 실상에 대한 감각이 이제 '저 밖'으로부터 비롯되는 이러한 투사들에서 기인하는 것으로 여깁니다. 상상은 '객관적인 실상'을 낳고 그 근원은 까맣게 잊힙니다. 이런 식의 망각은 부인否認, 분리, 억압, 투사라는 잘 알려진 심리학적인 메카니즘들에 의해 강화됩니다.

에고ego · 마음mind은 자기가 그렇게 투사했다는 것을 부인함으로써 힘을 지각에 의해 만들어진, 실상에 대한 거짓된 개념에 양도해 버립니다. 실상에 대한 그런 거짓된 개념 속에서 이제 자기가 만들어 낸 것이 아니라고 하는 현상들을 '원인들'이 설명해 줍니다. 지각이 만들어 낸 실상에 대한 이원적인 이미지들은 바로 경험을 해석하는 필터이며, 그런 필터를 통해서 걸러져 나온 감각들은 외적인 것으로 투사된 이미지들과 특성들을 다시 강화시킵니다. 물리적인 세계는 그것을 체험하는 자로부터 독립적으로 존재하는 것이라 여겨집니다. 감각은 믿음을 복제해 내며, 감각 대상들을 따로따로 분리된 실체들로 보고 그것들에게 그럴싸한 독특한 이름들을 붙여 주는 지각의 구조와 형식들에 따라서 분류되고 해석됩니다. 이어서 언어는 지각된 세계를 강요하고 그렇게 나타난 세계를 교묘하게 강화해 줍니다. 그리고 자의적으로 선택한 지점들과 그런 지점들 사이의 상상적인 거리, 가상적인 평면과 차원들, 시간과 공간의 환상으로부터 '객관적인 우주'가 탄생합니다.

에고ego · 마음mind은 환상의 세계를 투사하기 위해, 자신을 스스로가 창조해 낸 것들과 분리된 존재로서 체험합니다. 신으로부터 분리되었다는 느낌이 강하면 강할수록 괴로움은 더욱더 커집니다. 그 결과 이제 자아는 소멸과 죽음을 두려워하며, 거기서 더 나아가 우리가 저지른 죄로 성이 나 있는 복수심 강한 신의 손아귀에서 끝없는 고통을 당합니다. 지각의 낮은 수준들은 가장 낮은 수준의 에고가 스스로에 대해 품고 있는 개념들인 부정적인 에너지들에 사로잡히게 됩니다. 이제 에고는 자신이 투사한 것들 가운데서 가장 고약한 것들을 두려워하고 천국과 지옥이라는 양극과 힘겹게 씨름합니다.

그러므로 인간은 두려운 '저 밖의 것들'의 희생자가 아니라 그것들을 창작해 낸 존재인 것입니다. 그런 엉뚱한 상상들은 개인이 빚어낸 것이 아니라 의식의 장들과, 각각의 의식 수준의 내용을 결정해 주는 보이지 않는 내적인 끌개장들 간의 상호 작용의 결과에 불과합니다. 자신이 투사해서 만들어 낸 허구적인 실체가 '신이 창조해 낸 것'이라고 하는 믿음이야말로 에고의 최종적인 승리입니다. 따라서 종교적인 미신과 잘못된 해석, 잘못된 신앙들은 종교적인 진실을 가립니다. 신적인 것은 평화를 가져다주고 신적인 것이 아닌 것은 두려움을 가져다준다는 사실을 깨닫는 것이 중요합니다.

문 어떻게 하면 그런 오류를 피할 수 있습니까?

답 오늘날에는 그 어떤 진술이나 가르침의 진실성 여부도 금방 측정해 볼 수 있습니다. 에고는 인상적인 대변자들을 수없이 많이 창조해 냈습니다. 실상은 형상을 넘어선 것이고 정의할 수 없는 것이라고 하는 것도 역시 기억해 두는 게 좋습니다.

문 박사님께서는 전에 간단한 길에 대해 언급하신 적이 있는데 그건 무슨 뜻인지요?

답 바쁜 세상에서 살고 있는 보통 사람들에게는 깨달음을 추구하는 영적인 사람들에게 요구되는 강력한 수행과 전념, 헌신 같은 것들이 대체로 실제적인 것들이 못 됩니다. 이 말은 다른 목표를 추구해야 한다는 뜻이 아니라 그 목표에 이르는 수단들의 강도를 일상생활에 맞게 줄여야 한다는 뜻입니다.

이때 세상에서 제대로 이해되고 있지 못한 인간 의식의 영역들을 이해하도록 하기 위해 서술된 복잡한 논의나 대화 내용들을 파고드는 것은 사실상 불필요합니다. 간단한 도구 하나만 있어도 상당한 영적 성장을 이룰 수 있습니다. 그저 자기 마음에 끌리는 간단한 영적 원리 하나를 선택한 뒤 그것을 삶의 모든 영역에, 자신의 내부와 외부에 예외 없이 적용하면 됩니다. 예를 들어 우리는 친절함과 너그러움, 용서, 이해, 비판하지 않고 수용하기 등을 선택할 수 있습니다. 무조건적으로 사랑하고 생명의 순수함을 보는 데 전념하는 쪽을 선택할 수도 있습니다. 어떤 원리를 선택하든 자신이 선택한 원리를 자기 자신을 포함해서 그 누구에게나 예외 없이 그리고 절대적인 지속성을 갖고서 적용해야 합니다. 이런 과정은 이런 영적인 원리들에 장애가 되는 것들을 면밀히 조사하고 검증하게 함으로써 영적인 정화를 불러일으킬 겁니다.

이처럼 영적인 목표를 성취하려면 지각의 변화가 따라야 하며, 지각이 변화하려면 이해하는 마음이 자라나고 모든 것을 새로운 맥락에서 바라보는 과정이 따라야 합니다.

문 보통 사람들에게 현실적인 영적인 목표가 될 만한 것은 무엇일까요?

답 의식 수준이 조금이라도 높아지는 것은 아주 의미 있고 가치 있는 일입니다. 진지한 자세로 영적인 수행에 전념하는 사람들이 도달할 수 있는 실질적인 목표는 무조건적인 사랑입니다. 그것은 하나의 큰 변화의 수준이며, 그 당사자는 첫 번째 목표에 이르렀기 때문에 편안해질 수 있습니다. 무조건적인 사랑의 수준에는 그런 상태를 완성하고자 하는 갈망이 본래부터 내재되어 있습니다. 그 수준에 이르면 사랑의 가장 사소한 불완전함조차도 용납되지 않기에 이내 그것을 바로잡아야 합니다.

문 영적인 정화를 이루는 데 가장 효과적인 수단은 무엇입니까?

답 사랑 그 자체에 초점을 맞추십시오. 그것은 모든 곳에 존재하고 누구나 접할 수 있는 신에게 이르는 왕도입니다. 처음에 사랑은 이원적인 것으로 보입니다. 즉 사랑하는 자와 사랑받는 자가 존재합니다. 사랑은 조건적인 것이요 일종의 감정 상태로 출발하지만 그런 상태는 점차 발전해 갑니다. 사랑이란 삶을 바라보고 체험하고 해석하는 한 방식이라는 것이 분명해집니다. 그 후에는 그것이 존재 상태라는 것이 분명해집니다.

삶 그 자체가 사랑의 표현이 되며 그 사랑은 자신의 삶이 사랑임을 깨닫는 방법이 됩니다. 최종적인 깨달음 속에서 사랑의 신성은 지각을 영적인 통찰로 변화시키고, 존재하는 모든 것으로서의 신의 존재는 저절로 드러납니다. 모든 존재는 신의 창조물이라는 본질의 신성을 드러내며 창조는 바로 신의 사랑이 드러남입니다.

문 사랑은 헌신의 길입니다. 그래서 사랑이 가장 효과적인 것이 되는 게 아닐까요?

답 사랑은 변화를 불러일으키는 것입니다. 그 힘은 모든 장애들을 일소해 버립니다. 그것은 수단이자 목적입니다. 그것은 내맡기고자 하는 자발성과 내맡길 수 있는 능력을 낳습니다. 그것은 너그러운 마음과 이해하고자 하는 갈망을 불러일으킵니다. 이해를 하면 용서하는 마음이 저절로 일어납니다. 위치성을 버릴 때 그 사람은 용서할 게 아무것도 없다는 사실을 깨닫습니다. 판단은 녹아 없어지고, 비난하는 마음과 미움은 더 이상 성립되지 않습니다. 단순함과 순진함에서 빚어진 무지는 단지 초월되어야 하는 '결함'으로만 보입니다. 신의 창조의 본성은 있는 그대로이며 바로잡을 필요가 없다는 것을 알게 됩니다.

문 사랑은 흔한 감정에 지나지 않는 것이 아닐까요? 사람들은 그것에 대해 끝없이 이야기하곤 합니다.

답 사랑은 분명 현재 인류의 의식 수준과는 거리가 먼 것입니다. 전 세계 인구의 78퍼센트는 200 수준(기본적인 온전성) 이하로 측정되고 따라서 그들의 의식은 부정적인 요소들에 초점이 맞춰져 있습니다. 단지 인류의 2퍼센트만이 '사랑임lovingness'이라 부를 수 있는 무조건적인 사랑의 수준에 도달해 있습니다.

사랑은 일종의 앎이자 태도, 삶을 이해하는 하나의 맥락입니다. 사랑은 실상, 하나임, 영혼의 본질 맨 앞자리에 해당되는 것입니다. 사랑을 부정하는 것은 신을 부정하는 것입니다. 사랑은 위치성과 판단에 의해 빛을 잃습니다. 사람들 대부분은 사랑을 결정과 행위의 합리적인 토대가 되어 줄 수 없는 것이라 여깁니다. 한 사회 전체가 동료나 이웃에 대한 사랑을 약점으로 보는 경우도 있습니다. 사실 인류는 이득과 자만심, 소유, 힘, 형벌로 보복하고 앙갚음할 권리 등을 원합니다.

자유의 땅이라는 미국에서는 총인구 당 교도소 재소자 비율이 중국을 제외한 그 어떤 나라보다 높습니다. 사회는 자체의 문제들에 '전쟁'을 선포하고 그 결과 당연히 문제는 더 늘어납니다. 위력은 별 효과가 없으며 힘의 약한 대체물에 불과합니다. 사람들은 존경과 사랑을 통해서는 거의 무슨 일이나 다 해낼 수 있는 반면 두려움을 통해서는 거의 아무것도 이루어 내지 못합니다. 장군조차도 존경심에서 우러나오는 충성심이 없는 경우에는 휘하의 부대를 마음대로 지휘할 수 없으며, 존경심이라고 하는 사랑의 측면이 없을 경우에는 반란과 폭동이 일어납니다. 위력은 임시변통으로서만 작용할 수 있을 따름입니다. 두려움으로써 지배했던 모든 제국은 멸망했습니다. 신에 대한 사랑이 아니라 죄에 대한 두려움에 토대를 둔 종교들은 본질적으로 약합니다.

　사랑하는 것은 세상과 관계를 맺는 한 방식입니다. 그것은 보잘것없어 보이지만 강력한 방식으로 스스로를 표현하는 너그럽고 따뜻한 태도입니다. 그것은 타인들에게 행복한 마음을 안겨 주고 그들의 하루를 밝게 해 주며 그들의 짐을 덜어 주고자 하는 바람입니다. 하루 중에 만나는 모든 사람들에게 그저 따뜻함을 주고 칭찬을 건네는 것만으로도 미처 의식하지 못했던 많은 사실을 알게 됩니다. 그것이 일반적인 태도가 아니라는 점은 그런 경우에 부딪혔을 때 보이는 사람들의 반응을 보면 쉽게 알 수 있습니다. 사람들은 놀라거나 심지어 충격에 가까운 정도의 기쁨을 표현하는 경우가 종종 있습니다. "이제까지 그 누구도 제가 한 일에 대해 칭찬을 해 준 적이 없어요."라는 말도 그런 반응 중 하나일 것입니다. 대부분의 사람들은 자기 자신의 욕구와 남들에 대한 비판적인 태도에 초점을 맞추고 있기 때문에 삶의 긍정적인 측면들은 돌아보지도 않으며 그런 측면들에 반응할 능력도 없습니다. 그들은 타인들의 서비스를 당연한 것으로 여기면서 "그 사람들 돈 받고 하는 일이잖아, 안 그래?"(이런 말은 사실 핵심에서 벗어난 것입니다.)라고 말합니다.

　사회의 상당 부분은 사랑 없는 수준에서 움직여 나갑니다. 거대 기업이나 정부기관에 속한 사람들은 무뚝뚝하고 퉁명스럽게 일한다고밖에 표현할 수가 없습니다. 감사하는 마음 같은 것은 찾아보기 힘들고 또 그런 것을 적절한 처신으로 여기지도 않습니다. 사랑은 '골치 아프고 성가신' 것으로서 경시되고 있습니다. 따라서 사회에서 사랑은 연애를 할 때 혹은 어머니나 자식들이나 개에게만 표현하는 것으로 제한됩니다. 그 밖의 경우에 사랑을 표현하면 그것은 당혹스러운 것이 되어 버립니다. 사랑하는 마음을 표현해도 괜찮은 남성적인 영역, 예컨대 가족이나 스포츠, 자기 나라, 자동차와 같은 영역들이 있긴 합니다.

사회적으로 받아들여지고 모두에게 개방된 삶의 큰 영역은 '배려'라고 하는 것입니다. '마음을 써 주는' 것은 사랑을 표현하고 확장하는 것을 지향하는 넓게 트인 길입니다. 사람들은 사랑이 얻을 만한 가치가 있는 것이기는 하나 그것을 찾을 수 없다고 말합니다. 일단 사랑을 주고자 하는 마음이 될 때 자신이 사랑에 의해서 둘러싸여 있으며 단지 이제까지 그것에 접근하는 법을 알지 못했다는 사실을 이내 깨닫게 됩니다. 사랑은 사실상 어디에나 존재하며 필요한 것은 그런 사실을 깨닫는 것뿐입니다.

우주는 사랑이 어디에나 두루 존재한다는 사실을 드러내는 것으로 사랑에 반응합니다. 평범한 지각에게는 사랑이 숨지만 사랑에 대한 자각은 그 자체에 의해 더욱 활성화됩니다. 얇은 감각과 감정을 넘어선 곳에 존재하는 능력입니다. 만일 우리가 의인화하는 식의 투사를 그치고 그런 것이 가하는 제약에서 벗어나기만 한다면 존재하는 모든 것은 창조의 신성으로 인한 결과로서 본래부터 사랑을 자각하고 있고 사랑의 빛을 발하고 있다는 사실이 드러날 것입니다.

모든 식물은 그것을 둘러싼 환경을 자각하고 있고 자신에 대한 존중과 찬미를 자각하고 있습니다. 식물들은 그것들이 본래 갖추고 있는 완전함과 아름다움을 한껏 펼쳐 보여 주는 것으로 그러한 존중과 찬미를 우리에게 되돌려 줍니다. 식물들은 각기 독특하고 독창적인 조각품들로서 존재하며 그 본질을 완벽하게 표현하고 있습니다. 신성은 그것을 볼 줄 아는 안목을 지닌 사람들에게 모든 창조물들을 통해서 스스로를 드러내 줍니다. 자연은 나무가 웃고 동물들이 말을 하고 꽃들이 즐겁게 춤추는 아이들의 만화와 하등 다르지 않은 것이 됩니다. 지각이 그 작용을 그칠 때는 경이로운 세계가 저절로 드러납니다. 의식은 존재하는 모든 것 속에 깃들어 있습니다. 의식은 자신이 창조의 전체성으로서 드러났다는 사실을 자각하고 있습니다.

문 어떻게 해서 그런 경이로운 드러남이 일어날 수 있는지요?

답 자기 자신까지 포함하여 존재하는 모든 것에 대해 예외 없이, 그리고 철저히 친절함과 존중, 배려를 갖으려는 의도에 의해서 그렇게 될 수 있습니다. 우리는 믿는 대로 보며 스스로가 그 어떤 것일 때 그것을 받아들입니다. 감사하는 마음, 너그러운 마음, 존중하는 마음과 같은 특성들은 그 자체로서 내면을 변화시킬 수 있는 강력한 힘을 갖고 있습니다. 세상과 삶에 대한 우리의 체험은 전적으로 내적인 신념들과 위치성들의 소산입니다. 신에 대한 사랑과 존경심으로부터 모든 선입견들을 기꺼이 버리고자 하는 자발성이 일어나며, 그 뒤에 따라 나오는 겸손은 참나의 드러남인 실상의 눈부신 광휘에 이르는 문을 활짝 열어 줍니다. 사랑은 그러한 앎을 불러일으키는 마술적인 촉매입니다. 결국 믿음의 자리에 확신이 들어서며 따라서 신은 신을 찾는 사람에 의해서 발견된다는 말이 나오는 것입니다.

문 박사님께서는 물리적인 몸에 대해서는 거의 언급하지 않으십니다. 영적인 탐구에서 몸은 어떤 중요성을 갖고 있나요?

답 몸은 자연의 소산이요 동물 세계의 일부입니다. 우리는 몸이 본래 자연의 것이고 자연이 잠시 우리에게 빌려 준 것이라고도 말할 수 있습니다. 몸은 일시적으로만 존재하는 것이므로 그것에 과도한 관심을 보이거나 중시하는 태도는 타당한 것이라 볼 수 없습니다.

몸은 커뮤니케이션을 할 수 있고, 정보를 전달하고 앎을 나누는 수단이 된다는 점에서 가치가 있습니다. 몸은 적절히 보살펴 주기만 하면 기쁨의 원천이 되며 할 일을 성취하고 애정을 표현하는 수단이 되기도 합니다. 본질적으로 몸은 일시적인 것이요 일종의 지각 체험 내지는 시공간 속에서의 위치입니다. 지각은 몸을 '나'라고, 혹은 적어도 '내 것'이라고 주장합니다. 그런데 그런 주장이야말로 자아를 몸이나 형상과 동일시하는 태도가 안고 있는 한계요 제약입니다. 자연 속에 있는 다른 모든 생명체들과 마찬가지로 몸은 친절함과 존중, 배려 등에 반응합니다. 우리는 자신을 꼭 그것과 동일시하지 않으면서도, 그리고 그것에 과도하게 집착하지 않으면서도 그것을 소중한 애완동물처럼 아껴 주고 사랑할 수 있습니다.

자아와 몸을 명확하게 구분하기가 가장 어려운 영역 중 하나는 감각들의 기능입니다. 우리는 감각들을 물리적인 몸 그 자체의 기능이라 믿고 있고 또 그런 것으로서 체험합니다. 이상하게 생각되겠지만, 감각적인 체험이 실제로 일어나는 자리는 물리적인 몸을 작동시켜 주는 내적인 에너지 체의 보이지 않는 영역 속에 있습니다. 물리적인 몸 그 자체는 본래 그 어떤 것도 체험할 수 있는 능력을 갖고 있지 못합니다!

감각들에 대한 체험(다른 모든 것들에 대한 체험과 아울러)은 물리적인 몸의 형상 내에 있는 에너지 체인 자신의 존재와 결부된 의식의 한 특성입니다. 유체이탈을 경험한 적이 있는 사람들은 하나같이 감각의 모든 속성들은 그들의 의식 및 자아감각과 결부된 에테르 체의 기능이라는 점을 기억하고 있습니다. 물리적인 몸이 잠들어 있거나 무의식 상태에 빠져 있을 때조차도 보는 일과 듣는 일은 계속됩니다. '자아' 체험은 위치 감각이나 운동 감각을 동반한 채 몸에서 빠져나갑니다. 그런 상태에서 '나'라는 감각은 그 에너지 체에 위치하고 있으며, 이제 물리적인 몸은 '그것'이 됩니다. 그것은 '내 몸'이 아니라 그냥 '몸'으로 보입니다.

그런 현상의 본질에 대한 공통된 합의가 나올 정도로 대단히 많은 숫자의 사람들이 똑같은 체험에 대해 보고하고 있습니다. 이와 마찬가지로 임사체험에는 종종 '자아'가 빛의 터널을 빠져나가 사람들을 만나고 다채로운 빛깔들을 본 뒤 마지못해서 물리적인 몸으로 돌아와 다시 머무르는 일들이 포함되곤 합니다. 따라서 우리는 물리적인 몸에 머무르고 있기는 하지만 우리가 곧 물리적인 몸은 아니라고 말할 수 있습니다. 몸의 거주자인 영혼, 혼령 혹은 에너지체는 몸속에 뒤섞이거나 몸과 함께 흩어짐으로써 그것의 고유한 정체성을 잃는 경향이 있다는 것은 분명합니다. 어떤 사람들은 우연히, 혹은 의도적으로 그들의 몸을 떠나곤 합니다. 유체이탈 테크닉은 사실상 가르칠 수 있는 기술이며(먼로협회the Monroe Institute에서 행해지고 있는 것처럼), 그런 기술을 통해 사람들은 자기 몸을 마음대로 떠날 수 있고 심지어는 찾아갈 곳들을 마음대로 선택할 수 있기까지 합니다.

다른 곳에서 일어나는 일을 훤히 알고 앞으로 일어날 일을 미리 내다볼 수 있는 것들은 에너지 체의 감각 능력의 부분적인 투사投射들입니다. 그 '경험자'는 아스트랄 체, 에테르 체, 영혼 혹은 영체 등 다양한 이름을 가진 것 내에 거주하는 존재입니다. 그 영적인 몸은 우리가 물리적인 힘이라고 부르는 보통의 힘들로는 통제할 수 없으며 다른 차원 혹은 영역에 존재합니다.

마음 역시 그 영적인 몸과 함께 여행하면서 그것이 뇌와는 분리된 것이라는 것을 자각합니다. 의식은 몸에 의존하지 않고 그것과는 독립적으로 존재합니다. 그러나 그것이 한곳에 머무르게 될 때는 스스로를 형상이나 위치와 동일시하는 경향이 있습니다.

문 몸의 정화나 금욕 같은 것에 대해서는 어떻게 생각하시나요?

답 정화해야 할 것이라고는 환상밖에 없습니다. 욕망들은 몸을 통해서 추구할 수 있는 개별적인 체험이나 감각들을 위한 것이며, 문제는 몸에 있는 게 아니고 마음에 있습니다. 경험을 예상하고 통제하려 드는 것은 마음입니다.

문 몸의 체험은 영적인 앎이 성장하면서 변화하나요?

답 육체적 체험의 본질적인 부분에서 일어나는 변화들이 있습니다. 위치 감각은 개별적인 것들에서 전체적인 데로 확장해 가는 양상을 띱니다. 영적인 수행을 하는 동안 몸이 마치 잊히기라도 한 것처럼 거의 사라진 것 같은 느낌이 드는 시기가 있습니다. 아주 강력한 에너지가 신경계를 타고 흐르는 것 같고, 불이 나기라도 한 것처럼 신경계가 뜨겁게 타는 듯한 느낌들을 체험할 때도 있습니다. 쿤달리니 에너지가 강렬한 쾌감과 함께 등과 척추를 타고 올라가 머리와 뇌 속에 들어갔다가 다시 내려와 심장으로 들어가는 시기도 있습니다.

신체적인 욕구들과 몸에 대한 관심이 사라져 그 몸의 물리적인 생존이 가끔 곁에 있는 사람들의 보살핌 여부에 따라 좌우되는 경우도 있을 수 있습니다. 식욕이나 신체적인 감각들에 대한 관심이 현저하게 떨어질 수도 있지요. 시각의 변화가 와서 모든 것이 슬로 모션으로 움직이는 것처럼 보이기도 합니다. 그럴 때는 기본적으로 중심 시야가 아니라 주변 시야에 의존합니다. 시간이 멈추기도 하는데, 그런 현상은 공간 속의 개별적인 것들과의 연결성이 상실된 것과 관련이 있는 듯합니다. 몸의 움직임도 불안정해집니다.

참나에 대한 깨달음이 일어날 때는 대명사를 사용하는 데 어려움이 따릅니다. 세상 사람들이 '나'로 간주하는 것을 이해할 수 있을 만한 어떤 용어로 불러 줘야 할지 난감하기 때문이지요. 처음에는 사람들이 물리적인 몸이 자신의 정체성이라도 되는 양 그 몸에게 이야기하는 광경을 보면 이상한 기분이 듭니다.

두려움과 놀라움과 같은 반사 작용들이 사라집니다. 선형적인 생각을 처리하고 사람들의 평상적인 말을 이해하기가 다소 어려워집니다. 이로 인해 대화를 할 때 대답하는 속도가 느려집니다. 이렇게 대답이 늦게 나오는 것은 언어의 선형적인 흐름을 본질적인 의미로 옮기는 의식상의 어떤 과정과 관련되어 있습니다. 이런 지체 현상은 동물들의 언어나 인간의 신체 언어를 이해할 때는 일어나지 않습니다. 그것은 의식이 다양한 형상들이 아니라 본질과 의미에 초점을 맞추기 때문에 일어나는 듯합니다. 의식은 또 침묵과의 자연스러운 조율로부터 개개의 소리의 진원지로 초점을 옮겨야만 합니다.

일어나고 발생하는 듯한 것들과 참나와의 분리가 존재하지 않습니다. 외부에서 '원인들'을 찾지 않으며, 이른바 '사건'이라 하는 것들은 마음속에 품고 있는 것들로 인해 일어납니다. 원인들은 세상이 아니라 오로지 의식에서 비롯됩니다.

주위 사람들이 엉뚱하고 하찮은 것들을 좇느라 많은 에너지를 낭비하는 것처럼 보입니다. 의식의 이런 측면들은 마치 사람들은 따로따로지만 그 모든 사람들 속에 있는 내면의 체험자는 본질적으로 똑같은 참나인 것과 같은 방식으로 체험됩니다. 그 몸은 친구이자 늘 자신을 따라다니는 애완동물과 비슷합니다. 몸은 그런대로 의지할 수 있는 형태로 존재하는 듯합니다. 몸은 또 마취제를 맞지 않고 수술을 받아도 아무 고통을 느끼지 않기도 합니다. 그 사람은 몸을 자신의 정체성으로 동일시하지 않으면서 과거와 다름없이 그것을 소유하고 그것에 대해 책임을 질 수 있습니다.

카르마, 구루, 현자

문 카르마를 어떻게 이해하시는지 설명해 주시겠습니까?

답 모든 생각이나 행위는 당사자의 에너지 체와 결부된 고주파 에너지 패턴인 진동 혹은 트랙形跡을 방출합니다. 이런 진동 내지 트랙은 의식의 바다와 상호 작용하며, 의식의 바다는 다른 에너지 체들이 방출하는 무한히 많은 에너지 패턴들로 가득 채워져 있습니다. 무수히 많은 패턴들이 복잡하게 뒤얽힌 이 바다 안에서 생명체의 결정과 방향에 영향을 미치는 선택들이 이루어집니다. 지속성 있는 패턴들은 강화되고 따라서 좀 더 우세한 것들이 됩니다. 뒤이어 계속될 수 있는 그런 상호 작용들은 다른 어떤 분자들이 자신과 상호 작용할 수 있을지를 결정하는 하나의 분자의 구조적인 형태에 비유할 수 있습니다. 그렇게 해서 그 분자는 몇몇 분자 형태들과는 화합할 수 있지만 그 밖의 다른 분자 형태들과는 화합할 수가 없습니다. 각 개인의 에너지 체는, 오랜 세월에 걸쳐 지속되고 결정과 행위, 좋고 싫은 감정들에 영향을 미치는 패턴들로 이루어진 하나의 역사적인 트랙을 동반하고 있습니다. '나'라는 감각의 자리인 이 에너지 체는 유체이탈을 체험한 모든 사람들이 기억하고 있는 바와 같이 물리적인 몸과는 독립적으로 존재합니다. 그 '카르마석인 몸'은 위치성들의 집합석 트랙들로 이루어져 있습니다.

의식의 장은 측정될 수 있는 다양한 수준들과 에너지 장들이 상호 작용하는 무한한 바다입니다. 따라서 한 개인의 영혼에 있는 에너지 체의 운명은 우주 공간을 떠다니는 사물 혹은 바다 속의 코르크와 유사합니다. 그 코르크가 머무르거나 떠다닐 바다 속 수위는 그것이 타고난 부력이 결정해 줍니다.

존재의 그런 비물질적인 영역들은 일정한 영역에 머무르는 경향이 있는, 의식의 바다의 주파수들 내에 있는 다양한 수준의 에너지 체들로 구성되어 있습니다. 그런 영역들 각자는 각기 하나의 끌개장 주위에 모입니다. 오랜 세월에 걸친 주파수들과 패턴들의 집합을 동반한 그 에너지 체 혹은 영혼이 물리적인 몸과 분리될 때, 그 에너지 체는 자기와 맞는 장 혹은 영역으로 끌려갑니다. 이렇게 해서 에너지 체가 몸과 분리된 이후의 여러 가능성들 혹은 지옥, 연옥, 지옥의 변방limbo(세례를 받지 않은 어린이나 예수 강탄 이전에 죽은 착한 사람의 영혼이 머무는 곳으로 천국과 지옥 사이 — 옮긴이), 천국 등과 같은 다양한 수준들을 대상으로 한 선택들이 이루어집니다. 어떤 영혼들의 경우에는 또 다른 물리적인 생을 선택할 수 있는 기회 내지는 운명이 주어지기도 합니다. 우리가 운동역학적 테스트 방법으로 이것이 영적인 실상에 관한 아주 정확한 묘사인지 아닌지를 물어보면 우리는 "그렇다"란 대답을 얻습니다.

사람들은 그런 문제들에 관해 각자 분명한 의견들을 갖고 있으며, 환생에 관한 의문은 인기 있는 논란의 장이 되고 있습니다. 그러나 모든 종교는 물리적인 죽음 이후 영혼의 에너지 체가 물리적인 생애 동안에 이루어진 행위들에 의해 결정되는 운명을 계속 따른다는 데 의견의 일치를 보고 있습니다. 그러므로 운명은 우선 영적인 결정들과 행위들에 의해 결정되며, 그런 결정들과 행위들에서는 의도와 책임감, 의지의 동의가 아주 중요합니다.

영적으로 말해서, 물리적인 환생이 실제로 일어나는가 일어나지 않는가 하는 논란은 매우 관념적인 논란입니다. 에너지 체가 물리적인 존재로서 다시 이어지거나 하나의 에너지 차원 위에서 계속 전개되느냐에 상관없이, 에너지 체를 지배하는 원리와 운명은 똑같습니다. 사람의 운명은 영적인 의지에 의해서 이루어지는 선택에 따라서 분명 더 좋아지거나 더 나빠지거나 할 것입니다. 의식의 영적인 본질에 관한 연구에 의하면 또 다른 물리적인 삶을 재개할 것인가 말 것인가 하는 선택은 개별적인 영혼 고유의 패턴들에 의해 결정되는 듯합니다. 좀 더 중요한 것은 영혼·에너지 체의 운명, 혹은 물리적인 죽음 이후의 그것의 운명을 결정하는 요인들을 제대로 이해하고 해석하는 일입니다.

앞에서 분석한 내용과 영적인 연구에 의거해 볼 때 사람의 최종적인 운명은 영적인 몸의 아우라 속에서 형성된 에너지 패턴들의 자동적이고 비인격적인 결과인 듯합니다. 즉 물리적인 죽음 이후 사람의 운명은 어떤 외적인 형상이나 에너지, 힘이 제멋대로 부과하는 보상이나 징벌의 결과가 아니라 스스로의 선택의 필연적인 결과입니다. 참나의 무한한 바다 속에서 자아는 오로지 자기 자신의 본질에 의해 자신의 운명으로 끌려갑니다. 이것이 바로 절대적인 공정함과 공평함을 보장해 주는 전능한 신의 절대적인 정의正義입니다. 그러므로 심판이란 인간의 마음이 빚어낸 신인동형설적인 가설로부터 비롯된 그럴싸한 '설명'의 기능을 하는 의미론적 창안물(인과관계나 향일성 같은)에 지나지 않습니다.

스스로의 결정과 행위가 자신의 영적인 운명을 결정하고 봉인하는 것이기에 각 개인은 절대적으로 공평한 상황에서 스스로의 운명을 결정합니다. 그러므로 신의 정의는 완전히 저절로 이루어지는 것입니다.

따라서 인류는 이제까지 너무나 심한 중상을 당해 온 신을 비난하는 짓을 그만두고 스스로의 운명에 책임을 져야 합니다. 사실상 신의 사랑은 태양과 마찬가지로 모두에게 평등하게 빛을 뿌려 줍니다. 이런 사실을 이해할 때 우리는 영적인 세계를 제대로 이해하게 되며, 이런 상황에서는 영적인 세계를 설명해 주는 미신적이고 신인동형설적인 창안물들이나 판타지들은 전혀 필요치 않은 것들이 됩니다.

이제까지 말해 온 대부분의 내용은 인류가 축적해 온 영적인 정보나 체험 내용들과 거의 일치합니다. 만일 영적인 관점에서 볼 때 모든 사건이 자유의지의 결과로서 일어나고 다른 어떤 것을 일으키는 '원인'이 되는 '힘들'이 존재하지 않는다고 한다면, 물리적인 환생에 관한 의문은 저절로 자명해질 것입니다. 물리적인 환생이 일어날 경우 그것은 영적인 의지의 동의와 선택에 의해 일어난 것임이 분명하며, 이때 그 환생은 '카르마의' 성향에 의해 결정될 것입니다.

우리가 스스로를 물리적인 몸이나 이승에서의 삶과 동일시하는 경향이 강하면 강할수록 환생에 끌리는 마음은 더욱더 강해질 것입니다. 우리가 환생에 끌리는 것은 과거의 영적인 잘못을 바로잡거나 완화하고자 하는 마음 때문임이 분명합니다. 대부분의 영혼들은 과거의 잘못을 바로잡는 유일한 방법은 자신이 타인들에게 가했던 것과 똑같은 운명을 걷는 것이라고 결정합니다. 우리는 수많은 영혼들이 참혹한 종말로서 끝나는 생애를 선택하곤 하는 것을 분명히 알고 있습니다. 그런 식으로 선택된 죽음의 형태조차도 아주 유별나고 특이한 경우가 많아서 우리는 그런 특이한 선택에 카르마적인 색채가 강한 결정 요인들이 개재되어 있는 게 분명하다는 것을 직관적으로 깨닫습니다. 특별한 형태와 방식을 취하는 자살 역시 매우 특별한 의미들이 내포된 경우들이 많습니다.

우리는 한 영혼의 생애들이 물리적인 차원 내지는 에너지 차원을 바탕으로 하는 물리적인 영역 안에서나 또는 그 외부에서 이루어질 수 있다고 할 때 그 영혼의 생애들이 거의 무한히 연속되는 일이 얼마든지 가능하다고 가정해 볼 수 있습니다. 이런 공식은 고대의 현자들, 베다 경전, 그리고 크리슈나와 붓다의 가르침들, 그리고 힌두교와 아울러 고대의 다른 종교들이 말하는 바와 일치합니다.

아주 높은 의식 수준에 이른 현자들은 전생을 기억할 수 있으며 그런 전생이 무수히 거듭되었다고 말하는 경우도 적지 않습니다. 유체이탈 체험을 한 이들도 역시 자신들의 에너지 체가 과거에 다른 물리적인 몸들에 머물렀던 것을 기억하곤 합니다. 어린아이들도 역시 전생을 기억하는 경향이 있으며, 이에 대한 연구는 이런 현상이 꽤 빈번하게 일어나는 일임을 보여 줍니다. 누군가 한 현자에게 전생들이 얼마나 생생하냐고 물었을 때 그는 자신의 전생들이 이번 생과 다름없이 생생하다고 대답했습니다.

자신이 전생을 겪었는가 겪지 않았는가 하는 데 대한 관심은 단지 에고의 허영심과 이기심의 반영이 아니라 그보다 큰 의미를 갖습니다. 중요한 것은, 신의 정의가 어떻게 작용하는가를 이해하면 우리는 에고의 본성에 관한 올바른 이해를 갖게 된다는 것입니다. 그것은 또한 "뿌린 대로 거두리라.", "떳떳하지 못한 사람들은 남을 비판하지 말라.", "악은 그것을 보는 사람의 눈 속에 있다.", "검으로 일어선 자들은 검으로 망하리라.", "그대의 머리칼 한 올도 세어 보지 않고 넘어가는 일이 없다.", "참새 한 마리가 떨어지는 것도 모르고 넘어가는 일이 없다."와 같은 기독교의 가르침들도 분명히 해 줍니다.

예수는 마태복음 11장 7장에서 14절 그리고 17장 10절에서 13절에서 환생에 대해 간략하게 언급했습니다. 거기서 예수는 "엘리야

Elijah가 세례 요한으로 다시 왔다."라고 말합니다. 영혼의 운명이 환생이라는 주제보다 더 중요하기에 기독교는 죄 대신 덕행을, 악 대신 선을 선택하는 것에 초점을 맞춥니다.

문 그렇다면 영적인 운명 혹은 카르마는 선택에 의해 결정되고 그것에 대해서는 당사자가 책임을 져야 하나요?

답 가장 강력한 결정 요인은 영적인 의지의 의도와 결심입니다. 재맥락화와 생각 혹은 행위가 힘 대 위력의 측정할 수 있는 수준의 에너지 패턴을 결정한다고 하는 개념은 카르마 요가라고 하는 영적인 길의 토대가 되고 있습니다. 카르마 요가는 모든 행위는 신에게 바침으로써 신성하게 될 수 있다는 것을 뜻합니다.

지극히 단순한 행위, 예컨대 감자껍질을 벗기는 것 같은 하찮은 일조차 성내면서 할 수도 있고, 또 자신이 삶을 통해서 생명을 떠받치고 있다는 것을 알고 기쁨에 겨워 삶에 자신을 바치려는 자세로 할 수도 있습니다. 이런 사람은 삶이라는 선물을 부여받은 데 대해 감사하는 마음에서 신의 창조물인 모든 생명체에게 사심 없이 봉사하는 것을 통해 신에게 그 삶을 선물로 바칩니다. 이 사람은 이러한 헌신을 통해 모든 생명체의 성스러움을 인정하고 모든 생명체를 존경 어린 마음으로 대합니다. 우리가 길을 가다가 뒤집어진 채 무력하게 발버둥치는 풍뎅이를 보고 걸음을 멈추고는 작은 나무 가지로 그것을 바로 세워 줘서 생을 지속하게 해 줄 때 전 우주는 그것을 알고 그에 반응합니다.

모든 생명의 가치를 인정하고 뒷받침해 주는 것은 그 생명의 일부인 자기 자신을 뒷받침해 주는 일이 됩니다. '영혼'이라는 용어는 대체로, 삶을 체험할 수 있는 능력을 뜻합니다. 참나는 살아 있는 모든 것 속에 내재해 있는 존재에 대한 앎으로서 드러납니다. 사슴을 비롯한 모든 동물은 인간과 똑같은 정도로 자신들의 삶을 향유합니다. 동물들은 자신들의 존재와 삶의 체험으로부터 기쁨을 얻습니다.

페루의 황야에서 사는 덩치 큰 수달들의 삶에 관해 찍은 다큐멘터리 영화가 있습니다. 그 수달들은 일정한 영역 내에서 살아갑니다. 그 영화에서는 한 호수 전체를 자기 영역으로 삼고 있는 한 외로운 수컷의 모습이 나옵니다. 그 수달은 몇 달간 홀로 지냈습니다만 그 영화를 찍은 사람은 끈기 있게 그것을 지켜 본 끝에 마침내 또 다른 수달이 그 호수에 나타나는 광경을 발견하는 것으로 인내심의 보상을 받았습니다. 그 영화는 두 마리의 외로운 수달이 만나서 서로를 발견한 기쁨을 표현하는 광경을 보여 주는데 그 광경은 실로 압도적이었습니다. 그들은 기쁨과 행복에 겨워 끝없이 재주넘기를 하고 함께 춤을 췄습니다. 그런 방면에 전혀 문외한인 사람들의 눈에도 그들이 환희에 가득 차 있다는 사실이 아주 확연하게 들어왔습니다. 동물들이 선형적인 논리를 갖고 있고 그런 논리에 수반되는 언어 전달 능력을 갖고 있느냐 아니냐의 여부 따위는 전혀 중요하지 않습니다. 중요한 것은 삶이 실제로 경험되는 수준(주관성의 수준)에서 동물들의 삶의 체험과 기쁨은 인간들의 그것과 동등하다는 사실입니다.

문 누구든지 운동역학 테스트를 사용해서 모든 정보에 접할 수 있다고 하는 것이 사실인가요?

답 그렇습니다. 우리의 내적인 삶은 사실상, 때와 장소를 불문하고 누구든지 접근할 수 있는 공적인 기록입니다. 그 어떤 비밀도 유지할 수가 없습니다. 감춰진 것은 아무것도 없습니다. 이런 점은, 개인적인 사용자가 전 세계의 모든 컴퓨터에 존재하는 모든 파일에 접근해서 다운 받을 수 있게 해 주는 최첨단 소프트웨어 프로그램들이 이미 존재하는 시대에서 그리 놀라운 일도 아닐 것 같습니다. 인터넷상의 모든 정보는 공적인 영역 속에 있습니다. 마찬가지로 사적인 장소들뿐만 아니라 공적인 거리들을 포함한 대부분의 공적인 장소들도 계속 비디오의 감시를 받고 있습니다. 모든 사람들의 활동이 인공위성을 통해 계속 기록되고 감시를 받고 있습니다. 모든 손가락 자국은 이 세상에서 단 하나뿐인 지문들을 남길 뿐만 아니라 주인의 신원을 추적할 수 있게 해 주는 DNA 패턴들의 자취도 남깁니다. 컴퓨터들은 모든 구매와 거래 행위를 추적하고 분석합니다. 신용조사기관들에서는 모든 사람과 법인의 재정적인 패턴들을 상세히 기록해 둡니다. 프라이버시란 사실상 지나간 시대의 판타지인 듯싶습니다. 정직한 사람들은 자신들의 정직함과 죄 없음이 기록될 터이므로 이런 모든 현실을 환영하지만, 부정직하거나 죄 있는 사람들은 아마도 이런 현실을 두렵게 여길 것입니다. 이승과 저승 양쪽에서 모든 사실은 드러나고 그에 상응하는 책임이 분명히 따른다는 것은 확실합니다. 그렇지 않다면 우주는 부당하고 부조리하게 창조된 것이라는 얘기가 되는데 그것은 신성의 본질의 표현으로서는 있을 수 없는 일입니다.

문 구루는 반드시 필요한가요? 어떤 영적인 전통에서는 그렇다고 말합니다.

답 모든 사람에게는 이미 구루가 있으며 참나가 그것입니다. 신의 현존은 항상 현존합니다. 신의 은총에 의해서 성령은 모든 사람이 접할 수 있는 신성한 의식의 영적인 측면이 되어 줍니다. 에고가 자기 내면에 있는 참나에 대한 앎을 가로막기 때문에 그 앎은 영적인 스승이나 화신, 영적인 가르침들과 접촉함으로써 진리와 재접속됩니다.

영적인 현자들은 좀 더 높은 영적 진화를 통해서 참나와 아주 가까이 접하거나 그것과 하나가 되며, 그로 인해 말하고 가르치고 도움을 주고 길 안내를 할 수 있습니다. 영적인 체험에 관해 듣는 것은 듣는 본인에게 영감을 줍니다. 모든 영적인 성장은 본인의 자유의지의 동의에 의해서 이루어집니다. 참된 스승은 자신의 의지를 다른 사람들에게 강요하지 않습니다. 그는 그저 자기가 알고 있는 것을 모든 사람이 알 수 있게 할 따름입니다. 깨달은 스승은 선물로서 받은 것은 선물로서 내줘야 하는 것이기에 가르침에 대한 대가를 요구하지 않습니다. 나누어지는 가르침은 더 높게 측정되며, 영적인 성장의 촉매 역할을 할 수 있는 능력을 저절로 갖게 됩니다. 위대한 가르침을 그저 듣는 것 그 자체가 영적인 공덕의 결과입니다. 그 가르침에 따라 행동하는 것은 한층 더 큰 은혜를 가져다줍니다.

붓다는 다음과 같이 말했다고 합니다. "이 우주에서 인간으로 태어난 것은 참으로 희유(稀有)한 일이다. 다르마를 듣는 것은 더 한층 희유한 일이다. 그런 가르침을 받아들이는 것은 더 한층 희유한 일이다. 그 가르침에 따라 행동하는 것은 더 한층 희유한 일이다. 그 가르침의 진실성을 깨닫는 것은 더더욱 희유한 일이다." 깨달음에 대해서 듣는 것조차도 이미 더없이 드문 선물입니다. 일찍이 깨달음에 대해서 들은 사람은 그 밖의 어떤 것에도 만족하지 못할 것입니다.

그러므로 정보 그 자체가 스승이 되지만, 그것이 활성화되기 위해서는 그 당사자의 영적인 의지의 동의가 따라야 합니다. 영적인 성숙에 이른 영적인 스승들은 이런 길을 추구하는 사람들이 자주 열정에 사로잡히기는 하나 단순하고 순진하다는 사실을 기억하고 있습니다. 이런 순진한 탐구자들은 매력적인 모습으로 포장된 거짓 스승들이나 거짓된 가르침들에 쉽게 속아 넘어갑니다. 그러므로 탐구자들이 영적인 유혹과 매력의 함정에 빠져들지 않게 길 안내를 해 주는 것 역시 구루가 소중한 또 다른 이유입니다. 스승들은 가르치고 영감을 불어넣어 주고 위대한 가르침들의 진실성을 개인적인 증언을 통해 증거하며 그 길을 가기 위해 고투하는 제자들을 격려해 주는 역할을 합니다.

스승들의 또 다른 큰 역할로는 설명하고 상세히 밝혀 주는 것이 있습니다. 많은 유서 깊은 가르침들은 정확하고 확실하긴 합니다만 '앙상한 뼈대들'에 지나지 않고 불충분해서 잘못된 해석을 불러일으킬 소지가 있습니다. 스승은 진리를 말해 주고 제자가 제대로 길을 갈 수 있게끔 불을 비춰 주는 일뿐만 아니라 설명을 해 줘야 한다는 면에서도 꼭 필요한 존재들입니다. 참된 스승은 깨달음을 통해서 이미 전체적이고 완전한 존재가 되었기 때문에 제자들이 충족시켜 줘야 할 그 어떤 부족한 점도, 추종자들을 거느림으로써 이익을 얻을 만한 그 어떤 것도 갖고 있지 않습니다. 참된 스승은 타인들을 조종하고 싶은 욕구도, 그 어떤 유형의 권력이나 표상을 탐하는 마음도 갖고 있지 않습니다. 참된 스승에게 모든 과시와 허세, 부, 장식 따위는 무의미한 것들이며, 그런 현자는 세상의 자질구레한 장식품들이나 가공적이고 덧없는 그 어떤 것에도 끌리지 않습니다.

참된 스승에게는 그 몸이 평상적인 세계에 속한 다른 사람들과 교류할 수 있는 수단이 되어 준다는 의미에서만 가치가 있는 것이 됩니다. 그러므로 그 몸은 교류의 매개체입니다. 스승은 항시, 보이지 않는 참나입니다. 거기에는 그 어떤 '개인'도 존재하지 않으며 따라서 그 참나는 어떤 의인화의 자취들도 갖고 있지 않습니다. 스승에게는 평상적인 세계와의 상호 작용과 대화를 용이하게 해 주는 사회적인 지식의 집합체인 표면상의 페르소나의 자취가 남아 있긴 합니다만 세상이나 세상이 지닌 내용과 가치들에 끌리거나 배척하지는 않습니다.

성숙한 스승은 최초로 찾아온 지복의 그 아무것도 할 수 없는 무력한 단계를 넘어서서 무한한 평화의 영역 속에 존재합니다. 그것은 절대absolute의 완벽함에 대한 확신과 모든 것을 다 아는 상태로 이루어진, 정서의 자취가 없는 기쁨의 상태입니다. 그 스승이

할 일은 말로 표현할 수 없는 것을 이해할 수 있는 것으로, 형상 없는 것을 형상으로 옮기는 일이며 앞으로 일어날 가능성이 있는 잘못된 이해를 사전에 차단하려고 노력하는 것 등입니다. 참된 스승은 더 이상 세속적인 방식으로 '생각하지' 않기는 하지만, 무한히 주관적인 것들을 뜻이 통하는 용어들로 옮기는 법을 아는 능력을 갖고 있으며 그런 능력은 사실상 성령의 기능입니다.

현자는 또 다른 비언어적인 방식, 즉 자신의 깨달은 의식이 인간의 의식과 앎이라는 생각의 장에 진동하는 주파수를 전해 주는 방식으로 제자들에게 힘이 되어 줍니다. 그것은 그 앎의 효과요 결과입니다. 진리를 가르치는 것은 하나의 선택이자 동의의 결과입니다.

문 박사님께서는 늘 스승이나 가르침의 진실성 수준을 측정해야 한다는 점을 강조하십니다. 스승들을 믿음이나 명성에 의거해서 받아들여서는 안 되나요?

답 절대로 안 됩니다. 마음은 아주 순진해서 남에게 너무나 쉽게 속습니다. 마음은 설득과 조작에 아주 취약하고 그런 것들에 쉽게 넘어갑니다. 이 행성에 거주하는 사람들의 대다수가 이성과 지성의 수준인 400 수준 이하로 측정된다는 점을 명심하십시오. 그들은 논리적인 형태로 위장한 감상주의와 불합리한 격정, 슬로건들 따위에 쉽게 휩쓸려 들어갑니다.

배심원들은 죄 없는 사람들에게 유죄 판결을 내리고 투표자들은 위헌임이 분명한 불합리한 법들을 통과시킵니다. 전혀 복잡하고 난해하지 않은 평상적인 문제들을 다루는 데서 이런 심각한 잘 못들이 일어나고 있습니다. 사정이 그러한데 문제가 영적인 것과 관련된 것에 이르면 마음은 훨씬 더 믿을 수 없는 것이 됩니다. 마음은 자기가 따를 만한 그 어떤 경험적인 증거도 갖고 있지 못하므로 대개는 사회적 · 민족적 · 가족적인 전례들을 맹목적으로 따르게 마련입니다. 그러므로 대부분의 사람들의 영적이고 종교적인 신앙은 출생과 문화적인 배경이라는 '우연'에 의해서 결정됩니다. 에고는 그런 신념체계들을 '내 것'으로 취하고는 그것들에 의지해서 행동해 나갑니다. 마음은 그런 신조들이 정당하고 타당한 것인지를 확신할 수 없으며 따라서 지나치게, 때로는 광적이라 할 정도로 방어적인 태도를 보일 수밖에 없습니다. 본질적으로 그런 신조들은 공격에 취약하기 때문입니다.

경험적인 진리는 방어해야 할 필요가 없습니다. 그것은 그저 사실의 문제입니다. 하지만 '신자'는 자신들의 의견을 표현할 때 아주 시끄럽고 호전적인 태도를 보입니다. 그러므로 진정으로 진리를 추구하는 이들은 신자, 남을 개종시키려고 광분하는 사람, 온갖 방식을 동원해서 설득하려 드는 종교적인 광신도의 영향을 받는 것을 사전에 피하라는 경고를 받아들이는 것이 좋습니다.

믿음과 참된 체험에 바탕을 둔 앎은 고요합니다. 그런 앎은 상대를 설득하려 들지 않고 조용히 초대합니다. 그것은 진리 그 자체의 힘과 본래부터 갖추고 있는 미덕에 의해 끌어들입니다. 진리는 설득이나 논쟁에 의한 강제에 의존하지 않습니다. 진리는 설명하되 설득하려 하지는 않습니다.

마음이 본래 단순하고 오류에 취약하다는 점에 더해 사회가 '진리 아닌 것들'에 의해 지배되고 있기 때문에 진실과 거짓을 가려내고 진실성의 정도를 판별할 수 있는 확실한 수단을 발견했다는 사실은 영적인 탐구자들에게는 실로 놀라운 진전이요, 실질적인 이익을 안겨 주는 큰 은혜가 아닐 수 없습니다. 우리는 이제 나침반이나 망원경을 발견한 시대에 비견할 수 있는, 역사적으로 아주 중요한 시대에 살고 있습니다.

영적인 가르침을 평가할 때는 기본적으로 단 두 가지만을 측정해 보면 됩니다. 하나는 스승에 대한 측정이고 다른 하나는 가르침 자체의 진실성에 대한 측정입니다. 이 두 가지 수치는 과거에 스승과 제자 양쪽 모두 접근할 수 없었던 이해에 이를 수 있는 아주 소중한 지침을 제공해 줍니다.

과거에는 최고의 현자들조차도 자신이 체험하고 가르치는 진리가 어느 정도의 수준에 이른 것인지 알지 못했습니다. 그들은 사실상 더 높은 앎의 영역들을 탐험하고 발견한 사람들이었습니다. 그들의 기억과 가르침들은 실상에 대한 성립 가능한 앎의 낯설고 매우 드물게 체험된 영역들에 대한 보고서였습니다. 그런 수준에 도달하기 위해서는 고도계와 지도도 없이 의식의 성층권을 탐험하러 나설 만한 대단한 용기와 확신이 있어야만 했습니다. 그런 탐험가들은 내부와 외부의 현자들을 갖고 있기는 했으나 자신들이 추구하는 것이 확실한 것인지를 알아볼 만한 운동역학 테스트 방법이나 의식 지도 같은 '범세계적인 방향탐지기'를 갖고 있지는 못했습니다.

이 세상에는 자신이 실제로 겪은 '영적인 체험'에서 비롯한 지식을 가진 영적인 스승이 있는가 하면, 관념적이고 지적인 수단을 통해 정보를 얻는 '스승 비슷한 사람'도 있습니다. 종교계의 성직자는 반드시 깨달은 사람이어야 할 필요는 없지만 신학교에서 영적인 진리를 공부해야 합니다. 하지만 세상에는 영적으로 '깨달은' 사람들이 있는데 그들은 신학이나 비교종교학을 정식으로 전공하지는 않으며, 오로지 이 길에 관심을 가진 사람들이 정보를 얻고 방향을 설정하고 참조를 할 만한, 이미 확립된 가르침을 알려 줄 따름입니다.

　'구루'로 여겨지는 세상의 모든 영적 스승들 가운데 대략 55퍼센트는 구루라는 이름을 들을 만한 사람들입니다. 그러므로 현실적으로 따져 보면 수많은 스승들 가운데서 참된 스승을 만날 확률은 55퍼센트 정도입니다.

대화

문 자신의 의식을 높이는 데 가장 좋은 방법이 되는 것은 무엇입니까?

답 우리는 영적인 관심과 의도, 탐구를 통해서 영적인 주제 및 가르침들과 좀 더 친숙해집니다. 그런 가르침들 자체는 높은 수준으로 측정되기 때문에 평상적인 의식의 수준을 넘어설 수 있게 해주는 힘을 갖고 있으며, 자신의 생각과 성찰 속에 가르침을 받아들일 경우 그것은 자동적으로 의식의 성장을 촉진시켜 줍니다.

붓다는, 어떤 사람이 일단 깨달음에 관해서 듣고 가르침을 받을 경우 그 사람이 깨닫는 것은 이미 확정된 것이며 깨달음보다 못한 것에는 결코 만족하지 못하게 될 것이라 했습니다. 붓다는, 또 이런 깨달음의 과정은 수많은 생을 통해서 진행될 수 있으나 결국 깨달음은 그 사람의 운명으로서 확정된 것이라고 말했습니다. 이 말은 그와 같은 내용에 흥미를 갖는 사람들은 결국 깨닫게 될 공산이 크다는 것을 뜻합니다. 그렇지 않다면 그 사람들이 왜 이 세상에 존재하겠습니까? 그 사람들이 왜 그런 주제에 조금이라도 관심을 갖겠습니까?

문 명상에 대해서는 어떻게 생각하시는지요?

답 그것은 큰 주제이자 매우 간단한 주제입니다. 가장 간단한 방법들이 가장 좋으며 그래야 일상의 활동을 영위해 나가면서 계속 행할 수 있습니다. 공식화된 경우로서, 예를 들어 우리가 조용히 앉아서 눈을 감고 호흡을 주시할 경우 우리는 감은 눈 속의 망막에 나타나는 여러 가지 형상들을 볼 수 있습니다. 그때 우리는 마음이 움직이는 흐름에 아무 간섭이나 비평도 하지 않고 그저 가만히 지켜보기만 합니다. 이런 상황에서 이윽고 우리는 관심의 방향을 돌려 흐름을 지켜보는 자가 누구인지에 초점을 맞춥니다. 지켜보는 자를 확인하게 되면 그것은 다시 우리를 목격자에게 인도하고 그것은 다시 이런 것들이 의식의 특성들이라는 것을 체험하는 자에 대한 앎으로 이어집니다. 우리는 이러한 목격, 체험, 지켜봄, 그리고 이러한 것들이 저절로 일어나고 있다는 것을 자각합니다. 이런 것들은 의식의 비인격적인 특성들입니다. 그것들은 자동적으로 일어납니다. 거기에는 바라보고 목격하고 관찰하는 일을 '하는' 그 어떤 개인적인 실체도 없습니다. 이런 비인격적인 특성이 관찰되는 내용물들에 의해 하등의 영향을 받지 않는다는 것을 통찰하는 것도 역시 중요합니다. 참된 초월적인 '나'는 우리의 자는 모습을 지켜보기까지 합니다.

문 사토리_{satori}란 무엇입니까?

답 그것은 명상하는 동안에 가장 자주 일어나는, 향상된 앎의 영적인 상태입니다. 그 상태가 유지되는 시간은 일정하지가 않습니다. 그것은 나타났다 사라지기도 하고, 의식의 수준들을 변화시키기도 하며, 영구적인 자취들을 남기거나 앎의 영원한 상태가 되기도 합니다. 그것은 일종의 계시이기 때문에 통제할 수 없습니다. 설혹 그 상태가 사라진다 해도, 보고 깨닫고 이해한 것들은 영원히 남습니다.

예를 들어 우리는 갑자기 '양극을 초월하기'도 하고, 모든 체험의 근원이 우리 내면의 위치성에서 비롯되는 것이라는 것을 통찰하기도 합니다. 이윽고 그것은 내부와 외부는 같은 것이기에 내부도 외부도 존재하지 않으며 주관성 이외의 다른 가능성은 있을 수 없다는 통찰로 이어지기도 합니다.

문 영적인 야심이 영적인 에고를 갖는 것으로 이어지지는 않나요?

답 그것이 단지 야심으로만 남아 있는 경우에는 그렇습니다. 내맡김과 겸손을 통해 야심은 사랑과 영감과 헌신이라는 동기들로 대치됩니다.

흔히 '영적인 자만'이라는 말이 암시해 주는 어떤 상태는 그런 영적인 수행을 하는 개인적인 자아가 존재한다는 환상의 소산입니다. 겸손과 감사는 그런 경향들과 맞서며, 그런 자세는 참나가 후원하는 에너지로서 방출하는 영적인 격려에 다름 아닙니다. 영적인 의도는 은총으로서 체험할 수 있는 더 높은 에너지 장들을 끌어들입니다.

문 일상생활을 영위하면서 어떻게 명상하는 자세를 유지할 수가 있는지요?

답 행위하고 말하고 느끼고 생각하고 관찰하는 자가 누구인지를 스스로에게 끊임없이 물어보기만 하면 됩니다. 이것은 언어를 동반하지 않는 주시의 초점입니다. 영적인 스승 라마나 마하리시는 그런 과정을 '자아 탐구self-inquiry'라 불렀으며, 그는 어떤 행위를 할 때든 항상 적합한 테크닉으로서 그것을 추천했습니다. 지속적인 명상은 모든 행위를 일종의 예배행위로 바침으로써 모든 행위가 다 성스럽게 되는 무드라, 마음가짐, 태도에 비유할 수 있습니다. 모든 것에 대한 태도가 일종의 헌신과 같은 것이 될 때 신성은 저절로 드러납니다.

문 타인들을 판단하는 것을 어떻게 하면 그칠 수 있을까요?

답 연민 어린 마음을 통한다면 비난하기보다는 이해하려는 마음이 일어납니다. 이해하는 마음이 될 때 우리는 사람들이 어떤 주어진 순간에 사실상 그렇게 행동할 수밖에 없었다는 것을 알게 됩니다. 사람들은 그들이 사회에, 그리고 그들의 의식을 지배하는 특정한 에너지 장에 본래부터 내재되어 있는 프로그램들에 의해 움직이고 있다는 사실을 대체로 의식하지 못합니다. 평균적인 마음은 무의식중에 세뇌되며 사람들은 자신들이 끌리는 의식의 장에 의해 지배당합니다.

하나의 전형적인 예로서, 비교적 영적으로 성숙한 사람들은 목적이 수단을 정당화해 주지 못한다는 것을 알고 있기는 합니다만 우리 사회에서는 목적이 수단을 정당화해 준다는 것이 일종의 쓸모 있는 금언으로 뒤바뀝니다. (목적이 수단을 정당화해 준다는 주장은 운동역학 테스트에서 근육을 약하게 만듭니다.)

문 '무념無念'이라는 선禪의 가르침이 뜻하는 바는 무엇인지요?

답 동양에서 온 어떤 영적인 가르침들은 '마음mind'이라는 용어를 보통의 마음이나 에고를 가리키는 데 사용하는 반면에 '참마음 Mind'은 역설적이게도 마음 없는 상태나 참나를 뜻합니다. 어떤 가르침들은 마음을 참나나 하나임, 전체임과 같은 뜻을 지닌 우주심Universal Mind을 뜻하는 것으로 사용함으로써 말을 더욱 복잡하게 만듭니다. '무념'은 그저, 자각이야말로 영원한 진리이며 그러한 진리는 평상적인 마음을 넘어선 현존과 침묵 속에서 발견된다는 것을 뜻하는 원리에 지나지 않습니다. 내용물로 가득 채워진 개인적인 자아의 마음에 초점을 맞추는 것은 참마음 Mind으로서의 참나에 대한 앎을 저해합니다.

문 붓다는 왜 신에 대해 말하지 않았을까요?

답 종교들 때문에 신에게는 수많은 정의와 서술들이 따라붙었고, 그로 인해 신에 관한 개념들은 역설적이게도 신의 실상에 대한 앎을 실제로 방해하는 요소들이 되었으며 탐구자들은 그런 실상이 드러날 수 있게끔 선입견으로 물든 개념을 버리는 게 아니라 오히려 그런 것을 추구하는 결과를 만들곤 했습니다.

문 '무념'의 상태란 어떤 것인가요?

답 우선 완전히 새로운 영역을 자각할 때의 그 느낌은 실로 압도적입니다. 과거 자아의 남은 자취는 그 엄청난 드러남과 장엄함에 그만 얼이 빠져 버립니다. 모든 것은 눈부시게 생동합니다. 전체는 하나이며 경이로울 만큼 성스럽습니다. 그러나 거기에는 또한 무한한 고요와 평화가, 마침내 자신의 진정한 본향에 돌아왔다는 더 없이 안온한 느낌이 자리하고 있습니다. 그 어떤 두려움도 일어날 수가 없습니다. 참된 자신은 모든 형상을 넘어서 있고, 또 항시 시간과 공간을 넘어서 있습니다. 이런 실상들은 아주 자명합니다. 모든 생각과 관념들, 정신작용은 멈추고 모든 곳에 고요함이 충만합니다.

참나를 이제 국소적인 데 머무르는 것이 아닌 모든 곳에 두루 존재하는 것으로서 깨닫게 됩니다. 인간적인 모든 작용들과 느낌들은 움직임을 그칩니다. 그 어떤 것에 대한 욕구도 없습니다. 모든 것은 다 알려지고 평등하게 현존하므로 알려져야 할 것도, 그 무엇에 대하여 관해 알아야 할 것도 존재하지 않습니다. 모든 의문에 대한 답은 이미 나와 있기에 물어야 할 그 무엇도 남아 있지 않습니다. 거기에는 생각할 것도, 생각을 해야 할 이유도 없습니다. 모든 느낌은 사라지고 그 자리에 절대적인 평화가 자리 잡습니다.

이런 상태의 시초에, 죽음(에고의 남은 자취의 죽음)의 고통이 일어나는 짧은 기간이 있으며 그렇게 죽어 가는 것을 느끼는 것은 개인적인 '나'입니다. 이때 개인적인 의지는 성스러운 전지全知함 속에 용해되고 그와 더불어 의지의 작용은 끝이 납니다. 모든 것은 동등한 중요성과 의미를 갖고서 나타나고 움직이고 작용합니다. 다른 것들보다 더 크고 위대한 것도, 더 작고 하찮은 것도 없습니다. 거기에는 원인도 변화도 사건도 없으며, '일어나는' 일들도 없습니다. 모든 것은 창조의 끊임없는 진화의 지속의 결과로서 있는 그대로 존재합니다.

그 사람은 잠재성이 현실화되는 것을 목도합니다. 우주의 가장 깊은 본질이 경이로운 장관으로서 스스로를 드러냅니다. 그것은 마치 고향에 돌아온 것을 환영해 주기라도 하듯 사랑과 신뢰의 선물로서 드러납니다.

문 그런 상태에서 어떻게 움직이고 활동할 수가 있는지요?

답 처음에는 불가능합니다. 다시 몸을 움직일 때는 땅을 걷는 것이 마치 흔들리는 배 위를 걷는 것 같은 기분이 듭니다. 몸이나 그것의 각 부분들이 정확히 어느 위치에 놓여 있는지를 감을 잡기가 어렵습니다. 그 상태에서는 몸과의 동일시가 없고 공간상의 거처도 없습니다. 참나는 보이지 않고 공간을 점유하고 있는 것도 아니기에 사람들이 이 몸이 '나'인 것처럼 말을 걸어 올 때마다 그 상황에 익숙해지기 위해 어느 정도의 조정 과정이 필요합니다. 목소리는 사람들의 질문에 스스로 알아서 적절히 대답해 줍니다. 거기에는 세속을 영위해 나가거나 그것에 초점을 맞출 만한 마음이나 사고 작용이 없습니다. 방향 감각도 잃어버립니다. 몸의 작용과 말과 행동이 그 어떤 내적인 지시나 의도도 없이 일어납니다. 현존의 뜻에 따라서 모든 것이 아주 자연스럽게 일어납니다. 모든 것은 그 본질과 우세한 조건들의 표현으로서 저절로 일어납니다. 그 몸은 우주의 한 기능이요 이 세계의 작용에 대한 적절한 순응과 적응의 소산입니다.

평상시의 모든 일상 활동들은 상당히 긴 기간 동안 정지됩니다. 말 같은 것은 필요치 않습니다. 사람들이 말을 할 때는 그 뜻을 파악하기 위해 이해할 수 있을 만한 문맥으로 번역하는 과정이 필요합니다. 사람들은 생각들이 선형적으로 연속되는 형태로 말을 건네고, 그럴 때마다 성령의 현존인 참나·신성의 한 측면이 번역자의 역할을 해 주며, 그로 인해 사람들의 말을 듣고 그것을 이해하는 데 시간이 좀 걸립니다. 세상 사람들이 보기에 귀가 어둡거나 정신이 딴 데 팔린(역설적이게도 실제로 그러합니다.) 것처럼 보입니다. 그런 번역 과정은 사람들의 말속에 포함된 다양한 형상들을 취해서 쉽게 이해할 수 있을 만한 핵심적인 것으로 바꿔 줍니다. 여느 사람들처럼 생각하는 것은 더 이상 자연스러운 상태나 작용이 못됩니다. 생각이 일어나는 것조차도 그렇게 하려고 마음을 먹어야만 일어납니다. 세상 사람들이 본질과는 무관한 온갖 잡다한 것들에 마음을 빼앗기고 있는 것처럼 보입니다. 선형적으로 연속되는 형상들에 초점을 맞추다 보면 피곤해집니다. 초점을 본질에서 형상으로 전환하는 데는 시간과 에너지가 듭니다.

문 그런 일이 있고 난 뒤 많은 세월이 흐른 지금은 어떤 것이 박사님의 일상생활을 인도해 주는지요?

답 일상은 그저 자연스럽게 흘러갑니다. 의식의 장 속에는 일상의 거처locus가 있습니다. 이전의 생활 방식을 떠날 필요가 있어서 소박한 환경으로 둘러싸인 조용한 곳으로 이사한 후 10년 동안 세속적인 그 어떤 역할도 맡지 않은 채 지냈습니다. 지성과 정신작용을 가동시키려면 힘이 들었고 그것은 여전히 노력을 요합니다. 책을 읽고 그 내용을 간직하게끔 마음을 다시 훈련시키는 데만 몇 달이 걸렸습니다. 평상적인 마음이라고 하는 기능은 꼭 필요할 때만 작용합니다. 그것은 자연스러운 상태가 아닙니다. 자연스러운 상태는 침묵과 휴식이지요. 마음이 재가동될 때조차도 고요함과 침묵의 자리를 대신 차지하는 게 아니라 고요함과 침묵을 배경으로 해서 작용할 뿐입니다. 그것은 소음이 잠시 스치고 지나갔다고 해서 숲의 정적이 깨지는 것이 아니고 배가 지나갔다고 해서 대양에 흔적이 남는 것이 아닌 것과 마찬가지입니다.

문 박사님의 인성은 아직도 남아 있는 것처럼 보이는데요.

답 인성은 참나와 세상 사람들 간의 접점을 이루는 사랑의 자동적인 소산입니다. 그것의 기능은 사람들의 정신을 고양시키고 대화하고 치유해 주는 데 있으며, 그것은 세상과 상호 작용하기 위해 유머를 자주 사용합니다. 인성은 사람들의 왜곡된 관점들을 재맥락화하기 위해 웃음과 유머를 사용합니다. 그것이 주요 목표로 삼는 것은 새로운 맥락으로 바라보게끔 함으로써 치유하자는 것입니다. 참나는 고통받고 있는 세상 사람들의 참나와 치유하는 효과를 지닌 접촉을 하고자 합니다. 참나의 일관된 흐름인 그런 사랑은 글을 쓰고 말을 하고, 유용한 것이 될 수 있을 만한 정보를 전달하는 것들을 통해서 모든 사람들 속에 내재된 참나와 접촉하고자 합니다.

문 그렇게 말하고 쓰는 일을 하는 것은 누구입니까?

답 몸과 인성은 잔류물과 비슷하지만 필요한 도구들입니다. 교류할 수 있는 능력은 사실상 성령의 기능이며, 성령은 참나의 하나임과 전부임이 의식을 통해서 많은 사람들과 접할 수 있게 해주는 번역자입니다. 성령이 관여하지 않는다면 몸은 완전한 무관심으로 인해 해체되고 말 겁니다. 참나는 카르마에 종속되지 않지만 몸은 카르마가 태엽을 감아 준 인형처럼 자동적으로 굴러갑니다.

문 영적인 성장과 변화는 거기서 그치나요? 그것이 완전하고 최종적인 상태인가요?

답 절대적인 앎은 이미 완전하고 전체적입니다. 표현할 수 있는 그것의 능력은 향상되며 지금도 향상되어 가고 있습니다. 과거에 앎이 획기적으로 증대되었을 때는 마치 신경계가 불타고 있거나 요란한 소리를 내면서 돌아가는 것만 같았습니다. 가르치는 일은 영적인 에너지를 다시금 몸속으로 흘러들어 가게 해 줍니다.

문 서로 다른 두 가지 의식 상태가 존재하는 건가요?

답 그렇지 않습니다. 사실상, 무한한 참나만이 존재합니다. 모든 곳에 두루 존재하는 그것의 본성이 모든 현상들을 대신해서 들어섭니다. 참나는 성령의 관여에 힘입어 참나의 종인 몸을 통해서 교류할 수 있는 능력으로 바뀝니다. 몸이 무슨 일을 하든지 간에 참나는 그런 것들에 별 관심이 없으며, 생존 또한 참나의 관심이 아닙니다. 지각된 세계는 절대적인 의미에서의 실재가 아님에도 불구하고 사람들은 그렇게 생각합니다. 그러므로 몸은 모든 고통과 슬픔을 넘어서 있는 참나와 실상이 언제나 접할 수 있는 것임을 사람들에게 상기시켜 주는 수단에 지나지 않습니다.

문 몸이 기능하도록 하는 것은 무엇인가요?

답 몸을 움직이게 하고 그 움직임을 활성화해 주며 반응을 불러일으키는 것은 의식 그 자체입니다. 몸은 저절로 지속됩니다. 참나는 말도 친구도 활동도 필요로 하지 않지만 모든 것들 속에서 기쁨을 체험합니다. 참나는 그것이 다양한 존재로 표현되는 과정에서 사랑을 만끽합니다. 존재하는 모든 것에는 자각의 빛이 깃들어 있으므로 모든 자연은 사랑을 감지하고 또 그 사랑에 같은 반응을 보입니다. 실상의 본질은 빛으로서 드러납니다. 참나는 존재하는 모든 것을 조건 없이 사랑합니다. 모든 사랑은 모든 생명체와 전 인류를 이롭게 합니다. 애완견을 사랑하는 일조차도 사실상 전 인류를 이롭게 하며 우주가 그것을 알아 줍니다.

문 '영적'이지 않은 모든 노력은 시간 낭비에 불과한가요?

답 어떤 행위가 영적인 것이냐 아니냐를 결정해 주는 것은 행위 그 자체가 아니라 그 행위의 맥락입니다. 맥락은 의도에 규정되며, 동기가 무엇인가에 따라 결정됩니다. 우리는 가족이나 친지, 나라 혹은 전 인류를 사랑하는 마음에서 돈을 벌 수도 있고 두려움과 탐욕과 이기심에서 돈을 벌 수도 있습니다. 우리가 자신의 일을 사회의 이익에 도움이 되는 것으로 볼 경우에는 그 일이 아무리 하찮은 일처럼 보인다 할지라도 그것은 일종의 선물 같은 것이 됩니다. 가족을 사랑하는 마음으로, 혹은 배고픈 사람들을 위해서 감자껍질을 까는 것은 참나와 온 세상을 영적으로 고양시켜 주는 일이 됩니다.

우리가 자신의 삶과 살아가면서 행하는 모든 노력들을 사랑하고 헌신하고 사심 없이 봉사하는 마음으로써 성스럽게 만들 때 그것은 선물을 하는 행위가 됩니다. 그것은 신에게 이르는 가슴의 길입니다. 그런 길에서는 가정생활이 일종의 예배요 모든 것들에 기쁨을 안겨 주는 원천이 됩니다. 우리가 다른 사람들을 고양시키려고 노력할 때 그 과정에서 우리 자신이 고양됩니다. 그러므로 주는 것은 사실상 그것을 받을 '다른' 이들이 존재하지 않으므로 스스로에게 돌아옵니다. 따라서 모든 따뜻한 생각이나 미소는 영적인 것이며 온 세상과 아울러 스스로를 이롭게 해 줍니다.

문 사랑이란 무엇인가요? 그것은 도저히 이를 수 없는 경지처럼 보이곤 합니다.

답 사람들은 사랑을 감정의 일종으로 오해하곤 합니다. 사실 그것은 앎의 한 상태요 세상에서 존재하는 한 방식이요 스스로와 타인들을 보는 한 방법입니다. 신이나 자연에 대한 사랑은 물론이요 심지어 애완견들에 대한 사랑조차도 영감의 문을 열어 줍니다. 다른 사람들을 행복하게 해 주고 싶어 하는 마음은 이기심을 넘어서게 해 줍니다. 우리가 사랑을 하면 할수록 사랑을 할 수 있는 능력은 더욱더 커집니다. 나날의 삶 속에서 그저 마음속으로 다른 사람들이 잘되기를 바라는 것 정도도 수행의 좋은 출발점이 됩니다. 사랑은 점차 강렬하고 선택적이지 않고 기쁨에 넘치는 것이 되는 깊은 애정으로 꽃피어 납니다. 그러다 보면 자신이 만나는 모든 사람, 모든 사물을 향해 '사랑에 빠지는' 때가 옵니다. 뜨겁게 사랑하는 이런 경향은 적절히 줄여 줘야 할 필요가 있습니다. 묘하게도 사랑은 많은 사람들을 두렵게 하니까요. 세상에는 남들의 눈을 전혀 정시할 수 없거나 기껏해야 잠깐 보는 정도 이상을 하지 못하는 사람들이 아주 많습니다. 보는 이의 눈이 사랑하는 마음으로 빛을 발할 때는 특히 더 그렇습니다. 어떤 사람들은 사랑과 접할 경우 공포에 사로잡히기까지 합니다.

어떤 영적인 글들은 깨달음이 마치 전부 아니면 무無인 현상이기라도 한 것처럼 깨달음에는 단계들이 없다고 가르칩니다. 그것은 그런 글들이 검증되지 않은 견해거나 일부 스승들이 특정한 때 특정한 사람들에게 특정한 목적으로 전해 준 편향된 보고서라는 것을 뜻합니다. 어떤 진술을 제대로 이해하려면 그런 진술이 어떤 맥락 속에서 이루어졌는가를 알아야 합니다.

성인聖人은 보통 500대 중반 이상의 수준에 이른 사람들에게 적용되는 서술적인 용어임이 연구에 의해 밝혀졌습니다. 이 수준에서는 고양된 기쁨이 많은 이들을 스승이나 치유자, 위대한 예술가나 건축가들이 되게 인도해 주며, 이런 예술가들이나 건축가들은 훌륭한 대성당을 짓고 영감 어린 위대한 음악을 작곡하고 온갖 형태의 아름다움을 창조해 냅니다.

비이원성이 이원성을 대신해서 들어서는, 진정한 의미에서의 깨달음은 600이나 그 이상의 수준으로 측정됩니다. 우리는 600이나 그 이상의 수준으로 측정되는 의식은 깨달음을 뜻하는 것이라고 말할 수 있습니다.

의식이 600 수준 정도에 이를 때는 지복이 깃들고 세속적인 활동이 그치게 되며 때로는 영구적으로 그렇게 됩니다. 만일 그 사람이 이 세상에 남아 있을 운명을 타고났다면 우리는 그런 상태를 '무르익었다'라고 말하며, 이에 따라 세상에서 제 역할을 할 수 있는 능력이 서서히 돌아옵니다. 간혹, 깨달은 사람들은 세상에서 물러나 영적인 수행이나 명상을 하며 그런 과정에서 700대의 수준으로 진화합니다. 그 수준에서는 우리가 일반적으로 이야기하는 세상은 이제 독립된 실상이 되지 못합니다. 분리된 개인들도 없고 구원받아야 할 세상도 없습니다. 모든 것은 신의 뜻에 따라서 진화합니다. 세상은 신에게 내맡겨지고, 세상의 운명은 저절로 성취됩니다. 어떤 관여를 할 필요도 없습니다. 모든 생명은 의식의 진화요 창조의 전개입니다. 700대로 측정되는 사람에게서 방출되는 아우라는 그를 찾아오는 사람들을 잡아끌고 그들에게 영향을 미칩니다. 그 사람들은 그 아우라의 현존 가까이에 있고 싶어 하고, 그 곁에 있을 때면 평화로움을 느낍니다. 그런 에너지 장 속에서 이른바 문제라고 하는 것들은 자연스럽게 해소되며 고요하고 안온한 기분이 두려움과 근심, 걱정을 대신해서 들어섭니다. 그 에너지 장은 방문자들의 영적인 성장과 자각을 촉진시켜 줍니다. 600대나 그 이상의 에너지 장, 특히 700대의 에너지 장은 위치성들을 새로운 맥락에서 바라보게 해 주며 그로 인해 가공적인 투쟁과 갈등을 해소시켜 줍니다.

700대에서는 흔히 속세에서 물러나려는 경향이 있습니다. 자기도 모르게 사람들을 가르치게 되는 경향이 있습니다. 이 수준에 속한 많은 이들은 영적인 탐구자들이나 제자들을 키우고 아쉬람이나 요가 센터, 수도원, 영적인 단체를 설립하곤 합니다. 사람들은 자신들이 속한 문화에 따라서 그런 이들을 마스터, 구루, 현자를 비롯한 다양한 이름으로 부릅니다.

문 800대의 수준은요?

답 그런 수준에 대해서는 알려진 것들이 훨씬 더 적지요. 700대에 속하는 스승들이 기본적으로 개인이나 집단을 상대로 해서 가르치는 반면에 800대나 900대에 속하는 이들은 인류 전체의 구원에 관심을 갖습니다. 『의식 혁명』이란 책에는 800대나 900대에 관한 내용이 거의 나오지 않습니다. 840이나 850으로 측정되는 장들이 다수 포함되어 있기는 합니다. 800대나 900대가 관심을 갖는 건 전 인류의 의식 수준을 높이는 일과 전 인류의 영적인 고양과 깨달음입니다. 또한 거기에는 의식 그 자체의 본질을 꿰뚫고 그것을 이해할 수 있는 능력이, 그리고 사람들의 이해도를 높여 주기 위해 그런 정보를 전해 줄 수 있는 능력이 존재합니다.

700대의 전형적인 진술이라 할 만한 것은 "구해야 할 세상이 없다, 그것은 환상에 지나지 않는다"라는 것이 될 것입니다. 이런 진술은 좀처럼 이해할 수 없는 것이고 따라서 많은 사람들에게 유용한 정보가 되지 못합니다. 그러나 800대에서는 효과적인 커뮤니케이션을 통해서 자세히 설명해 주는 데 관심이 있는 듯합니다. 800대와 900대의 자연스러운 언어는 영적인 실체와 본질과 이해, 그리고 선명하게 밝혀주는 일 등과 관련된 듯합니다. 형상 및 그것과 관련된 자잘한 세목들은 커뮤니케이션을 위해서 꼭 필요한 방식 등을 제외하고는 대체로 그 관심권 밖에 있습니다.

문 측정된 수준들이 대단히 중요한 의미를 지닌 듯하군요.

답 그것들은 더없이 유용하고 큰 가치가 있습니다. 각각의 수준들은 힘의 수준뿐만 아니라 내용의 수준들도 표시해 줍니다. 각각의 수준들은 정보들을 새로운 맥락을 통해 비춰 보게 함으로써 특히 영적인 정보에 깊이 있게 접근하고 이해할 수 있게 해 주는 확실한 지도를 만드는 일을 가능케 해 줍니다.

진리는 사실상 이해理解들의 연속체요 이해할 수 있는 능력에 다름 아니라는 점을 깨닫는 것이 좋습니다. 철학상의 혼란뿐만 아니라 사회에서의 혼란의 상당 부분은 이런 수준들의 맥락을 정의하는 일의 중요성을 깨닫지 못하는 데서 나옵니다. 각각의 수준은 실상의 각기 다른 맥락을 갖고 있습니다. 어느 한 수준에서는 기꺼이 목숨을 바칠 만한 가치가 있는 것으로 보이는 것이 다른 수준에서는 어리석고 우스꽝스러운 것으로 비칩니다. 이런 수준들은 각기 다른 위치성들을 드러내 줍니다. 어느 한 수준에서는 옳음 대 그름이 으뜸가는 관심사가 되고 전쟁과 파괴를 자행할 수 있는 근거가 되어 줍니다. 그런데 또 다른 수준에서는 그런 모든 논란이 자의적이고 단순 무식한 것이요 문화적인 세뇌와 도덕적인 선동의 일환으로 비칩니다. '옳음'과 '그름'이라는 위치성들이 과거 오랜 세월에 걸쳐 무수히 많은 사람들을 참혹하게 학살할 수 있게 해 주는 토대가 되어 왔다는 것은 분명한 사실입니다.

문 학살로 점철한 그 수백 년의 세월은 완전히 헛되이 흘려보낸 시간이었습니다.

답 우리는 인간사의 각각의 측면의 저변을 이루는 의식 수준들을 측정해 봄으로써 어떤 요소들이 성공과 아울러 싸움 및 실패의 실질적인 토대가 되었는가를 알 수 있습니다. 모든 사회적인 문제들은 무지를 바탕으로 하고 있습니다. 기대했던 해결책의 예상하지 못한 부작용이 그 치유 효과보다 더 심한 경우가 종종 있습니다. 사회는 자신이 바로 마약 문제의 근원이라는 것을 깨닫지 못하는 한 그 문제를 해결할 수 없습니다. 사회는 과학이 해결해 줄 수 있는 기계적인 문제들은 그런 대로 잘 처리해 내지만 사회적인 문제들을 해결하는 면에서는 심각한 장애에 봉착하곤 합니다. 사회적인 문제점들을 해소하려면 의식의 본성에 대한 좀 더 깊은 이해가 필요합니다.

대중들은 종교적·정치적 슬로건들에 의해 쉽게 조종당합니다. 그렇게 해서 혁명을 성공시키기 위해 '꼭 필요한 일'이라 하여 아무 죄 없는 무수히 많은 사람들을 대량 학살하는 일이 스스럼없이 자행되곤 합니다.

문 그렇다면 사회의 문제들에 대한 해결책이 될 수 있는 것은 무엇인지요?

답 앎이 증대되는 것 말고는 해결책이 없습니다. 문제들은 그것들의 의식 수준에서는 해소될 수 없고 오직 그 다음 수준으로 상승해야만 해결이 가능합니다. 각각의 해결책은 다시 그 자체 내에 해결해야 할 새로운 한계점들과 문제들을 내포하고 있습니다. 우리 사회는 극단으로 치우치는 경향이 있는 사회입니다. 우리 사회는 이것 아니면 저것이라는 식의 양자택일적인 이원성에 사로잡혀 있어서 시계추처럼 어느 한 방향으로 너무 멀리 나갔다가 다시 그와 정반대되는 방향으로 너무 멀리 나가곤 합니다. 성숙한 태도는 인간행위의 스펙트럼의 양극을 다 고려하는 중용적인 마음가짐을 낳습니다.

타인들의 행위를 통제하고 싶어 하는 욕구는 인간이 안고 있는 약점의 하나로, 사람들은 그런 욕구로 인해 엄청난 대가를 치릅니다. 강제하고 처벌하는 방식을 선호하는 것은 스스로를 정당화하려는 태도이자 논리와 유연성이 결여된 태도입니다.

문 그렇다면 우리는 사회의 미래를 비관적으로 볼 수밖에 없는 것일까요?

답 그렇지 않습니다. 전 인류의 의식 수준이 지난 몇 백 년간 불과 190 수준(부정적인 상태)에 머무르긴 했지만 1980년대 말에 이르러 그것은 돌연 진실의 경계인 200을 넘어서서 현재는 207이라는 긍정적인 수준에 이르렀습니다. 그 수준은 온전성의 영역 내에 속합니다.

문 우리가 세상에 도움을 주기 위해 실질적으로 할 수 있는 일에는 어떤 것들이 있을까요?

답 당신의 삶을 선물로 바치세요. 언제 어느 곳에서도, 어떤 상황에서도 자기 자신과 아울러 모든 사람들에게 따뜻하게 대하고 배려해 주고 용서하고 연민 어린 마음을 가짐으로써 전 인류의 마음을 고양시켜 주세요. 그런 것이야말로 우리가 줄 수 있는 최대의 선물입니다.

문 영적인 탐구의 핵심이 되는 것은 무엇입니까?

답 의식은 제대로 된 정보를 제공받고 이어서 그 정보가 의도에 의해 활성화될 경우 저절로 향상됩니다. 그렇게 향상된 의식은 다시 영감과 겸손, 내맡기려는 마음 등을 불러일으키고 이런 경향들은 점차 활성화됩니다. 그리고 이런 경향이 마음 전체를 지배하게 될 때 그것들은 다시 헌신과 인내의 태도로 이어집니다. 의식의 이런 측면들 외에도, 스승들과 그 가르침들의 측정된 의식 수준을 제대로 아는 상태에서 그런 이들의 길 안내를 받는 것은 영적인 성장에 큰 도움이 됩니다.

과거에는 영적인 수행이 실제로 신뢰할 만하지 못했으며, 영적 탐구자들은 무슨 일이 왜 일어났는지를 깨닫지도 못하고 흔히 잘못된 길로 빠져들곤 했습니다. 이따금 높은 수준의 진리에 심각한 영적인 오류가 뒤섞여 있는 경우가 있었고, 진정한 영적 성장으로 인도할 수도 있었을 진리가 탐구자들을 영적인 재난에 빠뜨리기도 했습니다. 그런 오류가 탐구자가 포착할 수 있는 영역 밖에 있는 것이라 오류임을 간파 당하지 않고 그냥 넘어가는 일들도 적지 않습니다.

엄청나게 많은 사람들이 대중매체를 통해서 기만을 당하고, 거액의 돈이 경건한 사람처럼 보이는 영적인 지도자나 사이비 구루들, 종교계의 저명인사들의 수중으로 흘러들어 갑니다. 그럴 듯한 것은 그들의 말입니다. 하지만 텔레비전을 켜놓은 채로 소리를 완전히 죽여 버리고 그들의 모습을 가만히 지켜보기만 해도 진실은 저절로 드러납니다. 다행히도 크리슈나는 『바가바드 기타』에서 "설혹 탐구자가 잘못된 인도를 받아서 엉뚱한 길로 들어선다 해도 그가 내게 온 마음을 다 바칠 경우 나는 그를 내 사람으로서 받아들이는 은총을 베풀 것이다."라고 말했습니다.

그런 영적인 강간 행위가 밝혀질 때 잘못 인도된 탐구자는 큰 타격을 받습니다. 그로 인한 환멸감은 그 사람이 일상생활에서 남

에게 사기를 당하거나 재정적인 손실을 입는 것으로 인한 환멸감
보다 훨씬 더 심각합니다. 그런 일로 해서 낙담한 일부 사람들은
끝내 그 상처를 떨쳐 버리지 못하고 심각한 우울증에 빠지거나 정
신적으로 무너지고 맙니다. 또 어떤 이들은 마치 움직이는 시한폭
탄처럼 불안정한 상태에 빠집니다. 영적인 오류와 환멸은 심각한
것이 될 수 있고 영구적인 손상을 안겨 줄 수 있으므로 제 가르침
들 속에는 '구매자 위험부담'이라는 경고가 자주 등장하곤 합니다.

일상에서의 금전적인 큰 손실 같은 것은 영적인 상실감과 비교
할 때 하찮은 것에 불과합니다. 구루들은 사람들이 깊이 존경하고
거의 신처럼 떠받드는 사람들인 경우가 많으니까요. 사람들을 끄
는 힘이 있고 말주변이 좋으며 승인받거나 검증받는 일이 거의 없
는 영역에서 흔히 일어나곤 하는 속임수를 구사하는 데 능한 영적
인 사기꾼들은 구루들을 존경하고 떠받들곤 하는 사람들의 관행
을 이용합니다. 그런 영적인 오류는 아주 교묘하게 위장되고 합리
화된 경우가 많아서 거의 식별하기 어렵습니다. 심지어 거짓된 가
르침을 제공해 주는 스승조차 그것이 거짓임을 알지 못하는 경우
도 있습니다.

겸손한 자세를 지닐 때는 자신의 판단에 의해서 영적인 길을 선
택하겠다는 허영심 같은 것은 버리고 현실적이고 편견 없는 사전
검증을 선호하게 됩니다. 실수의 대가가 얼마나 큰가를 따져 볼
때에는 잃어버린 시간 역시 고려의 대상이 됩니다. 영적인 오류나
거짓된 가르침들에 몇 년의 세월을, 심지어는 여러 생을 허비하는
경우가 많습니다. 무수히 많은 사람들이 단 한 번의 진실성 테스

트로 완전히 거짓인 것으로 판명되는 가르침, 성구(聖句), 경전, 신의 말씀들을 기록했다는 성스러운 저서들을 좇느라 여러 생이나 몇 백 년의 세월을 보냅니다. 이런 테스트를 통해 존경할 만한 것으로 여겨져 온 고대의 혹은 전통적인 몇몇 경전들이 진실성이 없을 뿐만 아니라 완전히 부정적이고 파괴적이기까지 한 것들로 판명되는 것을 본 뒤에는 그런 가르침들의 밑바탕을 이루는 오류들은 저절로 드러나게 됩니다. 하지만 그런 일이 일어나기 전까지는 그런 오류들이 갈망과 사랑, 자신의 문화적 전통, 가족, 국가 등에 의해 은폐됨으로써 드러날 수가 없습니다. 그런 오류들은 인류사에 어두운 그림자나 상흔을 남겼는데도 번지수를 잘못 찾은 충성심이나 맹목적인 믿음 덕에 증식되고 오랜 세월 동안 살아남습니다.

문 영적인 '앎'은 어떻게 해서 일어나게 되는지요?

답 새로운 정보를 얻는 방식에 있어서 영spirit이 가는 길과 마음이 가는 길은 아주 다릅니다. 에고ego · 마음mind은 공격적이고 묻고 따지는 방식을 취합니다. 에고ego · 마음mind은 자료들을 잡아채서 자기 것으로 만들고 지배합니다. 그것은 자료들을 범주별로 나누고 한정하고 평가하고 분류하고 정리하고 보존하고 등급을 매기고 심사한 뒤 그것들을 흡수하고 동화하기 위해 느낌들과 추상적인 의미의 색깔로 물들입니다. 모든 새 자료들도 역시 그것들의 잠재적인 유용성과 습득 가치에 따라서 등급이 매겨집니다. '얻고자 하는' 마음의 굶주림과 탐욕에는 끝이 없습니다. 사람들은 마음으로 하여금 교묘하게 꾸며진 통계적 분석과 컴퓨터 조작 등을 포함하여 실로 엄청난 양의 정보들과 그에 수반되는 다양한 세목들에 관심을 기울이고 그것들을 배우고 기억하고 축적하고 지배하라고 강요합니다. 이 무수히 많은 자료들은 도표와 그림으로 서술되고 근사하게 포장될 경우 더 나은 것들로 여겨집니다.

위에서 열거한 모든 기능들을 하나하나 면밀히 따져 볼 경우 마음은 실로 대단한 일을 하는 것처럼 보일 것이고, 그렇게 복잡하고 다면적인 처리 과정이 불과 몇 분의 일 초 동안에 이루어진다는 사실을 알게 될 때 그런 인상은 한층 더 커질 것입니다. 거기에는 현재 이루어지는 순간적인 처리 과정만 있는 것이 아닙니다. 마음은 그와 동시에 지금의 순간을 기억 속에 저장된 다른 순간들의 파일들과 대조하면서 그와 유사한 다른 모든 순간과 비교하기도 합니다. 달리 말해 마음은 지금 보고 있는 얼룩말을 과거에 읽고 듣고 이야기하고 텔레비전에서 보고 농담의 대상으로 삼곤 했던 다른 모든 얼룩말들과 비교해 보고 그와 더불어 진화론적인 위장이론을 포함해서 얼룩말과 관련된 다른 모든 내용들도 함께 떠올립니다. 마음은 이런 모든 복잡하고 다원적인 작용들을 그 자체의 본성에 따라서 자동적으로 수행하곤 합니다.

주의 집중을 통한 선택에 의해 사람들은 탐구할 만한 선택지들을 선택할 수 있습니다. 마음이 수행할 수 있는 기능들이 대단히 많긴 합니다만 그것들의 능력에는 한계가 있으니까요. 요컨대 마음은 진리와 깨달음을 획득하거나 성취할 수 있는 새로운 어떤 것으로 봅니다. 그럴 때 깨달음은 기껏해야 노력을 통해서 도달할 수 있는 목적지 정도가 되는 것이 고작입니다. 그런 모든 시도는 마음의 기능들이 뭔가를 학습하는 방식으로서 작용하고, 그런 처리 방식들이 이원성의 영역 속에서 과거와 다름없이 새 주제에도 그대로 적용될 수 있으며 마음이 이제까지와 마찬가지로 유용한 것이 되리라는 가정을 전제로 하고 있습니다. 따라서 그런 시도들은 이원적인 것들을 다루기 위해 발전된 기능들을 비이원적인 것들을 탐구하는 데도 쓸 수 있다는 것을 전제로 하고 있습니다. 하지만 진실은 그렇지가 않습니다. 향상과 발전을 이루는 데 있어서 의지할 만한, 시험을 통해 믿을 만한 방법으로 여겨지던 것이 이제는 진실을 발견하는 데 심각한 장애가 됩니다.

평상적인 정신 작용은 끊임없이 '얻으려는' 노력을 뜻하는 반면에 영적인 깨달음은 수동적인 상태에서 전혀 아무 힘들이지 않고 저절로 자연스럽게 이루어집니다. 그것은 얻는 것이 아니라 받는 것입니다. 그것은 소리가 멈추면 침묵이 저절로 드러나는 이치와도 같습니다. 영적인 깨달음은 노력이나 시도에 의해서는 얻을 수가 없습니다. 사고 작용에는 통제할 수 있는 능력이 포함되어 있지만 영적인 드러남에는 그 어떤 통제 기능도 작용하지 않습니다. 통제할 것이 없는 곳에서는 통제한다는 것이 불가능하며, 설사 그런 일이 가능하다 해도 그렇게 할 수 있는 수단이 없습니다. 형상 없는 것은 조작할 수가 없는 법입니다.

깨달음에 이른 앎은 일종의 상태나 조건, 영역이나 차원으로서 서술하는 것이 가장 적절합니다. 그것은 저절로 드러나며 모든 곳에 두루 존재합니다. 그런 앎은 사고 작용을 대신해서 들어서고 그로 인해 사고 작용은 완전히 빛을 잃고 맙니다. 사고 작용은 이제 불필요한 것이 되고, 그런 앎을 방해하거나 쓸데없이 간섭하는 것에 불과한 것으로 전락해 버립니다. 그 앎의 드러남은 미묘하고 강력하고 온화하고 부드럽고 더없이 아름다우며 모든 것을 두루 아우릅니다. 감각들은 무시되고, '이것'이나 '저것'에 대한 모든 지각은 사라집니다. 그런 앎은 그 동안에도 내내 드러나고 있었으며 다만 체험되지 못하고 관찰되지 못한 것에 불과하다는 사실도 역시 분명해집니다. '있는' 그것의 전체성의 전모는 이미 존재하는 모든 것인 참나에 의해서 완전히 '알려'집니다. 동일성identity이 절대적 앎의 권위를 부여합니다. 관찰자, 관찰되는 바, 관찰의 과정은 모두가 동일한 것입니다.

마음은 그런 드러남에 놀라움과 외경심에 사로잡혀 그만 말을 잃고 침묵해 버리고 맙니다. 그 침묵은 깊은 안도감과 평화와도 같습니다. 과거에 소중히 여겼던 것들은 이제 방해물이나 성가시고 번거로운 것들에 불과한 것들로 보입니다. 사람들과 그들의 생각 및 말들은 다양한 에너지 장들과 접속된 소리상자들과도 같습니다. 그 입과 마음은 의식의 주어진 수준에서 일반화된 사고 형태들을 앵무새처럼 되뇝니다. 그리고 그런 일이 일어날 때 각 개인의 마음은 그에 대한 저작권을 주장하면서 그 생각에 '내 것'이라는 접두사를 덧붙입니다. 그런 생각과 말의 내용은 말하는 그 개인의 자아 관념을 반영합니다. 하지만 그 저변에는 모든 사람들을 아우르는, 보이지 않는 포괄적인 사랑의 에너지 장이 존재합니다. 그런 에너지 장에는 더 높은 자아 혹은 영이 거주하며 그런 자아나 영을 통해서 서로 다른 수준의 의식을 지닌 개인들은 앎과 접하거나, 불행히도 그 앎으로부터 완전히 단절되기도 합니다. 참나와의 거리가 아주 멀 경우 그 개인은 사랑을 두려워할 수도 있고 이질적이거나 위협적인 것, 거부되어야 할 것으로 보고 질겁할 수도 있습니다.

일반대중들은 사랑을 상기시켜 주는 모든 것, 혹은 신과 관련된 모든 것에 대해 잘 알지도 못하고 또 인정도 하지 않는 듯합니다. 오로지 독재자에 대한 '사랑'만이 허용되는 전체주의나 군사독재는 바로 이런 경향을 바탕으로 세력을 떨칩니다. 우리 사회에는 신을 '정치적으로 올바르지 않은 존재'로 만들려는 세력들이 존재합니다.

참된 영적인 노력을 행할 때는 그 어떤 희생도 필요치 않고 요구되지도 않습니다. 보통의 어법상으로 희생이란 상실 혹은 고통스러운 상실을 뜻합니다. 하지만 참된 희생은 더 큰 것을 위해 더 작은 것을 놓아 버리는 것을 뜻하며 그로 인해 잃는 것이 아니라 오히려 큰 보상을 받습니다. 싫으면서 마지못해 '포기하는 것'은 참된 희생이 아니라 종교적인 은덕을 거래하려는 시도에 지나지 않습니다. 신의 세계에서는 사고팔고 거래하고 희생하고 얻고 잃고 은덕을 베푸는 등의 일들이 존재하지 않습니다.

신의 영역에서는 시위하거나 선언할 수 있는 권리가 존재하지 않습니다. 옳고 그름과 정치적 권리들의 세계는 모두가 삶이란 장기판 위에서 말들을 거래하는 데 익숙한 에고의 창안물들입니다. 그런 것들은 모두가 이익 추구에 기반을 둔 것들입니다. 비이원적인 실상에는 특권도 획득도 상실도 계급도 없습니다. 바다 속을 표류하는 코르크처럼 각각의 영혼은 의식의 바다 속에서 그 어떤 외적인 힘이나 은덕에 의해서가 아니라 순전히 자신의 선택에 의해서 자신의 수준으로 올라가거나 내려갑니다. 어떤 이들은 빛에 끌리고 또 어떤 이들은 어둠을 좋습니다. 하지만 그 모든 것은 신성한 자유와 평등을 바탕으로 하는 그 자체의 본성에 따라서 일어납니다.

완벽한 조화를 이루고 있는 우주에서는 그 어떤 수준에서도 우연한 일이 일어날 수가 없습니다. 어떤 '사건'이 참으로 우연한 것이 되려면 우주를 완전히 벗어난 곳에서 일어나야 하는데 잠시만 생각해 봐도 그런 일은 불가능하다는 것을 금방 알 수 있을 것입니다. 혼돈은 단지 지각이 빚어낸 개념에 불과합니다. 사실상 혼돈이란 성립될 수가 없습니다. 총체적인 시각에서 볼 때 신의 마음은 더없이 작은 티끌까지 아우르는, 존재하는 모든 것 전체를 지배하는 궁극적인 끌개 패턴입니다.

문 붓다는, "참으로 죄라 할 만한 유일한 것이 있다면, 그것은 바로 무지다."라고 말했습니다. 그리스도 역시 사람들이 무지하므로 용서해 주라고 말했습니다. ("저들은 지신들이 무슨 짓을 하는지 알지 못하고 있습니다.") 그렇다면 에고는 오로지 무지하다는 점 때문에 문제가 되는 것일까요?

답 그런 인용구들의 맥락 속에서 무지는 영적인 진화나 앎의 결여 상태를 뜻하는 듯합니다. 사람들은 자신들의 선택의 결과에 대한 그리고 긍정적인 행위와 부정적인 행위의 차이에 대한 통찰력이 없습니다. 보통 사람들의 의식은 진실과 거짓을 식별하지 못합니다. 이브의 문제점이 바로 그것이었습니다.

문 에고의 핵심에 대해서 박사님께서는 어떻게 이해하시는지요?

답 에고의 핵심이 되는 것은 바로 자부심입니다. 생각과 개념과 의견들이라는 망상의 형태로서 나타나는 자부심은 무지의 기반을 이루는 것입니다. 그것의 해독제는 철저한 겸손이며, 겸손은 지각이 지배하는 상태를 무너뜨립니다. 자신이 이미 진리를 알고 있다고 가정하는 대신 진리가 저절로 드러나게 해 달라고 요청하세요. 마음은 그 어떤 것도 제대로 알 능력이 없습니다! 마음은 '무엇 무엇에 관해서' 안다고 가정하는 것밖에는 할 수가 없습니다. 마음은 그 자체의 구조로 인해서 비이원적인 것을 이해할 만한 자격을 갖추고 있지 못합니다.

마음은 형상들로 인해서 진리로부터 배제됩니다. 진리의 영역에 들어가는 것은 올이 아주 촘촘한 망을 통과하는 일과도 같습니다. 오로지 맑은 물만 그 천을 통과할 수 있고 물고기와 수생곤충들, 부유물들은 모조리 걸러집니다. 단지 내용을 갖지 않은 순수한 의식만이 지각의 장애들을 돌파해 나가 망을 통과한 맑은 물이 됩니다.

그 어떤 사람도 깨달을 수 없다는 말이 나올 때 그 말은 개인적인 속성은 망에 걸러져서 그것을 통과할 수 없다는 것을 뜻합니다. (이런 말은 600으로 측정됩니다.) 순수한 의식은 단지 앎 그 자체이므로 자연히 그 망을 홀로 통과하며, 절대적인 깨달음의 상태가 어떤 것인지를 압니다.

그에 비견될 수 있는 말로 우주는 개별적인 것들을 이해할 수 있지만 개별적인 것들은 우주를 이해할 수 없다는 말이 있습니다. 실상은 무한한 반면 생각은 유한합니다. 따라서 에고 ego · 마음 mind · 자아 self 는 신에 관해서 알 수는 있지만 그 유한하고 제한된 구조로 인해서 신은 물론이요 형상 없고 무한한 그 자신의 본질조차도 깨달을 수가 없습니다. 유한한 것은 무한한 것에서 태어나며, 지각에 의한 경우를 제외하고는 무한한 것에서 결코 분리되지 않습니다. 나타나지 않은 것의 그 무한한 잠재성은 창조라는 신의 의지에 의해 나타난 실재가 됩니다.

문 형상 대 형상 없음, 나타난 것 대 나타나지 않은 것, 선형 대 비선형, 이원성 대 비이원성 같은 상반된 용어들이나 개념들이 있습니다. 이런 양극들은 어떻게 해소될 수 있습니까?

답 생각의 본질에 대한 자각에 의해서 해소됩니다. 지각 그 자체는 일종의 환상입니다. 그것은 거울을 비춰 주는 거울을 들여다보고 있는 거울을 되돌아보는 거울과도 같습니다. 지각에는 상반되는 용어들과 개념들이 존재합니다. 하지만 신은 내재적인 존재이자 초월적인 존재요 형상이자 형상 없음이요 이원성이자 비이원성이요 나타난 것이자 나타나지 않은 것이요 선형적인 것이자 비선형적인 것입니다. 신은 모든 것입니다.

문 붓다의 가르침과 그리스도의 가르침의 근본적인 차이점은 무엇인가요?

　　답 붓다는 깨달음에 이르는 길을 가르쳤고 예수는 구원에 이르는 길을 가르쳤습니다.

진리와 오류

문 영적인 '오류'는 어떻게 해서 일어나는지요?

답 지금부터 하는 얘기는 추상적으로 들릴지도 모르겠습니다. 오류는 '개인'이 연루되기 이전에 이미 의식 자체에서 일어납니다. 의식은 스스로를 단독성singularity이나 하나임oneness으로 체험할 수 있습니다. 그러나 의식에 대한 자각은, 의식이 특이성이나 혹은 공성voidness, 空性으로서의 비존재라는 두 가지의 존재 방식 중 하나만을 선택할 수 있을 뿐이라고 믿음으로써 오도됩니다. 오류는 진리와 반대되는 것이 존재한다는 믿음입니다.

이런 이야기는 오로지 진리와 전부임, 신과 존재만이 실제로 있을 수 있다는 기본적인 이해로 돌아가지 않는 한 어렵게 들릴 것입니다. 실상에서 비존재나 무, 공空, 거짓은 존재할 수 없습니다.

이것은 단지 마음속의 개념으로만 존재합니다.

의식이, 이것들이 실제로 있을 수 있다고 믿을 경우에는 부재나 공성에 대한 두려움이 일어납니다. 의식이 전부임을 무(無)와 혼동하는 데 오류가 있습니다. 이런 오류는 단지 추상적인 것이 아닙니다. 전 인류의 생각을 실제로 지배하고 있고, 죽음에 대한 두려움의 기반이 됩니다. 그런 오류는 '진실 대 거짓'이라는 용어로 우리 언어 속에 존재합니다. 운동역학 테스트에서 이런 현상이 입증되는 것을 볼 수 있습니다. 피험자의 팔이 강해질 때 우리는 그 반응을 언어로 표현함에 있어 '긍정' 혹은 '예' 혹은 '진실'이라고 말합니다.

이제 이런 사실에 대해 좀 더 자세히 살펴보기로 합시다. 우리는 피험자의 팔이 약해질 때는 '부정' 혹은 '아니오' 혹은 '거짓'이라는 반응이 나왔다고 표현합니다. 이런 표현은 오류의 본질을 완벽하게 드러내 주고 있습니다. 사실상 그때의 약한 반응은 '거짓됨'이라는 실상에서 온 것이 아니라 무반응인 것입니다. 부정적인 반응이 의미하는 것은 거짓의 존재가 아니라 진실의 부재입니다.

여기서 의미를 좀 더 분명히 하기 위해서 말하자면, 단지 '예'라는 것만이 실제로 일어날 수 있는 응답입니다. 가까운 예로 전선을 타고 흐르는 전기의 경우를 들 수 있습니다. 전기는 존재하거나 존재하지 않거나 둘 중의 하나입니다. 전기가 존재할 때 우리는 "켜졌다."라고 말합니다. 존재하지 않을 때는 "꺼졌다."라고 합니다. 여기서 본질적인 오류가 우리 앞에 극명하게 드러납니다. *'꺼짐'이라는 것은 존재하지 않는다는 사실 말입니다!*

이런 오류가 모든 환상의 기반을 이루는 것이기 때문에 이 점을 확실하게 이해하는 것이 아주 중요합니다. 신과 상반되는 것은 존재하지 않습니다. 존재와 상반되는 것은 어떤 실체성도 갖고 있지 않습니다. 단지 참된 것만이 존재할 수 있는 능력이 있습니다. 전부임만이 존재할 수 있습니다. 이런 진실은 좀처럼 포착하기 어렵지만 일단 포착했을 경우에는 모든 논란과 오류를 해소해 줍니다.

이런 오류에 대한 이해를 최종적으로 마무리해 주는 것은 믿음이 체험을 만들어 낼 수 있다는 점입니다. 마음속에서 참이라고 믿는 것은 밖으로 투사되기 때문에 저 밖에 존재하는 것으로 지각되는데, 마음은 그런 투사의 메커니즘을 모릅니다. 이런 자각은 자아를 강화해 주고, 상상은 오류의 소산이자 근원이 됩니다.

이런 사실을 아래의 간단한 표를 통해서 비교해 보도록 합시다.

실상	불가능
생명	죽음
존재	부재
전부임	공
진실	거짓
선	악
무구함	죄
예	아니오

이 표의 오른쪽에 열거된 것들을 '실재'로서 체험했을 경우, 그것들은 오로지 실상에서 어떤 독립적이고 실제적인 실체성도 갖

지 못하는 신념체계에서 나온 것입니다. 그 모든 것은 오로지 상상과 믿음에 의지하고 있을 따름입니다.

이 모든 상상은 판타지요 두려움의 소산이요 왜곡입니다. 이것은 단지 마음이 빚어낸 것에 불과합니다. 마음은 형상을 포함하지만, 이상하게도 심지어 공空조차도 상상의 산물입니다. 공空은 진리의 실상의 모든 속성이 부재할 때 체험되는 것으로 여겨질 수 있습니다. 공空은 오로지 마음이 그것의 실제적인 존재 가능성을 믿을 때에만 창조되는 허구적인 상태입니다. 실상에서 실재할 수 있는 것은 있음Is-ness, 전부임Allness, 존재함Beingness뿐입니다. 이론상으로 이것에 상반되는 것들로는 신 아님non-God-ness, 비非 전부임, 존재로 성립될 수 없는 것이 '존재할' 수 있다는 생각 등이 떠오를 것입니다.

몸을 가진 존재 대 비존재라는 환상 중 어느 하나를 선택해야 하는 듯한 딜레마는 마치 실제로 성립하는 것처럼 믿어집니다. 이 사람은 세 살 때 그런 딜레마를 실제로 강렬하게 체험했습니다. 갑자기 자각이 없는 상태에서 자각의 상태로 들어서면서 작은 유모차에 앉아 있는 몸으로서의 '나'의 현존을 체험한 것입니다. 그 순간 이전은 망각 상태였습니다. '나는 존재한다.'라는 자각과 함께 즉시 비존재에 대한 두려움이 일어났습니다. 그리고 마음속에서 '내가 존재하지 못할 수도 있었다.'라는 가능성에 대한 생각이 일어났습니다. 그것은 죽음에 대한 두려움이 아니라 비존재와 무의 가능성(그때의 상상으로는)에 대한 두려움이었습니다.

이윽고 마음은 자신이 본 실상으로서의 공空의 가능성을 정말로 두려워했습니다. 그 강력한 체험의 이면에는 존재 대 비존재에 대한 두려움이 도사리고 있었습니다. 그 두려움은 몸을 갖지 못하게 되는 것에 대해서가 아니라 '나'를 체험하지 못하게 될까 봐 나온 것이었습니다. 그러므로 존재는 '나'라는 감각으로 체험됩니다. 물론 '나'라는 것이 없었다면 '나'가 존재하지 않는다는 것을 알 '내'가 없었을 테니 '내'가 없었다는 사실은 알려지지도 않았을 것입니다. 하지만 세 살 때는 그런 점이 확연하지 않았습니다.

존재에 대한 자각 이전의 상태는 *망각*의 상태였습니다. 망각은 그런 존재에 대한 자각이 없는 상태에서의 존재일 것입니다. 일상에서 우리는 그런 상태를 '무의식'이나 '잠'이라고 부릅니다. 잠을 자는 상태에서도 우리는 여전히 '존재'하긴 합니다만 자신이 존재한다는 사실을 의식하지 못합니다. 그러나 망각 상태에서는 고통이 일어날 수 없는 듯합니다. 사실 우리는 매일 밤마다 그런 상태를 기대하며, 간밤에 완전한 망각 상태에 들지 못했다고 불평하곤 합니다.

의식은 기억이 되살아나지 않는 시간과 평화로운 시간 동안에는 행복한 듯합니다. 의식이 스스로를 단독성singularity(나, 몸)과 동일시하는 일이 재개되기 전까지 고통은 일어나지 않습니다. 그러므로 모든 고통의 근원이 되는 것은 자기가 전체와 따로 분리된 단독적인 존재라는 믿음입니다. 전부임의 상태에서는 어떤 고통도 일어날 수 없습니다.

환생은 따로 분리된 단독성으로서의 '나'의 감각의 재탄생입니다. 환생은 물리적인 몸을 갖는 것과는 무관한 재현 현상입니다.

유체이탈이나 임사체험을 할 때, 지속되는 것은 오로지 '나'의 감 각뿐입니다. 그럴 때 물리적인 몸은 전혀 필요하지 않습니다. 생명 이나 살아 있음에 대한 감각, 존재에 대한 앎은 의식 자체 내에서 일어나는 현상입니다. 명상을 할 때도 역시 그런 점이 분명해집니 다. 명상하는 상태에서는 몸에 대한 자각이 사라지고, 자신의 의식 속으로 녹아 들어가며, 위치, 시간, 공간, 차원, 지속의 감각마저 사라집니다.

깨달음은 제한적인 정체성을 갖지 않는 앎의 존재에 대한 주관 적인 깨달음으로 뚜렷이 드러나는 상태가 됩니다. 순수한 주관성 은 제 스스로 성취하는 것이자 전체적이고 완전한 것입니다. 그것 은 오직 모든 시공을 넘어선 존재의 전부임에 대한 앎과 완전히 동일한 것입니다. 순수한 주관성은 물들거나 더럽혀지지 않고 영 원하며 독자적이고 모든 곳에 두루 존재하고 모든 것을 다 알고 전능하고 모든 것을 성취하고 어떤 상반되는 것도 없는 것입니다. 모든 가능성 전체를 절대적으로 완성하고, 가능한 모든 잠재성을 그 궁극까지 실현합니다. 참나는 앎이요 그것의 근원이요 그것의 완성이요 그것의 총체요 그것의 완결이요 그것의 정수입니다. 참 나는 실상의 실상the Reality of Reality이요 하나임이자 전부임이라는 동일성입니다. 그것은 나타나지 않은 것의 나타남으로서의 의식 자체의 궁극의 '나임I-ness'입니다. 말로 형언할 수 없는 것이 오직 이렇게라도 설명될 수 있기를……. 아멘.

문 이 생에서 깨달음을 이루는 것이 정말로 가능할까요?

답 꼭 필요한 정보를 얻을 수 있고 확실한 지침을 엄격히 따르기만 한다면 그렇게 됩니다. 이 자리에서 이런 얘기를 하는 것도 필요한 정보를 제공해 주기 위해서입니다. 그런 목표를 추구하기 위해서는 다른 목표를 배제해야 합니다. 모든 아스트랄적인 곁가지를 탐구하는 일로 시간을 낭비해서는 안 됩니다. 제대로 된 정보를 접한 오늘날의 영적인 탐구자는 과거의 탐구자와는 달리 아주 중요하고 결정적인 이점을 누리고 있습니다. 제대로 된 항해 장비나 도구가 완성되기 이전에는 수많은 뱃사람들과 탐험가들이 목숨을 잃었습니다. 그처럼 과거 오랜 세월에 걸쳐 인류의 대다수는 근본적인 영적인 성장을 이루는 데 꼭 필요한 정보가 없어서 길을 잃고 헤맸습니다.

우리가 연구를 통해서 알아낸 바와 같이 인류의 의식 수준은 오랜 세월 동안 190 수준에서 머물렀습니다. 지난 1000년 동안 인류의 의식은 온전하지 못한 영역 내에 갇혀 있었습니다. 단지 아주 최근에 이르러서야 200이라는 임계점을 돌파했고 현재는 207에 이르렀습니다. 그것은 인류의 미래에 완전히 새로운 시대가 도래할 것이라는 점을 암시해 줍니다.

전통적으로 영적인 길에는 크게 두 가지 상반되는 길이 있는데, 하나는 점진적인 깨달음의 길이요 또 하나는 갑작스런 깨달음의 길입니다. 점진적인 길은 사람들이 길을 비춰 주는 빛이자 구세주인 영적인 마스터, 위대한 스승, 화신의 도움을 받아서 영적인 정화를 추구하는 전통적인 종교의 길입니다. 갑작스런 깨달음의 방식은 인성(혹은 에고)을 완성하는 게 아니라 초월하도록 의식의 특성과 영적인 앎을 철저히 따르는 것입니다. 사실 점진적인 완성의 길을 가다 보면 앎의 갑작스러운 도약이 이루어지기도 합니다. 또한 갑작스러운 깨달음의 길(선禪과 같은)을 가다 보면 인성이 점차 완성되어 가기도 합니다.

문 아시아와 인도에서 깨달음은 하나의 목표이자 존경받는 상태로 긴 역사를 갖고 있습니다. 서구에서는 성인sainthood, 聖人이 역사적으로 인정을 받아 왔습니다. 두 상태 사이에는 어떤 관계가 있습니까? 그 둘은 서로 다른 것인가요?

답 아시아 문화는 서구세계의 문화보다 훨씬 더 오랜 역사를 갖고 있습니다. 아시아의 고대문화에서는 영적인 깨달음을 아주 중요시했습니다. 또, 『베다』나 『바가바드 기타』 같은 것이 입증하듯, 아득한 옛날부터 아주 믿을 만한 영적인 지식들과 쉽게 접할 수 있었습니다. 그러므로 그곳에서 영적인 진실을 탐구하는 관행은 오랜 전통을 지녔습니다. 동양문화권에서 신성이 모든 사람들 속에 본래부터 내재해 있다는 앎은, 오늘날까지도 사람을 만났을 때 기도하듯이 두 손을 합장하고 인사하는 관례를 통해서 예증됩니다.

동양문화권에서는 대대로 이어져 오는 구루들이 깨달음의 상태야말로 인간의 영적 잠재성의 완전한 실현임을 재확인해 줌으로써 영적인 전통과 가르침이 오랜 세월을 두고 되풀이해서 인정받았습니다. 동양문화는 신성이 모든 생명의 근원이라는 것을 받아들였습니다.

그 문화권에는 영적으로 헌신하는 개인이 추구할 만한 전통적인 역할과 생활 방식이 존재했습니다. 거기서는 그들의 노력을, 신성한 근원의 절대적이고 무한한 표현인 참나의 존재가 모든 창조의 총체라는 진리를 실현하고 소생시키는 일로 보았습니다. 따라서 영적인 헌신자의 목표와 사회가 암암리에 지향하는 바는 서로 상충되지 않았습니다. 그리고 깨달은 스승들은 동양문화의 토대가 가진 정당성을 입증해 주는 존재였습니다. 그리하여 사회는 성숙한 영적인 앎을 지닌 이들을 후원하는 경향이 있었습니다. 또한 그들에게 물리적인 생존이나 세속적인 성공과 결부된 일반적인 의무를 면제받는 특권을 부여했습니다. 성스러운 존재로서 인정받은 이들은 사람들의 존경을 받았고, 사회에서 스승이라는 특별한 위치를 차지하고 있었습니다.

기원전 500년경 세상에 나온 붓다는 깨달음을 인정할 능력이 있는 문화의 후원을 받았습니다. 따라서 그는 기존의 문화와 아무런 갈등도 겪지 않았습니다. 그는 아마도 새로운 위대한 스승으로 인정받았을 테지만 그 문화권에는 이미 각종의 지혜 및 진리의 보물과 깨달음에 관한 가르침이 존재하고 있었습니다.

반면에, 서구세계는 의식의 발전이라는 면에서 그보다 훨씬 더 뒤처져 있었습니다. 서구문화는 이교도적인 문화로, 자연신과 주술, 자연 숭배 등에 빠져 있었습니다. 그리스, 로마, 게르만, 히브리 전통에는 의인화된 특성을 가진 수많은 신이 있었습니다. 따라서 그 신들은 인간과 비슷한 감정을 보다 폭넓은 스케일로 지니고 있었습니다. 이런 원시적인 신관神觀 속에서 신은 늘 '다른 어떤 곳에' 있는 존재로 비쳤습니다. 하지만 의인화된 신은 인간사에 직접적으로 관여하여 사태를 더 낫게, 혹은 더 나쁘게 만드는 존재로 여겨졌습니다.

기록된 역사 이전에 좀 더 위대한 지혜가 존재했는지의 여부는, 기록에 남은 고대의 모든 지혜를 소장하고 있던 알렉산드리아 도서관의 큰 화재로 인해 확인할 길이 없어졌습니다. 그 세계의 토착문화들 속에는 심령주의 내지 정신주의는 존재했지만 깨달음의 전통은 전무했습니다. 그러나 그 문화권에서도 역시 신과 다름없는 위대한 영Great Spirit의 신성과 그 편재성에 관한 진리는 있었습니다. 따라서 미국 토착문화와 초기 수메르 문화, 그리고 히브리 문화는 조로아스터교를 통해 표현된 메소포타미아 문화권의 신인 마즈다(창조의 능력을 갖춘 최고 신인 아후라 마즈다 — 옮긴이)에 대한 신앙처럼 일신론적인 신앙을 갖고 있었습니다.

예언을 통해서 출현이 미리 예고된 예수 그리스도는 동아시아권 밖에 존재했던 이런 문화 속에서 나타났습니다. 그의 가르침은 붓다나 크리슈나와는 달리 그 당시를 풍미했던 기존 문화와 상충했습니다. 그 문화권의 종교체제와 정면으로 맞부딪침으로써 그는 결국 이른 죽음을 맞이하고 말았습니다.

그가 탄생한 지역의 문화는 그의 가르침을 제대로 받아들이지 않았습니다. 그러나 그 가르침은 제자들과 그리스 인들을 통해서 그리스 · 로마 세계로 빠르게 퍼져 나갔고, 유럽 문화권 전역에 확산되었습니다. 그 가르침은 처음 400년 동안에는 비교적 순수한 형태로 보존되었지만 그 후 점점 오염되었습니다. 특히 니케아 종교회의 이후에는 훨씬 더 심각해졌습니다.

한편 아랍 세계는 이슬람교를 신봉했고, 뒤이어 이슬람교와 기독교 간의 권력 투쟁이 벌어졌습니다. 그것은 양쪽 문화권의 모든 사회에서 주요한 정치적인 결과를 낳았습니다. 그런데 조직화된 종교의 초점 역시 서로 다른 문화들 간의 적대 관계 쪽으로 옮겨갔습니다. 각 개인은 주로 죄를 피하거나 참회하고, 내세에 있는 천국에 가는 것을 종교적인 목표로 삼았습니다. 이런 경향은 불교의 한 분파인 '정토 사상'과 일치했습니다. 그 사상 역시 이번 생에서 깨달음을 이룰 가능성보다는 좀 더 소박한 목표랄 수 있는 낙원에 이르는 것을 지향했습니다. 이슬람교와 기독교, 불교의 정토사상은 하나같이 인격체를 정화함으로써 성자가 되는 것을 지향했습니다.

그런 목표는, 깨달음 자체는 천국에 사는 사람들처럼 영적으로 높은 수준에 이른 사람만 도달할 수 있는 아주 높이 진화된 단계라는 인식에 부합하는 것이었습니다. 그리하여 세속적인 삶과 그 삶에 본래부터 내재된 부정적인 요소가 이승에서 사는 동안 깨달음에 이를 가능성을 가로막는다는 일종의 합의 같은 것이 존재했습니다.

이런 생각은 『바가바드 기타』에서도 나타나고 있습니다. 이 책에서 크리슈나는, 소수의 사람들만 깨달음에 이르는 것을 목표로 삼으며 그 사람들 중에서도 극소수의 사람들만 그 목표를 이루기 때문에 깨달음은 극히 드문 현상이라고 말합니다. 따라서 동양의 종교에서는 깨달음에 이르려면 많은 생을 거쳐야 하고, 평균적인 탐구자로서는 좋은 카르마를 쌓는 것이 고작이며, 그렇게 쌓은 카르마는 결국 최종적인 이승의 삶에서 무르익어 깨달음이 일어나고, 그로써 기나긴 윤회는 종말을 고한다고 가르쳤습니다.

모든 종교는 이승에서 영적으로 큰 성숙을 이룬 탐구자를 흔히 성자로 여기곤 했습니다. 기독교에서는 진화된 의식을 지닌 이들을 신비가mystics라고 불렀습니다. 하지만 교회당국은 종종 그들을 수상쩍게 여기거나 이단으로 취급하곤 했습니다. 기독교 근본주의 계통의 일부 분파에는 오늘날까지도 그런 견해가 널리 퍼져 있습니다. 붓다를 '악마에게 홀린 자'로 보는 종파가 이런 예에 해당됩니다. (모든 악마들은 200 수준 이하로 측정되는 반면 붓다, 크리슈나, 브라흐만, 그리스도, 마즈다는 존재 가능한 의식의 최대치인 1000 수준으로 측정됩니다.)

문 이렇게 서로 다른 것처럼 보이는 영적인 목표들은 어떤 근거에서 구분이 되는지요?

답 그 차이는 깨달음을 추구하는 이들이라면 반드시 알아야 할 아주 기본적이고 중요한 것입니다. 종교는 기본적으로 이원적인 영역을 다루는 반면 깨달음은 비이원적인 영역을 다룹니다. 깨달음에 이르는 이런 엄격한 길은, 이원성은 환상이므로 그것을 완성하려고 애쓸 이유가 전혀 없다고 이야기합니다. 따라서 에고가 환상이라는 것을 깨닫고 초월해야 합니다. '좋은 사람이 되는 것'은 훌륭한 일이긴 하지만 좋은 사람이 되었다고 해서 저절로 깨달음이 오는 것은 아닙니다. 깨달음에 이를 가능성은 의식의 본성에 대한 높은 이해에 기반을 두고 있습니다.

문 성인과 현자 간에는 분명한 차이가 있나요?

답 네, 차이가 있을 수도 있습니다. 영적인 정화와 완성의 길은 좀 더 순수하고 '성자다워' 보이는 인격체를 낳을 것입니다. 반면에 깨달은 현자는 몸이나 사람됨에는 아무 관심도 없습니다. 따라서 보통 사람들이 보기에는 더 무뚝뚝하고 퉁명스러워 보일 수도 있습니다. 심지어 지저분하게 보이는 경우도 있지요.

예컨대 나사르가다타 마하라지(700 수준 이상으로 측정되는 의식 수준을 지닌)는 인도산 담배를 끊임없이 피워 댔고, 흥분하면 탁자를 주먹으로 두들기는 등 자신의 평소 사람됨을 있는 그대로 드러냈습니다. 선사禪師들은 아주 격렬하고 괴팍하게 행동할 수도 있습니다. 하지만 그들 모두의 내면에는 사랑이 넘치며 밖으로 드러나는 표현 방식만 다를 뿐입니다.

문 몸과 인성을 닦는 것은 시간을 낭비하는 일인가요?

답 그렇게 하는 것은 곁가지에 관심을 갖는 것이요 강조의 오류에 해당하는 것입니다. 몸은 자연의 소산이며, 몸이 하는 일은 사실상 그다지 중요하지 않습니다. 마음과 인성은 사회적 환경, 가족의 영향, 문화적인 프로그래밍의 소산입니다. 세련되고 교양 있는 사람은 사회적으로 바람직하고 소중한 자산이긴 하나 참나는 아닙니다. 깨달음에 가까이 다가갈수록 참나 속에 자아가 포함되어 있기는 하지만 자아가 참나가 아니라는 사실은 분명해집니다.

문 영적인 길에도 우위가 존재하나요?

답 여행을 하는 데는 두 가지 방식이 있습니다. 목적지까지 곧장 가는 것이 그 하나요 다른 하나는 시골을 이리저리 답사하고 관광명소를 두루 찾아다니는 한가로운 여행입니다. 대부분의 영적인 탐구자는 한가로운 길을 가고 있지만 그들 자신은 미처 깨닫지 못하고 있습니다. 그런 길은 분명 많은 사람들에게 최상의 길이 됩니다. 그것은 나쁜 길도 아니요 시간을 낭비하는 길도 아닙니다. 단지 그들에게 가장 잘 맞는 길일 뿐이지요.

사실, 시간은 환상이요 외적인 형상에 지나지 않습니다. 자신이 일단 영적인 목표를 선택했을 때 낭비되는 '시간'은 결코 없습니다. 천 번의 생을 거쳐서 깨닫든 한 번의 생에서 깨닫든 아무 차이가 없습니다. 결국에는 모두 같은 것이 됩니다.

문 그렇다면 박사님 말씀은 전통적인 종교를 통해서 가는 길은 느린 길이요, 의식에 대한 이해를 통해서 가는 길은 좀 더 **빠른** 길이라는 건가요?

답 다시 말씀드리지만 그것은 선택과 현실성, 영감의 문제입니다.

19

설명과 예시

문 이번 생에서 깨달음을 이루게 해 줄 만한 근본적인 이해와 통찰에는 어떤 것이 있는지요?

답 의식의 본질을 이해하는 것이 깨달음을 가능하게 합니다. 의식의 본질을 이해하면 반드시 이원성과 비이원성의 차이를 통찰하게 되고, 아울러 이원성의 영역을 초월하는 법도 알게 됩니다.

문 실제로 그런 통찰과 앎은 어떻게 해서 일어날 수 있는지요?

답 이원성은 제한된 지각의 소산입니다. 지성과 지각은 천재적인 수준에 이르기까지 다듬어지고 완성될 수 있습니다. 그러나 의식 수준을 400대로 제한하는 한계는 여전히 존재할 것입니다. 499 수준은 과학적인 천재의 수준인 반면, 영적인 천재는 600 수준에서 드러나며 1000 수준까지도 상승합니다.

문 지각의 한계는 어떻게 벗어날 수 있나요?

답 그 본질을 이해함으로써 벗어날 수 있습니다. 지각은 환영이요 사고 작용이 빚어낸 가공물입니다. 그것은 생각과 개념, 물질적인 것을 다루는 데는 유용하지만 영적인 진화라는 목표를 지향할 때는 아무 쓸모가 없습니다.

문 지각은 어떻게 극복해야 하는지요?

답 그것은 극복해야 할 것이 아니라 초월해야 하는 것입니다. 그 일은 지각의 구조와 기능을 이해함으로써 가능합니다. 우선 지각이 형상을 다루는 것임을 깨닫도록 하세요. 이원적인 것은 정량화할 수 있습니다. 여러 가지 예를 들어서 지각의 기능을 밝혀 보도록 합시다.

예시 1 마음속에 완전히 하얀(당신이 원한다면 완전히 까만) 벽을 그려 보십시오. 그 벽에 가상의 점 하나를 찍으세요. 그 점은 이제 하나의 초점이 될 것입니다. 그 점이 자신이 선택한 벽 어딘가에 있을 수 있다는 것은 분명합니다. 자신이 최종적으로 선택한 그 지점에 크레용이나 분필로 표시를 할 수도 있습니다. 일반적인 사고 방식(따라서 이원적인)은 그 점이 '존재한다'라고 말할 것입니다. 정확히 '저기에' 있다고 말이지요.

하지만 잠시 숙고해 보면, 사실 어디에도 그런 '점'이 존재하지 않음은 분명합니다. '저기에' 있는 점은 더 말할 나위도 없지요. 그런 생각은 순전히 마음속에만 있습니다. 상상 속이 아니라면 어디에도 점은 없습니다. 그러므로 그 점은 독립적으로 존재하는 실체가 아닙니다. 그런 식의 정의定義는 인간의 마음에 완전히 의존합니다. 그 점은 그것이 존재한다고 말해지기 위해서도 인간의 마음이 필요합니다. 만일 그 점을 자리 잡게 하는 일에서 다른 데로 주의를 돌릴 경우 그 점은 즉각 사라집니다. 이것은 점이 하나의 실체로서 참으로 존재한 적이 없었기에 일어날 수 있습니다.

언어로 규정하는 것은 사고 작용 자체와 관련된 것이며, 결국 우리를 외부의 실상이 아닌 사고의 혼란으로 이끌 것이라는 것은 분명합니다.

예시 2 하나의 '점'은 초점에 대한 *선택적인 주시*를 통해서 창조되었습니다. 그 점이 유효하려면 그것에 필연적으로 따르는 작용, 곧 그 초점을 제외한 모든 것에 대한 *부주의*라는 작용이 필요합니다. 한 점을 '본다'라는 것은 '그 점이 아닌' 모든 것, 즉 벽의 나머지 부분에 대한 자각을 말끔히 없애 버리는 것을 뜻합니다.

예시 3 그 벽에서 두 번째 점이 될 또 하나의 점을 마음속에 그려 보세요. 두 점은 사실 상상 속에만, 즉 관찰자의 마음속에만 존재한다는 사실을 깨닫도록 하세요. 그리고 두 점 사이에 그려진 선 하나를 상상해 보세요. 이제 우리는 그것을 '거리'라고 부를 수 있습니다. 우리는 두 점이 완전히 가공의 것이고 오로지 마음속에서만 존재하므로 점들 사이의 가상적인 거리에도 같은 원리가 적용됨을 알 수 있습니다.

예시 4 이제 우리는 그 벽 앞쪽으로 얼마쯤 떨어진 곳에 세 번째 점이 존재한다고 상상할 수 있습니다. 그리고 상상 속에서 세 점을 이을 경우에는 하나의 '평면'이 창조됩니다. 세 점과 마찬가지로 그 평면 역시 우리의 상상 속에서만 존재합니다. '저 밖에는' 평면이 없습니다. 그리고 점들을 이은 선들은 어떤 고유한 방향성도 갖지 않는다는 사실을 깨닫도록 하세요.

예시 5 그 가상의 삼각형과 마주보는 곳에 네 번째의 가상적인 점을 보탤 경우 가상의 '삼차원'을 얻을 수 있습니다. 그리고 점들 사이의 간격이 '공간'을 이룬다고 말할 수 있습니다. 그러나 그 모든 것이 우리의 상상 속에서만 존재한다는 사실을 깨달을 수 있습니다.

예시 6 이 시점에서 우리는 가상의 점들이 가상의 위치, 방향, 평면, 공간과 차원을 낳는다는 사실을 깨달을 수 있습니다. 마음이 그 다음에 그려 낼 만한 것은 기간, 혹은 한 점에서 다른 점까지 가는 데 거리는 '시간'이 될 것입니다. 여러분은 상상 속의 점들 사이의 상상 속의 거리를 가로지르는 데 걸리는 시간은 상상 속에서만 존재할 수 있음을 알 수 있을 것입니다.

예시 7 밤하늘을 올려다보면 무수히 많은 빛의 점들이 보입니다. 그 수많은 빛들을 마음대로 골라 연결시켜서 가상의 형상을 그림으로써 우리 자신의 별자리를 만들어 낼 수 있습니다. 크레용을 쥔 아이처럼 고양이, 개, 쥐 등의 별자리를 그려 볼 수 있습니다. 무엇이든 마음대로 그릴 수 있지만 우리가 우주선을 타고 우주로 나갈 경우 오리온자리를 비롯한 모든 별자리가 자체의 존재성을 갖지 못한 것임을 발견하게 될 것입니다.

앞의 예시를 통해서 우리는 마음이 어떻게 해서 참으로 '하나'인 것 속에서 '여럿'을 지각하게 되는지 이해할 수 있습니다. 마음을 초월할 경우에는 여럿과 하나가 같은 것임을 알게 됩니다. 마음이 지어낸 '하나'니 '여럿'이니 하는, 서로 상반되는 이원적인 용어가 없다면 어떤 것도 존재한다고 말하지 못할 것입니다. 대신에 거기에는 오로지 '전부 있다All Is'라는 깨달음만이 있을 따름입니다. '전부 있다All Is'라는 문장에는 주어도 술어도 성립될 수 없습니다. 실상은 하나도 아니고 여럿도 아니며 서술과 차원, 시간, 장소, 시작이나 끝을 넘어선 그 자체일 따름입니다. 실상을 서술하고자 할 때는 '지금now'이라는 단어조차도 미묘한 오류에 속합니다. 지금이라는 용어는 '지금 아님not now'의 가능성을 함축하고 있으니까요. 존재하는 모든 것의 총체를 포괄하므로 '있다is'인 실상에서는 '없다not'가 성립될 수 없습니다. 모든 오류는 '있지 않다is not'에서 비롯되며 따라서 어떤 실체성도 없고, 설명하거나 대답해줄 필요도 없는 것들입니다. 참으로 '있다is'인 것 속에는 어떤 오류도 있을 수 없습니다.

문 그렇다면 지각은 어떤 면에서 가치가 있나요?

답 지각은 물질이나 몸과 관련된 동물적인 삶에서 소중한 것입니다. 그것은 형상을 다룹니다. 영적인 앎은 형상을 넘어선 것이죠. 우리가 500이라는 의식 수준에 이르면 형상은 점차 쓸모없는 방해물 같은 것이 됩니다. 사랑, 연민, 기쁨, 아름다움 같은 영적인 특성은 이미 지각을 통한 형상의 세계를 넘어서 있습니다. 그런 특성은 언어를 넘어선 주관적이고 경험적인 실체이기 때문에 측정할 수 없고 정량화할 수 없는 것은 물론 심지어 적절히 설명할 수도 없습니다. 그것은 지각을 넘어선 앎의 주관적 상태입니다.

좀 더 명확히 말하자면 사랑은 200 수준에서 나타나 점차 강해지다가 500 수준에 이르면 압도적인 에너지 장이 됩니다. 의식 수준이 상승하면 형상은 점차 초월됩니다.

의식 수준의 측정된 척도상에서 사랑은 500 수준에 이르러 우세해지지만 540 수준에 이르기 전까지는 무조건적인 것이 되지 못합니다. 이것은 500에서 540 사이에는 일부 형상이 지속되므로 사랑이 조건적인 것이 됨을 뜻합니다. 사랑은 무조건적인 것이 될 때에만 비로소 활짝 꽃핍니다. 사랑의 만개를 특징짓는 것은 무조건적인 사랑인데, 우리 자신이 사랑이 되었기에 그러합니다.

이러한 도약은 '상반되는 것의 양극을 놓음'으로써 이루어집니다. 상반되는 것은 사고 작용 본래의 오류입니다. 그런 일이 일어난 뒤에는 '좋은 나무'나 '나쁜 나무'가 없습니다. 모든 나무가 있는 그대로 완벽하고 아름다워 보입니다. 살아있는 모든 생명체 하나하나는 그 본질을 제대로 표현하고 있는 완벽한 조각품입니다.

문 세상 사람들이 지금처럼 보는 방식은 어떻게 해서 이루어지는지요?

답 일정한 한계를 지닌 지각은 세상에서 일어나는 사건에 '인과관계'라는 보이지 않는 마법의 힘을 부여합니다. 지각은 필요조건을 원인으로 혼동합니다. 지각은 또 일시적인 연쇄를 인과관계로 혼동합니다.

실상에서 '사건'은 '일어나지' 않습니다. 사건은 선택적이고 연쇄적인 주의 집중의 결과로 나타나는, 지각이 제멋대로 지어낸 추상물입니다. 실상에서는 어떤 '사건'도 일어나지 않습니다. 따라서 어떤 설명도 필요치 않습니다. 실상에서 창조는 지속되고 있습니다. 나타나지 않은 것이 나타난 것이 됩니다. 하지만 각각의 관찰은 시간과 위치라는 정신 작용의 산물로 표현됩니다. 따라서 표면적인 연쇄 작용이 나타납니다. 그것은 단지 사고 작용이 빚어낸 것에 지나지 않습니다.

앞에서 제시한 여러 가지 예시에서 우리는 관찰할 수 있을 만한 것이 어떻게 해서 나타나는지 직접 알아보았습니다. 그것들은 의식을 통해서 만들어집니다. 대성당은 건축가의 마음으로부터 생겨납니다. 세상의 어떤 것도 대성당을 생겨나게 하는 원인이 될 수 없습니다. 씨앗은 식물이 태어나게 하는 '원인'이 되지 못합니다. 여러 가지 조건이 들어맞을 때 씨앗은 그것의 본질이 잠재성을 드러내 눈에 보이는 존재가 됩니다.

세상의 어떤 것도 다른 것의 '원인'이 되지 못합니다. 모든 것은 홀로그래피의 춤 속에서 서로 뒤얽혀 있으며, 그 춤 속에서 개개의 요소는 다른 요소에 영향을 미치지만 원인이 되지는 못합니다. '원인'은 인식론적인 창안물이요 사고 작용의 소산에 지나지 않습니다. 사고 작용이 만들어 낸 가공품인 '원인'은 가짜 문제를 만들어 냅니다. 그런 문제들은 다시 인과관계라는 가짜 설명을 '제시해 줄' 것을 요구합니다.

사실 창조의 절대성과 전체성은 원인과 같은 설명적인 사념으로 채울 만한 어떤 빈 공간도 남겨 놓지 않습니다. 전체성은 완전하며, 어떤 원인도 필요로 하지 않습니다. 원인은 위력이요 창조는 힘입니다.

문 그렇다면 운명의 원인인 듯한 카르마는 어떻게 봐야 할까요?

답 우주에서 개개의 사물은 본질적인 특성이 드러남으로써 위치가 정해집니다. 개개의 사물은 자체의 고유한 부력에 의해 물속에서 제 위치로 떠오르는 코르크와도 같습니다. 의식의 우주들 the universes of consciousness은 측정된 힘의 수준들로 서술할 수 있습니다. 개개의 실체는 이생이나 다음 생에서 그 의식의 바다 내에서 자신의 수준으로 떠오릅니다. 그 영혼은 자신의 본성에 따라 올라가거나 내려갑니다. 그렇게 되는 데는 어떤 외적인 힘도 원인이되지 않습니다.

신은 위력이 아니라 힘입니다. 신은 어디에 있는 어떤 사물이나 사람도 강제하거나 강요하지 않습니다. 더운 공기의 힘으로 나는 기구는 바람과 기후, 기온과 습도, 기구 조종자가 더운 공기를 더 넣는지 등에 따라 더 높이 올라가거나 내려갑니다. 에고의 집착을 놓아 버리는 것은 기구 바닥에 있은 짐을 버리는 것과도 같습니다.

'원인'이 독자적인 실체성을 가진 것이라는 믿음은 의식을 심하게 제한하는 결과와 해로운 결과를 낳습니다. 그 믿음은 모든 생명체를 가해자와 피해자로 멋대로 가릅니다. 그것이야말로 의식 수준이 온전성의 수준(200) 이하로 측정되는, 인류의 78퍼센트에 해당되는 사람들이 처한 슬픈 현실입니다. 개인적 책임은 원인을 믿는 사람들의 마음에서 기인합니다. 어떤 사건과 행위를 해명하거나 변명하기 위해서 그럴듯한 설명이 되는 '원인'을 지어낼 수 있습니다. 현 사회에서 법원과 변호사는 원인이란 개념을 불합리하다고 할 수 있을 정도로 남용했습니다. 어떤 사람이 '만지지 마시오.'라는 붉은 글씨가 새겨진 물건에 손을 대서 화상을 입었다고 할 때, 돈만 많이 주면 가공의 가해자를 얼마든지 만들어 낼 수 있습니다. 예를 들면 글씨가 충분히 크지 않았다거나 당사자에게는 그 글씨가 외국어였다거나 야간에는 불이 밝혀지지 않아 보이지 않았다는 등의 변명거리를 얼마든지 제시할 수 있습니다.

원인은 오로지 상상의 작용을 통해서만 존재하므로 당사자의 편의를 위해서 얼마든지 지어낼 수 있습니다. 극단적인 경우에는 가해자와 피해자의 개념이 뒤섞이기도 합니다. 범죄자가 피해자가 되고 경찰이 가해자가 됩니다. 심도 있는 분석을 통해서, 피해자와 가해자의 구분은 사실 자의적인 선택이나 위치성에서 비롯된 것임을 알 수 있습니다. 희생자는 가해자가 포식자·먹잇감 반응에 의한 행동을 하도록 유혹합니다. 경찰관이나 교도소 간수들은 희생자들의 극단적인 행위로 강제력이나 과격한 조처를 취하지 않을 수 없는 처지에 몰립니다. 따라서 일종의 인지의 혼란 속에서 가해자와 희생자의 역할은 뒤얽힙니다.

문 어째서 행위는 그에 상응하는 결과를 낳을까요?

답 그 둘은 서로 연관되어 있지만 원인과 결과의 관계 때문에 그렇게 되는 것은 아닙니다. 조건은 사건에 영향을 미치기는 해도 사건의 '원인'이 되지는 못합니다. 모든 잠재성은 본질에 따라 제한됩니다. 벌은 꽃이 될 수 없습니다. 애벌레는 나비가 되는 '원인'이 되지 못합니다. 필수조건만 되어 줄 뿐입니다.

문 그런 원리가 영적인 삶에는 어떻게 적용되는지요?

답 인간의 본질 속에는 깨달음을 이룰 수 있는 잠재성이 포함되어 있습니다. 깨달을 준비를 갖추었다는 것은, 이제 영감이 깨달음의 추구에 불을 붙이는 불꽃이 되게끔 당사자가 의식의 더 낮은 수준들을 거슬러 올라가면서 진화했음을 암시합니다.

문 그런데 지각은 단지 감각적인 현상에 지나지 않나요?

답 맞습니다. 창조 자체도 일종의 현상에 불과합니다. '창조' 혹은 '파괴'는 그저 하나의 관점을 서술하는 것에 지나지 않습니다. 물질은 그저 다른 형상으로 전환될 따름입니다. 만일 어떤 형상이 바람직하다면 우리는 그것을 '창조'라고 부르고 바람직하지 못하다면 '파괴'라고 부릅니다.

나무를 2×4 크기의 목재로 켜내는 것은 목수에게는 '창조적인 일'이 되지만, 삼림 보호론자에게는 '파괴적인 일'이 됩니다. 유서 깊은 '시바의 춤'은 창조에서 파괴로 이어지는 현상의 전환입니다. 하지만 실상에서는 어떤 일도 일어나고 있지 않습니다. 칠면조 요리가 좋냐 나쁘냐, 혹은 창조적인 것이냐 파괴적인 것이냐 하는 것는 당신이 칠면조냐 먹는 사람이냐에 달려 있습니다.

재맥락화

문 재정적인 곤란 같은 현실적인 사항은 어떻게 봐야 하나요? 새로운 맥락으로 보는 것은 어떤 도움이 되는지요?

답 '재정적인 곤란'에 대한 지각은 자신의 삶을 너무 빠른 속도로 확장시키는 데서 일어납니다. 그것은 돈이 부족하다는 환상을 꾸며 냅니다. 해답은 재정적인 데 있는 게 아니라 인내심에 있을 따름입니다. 목장에 양이 너무 많은 탓일까요 아니면 풀이 부족한 탓일까요? 무엇인가를 조급하게 원할 경우에는 그 마음을 편하게 하기 위해서 너무 빨리 앞으로 내닫는 결과를 초래합니다. 원하는 것과 필요한 것을 구분하는 법을 배우세요. 돈보다는 신용을 얻는 일을 더 중하게 여기는 법을 배우세요. 재산은 많든 적든 하룻밤 사이에 날릴 수도 있지만 신용은 평생 동안 지속됩니다. 신용으로 유지되는 삶의 대가는 이자이지만 돈으로 유지되는 삶의 대가는 원칙입니다. 돈이 편리함이라면 신용은 안전입니다.

문 이른바 '문제'라는 것에 대해서는 어떻게 생각하시는지요?

답 부분적이고 제한된 위치성이 이른바 '문제'라는 환상을 만들어 냅니다. 사실상 문제 같은 것은 존재할 수 없습니다. 그저 우리가 원하는 것과 원하지 않는 것만 있을 따름입니다. 고통은 저항하기 때문에 일어납니다. 이런 원리는 육체적인 통증의 경우에도 역시 마찬가지입니다.

예를 들어 육체적인 통증에 저항하지 않고 그저 통증에 강하게 주의를 집중한 채 그 상태를 지속하면 통증은 사라집니다. 통증과 고통은 분명히 다릅니다. 마음은 그 둘이 분리될 수 없다고 가정합니다만 사실은 그렇지 않습니다. 통증을 체험하면서도 고통 받지 않을 수 있습니다. 고통은 통증에 저항하기 때문에 일어납니다. 만일 기꺼이 통증에 내맡기면서 그것을 받아들이고, 저항하기를 완전히 그친다면 고통은 사라질 것입니다. 통증까지 사라지는 경우도 아주 많습니다.

이 사람은 그런 방법으로 마취도 하지 않은 채 큰 수술을 그것도 두 번이나 받을 수 있었습니다. 물론 수술을 받은 후에 회복하는 것도 훨씬 더 빨랐습니다. 예를 들어, 발목을 심하게 삔 경우에도 몇 분 내에 금방 걸을 수 있습니다. 그때의 안온한 기분은 고통을 덜어 주는 마취제를 맞았을 때와 아주 흡사합니다. 통증 자체는 남을 수도 있지만 본인은 그것에 전혀 개의치 않습니다.

문 화가 나는 경우에는 어떻게 하시는지요?

답 사람이 영적으로 성장할수록 화가 나는 경우는 점차 줄어듭니다. 만약 화가 날 경우 그것을 달갑지 않아 하는 경향이 점차 강해집니다. 화가 나는 것은 조급증 때문인 경우가 가장 많습니다. 그러므로 사실은 자신이 화가 난 게 아니라 서두르는 것일 뿐임을 깨달음으로써 그 상태를 해소할 수 있습니다. 그런 사실을 아는 것 자체만으로도 죄의식은 덜어집니다. 화는 위치성에서 비롯되며 다른 관점을 취하면 해소됩니다.

화가 '있는$_{is}$'것이 아니라 '있지 않은 것$_{is\ not}$'을 겨냥하고 있음을 깨닫는 것도 역시 도움이 됩니다. 우리는 사람들이 일반적으로 생각하듯이 누군가가 이기적이고 인색해서 화를 내는 게 아니라 사실은 그 사람이 배려가 없고 너그럽지 않고 사랑이 없어 화를 냅니다. 이렇게 새로운 맥락으로 바라보면 그 사람은 나쁘거나 악한 사람이 아니라 시야가 좁고 편협한 사람으로 보일 것입니다. 개개인은 단지 그 의식이 각자에게 주어진 일정한 선까지만 진화한 것에 지나지 않습니다. 그러므로 그런 점을 이해할 때 결함보다는 한계를 보고 받아들이기가 좀 더 수월해집니다.

분노의 또 다른 큰 요인은 자신이 원하는 것을 얻지 못해서 생기는 욕구입니다. 그런 것은 유아적인 분노입니다. 이것은 어른이 되어서도 이기심이라는 에고의 자기중심적이고 나르시스적인 핵으로 지속됩니다. 에고는 원하는 것과 필요한 것을 혼동하여 늘 조바심을 냅니다. 에고는 끊임없이 요구하고 원합니다. 그런 상황에서 신에게 모든 갈망과 바람과 욕망을 내맡길 때 획기적이고 급격한 영적인 성장이 이루어집니다.

에고의 중심을 신에게 내맡기는 것은 영적인 성장을 빠르게 촉발시키는 계기가 됩니다. 그 중심은 생존에 집중하고 있는 에고의 초점이요 근원입니다. 생존에 대한 에고의 신념 때문에 에고가 바라는 것은 없어서는 안 될 것으로 여겨집니다. 에고는 스스로를 분리된 존재로 보고 따라서 외적인 공급원에 의존하기 때문에 '얻고', '지키고' 획득해야만 합니다. 그런 외적인 공급원은 에너지와 관심, 소유물, 지위, 안전, 보호, 이미지, 금전적인 이득, 이점, 권력의 형태로 나타날 수 있습니다. 에고의 기본적인 관점은 결핍이며 결핍 때문에 두려움과 욕구와 탐욕이 일어납니다. 심지어는 상대를 죽이고 싶을 정도의 격렬한 분노와 함께 상대의 생명을 위협하는 일까지도 일어납니다. 두려움이 에고의 원동력입니다.

의식과 깨달음의 관점에서 볼 때, 존재 자체에 대한 욕망을 신에게 내맡기지 않는 이상 두려움이 지배하는 상태는 끝나지 않습니다. 일단 그런 욕망을 신에게 내맡긴 뒤에 따라오는 침묵 속에서는, 생존하는 데 필요한 모든 것을 우주에서 끌어 온 참나의 현존 덕분에 지금까지 자신이 계속 존재했다는 깊은 통찰이 옵니다. 참나의 현존 덕분에 우리가 생존할 운명이라는 사실은 몸, 호흡, 체력, 배고픔, 호기심, 지성과 같은 없어서는 안 될 것을 참나의 힘이 계속 제공할 것이기에 우리가 생존하는 데 아무 지장이 없으리라는 것을 보장합니다.

에고는 생각과 행위의 배후에 도사린 가공적인 행위자입니다. 사람들은 에고가 생존하는 데 없어서는 안 될 것이라고 확고하게 믿고 있습니다. 그 이유는 에고의 주된 특성이 지각이고, 지각은 가공적인 인과관계의 패러다임에 제한받기 때문입니다. 제한된 이원성의 패러다임 속에서 '나' 혹은 에고는 스스로를 원인으로 보고 행위와 사건을 결과로 봅니다. 실상에서 행위와 생존은 자동적으로 일어납니다. 스스로 알아서 움직입니다. 행위와 생존은 참나가 뿜어내는 생명 에너지를 통해서 가동되며, 우주의 여러 속성들이 그 방식을 제공합니다. 예를 들어 누군가가 기억상실증에 걸렸을 때 가상적인 정체성의 근원이 상실되었는데도 생명 활동은 계속된다는 점을 생각해 보세요. 모든 두려움은 정체성의 상실, 즉 존재 및 생존에 대한 두려움이라는 점을 명심하세요.

이 두려움은 생존의 근원 또는 자아를 형상(생각, 느낌, 몸)과 동일시하는 것과 연관되어 있습니다. 따라서 자신의 존재를 그 모든 표현에 있어서 신에게 기꺼이 내맡기고자 할 때 그런 두려움은 해소됩니다. 이런 총체적인 내맡김이 이루어지면 참나는 형상 없는 것이라는 앎이 일어납니다. 생명의 근원이자 생명의 체험자는 형상이 아니라 형상 내에 있는 형상 없는 것이라는 앎이 일어납니다. 그럴 때 흔히 실재하는 것으로 믿는 죽음이 일어날 수조차 없는 일임이 분명해집니다.

신을 대신할 수 있는 존재나 그와 상반되는 것은 존재하지 않습니다. "나는 존재한다I Am."라고 말하는 것은 몸속에 있는 영spirit입니다. 몸 자체는 자신이 존재한다는 사실을 알지도 못합니다.

문 영적인 탐구 과정에서 단순한 태도라는 것은 뭘 뜻하는지요?

답 모든 영적인 개념 하나하나마다 영적인 진실이 내포되어 있습니다. 그저 *단 하나의 개념*을 철저하고 완전히 이해하기만 하면 모든 진실을 이해할 수 있습니다. 따라서 실상에 대한 깨달음에 이를 수 있습니다. 성공의 비밀은 하나의 개념 혹은 하나의 영적인 도구를 선택해서 그것을 쉼 없이 강력하게 그 궁극의 끝까지 밀고 나가는 것입니다. 성공을 이루게 하는 것은 절대적인 경지까지 나아간 용서나 친절함이 될 수도 있고, '12단계' 프로그램의 세 번째 단계가 될 수도 있습니다. 그런 개념이나 도구를 모든 생각, 느낌, 행동, 행위 등에 예외 없이 적용하세요. 인간의 몸 전체를 해부하는 데에는 메스 하나만 있으면 됩니다. 자신을 해부해서 에고에서 해방시키는 데에는 단 하나의 영적인 메스만 있으면 됩니다.

처음에는 저항 때문에 힘들지만 점점 자신을 포기해 감에 따라 자발성이 완전히 자리 잡으면 그 도구는 자체의 생명력을 얻게 됩니다. 이제 그런 일을 하는 '나'는 더 이상 존재하지 않습니다. 결국 우리는 도구가 개인적인 자아가 아닌 다른 것의 인도를 받는다는 사실을 깨닫게 됩니다. 우리는 진리를 '발견하는 것'이 아닙니다. 따라서 진리를 '찾는 것'은 쓸데없는 짓입니다. 신성은 애쓰지 않고 스스로를 드러냅니다.

그때 갑작스러운 죽음의 고통이 일어납니다. 이어서 모든 창조의 진실이 모든 세계, 모든 우주가 있기 이전부터 모든 시간을 넘어서 절대적인 완벽함과 아름다움 속에서 늘 존재하는 참나로서 스스로를 드러냄에 따라 깊은 외경심이 일어납니다. 참나의 절대적인 완벽함과 아름다움 속에서 모든 형상은 독립적인 존재성을 전혀 갖지 못한, 한낱 지각에 불과한 것이 됩니다. 모든 것은 하나입니다. 거기에는 '여기'도 없고 '저기'도 없고 주체도 없으며 '나'

도 '너'도 없습니다. 마음은 영원히 고요합니다. 거기에는 개인적인 자아도 없습니다. 모든 것은 자체의 본질에 힘입어서 존재하고, 절대적인 완벽함 속에서 자발적으로 빛납니다. 인과관계 같은 것은 없습니다. 모든 것은 이미 존재하고 있습니다. 몸은 대체로 하나의 '그것'이며, 스스로 알아서 운명을 이행하는, 카르마라는 태엽으로 움직이는 인형입니다. 몸은 그것을 움직이게 해 줄 '나'를 필요로 한 적이 결코 없었습니다. 그런데 어떻게 그런 생각이 일어나서 사람들의 마음을 완전히 지배할 수 있었던 걸까요? 다시 자신의 근원으로 돌아오는 것보다 더 놀랍고 경탄스러운 일은 아무것도 없습니다.

문 몸이나 마음을 나로 여기는 태도는 어떻게 해소하나요?

답 에고는 스스로를 행위자나 체험자로 여깁니다. 따라서 몸과 마음의 중심으로 여깁니다. 그런 경향은 모든 행위 앞에 '나'라는 말을 갖다 붙이는 우리의 생각과 언어의 관행 속에서 끊임없이 강화됩니다. 우리는 마음이, 실상과 부합되는 언어로 생각하게끔 다시 훈련시킬 수 있습니다. 이 훈련은 '나' 대신에 '그the'라는 단어를 사용함으로써 이루어집니다. 따라서 '내' 몸이나 '내' 마음은 '그' 몸the body이나 '그' 마음the mind이 됩니다. '그' 마음이 느낌과 생각을 갖고 있고, '그' 몸이 행동합니다. 소유물 역시 '내' 차가 아니라 '그' 차로 지칭할 수 있습니다. 카펫, 집 등도 마찬가지입니다. 참나의 전부임 속에는 몸·마음·에고의 형상도 역시 포함되어 있습니다. 그러나 에고는 '나'라는 단어를 환상과 착각을 불러일으키는 방식으로 사용하곤 합니다. 몸과 마음은 사실 둘 다 '그것들'입니다.

문 어떻게 하면 소유물에서 분리될 수 있을까요?

답 '소유물'이란 말 자체가 허구입니다. 형상의 세계에서 관계는 기능상으로나 언어상으로만 존재하는 데 지나지 않는 말과 개념으로 표현됩니다. 구체성을 지향하는 에고의 성향으로 인해 에고는 관계라는 용어가 독자적이고 객관적인 존재성을 분명히 갖고 있다고 믿습니다.

모든 관계는 단지 관례적이고 사회적인 합의나 약속에 불과합니다. 그것은 어떤 독자적인 실체성도 갖고 있지 못하기에 약속의 변화에 따라 소멸되거나 취소될 수 있습니다. 예컨대 어떤 것을 '소유한다'는 것은 사실상 불가능합니다. '소유한다'는 말을 통해서 우리가 뜻하는 것은 어떤 것을 소유하거나 사용할 수 있는 법적인 권리가 존재한다는 것입니다. 그러나 법적인 권리란, 물건과 소유자 간의 실질적인 관계와 상관이 없습니다. 소유할 '권리'는 단지 사회적인 계약에 불과합니다. 어떤 물건을 수중에 넣고, 사용하고, 안전한 곳에 보관할 수는 있습니다. 하지만 '소유한다'라는 것은 단지 추상적인 개념에 지나지 않습니다. 근본적 실상에서 '소유한다'라는 것은 자신이 대상 그 자체여야 함을 뜻합니다.

원주민 문화에서는 땅이 모든 사람의 것이므로 어느 누구도 땅의 어느 일부를 개인적으로 소유한다고 주장하지 않습니다. 부족의 땅은 부족 전체가 공유하며, 부족원 각자는 집단적인 합의하에 자신에게 할당된 영역을 사용할 뿐입니다. 무언가를 진정으로 소유하려면 절대적이고 무조건적인 지배권을 가져야 하는데, 이는 실제로 단지 일시적인 소유권만을 갖는 데 지나지 않습니다.

이와 똑같은 조건이 '권리'에도 적용됩니다. 권리란 단지 대중의 의견과 법원의 결정이라는, 흐르는 모래밭 위에 놓인 정치적 · 법률적 타협 혹은 약속에 불과합니다. 권리라는 것들의 상당수가 일시적인 유행에 그치는 임의적인 협약에 지나지 않습니다. 기껏해야 사회가 임시적인 관리권을 주는 것이지요.

문 '근본적 지금 Radical Now'이라는 박사님의 말씀이 뜻하는 바는 무엇인가요?

답 삶에 대한 체험은 소리를 내자마자 사라지는 음악처럼 덧없고 일시적입니다. 매순간은 이미 그것이 일어나는 바로 그 순간에 끝납니다. 자각의 초점은 야간에 대상들을 비추고 재빨리 다음 대상으로 이동하는 손전등과도 같습니다. 대상들은 나타나다가 사라집니다. 따라서 관찰자가 보기에 삶은 단지 나타남과 사라짐의 행렬에 지나지 않습니다. 이런 끊임없는 주의집중의 연속을 가지고 어떤 일이 일어나는 것이라고 말할 수는 없습니다. 따라서 초점은 하나의 임의적인 위치성이며 시바의 춤이 무엇인지를 설명해 줍니다.

모든 시간이 다 그렇듯이 '지금'조차도 덧없는 환상입니다. 단순히 어떤 것을 주시한다고 해서 '지금'이라는 독립적이고 객관적인 실체가 생겨나는 것은 아닙니다. '지금'이나 '그때'도, '과거'나

'미래'도 존재하지 않습니다. 비유하자면 길은 이미 처음부터 끝까지 다 완성되어 있습니다. 여행자는 '여기'가 되는 공간상의 특별한 지점을 창조해 내지 못합니다. '지금'이 사라진다면 항상의 무한함이 그 자리에 들어설 것입니다.

문 '지금'이 환상이라면 우리는 어느 시점에서 존재성을 갖게 되는 것일까요?

답 '존재한다'라고 생각하는 것조차도 의식 속에서 지나가는 한 찰나를 포착하는 것에 지나지 않습니다. 절대적인 실상은 존재조차도 넘어서 있습니다. '존재한다'는 것도 역시 일시적인 개념입니다. 그 개념 속에는 그런 진술을 통해서 어떤 독립적이고 객관적인 실체를 서술하고 있다는 전제가 깔려 있습니다. 그런 모든 진술은 단지 의식의 소산에 지나지 않습니다. 실상은 존재조차도 넘어서 있습니다. 존재는 의식 내에서 덧없는 의식의 체험으로만 성립될 수 있을 따름이며 독립적인 존재성이나 실체성이 전혀 없습니다.

문 실질적인 '지금'이나 '과거', '현재'가 존재하지 않고 실상은 완전히 시간을 넘어서 있는 것이라면 '나'는 언제 존재하게 되는지요?

답 그에 대한 답은 이제 자명합니다. '나'는 존재하지 않습니다. 절대적인 실상만이 영원히, 늘 있습니다. '있다is', '있었다was', '존재한다exists', '존재함beingness'이라는 말은 모두 시간을 가리키는 말임을 명심하세요. 이 모든 진술은 단지 생각의 범주에 지나지 않습니다.

문 동일성에 대해서 좀 더 자세히 설명해 주실 수 있겠습니까?

답 에고는 소멸을 두려워합니다. 따라서 가상의 '지금'과 가상의 '여기'에 있는 독자적인 존재라는 기존의 환상을 포기하는 것에 저항합니다. 에고는 자기가 소멸되어 무無로 돌아가면 의식하는 앎도 역시 종말을 고하게 될까 봐 두려워합니다. 그러나 면밀히 살펴보면 자신의 실체는 '아무개who'가 아니고 강렬한 사랑으로 넘치는 전부임이라는 것 분명해질 것입니다. 그 전부임은 과거의 '나'라는 감각보다 훨씬 더 친밀하고 편안하고 충만한 것임이 드러납니다.

의식의 진화과정에서 작은 '나'는 좀 더 심원하고 막강하고 무상無常하지 않은 우주적 현존에 대한 감각으로 대치됩니다. 그런 '나'의 감각은 과거의 작은 '나'의 감각보다 훨씬 더 크고 부드럽고 강력하고 무한하며 훨씬 더 많은 것을 알고 있고 훨씬 더 만족합니다. '작은' 나는 참나의 충만한 심포니와 비교할 때 100원짜리 호루라기와도 같습니다.

문 참나에 이른 상태는 어떤 느낌인지요?

답 본향으로 돌아가는 일이 최종적으로 완료된 것 같은 느낌입니다. 거기에는 종국, 결말, 완성, 성취, 만족, 완전함, 아름다움에 대한 앎이 존재합니다. 사랑의 속성은 고통이나 갈망의 모든 가능성을 용해시켜 버립니다. 어떤 사고 작용도 일어나지 않고, 그런 것이 전혀 필요하지도 않습니다. 확실성이 깊이 자리 잡고 신성이 뚜렷이 드러납니다.

보통의 인간적인 체험에는 신의 사랑의 현존에 대한 기쁨과 비교할 만한 것이 전혀 존재하지 않습니다. 그러므로 그러한 현존을 깨닫는 일은 자신의 모든 것을 바치고 혼신의 노력을 다할 만한 가치가 있는 일입니다.

문 자신의 실상에 대한 궁극의 진실은 무엇인가요?

답 절대적인 실상은 의식을 넘어서 있습니다. 그것은 의식의 기반이 됩니다. 전부임이나 공空을 넘어선 것입니다. 창조보다 앞서며, 나타난 것과 나타나지 않은 것을 넘어서 있습니다. 그것은 존재existence, 존재함beingness, 있음is-ness보다 앞선 것입니다. 동일성을 넘어선 것이지만 그것에서 참나가 생겨납니다. 그것은 초월적인 것도 아니고 내재적인 것도 아니면서도 동시에 둘 다입니다. 무한한 잠재성이며 그 잠재성에서 전부All와 하나One가 생겨납니다. 참나Self는 존재로서 표현된 현존the Presence이며 참나의 의식에서 존재Existence에 대한 감각이 생겨납니다.

문 깨달음은 언제 어디서 일어날 수 있습니까? 시간, 지금, 여기와 같은 것이 실재하지 않고 깨달음에 이를 '나'도 실재하지 않는다면 깨달음이라는 게 어떻게 성립될 수 있습니까?

답 깨달음이 특정한 시간이나 공간에서 일어나는 현상이었다면, 그것은 실로 가능한 것이 아니었을 겁니다. 설명할 수 있는 유일한 것은, 깨달음이라는 상태는 이미 실재하는 것이며 따라서 그 상태가 확연히 실현되도록 허용해 주기만 하면 된다는 것입니다. 이미 '있는' 것은 미래를 필요로 하지 않습니다. 언제든지 그런 사실을 받아들이기만 하면 됩니다. 신에게 모든 것을 완전히 내맡길 때 진리는 드러납니다. 감춰진 것은 아무것도 없습니다. 에고만이 까막눈일 따름입니다. 실상은 마음 바로 너머에 있습니다. 의식은 무가 되리라는 두려움 때문에 자신이 바로 모든 것이라는 진실을, 자신이 바로 존재 자체가 생겨나는 무한하고 영원한 전부임이라는 실상을 부정합니다.

거짓을 버릴 때 진실은 힘을 얻습니다. 그러나 거짓을 버리려면 대단한 헌신과 용기와 믿음이 필요합니다. 모든 것을 신에게 내맡길 때 그에 대한 응답으로 신성한 영감이 그런 것들을 제공해 줍니다. 의지의 동의는 그런 일이 일어나도록 촉진하는 역할을 합니다.

문 언제 어디서 신을 깨달을 수 있는지 좀 더 자세히 말씀해 주실 수 있는지요?

답 신성에 이르는 문은 두 생각 사이에 존재하는 '지금'이라는 찰나적인 순간에 자리 잡고 있으며, 그 순간의 직접적인 체험으로 접할 수 있습니다. 마음의 입장에서는 이런 순간이 일어났다가 사라지는 것으로 느껴집니다. 그 일어남과 사라짐 사이는, 의식이 항상 존재하고 무한하며 영원한 실상을 깨닫도록 허용해 주는 구멍이나 틈과 같은 것입니다. 그런 순간의 드러남은 창조로서의 신이 드러나는 것입니다. 우주는 신의 창조의 역사적인 기록입니다. '지금'의 '있다ıs'가 그 다음 순간의 '있었다was'가 된다는 점을 기억하기 바랍니다.

창조자와 창조되는 것, 주체와 객체는 분리되지 않습니다. 그것은 하나이자 같은 것입니다. '새로운'이나 '낡은'이라는 단어는 '지금'이나 '그때'와 마찬가지로 존재하지 않는 관점일 뿐입니다. 우리는 창조가 이루어지는 순간마다 창조를 끊임없이 목격하는 증인들입니다. 우리가 목격하는 것은 체험으로서의 신의 손Hand of God입니다. 앎은 '눈Eye' 혹은 증인이며 창조는 무한한 참나의 작품handiwork입니다. 창조가 현재진행형인 지속적인 펼쳐짐이라는 진실은 믿음, 지각, 인과관계라는 환상의 배후에 숨어 있습니다. 창조의 기적은 끊임없이 지속되며 불꽃이나 섬광처럼 드러납니다.

문 에고 대 영spirit의 이원론에 대해서는 어떻게 생각하시나요?

답 그것은 양극 중에서도 가장 먼저 초월되어야 하는 것입니다. 두 개념을 작용의 측면에서 보는 것이 문제를 이해하는 데 도움이 됩니다. 참나는 영spirit과 하나인 상태로서, 그것의 본질적인 속성 중의 하나에 힘입어 늘 압니다. 에고는 참나의 그런 수월하고 즉각적인 작용을 형상의 세계에서 똑같이 해내려고 무진 애를 씁니다. 따라서 그것은 오랜 세월 동안 대단히 복잡한 작용을 발전시켰습니다. 에고는 중앙처리센터이자 계획센터라고 부를 수 있습니다. 진두지휘하고 대처하고 분류하고 저장하고 꺼내는 일을 하는 통합·집행의 전략·전술적 초점입니다. 게다가 에고는 여러 가지 선택지들 중에서 필요한 것을 선택하며 그 선택지들을 평가하고 비교 · 검토하고 분류합니다. 그 일을 하기 위해서 에고는 추상적인 개념과 상징, 의미와 가치의 위계位階, 우선순위 결정, 선택 등을 필요로 합니다.

이런 작업은 무수한 세부 사항을 만들어 내고 동시에 전체적으로 보아 즐거움과 생존을 추구하며, 달갑지 않거나 고통스러운 것은 회피하기 위해서 사실을 끊임없이 획득하고, 새로운 시각에서 본 의미와 중요도의 순위에 따라 사실을 재편성함으로써 더 효과적으로 이루어집니다. 이런 복잡한 작업을 수행하려면 고도의 교육과 훈련이 필요합니다. 또 '지성과 논리'라고 부르는 인식과 사고의 도구도 발전해야 합니다. 에고의 아주 중요한 또 다른 기능은 분석하고 상호 관련시키고 통합하고 종합하고 기억하고 종속시키고 배열하며, 능력과 기술과 행위 패턴으로 이루어진 복잡한 프로그램을 발전시키는 것입니다.

눈이 어지럽도록 복잡다단한 이런 작업의 배후에는 '나'라고 하는 '위대한 오즈'가 도사리고 있습니다. 에고의 그런 작업이 형상을 다루는 일과 관련된 것이므로 '나'의 존재는 담보로 설정되어 있습니다. 에고는 '인과관계'라는 신념체계 아래 자신의 모든 체험을 통합합니다. 따라서 위대한 오즈는 이런 인과관계의 핵심이 되며, 문장 구조에서처럼 '나$_I$'는 행위와 체험의 주체가 되고 '나$_{me}$'는 행위와 체험의 대상이 됩니다.

문 의식이 성장해 감에 따라 그 위대한 오즈 혹은 '나'는 '누구'

혹은 '무엇'인가 하는 의문이 일어납니다.

답 에고는 형상과 정의定義를 다루기 때문에 모든 형상을 넘어선 참나를 이해할 수 없습니다. 하지만 참나가 없으면 형상은 존재하는 것으로서 드러날 수 없습니다. 실상에는 주체도 없고 객체도 없으며 설명할 만한 관계도 없습니다. 어떤 인과관계도 필요치 않으며, 시간과 공간도, 행위자 대 체험자의 개념도 배제됩니다.

에고는 저 유명한 가해자 대 희생자라는 한 쌍에게 묘한 방식으로 붙잡혀 있습니다. 주체로서의 에고는 스스로를 원인으로 여겨 자신을 가해자로 봅니다. 만일 에고가 그런 식의 정의를 부인한다면 에고는 객체가 됨으로써 순교자나 희생자가 됩니다. 에고는 '내가 무엇인가를 초래하고 있지 않다면 저 밖에 있는 그 무엇이 내게 무엇인가를 가하고 있는 것이다.'라고 생각합니다. 이것이 바로, 사회가 가해자로도 희생자로도 비치는 오늘날의 사회적 상호 작용이라는 구조의 기본 개념입니다.

문 그런 덫에서 어떻게 벗어날 수 있습니까?

답 다양한 방법이 제시되기는 하지만, 도움이 되는 한 가지 방법은 이런저런 것에 관한 의견을 갖지 않는 것입니다. 모든 의견은 망상이기 때문에 이원성에 기반을 두고 있고, 이원성을 강화시키는 경향이 있습니다. 예를 들어 운동역학 테스트에서 의식 수준이 아주 높게 측정되는 영적인 단계를 유심히 살펴보면 그들이 '외적인 문제에 어떤 의견도 갖고 있지 않다.'라는 사실을 알 수 있습니다.

문 깨달음이라는 상태가 온 뒤에는 과거 개인적인 자아의 어떤 자취가 남나요?

답 그때의 내면적인 상태는 잠자는 상태와 비슷합니다. 일체가 침묵하고 고요하고 평화롭습니다. 거기에는 어떤 의지도, 움직임도, 형상도 없습니다. 생각이나 정신 활동 같은 것은 존재하지 않습니다.

참나의 형상 없는 상태에서 정보 처리에 주의의 초점을 맞추려면 의지 작용과 에너지가 필요합니다. 더 높은 상태에서의 의식은 본질과 현존하는 것, 의미의 상호 작용에만 주의를 기울일 따름입니다. 이러한 것에 관심을 갖는 것은 세상 사람들이 그것에 강하게 집착하기 때문입니다. 세부적인 것과 형상에 주의를 기울이려면 더 많은 에너지가 듭니다. 그런 작업은 생명을 소중히 여기는 마음으로 일부러 의지를 가동시킴으로써 이루어집니다.

세상 사람들이 개인적인 자아라고 여기는 것 중에서 남은 것은 과거 페르소나의 그림자지만 그것은 어떤 욕망이나 바람, 필요성도 없습니다. 자체 내에 부족한 것이 전혀 없습니다. 매 순간 모든 것이 완벽하게 갖춰져 있으므로 어떤 이익도 추구하지 않습니다. 거기에는 존속에 대한 갈망조차도 없습니다. 체험하고 싶은 것도, 체험할 필요가 있는 것도 없습니다.

현존은 모든 것을 완전하게 갖추고 있습니다. 자신이 이미 전부이고 어떤 것도 분리되어 있지 않으므로 바랄 것이 하나도 남아 있지 않습니다. 거기에는 기대할 만한 미래가 없습니다. 무엇인가를 획득하는 일이나 몸을 유지하는 일에 대한 관심도 없습니다.

먹고 마시거나 몸을 유지하는 데 대한 관심이 일어나는 것은 주로 다른 사람들의 염려와 바람 때문입니다. 그들의 사랑이 몸의 작용을 떠받쳐 줍니다. 말과 사건과 다양한 형상을 좀 더 의미심장하고 형상 없는 수준으로 전환시키는 과정에서 어느 정도 지체됩니다. 이 전환은 성령이라는, 참나의 한 측면이 수행합니다. 성령은 과거에 선택과 결정 혹은 사고 작용에 해당하던 것의 역할을 대신해 줍니다. 성령의 작용은 선택과 관련된 의지나 결단의 결과로 일어나는 듯합니다.

양도된 에고의 중심점은 그보다 훨씬 더 폭넓고 강력한, 성령의 현존의 효력과 영향으로 대치됩니다. 성령은 오로지 실상하고만 상호 작용합니다. 따라서 실상과 관련된 것과 무관한 것을 자동으로 가려내기 때문에 아무 힘들이지 않고 모든 상황에 즉각적으로 대응해 나갑니다.

그러므로 기적으로 보이는 것은, 단지 진실과 거짓을 가려냄으로써 불완전해 보이던 것을 완전한 것으로 드러나게 하는 성령의 작용에 불과합니다. 인과관계를 다루는 에고에게는 그런 일이 논리적이거나 가능한 일로 보이지 않습니다. 그러나 영Spirit에게는 그런 특성이 지극히 자연스럽고 실상에 본래부터 내재된 것으로 보입니다.

문 우리는 사람이 생존하기 위해서는 에고의 일부 형태가 꼭 필요하다는 식의, 에고를 정당화하는 얘기를 종종 듣습니다. 그런 주장이 과연 진실과 부합하는 것인가요?

답 그런 주장은 이해할 만한 것이며, 인과관계에 대한 믿음에서 비롯되는 것입니다. 아는 바와 같이 에고는 수적으로도 아주 많을 뿐더러 아주 복잡한 작용을 합니다. 에고는 그런 작용의 배후에 '내'가 존재한다고 상상합니다. 그런데 사실 그런 작용은 독자적으로 이루어지며, '나'를 필요로 하지 않습니다. 그런 작용을 자신과 동일시하지 않고, 배후에 자기 나름의 의지를 가진 독립적인 실체가 존재한다고 가정하지 않을 때 큰 전환이 일어납니다.

이 점은 우리가 몸과 자신의 관계를 살펴볼 때 쉽게 이해가 됩니다. 사람들은 별 생각 없이 몸을 '나'라고 말하지만 자기의 무릎을 '나'라고 말하지는 않습니다. '내 것'이라고 하죠. 그 무릎은 아무런 생각 없이 작동하는 물질적인 것입니다. 몸의 작용은 에고의 작용과 마찬가지로 극도로 복잡하게 진행되고 독자적으로 이루어집니다. 우리가 몸이나 마음을 자신과 동일시하기를 그칠 때도 그 기능은 여전히 독자적으로 진행됩니다. 전과 달라진 것이라고는 '나 자신'과의 동일시가 사라졌다는 사실뿐입니다.

자신이 원작자라는 의식도 사라집니다. 생존의 진행은 독자적으로 이루어집니다. 몸과 마음의 존속은 성령과 연합한 의식의 표현입니다. 몸과 마음을 지배하는 조건은 카르마와 연관되어 있으며 개인과는 무관하게 작동합니다. 그러므로 카르마는 현상과 일치하는 비인격적인 조건의 일부가 됩니다.

비유하자면 음악을 감상할 때 에고가 나서서 자신이 그런 음악을 창작했다고 내세우지 않는 상태에서도 얼마든지 아름다운 음악을 즐길 수 있습니다. 그 즐거움은 저절로 자연스럽게 일어납니다. 만일 자신이 그 음악을 만든 원작자라고 주장할 경우에는 음악의 완성도, 가치, 대중의 반응 등에 대한 신념체계와 연관된 다양한 느낌과 근심, 걱정이 일어날 것입니다.

이원성 대 비이원성

문 과학과 영성의 관계는 어떤 식으로 선명하게 밝힐 수 있을까요?

답 그저 모든 삶이 서로 다른 두 가지 접근 방식 혹은 생각의 범주, 즉 선형적인 것 대 비선형적인 것을 통해서 서술될 수 있다는 것만 알면 됩니다. 일반적인 의식의 (선형적인) 영역은 형상, 논리적인 연속, 나누고 정의하고 분류하는 지각과 관련된 것입니다. 따라서 과학적인 세계는 실체에 대한 뉴턴 식 패러다임과, 수학·과학·테크놀로지로 그 패러다임을 언어화하고 표현하는 것 안에 있습니다. 뉴턴 식 패러다임에서의 설명은 '인과관계'를 담보로 잡고 있는 처리 과정의 전제를 토대로 합니다. 그 전제는 시간과 지속, 거리, 속도, 무게, 차원 등과 같은 물리적인 힘과 측정치를 다룹니다. 지각의 이런 방식과 언어 표현은 비교적 정확한 예견을 제공합니다. 그런데 사건이 예견할 수 있고 이해할 수 있는 범위를 벗어나거나, 미분학이나 그와 관련된 측정치로 설명할 수 있는 범위를 벗어날 경우 전통적으로 그런 자료는 잡음이나 혼돈으로 취급되어 무시되거나 버림받았습니다. 그러므로 뉴턴의 우주는 정의할 수 있고 논리적이며 예견할 수 있고 언어학과 전통적인 의미론 및 인과관계라는 이치에 의한 설명과 부합합니다.

그런 우주는 또한 지각이 '상반된 것'의 범주를 설정해 주는, 에고의 영역이기도 합니다. 하지만 그 패러다임의 약점은 인식의 정신적인 메커니즘을 관찰자와는 독립적으로 존재하는, 자족적이고 '객관적인' 가상의 우주에 투사한다는 점입니다. 이런 패러다임은 그 토대를 이루는 아주 중요하고 항상 존재하는 주관성을 인지하지 못합니다. 주관성은 모든 경험과 관찰, 과학적인 설명 등의 기반이 되는 것인데도 말입니다. 따라서 이런 결함은 객관성이라는 것이 '객관적으로' 성립될 수 있는 모든 것의 필수적인 토대로 존재하는 주관성에 전적으로 의지하고 있다는 점에서 그 밑에 깔린 인식론적인 오류를 드러냅니다. 그저 객관성이 존재한다고 말하는 것조차도 이미 주관적인 진술이 됩니다. 모든 정보와 지식, 모든 경험의 총체는 주관성의 소산이며, 주관성은 생명과 앎, 존재, 사고에 본래 갖추어진 절대적인 필요조건입니다. 본질적으로 주관성을 바탕으로 하지 않은 진술을 한다는 것은 불가능합니다. 동물적인 세계, 감각, 인간적인 정서, 싫고 좋은 감정은 지각을 토대로 합니다. 이것은 다시 심리학적인 메커니즘, 태도, 개성으로 한층 더 정밀하게 다듬어집니다. 지각의 세계에서는 차이가 더없이 중요하고, 모든 것을 규정해 주며, 가치, 합당함, 끌림과 반발이라는 상반되는 양극 내에서의 좋거나 싫은 감정을 분명하게 설명해 줍니다. 싫고 좋은 감정은 구하거나 피하는 식의 반응으로, 그리고 사회의 주요한 원동력이 되는 가치와 합당함의 결정으로 이어집니다. 그렇게 유형적이고 가시적이고 선형적이고 연속되는 원인과 결과와 지각에 기반을 둔 형상의 세계와는 심히 대조되면서 '비선형적인' 영역으로 서술되는, 무한하고 모든 것을 두루 포괄하는 영역이 있습니다. 최근에 이르러서야 비로소 그런 영역은 '카오스 이론'과 '비선형적 역학' 분야의 과학자들에 의해 다루어지고 있습니다. 비선형적 역학에 대한 연구는 과거에는 확률적이고(따라서 무의미하고) 정의할 수 없고 예견 가능한 질서의 세계를 넘어선 것이라고 무시되었던 초극미超極微의 사건을 탐지해 낼 수 있는, 처리 속도가 아주 빠른 최첨단 컴퓨터가 출현한 것을 계기로 최근에 이르러서야 태동했습니다.

과학은 '객관적인 것'이 되기 위해서 사고나 사유가 아닌, 본질적으로 인간적인 경험의 요소를 배제했습니다. 반면에 정신의학과 정신분석학은 느낌과 선택, 의미, 가치, 의의, 생명 자체의 본질과 같은 보이지 않는 영역을 다루었습니다. 모든 생명은 그 본질에 있어서 비선형적이고 측정할 수 없으며 정의할 수 없습니다. 그것은 완전히 주관적입니다.

인간의 삶에서 참으로 의미 있고 중요한 모든 것은 비선형적이고 보이지 않으며 측정할 수 없습니다. 그것은 영성, 삶, 의식, 앎,

존재의 영역이며 주관성과 경험할 수 있는 능력의 영역입니다. 그런 것이 없다면 지식은 아무 가치도 없을 것입니다. 과학은 그런 심오한 토대를 무시해 왔으며, 과학보다 중요성이 '덜한' 철학과 형이상학과 신비주의 분야로 좌천시켜 버렸습니다. 과학은 사랑, 영감, 존경, 기쁨, 행복, 평화, 만족, 완성, 성취와 같이 인간의 삶에 더없이 중요한 경험의 특성을 '뜨뜻미지근하고' 미심쩍은 실체로 격하시켰습니다. 그리하여 '비과학적'인 그런 주제는 철학이나 문학 분야로 돌려야 할 것으로 여겨졌습니다. 심리학조차도 실험적인 자료와 스키너나 파블로프의 이론이 주종을 이루는 영역으로 축소되었습니다. 아카데믹한 실험실의 순수한 환경 속에서 흰 쥐와 지렛대가 자극과 반응이라는 합리적이고 통계적인 의미를 지닌 안온한 데이터를 낳아 주는 영역으로 말입니다.

비선형적인 영역은 보이지 않고, 형상이 없으며, 시간과 차원과 측정을 넘어서 있습니다. 그 영역은 특성과 의미를 포함하며, 고유한 본질에서 힘이 발산되어 나옵니다. 힘과 창조의 근원은 보이지 않는 비선형적인 영역 속에 존재하며, 의지의 작용에 의해 형상으로 나타날 수 있습니다. 그러므로 보이는 세계는 결과의 세계요, 물리적인 힘의 상호 작용입니다. 가능성과 옵션을 활성화할 수 있는 힘을 지닌 의지의 동의를 통해서 영감과 결단으로부터 행위가 일어납니다.

여기서 선형적인 특성과 비선형적인 특성을 일목요연하게 살피고 비교하기 위해서 목록을 만들 수 있습니다. 그러나 그것이 분리된 것이 아니라 서로를 포함하는 것임을 알아야 합니다. 모든 형상이 형상 없는 것 속에 포함되어 있는 것처럼 선형적인 것은 비선형적인 것 속에 포함되어 있습니다. 그러므로 이것은 두 개의 다른 영역이 아니라 서로 다른 두 관점에서 본 같은 것들입니다. 일반적으로 우리는 실상에 접근하는 두 가지의 서로 다른 방식이 존재함을 암시하기 위해 디지털 대 아날로그, 좌뇌 대 우뇌, 전체론 대 특수론, 제한 대 무제한에 대해서 이야기합니다.

뉴턴의 선형적 요소들	비선형적 요소들	뉴턴의 선형적 요소들	비선형적 요소들
이원성	비이원성	사실	의미
형상	형상 없음	차이	같음
에고	영	분리	하나임
물질적	비물질적	뚜렷한	방산된
가시성	비가시성	시작 · 끝	연속
위력	힘	유한	무한
시간	영원	한정된 지속	시간의 초월
위치	비국지성	구조	특성
제한	무제한	결과	근원
지속 기간	영원	연쇄적	동시적
지각	통찰	바로 그것	모든 것
특성	본질	통제할 수 있음	사용할 수 있음
~에 관한 앎	~ 그 자체임	소모될 수 있음	무진장함
차원	무한함	고갈됨	영원히 존재함

유형적	무형적	인지認知	앎
욕망함	고무함	내용	맥락
물질적	영적	물질	생명
국소적	전체적	객관	주관
운동	정지	밖	안
움직임	고요함	배타적	포괄적
들을 수 있는	침묵	물리적	형이상학적
수학적	예측 불가능함	사물	목격자
나아감	움직이지 않음	대상	관찰자
양자택일	양쪽 모두	앎의 대상	앎
여기ㆍ저기	모든 곳	바람	동기 부여
나뉘어짐	통합됨	변화	변화 없음
부분	전체	상처받기 쉬움	무적無敵임
강제함	촉진해 줌	생각	의식
아드레날린	엔도르핀	결핍감	만족
욕망	충만	다툼	평화
긴장	이완	스트레스	편안함
불완전함	완전함	증거	자명함
시저	신	가격	가치
비용	가치	충동적	자연적
그것	나	상대적	절대적
의존적	독자적	과거와 미래	현재
환상	실상	한정	초월

일시적	무한함	과학적	신비적
세속적	영적	대상	장場
서술할 수 있음	말로 표현할 수 없음	받음	줌
고갈	지속	정의	의미

문 양극은 어떻게 초월하나요?

답 깊은 성찰과 친숙해짐, 기도, 명상, 영감을 통해서 상반되는 것을 이해할 때 의식이 자동으로 양극을 초월하게 됩니다. 이 일은 스승의 의식 수준이나 말을 통해서도 수월하게 이루어집니다. 어떤 의식 수준에서는 도저히 이루어질 수 없는 일이 더 높은 수준에서는 아주 분명하고 간단한 일이 됩니다. 인간은 영spirit이자 몸입니다. 그러므로 인간은 늘 선형적인 영역과 비선형적인 영역 모두에 존재하고 있습니다. 몸은 의식과 주관적인 앎이 깃들여 있지 않을 경우에는 자신이 존재한다는 사실을 알지 못합니다. 몸은 삶의 체험에서 오는 즐거움에 대한 욕구 같은 가치가 부여되고, 그것이 동기가 되어 줄 때에만 행동을 취합니다.

사람이나 동물은 '영이 떠날' 경우 죽습니다. 생명력이나 영이 그 몸에 더 이상 에너지를 공급해 주지 못하면 영은 몸을 떠나 다른 차원으로 갑니다. 영이 다른 차원에 머물러 있을지라도 그 의식 수준은 간단한 운동역학 테스트를 통해서 측정해 볼 수 있습니다. 어떤 영은 환희와 황홀경, 지복의 상태에서 몸을 떠납니다. 또 어떤 영은 분노, 죄의식, 증오와 같은 더 낮은 수준의 침울한 상태에서 떠납니다. 그러한 상태는 전통적으로 영혼_{soul} 혹은 생명의 비물질적인 측면이라고 불러온 영이 가는 방향에 분명히 영향을 미칠 것입니다. 영이 몸을 떠날 때 갈 곳은, 그 영의 주파수에 따라 결정되는 의식 수준과 관련되어 있습니다. 우리는 각기 다른 의식의 의식이 지옥이나 연옥, 지옥의 변방, 천국, 천상계, 아스트랄적인 수준('영적인 차원'), 물질적인 모든 요소를 초월한 상태 등과 같은 각기 다른 수준으로 들어간다고 추정할 수 있습니다.

물속에 있는 코르크나 대기 중에 떠 있는 기구처럼 각각의 영은 의식의 에너지 장의 무한한 영역 속에서 자체의 부력에 따라 그 높이가 정해집니다. 거기에는 외적인 '심판'이나 신의 강제 같은 것은 전혀 작용하지 않습니다. 각각의 존재는 그 본질을 발산하고, 그렇게 함으로써 스스로의 운명을 결정합니다. 그러므로 신의 정의는 완벽합니다. 선택에 의해서 각각의 영은 자신이 선택한 것이 됩니다. 모든 영역 속에는 항상 현존하는 절대적인 실상에 대한 매순간의 선택이 존재하며 그 절대적인 선택은 결국 해방을 낳습니다.

영혼이 물리적인 몸과 결합되어 있든 아니든 간에 영혼은 전자기장 안의 소립자와 비슷한 면이 있다고 말할 수 있습니다. 그 입자가 끌려가느냐 반발하느냐의 여부는 그것의 크기, 전하, 극성, 더 큰 장_場에서의 위치 등에 달려 있습니다. 더 큰 장에는 등급에 차이가 있는 에너지와 힘, 서로 다른 특성이 포함되어 있습니다. 그런 에너지나 힘, 특성이 입자를 끌어당기거나 물리치곤 합니다. 그러므로 일어날 수 있는 모든 일이나 사건은 그 의식의 상태혹은 전부 속에서의 개인의 의식 수준이 반영된 것입니다. 그것은 개인이 전부의 필수적인 한 '부분'이기 때문에 피할 수 없는 일입니다. 의식의 각각의 수준이 그런 장에서 카오스 이론에 나오는 '끌개장' 같은 것으로 나타난다고 말할 수 있습니다.

우리는 이런 구도를 나날의 삶에서 나타나는 좋고 싫은 감정의 상호 작용 속에서 가려낼 수 있습니다. 생활 방식, 직업 선택, 사회적인 행동, 습관, 약점, 강점, 집단적인 동일시 등으로 표현되는 끌림이나 반발 같은 현상 속에서도 발견해 낼 수 있습니다.

문 그런 식으로 발전해 가는 과정을 촉진시켜 줄 만한 간단한 장치나 기법이 있습니까?

답 '저것'과 '이것'을, '무엇who'과 '누구who'를, '자동적인 것'과 '의지적인 것'을, '관찰되는 것'과 '관찰자'를 식별하도록 하세요. 의식의 관찰자·증인·앎의 윤곽을 선명하게 그려 내는 것은 양자를 이어 주는 다리를 제공해 줍니다. 그것은 보이고 들리는 것과 보고 들을 수 있는 능력을 식별하는 일과도 같습니다.

나의 눈The Eye of the I은 자아에게 알 수 있는 능력을 제공해 주는 참나입니다. 태양이 빛나지 않으면 아무것도 보이지 않을 것입니다. 참나의 빛이 없었다면 자아는 자신이 존재한다는 것을 알지도 못했을 것입니다. 참나의 빛이 의식의 앎을 위해서 존재하지 않았다면 몸은 에고가, 에고는 몸이 존재함을 알지도 못했을 것입니다. 성스러움은 신성이 참나를 포함한 존재하는 모든 것의 존재적 근원임을 드러내 줍니다.

무한하고 영원하고 비이원적인 참나는 이원성과 지각의 세계

속에서 자아로서 드러납니다. 자신의 참된 근원을 알지 못하는 것은 자아의 전형적인 특성입니다. 에고는 처음에는 참나가 자신의 근원이라는 사실을 반박합니다. 자신이 따로 분리되고, 자족적이고, 제 힘으로 작용하며, 독립적인 존재라고 주장합니다. 그러다가 이성과 지적인 능력의 수준으로 성장하고 나면 에고는 자신의 한계에 부딪치면서 스스로를 넘어선 곳에서 해답을 찾습니다. 그러나 지적인 성숙도가 낮은 수준에서 지성은 교만해지는 경향이 있습니다. 그것은 모든 능력과 행위가 다 자기에게서 나온다고 여기며 저작권을 주장하고 스스로를 진화의 정점으로 봅니다.

어떤 시점에 이르렀을 때 성숙한 지성은 영적인 정보를 식별해 내고 그것을 추구합니다. 그런데 이 시점에서 지성은 다시 자부심과 위치성에 눈이 멀 수 있습니다. 더 많이 경험하고 영적으로 진지하게 노력하는 것과 아울러 겸손한 자세를 가질 때 에고의 지배력은 약화됩니다. 또 영적인 앎이 점차 향상되는 상태를 좀 더 깊이 있게 체험할 수 있습니다. 이런 초기 국면은 기꺼이 사랑하려는 자발성에 수반되는 일종의 선물입니다. 뒤이어 일어나는 영감은 평화와 기쁨의 영역을 드러나게 해 주는 결과를 낳습니다. 이럴 때 연민이 지배적인 것이 되며, 지각을 통찰로 전환시켜 줍니다. 이 과정이 완료될 때 자아는 참나 속에 녹아 없어집니다. 600으로 측정되는 이 수준은 세상 사람들이 전통적으로 깨달음이라고 불러 온 의식의 수준을 의미합니다. 이 지점에서 지복의 상태는 세상에서 더 이상 제 역할을 할 수 없는 결과를 만들기도 합니다. 하지만 지복 자체까지도 신에게 내맡기면 현자의 상태에 이릅니다.

이 단계가 무르익을 때 신의 의지가 뒤이어 일어나는 모든 것을 결정하는 세상으로 돌아갈 수도 있고 돌아가지 않을 수도 있습니다.

문 그럴 때 자아 감각은 사라지나요? 에고가 두려워하는 것은 결국 죽음이니까요.

답 자아가 참나 속으로 녹아드는 과정은 한정되고 덧없고 취약한 것으로부터, 모든 세계와 우주를 초월하는, 불멸의 무한한 전부임으로의 엄청난 확장으로 체험됩니다. 그러한 참나는 시간성 너머에 존재하므로 탄생과 죽음에 종속되지 않습니다. 참나가 가려진 것은 지각이 모든 실상을 표상하는 것으로 잘못 이해한 탓에서 비롯되었을 뿐입니다.

문 물리적인 죽음이란 어떤 것일까요?

답 놀라운 얘기처럼 들릴지도 모르지만 사실은 그 누구도 자신의 죽음을 체험하지 못합니다. 물론 죽음에 선행되는 상태를 체험할 수는 있습니다. 하지만 실질적인 육체의 '죽음'이 일어나면 본인은 즉시 몸을 떠나서 단지 몸의 죽음을 지켜보기만 합니다. 몸과의 분리가 일어날 때 과거의 '체험자'나 '거주자'는 자신이 영_{spirit}임을 알게 됩니다. 이 시점에서 간혹 그것을 부인하는 일도 일어나곤 합니다. 이어서 영은 영혼의 진화의 자동적인 결과인 끌림과 반발의 작용에 의해서 자신의 목적지로 이끌려 갑니다.

다시 반복하지만 선택할 수 있는 자유는 늘 존재합니다. 영적인 진리와 그것을 설파하는 스승에게 헌신하는 것은 구원을 받는

데 도움이 됩니다. 신의 자비는 무한하고 무조건적입니다. 오로지 영혼만이 스스로의 운명을 결정할 수 있는 힘이 있습니다. 각각의 영혼은 자기에게 맞는 수준으로 한지의 오차도 없이 끌려갑니다. 모든 것을 다 아는 전지한 존재는 부당한 일을 하거나 변덕을 부리지 않습니다. 그러므로 그 장의 무한한 앎의 힘에 의해서 '한 올의 머리카락도 세지 않고 넘어가는 일이 없습니다.' 어떤 것도 간파당하지 않은 채 넘어갈 수 없고 그에 상응하는 결과를 피할 수 없습니다.

문 앞으로 과학은 어떤 방향으로 나아갈까요?

답 물질세계의 본질적인 구조를 이해하려는 노력은 마지막으로 남은, 좀처럼 포착하기 어려웠던 '타우 뉴트리노tau neutrino(타우는 그리스 문자로, 전자와 성질이 거의 같지만 질량은 훨씬 큰 입자를 말하고, 뉴트리노는 중성미자中性微子로서 전하가 0이고 질량이 아주 작으며 상호 작용이 아주 약한 입자를 말한다.—옮긴이)를 발견하고 증명함으로써 큰 진전을 이룩했습니다. 아마도 과학은 앞으로 관심을 인식론 쪽으로 돌릴 것입니다. 과학이 계속 제 기능을 발휘하려면 의식 자체를 연구해야 할 테니까요. 과학이 앞으로 나아가기 위해서는 우리가 어떻게 아는지, 자신이 알고 있음을 어떻게 아는지를 선명히 밝혀내야 할 것입니다.

우주는 인간의 개념 형성과 처리의 범주에 따른 추정이나 추론에 불과하다는 사실이 밝혀질 것입니다. 결국 실상에 대한 뉴턴식 패러다임(499 수준의 의식)이 안고 있는 한계는 초월될 것입니다. 그로 인해 논리, 형상, 지각, 이원성을 넘어선 자연과 생명의 작용에 대한 연구의 문이 활짝 열릴 것입니다.

영적인 연구는 합당한 것으로 인정받을 것이고, 연구·조사의 방향은 외부 세계가 아닌 인간의 내면을 지향할 것입니다. 객관적인 실체를 추구하는 일은 완전히 주관적인 일임이 밝혀질 것입니다. 그 사실을 발견하는 것 자체가 깨달음에 이르는 길이기도 합니다. 인류의 의식 수준은 점점 더 높이 올라가서 결국은 각자가 전체를 위해서 사는 하나의 통일체가 될 것입니다.

이런 식의 진화는 극히 최근에 이르러서야 겨우 실현 가능한 것이 되었습니다. 인류의 의식의 총체적인 장은 바야흐로 상승일로를 걷고 있습니다. 인류의 의식 수준이 마침내 온전성(진실)의 수준인 200의 임계점을 넘어 현재 207에 이르렀음은 대단히 중요한 의미가 있습니다. 친절함, 배려, 용서, 사랑에서 나온 모든 행동은 모든 사람에게 영향을 줍니다. 물리적인 세계도 앞으로 발견되어야 할 더 많은 차원이 존재합니다. 리준 왕이 2000년 7월 20일자 《네이처》지에 보고했듯이 빛의 속도를 능가하는 것이 있을 수 있다는 것이 그 한 예입니다. 우주가 확대되어 가는 속도는 계속 증가하고 있습니다. 의식의 본질을 아는 것은 날로 확대되는 능력과 발견에 대한 이해에 속도를 더해 줍니다. 그 여정은 지식에서 앎으로, 지각에서 전지함으로 나아갑니다. 참된 과학자는 모든 것이 동등하게 중요하다는 것을 압니다. 결과적으로 오늘날의 참된 과학자는 미래에는 신비가 될 것입니다. 필요한 것은 오직 하나, 진리에 대한 헌신뿐입니다.

유전학과 생체공학의 발전으로 윤리와 의식은 더욱더 중요한 것이 될 것입니다. 우리는 인간을 인간답게 만들어 주는 것이 무엇인지 진정으로 알아야 할 것입니다.

문 그렇게 상반되어 보이는 것들을 초월하는 것이 어떻게 자각 혹은 깨달음과 관련이 있는지요?

답 요컨대 자각 혹은 깨달음은, 자아 감각이 일정한 한계에 갇힌 선형적이고 물질적인 것에서 비선형적이고 무한하고 형상 없는 것으로 옮겨 가는 상태를 말합니다. '나'는 보이는 것에서 보이지 않는 것으로 전환됩니다. 이런 일은 형상을 객관적이고 사실적인 것으로 지각하는 상태에서, 완전히 주관적인 것이 궁극적인 실상을 깨달은 상태로의, 앎과 동일시의 전환으로 일어납니다.

궁극적이고 영원한 것은 객관성과 주관성 모두를 초월하고 앎도 넘어서 있습니다. 옛 시대의 영적인 문헌에서는 그것을 지고의 영Supreme Spirit이라고 부릅니다. 나타난 것과 나타나지 않은 모든 것, 모든 의식과 앎, 모든 존재, 형상과 비형상을 망라한 존재하는 모든 것, 선형적인 모든 것과 비선형적인 모든 것, 창조에서 생겨나는 모든 것, 모든 가능성과 현실성이 지고의 영에서 생겨납니다. 그 지고의 영은 존재나 비존재를, 있음이나 존재성을, 신들과 천국들, 모든 영적인 형상을, 모든 이름과 정의定義를, 모든 신성과 영적인 명칭을 넘어서 있습니다. 신Godhead에서 신성이 생겨나고 신Godhead은 지고의 영에서 생겨납니다.

THE EYE OF THE I   21

창조와 진화

문 우리가 알고 있는 생명이라고 하는 것 그 자체는 어떻게 해서 일어나게 되나요?

답 생명이 나타나지 않은 것의 무한한 잠재성으로부터 일어난다는 것은 분명합니다. 그것만이 생명을 창조할 수 있는 힘을 지녔습니다. 물질적인 형상의 세계는 결과입니다. 그것은 창조할 수 있는 힘은 물론이거니와 그 어떤 본유적인 힘도 갖고 있지 못합니다. 힘은 그 자체의 형상은 없으나 형상에 본유적인 지고한 실상에서 나옵니다.

무한한 영·신·빛의 광휘가 활성 없는 물질과 만날 때 그 물질 내에서 구조적인 영향력, 잠재성이 생겨나는데, 그런 잠재성은 바로 의식 내에 있는 생명의 끌개장의 결과입니다. 그렇게 해서 생명은 모든 존재의 궁극적인 근원인 신성의 빛에 의해서 탄생됩니다. 이런 전개과정에서 의식은 주재자입니다.

형상은 물체·물질의 '이것'과 '저것'이라는 모습으로 생겨납니다. 그러나 생명은 '이것'과 '저것' 사이에서 성장과 작용의 주체가 되는 주재자가 반드시 필요하기 때문에 이원적인 것이 아니라 삼원적인 것입니다. 이 제3의 측면은 의식 내의 끌개 패턴으로서 생겨나고 기본적이고 생명을 가진 원형질로서 나타납니다.

생명은 신성의 광휘의 현존을 꼭 필요로 하기 때문에 오직 물질만으로부터는 생겨날 수 없습니다. 그리고 생명이 지속되기 위해서는 증식을 해야 하고 자양분을 섭취해야 합니다. 창조의 끌개 패턴들은 신의 현존이 좋은 조건들(예컨대 신의 숨결)이 갖춰진 곳이면 어디에서나 그것의 잠재성들을 활성화해 주는 일종의 삼위일체입니다.

태초에 창조의 에너지이자 모든 생명의 에너지인 빛으로서의 신이 있었습니다. 태초에는 단지 무한한 에너지와 잠재성만이 존재했으며, 이윽고 이 에너지는 비활성의 물질과 물체로서 나타났습니다. 물질 구조의 이원적인 기초는 생명 현상이 전개될 수 있게끔 그 이원적인 것들을 살아 움직이게 해 주는 하나의 주재자가 더해짐으로써 활성화될 수 있었습니다.

극도로 단순하고 기본적인 형태를 띠고 있었던 최초의 생명 형상들이 이행해야 할 최초의 과제는 생존과 복제였습니다. 의식은 진화의 과정에서 활발한 주재자의 역할을 했으며 의식 내에서 끌개장들은 형상에 일정한 패턴을 부여해 줬고 그로 인해 피드백을 하고 학습을 하는 것이 가능해졌습니다. 의식은 본래부터 타고난 기본적인 지능과 자료 저장 능력을 갖춘 좀 더 복잡한 생명 형상들로서 나타났으며, 진화는 바로 그 의식의 끌개장들 내에서 일어났습니다. 여러 가지 적응력을 습득하는 것과 더불어 반사적으로 작용할 수 있는 능력도 생겨났습니다. 자료를 저장하고 커뮤니케이션을 할 필요성이 생기면서 신경계가 생겨났고 그로 인해 결국 뇌가 탄생했습니다.

창조에는 지성의 미학과, 아름다움과 은총의 무한한 표현으로서의 생명의 드러남이 포함됩니다. 그러므로 진화는 지속적인 창조로서 드러나는 신의 은총이며 의식 그 자체의 지성은 그런 지속적인 창조에 일정한 패턴을 부여해 줍니다.

생명은 진화를 통해서 표현되는 우주로서 드러나는 신의 광휘입니다. 우리는 지속적이고 영원한 과정으로서의 창조의 소산이자 증인입니다.

과학은 단지 형상의 메커니즘들만을 다룰 뿐입니다. 하지만 생명은 오로지 의식의 비선형적인 영역의 관점을 통해서만 이해할 수 있습니다. 오늘날 과학이 의식 그 자체를 합당한 연구 주제로 여기고 그것에 깊은 관심을 갖는 이유는 바로 여기에 있습니다. 많은 사람들이 의식학意識學이야말로 인간의 진화를 촉진시켜 줄 가장 풍요로운 탐구 분야라고 여기고 있습니다.

문 의식의 진화가 왜 그렇게 중요한가요?

답 인류에게는 앎의 확장이 아주 중요합니다. 왜냐하면 그런 것이 없었기에 인류가 큰 곤경에 처해 왔기 때문입니다. 지난 1000년 동안 인류는 테크놀로지 분야에서는 큰 진전을 이룩해 왔습니다. 그로 인해 삶의 질이 크게 향상되었습니다. 하지만 인류의 대다수는 여전히 어려운 처지에 놓여 있었습니다. 지난 1000년 동안 가난, 범죄, 중독, 정서적·정신적 질환, 전쟁, 다툼 등은 끊임없이 인류를 지배해 왔습니다. 이번 생(저자의 이번 생—옮긴이)에서만 해도 양차 세계대전과 대공황, 유행성 전염병들의 창궐, 인구 폭발, 상승일로의 추세를 보이는 범죄와 마약과 빈곤 등의 문제가 존재해 왔습니다. 의학 분야에서는 대체로 질병을 몰아내고 정신질환을 앓고 있는 이들을 돕는 면에서 실제적인 진전이 있었습니다.

앞에서도 이미 지적했다시피 1986년까지만 해도 인류의 의식은 200 수준 이하의 파괴적이고 부정적인 범주에 머물러 있었습니다. 그것이 190 수준에 머물러 있는 동안 인류는 고통의 덫에 갇혀 있었습니다. 파시즘, 공산주의, 독재 체제, 유토피아적인 계획 등과 같은, 사회적인 문제들에 대한 인기 있는 해결책들은 하나같이 그것들이 해결하려고 의도했던 원래의 상태보다 한층 더 고약한 것들임이 판명되었습니다. 종교조차도 막강한 압제자가 되어 수많은 학살극과 잔혹 행위들에 휘말리거나 그런 행위들을 지원했습니다.

권력의 부패는 인간 활동의 모든 부문을 좀먹어 들어갔습니다. 그동안 사회에서 일어난 나름의 진전은 200 수준 이상으로 측정되는 소수 사람들이 이룩하고 떠받쳐 온 것입니다. 따라서 우리는 400대에 속하는 의학과 과학이야말로 사회에 긍정적인 이익을 가장 많이 안겨 준 분야들이라고 생각해 볼 수 있습니다. 300대 수준인 산업 역시 사회에 큰 혜택을 주었습니다. 반면에 현재에 와서도 전 세계 인구의 대다수가 온전성의 수준인 200 수준 이하로 측정된다는 사실은 대단히 의미심장합니다.

이런 엄청난 부정적 에너지는 의식 수준이 대단히 높은, 인구의 극소수에 해당하는 사람들의 긍정적인 에너지가 계속 상쇄시켜 왔습니다. 이때의 긍정적인 에너지는, 상쇄되지 않을 경우 인류의 파멸을 초래할 막대한 부정성을 충분히 상쇄할 수 있습니다.

인류 전체의 의식이 190이 수준일 때, 핵으로 인한 인류의 말살은 단지 하나의 가능성이 아닌 언제든 일어날 수 있는 일이었습니다. 군국주의 국가들은 자신들이 군사적으로 패배할 경우에는 적국에 앙갚음하기 위해 이 행성에 사는 모든 사람들의 목숨을 빼앗아 가고도 남을 만한 양의 폭탄들을 사용할 것을 고려하고 계획했습니다. 많은 이들이 예언한 '최후의 순간'이 현실화될 날이 머지않은 줄 알았습니다. 그런 예언이 과연 현실화되느냐의 여부는 북방의 큰곰인 러시아가 무신론을 계속 유지하느냐 아니면 신에게로 돌아서느냐에 달려 있었습니다. 그리고 획일적이고 무신론적인 공산주의의 몰락은 전 인류의 의식 수준을 190에서 207로 상승시킴으로써 균형상의 대전환이 왔음을 알려 줬으며 그로 인해 인류는 파멸의 위기에서 벗어났습니다.

오랜 옛날부터 사람들은 큰 재앙이나 파멸의 책임을 특정한 지도자들의 탓으로 돌리는 경향이 있어 왔지만 사실상 그런 지도자들은 대중들의 지지 없이는 성공하지 못합니다. 대중들 중에서 의식 수준이 200 수준 이하로 측정되는 사람들은 왜곡된 개념들, 슬로건, 선전, 그리고 증오와 앙갚음과 자부심과 분노와 탐욕에 의한 집단적인 프로그래밍 등에 취약합니다. 그러므로 인류 전체의 의식 수준이 200 이상으로 유지되는 것이야말로 인류의 진화에 대단히 중요한 요소가 됩니다.

그런데 최근에 미국에서 행해진 한 여론조사에서 응답자들의 79퍼센트가 사형 제도에 찬성했습니다. 그것이 중요한 모든 영적인 가르침들에 크게 어긋나는데도 말입니다. 게다가 살인 범죄가 일어나는 비율이 사형 제도를 아직까지도 인정하고 있는 여러 주에서 가장 높고 그것을 폐지한 주에서는 가장 낮다는 몇몇 연구 결과들이 사회 일반에 널리 보도되었습니다. 주지사들이 사형 집행의 연기를 선언하는 경우가 빈번히 일어날 정도로 죄 없는 사람들이 억울한 죽음을 당하는 경우가 많다는 사실을 충분히 인지하고 있는 사회에서 이러한 여론이 존재합니다. 현재 미국의 의식 수준은 425로 측정됩니다.

사형을 지지하는 의식 수준은 200 수준 이하이며 이 수준은 전통적으로 미움, 복수심, 잔인성, 앙갚음의 원천으로 여겨지는 '비장'과 결부되어 있습니다. 흥미로운 것은 미움과 복수심, 잔인성 등이 살인과 같은 수준이라는 점입니다. 따라서 살인에 대한 200 이하의 사람들의 의식에서의 반응은 피고인이 유죄이든 무죄이든 당연히 똑같습니다.

문 어째서 창조에 대한 협소한 이해와 혼란이 존재하는 것일까요?

답 그 문제는 단지 패러다임의 문제입니다. 선형적인 인과율에 대한 믿음의 한계들을 동반한 선형적인 뉴턴의 차원에서는 우주의 '원인'을 시간과 공간에서 찾습니다. 물론 이것은 논점을 사실로 가정하고 논의를 계속하는 것이며, 제1원인이 무엇이고 그 원인의 원인은 무엇이며 다시 그 원인의 원인은 무엇인가를 묻는 식으로 무한 퇴행하는 결과를 빚으므로 사실상 풀 수 없는 수수께끼가 됩니다.

전체를 이해하려면 선형적인 차원과 비선형적인 차원 양자로부터의 이해를 모두 포괄해야 합니다. 창조는 창조의 비선형적인 무한한 근원으로부터 시공간을 넘어선 지속적인 과정으로서 일어납니다. 이런 전개 과정 속에서 나타나지 않은 것인 '초월자'는 나타난 것인 '내재자'가 됩니다. 이어서 그 내재자는 진화를 통한 변형을 촉진시켜 주며, 그러한 변형은 단지 창조가 눈에 보이는 형상들로서 드러난 것에 지나지 않습니다. 따라서 우주는 '원인'을 갖고 있지 않습니다. 우주는 원인 대신 나타나지 않은 것 속에 존재하는 자체의 근원을 갖고 있습니다.

약간만 생각해 봐도 창조가 시간 속에 고정된 '사건'일 수 없다는 것은 매우 자명합니다. 그렇지 않다면 창조자 역시도 시간과 공간 속에 갇히게 될 테니까요. 시공의 제약을 받는다는 단 한 가지 이유만으로도 창조자는 창조를 할 수 없을 것입니다. 무한한 힘은 형상을 넘어서 있습니다. 단지 형상 없는 것만이 형상을 창조할 수 있는 힘을 갖고 있습니다.

깨닫지 못한 사람의 마음은 무한한 힘을 이해할 능력이 없습니다. 이해해 보려 안간힘을 써 보지만 잘못된 도구들을 사용하기 때문에 어렵습니다. 그 해답들은, 일종의 설명으로서의 '인과관계'의 개념에 근거한 위력의 패러다임인 선형적인 인과관계의 패러다임 속에서는 찾을 수 없습니다.

문 오늘날에도 종교적인 창조론자들과 진화론자들 간에 끝없는 논쟁이 벌어지고 있는데 양쪽 모두가 틀린 것일까요?

답 그 싸움이 해소되지 않는 이유는 바로 이러한 듯합니다. 성서에 입각한 창조론자들은, 시공 속에서 우주 전체를 창조해 놓고는 우주를 우연에 맡겨 두고 '하늘나라'의 다른 곳으로 물러난 창조주를 가정함으로써 과학자들이나 회의론자들과 똑같은 오류를 저지르고 있습니다. 진화론자들도 역시 전체적인 핵심을 놓치고 있기는 마찬가지입니다. 창조는 신이 모든 곳에 두루 존재하기 때문에 진행되고 지속됩니다. 진화는 단지 창조의 지속성의 전개와 표현 방식에 지나지 않습니다. 무한한 신은 '시작'하지도 않고 '끝내지도' 않는다는 것은 자명합니다. 모든 차원들을 넘어선 존재는 그 어떤 제한도 받지 않습니다.

오늘날의 과학 이론에 의하면 '빈' 공간의 1세제곱센티미터 안에 있는 잠재적인 에너지는 우주 전체의 질량보다 더 크다고 합니다. 허공의 모든 세제곱센티미터 안에 있는 잠재적인 에너지가 무한한 비율로 끊임없이 증가하고 있다는 사실은 아직까지 세상 사람들의 주목을 끌지 못하고 있습니다. (나타나지 않은 것의 힘은 나타난 것의 힘과 같거나 더 클 것입니다.)

인류는 신의 무한한 영광과 위대함 그리고 무한한 힘을 엄청나게 과소평가해 왔고 제대로 이해하지 못해 왔습니다. 참나가 자아를 대신해서 들어설 때, 그 전능함이 지닌 힘은 그 무한한 것이 자신의 근원이자 실상이라는 사실로 인해서 저절로 알려집니다. 신에게는 그 어떤 제한도 따르지 않습니다.

무한의 모든 시간의 전체 기간이 찰나보다 짧다고 말하는 것은 실상에 대한 일종의 우의적 접근이라 할 수 있을 것입니다. 이러한 점에서, 하나의 패러다임은 또 다른 패러다임과 그 차원을 달리 한다는 것이 명백해집니다.

문 창세기에 내재된 진실은 무엇입니까?

답 흥미로운 건 구약성서에 포함된 모든 내용을 운동역학 테스트에 붙여 봤을 때, 창세기가 사람을 강하게 해 주는 세 권의 책들 중 한 권이란 점입니다(다른 두 권은 시편과 잠언입니다). 창세기는 신의 영spirit인 신성Godhead의 주재에 의해, 창조가 나타나지 않은 것의 형상 없는 공空인 어둠으로부터 빛과 형상으로서 일어났다고 말하고 있습니다. 이어서 그 빛은 물질이나 형상을 창조했고 거기서 다시 식물과 물고기들과 새들과 동물들과 같은 생명체들을 차례로 태어나게 했습니다.

창세기는 창조의 힘의 근원이 '빛'이라는 점을 거듭 밝혔습니다. 그리고 각각의 동물들의 모습은 '그 종류에 따라서' 그 본질의 형상이 표현된 것이라는 점도 역시 되풀이해서 밝혔습니다. 마지막으로 인간은 다른 모든 생명체들보다 더 큰 힘을 갖고 있고 따라서 그들에 대한 지배권을 갖도록 창조되었습니다. 그 다음에는 선과 악이라는 이원성과 비실재를 피하라는 운명적인 경고가 떨어집니다. 선악은 지각과 관련된 것이요 실상이 아닌 것에 대한 믿음을 조장하는 것입니다. 이런 경고는 인간이 제한된 존재요 깨달은 신적 존재와는 달리 진실과 거짓을 식별할 능력이 없었기 때문에 반드시 필요했습니다.

인간은 형상을 갖춘 존재로 생겨났습니다(인간은 지상의 모든 동물들에 이름을 붙여 줬습니다). 그런데 인간은 믿음을 만들어 낼 수 있을 만한 의식의 힘을 갖고 있었습니다. 인간의 마음은 이원성의 나락으로 떨어진 뒤 진실을 거짓에게 넘겨줬으며, 더 나아가 그 거짓된 것이 독립적인 존재성을 갖고 있다고 믿었습니다. 인간은 거짓된 것의 허구적인 진실성에 대한 믿음을 만들어 냄으로써 수치심과 죄의식, 자부심, 형제 살해, 처벌에 대한 두려움과 불안 등으로 인해 고통받는 처지로 전락했습니다. 이런 상황으로 인해 하늘에서는 화신들과 깨달은 붓다들을 세상에 나게 했으며, 그들은 오로지 이원성(이 경우에는 선과 악)을 초월하는 것만이 타고난 무구함에 대한 깨달음을 되찾을 수 있는 방법임을 밝혀 줬습니다.

인간의 의식이 오류에 빠지기 쉬운 수준에 갇힌 것이, 전통적으로 지식으로서의 힘에 대한 갈망이라는 허영심 탓으로 돌아가고 있습니다. 따라서 인간은 창조된 직후에 몽매한 상태가 되어 오류에 종속되는 처지에 빠졌습니다.

200 이하의 의식 수준들에서 일어나는 행위들은 전통적으로 죄로 규정되고 있습니다. 모든 위대한 영적 스승들은, 사람들에게 죄는 지옥이라는 형태의 카르마적 귀결을 만들어 냄으로 죄를 피하라고 충고했습니다. 인간은 외적인 도움 없이는 200 수준의 의식 수준 위로 올라갈 수가 없고 따라서 구원자들이 필요한 듯했습니다. 구원자들의 의식 수준은 대단히 높아서 사람들은 그들과 영적으로 정렬되기만 해도 의식이 200 수준 이상으로 올라갔습니다.

200 수준 이하의 의식 수준들은 힘power을 결여하고 있고 따라서 그것을 위력force으로 대체합니다. 하지만 영적으로 상승하려면 힘이 필요하며, 그 힘은 보이지 않는 영spirit의 수준에 자리하고 있습니다. 그러므로 구원자들은 일종의 에너지 장으로서 방출되는 신성의 사랑과 진리의 힘에 의해서 더 낮은 수준의 의식들을 끌어올려 줍니다. 기도나 헌신 또는 예배를 통한 종교적인 혹은 영적인 전념은 영적인 스승들을 통해 빛을 발하는 신의 은총의 혜택을 받을 수 있게 해 준다는 점에서 아주 소중합니다.

앞에서 말한 모든 내용은 운동역학 테스트로 그 진실성 여부를 입증해 볼 수 있습니다. 그저 성스러운 인물에 대해서 생각하거나 그 모습을 떠올리기만 하는 것도 당사자를 강하게 해 줍니다. 그러므로 종교적이거나 영적인 헌신, 기도는 긍정적인 효력을 발휘하며 그런 사실은 금방 입증할 수 있습니다. 사실상 구원자는 600 수준 이하로 측정되는 모든 사람들에게 필요한 존재며, 그것은 전 인류가 위대한 영적인 스승들의 기여를 간절히 필요로 한다는 것을 뜻합니다.

우리는 위에서 말한 내용과 부합되는 몇 가지 사실들을 관찰 결과 확인해 볼 수 있습니다. 수천의 임상의들이 여러 해를 두고 실험한 결과로서 알아 낸 공통된 사실 중 하나는 운동역학 실험에서 특정한 어떤 자극들은 모든 사람들을 약하게 만든다는 점입니다. 따라서 많은 청중들에게 운동역학 실험의 유용성을 입증하기 위해서 흔히 쓰는 방법의 하나는 청중들로 하여금 형광등 불빛을 보게 한다든지 농약을 쥔 손을 명치에 갖다 대게 하는 것입니다. 그런 자극들은 거의 예외 없이 모든 청중을 약하게 만듭니다. 강당 앞에 갖다 놓은 농약에 오염된 사과 하나를 바라보게 하는 것 역시 많은 청중들을 약하게 만듭니다. (반면에 성스러운 인물을 상상하는 것은 모든 사람들을 강하게 해 줍니다.)

전에 한 무리의 사람들이 운동역학 실험에 관해 배우기 위해 어느 임상의를 찾아간 적이 있었습니다. 그런데 놀랍게도 대부분의 사람들에게 부정적인 반응을 불러일으키곤 한 부정적인 자극들이 그들에게는 어떤 영향도 미치지 못했습니다. 실험 결과 그들은 외부의 부정적인 에너지들에 일종의 면역성 같은 것을 지녔음이 입증되었습니다. 의사가 그들에게 물어본 결과 그들은 모두가 『기적 수업A Course in Miracles』이라고 하는 영적인 가르침의 과정을 연구해 온 영적 탐구자들이자 학생들이라는 사실이 드러났습니다. 이것은 아주 중요한 발견이었고 그 사건을 계기로 해서 좀 더 깊은 연구 및 조사, 즉 『기적 수업』 연습서의 1년 치 분량의 내용을 실천에 옮기려고 마음먹은 사람들을 대상으로 해서 그 과정을 시작하기 전에 운동역학 시험을 해 보고 그 뒤에 다시 정기적으로 시험을 해 보는 식의 연구 및 조사가 이루어졌습니다. 그 사람들이 75과에 이르렀을 즈음, 부정적인 자극들에 대해 취약성을 보이는 경향이 사라졌습니다. (『기적 수업』은 용서의 힘에 토대를 두고 있습니다.) 그 수행 과정은 에고의 지각과 그것의 이원적인 위치성을 거짓을 대신해서 들어서는 진실로 바꿔놓을 수 있습니다. 그 수행자들이 이러한 전환을 보여 주는 『기적 수업』의 중요한 과는 '나는 단지 내가 마음속에 품고 있는 것에만 종속될 따름이다'라는 것입니다. 그러나 이런 가르침이 내면에 깊숙이 젖어들기 위해서는 그 전에 나오는 74개 과의 내용들을 거기에 나오는 지침대로 매일매일 꾸준히 실천에 옮겨야만 합니다. (『기적 수업』은 600 수준으로 측정됩니다.)

익명의 알코올 중독자협회AA라는 영적인 단체에 대한 연구는 영적인 힘에 대한 또 다른 흥미로운 관찰 결과를 제공해 줍니다. 그 단체의 전체적인 에너지 수준은 540 수준(무조건적인 사랑)으로 측정됩니다. 일반적으로 알코올 중독 상태에서 벗어나는 과정에 있는 사람들은 그 단체의 강력한 에너지 장의 영향력 내에 머무르는 동안에는 술을 마시지 않고 지내다가 '혼자 힘으로 해나가겠다'고 결심하고 AA를 떠난 뒤에 이내 무너져 버리곤 합니다. 따라서 그 단체 회원들의 의식 수준이 540이나 그 이상으로 올라가지 못할 경우 그들의 회복 여부는 그 단체 자체의 영적인 힘에 달려 있다는 것을 알 수 있습니다. 그런 현상은 강력한 전자기장 내에 붙잡혀 있는 쇳가루들의 경우와 비슷하다 할 수 있을 것입니다.

문 기적적인 현상에 대해서는 어떻게 생각하시나요?

답 '기적적'이라는 용어는 뉴턴 식 패러다임에서 비롯된 것으로 물질적 형상 내어서의 논리와 인과관계라는 전제의 한계들 속에 간힌 것입니다. 기적은 오로지 비선형적인 영역에서만 이해할 수 있는 것입니다. 불완전한 지각에 영적인 힘의 초점이 맞춰질 때 그 지각은 논리의 영역 내에 속하지 않는 근본적인 실상에 대한 통찰로 대치됩니다.

인류의 체험 속에서 기적적인 현상을 가장 빈번히 불러일으키는 촉매의 역할을 한 것은 아마도 용서일 것입니다. 용서는 치유하는 작용을 불러일으키고 사랑과 같은 긍정적이고 영적인 속성들을 회복시켜 주니까요. 우리는 2차세계대전과 그 이후에 벌어진 전쟁에 참전해서 격렬하게 싸웠던 사람들이 오랜 세월이 흐른 뒤 서로를 용서하고 과거에 품었던 증오심이 존경심과 형제애로 바뀌는 경우들을 통해 이런 현상이 광범위하게 입증되는 것을 봅니다.

문 칼 융은 동시성synchronicity이라는 개념을 창시했습니다. 그 개념은 이제 좀 더 이해할 만한 것이 되고 있는지요?

답 프로이트의 천재성의 의식 수준은 499 수준으로 측정되며 융의 그것은 540 수준으로 측정됩니다. 따라서 융은 인습적인 논리의 한계 너머를 볼 수 있고 이해할 수 있었습니다. 융은 의식의 이런 도약에 힘입어, 보이는 것이 진정한 힘이 거주하는 보이지 않는 것에 종속된다는 사실을 직관할 수 있었습니다.

진정한 힘이 보이지 않는 것에 있기 때문에 의식의 끌개장들은 관찰자들에게는 서로 완전히 동떨어진 것들로 보이는 많은 사건들에 그럴듯한 원인이나 명백한 메커니즘도 없이 동시에 영향을 미칠 수 있습니다. 이런 동시성은 선형적인 차원 내에서는 설명할 수가 없습니다. 의식 수준이 600을 넘어선 사람들에게는 기적이나 동시성 같은 것들이 삶의 일반적인 패턴들이 됩니다. 또한 그런 것들은 '에너지는 생각을 따라간다'거나 '마음속에 품은 것은 그대로 실현되는 경향이 있다'라는 등의 흔히 이야기되는 의식의 특성이 사실임을 입증해 줍니다.

이런 이해가 바탕이 되어 이제는 마음속에서 떠올리거나 그리는 것이 유용한 결과를 낳는다는 사실이 널리 알려지게 되었습니다. 동시성은 인과관계가 아니라 '양자quantum' 상관관계를 뜻합니다. 그 상관관계는 서로 다른 듯이 보이는 시간과 공간 속에서 동시에 나타나는, 관찰할 수 없는 영역 내에서의 한 패턴입니다. 따라서 수천의 쇳가루들이 하나의 전자기장에 의해서 영향을 받을 수 있습니다. 그 전자기장 속에서는 하나의 사소한 변화가, 눈에 띄는 사건들 속에서의 동시적인 변화를 불러일으키곤 합니다.

의식으로 표현되는 영적인 힘은 엄청나게 많은 개인들의 마음에 영향을 주고 따라서 사건들에 영향을 미칠 수 있는 능력을 갖고 있습니다. 나날의 삶 속에서 사람들은 사건들을 논리나 의도의 탓으로 돌리곤 하지만 사실 모든 사람들은 그런 사건들이 태도나 관점, 감정, 끌리는 마음, 영감 등과 같은 무형적인 것들의 소산으로서 생겨난다는 것을 잘 알고 있습니다.

우리가 관찰하고 체험하는 삶은 보이지 않는 영역 내에서의 무형적인 것들의 소산입니다. 이런 무형적인 것들은 적절한 형상과 알맞은 형태를 찾아냄으로써 끌림이나 반발, 의도 등의 작용을 촉발시켜 줍니다. 삶의 질을 결정해 주는 것은 유형적인 것들이 아니라 그런 것들이 우리에게 지닌 의미입니다.

다행히도 애정 어린 생각은 부정적인 생각보다도 훨씬 더 엄청난 힘을 갖고 있습니다. 그렇지 않았다면 이 행성에는 이런 얘기를 해 줄 사람이 한 사람도 남지 않았을 것입니다.

THE EYE OF THE I:
FROM WHICH NOTHING is HIDDEN

/ 5부 / 부록

부록 A

각 장의 진실성 수준에 대한 측정

책 전체   **980.0**

부록 B

신에 대한 관점	자기에 대한 관점	수준	로그	감정	과정
참나	있음	깨달음	700 ~1,000	형언할 수 없는	순수 의식
전존재	완벽한	평화	600	지복	빛비춤
하나	완전한	기쁨	540	평온	변모
사랑하는	온건한	사랑	500	경외	드러남
현명한	의미 있는	이성	400	이해	추상
너그러운	조화로운	수용	350	용서	초월
영감을 주는	희망적인	자발성	310	낙관주의	의도
할 수 있게 해 주는	만족스러운	중립	250	신뢰	풀려남
허락하는	실행할 수 있는	용기	200	긍정	힘의 부여
무관심한	요구가 많은	자부심	175	경멸	팽창
복수심을 품은	적대하는	분노	150	미움	공격
부정하는	실망스러운	욕망	125	갈망	노예화
벌하는	겁나는	두려움	100	불안	위축
냉담한	비극적인	슬픔	75	후회	낙담

선고하는	희망 없는	무감정, 증오	50	절망	포기
보복하는	악	죄책감	30	비난	파괴
멸시하는	가증스러운	수치심	20	치욕	제거

부록 C

일반적 정보

의식의 에너지 장은 차원이 무한하다. 특정 수준은 인간 의식과 관련을 갖는데, 그러한 수준은 '1'에서 '1000'까지로 측정되었다. (부록 B '의식 지도'를 참고할 것) 이러한 에너지 장이 인간 의식을 반영하고 지배한다.

우주에 있는 모든 것은 특정한 주파수나 미세한 에너지 장을 방출하는데, 이는 의식 장에 영구히 남는다. 이렇게 해서 과거에 살았던 모든 사람 혹은 존재와 그들에 대한 모든 것이 영원히 기록되어 현재나 미래의 어느 때건 되불러 올 수 있는데 여기에는 일체의 사건, 생각, 행위, 감정, 혹은 태도가 다 포함된다.

기법

근육 테스트 반응은 특정 자극에 대해 '그렇다'거나 '그렇지 않다'로 나오는 단순한 반응이다. 근육 테스트는 대개, 피험자는 옆으로 팔을 쭉 뻗고 시험자는 손가락 두 개를 이용하여 피험자의 손목을 가볍게 내리누르는 방식으로 행한다. 대개 피험자는 다른 손으로 시험하고자 하는 물체를 쥐고 태양 신경총에 댄다. 시험자는 피험자에게 "힘 주세요."라고 말하는데, 시험하려는 물체가 피험자에게 이롭다면 팔은 강해질 것이다. 만약 그것이 이롭지 않거나 역효과를 낸다면, 팔은 약해질 것이다. 반응은 대단히 신속하게 짧은 시간 동안 일어난다.

정확한 반응을 얻어 내기 위해서 시험자와 피험자 둘 다는, 물론 의도가 200 이상으로 측정되어야 한다는 점에 주목하는 것이 중요하다.

테스트 팀의 의식 수준이 높을수록 그 결과는 보다 정확하다. 가장 좋은 태도는 서두에 "지고의 선의 이름으로, _____은 진실로 측정됩니다. 100 이상. 200 이상." 라는 말로 진술을 시작하는, 객관적이고 거리를 두는 태도다. '지고의 선'으로의 맥락화는 정확성을 높여 주는데 왜냐하면 그것은 이기적이고 사적인 관심과 동기를 초월하기 때문이다.

오랜 세월 동안 근육 테스트는 신체의 경락이나 면역계의 국소적 반응으로 여겨졌다. 하지만 나중의 연구를 통해, 그러한 반응이 신체의 국소적 반응이 아니라, 어떤 물체나 진술이 갖는 에너지에 대한 의식 자체의 일반적 반응임이 드러났다. 참되고, 이롭고, 혹은 생명을 옹호하는 것은 긍정 반응을 일으키는데, 이러한 반응은 살아 있는 모든 사람 속에 현존하는 비개인적 의식 장에서 비롯된다. 이 긍정 반응을 나타내는 지표는 신체 근육이 강해지는 것이다. 편의상, 삼각근이 지표 근육으로 가장 흔하게 이용된다. 하지만 척추 지압 요법사와 같은 치료사들이 흔히 쓰는 다리의 비복근을 비롯하여 신체의 모든 근육을 이용할 수 있다.

질문(서술문의 형태로)하기 전에 '허락'을 받을 필요가 있다. 즉 "나는 지금 마음속에 있는 것에 대해 질문해도 좋다는 허락을 받았습니다."(그렇다/아니다) 혹은 "이 측정은 지고의 선에 봉사합니다."

진술이 거짓이거나 물체가 해롭다면, 근육은 "힘 주세요."라는 명령에 대한 반응으로 신속히 약해지게 된다. 이는 그 자극이 부정적이고, 진실이 아니고, 반생명적이거나, 혹은 답이 '아니오'임을 나타낸다. 반응은 빠르고 지속 시간은 매우 짧다. 그 다음에 신체는 신속히 회복되어 정상적인 근육 강도로 돌아간다.

테스트를 하는 방법에는 세 가지가 있다. 연구에서 이용되며 또한 가장 일반적으로 쓰이는 방법에는 시험자와 피험자, 두 사람이 필요하다. 가급적 조용한 환경이 좋고 배경 음악이 없어야 한다. 피험자는 눈을 감는다. 시험자는 서술문의 형태로 '질문'해야 한다. 그래야 근육 테스트 반응에 의해 그 문장에 대해 '예'나 '아니오'의 대답이 나올 수 있다. 예를 들면 "이것은 건강한 말입니까?"라고 묻는 것은 부정확한 형태가 될 것이다. 그 대신 "이 말은 건강합니다."라든가 혹 그에 뒤이은 자연스러운 결론인 "이 말은 병들었습니다."로 진술해야 할 것이다.

진술한 뒤에 시험자는 바닥과 평행하게 팔을 뻗고 있는 피험자에게 "힘 주세요."라고 말한다. 그런 다음 두 손가락으로 약간 힘을 주어 재빨리 손목을 누른다. 피험자의 팔은 계속 강한 상태를 유지하거나('그렇다.'를 의미), 아니면 약해지게('아니다.'를 의미) 될 것이다. 반응은 매우 짧고 즉각적이다. 두 번째 방법은 '오링'법인데, 이것은 혼자서 할 수 있다. 한 손의 엄지와 중지를 붙여 단단하게 'O' 자 모양의 고리를 만들고, 다른 손의 검지를 구부려서 이 고리를 떼어 내는 것이다. "그렇다."와 "아니다." 반응 사이에는 눈에 띌 정도의 강도 차이가 있다. (Rose, 2001)

세 번째 방법이 가장 간단하지만, 다른 방법들과 마찬가지로 일정한 연습이 필요하다. 이것은 그저 큰 사전이나 벽돌 두어 장과 같은 무거운 물체를 허리 높이 정도의 테이블에서 들어 올리는 것이다. 어떤 이미지나 혹은 측정할 진실한 진술을 마음속에 떠올린 다음 물체를 들어 올린다. 그 다음, 비교를 위해, 거짓으로 알려져 있는 것을 마음속에 떠올린다. 마음속에 진실을 떠올리고 있을 때는 들어 올리기가 쉽고, 사안이 거짓(진실이 아닌)일 때는 물체를 드는 데 더욱 큰 노력이 필요하다는 것에 주목하라. 그 결과는 다른 두 가지 방법을 이용하여 검증할 수 있다.

특정한 수준들의 측정

긍정과 부정, 진실과 거짓 혹은 건설적인 것과 파괴적인 것 사이의 임계점은 200 수준으로 측정된다. ('의식 지도'를 참고할 것) 200 이상 혹은 진실인 것은 모두 피험자를 강하게 만든다. 200 이하 혹은 거짓인 모든 것에 대해 팔은 약해진다.

이미지나 진술, 역사적 사건 혹은 인물을 포함하는 과거와 현재의 그 어떤 것에 대해서도 테스트가 가능하다. 그것을 꼭 말로 표현할 필요는 없다.

수치 측정

예, "라마나 마하르시의 가르침은 700 이상으로 측정됩니다." (예/아니오)

혹은 "히틀러는 200 이상으로 측정되었습니다."(예/아니오),

"그가 20대였을 때"(예/아니오), "30대"(예/아니오), "40대"(예/아
니오), "사망 당시"(예/아니오).

적용

근육 테스트는 미래를 예언하는 일에는 쓰일 수 없다. 그 밖에
는 어떤 질문이라도 가능하다. 의식에는 시간이나 공간상의 제약
이 없다. 하지만 허락은 거부될 수도 있다. 현재나 과거의 모든 사
건에 대해 질문할 수 있다. 그 답은 비개인적이며 시험자나 피험
자의 신념 체계에 의존하지 않는다. 예를 들면 원형질은 유해한
자극에 대해서는 움츠러들고 살에서는 피가 난다. 이는 그 같은
시험 재료의 성질이지 개체와는 무관한 것이다. 의식은 사실상 오
직 진실만을 아는데 왜냐하면 진실만이 실제의 존재를 갖기 때문
이다. 의식이 거짓에 반응하지 않는 것은 거짓은 실상Reality에서 존
재를 갖지 않기 때문이다. 의식은 또한 어떤 주식을 사야 하는지
등과 같은 온전치 못하거나 이기적인 질문들에 대해서는 정확하
게 반응하지 않을 것이다.

정확히 말하면 근육 테스트 반응은 '있음' 반응이거나 아니면
단순히 '없음' 반응일 뿐이다. 전기 스위치처럼 우리가 전기가 "들
어왔다."라고 말하고, "꺼졌다."라는 용어를 쓸 때에는 그저 전기
가 거기 있지 않다는 것을 의미할 뿐이다. 실상에서 '꺼져 있음'과
같은 것은 존재하지 않는다. 이것은 미묘한 진술이지만 의식의 본
성을 이해하는 데 있어 대단히 중요하다. 의식은 오직 진실Truth만
을 인지할 수 있다. 의식은 거짓에 대해서는 그저 반응하지 못할

뿐이다. 이와 비슷하게 거울은 오직 반사할 물체가 있어야 상을 반사한다. 거울 앞에 어떤 물체도 존재하지 않는다면 거기에 반사되는 상은 없다.

수준 측정

측정 수준들은 특정한 기준 척도와 관련된다. 부록 A의 도표와 동일한 수치를 얻으려면, 그 도표에 대해 언급하거나 혹은 "1에서 1000까지 인간 의식에 대한 척도상에서, 600은 깨달음Enlightenment 을 가리키는데, 이 _____은 _____(수치) 이상으로 측정됩니다." 와 같은 진술을 해야만 한다. 아니면 다음과 같이 말한다. "200이 진실Truth의 수준이고 500이 사랑Love의 수준인 의식 척도상에서, 이 진술은 _____(특정한 수치를 명시한다.) 이상으로 측정됩니다."

일반적 정보

사람들은 일반적으로 진실과 거짓을 식별하고 싶어 한다. 그러므로 진술을 아주 구체적으로 해야 한다. 어떤 일자리가 '좋다'라는 식의 일반적 용어 사용은 피해야 한다. 어떤 식으로 '좋다'라는 건가? 급여 수준? 근무 조건? 승진 기회? 상사의 공정성?

숙련

테스트에 익숙해지면서 점차 전문성이 생겨난다. '맞는' 질문들이 튀어나오기 시작하는데 이는 거의 불가사의할 정도로 정확해지기도 한다. 같은 시험자와 피험자가 일정 기간 함께 작업한다면, 둘 중 한 사람 혹은 두 사람 모두에게 놀라운 정확성과 특정 질문을 족집게처럼 집어 낼 수 있는 능력이 생기게 된다. 피험자가 질문에 대해 전혀 알지 못하는 상황에서도 그렇다. 예를 들면 어떤 물건을 잃어버린 시험자가 말하기 시작한다. "난 그걸 사무실에 놓아두었습니다."(아니오.) "나는 그걸 차에 놓아두었습니다."(아니오.) 불현듯 피험자는 물건을 거의 '보다'시피하고 이렇게 말한다. "'화장실 문 안쪽'에 있는지 물어 보세요." 시험자는 말한다. "그 물건은 화장실 문 안쪽에 걸려 있습니다."(답: 예.) 실제로 있었던 이 사례에서, 피험자는 시험자가 차에 기름을 넣으러 주유소에 들렀다는 것과 웃옷을 주유소 화장실에 놓아두고 왔다는 사실을 알지 못했다.

사전 허락을 받는다면, 시간과 공간상으로 어디에 있는 그 무엇에 대해서든 어떠한 정보라도 얻어 낼 수 있다. (때로 허락을 얻지 못하는 일이 있는데, 이는 아마도 카르마적이거나 혹은 기타 알려지지 않은 이유 때문일 것이다.) 교차 확인을 통해 정확성은 쉽게 확증할 수 있다. 이 기법을 익힌 사람은 세상의 모든 컴퓨터와 도서관에 보유할 수 있는 것보다 더 많은 정보를 즉석에서 이용할 수 있다. 그러므로 그 가능성은 명백히 무한하고, 그 전망은 놀라울 정도다.

제한

인구의 약 10퍼센트는 아직 알려지지 않은 이유로 근육 테스트 기법을 이용할 수 없다. 테스트는 피험자들 자신이 200 이상으로 측정될 때, 그리고 테스트의 이용 의도가 온전하며 또한 200 이상으로 측정될 때에만 정확하다. 요구되는 것은 주관적 견해보다는 거리를 둔 객관성 및 진실과의 정렬이다. 그래서 '어떤 점을 증명' 하려고 시도하는 것은 정확성을 부정한다. 때로는 혼인한 부부들 역시 아직 밝혀지지 않은 이유로 인해 서로를 피험자로 이용할 수 없기 때문에 테스트 파트너로 제3자를 찾아야 할 수도 있다.

적당한 피험자는 사랑하는 대상이나 사람을 마음속에 떠올리면 팔이 강해지고, 부정적인 것(두려움, 증오, 죄책감 등)을 마음속에 떠올리면 팔이 약해지는 사람이다. (예, 윈스턴 처칠은 사람을 강하게 하고 빈 라덴은 약하게 만든다.)

때로 적당한 피험자가 모순된 반응을 일으킬 때가 있다. 이런 상태는 대개 존 다이아몬드 박사가 발견한 '흉선치기'를 함으로써 해소할 수 있다. (주먹을 쥐고 흉골 상부를 세 번 치고 웃는데, 주먹으로 칠 때마다 '하-하-하'라고 말하며 사랑하는 사람이나 대상을 마음속에 그린다.)

불균형은 최근에 부정적인 사람들과 함께 있은 것, 헤비메탈 음악을 들은 것, 폭력적인 텔레비전 프로그램을 시청한 것, 폭력적인 비디오게임을 한 것 등의 결과일 수 있다. 부정적 음악 에너지는 음악을 끈 뒤에도 30분까지 인체의 에너지 체계에 해로운 영향을 미친다. 텔레비전 광고나 배경 음악 또한 부정적 에너지의 일반적 근원이다.

앞서 살펴본 것처럼 진실과 거짓을 구분하는, 그리고 측정된 진실 수준에 대한 근육 테스트법은 엄격한 요구 조건을 가지고 있다. 여러 제한들로 인해, 앞서 펴낸 책들에서 편리한 참조를 위해 측정 수준을 제공했는데,『진실 대 거짓』에서는 이를 폭넓게 제공한다.

설명

근육 테스트 기법은 개인적 견해나 신념에서 독립해 있으며, 원형질처럼 그 반응이 비개인적인 의식 장의 비개인적 반응이다. 질문을 입 밖에 내든 말없이 마음속에 품고 있든 테스트 반응이 동일하다는 것을 관찰을 통해 입증할 수 있다. 이렇듯 피험자는 질문에 영향 받지 않는데, 그것은 피험자는 질문이 무엇인지도 모르기 때문이다. 이 사실을 입증하려면, 다음과 같은 연습을 한다.

시험자는 피험자가 모르는 어떤 이미지를 마음속에 떠올린 다음 이렇게 말한다. "내가 마음속에 품고 있는 이미지는 긍정적입니다."(혹은 "진실입니다." 혹은 "200 이상으로 측정됩니다." 등) 그런 다음 피험자는 지시에 따라 손목을 누르는 힘에 저항한다. 시험자가 마음속에 긍정적인 이미지를 떠올리면(예, 링컨, 예수, 마더 데레사 등), 피험자의 팔 근육은 강해질 것이다. 시험자가 거짓 진술을 하거나 부정적인 이미지(예, 빈 라덴, 히틀러 등)를 떠올리면 팔은 약해질 것이다. 피험자는 시험자가 무엇을 생각하고 있는지 모르므로, 테스트 결과는 개인적 신념에 영향 받지 않는다.

올바른 근육 테스트 기법

갈릴레오의 관심이 천문학에 있었지 망원경을 만드는 일에 있지 않았던 것처럼, 고등 영성 연구소Institute for Advanced Spiritual Research는 특정하게 근육 테스트가 아닌 의식Consciousness 연구에 헌신한다. DVD, 『의식 혁명』에서는 기본적 방법을 시연한다. 근육 테스트에 대한 보다 상세한 정보는 인터넷에서 '운동역학 kinesiology'을 검색하여 찾을 수 있다. 응용 운동역학 대학College of Applied Kinesiology(www.icak.com) 및 다른 교육 기관들에서 수많은 참고 자료를 제공한다.

자격 상실

회의론(160)과 냉소주의는 200 이하로 측정되는데 왜냐하면 이들은 부정적 예단을 반영하기 때문이다. 이와 대조적으로 진실한 탐구는 지적 허영이 결여된 열린 마음과 정직함을 요구한다. 행동 운동역학의 부정적 연구는 모두, 연구자들 자신과 마찬가지로 200 이하(대개 160)로 측정된다.

유명한 교수들조차 200 이하로 측정될 수 있고 또 그렇게 측정된다는 것이 보통 사람에게는 놀랍게 보일지도 모른다. 그리하여 부정적 연구는 부정적 선입견의 귀결이다. 일례로 DNA 이중나선 구조의 발견으로 이끈 프랜시스 크릭의 연구 설계는 440으로 측정되었다. 의식이 뉴런 활동의 산물일 뿐임을 증명하려는 그의 마지막 연구 설계는 불과 135로 측정되었다.

사람들 자신이나 혹은 연구 설계에 의해 200 이하로 측정되는

(모두가 대략 160으로 측정된다.) 연구자들의 실패는 그들이 반증하겠다고 주장하는 바로 그 방법론의 진실성을 확증한다. 그들은 '반드시' 부정적 결과를 얻어 내야만 하며 또 부정적 결과를 얻어 내는데, 이는 역설적으로 편향되지 않은 온전성과 비온전성 간의 차이를 탐지해 내는 근육 테스트의 정확성을 증명해 준다.

모든 새로운 발견은 판 자체를 뒤엎을 수 있고, 그래서 현 상태의 지배적 신념 체계에 위협으로 비칠 수 있다. 영석 실상 Reality을 실증하는 의식의 임상 과학이 출현했다는 것은 물론 저항을 촉발할 터인데, 왜냐하면 그것은 주제넘고 완고하게 타고난 에고 자체의 자기애적 핵심이 갖는 지배권에 대한 사실상의 정면 대결이기 때문이다.

200 이하의 의식 수준에서는 낮은 마음 Lower Mind의 지배로 인해 이해가 제한된다. 낮은 마음은 사실을 인지할 수는 있지만 '진실'이라는 용어가 의미하는 바를 아직 정확히 이해하지는 못하고(그것은 레스 인테르나와 레스 엑스테르나를 혼동한다.), 그 진실에는 거짓과는 다른 생리적 효과가 동반된다. 게다가 목소리 분석, 신체 언어 연구, 뇌의 유두상 반응 뇌파 변화, 호흡과 혈압의 오르내림, 갈바니 피부 반응, 다우징, 심지어 신체에서 오라가 방사되는 거리를 측정하는 후나 기법의 이용이 입증하는 것처럼 진실은 직관된다. 어떤 사람들은 서 있는 신체를 펜듈럼처럼 이용하는(진실일 때는 앞으로 넘어지고 거짓일 때는 뒤로 넘어진다.) 매우 단순한 기법을 사용한다.

보다 발전된 맥락화에서 지배적인 원리는, 빛이 어둠으로 반증될 수 없는 것처럼 진실Truth이 거짓으로 반증될 수는 없다는 것이다. 비선형은 선형의 한계를 갖지 않는다. 진실은 논리와는 다른 패러다임이고 그래서 '증명 가능'하지 않은데, 증명 가능한 것은 오직 400대로 측정된다. 의식 연구 근육 테스트는 선형과 비선형적 차원들의 접점인 600 수준에서 작용한다.

불일치

시간의 경과에 따라, 혹은 조사자들에 따라 다양한 이유로 다른 측정치가 나올 수 있다.

1. 시간이 경과하는 동안에 상황, 사람들, 정치, 정책, 태도가 변한다.
2. 사람들은 뭔가를 마음속에 떠올릴 때 다양한 감각 양식, 즉 시각, 촉각, 청각, 혹은 느낌 등을 이용하는 경향이 있다. 그러므로 '나의 어머니'는 어머니의 모습, 느낌, 말 등에 대한 것일 수 있다. 또한 헨리 포드에 대해서는 아버지로서, 기업가로서, 미국에 미친 영향에 관해, 그의 반유대주의 등에 관해 측정할 수 있다.

사람은 맥락을 명시하고 어떤 우세한 양식을 고수할 수 있다. 동일한 기법을 이용하는 동일한 팀은 내적으로 일관된 결과를 얻을 것이다. 연습과 함께 전문성이 계발된다. 하지만 과학적이며 거리를 둔 태도를 갖지 못해서 객관적일 수 없는 사람들이 있고, 그래서 이들에게 근육 테스트법은 정확하지 않을 것이다. 진실에 대한 봉헌과 의도가 개인적 견해 및 그것이 '옳다'라는 걸 증명하려는 시도보다 우선되어야 한다.

부록 D

참고 문헌

A Course in Miracles, 1975. Foundation for Inner Peace, Amityville, NY: Coleman Graphics.

"Applied Kinesiology." Time. April 16, 2001.

Barnes, T. 1999. The Kingfisher Books of Religions. Kingfisher, New York.

_____. 1980. Wholeness and the Implicate Order. London: Routledge & Kegan Paul.

Briggs, J. And Peat, F. D. 1989. Turbulent Mirror: An Illustrated Guide 10 Chaos Theory and the Science of Wholeness. New York: Harper & Row.

Brinkley, D. 1994. Saved by the Light. New York: Villard Books/Random House.

Diamond, J. 1979. Behavioral Kinesiology. New York: Harper & Row.

Eadie, B. J. 1992. Embraced by the Light. Placerville, California: Gold Leaf Press.

Glerck, J. 1987. Chaos: Making a New Science. New York: Viking Penguin.

Hawkins, David R. 1986. "Consciousness and Addiction." (Videotape) Sedona, Arizona: Veritas Publishing.

_____. 1986, Sedona Lecture Series: "Map of Consciousness"; "Death and Dying"; "Hypertension and Heart Disease"; "Cancer"; and "Alcohol and Drug Addiction." (Videotapes) Sedona, Arizona: Veritas Publishing.

_____. 1986. Twelve Lectures: "Weight"; "Alcoholism"; "Illness" ;"Health" ; "Spiritual First Aid" ;"Pain and Suffering"; "Sex"; "Worry, Fear, and Anxiety"; "The Aging Process"; and "Handling Major Crises." (Videotapes), Sedona, Arizona: Veritas Publishing.

_____. 1995. Power VS. Force: An Anatomy of Consciousness. Sedona, Arizona: Veritas Publishing.

_____. 1995. "Power vs . Force." (Vidoetape) Sedona, Arizona: Veritas Publishing.

_____. 1995. Quantitative and Qualitative Analysis and Calibration of the Levels of Human Consciousness. Sedona, Arizona: Veritas Publishing.

_____. 1996. "Realization of the Presence of God." Concepts. July 1996, 17-18.

_____. 1997. "Consciousness and Spirituality." (Videotape) Sedona, Arizona: Veritas Publishing.

_____. 1997. "Dialogues on Consciousness and Spirituality." Sedona, Arizona: Veritas Publishing.

_____. 2001. "The Nature of Consciousness: How to Tell the Truth About Anything." Sedona, Arizona: Veritas Publishing

Henon, J. 1976. "Mapping with a Strange Attractor." Com. Math. Physics:50, 69-77.

History and Culture of Buddhism in Korea. 1993. Korean Buddhist Research Institute. Seoul Korea: Dongguk University Press.

Huang Po. 1958. The Zen Teaxhing of Huang Po: On Transmission of the Mind. John Blofield, trans. News York: Grove Press.

Judge, W. O. 1969. Bhagavad-Gita – Essays. Pasadena, California: Theosophical University Press.

Jung, C. G. 1973. Synchronicity as a Causal Connecting Principle. R. F. Hull.

Korean Buddhism, Chogye Order, 1996. Seoul, Korea: Ven. Song Wol-Ju, Kum Sok Publishing Co.

Lamsa, G. M. 1933. Holy Bible from Ancient Eastern manuscripts (Aramaic, Peshotta). Philadelphia: A. J. Holmes & Co.

Lamsa, G. M. 1957. Holy Bible from Ancient Eastern manuscripts. Philadelphia: A J. Holmes & Co.

Lee, Yang Hee. 1999. Omniology "Secret of Cosmos." Koyang City, Korea: Wisdom Publishing Co.

Maharaj, Nisargadatta. 1973. I Am That. Bombay, India: Chetana.

Maharshi, Ramana. 1958, Collected Works. Madras, India: Jupiter Press.

Maharshi, Ramana. 1972. Spiritual Teachings. Boulder, Colorado Shambala.

Monroe, R. 1971. Journey Out of the Body New York: Anchor/Doubleday.

Pelmen, M. ancl Ramsay, J. 1995. Juan Yiu. San Francisco: Thorsons.

Rahula, Walpola. 1959. What the Buddha Taught. New York: Grove Press.

Rodriguez, M. 1995. "Quest for Spiritual Rapid Change," in Rediscovering the Soul of Business. Defeore, B., and Renalch, J.(Eds.). San Francisco: New Leaders Press, Sterling and Stone, Inc.

Rosband, S. N. 1990. Chaotic Dynamics of Non-Linear Systems. New York: John Wiley & Sons.

Ruelle, D. 1989. Chaotic Evolution and Strange Attractors: Statistical Analysis of Time Series for Deterministic and Nonlinear Systems. New York: Cambridge University Press

Stewart, H. B. and Thompson, J. M. 1986. Nonlinear Dynamics and Chaos. New York: John Wiley & Sons.

The Teachings of Buddha 1966. Tokyo: Bukkyo Dendo Kyokai, Kosardo Printing Company.

Varvoglis, M. 1994. "Nonlocality on a Human Scale...Consciousness Research." Toward a Scientific Basis for Consciousness; an Interdisciplinary Conference. University of Arizona, Health Sciences Center, Tucson, Arizona, April12-17, 1994

Wang, L. et al. 2001, Nature, July 20.

Yorke,]. A., and Tien-Yien, L. 1975. "Period Three Implies Chaos." American Math Monthly 82, 985-992

저자에 대하여

전기적이고 자전적인 기록

호킨스 박사는 영적으로 진화한 상태, 의식 연구, 그리고 참나로서의 신의 현존Presence에 대한 각성Realization이라는 주제에 관한 국제적으로 유명한 영적 스승, 저술가, 강사다.

매우 발전된 영적 앎의 상태가 과학자이자 의사였던 한 개인에게 일어났으며, 그가 나중에 그 흔치 않은 현상을 명료하고 이해가능한 방식으로 말하고 설명할 수 있었다는 점에서 녹화된 강연과 저작들은 널리 독특함을 인정받고 있다.

마음의 정상적 에고 상태에서 현존Presence에 의한 에고의 제거로의 이행은 3부작 『의식 혁명』(1995, 마더 데레사에게 상찬받기까지 했던), 『나의 눈』(2001), 그리고 『호모 스피리투스』(2003)에서 묘사되었는데, 이 책들은 세계의 주요 언어로 속속 번역되고 있다. 『진실 대 거짓』(2005)과 『의식 수준을 넘어서』(2006)에서는 에고의 표현들과 에고의 고유한 한계 및 그 한계를 초월하는 방법에 대한 탐구를 계속하고 있다.

3부작에 앞서 의식의 본성Nature of Consciousness에 대한 연구가 선행되었고, 이는 과학과 영성이라는 상호 이질적으로 보이는 영역들을 관련시킨 박사학위 논문 「인간의 의식 수준들에 대한 질량분석과 측정」(1995)으로 출간되었다. 과학과 영성의 상호 관련은 인간 역사상 최초로 진실과 거짓을 식별하는 방법을 제시한 한 기법의 대발견으로 성취되었다.

초기 작업의 중요성은 「뇌·마음 회보Brain/Mind Bulletin」에서 대단히 우호적이고 광범위한 평가를 통해, 나중에는 '과학과 의식에 관한 국제회의' 등의 발표를 통해 인정받았다. 옥스퍼드 포럼을 포함하는 국내외의 다양한 단체, 영적 회의, 교회 모임, 수녀와 수도사들을 상대로 수많은 발표가 있었다. 극동에서 호킨스 박사는 '깨달음에 이르는 길의 스승'(태령선각도사)으로 인정받는다.

숱한 영적 진실이 설명의 부족으로 인해 오랜 세월 동안 오해받아 온 것을 관찰해 온 호킨스 박사는, 매달 세미나를 열어 책의 형식으로 설명하기에는 너무 긴 자세한 설명들을 제공하고 있다. 녹화 기록을 이용할 수 있으며, 여기에는 좀 더 상세한 설명이 딸린 질의응답이 포함되어 있다.

이번 생이 가진 작업의 전체적 목적은 인간 경험을 의식 진화의 관점에서 재맥락화하고, 마음과 영 양자에 대한 이해를 생명과 존재Existence의 기층이자 지속적 근원인 내재적 신성Divinity의 표현들로서 통합하는 것이다. 이러한 봉헌을 나타내는 것이 그의 저서 서두와 말미를 장식하는 "오 주여, 모든 영광이 당신께 있습니다.Gloria in Excelsis Deo!"라는 진술이다.

전기적 개요

호킨스 박사는 1952년부터 정신과 의사로 일해 왔으며 미국 정신과 학회 및 다른 많은 전문 단체의 평생 회원이다. 「맥닐 레어 뉴스 아워」, 「바바라 월터스 쇼」, 「투데이 쇼」, 과학 다큐멘터리를 비롯한 많은 전국 TV 방송 프로그램에 출연했다.

호킨스 박사는 수많은 과학적 영적 간행물, 책, 비디오, 강연 시리즈를 펴냈다. 노벨상 수상자 라이너스 폴링과 공동으로 기념비적 저서 『분자교정 정신의학Orthomolecular Psychiatry』을 펴내기도 했다. 연구자이자 교사로서 호킨스 박사의 다양한 배경은 '마르퀴스 후즈 후Marquis Who's Who'에서 발행한 『미국 인명록』과 『세계 인명사전』의 전기 항목에 실려 있다. 여러 해 동안 감리교 및 가톨릭 관구, 수도원, 수도회, 선원에서 상담역을 했다.

호킨스 박사는 웨스트민스터 사원, 아르헨티나의 대학들, 노트르담과 미시건, 포담 및 하버드 대학, 옥스퍼드 포럼에서 널리 강연했다. 그리고 샌프란체스코의 캘리포니아 의대에서 연례 랜즈버그 강연을 했다. 또한 외교 문제에 관한 외국 정부들의 고문이며, 세계 평화를 크게 위협한 해묵은 갈등을 해소하는 데 일조했다.

인류에 대한 기여를 인정받아, 1995년 호킨스 박사는 1077년에 설립된 예루살렘 성 요한 기사단의 기사가 되었다.

옮긴이 | 문진희

인도 편잡 대학에서 요가 철학박사 학위를 받았고, 현재는 강원도 원주시 부론면에 있는 '라다소아
미 삿상(033-732-7425)'에 거주하며, 솔천/(사)한국영성교육원에서 후학들과 영적 수행을 위한 구
도자들과 함께 명상에 전념하고 있다.

나의 눈

1판 1쇄 찍음 2014년 9월 24일
1판 7쇄 펴냄 2024년 7월 8일

지은이 | 데이비드 호킨스
옮긴이 | 문진희
발행인 | 박근섭
펴낸곳 | 판미동

출판등록 | 2009. 10. 8 (제2009-000273호)
주소 | 135-887 서울 강남구 신사동 506 강남출판문화센터 5층
전화 | 영업부 515-2000 편집부 3446-8774 **팩시밀리** 515-2007
홈페이지 | panmidong.minumsa.com